独立营

于永铎 著

北方联合出版传媒（集团）股份有限公司
春风文艺出版社
·沈阳·

图书在版编目（CIP）数据

独立营/于永铎著. —沈阳：春风文艺出版社，
2023.4
ISBN 978 - 7 - 5313 - 6411 - 5

Ⅰ．①独… Ⅱ．①于… Ⅲ．①长篇小说 — 中国 — 当代
Ⅳ．①I247.5

中国国家版本馆CIP数据核字（2023）第038671号

北方联合出版传媒（集团）股份有限公司
春风文艺出版社出版发行
沈阳市和平区十一纬路25号　邮编：110003
辽宁新华印务有限公司印刷

封面题字：马晓伟　　　　　责任编辑：刘晓欢　平青立
责任校对：于文慧　　　　　封面设计：徐瑗婕
印制统筹：刘　成　　　　　幅面尺寸：155mm × 230mm
字　　数：360千字　　　　印　　张：24
版　　次：2023年4月第1版　印　　次：2023年4月第1次
书　　号：ISBN 978-7-5313-6411-5
定　　价：68.00元

第一章

响晴天，爆出一声霹雳，顿时，老虎崖上空就冒出了滚滚黑烟。黑烟朝西北方向蔓延，犹如千军万马，梁家窝棚那片很快就被冲得稀里哗啦，远远地都能听到凄厉的叫声和猪狗牛马的哀鸣。从西山顶上望去，老虎崖和梁家窝棚如同陷入地狱一般。几架飞机像早起的燕子一样，一会儿向更高的天上飞，一会儿向下俯冲。随着混乱的炮火声，一架小燕飞机的尾巴上冒出了一股浓烟，眼瞅着就朝老虎崖上撞去。随着又一声霹雳巨响，一团火球腾空而起。

大白马从浓烟中飞奔而出，一架小燕飞机俯冲下来，朝大白马射击。大白马时而疾驰时而突然降速，小燕飞机飞过去后又拉回来，继续俯冲射击。大白马突然一头扎进了庄稼地里，小燕飞机朝庄稼地一阵扫射，庄稼被打得稀里哗啦。小燕飞机刚拉起来，还没等转过去，突然尾巴上就冒出了一股黑烟。小燕飞机呼啸着冲了下来，直挺挺地摔在清河岸边，一团火球腾空而起。大白马从庄稼地里冒出头，直接上了官道，飞一样地朝皇庄堡奔来。马上的人穿着皮衣皮裤，还戴着一副遮了半张脸的防风镜。这人紧紧搂着一个半大小子，半大小子挣扎着，还张着嘴哭，哭声就像猪叫。姜怀有不错眼珠地看着大白马，他的魂儿被这匹大白马吸引去了。他爹姜吉忠从果园里露出头，见他一副痴傻的样子，便抓起一块土坷垃扔过来。

"塔哈，你又在做白日梦！"姜吉忠急嚷着，"活腻歪了吗？看不见正在打仗吗？"

"爹，大白马上来了。"姜怀有指着官道上的大白马说，"看哪，跑得多快呀!"

"大白马?"姜吉忠上了山顶,猛地惊呼一声,"我的天老爷呀!"

"爹,快看哪!"姜怀有喊,"多结实的大白马!"

"这是谁和谁呀?"姜吉忠望着老虎崖上空的浓烟,"这是往死里打呀!"

"爹,是俺大哥带兵回来啦?"

"塔哈,你可别瞎嘞嘞。"

"爹,俺可没瞎嘞嘞。"

"塔哈,你知道这是啥时候啦?你一言不慎,咱们家可就毁了。"姜吉忠看了一会儿,捏着儿子的肩膀说:"塔哈,你小心点儿,看好了羊,千万别乱跑,听着了没?枪子可不长眼。"

"爹,你不懂,枪子长眼,瞄准了,啪,一枪一个。"

"你就做白日梦吧。"姜吉忠紧瞪了儿子一眼,"听话,老实放羊,爹先回家看看去。"

"嗯哪。"

姜吉忠下了山坡,腿软得像踩了棉花。飞奔而来的大白马让他起疑,骑手的穿戴也让他起疑,凶悍的小燕飞机更让他起疑。姜吉忠从来没见过这样的大阵势,难道天庭上和人间一样大乱了吗?不好的念头只要起来,就再也压不下去了。大儿子姜怀江硬生生地闯入脑海中,喊他爹,远远地朝他笑,看着又像在哭。姜吉忠的心突突着,想跟儿子笑一笑,他咧了咧嘴,竟然有了哭的念头。看穿戴,骑手肯定是官家的人,绝不是平头百姓。姜吉忠甚至可以确定,骑手和奉军有关系。奉军啊奉军,姜吉忠的心揪在一起,在他心里头,奉军就是怀江,怀江就是奉军,早就是一体的了。自打入了秋,各种谎言起了落,落了又起。传说沈阳打仗了,传得有鼻子有眼儿。问都打成啥样啦,有的说打了个平手,有的说打得小鬼子落花流水,还有的说奉军被打了个落花流水。姜吉忠不愿意听这样丧气的话,总是要回怼一句:"你娘才被打个落花流水呢。"姜吉忠着急上火,得了个毛病,一着急,右眼皮就突跳,眼皮上吊了个淘气的毛猴子一样。皇庄堡里有会说话的也有不会说话的,会说话的就说:"大叔,左眼跳财,你要发财。"不会说话的还没张嘴,姜吉忠就会顶他一句:"去你娘的。"

姜吉忠发慌,眼皮上又蹿出了一个毛猴子,他被闹腾得心烦意乱,忍不住捂着眼睛走。上了官道后,便强打精神,一边走一边祈祷着:"菩萨保佑,保佑俺儿姜怀江平安无事,菩萨保佑,枪子可要躲着俺儿!"身后马蹄声急,姜吉忠假装漫不经心的样子停下脚步,随手薅了几把草。眨眼间,大白马冲了过去,看背影,骑手是个小伙子。小伙子突然勒住缰绳,大白马喷着响鼻,抬起前腿,焦躁地刨地。骑手想拨转马头,大白马根本不听他的,一人一马闹起了别扭。

"大叔,前面是皇庄堡吗?"

"是啊是啊。"没等姜吉忠多说一句,小伙子双腿用力一夹,大白马朝皇庄堡飞奔而去。姜吉忠割了一抱草,打了捆扛在肩上,朝皇庄堡赶去。墙头上站了好几个人,他们都抻着脖子朝老虎崖那边看。姜吉忠心里发急,也没打声招呼,昂着头进了门洞里。迎面碰到堡里的两大闲人——魏三和贺老六,姜吉忠眉头一皱,厌恶地瞥了两人一眼。魏三挽着贺老六的胳膊,两人一扭一拐地往外走。

"大叔啊。"魏三一把拦住姜吉忠,"到底是咋回事?"

"你问俺?"姜吉忠说,"俺问谁?"

"你问波棱盖儿呗。"贺老六嘻嘻笑着,"波棱盖儿要是不知道你就问胳肢窝。"

"去你娘的。"

"大叔啊,一早就看见小燕飞机在天上飞,你追我撵的,轰隆隆的震得人耳朵疼。"魏三问,"俺咋听到一声炸雷响,不是撞山了吧?"

"撞山啦?"姜吉忠想起老虎崖那边浓烟滚滚,不禁心里一紧。想到穿着皮衣皮裤的骑手进了堡,这事就不会那么简单。他的眼皮跳得更急,仿佛毛猴子在眼眉上荡秋千。谁能说和姜家没有关系?谁能说和怀江没有关系?姜吉忠没心思啰唆,紧着就往里走。贺老六站立不稳,差一点儿跌在姜吉忠的怀里。一股酒气和臭气直逼过来,姜吉忠猛推一把,将贺老六推到魏三的怀里。贺老六嘟囔了一句,听着不是好话。姜吉忠瞪着眼让他再说一遍。贺老六不敢造次，随着魏三一扭一拐地出了堡。进了堡里，姜吉忠加快脚步朝街里赶，有人朝他打招呼，姜吉忠哼哈答应着，一点儿都没有停下脚的意思。路过老柳家羊汤面馆，伙计尹小脚从门里头伸出脑袋，尖了嗓子喊："叔啊，你家来贵客啦？"

"啥贵客？"

"叔啊，晌午带贵客来吧，昨天现杀的羊，吊了一宿的老汤，味儿醇香，韭菜花也是刚送来的。"

"再说再说。"

"叔啊，咱就这么说定了啊，中午给您老留一桌。"

"再说再说。"姜吉忠疾步往家里赶，肩上的草不知不觉就散了捆，一撮儿一撮儿直往下掉。小惠她妈蹲在门口洗鱼，猛抬头，见姜吉忠有影无魂的样子，就笑着对小惠说："瞧哇，你老姜叔从身上往下直掉毛。"

小惠跟着笑，还朝姜吉忠打了招呼，姜吉忠"嗯"了一声，从她娘儿俩眼前走过。小惠她妈收了笑，撇了撇嘴："不就是当了个破参谋长嘛，看把他嘚瑟的。"

"人老姜家就有嘚瑟的本钱，你就是看着眼热吧。"小惠怼了她妈一句。

"放你妈的臭狗屁。"小惠她妈一瞪眼，猛摔了手中的鱼，大声嚷嚷着，"俺就是没生个带把的，俺要是有儿，不是巡抚也得是大元帅。"

"你就吹吧，也不怕风大闪了舌头。"

"臭丫头，吃枪药了吗？"小惠她妈瞪圆了眼睛骂，"咋一说起老姜家你就跟俺拧劲儿？"

"我……"小惠的脸突然火烧火燎，耳朵边儿轰轰直响。她瞥了一眼对面的姜家胡同，讪讪地回了屋。

皇庄堡是个依山建造的城堡，东西长一千步，南北宽七百步，一横一竖两条主街。姜家在东街的胡同里，原先大门开在街面上，老一辈的人都记着姜家的大门楼，要多气派有多气派。前些年，姜家落了威风，临街的大门被堵上了，大门楼也拆掉了。姜家在胡同里开了个门，人前人后，夹起了尾巴。直到后辈中出了个参谋长，老姜家才又露出了兴隆的曙光。皇庄堡的乡亲恍然大悟，敢情人老姜家急忙忙地改换门庭就是为了这一天。

刚进胡同里，就见门前站了一堆人，连老榉树上都挂了几个人。所有人都伸脑袋往院里看。姜吉忠的腿就软了，想紧走几步，那双腿却摇摇晃晃不听使唤。秋收猛喊一嗓子："老大回来了。""老大"是长辈们对姜吉忠的称谓，若论起来，秋收比姜吉忠小一辈，他不知深浅地喊了一嗓子，听起来十分突兀。姜吉忠瞪了他一眼，强忍着没骂出口。门洞里拴着大白马，姜吉忠连忙将肩上的草翻到大白马脚下，拍了拍大白马的脖颈，指着地上的草让它吃，大白马的脖颈湿漉漉的，姜吉忠扯着袖筒子给擦了汗。秋收说："老大，还磨蹭啥？快进去看看吧。"

"鳖犊子！"姜吉忠骂了一声，背着手进了院。

姜怀有紧随着跑了回来，他没有跟爹进院里，他的眼里全都是大白马，仿佛见到了亲人。姜怀有抓了一把草递到大白马的嘴边，大白马叼着草棵，静静地看着姜怀有。姜怀有的心里头痒痒，真想美美地骑上一圈儿。自从见到大白马第一眼，他就被勾住了魂儿。长这么大，姜怀有还从来没有见过这么高这么壮实的马，做梦都想不到这马还会跑到他家门口。别看姜怀有还是个少年，却天生是块骑马的好材料。都说这小子是从娘胎里带出来的本事，没学会跑先学会了骑马。在堡里，姜怀有的大号没几个人能记得，"塔哈"这个外号却妇孺皆知。谁也搞不懂"塔哈"是啥意思，连他爹姜吉忠也搞不懂，"塔哈"是姜怀有的妈妈给起的。

"塔哈，野儿子来认亲了。"秋收拍着姜怀有的后脑勺，拍得啪啪响，秋收说，"看脸蛋儿，长得可不像你。"

"你长得像。"姜怀有怼了一句，又骂了一句，"你妈才来认亲。"

"臭小子！"秋收一巴掌呼在姜怀有的脸上，打得那个脆响，连树上的人都听见。树上的人齐声问："谁打的谁？"姜怀有捂着脸，朝树上嚷："眼瞎吗？"刚嚷了一句，姜怀有突然脑袋一低，老鹰一样冲向秋收。秋收一点儿防备都没有，一下子就被撞了个跟头。刚要起身，大腿根儿被大白马猛踢了一下。秋收疼得嗷嗷直叫，打了几个滚儿躲开了。姜怀有哈哈大笑，指着秋收喊："踢死他！踢死他！看他还敢欺负人！"笑了一会儿，他摸着大白马的脊背，眼中迸出了几滴泪水。瞬间，就对大白马产生了依恋之情，仿佛很早就认识。他的脸颊被秋收扇得火辣辣地疼，怎么揉都不好，奇怪，只要将脸贴在大白马的脖颈上，立马就不疼了。姜怀有紧贴着大白马，真想喊它一声"娘"。"娘"没喊出来肋部却又是一阵剧痛。

秋收握着木棍朝姜怀有一阵乱捅，姜怀有抵挡不住，连忙推开院门，一头扎进院子里。转过影壁墙，姜怀有去了上屋。屋里满满登登的全是人，堂上坐着爷爷和三爷，他爹姜吉忠坐在一旁，三叔姜吉连坐在下首，五叔姜吉遥双手抱在胸前，怒视着穿皮衣的人。穿皮衣的人双手叉腰，也在怒视着五叔。姜怀有围着他们转了一圈儿，搞不清他俩是在作对还是闹着玩。三奶从里屋出来，朝五叔虚点了几下，还努了努嘴。三奶的神情有些古怪，姜怀有看不出她是要笑还是要发脾气。姜怀有挨个看，觉得每个人都挺怪的，他看不明白他们都在想什么，也看不明白他们接下来要做什么。姜怀有一头钻进里屋，里屋满堂堂的全是女眷，都围着炕上的一个小小子，小小子手里掐着一只苹果，大眼睛瞪得溜圆。奇怪，一旁的怀江大嫂却在低头抽泣。姜怀有捅了捅四姑娘，想知道她为什么也跟着抹眼泪。四姑娘没理他。他又捅了捅两个侄女，两个侄女也没理他。

"你啐谁？"

"就啐你咋的啦？"五叔瓮声瓮气地说，"呸！呸！"

姜怀有猛听要干架，便风一样冲到堂屋，眨眼间，穿皮衣的人的脑袋和五叔的脑袋顶在了一起，胳膊也搭在对方的肩膀上。看样子这就要顶上牛了。爷爷磕着烟袋，就像擂着战鼓一样。爹也站起来，紧盯着这两个人。吉连三叔胆子小，不停地往后退，生怕被沾了包。吉遥五叔伸腿想绊倒对方，穿皮衣的人双臂一晃，塌腰后退一步。五叔趁机冲前一步，肩膀顶在对方的肩膀上，伸手去捞他的大腿。穿皮衣的人再退一步，下压后蹲，趁五叔下盘不稳，突然转身搂住了他的腰，眨眼间，五叔就被摔在门边。穿皮衣的人拍了拍衣服上的灰尘，不屑地说："跟我斗，你不是个儿。"

"塔哈！小鳖犊子！"五叔朝姜怀有伸出手，"快拉俺起来。"

姜怀有将五叔拉了起来，五叔还要上前顶牛，被姜吉忠喝住了。姜吉忠让姜怀有给穿皮衣的人递去一条板凳。这人脱去皮衣，摘下白毛巾擦脖子上的汗水。三爷挖了一袋旱烟，撮实了，让姜怀有递给他抽。

"照你这么说，这孩子真是怀江的？"爷爷眯缝着眼睛看着那个人。

"那还有错？"那人说，"我千里迢迢把他送过来，还能有诈吗？"

"口说无凭啊。"爷爷说，"老姜家从上到下没听说过怀江有这么个儿子。"

"参谋长只吩咐我来送孩子，也没给我凭证。"那人说，"你们要是不认，我可要领走了。"

"等等！"姜吉忠急着说，"年轻人，你的性子也太毛躁了。"

"怀江现在在哪里？"爷爷问。

"参谋长正在带着队伍撤退。"

"往哪儿撤？"吉连三叔问。

"我不清楚！"

"奉军不想打了吗？"爷爷吃惊地问，"这就把地盘让给小日本啦？"

"打不打是上面的事，我就一个飞行员，上哪里弄清楚去？"

"飞行员？"三爷问，"飞行员是干啥的？"

"俺知道，俺知道。"姜怀有抢着说，"三爷，飞行员就是开小燕飞机的。"

"滚一边去。"五叔瞪着姜怀有说，"没有你插不上嘴的。"

"小小子头顶上有三个旋儿。"三奶又从里屋出来，笑眯眯地说，"肯定是怀江的种，和怀江小时候一模一样。"

对姜家来说，凭空多出来一个大小子，哪有不高兴的？只不过，这桩喜事来得太过突然，把一家人造蒙了。第一个不接受的就是怀江的媳妇，她万般地委屈和不甘心，不亚于听到了晴天霹雳。怀江媳妇大哭大闹，拽起一根绳子就往房梁上抛，女眷们一把没抓住，怀江媳妇就把自己吊上了。男人们也顾不得忌讳，一起搭手将她扯下来。好说歹说，总算安抚住了。怀江媳妇这么一闹，喜事也不成喜事，一家子哭不得笑不得，干靠着，等着主事的爷爷定调子。

姜怀江也不容易，在奉军里混了这么多年，总是踩不到点儿上。谁料，郭松龄反奉失败，张大帅一路清算下来，撸下来不少军官，奉军有了大把的空缺。姜怀江红运当头，三升两调，竟然升为新编混成旅的参谋长。喜讯传到皇庄堡，姜家扬眉吐气，就是想低调都不行。镇上来人祝贺，县里来人祝贺，进进出出的全是有头有脸的人。姜怀江不但是姜家的骄傲，不但是皇庄堡的骄傲，俨然是清河两岸的骄傲。也就是从这时开始，姜家就有了在街里重开大门的念头。也是从姜怀江当了参谋长，姜家的爷爷就端起了架子，走路不紧不慢，说话不紧不慢，还喜欢帮人拿主意。怀江媳妇转眼乌鸡变成了凤凰，落了个太太身份。没事的时候，怀江媳妇喜欢东街西街瞎转悠，一路走着，一路洒满了笑声。一旦谁喊一声"瞧，参谋长太太"，怀江媳妇都能美得昏厥过去。小惠她妈和怀江媳妇脾气秉性合得来，两人走得近，背地里没少点拨她，要她小心男人变坏。别的话怀江媳妇听不进去，这样的话却实打实地坐在了心头。怀江媳妇越听越紧张，闲来就瞎琢磨，越琢磨越觉得怀江能变心。她坐不住了，她得去队伍上看着怀江，把他捏在手心里，不能让别的女人夺了去。怀江媳妇张罗着要随军，每次怀江回来，她都要吹上一阵枕头风。姜怀江从没往心里去，找着各种各样的理由应付她。怀江媳妇越发怀疑自家男人在外面胡来，只是苦于拿不住他。越怕啥就越是来啥，突然间，姜怀江就派人送回了一个小小子，这让她如何能接受？这是骗了多少年啊？恐怕当连长那会儿就养了女人吧？怀江媳妇咽不下这口气，她哭了一程闹了一程。怀江媳妇不消停，喜事就不算是喜事。老姜家就不能顺意。尤其是当家的爷爷，夹在孙子和孙媳中间难做人。长孙怀江最当爷爷的意，可以说是爷爷的命根子，自从当上了参谋长，爷爷每天都是笑呵呵的，嘴边全是夸人的词儿。爷爷对怀江媳妇也是一百个当意，家里头的事，基本上就交给她做主。谁能想到，大水冲了龙王庙，爷爷手下的两个最当意的人之间生出了嫌隙，这让他心里头火烧火燎般的难受。

　　凭空送来了一个小小子，爷爷早就大喜过望了。他得忍住了，还得装出很生气的样子，要表现出公允来。爷爷黑着脸骂，骂天骂地，骂那个不曾谋面的狐狸精。狐狸精好歹给姜家生了个小子，也不能骂绝了。爷爷又骂，骂来骂去，骂起了欺人太甚的日本关东军。爷爷骂了足有半个时辰，骂得荡气回肠，骂过了，考虑到怀江媳妇未必解气，便命姜吉忠铺纸，他要给怀江口授一封信。姜吉忠铺了纸张，研了磨，提笔看着他爹。爷爷要求把他的话原原本本地写上，一个字都不许落下，"怀江孙儿：偷偷摸摸不是大丈夫所为！"还让写上："无论你在外面如何逢场作戏，爷爷都不干涉，但你切记，爷爷只有一个贤惠的孙媳妇，你敢带野女人进姜家的门，爷爷就不认你。切记切记！"爷爷故意猛拍了一下桌子，"否则，你爷爷死都不会瞑目。"

　　"爷爷！"姜怀有担心怀江大哥听了这话就再也不回来了，"爷爷，你别吓唬俺大哥。"

　　"塔哈，还有你，你也不是啥香饽饽。"

　　"爷爷，你骂俺干啥？"

　　"胆子大得能把天给捅个窟窿，你给俺小心点儿，赶哪天给你来顿棒子炖肉！"爷爷一口一口地抽烟，一眼一眼地瞪着姜吉忠，仿佛他才是躲在后面的主谋。

　　飞行员热得坐不住，站起来把皮裤脱了，脸上的汗还是不停地往下淌。三爷爷让吉连媳妇去找一套风凉的衣服给他换上，三爷爷的嗓门大，称飞行员"七郎"。姜怀有听见了，心里头猛地一震，他凑到飞行员的眼前，摸着光滑的皮衣，轻声问："你是杨家将吗？"

　　"杨家将？"飞行员愣住了，伸手刮了下姜怀有的鼻子，笑呵呵地说，"我是姜七郎，不是《杨家将》里的杨七郎。"

　　"姜七郎？"姜怀有打量着这个人，"你姓姜，俺也姓姜，俺叫姜怀有。"

"姜怀有？"姜七郎说，"我想起来了，参谋长提起过你。"

"俺大哥咋提俺的？"

"说你有个好玩的外号。"

"塔哈！"姜吉遥说。

"不，参谋长叫他怀有小弟。"姜七郎摸着姜怀有的脑袋，笑眯眯地说，"参谋长挺惯你的。"

姜怀有的心里头暖烘烘的，没想到一向威严的大哥会惯着他。如果大哥在场，姜怀有肯定会搂着他的腰，黏着他，哪怕让他扇几巴掌也乐意。大哥不在场，姜七郎就是大哥的化身，就凭他捎来的这几句暖心的话姜怀有就对他有了好感，他情不自禁地套近乎，朝他傻笑。

姜吉忠是远近闻名的大孝子，提起姜吉忠的孝顺劲儿，没有不竖大拇哥的。他这辈子就没跟爹说半个"不"字儿，从来都是爹说啥是啥，即便是对儿子们的教育，也几乎全由老爷子负责。姜怀江当年弃商从军，他是想不通的，是坚决反对的。他想去劝儿子打消这个念头，如果怀江不听话，惹急了真能敲断他一条腿。那些日子，姜吉忠心情糟糕，像个疯子一样见谁怼谁，急眼了还会号上两嗓子。只是，他的愤怒不起作用，家里头没人在意他的愤怒，也没人去安抚他，甚至都没人搭理他。这都因为他爹当家做主，他不过是爹的一只胳膊或者一条腿，实在是没有地位。

姜怀江从军前曾和爷爷有过一次深谈，当时，没有第三人在场，怎么谈的，谈了些什么，谁也不清楚。自打这次谈话，姜怀江铁了心，回去就辞掉了商号里的差事，招呼都没打一声，提溜着行李箱就上了火车。直到考上了军官学堂，才写信告知家里。姜吉忠被惹翻了，嚷嚷着要去沈阳，嚷嚷着去卸掉儿子的一条腿。他能不生气吗？再熬两年，姜怀江就成为商号里妥妥的一个大班先生，这么好的前程说扔就扔了。姜吉忠先去了大连，和商号老板说了一大车的软和话，求人家再给一次机会。商号老板说："咱这里水浅，养不来你家怀江那条大鲨鱼。"一句话就把后路堵得死死的。姜吉忠回到家就倒下了，暗地里掉了许多眼泪。想来想去，他决定去沈阳。他想教训一下怀江，出一出心中的恶气。姜吉忠打了行李卷，扛着就要出门，被他爹拦住了。

"吉忠，你先别莽撞。"老爹说，"俺估摸着老姜家也该出一个武将了。"

"啥武将，不过是个大头兵。"姜吉忠气恼地说，"自古以来，好铁不打钉，好男不当兵，怀江偏偏要穿这二尺半，非要吃这口饭，这是喝了啥迷魂汤啦？"

"你别瞎琢磨，怀江也是抱着一颗救国救民的赤胆忠心才当兵的。"老爹说，"他的眼界比咱爷俩要高出许多。"

"兵荒马乱的年月，当兵就是送死！"姜吉忠跺着脚说，"怀江在商号里就要熬出徒了，凭啥把好端端的饭碗说扔就扔啦？"

"舔日本老板的腚沟子算是好饭碗？"老爹反问一句，"亏你说得出口。"

"咱老老实实卖力干活，和日本老板又不套近乎，咱就挣咱该挣的钱，怎么就不行啦？"

"以前还行，以后就不行。"老爹猛敲了下桌子，"别忘了你两个叔是咋死的，别忘了咱家临街的大门是咋被堵上的。"

爹的一句话犹如一盆兜头下来的凉水，猛地，姜吉忠就被激醒了。是啊，怎么就没想到这一节呢？老姜家和日本人有不共戴天之仇，咋就没想到这一节呢？虽然商号的经理是中国人，可是，商号的幕后老板却是妥妥的日本人，怎么就没想到这一节呢？

"小日本迟早还会朝咱捅刀子。"

"谁说的？"

"怀江说的。"

"他就胡咧咧。"

"一点儿都不是瞎说，小鬼子狼子野心，甲午年不是捅过咱一回吗？庚子年不是又捅过一回吗？你有脑子没有，你的两个叔叔怎么死的？你咋这么快就忘啦？"

"那不能。"姜吉忠心头一震，"死了都不能忘，小日本和咱老姜家有血债！"

"这就是了，咱和狼在一起混能有个好吗？"

"可是，咱和不带枪的日本人学做生意……"

"糊涂！"爷爷瞪着姜吉忠，"你知道他们做啥生意吗？怀江说过，在大连港，有一大半的日本商行都在倒腾咱东北的煤，把咱的煤啊铁啊大豆啊全都运到日本，还把咱老虎崖上千年的大木头都运了回去，这些，你知道吗？小日本家家户户盖房子打家具，用的都是咱东北的大木头，咱的好东西都让他们拿走了，小日本把你给卖了，你还帮他数钱，你说你糊涂不糊涂？"

"一码归一码。"

"咋就一码归一码？你别忘了，老姜家的爷们儿是有血性的。"

"咱是让孩子做买卖混饭吃，你老说的这些都扯不到一起去。"

"咱家被小日本毁了两条性命，这个仇你爹就是死了都不带忘的。真到了节骨眼儿的时候，别说是你，就你爹这把老骨头都要上去拼命，那是仇人相见分外眼红。关键时刻，你得上去，你儿子全都得上去。"

"小日本真敢下刀子，俺第一个不答应。"姜吉忠挺起了胸膛，"只是，你老得说清楚了，到了啥地步才算是节骨眼儿？"

"嗯？"老爷子怔住了，"怎么说呢？假如有一天，咱家的大门又被小日本给堵上了，那就是节骨眼儿。"

姜吉忠想了想，觉得那种状况不可能再发生一回，他不愿和爹顶嘴，便低头抽闷烟。

"罢了罢了。"姜吉忠磕了磕烟袋锅，恨恨地说，"让这小子闹去，总有一天碰得满脑瓜都是大包。"

姜怀有那时还小，爷爷和爹的对话从他耳朵眼儿里灌进去，破天荒地在心头扎下了根儿。本来，他是没有资格听大人们说话的，他在家里就像空气一样，没人看得见，也没人摸得着。整天在各房里蹿来蹿去，蹿出火了也没有人愿意搭理他。叔叔婶子嫌他闹腾，有时踢他两脚，有时掐他一把。只要不被爷爷发现，没人肯出面替他说句公道话。爷爷讲这番道理的时候，姜怀有就在旁边，五叔还呵斥他，让他滚开。爷爷打了横，爷爷说："就让他听一耳朵吧，咋说他也是咱老姜家的崽子，真到了节骨眼儿上，也能管点儿事！"

"他能顶个屁用！"五叔嘟囔了一句，"还没有两块豆腐高。"

姜怀有头一次明白作为姜家的男人是有责任的，头一次明白到了节骨眼儿他得冲上去。那天，姜怀有还知道以前老姜家的大门是朝南开的，后来，被两个日本鬼子强逼着改了方向。日本鬼子还捆了他的两个叔爷，拴牲口一样往外拖，叔爷死也不肯走。日本鬼子就用钢勺将一个叔爷的眼珠子抠了出来。后来，两个叔爷被拖到胡同里，一枪一个给打死了。

"抠眼珠子，那该多疼啊？"姜怀有哆嗦着，"小鬼子，他娘的小日本！"

小小子的到来，不但太爷爷心里头乐开了花，爷爷姜吉忠心里头也是美滋滋的。自打怀江当上了参谋长，他就来了个一百八十度大转弯，全部彻底地倒向了儿子。在他心里头，怀江就是天，他甘愿给儿子当配角。从此，无论怀江说什么做什么都是对的，怎么会错呢？奉军混成旅的参谋长不会错。小小子是怀江的种，不会有错的，认下了认下了，交给怀江媳妇养着，怀江媳妇就是亲娘，让外面的野娘们儿张嘴号丧去吧。姜吉忠的态度就是爷爷的态度，大家都等着怀江媳妇表个态。怀江媳妇哭也哭了，闹也闹了，爷爷一句斩钉截铁的话将她说平和了。爷爷说："外面的野女人活着不能进老姜家的门，死了不能入老姜家祖坟。"有了这道"圣旨"，怀江媳妇的气也就消了，能争的都争到手了，再闹下去也就没趣了。怀江媳妇不是个泼妇，不是那种心眼儿窄的女人。她只恨怀江守得死死的，一个被窝里睡了这些年，竟然一点儿口风都不露。把她当啥人了？当成水缸啦？当成柳条筐啦？她是发妻，世上只有她最心疼他，不但心疼，还不忍心骂他，不忍心坏了他的好名声。她告诫自己，日子该怎么过还得怎么过，看在老人们的分儿上，一切委屈都得被大风刮走。怀江媳妇擦去了泪水，双手拍着膝盖，突然露出了笑容。

"上天给俺送来了一个小小子，这是喜事。"她打量着小小子，越看心里越欢喜。小小子黑漆漆的大眼睛也在盯着她，她心里头最柔软的地方突然被触碰到了，暖意涌遍了全身。怀江媳妇抚摸着小小子的脸蛋儿，小家伙的脸蛋嫩得一掐一包水儿。只可惜，两腮苍白，看着像病秧子。怀江媳妇一把将小小子抱在怀里，猛喊了声："俺的儿呀。"那眼泪就像断了线的珠子一样滚落下来。桂英和红梅两个见状，也伏在她的身上，娘儿几个搂在一起放声大哭。

"快起来！哭啥哭？"四姑娘一手一个把桂英和红梅揪起来，"有你们啥事儿？"

"不哭，咱都不哭。"怀江媳妇止住了哭，又亲了亲小小子的脸蛋，把脸贴在他的脸上，搂得紧紧的，生怕小小子被老鹰叼走了。三奶拢了下怀江媳妇额前的乱发，朝她竖起了大拇哥。三奶说："不愧是参谋长的太太，你是宰相肚里能撑船——真有度量。"

三奶这么一说，怀江媳妇又捂住了眼睛。姜怀有见大嫂子没哭出声，知她消停了，心里头的大石头就落了地。他比谁都担心大嫂子闹，也比谁都担心怀江大哥挨骂。他两口子闹矛盾，最着急的就是姜怀有。姜怀有想让屋里人都松快松快，便一把将小小子手里的苹果夺下来，朝空中连抛了几回，笑嘻嘻地说："小子，俺给你变个戏法玩儿吧。"小小子愣怔着看他。"俺给你变个大月亮。"姜怀有一本正经地说，猛咬下一大块果肉，三下两下吞进肚里，举着苹果让小小子看，"你瞧，像不像月亮？"众女眷一齐喊声打。姜怀有继续说："俺再给你变个小鸡子吧。"说完，伸手朝空中一指，趁小小子扭头去望，姜怀有闪电般地掏了一下他的小鸡子。年长的女眷早就笑倒了，年轻的姑娘恨得"臭塔哈坏塔哈"地乱骂。

"他叔，快别逗孩子了。"怀江大嫂子都笑出了眼泪，她朝姜怀有的额头虚点着。

"笑一个！"姜怀有朝小小子打着响舌，又伸出长舌头扮着鬼脸。小小子一直怔怔地看着姜怀有。姜怀有更加夸张地逗他，一会儿扭脸，一会儿撅屁股，一会儿鼓嘴，一会儿像吊死鬼那样翻白眼。小小子黑葡萄一样的眼珠子转哪转哪，突然，对准了姜怀有的脸猛扇了一巴掌。姜怀有没有提防，结结实实地挨了一个大耳刮子，他捂着脸，茶呆呆地看着小小子。怀江大嫂担心遭报复，一把搂过小小子，护住了要害部位。怀江大嫂柔声说："儿呀，他是长辈，你可不能打他。"

"大嫂，他真的是俺怀江大哥的野崽子吗？"姜怀有捂着脸，不怀好意地问，"俺看像假的，长得一点儿都不像咱家人。"话音未落，小小子又给了姜怀有一巴掌。这回，姜怀有闪开了，又闪电般地回打了一拳。怀江大嫂搂着小小子，护着小小子，贴着他的耳朵说："儿呀，不能打，别看他年岁不大，他真的是你老叔。"

"小崽子。"姜怀有气哼哼地骂了一句，如果不是担心被大嫂责骂，他早就动了拳脚。

姜吉忠写好了家信，交给姜七郎，托他捎给姜怀江。对姜家来说，这是一个难忘的日子，对皇庄堡来说，这一天，却是晴天中的霹雳。多少年以后还有些不明就里的人私下认为，自从来了这个飞行员，皇庄堡就接上了霉运。确实，飞行员姜七郎带来了疾风暴雨，带来了恐惧，也带来了日本鬼子隆隆的炮声。尤其是对保长姜长深来说，这一天，属实是灾难的开始。从第一声爆炸声响开始，他就像丢了魂一样，往常的沉着、往常的仪态突然就吓没了。在酒馆西施翠花看来，这一天的姜长深就像一只被惊着了的狍子，连动都不会动了。过了好一阵子，姜长深才恢复了知觉，他一骨碌爬起来，胡乱地往身上套衣服。翠花以为他被脏东西魇着了，就给他抹胸口捶后背。姜长深拨开翠花，急吼吼地问："你听到啥啦？"

"没听到啥呀？"翠花故意逗他，"啥也没听见，你是不是魇着啦？"

"明明是爆炸声嘛，轰！轰！你没听着？"姜长深急着往外走，翠花也没了情绪，目送他出了屋。姜长深没有急着回家，他站在街心，东南西北看了一遍，没有看到可疑之处。他怀疑是不是真的被魇着了，也许翠花说得对，是让脏东西魇着了，本来就没啥爆炸声，没有，一切正常，一切照旧。姜长深低着头，朝村公所走去，突然听见一阵轰鸣声，震得脑袋疼，震得心里头直扑腾。几架小燕飞机从头顶飞了过去。姜长深一摸脑袋，天哪，不是被脏东西魇着了，天哪，真真实实的大战来了。在街边拐角的地方，姜长深遇到了小土豆，小土豆扎了一筐猪草，站在大墙下看他。姜长深摸了摸儿子的脑袋，让他告诉家里一声别等他吃饭。小土豆依偎着他不走。姜长深摸出了一块牛皮糖，剥了糖纸，塞到小土豆的嘴里。小土豆这才松开手走了。姜长深三步两步进了村公所，贺老六正往外走，两人差一点儿撞了个满怀。姜长深心里发急，抬手就是一拳，贺老六也不恼，扶着门框朝他笑。姜长深还要打，贺老六说："全都给你收拾利索了，你还要打？"姜长深收了拳头，往里瞅了瞅，别说，昨晚还乱七八糟的村公所，让贺老六这个酒鬼收拾得整整齐齐。姜长深摆了摆手，示意赶紧滚蛋。贺老六还没出院子，又被喊住了，姜长深伸出脑袋吩咐贺老六去看看有啥异常。贺老六没听懂，还在院子里发傻，姜长深跺了下脚，怒骂着："你是聋子吗？"

"不是啊。"

"你没听见爆炸声吗？"

"听见了。"

"那你还傻站着？"姜长深猛一挥手，"快去看看哪！"

姜长深抬头望着屋顶，他在琢磨着到底发生了什么，其实，他已经猜了个八九不离十，他只是不敢相信，咋说来就来啦？屋顶上有个燕子窝，几只小燕子从豁口处进进出出，在房梁上叽叽喳喳。往日，心情愉悦的时候他会朝小燕子打声呼哨，好比和老熟人打声招呼一样。此时，姜长深嘴唇撮起，却总也发不出哨声。这阵子的大爆炸声简直把他的胆子吓破了，他对着房顶上的燕子喃喃地说："你们说，还真的能打起来吗？"一个多月前，姜长深去镇上开会，去的时候还以为是例行公事。没想到，黄镇长开门见山：通告关东军在沈阳展开了行动。还说关东军本庄繁司令已经去沈阳坐镇。黄镇长的嗓门比往常拔高了好一块儿，姜长深听着像打雷一样，不由得心惊肉跳。天天说打仗，他一直不信，都当了耳旁风。这就打起来啦？前些日子，姜长深听到跑买卖的人说小日本进沈阳，他当时还没太警觉，虽然恨小日本嚣张，也就仅此而已。那时候，他两耳不闻窗外事，只要皇庄堡不出事，他就稳坐他的钓鱼船。他挂在嘴边的一句话是："管他呢，谁来了咱老百姓都得纳粮。"很多人都心领神会地笑，都跟着这么说。姜长深可以对天起誓，他这话里绝没有要给小日本纳粮的意思。黄镇长这个人不简单，他看得要比姜长深远得多。他想的不单是向谁纳粮的问题，话里话外，黄镇长已经有了要换个活法的打算。

"好家伙，这回咱可长见识了！"黄镇长兴奋地说，"日军攻占沈阳时，你们听好了，节骨眼上，一个关东军士兵顶上二十个奉军大头兵。"他伸出两个巴掌，翻来覆去地比画着，"二十比一，你们说，这仗还有得打吗？"

"小张和他老子老张比就是个尿泥。"帽盔山村的阎保长嘟囔了一句，"还不如换一批老马匪上去打，说不定还打赢了。关东军不怕奉军，关东军就怕马匪。"

"你还别说啥马匪。"黄镇长接过话茬儿，"下一步，关东军的重点就是清剿他们，到时候，你就知道谁怕谁了。"

姜长深无法理解奉军是干啥吃的，二十个打不过一个，说给谁听谁信？要说不信，东北各地陆续沦陷却是真的。也是从这次会上，姜长深对奉军有了轻视甚至蔑视之心，对日军的实力有了新的认识。

"你们猜，关东军出了多少人马打下的北大营？"黄镇长急切地问，"猜对了赏一根儿'老刀'抽。"

"这谁能猜得到？"

"不会是一个混成旅吧？"姜长深对部队的建制并不熟悉，只知道"混成旅"这个概念，这还是从姜怀江那里听到的。

"狗屁。"黄镇长的小眼睛里露出了点点凶光，"关东军总共出动了六百人的一个联队，就把北大营给踹了。"

"六百人？"姜长深以为黄镇长说错了，故意提醒一下，"就这点儿人马？"

"千真万确，六百人马把一万多奉军打得满地找牙。"

"真他妈的尿泥。"阎保长又骂了一句。

黄镇长描述了关东军山野炮的厉害，配合着声调，眉毛上蹿下跳，就像眉毛上荡着两只活猴子。黄镇长狞笑着说："关东军开花炮一响，碰到房子房子塌，碰到人人就脑袋搬家。"随着黄镇长爆炸般的腔调，姜长深的眼前突然一阵阵发黑，仿佛头顶上火光四射耳畔炮声隆隆一般。他并不是一个贪生怕死之辈，却突然担心皇庄堡会遭到不幸。黄镇长再说了些什么他一句也没听进去。他管不了那么多闲事，他安慰着自己，不怕不怕，战事离皇庄堡远着呢，没什么好怕的。光安慰自己不怕也不是办法，得想出万全之策，管好皇庄堡不出乱子，能安稳度过乱世。他自己跟自己发狠，时不时地咬着牙说，"他娘的，谁也别想打俺们皇庄堡的主意！"

姜长深是皇庄堡的保长。保长保长，就是保护一方土地的平安，这是他的底线。为了这层底线，他可以豁出命去。会上，黄镇长强调各村各屯都要冷静，要听从统一指挥，无论遇到什么样的突发事件，各村各屯都不得擅自应对。黄镇长认为当务之急，各村各屯要发展武装，力求自保。黄镇长提醒各位，这是一次千载难逢的机会。

"南朝北国，上下五千年，朝廷啥时允许老百姓可以私自扛枪？"黄镇长瞪着小眼睛说，"机会难得，有了枪，腰杆子就硬。咱买枪买子弹就是为了对付胡子，都记住了，咱们的头号敌人是胡子！"

"关东军呢？"阎保长问，"咱买枪不是对付关东军？"

"关东军咋会是你的仇敌。"黄镇长说，"人家关东军是文明之师，人家有军法在那里摆着，你不惹他，他不惹你。你怕他啥？土匪可是不讲理的，你不惹他，他也要惹你，惹了你，你就死也死不成，活也活不了。"

黄镇长的话，大家都是一耳朵听一耳朵出。小日本关东军啥时候成了文明之师？狗屁吧！这些年，关东军没少祸害铁道沿线的老百姓，他们防着老百姓靠近铁道，就像防贼一样。他们担心老百姓偷道钉，担心老百姓偷枕木，还担心小孩子在铁轨上放钉子。巡逻队见到小孩子在铁道边玩耍，捉住了就用柳条抽，就逼着小孩子说在哪里放了钉子。许多小孩子都被吓出了抽风病。有的巡逻队不打小孩儿，还给糖吃，吃是吃，你得告密。谁告密就奖励谁。什么秘密都想知道，家里家外知道的不知道的统统说出来。如果不告密，还是一顿打。这样的军队还能算是文明之师吗？

皇庄堡离铁道远，轻易不去触碰霉头，除了老姜家，其他人家和关东军也没发生过纠纷。因此，姜长深对关东军没有太多的偏见，皇庄堡的老百姓和他的想法差不多，都不愿意招惹日本关东军。老姜家例外，他们家不知因为什么缘故，惨遭了关东军的毒手。姜长深不是很了解这段内幕，也不好问，问了就像揭人家的伤疤一样。他想不通关东军和老姜家到底发生了啥样的矛盾，居然要把眼珠子抠出来当泡踩。

如果说关东军是恶狼，那么，土匪就更不是东西了。这一带的土匪名声臭得熏人，尽干丧尽天良的坏事。土匪特别能伪装，平时，穿的戴的和周边人一个样，脸上也没刻着字，站在人堆里，谁能认出哪个是土匪哪个是平民百姓？土匪一般是昼伏夜出，三五成群，一票干完就赶紧回家猫着。第二天照例早起，照例出门捡粪，出门放牛放羊，装得像没事人一样。对这样的坏人，各村各屯都没有好的办法。村与村之间还经常猜疑，你看俺村的人不像是好人，俺看你村的人也好不到哪里。黄镇长提出建立民间武装，共同提防土匪，这一点还是引起了各村保长的共鸣。姜长深想得更实际，他满脑子想的都是如何对付"种稻人"。"种稻人"不是土匪，他们抱团儿，一家有难，百家呼应。咋呼起来，够喝一壶的。"种稻人"住在皇庄堡外泉水屯一带，确实是皇庄堡的隐患。如果皇庄堡有了枪，料想土匪、强人都不敢轻易靠近。回到皇庄堡，姜长深召集各家各户开会，主题就是研究成立民防队的事。他把从黄镇长那里听到的话一句不差地复述一遍，一边说还一边模仿着黄镇长那样叹气。姜吉遥看他的样子好笑，忍不住就笑出声来。姜长深怔住了，愣乎乎地问："老五，你笑啥？"

"哥呀，你的眉毛咋还会跑呢？一说起小鬼子你的眉头就瞎乱跑。"姜吉遥比画着，笑得前仰后合。

"老五，你吃饱了撑的吗？"姜长深猛拍了一下桌子，"你还有心思笑，回家瞧瞧吉忠大哥，他的眼皮上还吊了只猴呢。"

"俺哥心情不好。"

"吉遥啊，你咋就不知愁呢？"姜长深说，"知道现在的形势有多紧吗？到了时候，可别笑不出声来。"

"保长，别理他，你继续说。"老范家的二小子范希臣说。

范家和姜家是皇庄堡数得着的大户，平时里，两家总是较劲，给人感觉就是面和心不和。其实，也没啥实质性的矛盾，就是有一些小人在中间乱传瞎话。自从姜怀江当上了奉军混成旅的参谋长，老姜家从气势上就压了老范家一头，两家处得别别扭扭。皇庄堡内，也只有姜长深能稳住他们两家，不至于让两家矛盾激化。其实，姜长深的心里也打怵，谁家撂脸子都够他喝一壶的。姜长深虽然也姓姜，却和皇庄堡的老姜家没有亲缘，当初进堡里的时候，担心站不住脚，就主动攀附姜家。彼此熟悉了，姜家也没拿他当外人，里里外外都把他当成了本家。范家人心计多，财大气粗，可不是好惹的。很长一段时间，姜长深无论做什么，怎么做，他们都在暗地里使绊子，搞得姜长深畏手畏脚。皇庄堡一大半的人家和范家扯亲带故，他们都习惯看范家的脸色行事。范家不高兴，皇庄堡就不高兴，范家不配合，什么也干不成。姜长深一碗水稍稍倾斜一些，小来小去的，就尽可能依了范家。范家也给姜长深面子，堡里大事小情也乐意配合，姜长深心里有数，皇庄堡这些年能相安无事与范家有着决定性的关系。

成立民防队，姜长深首先想的是范家得益，有了枪，范家就不至于被"种稻人"逼得焦头烂额。至于说姜家，姜长深暂时还看不出有啥好处。姜长深心里头还是想成立民防队，有了枪在手里，腰杆子也硬气得多。这事可不是上下嘴唇碰一下这么简单，那得要钱要粮要人。这年月，凡是动钱的差事都是受抵制的。除了这一层，姜长深想到老姜家出了个参谋长，这本身就是护身牌，哪个土匪敢触他家的霉头？老姜家不乐意，这事也不好办。姜长深索性公事公办，该说的都说了，说完就让大家讨论，他等着最后根据情况拿主意。首先，范希臣代表范家表态——钱不是问题。其实，这才是最大的问题。老范家这么一定调，姜长深立马就松了一口气，有了这句话垫底，事情就朝着预想的方向迈出了一大步。范福堂还让儿子捎话："非常时期，村上该花钱就花钱，该怎么花就怎么花。"

姜吉忠显然有些措手不及，他没想到老范家会如此积极。他连忙和姜吉遥商量，又和姜长深碰了头，问大概得需要多少钱。姜长深哪里知道需要多少钱，他含含糊糊地说，按照十里抽一的原则，有钱的换算出钱，没钱的就抽丁去扛枪。

"行啊，你定吧。"姜吉忠代表老姜家拍了板，"日本鬼子欺负咱奉军，叔可忍婶不可忍，婶可忍叔不可忍。"

"大叔，你家到底是谁先忍不住？"李铁匠笑着问。

"去你娘的。"姜吉忠一本正经地说，"让咱皇庄堡这帮握锄把的伙计去拿枪和鬼子打，也真是笑话，让人笑掉大牙。不过，真到了关节上，拿着枪总比举着锄头管用！"

"这和奉军不奉军的没有关系。"范希臣说，"这和日本也没有关系！你没听明白吗？咱皇庄堡设置民防队是防胡子，防那些吃大户强租咱地的'种稻人'。老姜大叔，你可别搞叉劈了。"

"你尽说些屁话。"姜吉遥瞪着范希臣，"'种稻人'抢你家的地种，管俺们皇庄堡什么事？你们老范家拉的屎，你们自己去擦屁股。"

"皇庄堡是你老姜家的吗？"贺老三见表弟有些招架不住，便横插了一杠子，"皇庄堡是咱们所有人的皇庄堡，谁家遇难，咱们都得去帮，还想分三六九等吗？'种稻人'轰轰地下来，强租俺老姨夫家的地，皇庄堡不该出面弹压弹压吗？俺老姨夫不是皇庄堡的人吗？"

"你老姨夫年年抬价码，人家'种稻人'累死累活也不够给你们交租子的，你们还有理啦？"

"你替哪头说话？"范希臣说，"想和共产党穿一条裤子吗？"

"别吵了！"姜吉忠说，"咱不去说旁人，咱不管他们，咱就管奉军，奉军是咱子弟兵，现在奉军正是落难的时候，咱可得伸把手托着。"

一段时间以来，不好的消息长了翅膀一样飞进耳朵眼儿里，不想听都不成，听说关东军在沈阳动了手，姜吉忠却没往心里去，他可不怕关东军明刀明枪地打，真打起来绝没有关东军的好果子吃。怀江说过，哪回闹摩擦，奉军都没让关东军得了便宜去。怕就怕关东军来阴的，偷偷摸摸，这里埋个地雷，那里藏个炸弹。当姜吉忠听姜长深回来说奉军吃了大亏，他的心就揪在了一起，眼皮子突突直跳。二十个奉军打不过一个小鬼子？能是真的吗？怀江呢？怀江下了多大力气练出一支精兵，真能退出沈阳城？姜吉忠满脑子胡思乱想，一会儿姜怀江满身是血站在眼前；一会儿姜怀江被小鬼子撵着打，浑身上下打成了筛子；一会儿姜怀江的眼珠子被小鬼子抠了出来……姜吉忠猛拍了一下桌子，哽咽着说："妈了个巴子，老姜家没有一个是孬种，打鬼子，你要钱咱出钱，你要人咱出人！眨一下眼咱是孬种！"

"咋又是关东军？"范希臣说。

"就说关东军咋的了，不愿听滚蛋！"姜吉遥说。

"好了好了。"姜长深见火候到了，赶紧拦住了他俩，朝着大伙儿说，"咱皇庄堡有能人，姜怀江就是一个，他是混成旅的参谋长。以往，咱请人家回来主事，人家能回来吗？这下也算是坏事变好事，奉军落马了，怀江在外面飘着也没有意思，俺觉得他迟早能回来，到时候，咱把民防队交给他，让他好好给咱练着，咱皇庄堡有这员猛将在，还能怕谁？"

"哼，打得好算盘。"范希臣不满地说。

"还有你大哥范希君，那可是远近闻名的有出息的小伙子，希君和怀江，就是咱皇庄堡的卧龙凤雏。人家希君在日本学的是经济，那可是了不得的，是做大买卖的。"姜长深说。

"俺大哥早就不学经济了。"范希臣拖了长音，"改学军事了，和蒋委员长是一个学校出来的。"

"你说的是老蒋？"魏老道插了一句嘴。

"是蒋委员长。"范希臣得意地说，"老叔，你可别没大没小的。"

"了不得，了不得。"魏老道扶了扶眼镜腿儿，"老蒋收拾了阎老西，收拾了冯玉祥，这下正在收拾江西的列宁党，谁不知道？"

"呵，魏老道你可真不简单，连列宁党都知道？"姜长深打着哈哈说，"俺还真小瞧你了。"

"前些天，南边来了两位道友，他们要去苏联参拜列宁党，两位道友跟俺讲了一天一夜。"魏老道捋了捋山羊胡子，"你们知道吗？列宁党在南边闹得挺凶，这帮人抱团，一窝蜂，见到大户就去抢，大口吃肉大碗喝酒。"

"这不是闹义和团大师兄吗？"李铁匠若有所思地问了一句。

"瞎扯啥呢，再跟你说一遍，人家是列宁党，不是啥义和团大师兄。老蒋这会儿正率百万大军转圈儿'围剿'，现在，全中国的兵都在南边，北面就剩下咱奉军独一家。阎老西、冯玉祥现在都完犊子了。"

"那可好，奉军说了算，咱东北人也硬气！"秋收插了一嘴子。

"你个木头脑瓜子能懂个啥？"魏老道瞥了秋收一眼，"这小鬼子关东军就利用了这个空当，给咱奉军来了个黑虎掏心，想一想，全中国，黄河以北，奉军连个帮手都没有，他焉能不败？"

"帮手呢？"李铁匠问。

"你耳朵塞驴毛了吗？"魏老道说，"刚才不是说了吗？冯玉祥、阎老西全让张少帅给打趴下了。"

"整天就知道瞎嘚嘚。"范希臣嘟囔，"好像你啥都懂。"

"就你懂，你们老范家都是诸他妈的葛亮。"魏三看不得自家老叔被人怼，他跳起来反击，"别忘了，全东北的奉军还没有拉稀，北面还有马占山在顶着。"

"是的，是的。"姜吉忠朝魏三鸡啄米似的点着头。

"你用脚后跟想一想，顶得住吗？"范希臣说，"给你们交个底吧，这回，关东军可是动了真格的，光是机枪和大炮就调来了一百多车皮，黑压压的一眼都望不到边。光是从朝鲜过来的运兵车，几天几夜都没停过，别说是奉军，就是老蒋把全中国的兵马都调过来，也不够给关东军塞牙缝的。"

"你老范家的屁股坐歪了。"魏三道，"中国人替日本鬼子吹嘘，真不要个臭脸。"

姜长深眯缝着眼睛，他故意不说话，故意让他们吵吵，他在观察着每一个人。这些年，上下都摸透了，掀一下尾巴就知道要拉啥屎。闹去吧，闹到最后，都闹不动了，他才好出场。这回，让他意外的是老姜家和老范家在花钱办民防这件事上竟然罕见地达成一致，这是一个好的开始。姜长深心情爽快，他心里有数，大的盘子就算是定了。经过一轮又一轮的呛呛，皇庄堡里的人终于达成共识，无论关东军还是胡子，他们都是十恶不赦的鬼。打鬼需要钟馗，皇庄堡的钟馗就是钢枪，就是民防队。

两天后，村里募集了两百块大洋，姜长深负责购买枪支弹药。姜吉忠建议一起去找姜怀江想想办法，他拍着胸脯打包票，看在他的分儿上，儿子怀江一定会多给几杆好枪。其实，这是姜吉忠的私心，他想趁机去看一看儿子。自打得知关东军和奉军打了起来，姜吉忠就没睡上一个囫囵觉。他的眼前时不时地闪着怀江的影子，没有一个是好的影子，不是浑身是血就是缺胳膊少腿。怀江一天没有消息，他一天就不得安宁。姜吉忠的如意算盘让姜长深一眼就识破了。

"你知道混成旅现在在哪里吗？"

"你即便找到了混成旅，隔着千山万水，你如何安全地把款子带去？你又如何安全地把钢枪带回来？"

姜长深如此一反击，姜吉忠也就蔫了。

姜长深决定再去一趟镇里，既然黄镇长鼓励各屯办民防，他就一定有办法买到枪。从皇庄堡到镇里，步行得走上小半天。往常，姜长深喜欢步行前往。一路走，一路安安静静地想事，乐得两全其美。这回，姜长深是要去买枪，要买很多很多的枪，肯定不能走着去。他就吩咐魏三去姜吉忠家套车。姜长深背着褡裢在村公所门前等着，儿子小土豆和童小宝玩摔泥巴。两人争执起来，童小宝起急，朝小土豆身上狠狠地摔了一团泥巴。姜长深眼睛一瞪，抬腿一脚，将童小宝踹了个狗啃屎。

"你他娘的。"姜长深低声说，"再欺负俺家土豆，小心剥了你的皮。"

魏三赶着大车来了，姜长深凶巴巴地瞪着童小宝，直到童小宝不敢和他对视他才上了车。出了西门口，就是一路下坡，顺着深深的车辙，大车叽里咕噜就冲了下去。下了谷口，走上三里地就到了清河岸边。大车越过小石桥，眨眼间就到了镇里。刚一见面，黄镇长的目光就粘在了姜长深的褡裢上。姜长深拍了拍沉甸甸的褡裢，又拱了几回手，好不容易将黄镇长的目光驱散开。黄镇长搓了几把脸，勉强打起精神。他说这些天一直为搞不到枪发愁。姜长深心里头咯噔一声，感觉自己来得有点儿不是时候。

前几天，黄镇长去了一趟老虎崖，见到了杨团长。以前，他们经常在一起喝酒，酒桌上也是论兄道弟。这回，杨团长的态度却十分冷淡，一提到买枪，脸就拉得老长。好说歹说才答应出三十杆大枪两千发子弹，费用却让人咋舌。黄镇长还在犹豫着，就又来了两拨人，人家交了钱就把枪拉走了。黄镇长立马慌了神，赶紧答应按原先出的价购买，杨团长却说涨价了，得出两倍的价钱。眼睁睁两杆枪变成了一杆枪。黄镇长上了一场大火，嗓子也哑了，连带着牙花子都肿了。他一边诉苦一边朝姜长深摊开双手，连说了几声"钱啊钱啊"就捂着腮帮子唉声叹气。

"镇长，俺带了钱来，你就交枪吧。"

"有钱你就是他娘的大爷啦？"黄镇长冷冷地说，"长深，你傻吗？你不知道镇下面还有二十个村屯吗？你以为镇上光有你皇庄堡一个？谁拿不出几个破钱来？都到这节骨眼儿上了，钱有啥用？一旦土匪冲进村里，钱就是他娘的惹祸的王八蛋。"

"那是那是。"姜长深拍着脸皮说，"镇长，看在俺的这张老脸的分儿上，麻烦你给俺拿枪吧。"

"你带了多少钱？"

"两百块。"姜长深担心黄镇长犹豫，他脑子一热，就把褡裢里的大洋全都倒了出来，整整齐齐地码在桌上，"镇长，先尽着俺皇庄堡吧。"

"尽着你？"黄镇长拉开抽屉，冷不防将大洋全都划拉进抽屉里，刹那间，推上了抽屉。姜长深"哎哟"一声嚷，瞪着眼看着黄镇长将抽屉锁上。黄镇长从柜子后头摸出一把小马枪，拉了几下枪栓，将枪扔给了姜长深。

"快走吧，小心我随时变卦。"

"就这一杆？"

"你还想要多少？"

"两百块，就买这一杆？"姜长深急得差一点儿就吐了血。黄镇长的小眼睛露出了一缕寒光，姜长深没敢翻脸，他不停地朝黄镇长作揖，央求再给一些枪。黄镇长摸出了一口袋子弹扔到桌上，也不说话，也不看他。无论姜长深怎么磨，他都不再回应一句。姜长深索性蹲在黄镇长面前，就那么直挺挺地蹲着，像蹲在茅坑上拉屎一样。

"镇长啊，你让俺咋交代呀？"

"你回去一五一十地说，有一说一，有二说二，告诉乡亲们，现在的一杆快枪比黄花大闺女还要金贵。"

姜长深知道再闹下去肯定收不了场，便扶着桌子站了起来。姜长深稳了一会儿，抱着枪和子弹，跟跟跄跄地出了镇长室。他一边走一边掉眼泪，脑袋里刮大风一样响，眼前一片模糊。魏三闪过来，一把扶住了他，一直把他扶上大车。姜长深直勾勾地看着前方，一句话也不说。魏三也不敢多问，挥了下鞭子，大车叽里咕噜地出了院子。

皇庄堡的民防队就算成立了，姜长深心里窝火，也没心情给队伍起个亮亮堂堂的名字。有人干脆就称"伙里"，一提"伙里"皇庄堡的都知道指的是民防队。"伙里"虽然只有一杆枪，却也是自己的武装，皇庄堡的百姓因此也有了底气，也敢胡子长胡子短地骂上两句。虽然花了个大头钱，范家和姜家一点儿都没有埋怨姜长深，还都来安慰他，劝他不要上火，还劝他再去买两杆枪回来。姜长深叹着气说："他娘的一杆枪比一个大闺女还金贵，犯了一回傻咱可不想再犯第二回傻，有那钱买个大闺女回来多美？"这么说也是找台阶。那些天，姜长深走到哪里都抬不起头。索性哪儿也不去，范家不去，姜家也不去。每天就在翠花的小酒馆里猫着，那杆枪也交给魏三和贺老六两人共同保管，担心这两个傻玩意儿闯祸，姜长深就将子弹全都锁在柜子里。

贺老六四处找寻姜长深，一脚深一脚浅地走来走去，李铁匠朝酒馆西施那边努努嘴，贺老六就明白了，犹豫着要不要去，他担心冲撞了姜长深会惹一身臊。一直等到翠花出来晾晒衣服，贺老六才急忙忙摸过去，从后面一把搂住了翠花的腰。翠花吓得一声尖叫。

"别瞎嚷，俺是你六哥。"

"贼眉鼠眼的。"翠花朝贺老六的肩膀上扇了一巴掌，"你是鬼吗？"

"是鬼，俺是馋猫鬼。"贺老六朝屋里努了努嘴，"在里头吗？"

"自己看去。"

贺老六歪歪斜斜地进了屋，见姜长深坐在春凳上抽烟，贺老六紧着哈腰打招呼。姜长深一动不动，愣愣地看着对面，贺老六顺着目光看过去，对面是一张梁红玉擂鼓大战金兵的年画。

"一匹马冲进了咱堡子。"贺老六小心地说,"这还不算稀奇,稀奇的在后头。"

"说!"

"骑马的是一个穿着黑色皮衣的怪人,那家伙怀里抱着一个小小子。一路不停地去了东街老姜家。"

"穿黑色皮衣的怪人?"姜长深盯着贺老六问,"去了老姜家?"

"去了老姜家,听说是个飞行员。"

"飞行员是做啥的?"

"听说是开小燕飞机的。"

"小燕飞机?"姜长深猛地跳下春凳,耳边就响起了飞机的轰鸣声,姜长深原地转了几圈儿,突然站住了,"说说看,飞行员来了会干啥?"

"俺不知能干啥,俺就看见他的腰上别着一把枪。"

"枪?"

"是枪。"

姜长深眼前一亮,真应了那句老话——"踏破铁鞋无觅处,得来全不费工夫"。这两天一直为了搞枪着急上火,没想到,还真有块肥肉送到嘴边了。姜长深吩咐贺老六赶紧去集合壮丁,先将堡里的四个大门全都关上,没有他的指令,不准飞行员出堡。贺老六得了令,趁翠花不备,偷偷摸了一瓶酒,颠儿颠儿地去了。姜长深起身离开酒馆,紧赶着朝东街老姜家走,他想会一会飞行员,想尽快知道飞行员来皇庄堡的目的。他更想立马就能拿到飞行员手里的那把枪。走到小惠家门口的时候,姜长深站住了,感觉这样急三火四地去很有些不妥。皇庄堡的大门关上了,还怕他飞行员插翅逃了不成?想到这儿,姜长深反倒不急着见飞行员了,他扭头就往北街走,三拐两拐就进了范家大院。

第二章

　　范福堂年轻的时候喜欢写写画画，喜欢交朋结友，在清河两岸赢得了极好的名声。范家的老根基虽然在皇庄堡里，往上几辈，却很少在堡里长住。范家在南边的泉水屯有好大一片水田，范福堂和他爹一样喜欢住在泉水屯，住腻歪了才回皇庄堡住些日子。范福堂年轻的时候朋友多，他最崇拜宋江，做梦都想当一回及时雨。南来北往的三教九流，都愿意找他，来了都是客，范福堂招待客人那是真舍得。泉水屯玩够了，就带到皇庄堡玩。朋友大都喜欢皇庄堡，还打比方说泉水屯如果像柔心弱骨的江南女子，皇庄堡就像铁马金戈的塞北汉子。一来二往，范福堂索性就把老宅子整修一番，院里也坐上了太湖石，还设计了亭台廊榭。设计布置得很有风雅之气。每逢朋友来玩，他不但要收拾老宅，布置景致，还要提前在镇里雇厨子，捎带着叫来几个姑娘伺候着。大家游春赏秋，吟诗作赋，酒不醉人人自醉，每回相聚都要一醉方休。

　　范福堂让人在廊下专门抹了几面大白墙，请有名气的朋友题词赋诗。其中，排在头名的是王举人题写的诗，其他人的诗早都粉刷覆盖了好几回，唯有王举人的诗一直保留着。王举人名气大，个子却矮，一面墙上只占用下面的一块地方，写的字个个如溪边浣纱的美女。王举人总共来皇庄堡两次，第一次来，带了位穿着铠甲、脚蹬快靴的女子。女子英姿飒爽，豪情满怀，众人陪着她在堡里四处转悠，女子也不避讳人，有时弯弓搭箭乱射一阵。皇庄堡里的人都觉得稀奇，趁文人墨客喝酒吟诗的时候，堡里的闲人都愿意跟在女子的身子后头转，帮她搜寻猎物，帮她捡拾射中的猎物。王举人乘兴而来，却扫兴而归。不知为何，王举人竟把这个女人丢下了，连个说法都没给。等人们发现女人还在皇庄堡里瞎乱转的时候，王举人骑着驴已经到了清河边。人们替女人捏了一把汗，有人猜，女子不是王举人带来的，是从镇里请来的。王举人走了，文人墨客都走了，女人滞留在皇庄堡，也没见有人来把她接走。女人并不慌张，干脆将铠甲卖了，再过些日子，大氅也卖了。换了钱，该吃吃，该喝喝。有人看好她的弓箭，女人没舍得。半个月以后，女人花光了钱，馆子进不去了，旅店也进不去。一咬牙就卖了弓箭，没了弓箭，她就失去了自信，就像霜打的茄子一样蔫了。女人四处托人求情，求着谁能把自己领回家。姜吉忠那会儿正年轻，赶上老婆病病恹恹，屋里冷得像个冰窖。听到了这个消息，姜吉忠的心就活泛了，他偷偷和女人照了次面。一眼就相中了，女人面相好，年纪也不大，啥都好就是像个二愣子。二愣子就二愣子吧，姜吉忠托付柳掌柜去提亲。女人回话，要求和姜吉忠见一面再说。姜吉忠反倒是一愣，感觉这女人不茶不傻和二愣子挂不上边。两人在老柳家羊汤面馆见了面，姜吉忠给她要了一碗汤，一份大饼。她三口就干掉了。又要了一盘红焖羊肉，也是风卷残云。姜吉忠暗暗咋舌，掂量着自己能不能养活得了她。这当然是笑话，就凭姜家的实力，别说养活一个女人，就是养两个壮汉也不在话下。姜吉忠问她是怎么来的皇庄堡，这是他必须问清楚的。女人玩弄着手指头，突然抬起头，亮晶晶的眼睛里冒出了一串火苗，女人说："坏人……麻袋……套脑袋。"

姜吉忠心头一震，女人不是当地人，光听口音姜吉忠实在听不出她是南边的还是北边的。女人断断续续地说，姜吉忠也能听个七七八八。这个女人被胡子抢了去后，一层一层卖到这里。更多的疑惑姜吉忠问不清楚，女人也不愿意说太多，只是死死地盯着姜吉忠，等着他发话。

"以后能好好过日子吗？"

"能！"女人肯定地说。

"能好好过日子，以前的事就一笔勾销。"姜吉忠感觉女人没听懂，就挥了一下手，"就算是让大风吹走了。"这就算一拍即合，姜吉忠坚信女人是个正常人，虽然有些野刺，他却有把握把她改造成一个能好好过日子的妇道人家。双方敲定了大事以后，姜吉忠就把女人托付在柳掌柜店里，拿钱供她吃供她喝，还请柳掌柜多给她肉吃。姜吉忠回去和老婆商量，三言两语就说定了。他老婆唯唯诺诺，唯恐答应迟了惹他不高兴，姜吉忠每说一句，她就鸡啄米似的乱点头。老婆这一关过了，姜吉忠就去和爹交涉，爹心疼儿子，见媳妇不反对，就同意把女人带回家。

姜吉忠不是个莽撞人，他备了一份厚礼，亲自送到范家。他不想让老范家背后挑礼，不想让人说自己偷偷摸摸。无论如何，他都要堂堂正正。范福堂不在老宅里，看宅子的人也说不准他去了哪里。姜吉忠把礼物留下，只说改日再来。姜吉忠前脚回来，范家后脚就来了，他们将礼物原封不动地送回，一句话没留下扭头就走。姜吉忠臊得脸红了好几天，就像挨了一顿耳刮子。那时，他还年轻气盛，羞也羞了，恼也恼了，开弓没有回头箭，到了这个节骨眼儿上也就顾不得那么多了。他请了柳掌柜的，请了老魏家和老贺家一起喝了顿酒，老魏家和老姜家是老亲，关键时刻姜吉忠能指得上。老贺家和范家是亲戚，姜吉忠也想让他们传个话。喝酒吃席的时候，姜吉忠把娶亲的打算交代清楚了，请乡亲们做个证，他老姜家没有强买强卖，更没有拐带人口。众人喝了喜酒，也都点了头，连老贺家的人都劝他该怎么办就怎么办不必顾忌。姜吉忠放下心，也没大操大办，只是简简单单地把女人抬进了家门。

女人转过年就生下了姜怀有。再转过年的春天，女人突然就撒了癔症，看谁都像是王八蛋，看谁都像是往她头上套麻袋的坏种，家里的锅碗瓢盆没少让她摔。姜吉忠的老婆看她闹得不像，就站出来呵斥她，还用拐棍砸了几下她的脑袋。女人就浑了，和她对骂，两人从屋里骂到屋外，姜吉忠的老婆举着拐杖还要揍她，让女人劈手夺了下来，不顾头脸猛揍了几下。姜吉忠的老婆扛不住，一溜烟儿地跑了，女人稳住了神儿，扔掉拐杖，就像什么都没有发生一样，她照样去伺候姜吉忠的老婆吃药，照样给她梳头。一家人惊起来的心刚刚落下去，女人和姜吉忠又闹了起来，夜里，还差一点儿戳死他。老姜家乱了套，从上到下一片骂声，家里人硬逼着姜吉忠拿主意做决定，姜吉忠能拿啥主意？他还想找大仙给看看，还想领着女人去镇里药房瞧瞧。女人不容他犹豫，继续大闹，姜吉忠一怒之下把她撵出家门。

几个月以后，几个学生模样的人来到西山顶，引起了女人的兴趣，女人从岗上飞奔而下，追逐着自行车。小伙子们以为遇到了毛猴子，吓得拼命蹬车子，女人跑得再快也追不上自行车，她急得呜呜地喊，呜呜地叫。小伙子们看清了是个女人，也就不那么慌张了。他们一路唱着歌儿来到了门洞口。那时，皇庄堡的魏老道还是个热心肠的小伙子，小魏从大门洞里出去。迎面就见到了这几个学生，学生们停了下来，其中一个朝小魏笑了笑。

"大哥，请你过来一下。"这人说。小魏毫无防备地迎了过去，学生们下了车，围住了他。这人继续问："大哥，你知道大清国倒台都好几年了吗？"

"这能不知道吗？"小魏说，"哎，怪可惜的，几百年的江山，好端端的基业，说倒就倒了。"

"大哥，你真愚昧。"一个学生从后面搂住了他的脖子，拍着他的后脑勺说，"你简直愚昧至极。"

"别闹！别闹！"小魏想挣脱开，却被小伙子们摁倒在地。一个人揪住了他的辫子，另一个一刀将辫子割掉，扔在了他的脚下。

"大哥，留着这根猪尾巴做纪念吧。"

小魏吓得魂飞魄散，他捂着脑袋满地打滚，张着嘴干号。眼见着女人追了上来，几个学生顾不得劝慰魏老道，慌忙骑上自行车，一阵风地钻进了皇庄堡。他们穿过长长的街道从东门逃了出去。女人站在魏老道的跟前，冲着他大声说："中华民国就是五族共和！"

"滚你娘的蛋！"小魏爬起来，一肚子火气没处撒，便朝女人举起了巴掌，女人一动不动。小魏放下巴掌，无比怜惜地说："好好的一个大美人，你咋造成这般奶奶样？"

小魏看见了猪尾巴一样的辫子，眼泪扑簌簌地流了下来。大清朝倒台了，小魏很不幸成了皇庄堡第一个被剪掉辫子的人。从此，他在皇庄堡就成了被人耻笑的人物，即便浑身长满了嘴也辩驳不清，人们都要问："你没长手吗？你不会打过去吗？"还有的说他被小鬼拿住了，命里注定会被人家剪去辫子。小魏年轻气盛，忍不了歧视的目光，便愤而出家。所谓出家其实也就是在自己家里修行。从此，人送大号——魏老道。魏老道脑子活泛，苦心研习道家功课和法术之余，还喜欢搜集敏感的信息，无论哪个方面的信息只要经过他的耳朵，就会钻进肚子里，变成独有的感悟。他顿悟的第一课题就是欲说还休的民国。他一直想搞明白民国和男人的辫子之间到底有啥不可调和的矛盾。魏老道凭着聪明和悟性，终于在一个风和日丽的清晨，在西山顶上豁然开朗。魏老道一声长啸，相信自己提前进入了一个崭新的时代。在他看来，男人不留辫子的时代来得太迟了，哪怕再早上十年，就不会出现庚子国难的悲剧；如果早上二十年，就不会有甲午之惨败。

魏老道把他的见解说给乡亲们听，大家都不感兴趣，有的还紧紧护着自己的辫子，生怕被一把薅了去。魏老道一点儿都不着急，他耐心地向人们传道，给大家讲辫子的害处。讲没有辫子的好处。人们就记得一条，就因为辫子长我们才见识短。魏老道还讲新时代的好处，他见到啥就引申来讲，见到烛台就讲电灯的好处，见到鞭炮就讲火药枪的好处。小惠她妈是个急性子，她极不愿意听小魏胡诌八扯。她说小魏纯属吃饱了撑的。小惠他妈那时刚守寡，对小魏芳心暗许，他的束发修行已经严重伤害了这位年轻的女人，再去讲这些混账没味的话不是没病找罐子拔吗？魏老道挨了小惠她妈的一顿训后就蔫了，他心里头藏着一个小小的"鬼"，这个"鬼"与这位年轻的寡妇有关，很长一段时间，胆怯的魏老道都不敢正眼看小惠她妈。皇庄堡里还有一个人也蔫了，这个人就是范福堂。有一天，范福堂在大街上瞎转悠，人们看着他，心里都挺难受。好端端的一个风流才子竟然瘦得脱了相，俨然成了一个小老头。人们朝他拱手致敬，恭喜他大病初愈，其实，谁也不知道他到底是有病还是没有病。范福堂转悠了三天，终于下定了决心，他要对自己的前半生做一个郑重的了结。

范福堂把两个儿子喊到身边，跟儿子们做了交代，当时，范希君还是个少年，对爹的想法和打算似懂非懂。他听到了一个晴天霹雳——爹要在大庭广众之下把脑后的那根大辫子割掉。范希君头一次听爹管大辫子叫"猪尾巴"。范希君嗯嗯啊啊应着，觉得脑后呼呼冒冷风。小哥俩互相看了一眼，下意识地攥紧了大辫子。消息传出去以后，如起了洪水一样，皇庄堡顿时就掀起了汹涌的波涛。乡亲们想不明白，曾经满嘴君君臣臣的范秀才怎么突然就要背叛皇家？

　　范福堂要儿子们四处宣传，他想让更多的人观摩他割"猪尾巴"的壮举，他想带动皇庄堡的男人都割掉这根烂尾巴，他要带领皇庄堡的人跟上时代的滚滚洪流。这天中午，村公所门前的场院上挤满了人。人们朝范秀才露出了同情的目光，目光中有不割舍，有不理解。范福堂在院门前走来走去，人们朝他笑他他也不理，人们朝他打招呼他也不回。范福堂几次掏出怀表看，似乎在犹豫着什么，似乎在等待着什么。堡里忽然响起一阵钟声，范福堂猛地小跑几步，突然扑身在地。范希君吓了一跳，慌忙去搀扶。范福堂甩开儿子的手，挣扎着朝南边跪爬。乡亲们纷纷闪避，留出了一条爬行之路。范福堂连磕了九个响头，磕完头也不起身，趴在地上呜呜大哭。皇庄堡的人都吓坏了，不明白范福堂唱的是哪一出，死了爹也不过如此吧？范福堂朝着泥土地上使劲儿地拍，使劲儿地捶，心中有万千的话语说不出来。范希君和范希臣哥俩儿好不容易才把他扶起来，抹着前胸，捶着后背，范福堂这才止住了哭，停了一会儿，"乡亲们，俺范福堂有一肚子苦水倒不出来呀。"他颤巍巍地说，眼泪又唰唰地流，"大清朝保护不了自己的子民，任凭子民受敌屠戮，这样的大清朝不倒台天理不容！甲午大战、庚子国难、日俄大战，一桩桩都在这里摆着，朝廷管咱们死活了吗？日俄大战，朝廷看着两个冤家宿敌在咱的地面上对打，连个屁都不敢放！大清朝欠咱百姓的债，他子子孙孙也是还不完的。才短短几年时间，番邦得逞，人民落入水深火热之中。俺老范一家十几辈在皇庄堡扎根繁衍，承蒙祖上积德，范家子弟耕读为生，睦邻乡里。结果呢？北极熊老俄来侵，俺们家首当其冲，几度家破人亡。思来想去，这笔账虽然是老俄欠下的，大清也脱不了干系。大清保护不了他的子民，就活该垮台！呸！呀！呸！现如今，大清作古不到三载，不才读了半辈子孔孟之书，虽有遗恨，却也不得不遵从现实。咱本是汉人，脑袋后头还拖着一根猪尾巴，这是咱的奇耻大辱。思来想去，不才骨子里头还有奴才之媚俗气，惭愧！惭愧！感谢魏老道的开明，感谢魏老道的运气，魏老道被人剪掉了猪尾巴，俺看呀，这猪尾巴剪得好，简直就如有神助。愚钝之范某人开悟得太晚，乡亲们，现在，俺要昭告乡里，昨日之福堂已死，今日之福堂重生！去他娘的大清朝！"范福堂突然撩起辫子，猛地乱扯，好像要把辫子一把薅掉。范希君慌忙抱住他的胳膊，范福堂推开儿子，他已经红了眼睛，狠狠地扯着辫子。

范希臣哭着说："爹，别薅坏了头皮！"范希君从别人手里拿起一把镰刀，递给爹，示意用镰刀割。范福堂一手揪住辫子，举着镰刀就朝脑后戳，瞬间，丑陋的"猪尾巴"掉了下来。范福堂大叫一声，瘫坐在地上。他的后脖颈上冒出了一条口子，血水流得满身都是。范家哥俩麻了爪，喊着"爹呀爹呀"却不知该如何是好。没一会儿，范福堂就像一个血葫芦似的。

"快，快！"贺老六扒拉开范家兄弟，跪在范福堂面前，使劲儿摁住伤口，"老姨父，你不要慌，不要慌。"

"老六，俺这就去了，去了。"范福堂掉下了眼泪。

"不能！老姨父，你要挺住。来人哪，快去村公所抬张桌子来。"贺老六猛喊着，一会儿，桌子抬来了，贺老六将范福堂抱到桌子上，几个人抬着就往范家大院跑。姜吉忠打发童小宝去穆大夫家里报信，请穆大夫赶紧去范家大院救人。童小宝一溜烟儿地跑了。姜吉忠担心童小宝嘴拙说不明白，就拔腿紧跟了过去。等他拐到北街口，远远地看见穆大夫露了头，傻子童小宝在后头使劲儿推他，穆大夫被推得踉踉跄跄。姜吉忠急忙忙地说："穆大夫，是红伤，止不住血。"

"别推！别推！"穆大夫反手拨着童小宝。姜吉忠心急，抢在身前，没等穆大夫反应过来，一下子就把他捅在背上，迈步就朝范家大院方向跑。穆大夫就像骑在驴身上一样，急促地说："吉忠，你慢点儿，慢点儿！"

进了范家大院，姜吉忠有些犯傻，范家大院已经不是他小时候见的范家大院了，整个都翻了个个儿。范福堂背着穆大夫在假山前转来转去，差一点儿就转晕了。他连忙朝里头喊："穆大夫在此！"里头听见了，呼啦啦跑出了几个人，将姜吉忠迎了进去。范福堂躺在炕上，眼睛闭着，姜吉忠发觉老家伙翻动了几下眼皮，看来还吊着一口气。穆大夫先给验了伤，范福堂的脖子后翻着一条大口子。范希君掐着伤口，身上也被血染红了。穆大夫拄撑着手，显然也是没了招，他不擅长治疗红伤，只能脑子转着，绞尽脑汁琢磨着该如何是好。

"赶紧穿上寿衣吧，身子凉了就穿不上了。"申学道小声提醒。他这么一说，范家就更乱了。

范家大奶奶哭哭啼啼地去了，她带着女眷翻箱倒柜，找到寿衣的时候，范福堂胳膊腿儿都硬了。范希君慌了神，躲到门外跺着脚哭，从小到大，他还从没有想到爹会死。爹要是死了，这个家也就塌了。范希君越想越怕，哭得上气不接下气。小惠她妈捅了一把范希君，把一截儿辫子塞到他的手里。范希君看了一眼辫子，猛地扔到地上，忍不住又拍着门板哭。魏老道捡起辫子，朝身后的小个子男人亮了亮，魏老道轻声说："他娘的大清国，临了临了，还想着祸害人。"

魏老道伸手朝屋里一摆，请小个子进屋。两人进去转了一圈儿，魏老道又带着小个子出来。魏老道拍着范希君的肩膀，说："希君，这位先生说他能治好你爹的伤。"

"啥?"范希君猛地止住了哭，直愣愣地打量着小个子。小个子是个大圆脸，戴了一副圆框眼镜，嘴唇上有一撮儿人丹胡。小个子朝范希君微微鞠躬，诚恳地说："范桑，本人可以解救令尊大人的危险。"

"真的吗?"范希君愣愣地问，他担心自己听错了，又追问了一句，"你真能救俺爹?"

"希君，你还磨叽啥呀，死马当活马医吧。"魏老道说。

"你就瞎嘞嘞!"范希臣走出来，瞪了魏老道一眼，他扯了下大哥的衣襟，示意不要轻信魏老道的话。

"范桑，请快一点儿的信任我，时间的就是生命。"小个子拍了拍皮箱子，"我的能救令尊大人。"

"好!"范希君下定了决心，他一把抓住了小个子的手，连声说，"请先生救命!"

"不行!"范希臣伸手挡着不让进屋,范希君心里发急,抬腿一脚踹在二弟的肚子上,范希臣急嚷着,"大哥,你看不出他是小日本吗?"

"啥?"范希君心里一动,故意问,"你咋知道的?"

"皇庄堡就你一个不知道!"范希臣苦着脸说,"他都来转悠好几天了。"

"你真的是日本人?"范希君问小个子。

"范桑,我的是日本人。"

"日本人?"范希君犯了难,日本人的名声不好,和他们扯在一起算是啥事?屋里人突然哭声震天,范希臣抢着跑了进去,范希君的腿也软了,眼泪就滚落下来。

"范桑,现在不是哭的时候,救人的要紧要紧!"

"俺就豁出去听你的了!"范希君朝屋里人吼着,"闭嘴!都不准号丧!闲人都给俺滚出去!"

女眷不敢再哭,低着头退了出去。姜吉忠本来要再观望一会儿,也想着紧要关头搭把手,见范希君带着一个日本人进来,他的心里头就恼起来,也不管炕上的范福堂死活,抬腿就往外走。与小个子日本人擦肩而过的时候,姜吉忠故意撞了下对方的肩膀。日本人虽然个头小,却也没咋的,范希君扶了一下日本人,恭恭敬敬地作了个揖,请他赶紧诊治。小个子日本人扫了姜吉忠一眼,没理他,姜吉忠昂着脑袋走了。小个子放下箱子,凑到范福堂的身边查看伤口,又捧起范福堂的脑袋喊:"喂!你的醒醒,喂!"范福堂紧闭着眼睛,始终没有回应,小个子放下范福堂的脑袋,又扒他的眼皮,观察他的眼球。范希君担心父亲就此一命呜呼,他紧张得一把一把地擦着脑门上的汗。小个子放了手,让人去打一盆滚开的热水。范希君吩咐赶紧去办。一会儿,范希臣端来一盆热水。小个子打开箱子,箱子里就像穆大夫的百宝囊一样五花八门。小个子拿出几卷纱布,一捧雪白的棉花球。小个子命人拿棉花蘸热水擦洗伤口附近的血渍,他拿着酒精棉球擦拭着手里闪闪发亮的镊子。一盆水都成了血水以后,小个子用镊子夹着酒精棉球给伤口消毒。酒精棉球起了作用,范福堂突然杀猪般地惨叫,忽地坐了起来,双手乱抓乱扯。范希君松了口气，知道爹还活着，而且还很有力气。小个子厉声说："范桑，快快地抓住手脚！"范希君哆哆嗦嗦地摁住爹的手，摁也摁不住，小个子喊："再来人的干活！"

"来了！来了！"贺老六闯进来，一把扑上去，紧紧地压住了范福堂的双腿。魏老道也压住了范福堂的一只胳膊。范希君哭着说："轻点儿，别弄疼了俺爹。"

"疼死俺也！"范福堂号叫着，"他娘的，疼死俺了！"

"你的，少安毋躁的！"小个子往伤口上倒了一包白色的粉末，又麻利地缝合伤口。范福堂疼得声声惨叫，脖颈筋挣着能有拇指粗。小个子又撕了一包药粉，全都倒在纱布上，紧紧摁在伤口上，用纱布一层一层地缠绕。范福堂浑身直打哆嗦，他的黄眼珠子努努着，都快努出眼眶了。小个子找出几个药片，让范希君给他爹喂下。范福堂吃了药，折腾了一会儿，渐渐地就不那么挣了。范希君试着松了手，示意魏老道也松了手，范福堂哼哼几声，猛地爆发一阵如雷般的鼾声。范希君松了口气，朝贺老六的后脑勺拍了一巴掌，示意他赶紧松手。

"先生，你这是啥灵丹妙药？"范希臣讨好地问。

"灵丹妙药？"小个子惊愕地看着范希臣。

"不是灵丹妙药是啥？"魏老道拿起一瓶药问，"这上面蚂蚁样的字是拉丁洋文吧？"

"哦，这是麻醉的药，很紧缺的。"小个子脱下手套，"日本军方有规定，没经批准，非日本人一律不得使用，范桑，打一盆温水来。"

"好嘞！"范希臣赶忙出去了。

"日本军方？"穆大夫吃惊地问，"你是关东军？"

"是的，我的是日本军人，我的关东军的参谋。"小个子将药瓶放进箱子里，把用过的东西一一整理好。如果不是亲眼所见，范希君哪里肯相信世上真的就有百宝囊？小个子又拿出一瓶药交给范希君，嘱咐早晚给范福堂各吃两粒。这时，范希臣将一盆温水端来，小个子一边洗手一边对范希君说："范桑，两天内，令尊大人的伤口就可以愈合了。"

"感谢先生的救命之恩！"范希君泪眼婆娑，"先生让我兄弟见证了起死回生的奇迹，请先生受我兄弟一拜。"

魏老道嘿嘿地笑，走到范希臣面前，拐了下他的胳膊。范希臣猛然想到这里也有魏老道的功劳，便说："大哥，咱也要好好谢谢老叔。"

"是啊是啊，侄儿给老叔磕头了。"范希君作势要给魏老道磕头，让贺老六一把抱住了，贺老六说："大丈夫膝下有黄金，不能轻易下跪！"

"六哥，小弟是给救命的恩人磕头，没有那么多说道。"范希君诚恳地说。

"魏老道这是行善积德，你要是给他磕头，岂不坏了他的修行？"贺老六一边说一边朝范希君眨眼睛。

"可不是咋的。"魏老道伸手拦着，"你哥俩要是这样多礼可就是见外了。"

"范桑，令尊伤势已经平稳，告辞了。"小个子拎起皮箱就要往外走，范希君一把抓住了他的胳膊，紧拉着不让走。范希君吩咐二弟赶紧去准备茶点，他要在爹的屋里好好请教先生。大家都明白他的意思，别看他还是个少年，却心思缜密，范希君是想稳住医生，以防他走了以后范福堂再出意外。范希君是个懂礼数的小伙子，又恭恭敬敬地向穆大夫施礼，请穆大夫一起围炉品茗。穆大夫盯着小个子日本人，脚底下钉了钉子似的，即便撵他走，他也不会走的。

几个人在桌前坐下，范希君命范希臣去把家藏的紫砂壶和茶具拿来，范希臣去了。范希君不放心，担心二弟毛手毛脚，就跟着去了。一会儿，兄弟俩端着茶具回来，范希君靠近炕沿，俯身看了看，爹睡得正香。范希君将茶盏摆放完毕，贺老六也把烧得正旺的小泥炉端了进来。范希君将茶壶坐在炉上，站起来朝小个子深施一礼，然后才坐下。穆大夫扶了扶眼镜腿儿，紧盯着小个子，仿佛在看一个怪物。范希君也在看，只是没像穆大夫那样放肆，他也在判断如何与这个小个子打交道。小个子日本人一定是感觉到了多重如炬的目光，他微微一笑，也不说话，只是玩弄着茶盏。魏老道递给他一只鸭梨，小个子接过去，咬了几口，然后欣赏着咬出来的形状。

"像不像一只熊？"小个子亮着手里的鸭梨，笑着说，"各位，你们的一定的想知道我的身份。"

"请问先生尊姓大名?"范希君轻声问,又坦然地说,"晚辈当铭记先生的大恩大德。"

"我的是日本关东军司令部的作战参谋,河本贤二。"河本贤二见大家没听明白,就用手指蘸了水在桌上写下了自己的名字。穆大夫忽然哈哈大笑,捋着胡子说:"好可笑的名字。"

"可笑?"河本贤二握紧了拳头,"你想挑衅关东军吗?"

"请先生喝茶!"范希君心里一凛,连忙提壶冲洗茶盏,舀了茶倒入各自的茶盏里。河本贤二观察着茶汤,紧握的拳头也松开了。范希君说:"这是春茶,从青岛捎来的。"他放下茶勺,郑重地介绍起穆大夫。范希君越是郑重,穆大夫就越是窘迫。也难怪,他一辈子只擅长针灸,其他的实在不在行。多少年了,他也没有见过这么重的外伤,穆大夫认为自己束手无策就是出了丑,他又急又气,心里头燃起了一股无名之火。河本贤二救了范福堂,穆大夫自然就对他有了敌意,尤其得知他是日本关东军,敌意就更深了。魏老道和范希君都清楚穆大夫的糟糕心态,都不希望他和河本贤二产生冲突。河本贤二是魏老道介绍来的,他当然得护着他,说起来,他和河本贤二的相识也是偶然。

魏老道和范福堂事先约定好,到了时辰就敲响磬。约定的时间过了,魏老道还是没有等来范福堂,他一次次出门朝街上瞧,却见童小宝推搡着穆大夫,搀着去救人。魏老道听说范福堂受了伤,赶紧就往范家大院走。刚到范家胡同,就遇到了河本贤二。河本贤二在大门外朝里头探头探脑。魏老道见他可疑,便打量了几眼,河本贤二恭恭敬敬地鞠躬,拍了拍手里的箱子,说他是一名医生。魏老道没听懂他的话,就死死地盯着箱子。河本贤二放下箱子,朝手上虚斩了一下,然后,又比画着朝手上缠布条。魏老道明白了,这是一个洋大夫。看他的表情,应该是有两把刷子,魏老道就带他进了范家大院。

河本贤二喜欢交朋友,喜欢游山玩水,还喜欢写汉诗。提起这些爱好,他有些得意扬扬。只要有假期,河本贤二就会到野外转悠,欣赏着东北的河山野景。河本贤二写了很多汉诗,他自诩李白的转世弟子,他呷了一口茶，摇晃着脑袋，吟诵了一首诗：

> 石台沐雪滑难攀，
> 渡河穿林去又还。
> 此地鹿鸣寻不见，
> 白云红叶满千山。

"好诗！"范希君鼓掌叫好，虽然他没有创作诗词的天赋，肚里却也装了几百首唐诗宋词，听了河本贤二的吟诵，他打心眼儿里佩服这个日本人。仔细品，这首诗写得确实有意境。他朝河本贤二拱了拱手，表达由衷的溢美之意。河本贤二有些扭捏，有些羞涩，频频端起茶盏饮茶。范希君突然想起自家有一堵专门给秀才题诗的墙壁，虽然有些年没有秀才来题诗，却也是文人墨客向往的地方。范希君便跟河本贤二提到了"题诗墙"的来历，还提到了王举人。河本贤二搓着手，显得迫不及待的样子。范希君喊来贺老六，吩咐去粉刷出一面墙，还嘱咐一定要找一块醒目的墙刷。

"你敢确定这首诗是你写的吗？"穆大夫突然问了一句。

河本贤二没理他，依然摇头晃脑，似乎沉浸在美妙的诗意中。魏老道捅了捅穆大夫，穆大夫斜着眼看着河本贤二，露出一丝讥笑的神色。河本贤二浑然没有在意穆大夫的挑衅。

河本贤二打着节拍，摇头晃脑地唱，屋子里嗡嗡地响，一群苍蝇围着他的脑袋转，似乎在应和着他的歌声。大奶奶咳嗽了两声，范希君起身退了出去。大奶奶虚点着屋里，又做出捂耳朵的动作。范希君摇了摇头，转身要回屋，大奶奶贴着范希君的耳朵说："小心点儿，小鼻子总使诈。"

范希君一阵恍惚，一边是日本关东军的参谋，一边又是救爹一命的恩人，他将如何相处呢？范希君跺了下脚，为了爹的命，顾不了那么多了。范希君回到屋里后又换了茶，招呼客人继续品茗。穆大夫和河本贤二聊起日本人是不是徐福带去的童男童女后裔的话题，穆大夫还是那样咄咄逼人。范希君眼前一亮，他还是第一次听说日本人的老祖宗是中国人。河本贤二对这个话题并不介意，他认为目前还没有证据来否认这个传说。他说日本民间对这个说法还是认可的。穆大夫有些兴奋，又提到了杨贵妃，穆大夫认为杨贵妃就是日本人的老祖。范希君大吃一惊，真想一把捂住穆大夫的嘴，他担心河本贤二会突然翻脸。穆大夫像头犟牛似的，拉也拉不住，他坚持认为杨贵妃就是从马嵬坡被秘密送到辽东半岛，然后乘船去的日本。他说他在大孤山的庙里看过一个残碑，碑上就记录了这一段历史。穆大夫口若悬河，语速越来越快。范希君的心一直悬着，真担心河本贤二会跃起报复。穆大夫说杨贵妃认了天皇为干哥哥，勾搭天皇，请天皇派兵来中国平叛。

"天皇？"河本贤二紧盯着穆大夫。

"就是天皇！"穆大夫说，"自古小人与女子难养也，你们日本人就是小人，都是见不得人的人。"

"小人？"河本贤二愣愣地看着穆大夫，似乎还没弄懂穆大夫的意思。

穆大夫又回到杨贵妃的话题上，传说杨贵妃带着倭兵回来征讨大唐，双方打了个昏天黑地，唐军大将郭子仪奋勇杀敌，斩了无数小鬼子，将杨贵妃又打回了东瀛。穆大夫就像说大鼓书一样，抑扬顿挫，范希君听得迷迷瞪瞪。魏老道担心河本贤二着恼，就一个劲儿地阻止穆大夫说下去。魏老道给河本贤二斟茶，又给穆大夫斟茶，他打断了穆大夫的话，问起日本人罗圈腿是怎么回事，是不是因为小孩子生下来不绑腿的原因。魏老道突然站起来，摆出了一个O形腿的姿势来回走了几步。河本贤二懂了，脸色瞬间就发了黑。范希君拦住魏老道，朝河本贤二努了努嘴，魏老道慌忙朝河本贤二拱手，紧着说："闹着玩的闹着玩的。"

"不是闹着玩，这是真的。"穆大夫站起来，又摆了个O形腿的姿势，来回走了几步，"自古倭人就和小鬼一个样子。"

"猪！"河本贤二拍了一下桌子，"你们的有什么的资格嘲笑大日本帝国？"

"你们小日本就是蛮夷。"穆大夫摘下手串，哗啦哗啦地盘，他紧盯着河本贤二，随时要降妖除魔一般，"中日是两家人，不是一家人，从甲午年你们偷袭了旅顺口开始，咱两家就成了仇人，你们杀了那么多的中国人，这笔账可不能说抹就抹了。"

"你的，识时务乃俊杰的，中日的亲善的。"河本贤二说。

"亲善个屁！"穆大夫猛地站了起来，一把将手串撸到胳膊肘上，转身就往外走。范希君跟上去送他，不停地朝他拱手道歉。穆大夫指着屋里说："小日本来者不善，希君你要多留点儿心眼儿，别让他给你卖了。"

范希君只能苦笑，只能不停地拱手。他目送穆大夫出了大门，刚转过身，见河本贤二端着烟斗站在身后，一双小眼睛像刀子一样扎在他的身上。范希君连忙朝河本贤二拱了拱手，想着穆大夫的话一定让他听见了，心里头竟然有些过意不去。河本贤二看着西山顶，点着头说："范桑，这里的风景美如画。"

范希君接过这个话头，讲述了皇庄堡的来历。其实，皇庄堡的历史他也说不清，只知道明朝就建了这座城堡，也听说范家是堡里最老的家族。他参就常说："皇庄堡是老范家的根据之地。"为了表达自家身份，范希君指着自己的鼻子说："俺家在皇庄堡里说话好使。"

"说话好使?"河本贤二的眼珠子转了转，"什么的意思?"

"俺老范家一口唾沫一个钉，皇庄堡都听俺爹的。"

"明白，明白！"河本贤二眉头舒展，露出了笑容，显然他听懂了。

经过短暂的观察，河本贤二对范家有了更进一步的认识，他坚信范希君是可以改造的理想人物。改造，一想到这个词，河本贤二就激动不已，征服中国人不能全靠武力，征服中国人的大脑才是大日本帝国最终的胜利。这几天，他在皇庄堡转来转去，盯上了两家，一家是姜家，一家是范家，这两家都是高门大院，看着是富裕人家。河本贤二相信，富裕人家有号召力，只要把他们攥在手心里，他们就能为大日本帝国服务，成为大日本帝国的手脚。他这趟来，就是想和有号召力的人交朋友，想慢慢培养几个亲日分子。范希君不是个鲁莽愚钝之人，这一点让他很满意，尤其范希君还是个少年，孺子可教！孺子可教！河本贤二轻轻地念叨着，眼前出现了一张白纸，他提笔在白纸上描绘美好的蓝图。

洗脑，要把中国的传统文化统统洗干净，要让他们相信中国传统都是糟粕，让他们失去信仰，让他们乖乖地顺从。说起来，这次皇庄堡之行也是他的偏得，在来到堡里之前，他对这一带没有任何的感性认识，只是在加紧研究辽宁地理风俗的时候才发现了皇庄堡，他为自己以前忽略了皇庄堡而惭愧。这是一个有着极高军事价值的地方，很容易成为关东军眼中钉肉中刺。河本贤二越想越急，这么重要的地方居然没有被关东军重视，这是他的失职。河本贤二扮成游医，围着皇庄堡转了好几天，越看心里越忐忑，即便从现代的军事角度去看，皇庄堡也是一座很难攻克的堡垒。他从心底里叹服中国人的智慧。

这座古堡距离中长铁路如此之近，一旦中日双方起了争执，皇庄堡只要稍加改造，配上现代化的机枪大炮，顿时就会成为一块难啃的骨头。河本贤二认为自己有责任提前布局，为大日本帝国排除隐患。根据有关协议，关东军还没有办法将皇庄堡纳入其军事体系之中。既然硬的不行，那就来软的。河本贤二打算物色几个代理人，让代理人出面替日本人摇旗呐喊。他来过几趟，都没有物色到合适的人，皇庄堡里的人虽然有些浑浑噩噩，却也不是那种轻易可以收买的。

河本贤二和范希君聊天，真一半假一半，从各种角度试探观察这个少年。他的口语不是很规范，鼻音很重，范希君听得一知半解，听了很久也没听出河本贤二的意图是什么。为不使对方尴尬，范希君只是胡乱点头。河本先生是爹的救命恩人，无论说什么他都愿意认可，即便什么都不懂，他还是相信这个小个子日本人是满怀善意的。回到屋里后，两人继续喝茶聊天，此时，河本贤二把范希君的秉性也摸透了。他不再矜持，也不再客气，像个老师一样悉心指点着范希君。从天文说到地理，从人种说到人类发展史，从农耕文明说到海洋文明。范希君一片混沌的大脑突然就闪亮了，他似乎看见了一个新鲜的世界，一个和他以前看的想的完全不一样的世界，他对那个世界又向往又迟疑。此时，他根本就不知道，自己被河本贤二成功地洗脑了。

河本贤二问范希君有什么打算，这个问题把范希君问蒙了。他从来没有想过将来要做什么，甚至觉得将来离他还很遥远。小的时候，爹还教育他好好读书，将来考取功名。将来还没来的时候，大清朝倒台了，理想崩塌，将来也就不成其为将来了。范希君失去了人生的目标，稀里糊涂地混日子。将来做什么，他确实没想过。范希君有些不知所措，有些羞愧还有些茫然。范希臣忽然说："大哥，快看，爹能动弹了。快来，爹醒了！"

范希君连忙走到炕边，河本贤二拨开他，伸手摸了摸范福堂的额头，又扒开眼皮看了看眼瞳，伸出手指头在范福堂的眼前慢慢平移，来回两次后，范福堂的黄眼珠子也跟着手指头转。河本贤二点点头，说一切正常。范希君赶忙朝河本贤二拱手，泪水蒙上了双眼。这一刻，他对河本贤二有了父兄般的信任和依恋。

"人的活着，得有一个大大的目标。"河本贤二撮着烟丝，瞄了一眼范家两兄弟，范希君心里一凛，凝神听他说下去，"整天吃，就是猪，脏猪，不是人的人生。"

"先生，你是在说俺们兄弟吗？"范希君问。

"行尸走肉的。"河本贤二说。

"行尸走肉？"范希君问。

"还真有这个说法，只需要给一鞭子，尸体就能乖乖地跟你行走。"一直插不上话的魏老道突然来了一句，"关里就有这样的事，还有专门赶尸的师傅。"

"先生，先生啊！"范福堂忽然开口说，"老朽断断续续在听先生的高见，大有醍醐灌顶茅塞顿开之效果，就请先生给犬子指一条阳光大道。"

"爹，你能说话啦？"范希君又惊又喜。

"老朽拜托先生了！"范福堂说。

"你说俺？"魏老道吃惊地问，"俺能有啥高见？你舍得让他哥俩跟俺出家学道吗？"

"先生，大清国已经作古了，往事不可追，但求先生指教犬子走向一条光明之路。"范福堂说，"望先生像对自家子弟那样开导犬子。"

"哦，你是求他。"魏老道指了下河本贤二，尴尬地说。

"爹，你一直醒着？"范希君看着河本贤二，瞬间，对河本贤二的医术佩服得五体投地。

"儿呀，你该给先生行叩拜之礼。"范福堂说。

"谢先生救下家父大恩。"范希君撩开衣襟就要跪下，被河本贤二一把捞起了。

"范桑，这些繁文缛节的统统随大清国去了坟墓，你的不可复辟，糟粕，糟粕，明白？"河本贤二说，"范桑，你的要尽量的打开眼睛，将你的灵魂从野蛮的状态下快快地进入文明的。"

"希君，希臣，你哥俩听好了，眼前就是世所罕见的高人。"范福堂说，"可惜爹老了，否则，爹一定会追随先生往前奔，快看茶。"

范希君懂了，爹是想让自己拜河本贤二为师。虽然他不太了解河本贤二说的道理，也不明白河本贤二能教他什么，就凭河本贤二救了爹一条命这一条，就让他无比地信任和遵从。范希君再次撩衣要给河本贤二磕头，他极为诚恳地说："先生，请受弟子一拜！"

"不是弟子的，是学生的！"河本贤二厉声喝道，"弟子的，糟粕！学生的，文明！"

"哦！"范希君搞不懂"弟子""学生"之间有何异同，从河本贤二的表情和口气他能感觉到对方的认可，范希君诚惶诚恐地说："是，先生，请受学生一拜！"

"不要的叩拜，你要鞠躬的！鞠躬！"河本贤二耐心地教授范希君鞠躬的礼数，"范桑，很快的你的就会看到的一个崭新的世界，很快的，你的就会融入这个伟大的而又崭新的世界。"

夕阳就要下去了，屋里暗淡了下来。

范福堂情绪越来越好，掌灯的时候，他竟然能倚着枕头坐起来，范福堂吩咐在炕上安桌，他要看着儿子代他请河本贤二喝酒。一家子的气氛突然就热烘起来，女眷像陀螺一样乱转，张罗着酒菜。范福堂让范希臣去请穆大夫，还让人去请姜吉忠。魏老道一把拦住了，朝河本贤二努了努嘴，示意不是一路人。范福堂明白了，就没有坚持。魏老道笑呵呵地说："老穆这辈子给人治病，敢问，哪个让他治好啦？哪个不最终都给治死啦？这家伙就像大清朝一样，从头到脚都腐朽了。别看俺是个出家人，俺却不保守，中国都保守了上千年了，咋样？还不是被他们小鼻子还有大鼻子打得满地找牙？再保守连命都没了，俺就赞成先进的东西，凡是先进的，不管他是丑的还是俊的，俺都一律赞同。"

"是的，是的。"河本贤二露出赞许的笑容，他注意魏老道有一段时间了，虽然魏老道看起来疯疯癫癫，这又能怎样呢？日本就有许多像魏老道这样疯癫激进的人士，有的还是他河本贤二的同学。他们信仰复杂，有的信神灵，有的信欧洲文明，有的信马克思，河本贤二可不管这些，在他的心中，只要能让日本强大，任何尝试任何信仰都是可以理解的。

河本贤二贪图东北的热土，做梦都想把东北揽入日本的怀中，他打算为这个终极目标奋斗终生。他需要招揽人才，凡是对大日本帝国有用的人都是他追求的目标，大清朝垮台了，这是一个千载难逢的机会，他藐视大清又同情大清，大清就像一面镜子，时时照着日本的脸。让日本的仁人志士清醒，不能走大清的老路。日本只能坚忍不拔地走下去，不能有丝毫的松懈。魏老道、范福堂，他们统统都是日本的朋友，他们和别的中国人不一样，他们看起来是真心真意地亲近日本，和日本一条心，这样的中国人还是太少了，皇庄堡的人都像他们一样忠于大日本，那会是什么样子？

河本贤二庆幸，自己轻易就找到了知音，这也让他有些意外。多年来，日本一直在虎视这片土地，有的前辈经营了几十年。他们费尽心机拉拢、培养忠于日本的朋友，历经波折，却大都折翼。和他们相比，自己显然太容易了，不费吹灰之力就结识了范家父子。他心里暗暗赞叹，皇庄堡啊皇庄堡，真乃吾的福地也。

"老叔，你说得也对，俺娘的病就是耽误在穆大夫的手里。"范希君的脸突然一阵扭曲，牙齿咬得咯咯响。如果魏老道不提，他还想不起穆大夫的恶来。魏老道的话就算是把他心头的痂揭开了，"真的该向腐朽的过去告别了，不但是咱老范家，连皇庄堡的一些腐朽落后的思想都得推倒重来。"

河本贤二越来越喜欢范希君，越来越有了在这张白纸上描绘的激情。见时机成熟，他向范家父子郑重建议：希望范希君能去日本留学。这个建议就像一枚石子投进了水潭之中，顿时激起了一层涟漪。范希君一点儿思想准备都没有，乍一听这个建议，本能地打怵。长了这么大，他还从没有出过远门，连南边的大连都没有去过。他担心自己不适应，更担心去吃苦受罪。范福堂突然叫了声好，极为爽快地替儿子应了下来。范希君愣愣地看着爹，不相信爹舍得把他送到日本，也想不明白爹为啥要把他送到日本。

范福堂终于看到了亮光，看到了希望，从中日战争到日俄战争，他可是蹚着战火一路走来的。两次大战相隔十多年，他和乡亲们备受战火煎熬，经历了一次又一次刻骨铭心的浩劫。日本人本来是敌人，是国家的敌人，按理说，范福堂应该憎恨他们才是，只不过，在范福堂的眼里老俄大鼻子更坏，他们险些将范家灭了门。两相比较，范福堂对老俄的敌人日本充满了好感。

日本军人河本贤二的到来，就像神灵驾临一样，范福堂的眼前突然就亮了。他认为这是天降瑞祥，对范家来说是一个历史机遇。他范福堂这辈子就这么的了，他迫切想给儿子们找一条出路，他要为儿子们找一座大大的靠山，往小里说，有了关东军撑着，范家就能安然无恙；往大里说，在这兵荒马乱的年代，有了关东军撑着，皇庄堡将安然无恙。他不想在有生之年再遇上兵乱，他只想安安稳稳地活下去，不但自己安安稳稳地活下去，全家人都能安安稳稳地活下去。

河本贤二摸透了范福堂的脉搏，他有把握让范家成为日本的忠实的伙伴，一旦时机成熟，里应外合，引领关东军控制住皇庄堡。由于清河一带不在中长铁路的势力范围之内，关东军鞭长莫及，河本贤二对这一带不放心，担心这里会出现反日的武装。河本贤二不是一个碌碌无为的人，虽然他仅仅是关东军的一个中下级军官参谋，他却有着宏图大志。他积极地考察辽东南的自然风情，考察辽东南的山川地理。他想丰富自己的战略思想，把辽东南的每一寸土地的特征都印在脑子里，他相信，迟早有一天，这里会成为战场的；他相信，迟早有一天，这里会成为日本帝国的"王道乐土"。河本贤二主动给自己下达了命令，让自己从骨子里做好军事冲突的准备，以备不时之需。皇庄堡，皇庄堡，如果不是亲眼所见，怎么会发现其重大的军事价值？第一次进入皇庄堡的时候，河本贤二惊得浑身冒冷汗，他为自己感到惭愧，也对那些每时每刻都在花着日本帝国重金的特工人员感到羞耻，如此罕见的具有战略价值的地方怎么没有被重视呢？关东军的军用地图只是简单地做了一个标，就像对待辽东南一带普通的村屯一样。皇庄堡内的情况一概没有标注。

越靠近皇庄堡，河本贤二越有敬畏之心。这是百里内唯一的制高点，一旦打起仗来，得皇庄堡就能得半个辽东南，一旦敌人占据了皇庄堡，从这里朝中长铁路发炮，那么，中长铁路大动脉将被切断。一想到这里，河本贤二的心就会突跳几下，万万不可以，他暗暗地捏紧了拳头。这些年，关东军的战略设计有重大的瑕疵，高层目光短浅，他们太在意中长铁路沿线的安全，却忽略了稍远一些的高地。作为小小的参谋，河本贤二无法将自己的军事思想展现，更无法影响高层的决策。他只能默默地准备，把自己做好，他在等待一次重大机会的来临。

关东军暂时无法占据皇庄堡，甚至都无法影响皇庄堡，但是，这不是听之任之的理由。河本贤二要求自己必须有所作为，而且要尽快地有所作为，皇庄堡不能成为中长铁路大动脉的隐患，一丝一毫的隐患都不行。他需要替关东军找代理人，找那些效忠日本帝国的代理人，给他们好处，给他们优待，让他们死心塌地地为日本服务。很幸运，他找到了，范福堂、魏老道、范希君，他们都是最合适的代理人。在皇庄堡里培植一股亲日的力量，这是河本贤二的当务之急，哪怕只有一个人亲日，也要让这颗种子发芽，从而引领一批人亲日。等到全体皇庄堡的人都亲日的时候，那将是什么局面呢？想到这儿，河本贤二为之一振，他越发地信心满怀，越发地对范希君充满了期待。这是一个没有主见的年轻人，看起来，这也是一个没有家国情怀的人，这样最好。只要精心雕琢，一定会把他从外到里打造成一个坚决维护日本帝国利益的中国人，一个热爱日本的中国人，一个愿意为日本献身的中国人。河本贤二轻轻拍着桌子，仿佛看到了一条对主人忠诚的狗。他轻轻地拍着桌子，每拍一下就朝范希君点一下头。范希君有些羞涩，有些不知所措，他看着河本贤二，似乎明白了他对自己的期待。范希君轻轻地说："先生，您的教诲学生愿洗耳恭听。"河本贤二想了想，将自己的思绪从遥远的地方拉回来，他需要对范希君循循善诱，不能操之过急，他担心会吓着这个孩子。河本贤二指着药瓶说："范桑，如果今天的没有这个药的，你爹的就得死了死了的。范桑，这就是一扇的窗户的，你得往外看的，外面的，就是世界，外面的就是世界之林。你得站在这里的，挺拔地站在这里，你要去长见识的，回来的为你的父老乡亲的服务。"

"先生！"范希君的眼前突然一片光亮，他懂了，而且，感觉自己胸膛里有一颗火热的心，是啊，他要挺起来，要学本事，将来为父老乡亲服务。范希君的眼里蒙了一层泪水，他被河本贤二理想化的指引感动，他郑重地朝河本贤二老师鞠躬，"学生愿终生追随先生。"

几个人边吃边聊。范福堂已经能坐起来了，伤口也不那么疼。他心里装着事，忍不住问河本贤二去日本留学需要什么手续。别人不清楚这话的意思，河本贤二却是懂的，他没想到这个小老头居然还懂得办理留学的手续，顿时，他就对范福堂刮目相看了。

当年，日俄战争结束的时候，表哥捎信给他，希望带他一起去日本横滨留学。当时，范福堂犹豫了好一阵子，想来想去还是打消了这个念头。家里突遭大难，伤了元气。这个时候，他不能扔下一家子不管。他给表哥写信，拒绝了留学建议。表哥回了信，信纸上只有一行字："老弟，你很可能错过了一个时代。"放弃了留学机会，一直是范福堂的疼，每当静下来的时候，他就会想到表哥的这句话，慨叹时光无情，慨叹自己终将一事无成。随着大清国垮台，随着袁大总统上台，随着袁大总统一命呜呼，城头变幻大王旗，各色人等走马灯一样上上下下。这时范福堂才明白，自己被时代甩下了车。范福堂迫不及待地让儿子去日本留学，他坚信这是一次不可以再错过的选择，如果失去这次机会，他的儿子他的孙子都将被时代抛弃。

河本贤二很痛快地答应帮忙推荐，让范家父子静候佳音。

几个人一边喝酒一边听河本贤二说话，不知不觉，夜色已深。范福堂的状态进一步好转，他命儿子替他敬酒。范希君没有量，正踟蹰着，范希臣端起酒杯连敬三杯，河本贤二连干三杯。河本贤二显得兴致勃勃，魏老道也是兴致勃勃，他问河本贤二是否杀过人。河本贤二搠开衣襟，从腰间掏出一把手枪扔给魏老道。魏老道差点儿没接住，吓得赶忙递还回去。

"这家伙，起码能有一斤重。"魏老道说，"俺知道，炸子儿从这里蹿出来，砰，就把一个大活人给轰死。"

"砰！"河本贤二朝魏老道瞄准，范希君吓了一跳，仔细看，才知是闹着玩儿。

"用枪杀人不是英雄好汉！"魏老道说，"中华有神功，往大里说能上天入地，能撒豆成兵，往小里说，能闪展腾挪，能点穴，能八步赶蟾，中华神功不是以杀人为目的，而是教化人行善积德。"

"蠢猪！"河本贤二将枪口对准魏老道，他的脸色越来越沉，一点儿都不像喝醉了的样子。魏老道有些慌乱，他双手挡住枪口，朝着范福堂发出哼哈的求救声。范福堂担心河本贤二闹出乱子，就命范希君去给河本贤二斟茶。范希君哆哆嗦嗦地舀茶，木勺不稳，茶水洒得满桌子都是。河本贤二突然骂了一句，狠狠地瞪着范希君，范希君心中一惊，手一松，木勺掉在桌上。

"范桑，你的胆子太小太小了。"河本贤二厉声，"范桑，你不要让我的失望的。"他收起了枪，撩起衣襟，将枪插入腰间。魏老道赔着笑脸，一步一步退出屋子。河本贤二猛拍一下桌子，魏老道"妈呀"一声尖叫，风一样地逃出了范家大院。河本贤二像个淘气鬼一样笑了，他又恢复了平静之色，从西药的起源说起，讲西药的成分和萃取方式，讲西方的工业革命，讲洋枪洋炮的概念。见范家父子兴趣索然，河本贤二又说起了清朝，说起了清军入关的合法性及不合法性。

"这人真絮叨。"范希臣打着哈欠，对着河本贤二说，"尽说些转来转去的车轱辘话。"

"清军入关有其合法性，也有其不合法性。"河本贤二说，"再退回来说，清朝政权在北京，那么，满洲呢？满洲就成了真空之地，满洲就成了无主权的地区。"

"无主权?"范福堂反驳了一句，"明明是有主权的，大清朝设立盛京将军，就是管制东北，只是大清自己不争气，丢了江山而已。"

"你的，一派胡言!"河本贤二粗暴地打断了范福堂的话，他显得很不耐烦。见范福堂没有接话，河本贤二又说到旅顺口，介绍旅顺口的来历，讲述旅顺口的风景，讲述戏院、电影院、商铺、大和旅馆。老二范希臣忍不住，打着哈欠出去了，他对这些话题实在是不感兴趣。

公鸡打了第一遍鸣，河本贤二才勉强住了嘴，被范希君安排住下。

第二天，范福堂的精神好多了，脸上也有了血色。吃完了早饭，河本贤二起身告辞，范福堂还要留他多住几天。河本贤二说军务在身，不敢耽搁。既然他这么说，范家就不好再留。范福堂让大奶奶拿出两百块大洋给他做盘缠，河本贤二坚决推辞。范福堂急着说："你救了俺的命，这点儿钱也不算是给你的，就算是俺给你的药水钱，这总算没坏了你们的规矩吧?"

"你的快把钱的收好了，送你家的大公子的去日本读书吧。"

"那可咋办哪?"范福堂急得掉下了眼泪，"看在老朽的薄面，你就收下吧。"

"这样吧，我的给你们的题首诗，就算是接受了你的美意，我的也想沾沾你们家的书香气的。"

"差点儿忘记了这码事。"范希君拍着脑门，一迭声地喊，"快，快去看看白墙粉刷出来了没有?"

范希臣说，墙面昨晚就粉刷好了，这会儿该晾干了。河本贤二朝范福堂微微鞠躬，说声告辞，拎起箱子就走。范福堂要送行，让人拦住了，他一迭声地吩咐两个儿子替他送一送客人。范希臣在前面带路，范希君陪着河本贤二到廊榭假山那边转悠，河本贤二饶有兴趣地看着题诗和作画，有的细看，有的粗略看。范希君看到一块白墙，摸了一把，还没干透。范希君犹豫了一下，就让范希臣去取墨宝书案。一会儿，都准备齐了。范希君亲自研墨，河本贤二挽起袖子，抓住了毛笔，他闭着眼睛，突然又睁开眼睛，提笔一口气写下了一首诗。

驰马腰弓箭，军行无少留。

只须身许国，不敢计封侯。

寒雨黄沙暮，西风白草秋。

何人画图里，一一写边愁。

写完后，河本贤二久久地看着墙壁，看样子还沉浸在诗意中。范希君带头拍手叫好。河本贤二转过头，问："好吗？"范希君点头说好。河本贤二又读了一遍，轻声说了句："真是好诗！"他转过身，拍了拍范希君的肩膀，指了指自己的脑袋，微笑着说："范桑，加油！"说完，拎着箱子就朝外走。

范希君和范希臣哥俩儿一直把河本贤二送到了西山顶，河本贤二一步三回头，对这一带的地形及皇庄堡的因势利导式的构造设计感慨不已。范希君指向各个方位，向他介绍明朝时期为了防倭抗倭才修建的这座堡垒。河本贤二没听明白，让他再说一遍，范希君刚说出"倭寇"这个词，河本贤二听懂了，朝他一阵咆哮。范希君虽然听不懂，但是能感知到河本贤二的愤怒。他有些惶恐不安。河本贤二打量着皇庄堡，过了很久，突然，嘴里发出"砰！砰！"的爆炸声。他举起双手，表现出爆炸和火焰升腾的样子。范希君和范希臣满脸的惊愕，他们都感觉到了河本贤二对爆炸和毁灭有着不可言说的兴奋。

姜长深看得清清楚楚，听得清清楚楚，他一辈子都不会忘记河本贤二高举双手，发出的震耳欲聋的吼声。他感觉大地在颤抖，大地像女人一样哭泣。这个画面太深刻了，以至于好多年以后，姜长深都听不得爆炸声响，哪怕过年过节，他都要事先和乡亲们讲好，不许放太烈太响的鞭炮，谁违反了要求谁就要受到惩罚。

姜长深进了范家，他没有停脚，直接从假山那边绕了过去。姜长深对范家轻车熟路，他来到一处房檐下站住了，这是范福堂小老婆住的屋子。姜长深听了听，里头传出一阵说话声，仔细听，是范福堂的声音。姜长深咳嗽了一声，里头静了。范福堂问是长深吗。姜长深说是。范福堂说进来坐吧。姜长深抬腿进了屋里，见范福堂歪躺在炕上，小老婆坐在炕头纳鞋底。范福堂朝身边指了指，姜长深急急忙忙爬上炕，面对着范福堂歪躺下来。范福堂努了下嘴，小老婆白了姜长深一眼，继续纳鞋底。姜长深连打了几个哈欠，说："小嫂子，俺和你娘家二叔还是磕头的兄弟，你……"

"俺娘家都死光了！"小老婆绷着脸呛了一句，给他烧了个大烟泡，挑起来放在烟枪上。姜长深美美地吸了一口。

"长深，你来不光是抽口烟吧？"

"可不，老虎崖那边着大火了。"

"这一上午，闹腾不轻，又能出啥事？"

"估摸着是关东军打过来了！"

"啥？"范福堂猛地坐了起来，瞪着眼珠子，"关东军打咱来啦？"

"你没看见天上过飞机，老虎崖那边又起大火，地动山摇了！"

"飞机？老虎崖？"范福堂慢慢躺下了，"都说老虎崖里头是空的，藏着张汉卿的破飞机，你说能是真的吗？"

"老哥，飞行员都到咱皇庄堡了，你说能是假的吗？"

第三章

　　姜怀江送回了一个小小子，这是老姜家的喜事，姜长深却乐不起来。他总有一丝不祥的感觉，他把这件事和老虎崖爆炸起大火联系起来，越想越心慌意乱。尤其是听说送小小子来的是一位飞行员，他就更加警觉。姜长深刚开始只对飞行员的手枪感兴趣，想趁机一哄而上将他的枪抢下来。范福堂却不这么想，他认为飞行员来本地一定有着不可告人的目的。皇庄堡，一定有人在打皇庄堡的主意。在查清飞行员的底细以前，范福堂点拨着姜长深，让他想方设法把飞行员扣下来。

　　"一个飞行员，怎么的还不换十条大枪？"

　　"跟谁换？"姜长深心中一凛。

　　"放心放心，老弟你手里可是奇货可居。"

　　"俺手里？"范福堂的话就像一盏灯，姜长深的心里头突然就亮堂了。他猛地坐了起来，也不说话，穿了鞋就走。范福堂也不留，笑眯眯地看着他往外走。姜长深在街里找到魏三，让他加派人手四下警戒。担心魏三毛躁，姜长深干脆点明了，让他务必看住飞行员，没有指令，谁也不能将他放出堡。魏三还是不明白，还以为飞行员得罪了姜长深，就贴着姜长深的耳朵说："赌好吧，等下晚没人的时候俺去收拾他。"

　　"收拾他？"

　　"揍他一顿，替你解恨！"

　　"胡说！"姜长深跺了下脚，"你懂个屁，只要飞行员不出堡，就是咱的客人，你凭啥揍人家？"

　　"他没得罪你？"

"谁说他得罪俺啦？"

魏三碰了一鼻子灰，灰溜溜地去了。姜长深想了想，不能就这么等着，还是应该去会会这个神秘的客人。宁可得罪了姜家，也要摸清飞行员的底细。想到范福堂说的一个飞行员能换十条大枪，他心里又有些忐忑，拿飞行员跟关东军换枪？他使劲儿地摇了摇头，别说十条大枪，就是一百条也不能动这个歪心思。这是伤天害理的，这么干了，比秦桧不如，比猪狗不如。

姜长深还没进姜家门，就听见里头欢声笑语。他不禁舒展了眉头，推门走了进去。见姜长深进屋，姜吉忠喊着让怀江媳妇把小小子牵出来，让他给姜长深行礼。小小子行了礼，问了声："大叔好。"姜吉忠一迭声地呵斥着。姜长深扯着小小子的手，上下打量着，"真像怀江小时候。"他又指着自己的鼻子，"你爷爷叫俺老弟，你爹叫俺大叔，你该叫俺啥？"

"爷爷！"小小子终于弄清楚了。

"好小子，脑瓜真好使。"姜长深摸出了一颗糖豆，剥了糖纸，塞进小小子的嘴里，又朝着老爷子问，"怀江现在是啥状况？兵荒马乱的时局真让人焦心。"

"咱混成旅已经往下撤了。"姜吉忠说，"都撤了。"

"为啥要撤？"姜长深明知故问，"奉军不管咱老百姓的死活啦？"

"哪能不管呢？"姜吉忠干笑了几声，"奉军是咱老百姓的主心骨，你用脚后跟去想，他们能把咱扔给小鬼子不管吗？"

"那他们为啥要撤？"

"这个咱也不懂，长深，国家大事就让怀江他们年轻人去操持吧。"老爷子说。

"老爷子说得在理儿。"姜长深说，"咱一个芝麻粒大的保长，却跟着国家大事上火，你老说这算个啥？你侄媳说俺就是咸吃萝卜淡操心的彪子。"

屋里人都笑了，姜吉忠拿出一盒香烟，打开了封口，抽出一支递给姜长深。

"尝尝,老刀子。"姜吉忠说,"怀江捎回来的。"

"妈呀,留着过年抽呗。"

"过年有过年的,怀江还能捎回来。"

"哎,奉军撤了,要变天了。"姜长深意味深长地说。

这句话就像一块寒冰突然钻入每个人的耳朵眼儿里,每个人都噤若寒蝉。姜吉忠搓着眼皮,他的眼皮又开始乱跳了,每一回眼皮跳,他都心慌意乱。姜长深抽着烟卷,脑子里却在琢磨着奉军和关东军这场大战到底能打到什么程度,琢磨着老虎崖上的爆炸声响,琢磨着小燕飞机的追逐格斗。扯也扯不清,他千不怕万不怕,就怕战火烧到皇庄堡。按照范福堂的说法,中日这场大战在皇姑屯炸车案发生那会子就该爆发,双方攒了这长时间的仇,就好比烈火遇到了干柴,必然要分出胜负不可。

姜怀江把儿子送回来,说明了啥?姜长深猛抽了一口烟,说明局势的残酷,这是唯一可以确定的。

"再续一根。"姜吉忠又递给他一支烟卷,姜长深没舍得抽,别在了耳朵上,姜吉忠连忙递给他一杆烟袋锅,"前儿在镇上镶的翡翠嘴儿,抽起来凉丝丝的,祛痰化咳,你抽两口试试。"

"飞行员先生在哪里?"姜长深把玩着烟袋锅,"怎么没见到他?"

"刚才还在这里。"姜吉遥说,"咋一晃就不见了影子?"

"和塔哈出去骑马玩了。"四姑娘在里屋插嘴说。

"四姑娘咋回来啦?"姜长深问。

"俺的好大叔,日本鬼子打进来了,谁还有心思读书?"四姑娘从里屋出来,"大叔,俺这就要打鬼子去。"

"可别瞎说,在家里守着爷爷过安生日子不好吗?"姜长深说,"一个弱女子,不比那些野小子,你瞎闹腾个啥?"

"大叔,俺家里是封建思想当家,上面有爷爷这个老封建,中间有俺爹这个中封建,下面还有一帮子小封建,再住下去,都能把俺憋死。"

"啥是封建?"姜长深没搞懂这个词是什么意思,一眼看见凳子上放的皮衣,便拎起来仔细地看。春天里,他在老虎崖见过穿黑皮衣的人,这些人虽然和他相距很近，却总感觉隔着几重山，面对他的笑脸，人家可是冷若冰霜。整整一上午，飞机在天上嗡嗡地响，老虎崖那边又是爆炸又是起大火，恰恰这个时候，飞行员先生带着姜怀江的孩子进堡，这些情况合在一起，能让人安心吗？姜长深是个稳当人，在当下复杂的局面下，他的身上长满了触角，每个触角都伸得远远的。他不能是瞎子，不能是聋子，别人眼里的风吹草动在他的眼里一定要起波澜。否则，他这个保长就是失职。他就怕出差池，就怕皇庄堡被不怀好意的人盯上。无论是关东军还是奉军还是土匪，谁也别想打皇庄堡的主意。姜长深陷入了深思之中，也不说话，只是一袋接一袋抽烟，他的样子让人压抑。后来，连女眷都来偷偷看他的表情。老姜家的空气因为他似乎都凝滞了，都能拧出水来了。

姜吉遥推门进来，后面跟着姜七郎。姜吉遥猛地将门关上，站在门口把着。

"飞行员先生。"姜长深放下烟袋锅，朝姜七郎抱拳施礼，"鄙人是皇庄堡的保长，姜长深。"

"嗬，咱还是一家子。"姜七郎大大咧咧地说，"我叫姜七郎，啥都不会，就会开飞机。"

"飞行员先生，这一上午，飞机来来回回地飞，你前脚来皇庄堡，后脚老虎崖就起了大火，这是咋回事呢？"

"保长老哥，我先更正一下，我来之前，小鬼子的飞机就在这一带挑衅轰炸，不是我把他们招引来的。"

"是吗？这么说，和你无关啦？"

"当然有关系了，上午，咱和小鬼子打了一架。"

"你能打过小日本？"

"咱飞行员不怵他小鬼子。"姜七郎抹了一把油光光的头发，"在天上打，双方都公平，主要看当官的让不让打。当官的不让打，飞行员也没有办法。"

"真的假的？"

"明人不说暗话。"

"你这么肯定?"姜长深问,"敢问,你是什么级别的官儿?"

"我,我……"姜七郎双手叉腰,"保长,这是军事秘密,不能跟你说。"

"那么,你是哪部分的?"

"我说了,我是飞行员。"

"飞行员也得有上头管着,你属于哪一部分的?"

"我属于冯公子的飞行队,你明白了吗?"

"你不是奉军?"

"不是。"

"这么说,你的枪也不是奉军给的?"

"枪?"姜七郎一把捂住了腰,笑着说,"这个破玩意儿还真是奉军配给的。"

"飞行员兄弟,看在咱们都是一家子的分儿上,你把枪留下来吧。"姜长深盯着姜七郎的眼睛,"冯公子还缺你一把两把枪吗?"

"这把枪确实不值钱,如果换往常,别说你要一把,你跟兄弟说一声,给你整一箱子两箱子来不算个事。"姜七郎抽出手枪,朝枪口上吹了口气,"现在啊,是特殊时期,这把枪就是保护我脖颈上的吃饭家伙的,谁要也不给。"

"谁要都不给?"姜长深盯着他,"俺还想跟你商量商量,让你的后台老板再送来十条八条大枪,也是为咱皇庄堡做点儿贡献。皇庄堡也不白让你忙乎,咱在西山顶上立个碑,把你的事迹刻上去,让后人永远敬仰你。"

"得,得,你可饶了我吧。"姜七郎笑着说,"现在是特殊时期,枪是紧俏货,不是我撅你的面子,想要枪,门儿都没有!"

"你就是撅俺面子了。"姜长深冷冷地说。

"不说这个,不说这个。"姜吉忠拦住了话头,"姜七郎是咱家怀江的把兄弟,人家千里迢迢是来帮咱送孩子的,是咱的贵客,咱不能慢待了人家。四姑娘,四姑娘,快出来给你七郎哥沏茶。"

四姑娘在炕上歪躺着看书,听见爹喊她沏茶,顿时就恼了,她翻了个身，假装没听见。大嫂子赶忙打发桂英出去斟茶。桂英是个葫芦嘴儿，闷乎乎的见不得生人，她给姜七郎斟茶的时候心一慌，手一抖，大半碗茶水泼在了姜七郎的身上。姜七郎"哎呀"一声，桂英慌得撒腿跑回了屋，扑在她妈的怀里瑟瑟发抖。四姑娘心里烦躁，猛摔了书本，指着桂英便骂："毛毛愣愣的东西，真是无用！"她这么一凶，桂英更是吓得没了魂儿，脑袋直往娘的怀里拱，哭也不敢哭，憋屈得直抽搐。怀江大嫂搂着女儿，心里有气还不能说，就偏着脑袋一遍遍地唉声叹气。

姜七郎将枪放回枪套中，似乎有点儿不放心，一只手依然摁在枪套上。谁都不说话，都在看着姜长深。这时，姜怀有推门进来，他察觉到屋里的气氛有些紧张，便转着圈儿地看着众人的脸，又去摸凳子上放着的皮衣皮裤。五叔吉遥朝他虚踹一脚，姜怀有闪开了，一头钻进了里屋。姜长深调整好心态，将烟袋锅装满了烟，递给姜七郎。

"飞行员先生，尝尝这翡翠烟嘴，抽起来，凉丝丝的真舒服。"姜长深又说，"俺听魏三说，老虎崖里头是空的，那里头不但有枪有炮还有小燕飞机，能是真的吗？"姜长深眯缝着眼睛，想从姜七郎的表情上看出一些端倪，"魏三还说，飞机能直接钻进山洞里去。"

"魏三是谁？"姜七郎问。

"魏三是俺手底下跑腿的伙计。"

"既然他这么说，那就是吧？"

"狼崽子，养不熟。"姜怀有骂骂咧咧地从里屋出来，拧了把鼻涕甩在地上。姜吉忠紧扯了几下他的衣襟，姜怀有才安静下来，蹲在爹的身边。

姜长深斜眼瞧着姜七郎，姜七郎浑身不自在。吉忠、吉连两兄弟出来打圆场，试图缓解一下紧张的气氛。吉连问他不算冷的天为啥要穿皮衣，这句话提醒了姜七郎，他将皮衣皮裤重新穿上，又把毛巾缠在脖子上。他说在天上，即便是三伏天，也能把人冻个半死。吉连撇着嘴说："瞎嘞嘞，三伏天在井里待着才凉快。"

"就是瞎嘞嘞。"吉遥附和着，"晴天白日，那天上一丝遮阴的云彩都没有，大毒的日头，还不把人烤化啦？"

"你们飞行员都驻扎在啥地方？"姜长深问。

"一般都驻在热河，还有一部分在辽宁。"

"老虎崖呢？"姜长深又点了一句。

"我不知道。"姜七郎回避了。

"俺知道，俺知道。"姜怀有突然跳了起来，"轰，小燕飞机的尾巴就冒烟了，一头撞在老虎崖上。"

姜七郎抽了一口烟，将烟从嘴里喷了出去，他的脸瞬间就被遮住了一半。

"实话告诉你们吧。"姜七郎又换了个话题，"鬼子占领东北后，'满铁'两旁一百里内全都沦陷了，咱的飞机被压制得死死的。"

"你就说咱皇庄堡能不能被坏种们盯上吧！"姜吉忠问。

"我判断，目前，鬼子还没有那么多兵力朝这边来，我判断，这边也没有那么重要，我判断，小鬼子的目标还是北面的马占山。"姜七郎的声音有些发抖，感觉有些慌乱，"我判断，我判断啊，暂时，皇庄堡这边安全。"

"那就好，那就好！"姜长深猛拍了几下大腿，"七郎兄弟，俺这颗心整天悬着，就怕皇庄堡出乱子。"

姜七郎是分裂的，一直就是，以前，是因为女人而分裂。鬼子打进来后，又多了一样，他突然就分裂成若干个自己，他都被搞恍惚了，不知道哪个是真正的自己。他肚子里有好大一个秘密，只是轻易不会吐出一个字。他分裂出来的那个自己很坚决，一定要完成这件大事，还有几个自己不顾死活地掣肘，希望他放弃不切实际的想法，回归到现实中来。姜长深的心思姜七郎很清楚，不就是一把枪吗？他很蔑视这个面沉似水的保长，啥面沉似水？就是阴险狡诈罢了。姜七郎虽然瞧不起他，还得耐心敷衍，他的底线是不能翻脸。因为他想在皇庄堡蛰伏，将自己藏起来，那个分裂的自己说，咱有大事要做！还有几个分裂的自己说："别丢人现眼了！"

姜七郎满脸都是苦涩的笑，他都要崩溃了。

姜长深收敛了咄咄逼人的气势，露出了和蔼的模样，不能急，心急吃不了热豆腐，给飞行员时间，给足了时间，让他自己悟去，哪天悟开了，痛痛快快地把枪呈上来，那是皆大欢喜的事。悟不开呢？也不能心急，皇庄堡四门紧闭，他还能插翅膀飞了不成？人家飞行员无论是言谈还是举止都没有大毛病，他皇庄堡也不是胡子窝，动粗来硬的属于犯法，他姜长深不能带头干傻事。姜长深只是眼馋那把手枪，其他的都不是他考虑的，他不再想了解飞行员来堡里的真实意图，管他呢，虽然他带来了轰炸声，虽然他就像丧门星一样。姜长深死死地盯着手枪，眼睛里冒出了一双手似的，就想一把扯下手枪，握在自己的手里。多好的枪啊，连枪套都是油亮油亮的。有了这把枪在腰上，他姜长深的腰杆子也会硬上几分。姜长深费了好大的劲儿才把目光从枪套上挪开，他笑眯眯地告辞，还让姜吉忠好好招待贵客，让贵客在皇庄堡多住些日子。

　　"看情况吧，如果没有什么事，过两天也要回去了。"姜七郎说。

　　"你可不能走！"姜怀有伸手挡住了姜七郎，"你的大白马再让俺骑几天吧。"

　　"是啊，你就多住几天吧，让塔哈带你转悠转悠，闷了就到村公所找俺喝水聊大天，跟俺讲讲开小燕飞机是啥感觉，俺喜欢听。俺堡里还有个魏老道，上知天文下知地理，让他来见你，让他当你的面讲讲飞机，看这老小子还敢不敢不懂装懂。"姜长深说着，屋里的人都笑了，想着魏老道窘迫的样子，人们越发地收不住笑声。外面有了动静，一群大鹅呱呱乱叫。吉遥伸脑袋往外望，只见魏三拿着棍子猛捅大鹅，大鹅围着他乱啄乱拧。吉遥赶紧出去，撵开了大鹅，将魏三带了进来。魏三朝老爷子拱拱手，贴着姜长深的耳朵说："保长，村公所来客人了。"

　　"谁呀？"

　　"带枪的。"

　　姜长深心里一紧，连忙朝老爷子拱了拱手，又朝姜七郎拱了拱手，跟着魏三离开了姜家。几只大鹅又围上来，魏三吓得一阵扑腾，姜长深心急，一脚一个将大鹅踢开。门口站了两个人，一个是贺老三，一个是秋收。姜长深吩咐贺老三密切注视飞行员的动向，想法子缠住他，不能让他带着枪离开皇庄堡。

姜长深走了以后，老爷子心满意足地说："咱老姜家添人进口，连保长都来看了。这么大的喜事，饮水思源，咱还得谢飞行员七郎贤侄。"

"举手之劳，举手之劳。"姜七郎说，"我和参谋长是结拜弟兄，遇到这么大的事，参谋长不找我能找谁？只是，这些天，苦了这个小家伙，跟着我上天入地，东奔西跑，本来，我们在老虎崖还要住几天，我还有任务没有完成，这小家伙闹得太凶，我就借了一匹马，给他送来了。没想到，鬼子的飞机也来了，我们差一点儿被打死了，那时我就想，一旦被打死了，走在黄泉路上，我也要扇这小子几个大耳刮子，这小子不是催命鬼是啥？"

"哈哈，你现在又怎么说？"姜吉忠笑着问。

"现在啊，我要说，小小子，真神奇，福大命大造化大，将来一定会有大出息。"姜七郎调皮地朝小小子敬了个礼。怀江媳妇一把将小小子搂在怀里，露出了欣喜的笑容。

"借你吉言！借你吉言！"老爷子不停地说，"哎，老姜家后继有人！后继有人了！"

姜怀有忽然跳起来，转到爷爷的身后乱摸乱掏，吉遥一把揪住了他的脖领子，将他从老爷子身后提溜出来，吉遥吼："臭塔哈，你想干啥？"

"俺找人。"姜怀有说。

"你找啥人？"

"爷爷说，'后继有人'，俺想把这个人揪出来！"

"塔哈，你真是个傻瓜！"爷爷笑着说。一家子笑得前仰后合，四姑娘趴在炕上，好不容易才缓过一口气来。她遥指着姜怀有，"笑……笑死俺了。"好一会儿，四姑娘才稳住不笑了，又恨恨地骂，"塔哈，不学无术的狗东西！"见小小子进来，四姑娘摸着他的脑袋说："大侄子，你可得好好读书，长大了要懂道理，为国家效劳，可别学你老叔。哈哈。"四姑娘忍不住又笑翻了，"后继有人，哈哈！"

"你们得给我写个收据。"姜七郎说，"他日见到参谋长的时候我也好有个交代。"

"应该的，应该的。"老爷子让姜吉忠写了收据，摁了手印，又让姜怀有拿去找小小子来摁手印。老爷子说该给小小子起个大号。斟酌了半天，就给起了个"姜得利"这个名字。姜怀有一迭声地喊着"姜得利小王八蛋姜得利小王八蛋"就钻进了里屋。一会儿，三奶出来，笑呵呵地说："小小子就是不要'姜得利'这个大号。"

"他想咋的？"老爷子瞪着眼问。

"他非要'姜怀有'这个大号，他说他就叫'姜怀有'。你们说好笑不好笑。"

"塔哈不是叫姜怀有吗？"四姑娘喊了一嗓子，"没错，塔哈的大号就叫姜怀有！"

"胡闹，真是胡闹，侄子怎么可以占他叔的名，乱了辈分了。"姜吉忠跺着脚说，"没有规矩！"

姜七郎完成了任务，却没有立即走的意思。他这次来还有更重要的任务，鬼子打进来后，他有许多许多任务，有的完成了，有的根本八字还没有一撇。鬼子这一上午的轰炸扫射，他心里清楚，老虎崖那边的秘密飞行训练基地基本上暴露了。下一步就等着小鬼子的空军一批一批来轰吧。冯公子足智多谋，前几年，他就在老虎崖办了飞行员培训班。这是明面上的，据说，还在皇庄堡一带修建了备用机库，这是暗的。

姜七郎的任务就是寻找这个也许根本就不存在的备用机库。这是他的一厢情愿，也是他的妄想。真实的原因就是胆怯，虽然他从不承认自己是个胆小鬼。他是冯公子学员队中最优秀的一员，也是所有人仰慕的王牌飞行员，怎么会是个胆小鬼了呢？9月18日前，他曾驾机和鬼子对峙过，最后被三架鬼子的飞机包围，鬼子只要轻轻勾一下手指头，他就会机毁人亡。这一幕就像噩梦一样缠着他。再次执行任务的时候，他的手脚抖得厉害，竟然寸步难行。姜七郎发现自己分裂成两人，两个人又分裂成若干个相互矛盾的人。这些人中有原来的那个乐观的姜七郎，也有陌生的姜七郎，这样的姜七郎胆怯、逃避。第二次对峙回来，姜七郎把自己关在屋子里，任凭两个姜七郎在争吵，他判断自己完蛋了。他已经厌倦了飞机，一点儿都不想再登上飞机，飞机不再是他的至爱。一闭上眼，就是被打下的一幕，就是绝望的一幕。姜七郎要逃，只要不上飞机，让他干什么都行。逃得有一个适当的借口，姜七郎苦苦地找着借口。然而，所有的借口都是借口，都会露出这样或者那样的破绽。他的脑子里突然就出现了"皇庄堡"这个地方。他想起了姜怀江说过的备用机库。他眼前一亮。

姜七郎向老虎崖飞行训练班的主官汇报了自己的"任务"，他谎称姜怀江参谋长代冯公子给他下达了一个重要任务。让他负责寻找秘密的"备用机库"，主官半信半疑。"老虎崖这边只剩下六名学员，你姜七郎这一走算什么事？"主官没说，但这句话已经写在了他的脸上。姜七郎目光不散，他的脸上也写满了字："只要找到备用机库，就可以带领弟兄们转场隐蔽。"皇庄堡一带有奉军的秘密仓库，主官也是有所耳闻的，既然有秘密仓库，谁敢保证就没有秘密机库？

"七郎你记着。"主官说，"找不到机库没有关系，大不了，咱和小鬼子同归于尽！"主官的话充满了血性，也传达了话外之音，姜七郎面无表情，心中却羞愧不已。主官送给他一匹马，主官说，这匹马是从炮兵兄弟手里借的，是匹宝马，让他好好待它。姜七郎将小小子抱在怀里，翻身上马。刚要离开老虎崖，敌机就来寻衅。姜七郎是矛盾的，许多个分裂的他在耳边叽叽喳喳，有的指责他"临阵脱逃"，有的赞扬他识时务。这两种声音都不好听。随着敌机轰炸开始，姜七郎的耳畔出现了第三种声音，这种声音充满了磁性，像个歌唱家一样浑厚——也许真有一个"备用机库"？为弟兄们找一条生路的念头支撑着他，让他从里到外又恢复到原来的样子。

离皇庄堡越来越近的时候，这个念头压制着他的愧疚。他已经完全相信这个"备用机库"的存在。姜七郎给自己的肩膀上加码，必须尽快找到"备用机库"，将老虎崖那边的学员队弟兄安全转移过来。"备用机库"在哪里？在他的心里，他想找到它，从里到外地找。他想赖在皇庄堡，再看看，再等等，风声弱了的时候再返回老虎崖。他相信倒霉的时刻一定会过去的，只要找到了"备用机库"，一切困难就会迎刃而解。找不到呢？姜七郎掐着自己的胳膊，好好的手脚，怎么突然就哆嗦了呢？时间，只要给他时间，他相信，他还是一个王牌飞行员，他会恢复信心的，胆怯一定会压制住，一定会的。他要和弟兄们驾机上天，他要打鬼子。

一切都是暂时的，一切都不是看到的这个样子。

姜家的人根本就不知道姜七郎心里头藏了这么多念头，姜家还担心待客不周，担心姜七郎拂袖而去。姜七郎不是外人，是姜怀江的把兄弟，就凭这一条，就是老姜家的贵客。老爷子吩咐女眷做饭，他要陪客人喝两盅。姜吉忠想起老柳家羊汤面馆还留着桌子，就召集一起去喝羊汤吃喜面。这个主意实在太合老爷子的心意了。一家子去饭馆吃席，轰轰烈烈，也让皇庄堡的乡亲们都认认小小子。老爷子笑呵呵地对姜七郎说："小伙子，让你尝尝俺皇庄堡的羊汤，保准让你喝出一身大汗。"

"我听参谋长说过，皇庄堡的羊汤是一绝。"

"你知道是哪一绝吗？"姜怀有没等姜七郎回答，就赶忙抢着说，"只有俺皇庄堡的羊能爬山，爬山的羊肉不膻，蝎子厖厖独一份。"

"滚！滚！滚！"吉遥揪住姜怀有的脖领子，朝一边丢去，"臭塔哈，没有你插不上嘴的。"

一家子簇拥着姜七郎去了柳记羊汤面馆，姜怀有故意落在后头，他一点儿都不想去喝羊汤，他宁愿跟大白马在一起玩。他抱了一抱青草，喂了大白马，他实在舍不得大白马，不愿意离开半步。见没人注意，姜怀有偷偷解开了缰绳，翻身上了马背。大白马通人性，没有尥蹶子，姜怀有一提缰绳，大白马昂着头，稳稳当当往外走。秋收从门口闪出来，伸手抓了一把，姜怀有猛扯缰绳，大白马唏溜溜一声嘶鸣，抬起前腿朝秋收蹬去。秋收吓得扭头钻到大榉树后头。姜怀有骑着大白马，迈着小碎步上了街里。小惠一眼看见了，跑出来朝他打招呼："塔哈，你上哪儿去啊？"

"管得着吗？"

"倒霉样儿吧，从来都不好好说话！"小惠啐了一口，"呸，死塔哈！"

"你敢骂俺？"姜怀有扯了下缰绳，猛地就朝小惠奔去。小惠赶紧跑回家，还没等她回身关上屋门，马头随着钻进了屋里。小惠吓得哇哇大叫，东躲西藏。姜怀有的半个身子也进来了，他伸手朝小惠摸去，小惠抓起扫帚乱打。姜怀有挨了几下，趁乱又摸了几把。小惠她妈嗷嗷叫着从里屋出来，一把扯住姜怀有的胳膊，三下两下将他拽了出来，小惠她妈朝他的脑袋上猛扇了几巴掌。

"脏了心的塔哈，竟敢欺负到俺家了。"

"大娘，大娘。"姜怀有挣脱了，一手捂着脑袋，一手将大白马顶出了屋。小惠她妈在后面一巴掌一巴掌地猛扇，姜怀有被打得直犯迷糊，出了门，他翻身上马，回身一把将小惠她妈头顶上的簪子拔了下来，飞镖样地甩在门框上。小惠她妈的头发散开，像个女鬼一样，一愣神的工夫，大白马飞奔而去。马上的姜怀有就像长了翅膀一样，他双肩耸起来，不停地抖着缰绳，大白马随着缰绳而走，也像长了翅膀一样。狗剩子跟在后面，一边跑一边央求让他也过过瘾。姜怀有正眼都不看他，依旧不快不慢地驾驭着大白马，始终不让狗剩子靠上。狗剩子跑累了，俯身急喘，喘了一会儿就乱骂着"臭塔哈""骚塔哈"。姜怀有也不生气，故意摆出各种高难度的姿势，随着街道两旁传来一阵又一阵的叫好声，姜怀有更是得意，复杂的动作层出不穷。一会儿，站在马背上，一会儿又钻入马肚下面。狗剩子他爹喊了一嗓子："塔哈，你真是好样的！"

"俺还有一手呢。"姜怀有贴着马背转来转去，像在自家炕上打滚一样，突然，他脑袋顶在马背上倒立起来。狗剩子擎着一根大油条，朝姜怀有挥舞着，狗剩子喊："塔哈，塔哈，馃子，香喷喷的大馃子。"

"嗯，香吗？"

"哪能不香？"

"好嘞！"姜怀有伸手抓过油条，三下两下吞进肚里。狗剩子趁机抓住缰绳，仰着脸可怜巴巴地看着。姜怀有只得跳下马，朝狗剩子的屁股上使劲儿捅，狗剩子就往马上蹿。

"狗剩子，你可要小心，大白马烈性。"

"知道知道。"狗剩子猛蹿了几次也没蹿上去，急得乱蹦乱跳。姜怀有将大白马领到范家大院门前的上马石边，姜怀有一努嘴，狗剩子明白了，一步跳到石头上，姜怀有将大白马靠过去，狗剩子翻身上了马。姜怀有领着马在街里慢慢转悠，狗剩子觉得不过瘾，趁不注意，一把扯过缰绳，使劲儿夹了下马肚。大白马轰的一声蹿起来，闪电般地跑了。狗剩子哪里经过这个阵仗，吓得嗷嗷乱叫。姜怀有猛喊："狗剩子，扯缰绳！别松手！"

"俺的娘呀，快救俺，俺要下去！"

大白马越跑越快，跑了一会儿，又转身跑了回来。姜怀有闪身让开，一把抱住了大白马的脖颈，身子像块膏药一样贴了上去。大白马的速度丝毫没有慢下，人们惊呼着，都担心姜怀有会被摔死。姜怀有不停地打着响舌，打得不急不慢，大白马野性去了，慢慢停了下来。狗剩子一头拱了下去，就地打了几个滚儿才稳住。姜怀有揪着大白马的鬃毛，狠狠地揍了几拳大白马，骂大白马是个大混球。大白马任凭他打，任凭他骂，垂着脑袋一动不动。范家的大门吱扭扭地开了，范福堂拄着拐棍出来，他站稳了，手搭在眉头上朝街里望。见姜怀有牵着大白马要走，就朝他招手："塔哈，你来。"范福堂不知姜怀有的大名，只记得他叫"塔哈"。姜怀有牵着马走过来，范福堂一把抓过缰绳，前后打量着大白马，还使劲儿拍了几掌。范福堂眯缝着黄眼珠子问："塔哈，这马是从哪里弄来的？"

"是俺家的。"

"胡说，这是奉军的马！"

"俺大哥是混成旅的参谋长，奉军的马就是俺家的马。"

"吹牛你都不上税。"范福堂哼了一声，"塔哈，听说你家里来了个怪人？"

"不是怪人，是飞行员，俺大哥的拜把子兄弟。"

"飞行员是干啥的？"

"就是开小燕飞机的，在天上呜呜飞。"

"吹牛吧，你家还有这样的能人？"

"俺家咋就不能有这样的能人啦？俺家就是比你家强。"

"说说，你老姜家强在哪里？"

"俺大哥是混成旅的参谋长。"

"那有啥好嘚瑟的?"范福堂故意逗他,"奉军被关东军打得满地找牙,混成旅也早就成邋遢兵了。"

"你才是邋遢兵呢!"

"俺家你希君大哥现在也是参谋,是关东军的大参谋,你说,和你家怀江比谁更厉害?"

"希君大哥是关东军的大参谋?"

"可不是咋的,小崽子,眼红了吧?"

"关东军是大鬼子,希君大哥跟大鬼子干就是二鬼子,谁稀罕和你们二鬼子比?"其实,姜怀有根本就弄不清楚二鬼子是怎么回事,只知道二鬼子不是好词儿,是专门跟鬼子一起混的。

"你个臭塔哈!"范福堂的脸色骤变,举起拐杖就朝姜怀有的脑袋上砸。姜怀有慌忙抱住了脑袋。范福堂的拐杖没有砸下来,他转了转黄眼珠子,猛地砸向大白马。大白马受了惊吓,飞奔而去,姜怀有张嘴就骂:"老东西,黄眼珠子老色鬼,你赔俺的马。"

"快追去吧,逗你玩呢。"范福堂转身回到院内。

"老色鬼!黄眼珠子老贼!"姜怀有跳着脚地骂。

"快闭嘴!"姜长深正朝这边来,听姜怀有对范福堂口出不逊,便连忙呵斥着。姜怀有哪管他是谁,依然"老贼""老色鬼"地乱骂。姜长深一把薅住了姜怀有的衣服领子,抬手扇了几个大耳光。姜怀有眼前冒出一片金星,他捂着脸放声大哭。姜长深扔下他,朝屁股蛋上狠踢了一脚,吼了声:"还不赶紧滚!"

"滚就滚!"姜怀有不敢和保长撒野,抹着眼泪走了。大白马去哪儿了呢?他四处看,四处找,人们都朝他笑,狗剩子他爹还朝他吐舌头扮鬼脸。姜怀有哭着问:"谁看见俺的大白马啦?"

"往东面跑了。"傻子童小宝说。

"往西边跑了。"西施翠花说。

姜怀有急得像只没头苍蝇,朝东跑了几步,又折回来朝西跑。小惠朝他招手,见姜怀有没理她,就紧跑过来,小惠她妈也跟了过来。

"塔哈，你为啥哭？"小惠问。

"为啥要跟你说？"姜怀有抹了一把眼泪。

"你后娘死了吗？"小惠她妈扯住了姜怀有的胳膊，"问你话呢。"

"你后娘才死了！"姜怀有挣脱了，狠狠回了一句。

"臭塔哈！"小惠她妈朝他脑袋上拍了一巴掌，还要打，突然就怔住了，姜怀有的一双闪着光泽的大羊眼让她想起了一个人。小惠她妈揉了揉姜怀有的脑袋，轻声说："没娘的孩子，可怜见的。"

姜怀有心里一酸，泪水像泄洪样地涌了出来。小惠伸手给他擦去了眼泪，轻声说："你快别哭了。"姜怀有挣了几下，小惠说："你再哭俺就跟你一块哭。"姜怀有擦了把泪水，直勾勾地看着小惠，不明白她为啥要跟自己一块哭。小惠说了声"你等一等"便朝家里跑，眨眼间又跑了出来，拿出一个烤地瓜塞到姜怀有的手上。

"快吃吧，专门给你烤的。"小惠笑眯眯地说，两个小酒窝就像一对儿盛开的花朵，"谁料到你会这么坏，竟敢骑马进了俺家屋里，瞎了眼的大白马把还没烤好的地瓜踩了个稀巴烂，白费了俺的工夫，就剩这一个囫囵的。"

"俺是跟你闹笑呢。"姜怀有剥开地瓜皮，猛咬了一口，"小惠，你可别当真。"

"好吃吗？"

"好吃！"

"甜吗？"

"真甜！"姜怀有咧着嘴笑了。小惠也笑了。姜怀有也是饿了，三口两口就吃掉了烤地瓜，小惠又偏着脑袋问："真的好吃吗？"

"真的好吃。"

"真的甜吗？"

"真的甜。"

"除了甜还有啥？"

"香。"

"还有呢？"

"还有啥?"

"你就没有尝到尿臊味吗?"

"尿臊味?"

"俺把地瓜用狗尿腌了,又用猫尿腌了,烤熟了,又蘸了猪粪,就等着给你个坏种吃。"

"哇!"姜怀有恶心得张嘴就吐,小惠笑得前仰后合。姜怀有伸手去抓她,小惠慌忙闪开了。她笑嘻嘻地说:"跟你闹笑呢,别闹,真的是闹笑。"姜怀有恨得真想扇她一个大耳光,又担心引起她妈的注意,遭到她们母女的围攻。姜怀有不怕天不怕地,就怕小惠她妈,也说不准怕她什么,反正,见到她就打怵。他气得瞪着眼,就像被噎着了似的。小惠连忙抹着他的前胸拍打着他的后背,"没想到你的气性这么大。"小惠忽然又低声说,"谁让你欺负俺来着。"

"臭丫头,谁欺负你啦?"

"你还敢耍赖?"小惠瞪圆了眼睛,只要姜怀有敢乱说一个字,准会抽他一巴掌。姜怀有老实了,他看见了小惠气鼓鼓的样子,看见了鼓鼓登登的胸脯,目光触上去,又连忙闪避开。小惠感觉到了,她面色赤红,猛跺了一下脚,低声说:"都老大不小了,以后学着稳当些。"

"嗯。"姜怀有胡乱应着,就觉得胸口里面怦怦作响。

"往后衣服破了就给俺送来,衣服脏了俺也给你洗。"小惠扭着手指头说,"哪天你来家,留个模子,让俺娘给你铰个鞋样儿。"

没等姜怀有说话,大白马轰隆隆跑了回来,大白马的头顶上跟来了一架小燕飞机,摇摇晃晃,像被风吹得乱摆的浮萍。大白马受了惊吓,转着圈地跑,小燕飞机忽地从姜怀有的头顶飞过去,贴着村公所的房檐下去。小惠一把抓住了姜怀有的胳膊,紧紧贴着他,小惠她妈嚷了一声撒腿就跑。姜怀有抓住缰绳,翻身上了马。小惠喊:"塔哈!塔哈!"姜怀有掉转马头,一把将小惠抱到马上。姜怀有搂住了她,一夹马肚,大白马飞也似的去了。小惠像喝醉了似的,感觉脑子里晕晕乎乎的。

"小惠,你怕吗?"

"不怕。"

"不怕？俺不信。"

"塔哈，你怕吗？"

"不怕！俺爹说俺的胆子晒干了能有倭瓜大！"

"你不怕俺就不怕！"

"别说大话了，你的身子抖得像抽风！"

"坏种！"小惠猛拐了下胳膊肘，"没安好心的臭塔哈！"

小燕飞机轰隆隆地转了回来，盯紧了大白马一阵扫射，大白马唏溜溜地嘶鸣，撒开了蹄子飞奔。小惠捂着耳朵，吓得浑身瘫软。姜怀有大声喊："别怕，俺带你去一个地方躲着。"他一拍马脖颈，大白马急拐一个弯儿，朝玉皇顶方向跑去。小惠问："小燕飞机想干啥？"

"想干掉俺的大白马！"

"是谁想干掉你的大白马？"

"小燕飞机呗。"

"净说些没味的蠢话。"

大白马一口气上了山坡，再往上，山势越来越陡峭，大白马蹄子发滑。姜怀有跳下马，拽着缰绳朝树林中冲去。小燕飞机又一次俯冲过来，大白马受了惊吓，嘶鸣着，乱刨着蹄子。姜怀有狠狠地拍着马颈，猛拽着缰绳，拼命将大白马拽进林中。小燕飞机找不到目标，便朝林子里胡乱射击一通，两棵胳膊粗的松树被拦腰切断。姜怀有拨着树枝，带大白马朝林深处猛走。走了一会儿，听不见飞机轰鸣声，小惠才稳住了神，想到自己竟然稀里糊涂地跟着姜怀有进了林子，越想越害怕，就要从马上往下翻。

"小心！"姜怀有一把拦住了她。

"俺要下去！"小惠挣扎着嚷。

"你要干啥？"

"你要干啥？"

"俺带你到一个地方藏起来。"

"哪儿？"小惠四下看着，脸色蜡黄，"俺咋觉得你肚子里全都是坏水呢？"

"你放一百个心！"姜怀有的嗓音忽然有些发颤，他扯着缰绳，奋力向山上走。绕过一块巨石，姜怀有将大白马往沟里牵，大白马总是下不去。姜怀有只好将它拴在树上。

"塔哈，你别吓唬俺。"

"你放一百个心！"姜怀有将小惠抱了下来，轻声说，"快跟俺来！"他几步跳到沟里，掏开了一片遮挡的树枝，露出了一个洞口。小惠惊叫一声，扭头就走。姜怀有说："你别怕，这是俺家。"他一把扯住小惠的手，要拽小惠进去看看，小惠的脚底长了根似的。姜怀有想让小惠见识一下藏在心里头的秘密，这个秘密说起来就像假的一样。姜怀有跟谁都没有说起过，他担心说出去能把人吓死。这个秘密能被他发现其实也是偶然的，简直就像做梦一样神奇。有一天，姜怀有躺在土炕上，忽然一只大老鼠爬上了肚皮，一直蹿到他的脸上，就那么嚣张地跑了过去。姜怀有气得爬起来就追，一直追到洞深处。再往洞里钻，就钻不进去了。眼看着老鼠钻进了小洞里，他伸手去掏，胳膊伸进小洞里，还是没有摸到头。他还能听见老鼠在洞里头吱吱地叫，姜怀有的火气腾的一下就蹿起来了，他找了一堆干柴，放在小洞口。他想用火攻的办法熏死讨厌的老鼠。奇怪的是，姜怀有把他自己都快熏晕了，老鼠还是没被熏出来。姜怀有气得乱拍乱打，想将老鼠吓唬出来。突然，洞壁上掉下一块土，露出了几块砖头，再拍，露出了一面砖墙。姜怀有用力推了几下，砖墙竟然倒了。墙后头出现了一片开阔地。姜怀有的眼睛突然就不够用了。洞里码了一垛一垛的箱子，每一垛都比他的个头高。姜怀有狠狠地掐了把自己的大腿，疼得他直咧嘴，这时，他才相信眼前看到的全都是真实的。姜怀有的好奇心就像爆竹一般炸开了，他撬开一个箱子，里面居然全都是枪。再撬开一个箱子，里面还是枪。

山洞里藏了好多好多包了油纸的枪……

姜怀有一直以为自己在做梦，也只有他自己知道，这不是梦。这是姜怀有藏在心里头不敢说的秘密，他将这个秘密裹得严严实实，从没有吐出一个字儿。他担心一旦泄露了这个秘密会惹下滔天的大祸。姜怀有想请小惠进来看看，想让小惠帮他分析一下这些枪的来历，想让小惠帮他拿个主意——该如何处理这么多的枪。以前，他天天盼着怀江大哥回来，一旦见到怀江大哥，他第一句话就想问这些枪是不是他藏的，怀江大哥却偏偏不回来。秘密在心里藏着，都长草了，堵得密密实实，他都快憋疯了。整个皇庄堡，除了爹，他只信任小惠一个人。看起来，小惠并不信任他，他一遍遍催促着小惠进洞，小惠却显得惊慌失措。他紧张得额头上都冒出了汗，汗珠顺着脸颊往下滚，他的眼里冒火，真想一把扯了小惠，将她拖入洞中。小惠感觉到了姜怀有的焦虑，小惠害怕了，她紧紧抱着一棵树，说破了大天也不进去。姜怀有真想给她一拳，最好是能将她打昏，然后将她扛进洞里。小惠发觉姜怀有在发狠，小惠哀求着："塔哈，你可不能撒野啊！"

"快跟俺进去！"姜怀有狠狠地拽着小惠的胳膊，抠着她的手指头，小惠抱得紧紧的，就像是大树的一部分。姜怀有薅住了她的衣服，死死地往洞里拖，姜怀有说："让你进去你就进去！"

"不去，俺死也不去！"小惠哭着说，"塔哈，俺对你那么好，你可不能祸害俺哪。"

姜怀有狠狠骂了一句，松了手，一头钻进了洞里。姜怀有躺在土炕上，一条腿搭在另一条腿上，越想越生气，气得肚子一鼓一鼓，好像里头有一只大蛤蟆。好一会儿，他的气才顺下来，想再跟小惠好好说一说，告诉她洞里没有吃人的怪物。他怎么会害小惠呢？他害谁也不会害她的。姜怀有出了洞，却见小惠一瘸一拐地往山下走。

"小惠，回来吧，这是俺家，俺娘就在这里头死的。"姜怀有跺着脚喊。

"傻子才信你的鬼话。"小惠头也不回地喊，"臭塔哈，俺没想到你竟然是这号人。"

"你个臭丫头！"姜怀有狠狠地骂，骂过了也有些失落，有些难受。他到底是哪号人呢？他不理解小惠为什么如此决绝，连朝洞里望一眼都不肯。他多么希望小惠能主动进去，听他讲他和他娘的故事。如果她不感兴趣，可以不给她看那些枪。可惜小惠不想听，一句都不想听，姜怀有很难过，他的秘密还要在肚里藏下去，那得藏多久？姜怀有真想去哀求小惠回来，哪怕不进洞，哪怕就在洞口坐着，听他讲一讲他和他娘的秘密就够了。也许，小惠还能帮着分析一下他和他爹的秘密呀。姜怀有有那么多那么多的秘密，这些秘密都在肚子里藏着，有的都快藏烂了，再不说出来，他都快忘掉了。十岁那年，姜怀有就有一个解不开的秘密。有一天，他在洞口遇见了爹。爹被魇着了似的，直愣愣地从他身边走过去。姜怀有喊他，他不但不答应，还加快了脚步。姜怀有朝爹追去，爹就钻进了更深的林子里。姜怀有一直不明白爹为什么不理他，他的喊声足够大，偏偏爹就像没听见一样。难道爹聋啦？回到家，姜怀有看见爹在闷头抽烟，他喊了声爹。爹答应了，爹没聋。

"爹，你咋不搭理俺？"

"儿呀，你咋尽说胡话呢？"

"爹，俺怎么喊你你也不理。"姜怀有委屈地说，"俺以为你不想要你老儿子了。"

"瞎说，你又被魇住了！"爹拿起烟袋锅敲他的脑袋，敲得砰砰直响，"你爹一整天在家里都没挪窝，你在哪儿看的哪个野爹？"

"明明就是你，进了俺娘的洞里。"姜怀有还要说，爹举着烟袋锅作势要敲，姜怀有硬挺着也不躲避。

"你在说啥疯话？"爹放下烟袋锅，拨弄着他的脑袋，"俺的老儿啊，你是做白日梦吗？"

这是姜怀有的秘密，后来，他对那天的记忆越来越模糊，也不敢坚持确实见到的就一定是爹，也许，是自己看错了；也许，世上就有一个和爹长得一模一样的人；也许，世上还有一个和自己长得一模一样的人。他一直想把秘密说给谁听，让人家帮他破解破解，可惜，没人听他说话，很多时候，他的话连个屁都不顶。

姜怀有心里头空落落的，好在身边还有大白马，大白马愿意听他说话。姜怀有一刻都不想离开它，一想到姜七郎还要走他就难受得不行。他恨不能把大白马藏起来，让姜七郎一辈子都找不到。藏在哪里呢？藏在洞里？洞口实在太小，姜怀有反复拍打过洞口，上上下下都是坚硬的石头，根本就掏不开。即便大白马会爬行，也爬不进去。姜怀有和大白马好得已经分不开了，仿佛前世就有着不一般的交情，大白马是娘托生的吧？他真心愿意喊它一声娘。

远处传来一阵枪声，姜怀有伸着脑袋看，哪来的枪声呢？回头望去，却见大白马也在侧耳细听，大白马烦躁地踢着土坷垃，看样子只要松开缰绳，它就能飞驰而去。枪声更响了，还传来一阵阵爆响声。姜怀有断定枪声是从西山顶传来的，他的心猛地就热了，他想去看看热闹。这时，天上传来了轰鸣声，小燕飞机来了，忽然，小燕飞机像断了翅膀的鸟一样朝皇庄堡坠落下去。姜怀有喊了声"不好"，眼瞅着飞机冲着他家房顶扑了下去。姜怀有慌忙解开缰绳，翻身上了马，没命地朝山下跑去。

第四章

　　场院里一个人影都没有，姜怀有一眼就看见了飞行员正在费力往外爬，半个身子爬了出来，眼看着整个身子就要爬出来的时候，突然，传来一声清脆的枪声，飞行员一头栽了下去。姜怀有猛地扯住了缰绳，躲在房后头不敢冒头。第一个跑出来的是贺老三，紧跟在身后的是傻子童小宝。姜怀有心里有了底气，便从房后头纵马跑了过去。血从飞行员的嘴和鼻孔里往外冒，一会儿，脑袋下面汇成了血流，蚯蚓样地爬，贺老三将他的身子翻过来，飞行员的额头上有个弹孔，弹孔里往外直冒浓黑的血。贺老三使劲儿掐着飞行员的人中，飞行员翻了阵白眼，双腿一挺没了气。

　　"这就死了?!"贺老三松了手，冲着童小宝说，"傻子，是你打的黑枪?"

　　"你可别吓唬俺!"童小宝将大枪挪到身后，"三哥，俺哪有那个准头?"

　　"不是你是谁?"贺老三疑惑地问，"咱皇庄堡里别的伙计也没有枪啊?"

　　"三哥，你可不能屈了俺。"

　　姜吉忠和姜七郎跑了过来，来不及喘口气，连忙蹲下来看死者。看了半天，姜吉忠盯上了死者唇间的小胡子。

　　"看着不像是奉军。"姜吉忠说。

　　"是小鬼子!"姜七郎说。

　　"你咋知道是小鬼子?"贺老三问。

　　"没长眼吗?"姜七郎指着飞机上的图标，几个人看了半天，也不知如何辨识。姜七郎说，"瞧上面的大红点儿，那就是小鬼子的膏药旗。"

"飞得好好的，咋就下来啦？"姜吉忠仰脸问姜七郎，"敢情这小燕飞机也不保准。"

"让我检查检查！"姜七郎爬上了飞机，忽然，他的手开始哆嗦，全身都在哆嗦，他狠狠地掐了自己的胳膊，疼是疼了，胳膊还是哆嗦。他又捶了自己一拳，暗暗骂道："胆小鬼！"这么一来，胳膊竟然像听懂了似的，姜七郎运了一口气，爬了上去。仪表盘和操作杆都还好，姜七郎按照操作手册的要求摆弄了一会儿，又爬了下来。姜七郎说："飞机一点儿毛病都没有。"

"那出啥鬼啦？"姜吉忠疑惑地问，"不是你闹的妖吧？"

"这是迫降，一定是出了什么情况。"姜七郎朝天上望去，"响晴白日的，小鬼子晒晕头了吗？"

"还能开吗？"姜吉忠指着小燕飞机问，"你得说老实话，可不能逞强。"

"能是能，可咱不想开。"姜七郎的手和脚不自觉地抖了几下，他努力控制着，假装很轻松的样子。

"为啥？"童小宝问。

"一旦遇到了咱们的飞机，看到这上面的膏药旗，那还不给咱干下来呀？"

"对，肯定得干下来。"贺老三说，"谁让是小鬼子的飞机。"

"也不能放在这里，一旦被鬼子发现了会来轰炸的。"姜七郎说，"得赶紧藏起来。"

"你说藏到哪里？"姜吉忠有些着急，"这一天来来往往的尽是小燕飞机，保不准小鬼子找上门来，恐怕要惹大祸。"

"藏起来吧，鬼子很快就会来找的。"姜七郎说，"也许，留着能有用，即便用不上，也不能还给小鬼子，这可是一大笔钱。"

"还是通知保长吧。"贺老三说，"让保长定夺。"

大家面面相觑，都不言语。姜七郎催促说赶紧拿主意，千万不能耽搁，小鬼子的飞机说来就来，一旦被发现了，皇庄堡就要挨炸。他建议立即将飞机藏起来，只要藏得严密，鬼子的飞机绝对发现不了。姜吉忠撸了撸袖子，比画了一下，扑哧一声笑了。他说："除非咱们都是大力神，要不，谁能推走这铁家伙？"

"好办好办。"姜七郎让姜吉忠回去找绳子，再牵一头牛来，"我保证，一头牛能轻松拖走飞机。"

姜怀有一动不动，担心自己和大白马被姜七郎发现，奇怪的是，自始至终都没有人看他一眼。他和大白马就像隐形了一般。姜怀有围着飞机转了一圈，担心大白马失控，就悄悄地跳下来，牵着绳子绕圈，躲避着姜七郎。贺老三和童小宝跟在姜怀有的后头，姜怀有瞪了他们几眼，朝他们摆手，这两个人愣愣地看着他。姜怀有趁姜七郎的目光一直盯着小燕飞机，牵着马迅速退到房头处，他又忍不住心中泛起好奇之心，便躲在房后头偷偷地看。范福堂蹑手蹑脚地走了过来，高迈腿轻放下，生怕被姜怀有发现了。他悄悄地走到姜怀有的身后，也伸头朝场院那边看，大白马发现了他，突然仰天嘶鸣。范福堂举起文明棍捅了捅姜怀有，姜怀有猛跳了起来，吓得瘫坐在地上。范福堂哈哈大笑，还要捅，姜怀有站起来，一把扯住了文明棍，朝范福堂的脑袋上比画了一下。范福堂哪里受得了这样的侮辱，他的脸色顿时发紫，脑袋一低，朝着姜怀有胸口冲去。姜怀有身子一拧，轻轻闪开，范福堂直挺挺地撞向山墙，好在先收了脚没有一头撞死。即便如此，额头上肿起了鸡蛋大的一个包。范福堂疼得直跳脚，抓起墙头上的一块石头就砸了过来。姜怀有连忙上马，催马跑开了。范福堂恨恨地骂，骂累了，捡起文明棍去了场院。

这时，飞机已经藏进了草垛子里，场院里就像什么都没有发生过一样。姜吉忠牵着牛往家里走，迎面见到范福堂，心里也是一紧，担心老家伙坏事。范福堂揉着额头上的大包，狠狠地瞪了姜吉忠一眼，嘟囔了一句："也不管管你的倒霉儿子。"姜吉忠心里有气，哼了一声，也没有打声招呼，从他身边走了过去。范福堂看见了贺老六，连忙喊了一声，朝贺老六招手。贺老六紧跑了过来，范福堂捂着脑袋说他被塔哈冲撞了，又指着额头上的大包给贺老六看。贺老六气得直跺脚，一眼看见了姜怀有，便附身捡了块石头扔过去。姜怀有朝他扮了个鬼脸，还摇头晃脑地气他。贺老六要去追，让范福堂拦住了。范福堂问："老六，俺在家里模模糊糊听说从天上掉下了一架飞机，真的吗？”

"俺也是稀里糊涂听了一耳朵。"

"照这么说是真的了。"

"差不多是真的。"

"飞机掉在哪儿？"

"俺也不知道。"贺老六搀着范福堂来到村公所门口，见院里站着人，贺老六便咋咋呼呼地问飞机在哪儿。姜吉连白了他一眼，童小宝突然蹲在地上，双手抱住了脑袋，贺老三阴沉着脸也不说话。范福堂举起文明棍，朝贺老三就抽了过去，他恨恨地骂，"小婢养的，你聋了吗？"贺老三躲开棍子，脸色更加阴沉，范福堂还要打，贺老三趁人不注意，便朝院门口努了努嘴。范福堂知他不方便说话，转身出了院子。贺老三跟了出来，贴在范福堂的身边说："老姨夫，刚才俺们几个都发了毒誓，谁要是乱说话，就不得好死，子孙后代男盗女娼。"

"去你娘的。"范福堂翻了脸，抬腿就走。

"三哥，什么人让你发了这么毒的誓？"贺老六问。

"还不是飞行员。"贺老三苦着脸说，"俺也后悔发下这个毒誓。"

范福堂猛地转过身，紧盯着贺老三，贺老三双手捂着嘴，再也不敢说出一个字。见门口露出了一个人，贺老三更不敢说话，就朝草垛子方向努嘴。范福堂明白了，他疾步走到草垛子前，转了转，举着文明棍乱戳乱敲。姜七郎跑过来，一把扯住了文明棍，将范福堂拽了个趔趄，姜七郎说："老先生，小心戳坏了。"

"俺光听说小燕飞机是铁打的，没听说是纸糊的呀。"范福堂故意放出口风，下死眼地看着姜七郎，"敢问这位世兄是哪位呀？"

"他是俺家大侄子。"姜吉遥急着回了一句，他担心范福堂来硬的，就说，"他可是俺家怀江的拜把子兄弟，正儿八经的奉军飞行员。"

"奉军飞行员？"范福堂翻了翻黄眼珠子，还没等再说什么，又传来一阵爆豆般的枪声。范福堂吓得一激灵，顾不得探问小燕飞机的下落，一把抓住贺老六的胳膊就走。人们四散而去。贺老六听枪声来得急，便急忙蹲下来，背起范福堂就往范家大院跑。

姜七郎左看右看，搞不明白这阵急促的枪声意味着什么。他心里一阵焦虑，担心危险临头。因为这阵枪声，他的心里又开始起了波动，一个姜七郎分裂成两个姜七郎，两个姜七郎互相拉扯打斗。他本不是个懦夫，他也不清楚为什么会出这样难堪的状态，他只是在天上和小鬼子对视了一眼就胆寒了。另一个他毫不客气地骂他是胆小鬼，骂他贪生怕死，这一个他还解释，说只是一个偶然，这个他也明白，绝对不是偶然，他就是怕了。当他一枪将小鬼子射死的时候，他一点儿都没有慌乱，他想不通，贪生怕死敢开枪吗？

为什么驾机上天就会抖了呢？为什么以前训练的时候不是这样的呢？

"嘿，瞧你个熊样!"一个姜七郎说。

"怎么会怕了呢?"另一个姜七郎问。

"你怕谁呀?"姜吉忠扯了一下他，惊愕地问，"七郎贤侄，你咋的啦?"

姜七郎摇了摇头，眼里蒙了一层泪水。

范福堂躺在炕上，哼哼了几声，突然，他坐了起来，一迭声地喊着儿子范希臣。范希臣慌忙进来，见贺老六正在给范福堂抹后背。范希臣赶忙问："爹，你咋的啦?"

"天塌了你都不管的浑蛋玩意儿。"范福堂气得浑身发抖，"你还是老范家的人吗?"

"爹，你别生气。"范希臣轻声说，"儿子知错了。"

"你整天在家里躺着，你说你成了啥样子?"范福堂越说越来气，"和你大哥比，差了不是一星半点儿。"

"是，爹说的是。"

"你知不知道咱堡里出事啦?"

"啥?"

"你俯身过来。"范福堂朝贺老六努了努嘴，贺老六连忙退了出去，范福堂的嘴巴贴在儿子的耳朵边上，把日本飞机落在堡里的事说了。范希臣假装认真听、假装思考的样子，其实，他脑子里什么都没想，想了也是白想，即便想出一百条张良计，爹都不会夸赞一声的。多年来，他都习惯了。范家有爹和大哥在就行了，他就是一个摆设，只管着照着他们说的去执行就是了。果然，范福堂想出了一条妙计，他让范希臣赶紧将情报送出去，越快越好，一定要神不知鬼不觉。

"派谁去呢?"范希臣有些犯难。

"没心没肺的玩意儿。"范福堂拍了下炕沿，"当然是你去了，这么大的事，交给别人你也放心?!"

"爹。"范希臣紧张地看着爹的脸，"儿子有句话不知当讲不当讲。"

"讲!"

"咱这样做算啥?"

"算啥?"

"儿子不敢说。"

"俺替你说。"范福堂说，"你是说咱把情报送出去，咱就是汉奸卖国贼了。"

"儿子不敢乱说。"范希臣低下了头，他隐隐约约想到，这一步如果走下去，以后就难以回头了。

"希臣啊，爹早已想到了这一出，咱把情报送出去，咱老范家就被动了，一旦传出去，老姜家头一个会指着咱的脊梁骨骂咱是汉奸卖国贼。但可是，你要想清楚了，这也是咱防风险的一着棋，日本飞机落在咱堡里，飞行员呢? 是死是活? 俺估摸着是死了，谁打死的? 纸里包不住火，日本人迟早会找来的，到时候，能说得清楚吗? 有咱的好果子吃吗? 老范家遭过一次灭门，爹不想再被灭一次。"

"爹，俺明白了。"

"你不明白。"范福堂的黄眼珠子转了又转，"现在，大局已经糜烂了，大清朝完犊子了，这民国也好不到哪儿，都是些软蛋玩意儿，咱得选边站了。送你大哥去日本，你爹就已经替你们选边了，你懂吗?"范福堂两眼放光，他似乎看到了不远的未来，一片光明的未来，老范家重整旗鼓的未来。有了代表着先进的军事文化、科技文化的日本做靠山，范家何愁不重新生发呢?

范希臣是个二愣子，从小就在大哥范希君的下面听差，他越活越愚钝，刚刚的一点儿醒悟，让爹这么一说就又像被大风吹走了一样。日本人攻下了沈阳后，他并没有像爹那样紧张和兴奋，他只想着眼前的一亩三分地，他只想着走一步是一步。管他呢，别说是日本人，就是大清回来了，他也照样无动于衷。

从爹让他送情报这一刻，范希臣就醒了，本能地有些害怕。可是，一想到爹犀利的目光，他就胆寒了。去吧，怕啥呢？天塌了有爹顶着。范希臣鼓足了勇气，趁着夜色去了西门，把风的童小宝没给他开门，说清河边上有枪声。范希臣听说有枪声，顿时就怕了，转身想回家，又担心让爹骂了，就晃晃悠悠去了东门。东门边也有人把风，见是范希臣，就没挡着让出去了。范希臣往东走了一截儿，想从泉水屯那边往镇里绕，一想到清河边上有枪声，他的头皮就发麻。这得绕多大一个圈儿啊，但愿子弹长眼。范希臣心里慌张，走得磕磕绊绊，刚踏上水田田埂，就觉得脑后有股阴风。范希臣大叫一声不好，脖子就被人搂住了，范希臣一肘拐回去，就听身后有人"哎哟"一声叫。还要再拐一下，就被人摁倒在地。

"好汉饶命！"范希臣吓得尿了裤子，"好汉，俺是老实人啊。"

"老二？你是老范家的二小子？"对方认出了他，"范希臣！"

"是俺。俺是老实巴交的庄稼人哪。"

"大水冲了龙王庙，快起来。"有人一把将他拽了起来，范希臣站直了，发现身边站着两个人。他们都戴着大草帽，脸都藏在黑影地里。有个人还给范希臣拍打着身上的土，有个人脸对着他，摘下了草帽。

"希臣，你看俺是谁？"

"你是？"范希臣认不出来，也不敢乱猜，苦着脸说，"恕俺眼拙。"

"啊！"对方张开了大嘴，露出了黑洞一样的嘴，"你好好想想。"

"没牙子？"范希臣激灵灵打了个冷战，"大哥，咋是你？"

"兄弟，俺不是说了吗，大水冲了龙王庙。"

范希臣悬着的心猛地放下了，没牙子是他家的一个远房亲戚，以前，依附过老范家讨生活。后来，没牙子离开了他们家，听说一直行走江湖，干的是没本钱的买卖，彼此就不来往了。范希臣庆幸遇见了没牙子，再不来往也是亲戚，是亲戚就不能害他。他紧了紧身上的包袱，朝没牙子拱了拱手，说："大哥，咱们后会有期。"

没牙子掀开衣襟，腰间露出两把枪，他故意朝向光亮处，让范希臣看清楚了。范希臣当然看清楚了，腿肚子当即就转了筋，他朝没牙子讨好地笑，不知接下来会发生什么样的变故。

"兄弟，这么晚了，你要到哪儿？"

"俺要去镇里。"

"去镇里做啥？"

"去请大夫。"

"去镇里走西门，走东门你得走上猴年马月。"

"西门那边闹枪声，俺不敢走。"

"兄弟你还不知道，咱这边闹义勇军，四处正在打仗呢，太危险了，回家去猫着吧。"

"可俺爹病得不轻。"

"先找穆大夫扎古扎古，穆大夫不在堡里吗？听哥的话，到处都是带枪的，你遇到哥是造化，遇到别人早就一枪被人撂倒了。"

"可是……"范希臣犯了难，"可是，俺爹的脾气你是知道的。"

"兄弟，你不是有别的事瞒着哥吧？"

"没，没有。"范希臣扭头就往回走，他的心怦怦乱跳，琢磨着回去后怎么和爹说。如果说自己怕死没有把信送出去，爹都能把他活吞了。他犹犹豫豫，走走停停，没想到，没牙子一直跟着，到了门洞口，没牙子说："兄弟，你心里有事。"

"你？"范希臣吓了一跳，"你没走？"

"走？"没牙子一摆手，两个人一边一个将范希臣的胳膊抓住了。范希臣刚要叫，没牙子捏住了他的腮帮子，将一团乱布塞到了他的嘴里。没牙子冷笑着说："敢跟你哥动心眼儿。"

几个人架着范希臣钻进了庄稼地里。

天蒙蒙亮的时候，十几个飞贼越过皇庄堡的大墙，直奔姜家。待堡里的人发现了异常的时候，这些人已经将姜吉遥五花大绑，押到村公所门前。一阵梆子响，整个皇庄堡都惊住了，人们三三两两来到村公所。

姜吉遥被绑在大树上。他的身上全是血，衣服也被抽得一条条像个叫花子。飞贼们又从村公所里拽出了姜长深，将他也绑在了大树上。姜长深紧着问："光天化日啊，不能动粗，不能动粗，咱们有话好商量。"

"飞行员的！"有个飞贼冒出了这个词，"快快地，找来。"

"他们是小鬼子！"姜吉遥忽然抬起头，高声喊，"保长，这帮都是小鬼子！"

"小鬼子？"姜长深的脑袋嗡的一声，不能吧？小鬼子能做这样偷偷摸摸的事？他问，"你们是山里的朋友吧？"

"飞行员的，快的，飞机的！"飞贼连续说了一串，这回，人们听清楚了，果然舌头根发硬，不像是中国人说话的声调。姜长深心里暗暗叫苦，暗骂了一万回："老姜家真是祸害人，飞行员，果然，飞行员来了，招出了大祸！"他又怨恨自己贪心，如果不是贪恋飞行员的手枪，将他放出去，哪里会有这样的事。姜长深唉声叹气，扭头对姜吉遥说："谁拉的屎谁擦屁股，你们别连累俺。"

"小鬼子跟咱要飞机！"姜吉遥猛吼了一嗓子，"不是要你擦屁股。"

"啥飞机？"姜长深满脸的疑惑，"飞机在哪里？"

飞贼终于露出了本来的面目，姜吉遥猜得没错，他们就是鬼子。他们直言不讳，进堡来就是要找飞机，找失踪的飞行员。他们轻车熟路直奔姜家，抓了姜吉遥，又四处抓姜吉忠。姜吉忠趁乱爬到大榉树上才躲过了一劫，见飞贼四处抓人，姜吉忠没敢停留，趁着夜色，顺着大墙跑到了东门，一头钻了出去。

鬼子找到了飞机，又挖出了飞行员的尸体。鬼子开始疯狂地报复，他们看谁不顺眼就抓谁，看谁可疑就抓谁。后来，只要是男人，只要露个头就抓。奇怪的是，他们并不开枪，似乎很害怕暴露了目标，他们只是用鞭子抽，用枪托砸。鬼子将抓来的人穿成串，铁丝拧在胳膊上，拧成一道紧箍。鬼子不顾人们的死活，狠狠地拧着铁丝，惨叫声响成一片。鬼子从飞机上放出一桶油，泼在每个人的身上。谁也不知他们下一步要干啥。鬼子命他们拖着飞机走，像驱赶牲口一样朝南门走。铁匠女婿实在疼极了，他懂得铁丝的劲头，趁鬼子没注意，捡起一个石子，忍着剧痛，顺着劲拧开了铁丝，他一猫腰，撒腿就跑，被鬼子一枪撂倒。铁匠女婿的腿被打断了，他拼命地爬，前面就是老婆，老婆带着孩子不顾一切地扑上去，一把抱住了丈夫，声声哀号。鬼子撅了根树枝，狠狠地抽打着女人，女人趴在男人的身上。又一个鬼子拨开了同伙，点燃了一个布条，突然扔在了铁匠女婿的身上，随着一团火球升起，一家人在火中惨叫。鬼子们看着，就像在看戏一样。眼看着火苗越蹿越高，铁匠女婿艰难地站了起来，使劲儿推开老婆和孩子，老婆和孩子拥上去，死死地抱着他，一家人挣扎着，发出一阵阵揪心的惨叫声。

贺老七见地上有块尖木头，下意识地踢了一脚，尖木头蹿起来砸向鬼子。鬼子回身就是一枪，枪子从贺老七的肚皮上擦了过去。贺老七哎哟一声跌倒在地，十分的魂儿也丢了七分。

到了南门口，鬼子发现飞机出不去。他们就逼着人们拆城门。姜长深不满地说："这可不是上下嘴唇一碰就能行的。"好在鬼子没听懂他的话，只是扇了他一个耳光，逼他带头去拆。姜长深就朝人们说："俺不管了，谁愿意拆谁拆。"他这么一说，更没有人肯动手。鬼子抢起鞭子乱抽，人们被打得嗷嗷直叫。姜长深咬着牙挺着，泪水从脸上滑落，他感觉万念俱灰。

皇庄堡万劫不复了！万劫不复了！天塌了！地陷了！

天上传来一阵轰鸣声，两架飞机在空中盘旋，一颗炸弹像鸟屎一样落下来，就落在飞机旁边，掀起一阵烟土。鬼子吓得全都趴在地上，等了一会儿，炸弹没有爆炸，鬼子围住了炸弹，忙了一阵又回来了。鬼子有些慌乱，动手亲自拆城，拆了一会儿，城门纹丝不动。皇庄堡的城门特别结实，一米以下都是大石条砌的。鬼子试了半天也没有办法。他们又把气撒在百姓的身上，对百姓拳打脚踢。百姓们忍着疼，依然无动于衷。快到中午的时候，鬼子折腾不动了，他们留下了两个人看守，其他人抬着尸体出了堡。留下的那两个人端着枪转来转去，转到了大树底下乘凉。人们心里有恨，却不敢表现出来，只是愤怒地瞪着两个鬼子。

一匹大白马从天而降，姜怀有耍着各种超难的姿势，像长在马身上似的。有人喊："塔哈，快滚开！"姜怀有还没发现异常，他依然在马上翻滚着。两个鬼子走了过来，他们被姜怀有高超的骑术惊呆了。两个鬼子朝姜怀有端起了枪，姜怀有猛地看见了黑洞洞的枪口，他突然意识到要完蛋。

"下来的！快快下来的！"鬼子用半生不熟的中国话命令道。

"别开枪！"姜怀有跳了下来，将缰绳递给了鬼子，这时，他看清了人们的脸，看清了他们胳膊上绑着的绳子，才知道自己落入了虎口，他惊愕地问，"他们是鬼子？"

"你的说什么的？"鬼子接过了缰绳，将枪放进枪套里。姜怀有闪电般地抽出了枪，对准鬼子的后背扣动了扳机。鬼子应声倒下，另一个鬼子朝姜怀有打了一枪，姜怀有刚要回击，几个人将鬼子摁在地上，将他活活掐死了。

姜长深跺着脚，连说完了完了，皇庄堡遭了大难了。

人们都低着头，也不知该如何收拾这个局面。姜吉遥说："是福不是祸，是祸挡不过。"

这时，贺老六背着范福堂跑了过来，范福堂见到鬼子的尸体，连连跺脚，他举着手说："你们这是在做啥呀？杀了日本人，咱皇庄堡还有救吗？"说完，跺着脚大哭。姜长深走到跟前，连连叹气。

"老东家，都赖俺，没压住火。"

"小鬼子烧死了铁匠女婿一家，还要拆咱的城门，不该杀吗？"姜吉遥说，"杀鬼子，没错！"

"你快闭上你的鸟嘴吧。"范福堂朝姜吉遥吼，"你们老姜家就是惹祸精，前些年，你们招引来了日本人，结果咋样？死了两个吧？吃一百个豆子不知豆子腥。现在，你们勾来了飞行员，又杀了日本飞行员，又将飞机藏起来，现在，你们家的塔哈又打死了日本人，你们想把俺们皇庄堡毁了吗？"

第五章

　　姜吉忠脚下生风，刚走出五里路就遇到了一支队伍。这支队伍看着不到百人，稀稀拉拉的没有精神头，他们对姜吉忠还算客气，打听着附近各庄的情况。姜吉忠问他们是哪一部分的。对方没搭理他。姜吉忠就说他儿子是奉军混成旅的姜参谋长。有人知道姜参谋长，就恭恭敬敬地喊他一声大爷。姜吉忠顿时认定了这支队伍是自家人，他拉着长官的手急着说："快点儿救救俺们吧，皇庄堡遇到大难了！"

　　"你是皇庄堡的？"

　　"你们也知道皇庄堡？"

　　"知道啊，皇庄堡有咱们的人！"

　　"你们的人？有。"姜吉忠掉下了眼泪，"皇庄堡都是你们的人，快去吧，一帮小鬼子在乱杀俺们。"

　　"咱们的队伍呢？"一个戴着眼镜的人问。

　　"咱们的队伍？"姜吉忠猛地想到了儿子姜怀江，他猛拍一下大腿，"谁知道呢？听说都撤啦。"

　　"撤啦？"戴眼镜的无比惊愕地问，"什么时候撤的？"

　　姜吉忠急得直跺脚，他咋知道混成旅啥时候撤的，现在堡里火烧眉毛，姜吉忠连连挥着手说："小伙子们，快点儿去吧，晚了就不得了了。"

　　姜七郎来皇庄堡的第三天，皇庄堡的倒霉日子才刚刚开始。这天中午，西山顶上来了一队士兵，直接进了皇庄堡的西门。这队士兵进来后，东南西北放了一阵枪，接着，一部分人上了大墙。墙外面还有一些士兵，他们在距离谷口两箭地外开始挖掘工事。随着进来的士兵越来越多，没多久，大门口一带就乱成一团。保长姜长深听到枪声后，屁股下面安了弹簧一样跳起来，他急忙出了家门，判别了枪声的方向后，一溜小跑就往西街赶。小土豆跟在后面紧紧追他。

"爹呀，等等俺。"

"滚回家去！"姜长深心里发急，朝儿子猛摆手，"小崽子，小心吃枪子。"

"爹呀！"小土豆还朝他撵来，一颗子弹贴着地皮飞了过去。姜长深吓得腿都软了，他捡起一块土疙瘩丢过去，小土豆这才收了脚。姜长深作势还要打，小土豆扭头就往家里跑。姜长深捂着胸口，一脚高一脚低地走。他已经豁出去了，只要不挨枪子，他一定要把人堵在皇庄堡的大门外，一个都不许进。这一阵枪声响，姜长深的脑子里闪出的第一个念头就是小鬼子又来了。他一点儿都不怕，来就来吧，他打算就在大门口和小鬼子评理，你们凭啥进来打人？凭啥进来烧死人？你们不是文明之师吗？黄镇长说得有鼻子有眼，日本关东军尽打文明仗，狗屁吧！姜长深的火气腾腾地往脑顶上蹿，真是越怕什么就越来什么。皇庄堡一旦被占据了，老百姓可怎么得了？姜长深越走越急，越走腿越软，走着走着，心里开始发虚，一旦不是小鬼子是土匪咋办呢？他后悔没多带几个帮手来。又一想，带帮手又有什么用？皇庄堡只有一杆枪，不，加上鬼子的两把枪，有三把枪。即便是三把枪，够塞坏种们的牙缝吗？听着这么急的枪声，进来的无论是鬼子还是土匪，人数都不会少。

姜长深的心一会儿提起来，一会儿又坠了下去。还没走到西门口，就看见墙顶上站着像树桩子一样溜直的士兵，他悬着的心突然松了下来。打眼看，不是小鬼子，姜长深心里清楚，当兵的总比胡子文明一些。走近了，姜长深猛然见西门口乌泱乌泱的全都是兵，他当即就傻了眼，做梦都想不到会下来这么多的兵。

局势比想象的要坏很多，小鬼子摸进皇庄堡震惊了姜七郎。姜七郎虽然侥幸躲过一劫，却不敢继续在皇庄堡里瞎晃悠。他决定赶紧回到老虎崖，姜吉忠想留他，又担心小鬼子再摸进来。一旦姜七郎在皇庄堡里出事，他无法向儿子怀江交代。

"马呢？"姜七郎问。

"马呢？"姜吉忠朝屋里喊，"七郎的大白马呢？"

"让塔哈给骑走啦。"怀江媳妇伸头朝这边说。

"塔哈给骑走啦？"姜吉忠急得直跺脚，"坏了，这可耽误人家大事了。"他转身就往外走，姜七郎紧跟在后头，出了胡同，迎面就见一队士兵走了过来。姜七郎扭头想躲开，又担心引起怀疑，就硬着头皮站在街边。此时，皇庄堡突然就静默了，一点儿动静都没有，才被小鬼子打了一劫，人们还没有从慌乱中缓过神，又见到扛枪的大兵，顿时，堡里如同窒息一般。大人担惊受怕，小孩子却觉得稀奇。小土豆和几个孩子还追着士兵跑，小土豆问："枪呢？你们的枪呢？"

"砰！"士兵朝小土豆比画着，嘴里模拟一声枪响，小土豆吓得转身就跑。士兵们哈哈大笑，他们迈着整齐的步伐朝这边走来，从姜七郎身边走了过去，突然，他们站住了，齐刷刷地回头，齐刷刷地看着姜七郎。姜七郎下意识地握住了枪柄，后脊梁冒出了一层冷汗。

"飞行员先生？"排头的士兵亲热地招呼着，"你是飞行员先生！"

"哦。"姜七郎惊愕地看着对方，听出对方是女声，仔细看，这队士兵几乎全都是女兵，便故作轻松地问，"你们从哪里来呀？"

"从大石桥下来的。"短发女兵说。

"就你们几个？"姜吉忠插了一句，"不是说好了一个旅吗？"

"大叔，你和谁说好的？"女兵笑眯眯地问，"你是和张汉卿说好的吗？"

"俺明明和一个长官说好的，他让俺回来等着。"

"大叔，你认错人了吧，这一带现在很乱，有民防军，民防军是汉奸卖国贼，你可不能引狼入室。"

"你们是哪一部分的？"姜吉忠傻傻地问，"俺就问一句你们是不是奉军？"

"大叔，我们是抗日义勇军，不是民防军也不是奉军，我们是打鬼子的军队。"

"抗日义勇军？"姜七郎脑子里搜索着这支陌生的队伍，他敢保证从没有听说过。

"义勇军不是奉军?"姜吉忠的脸上写满了不解和失望。

"飞行员先生,你和小鬼子打过吗?"女兵问。

"哦,没有……没有。"姜七郎犹犹豫豫地说,"义勇军,佩服佩服!"

"飞行员先生,我的老师也是飞行员,他带我们去过北戴河看飞机,我知道只有飞行员才穿你们这样的衣服。"

"楚红!"远处有人喊,"司令喊你呢。"

"好的,马上就到!"说话的女兵答应了一声,又对姜七郎说,"飞行员先生,再见!全体注意,听口令,稍息,立正,齐步走!"

女兵的队伍走开了。姜吉忠的脸色不好看,不停地唉声叹气,他对姜七郎摊开双手说:"这算啥事?盼着奉军来,却招来了一队杂牌军。"

"大叔,你可能上当了。"

"就是,我就看着她们不善。"

"我是说,民防军很可能不是好鸟,是汉奸卖国贼,这义勇军才是好汉子。"

"你让俺信谁呀?"姜吉忠哭丧着脸说,"皇庄堡遇到大难了,这左一拨右一拨的队伍开来,俺们可怎么办哪?哎,俺就相信奉军,俺就相信俺儿怀江。"

"大叔,还是小心点儿为妙。"姜七郎擦了把脸上的汗珠。看起来,义勇军对他没有敌意。虽然如此,姜七郎也是紧张。他打算离开皇庄堡,哪怕冒着危险回到老虎崖,决不能被乱兵裹挟。姜吉忠快步回来,拽了他一把说:"听希臣说,小鳖犊子去了玉皇顶。"

"大叔,我得走了。"

"俺带你去找马。"

"算了,我步行出去。"

"为啥这么急?"姜吉忠看了一眼西山顶,"你怕他们?"

"说老实话,是有一点儿怕。"姜七郎说,"我在天上是条龙,在地上却是个虫,皇庄堡现在被盯上了,我也被盯上了,在这里我把握不了自己的命运,我必须走。"

"那也要出得去，四面门洞都被把住了，你轻易脱不了身。"

"不就是想要我这支枪吗？给他算了。"姜七郎拔出手枪，在手里掂了掂，"可是，没了这把枪，我很可能都不能活着回到老虎崖。"

"你到底是给还是不给？"

"想要这支枪？"姜七郎笑了笑，挽了个枪花，"有本事来抢吧。"

"那可不行，俺一手托两家，可不能闹掰了。"姜吉忠忧心忡忡，他不敢放手，生怕姜七郎闹起来，姜吉忠把姜七郎带到房角处，让他别乱动。姜吉忠转身去察看了。随着一阵接着一阵的枪声，姜七郎越发地心急如焚，他不想多留一分钟，决不能让自己落入别人的手里。姜七郎内心其实是被一种力量掌控着，包括他的分裂人格。确切地说，姜七郎是被一个女人掌控着，这个女人是他的主宰，是他头顶上的神灵。包括来到皇庄堡，都和这个女人有关系。如果不是因为这个女人，他绝不会来到这里，更不会认识老姜家的人。只要静下来，只要他的内心有所触动，女人的脸就会出现。女人的那张脸时远时近，女人就像一缕青烟，在他的魂灵里缠绕。他怨恨过天，怨恨过地，怨恨过自己的命不好，就是没有怨恨过这个女人。他曾多次问过上天为什么要狠心地拆开他们，有时是喝醉了的时候问，他指着上天，骂声不绝；不喝酒的时候，他也会喃喃自语，会白一眼上天，会问他为何如此绝情。他从不认为女人绝情，他认为所有的错都是上天造成的。

一男一女，前村后庄，青梅竹马。他对她一直有好感，他想娶她为妻。她却不肯嫁给他，连个理由都不给，如果非要找理由，那就是不想嫁给他。她宁可走过千山万水，躲到一个陌生的地方，也不愿意和他在一起。她宁可随随便便跟一个男人相好，也不嫁给他。他亲眼见过男人朝她吼，朝她乱发脾气，甚至朝她举起皮带。她始终没有反抗，就像做错了事的小孩子一样老实。她虽然一直在啜泣，却看不出有多少委屈。在他看来，她的啜泣只是为了表达自己的楚楚可怜而已。他目睹了她的耻辱，他感觉自己就要发疯了，就要疯得一塌糊涂。他准备抱打不平，准备和那个男人决斗，他打算把他像拍苍蝇一样拍死。

他最终没有把他像拍苍蝇一样拍死，因为他和他成了异姓结拜兄弟。为有机会和女人朝夕相处，他处心积虑地和她的男人接触。每一个步骤都设计得天衣无缝，每一个步骤都做得小心翼翼。终于，他和她的男人一个头磕在地上，由情敌变成了兄弟。她成了他的嫂子。他出入她家就像出入自家一样方便。他可以近距离观察她，近距离看着她的幸福，也近距离地看着她的不幸，可惜，她并没有流露一点儿不幸。她从没有单独和他在一起过，哪怕一分钟都没有过，她不给他任何机会，也不揭穿他的诡计。她就像不认识他一样。她为那个男人生了儿子，男人高兴得大哭大笑，男人搂着她和儿子，让他给他们一家照相留念。他装着像一家人一样跟着大哭大笑。她允许他抱儿子，也允许他亲儿子，她许诺等儿子长大后一定认他当干爹。

"如果是我的亲儿该多好啊！"他默默地念叨着，默默地流着眼泪。他就是这样的痴傻，直到9月18日，那天夜里，他正在梦里哭泣的时候，突然听到了激烈的枪声，除了听到了爆豆样的枪声，还听到了哭泣声。他跑下楼，见她跪在窗下，见她搂着孩子瑟瑟发抖。他抱住了娘儿俩，紧紧地抱着他们。

"天塌了有我呢。"他喃喃地说，吻着她的头发，"我是你的保护神。"

终于等到把兄的电话了，把兄的嗓音嘶哑，就像在地狱里挣扎了一夜。

"七郎，马上带我儿子走。"把兄说。

"往哪儿走？"

"随你便吧！"把兄说，"奉军散架了。"

"她呢？"

"谁？"把兄问。

"她……"他倔强地说。

"你说你嫂子吗？"

"是。"泪水在他的眼圈里打转，心里头的另一个自己骂了一万句脏话，说了一万个不。

"你嫂子得留下。"把兄坚决地说，"再怎么着，你哥身边也不能没有女人！"

"可是，兵荒马乱。"他想争取一下。

"就这么定了。"把兄扔下这句话就挂上了电话。他抱着孩子哭，接着，又抱着女人哭。他说要死就一起死吧。女人推开他，女人搂着儿子，女人眼里冒出恐惧的神色，仿佛他是来索命的恶鬼。他拍着自己的胸脯说："琴，你要相信我。"

"你这个样子让我如何相信你？"女人怒斥道。

他心里一阵阵悸动，突然空落落的，他才明白，这么多年是虚度过来的，无论什么时候，无论什么条件下，这个女人都不是他的。他和她僵持着，他想走开，他的腿却不听他的。他们就这么僵持着，仿佛僵持了一辈子。电话铃响了又响，他们谁都没有听见，他们就像死了一样。把兄回来了，惊愕地看着他们。

"兄弟，吓死愚兄了。"把兄一把扯起女人，扯起儿子，将他们紧紧搂在怀里，"俺以为你把她也带走了。"

"怎么会呢？"他尽量表现得很平静，"带走嫂子，这算怎么一回事？"

"兄弟，愚兄想把娘儿俩都托付给你。"把兄露出了惨笑，"俺这一百来斤就要撂在这里了。"

"大哥。"他短暂地露出了一丝笑容后，又试图让笑容更像愁容，"大哥，大哥。"

"兄弟，你跟俺来。"把兄将他带到密室，指着地图上的标记一一向他交代任务。把兄敲着地图上的"皇庄堡"，仿佛在敲击着他的额头。在这之前，他根本就不知道"皇庄堡"这个地名。把兄郑重地说，那里是他的根脉，他把自己比喻成一只风筝，一只飞得很高很远的风筝，无论飞得多高，飞得多远，根还在皇庄堡。把兄很伤感，他仿佛看到了自己叶落归根的那一刻。把兄压抑着自己的情绪，他有好多好多的事要做，他没有太多的时间抒怀。把兄告诉他，皇庄堡有一座秘密的军火库，老虎崖那边还有冯公子的一个机库。这座军火库设置在中长铁路的边上，毋庸置疑，这是专为对付关东军的。这一带，应该有大大小小好几座这样的军火库，就是防着关东军挑衅开战的时候用的。把兄说，这是老张家的一招闲笔。随着时间的推移，这件事已经被遗忘了，上层更是少有人知道。因为把兄是皇庄堡的人，他的心里才一直装着这件事。

把兄没完没了地交代，从大的方向到小的细节，从战争形势到家乡的风情。他有太多的话要嘱托。他一直插不上嘴，干脆闭上了嘴。他只想听把兄的最后一句话。

"兄弟，去吧，哥只能帮到这里了。"把兄说，"走吧，冯公子那边都说好了。走吧，全都乱套了，赶紧逃出这个鬼地方！"

"感谢大哥。"他明白，把兄为他争取了一个逃生的机会，"可是，我还想和鬼子战斗。"

"兄弟，去吧，你替愚兄送子回归。"

"大哥，我想留下！"

"兄弟，冯公子命令你立即出城。"把兄牵着他的手回到客厅，"照顾好他们。"

女人一直在哭，女人看了他们一眼，突然明白了，她止住了哭声，惊愕地看着他。把兄搂过女人的肩膀，吻着女人。炮声更加激烈，枪声更加猛烈，大地就像受了惊吓的女人一样在颤抖。

"大哥！"他急喊了一句，他想赶紧带他们走。

"兄弟。"把兄看着女人，一把将女人扯到身后，将儿子推到他的眼前。

"兄弟，把俺儿带回老家去吧。"

"她……"他万分失望，他抱起小小子，看了一眼女人，转身就走。

"兄弟。"把兄喊。

他转过身，紧盯着把兄，盼着把兄将女人推过来，让她跟着一起走。把兄似乎明白他的意思，把兄的眼泪扑簌簌地往下流，把兄说："兄弟，但愿咱哥们儿有相见的那一天。"女人号啕大哭，他从来没见过她如此悲伤，男人打她的时候她都没这么发狠地哭过。女人试图抢下她的儿子。把兄抱住她，紧紧地抱着，她仰着脸，身子成了一张弯弓。她绝望地喊："儿啊！儿啊！"

"你再闹就跟七郎一起走吧。"把兄生气地说，"你真想跟他一起走吗？"

女人被打断了脊梁般，趴在丈夫的怀里一动不动。把兄搂着女人一步步走来。他说："兄弟，你嫂子在俺心里和明媒正娶的妻子没啥两样。"

"大哥！"他听见了胸膛里咚咚的鼓响，却不敢和男人对视。

"兄弟。"把兄贴着他的耳朵说，"你嫂子不能跟你走，愚兄要是被鬼子打死了，身边得有个收尸的人。"

一切都散了，从脑子里往外散，从心里头往外散。小小子被推到他的怀里。女人伸出双手，从他的体内往外扒人。他紧紧搂住孩子，将孩子摁在肚子里，将女人挡在肚子外面。

"大哥，我豁出命去也要把他送到皇庄堡。"他朝女人粲然一笑，"放心吧，你就放心吧。"

"儿啊！"女人无力地伏在丈夫的怀里。

"兄弟，但愿咱们都能度过这场浩劫。"

他抱起小小子就走，他知道这一走，很可能就是一辈子。小小子虽然挣扎着，双臂却像铁钳子一样箍着他。

"七郎！"女人喊，还是那么熟悉，像小时候一样的音调儿，"求你了，求你了。"

他带着小小子辗转来到老虎崖，这里有冯公子的飞行员培训班。糟糕的是，来到老虎崖的第一天，就遇到了鬼子的空袭。他看到了小鬼子飞行员的人丹胡，看见了狼一样的眼睛，看到了狰狞的脸，突然，他的手脚剧烈抖动，这让他非常焦虑和羞愧。他不是一个胆小鬼，可是，他的手和脚居然那么不合时宜地发抖，羞愧、恼火、害怕充斥着他身上的每一个细胞，他的心塞得满满的。他想到了皇庄堡。他向上级汇报的时候有意无意地篡改了一个概念，他将那座军用仓库形容成一个牢不可破的备用机库。他说得很清晰，连他自己都信了。上级满脸的忧郁之色，什么都没说，只是嘱咐他要注意安全，嘱咐他早日完成任务。上级牵来一匹战马，拍了拍马背，将缰绳扔给他。他却表现出一副大义凛然的样子，他向上级郑重地敬礼，他说找到备用机库后会立即返回，带领弟兄们转移。

来皇庄堡的这支队伍打乱了姜七郎的计划，这些人的底细他一点儿都不清楚。他明白，随着战争的进一步深入，奉军溃败已成定局。到处都是溃兵，打着各种旗号的溃兵会像苍蝇一样，谁能保证这支义勇军不是溃兵？这一刻，他突然顿悟了，他是飞行员，最安全的地方就是天上。只有在天上，他才是一只雄鹰。他要走，必须马上就走。他要飞翔，他相信自己度过了心理危机。他想到了那架飞机，他曾仔细地检查过那架飞机，如果把日本徽标抹去，他就能驾驭飞机升上蓝天。这个念头刚一闪就被否定了，皇庄堡的人死死地看着飞机，哪能让他轻易地靠近？

"贤侄，快走！"姜吉忠匆匆而来，"快走快走。"

"怎么啦？"

"乱了套了。"姜吉忠一把抓住姜七郎的手，扯起来就走，"赶紧藏起来，贤侄，你可要小心为上。"正走着，秋收蹿出来，伸手挡住了姜七郎的去路。

"飞行员先生不能走。"秋收大大咧咧地说。

"去你妈的。"姜吉忠抬腿就是一脚，"哪里都有你这个鳖犊子！"

"老大，这是保长交代给俺的任务，你可不能犯浑！"

"滚。"姜吉忠又踹了一脚，"你凭啥扣留人家飞行员？"

"他有枪，老大，保长说了，他走可以，得把枪留下。"

"俺就不信了，光天化日之下，谁敢扣留奉军飞行员？"

"老大，四面门洞都上了哨，你就是闯过俺这一关，也逃不出去！"

"上了哨？"姜吉忠的火气顶在脑门上，"欺人太甚！"

"老大，保长说，飞行员不留下枪，就别想离开皇庄堡。"

"这不成土匪了吗？"

"要不就试试看？"秋收说，"咱堡里虽然只有三杆枪，可也不是吃素的，谁也不知藏在哪里瞄着，飞行员你要敢跑，没准哪里就打出一记冷枪，你试试。小鬼子飞行员都被撂倒了，飞行员先生你闯一下试试。"

"打冷枪？"姜吉忠拨开秋收，拽着姜七郎就走，"就你们这儿，打冷枪的恐怕还没下生！"

"飞行员先生不能走！老大，保长说，他得把枪留下来！"秋收一把就抱住了姜七郎的腰。姜七郎反手一个大背，秋收就像只麻袋一样被翻在地上。秋收也是红了眼，顾不得疼，紧紧抱住姜七郎的腿，号叫着："飞行员先生不能走啊，你得把枪留下来。"姜七郎朝秋收猛揍了两拳，秋收就是不撒手。有几个人朝这边跑，一边跑一边喊："打人了！飞行员先生打人了！"姜吉忠揪着秋收的衣服领子，想把他扯开。秋收叫得更惨，还翻了白眼儿。姜吉忠只得松了手，跺着脚骂。楚红和女兵们听到了动静，她们从胡同里出来，站在路边朝这边看。姜吉忠就朝姜七郎说："你就把枪留下吧，别惹出啥祸。"姜七郎心里发急，连说："你快松手，给你给你。"说着，掏出了手枪。秋收伸手去抓，姜七郎突然朝他的脑袋上狠砸了几下，秋收闷哼了几声躺下了。

"你咋那么狠呢？"姜吉忠瞪着眼问，"一旦失手了可咋整？"

侧面有几个人飞奔而来，范希臣带头喊："别让他跑了，飞行员打死人了！"楚红带着女兵也赶了过来，一群人围在秋收身边。范希臣指着姜七郎的背影破口大骂，他表现得非常痛心的样子，对满脸是血的秋收说："瞧哇，秋收哥多老实的一个人，让那个鳖犊子给揍成啥样啦？"他一边说一边观察着周围人的脸色，见大家都愁眉苦脸，就继续挑拨着说："咱皇庄堡安安稳稳地过了这些年，过得好好的，自从飞行员来了就没得好！"他这么一说，戳中了人们的心窝，在场的人纷纷点头。

"你光说老姜家招引了奉军，你怎么一句也不提小鬼子烧死了李铁匠的女婿一家？"魏三冷不丁怼了一句。

"你凭啥平白无故地把人家日本人打死啦？"范希臣梗着脖子说，"换作你家的人被外人打死了，你就能干受着？"

"谁打死的？"魏三问，"你看见凶手了吗？"

"童小宝打的。"范希臣说，"有目共睹，童小宝扛着枪整天瞎转悠，不是他打的还能是谁打的？俺可把丑话说在前面，咱皇庄堡买枪是打土匪，是保护民防的，谁也没说让你去打日本人。"

"你说错了！"楚红突然顶了一句，"咱们手里有枪，打日本才是正道，你拿着枪朝咱老百姓比画着算什么英雄好汉？"

"你算是哪一路神仙？"范希臣问，"俺们皇庄堡里论事，和外人不相干。"

"我是抗日义勇军的战士。"楚红说,"打日本鬼子和全中国的人都相干。"

"抗日义勇军?俺咋没听说过这一号?俺光知道奉军、关东军、民防军,没听说啥义勇军。"范希臣见来者不善,心里有些打怵,便躲避着楚红的目光,"哪个山头的且不说,俺皇庄堡祖祖辈辈都是种庄稼的,俺不懂你那些大道理,俺们就想过日子,平平安安地过日子,其他的事,俺管不着。"

"咱中国的老百姓哪个想惹事?"楚红严肃地说,"小鬼子不是照样来打你?"

"都别傻站着,赶紧去四门守着,决不能让飞行员跑了,没准,日本飞行员就是他打的冷枪,冤枉俺们傻子童小宝。大家赶紧把他抓起来,让他和童小宝对质。"范希臣朝人们吆喝着,有几个人走开了。楚红蹲在地上给秋收包扎伤口,问他到底为什么和飞行员先生打架。秋收说他要抢飞行员的枪,让飞行员给揍了。楚红问为什么要抢飞行员先生的枪,秋收说是保长要他这么干的。

"不管是谁,你们都不该抢他的枪。"楚红的声音很柔和,她耐心地说,"飞行员先生要是没了枪可怎么行?"

"管他的。"秋收沮丧地说,"白挨了他一顿打。"

"别呀,兄弟,飞行员先生的枪是保护他不受侵犯的。"

"管他的。哎哟!"

楚红的话范希臣听了个清清楚楚,他突然怀疑楚红和飞行员是一伙儿的。对付一个飞行员他不怵,对付一伙士兵他可不敢造次。这时,贺老六从东面跑了过来,抻着脖子到处踅摸,还问谁看见保长了,见没人搭理他,贺老六扭头就走。范希臣喊住了他,朝楚红努了努嘴。贺老六明白了他的意思,便一拐一拐地凑到楚红面前,笑嘻嘻地说:"闺女。"

"这位大叔,有话你就说吧。"

"闺女,你们是哪伙的?"

"大叔,我们是抗日义勇军。"楚红柔声说。

"抗日义勇军?"

"老六,他们是反日本的。"范希臣急着说,"你们是和日本人作对的,对不对?"

"不是作对,我们和日本鬼子是死对头!"楚红看了一眼身边的人,大声说,"老乡们,日本鬼子已经打下了咱的沈阳城,现在正在往松花江那边打,咱东北大部分都沦陷了,你们知道吗?咱成千上万的老百姓,男女老幼,死得那个屈啊。老乡们,现在东北已经天下大乱了,该跑的跑了,不该跑的也跑了。我们抗日义勇军站出来,谁怕死谁就跑,我们不跑,我们个个都是硬骨头。前不久,我们竖起了抗日的大旗,我们就是要和日本拼命。老乡们,咱们必须有'舍得一身剐把小鬼子拉下马'的胆量,为了我们不被小鬼子世代奴役,每个人都要做好战斗准备,咱们没有退路,退到哪里是个头?咱们必须和鬼子死拼到底!"

"你这是站着说话不腰疼。"范希臣嘀咕了一句,朝贺老六挑了挑眉毛。

"闺女,你这一番话说的比唱的还好听,你爹你娘知道你在这里当兵吗?"贺老六沉着脸问,"还有你,还有你,你们的爹你们的娘不管你们死活吗?"

"你这个大叔咋会那么想呢?现在国难当头,国都被小鬼子占领了,哪里还有什么家?"圆脸女兵说。

"错!啥时候都不能忘了,你们是有家的,哪个没有爹娘?哪个没有兄弟姊妹?"贺老六瞄了一眼范希臣,见范希臣朝他竖起大拇哥,更是来了劲儿,"听你大叔的话,快麻溜回家吧,闺女,俺们都是些小老百姓,经不起打仗祸害。俺们村现在只有三杆枪,要是有十杆枪,也不能让你们大摇大摆地杀进来,哼!"

"大叔,有了枪,就该和鬼子拼命!不能和咱义勇军对抗!"楚红又问秋收,"你有了枪打算做什么?"

"俺有了枪就去把飞行员的卵子给射下来!"秋收恨恨地说。

"别听他瞎嘞嘞!"贺老六说,"有了枪,俺们就把皇庄堡的四个门全给堵死。"

"为什么要堵死？"

"就是不能让外人进来。"

"你们就没有想着去打鬼子吗？"楚红急切地看着秋收和魏三，"你们就没有想到要把鬼子赶出东北吗？"

"你这不是扯吗？"贺老六说，"别说俺们小小的皇庄堡，就是清河镇也没有本事把小日本赶出去。"

"大家抱成团，十个皇庄堡，一百个皇庄堡，全东北的老百姓都抱成团，咱们就是吐唾沫，也能把鬼子淹死。"楚红说。

"你可拉倒吧，你没听过'枪打出头鸟'吗？"贺老六说，"俺们就是平头百姓，就是吃饭种地的，谁吃饱了撑的非要往枪口上撞？"

"大叔，你这种想法真是急死人了。"楚红说，"怎么和你说呢？日本鬼子打下了东北，覆巢之下无完卵，这个道理你应该明白吧？别再分什么你家我家，咱们老百姓要抱团，恶狼再凶，它也怕不要命的。鬼子就是凶恶的狼，他们杀了数不清的人，今天没杀你们，不等于明天不来杀。鬼子已经杀过来了，快醒醒吧。大家一起打鬼子，趁他们没有站稳脚跟，狠狠地抗击他们。"楚红因说得激动，脸像秋天的苹果一样红。

几年后的一天，在密林中，楚红又一次想起了皇庄堡，想起了在皇庄堡认识的人们，她的眼圈突然就红了。

"皇庄堡，死了那么多的老百姓，你说，他们哪一个该死？"篝火边，楚红喃喃地说，眼里布满了泪水。

"就是下决心晚了。"姜怀有痛心地说，"鬼子汉奸看准了咱老百姓不抱团儿的弱点，一点儿一点儿地来，先来哄，骗了大家以后，就露出了尖牙吞噬咱们。"

"是，那时的皇庄堡多像一面镜子啊，每个人都能在镜子里找到自己。"

那天晚上，楚红对姜怀有说了许多许多心里话，经过百多次的战斗洗礼，她早已不把姜怀有当作一个毛头小伙子了。多年来，姜怀有在抗联的队伍里不断地淬火，早已锻炼成一名机智勇敢的钢铁战士。此时，在鬼子"讨伐队"层层的包围圈里，楚红明白，最后的时刻随时就要到了。她有许多话要说，最理想的听者就是姜怀有。楚红坦陈自己是从关里来的共产党员，算了算，已经有十年的党龄了。鬼子的入侵改变了东北人民的命运，也改变了楚红的命运。党组织原本打算派她去苏联学习，路经沈阳时，鬼子打了进来。组织上紧急指派他们这批去苏联学习的干部就地留下，在东北组织反抗日本帝国主义侵略的武装。接到命令的那一刻，她几乎傻了眼，对于武装斗争她是个十足的门外汉。她和几位同志急得团团转。有的同志提出搞枪，在大城市里打冷枪，伺机消灭鬼子和汉奸。组织上经过慎重考虑，这个杀敌一千自伤八百的行动方针被否决了。

"我们仓促起义，党员干部经验不足，还与上级党组织失去了联系，又上了汉奸的当，一路撤到了皇庄堡，结果，还是吃了大亏。"

"俺们皇庄堡可不都是汉奸。"姜怀有梗着脖子说，"都是范福堂那个老色鬼使的坏。"

"是啊，范福堂！"楚红咬着牙说，"皇庄堡跟这个大汉奸吃了多大的挂落儿。"

"也不算是坏事。"姜怀有挽了挽袖子，"虽然吃了大亏，也让俺们老百姓擦亮了眼睛，知道哪个是和日本鬼子尿在一壶里的汉奸坏种，哪个是抗日的英雄好汉。这不，俺皇庄堡也冲出来了几十个抗联铁汉子，够本了！"姜怀有眼里闪着泪花，虽然他没有亲眼见到日本鬼子屠杀乡亲们的惨景，但是，战斗间歇的时候，从皇庄堡死里逃生出来的战友们经常讲这一段惨案，往往一个人讲，几十个抗联战士都跟着哭。他的两个侄女、他的三奶、他的像母亲一样的大嫂子都惨遭鬼子的毒手，他永远都不会忘，每打死一个鬼子，他就在心里头默念一次："嫂子，塔哈给你报仇了！""三奶，塔哈给你报仇了！"……姜怀有庆幸自己跟着楚红姐走上了革命的征程，否则，他都不知道自己会是啥样子。能是啥样子呢？他问楚红，楚红想了想，说："你的枪法好，按照这个思路去想，你不会在家里种地。"

"不会当胡子吧？"姜怀有吐了下舌头，见楚红微微发笑，姜怀有一下子急了，"俺可不能当汉奸！"

"当然，你们老姜家个个都是硬骨头！"

楚红姐的话让姜怀有深有感慨，这些年，有多少人走着走着就走散了，甚至走向了投降叛变之路，甘当小鬼子的开路先锋。小鬼子的入侵改变了东北的命运，改变了皇庄堡的命运。楚红姐和战友们在万分危急的时候，历尽艰辛，终于带出了一支党领导下的抗日武装。这支武装纵跃在长白山余脉一带，用鲜血捍卫了民族的尊严。这支队伍多次身临绝境，像这样被小鬼子包围的情况时有发生，将士们并不恐惧，他们的信念很简单，只要不死就打下去，再不济就是朝自己的胸膛打一枪，把生命献给这片土地。

"怀有，是什么让我们在最困难的时刻站稳了脚跟呢？"楚红问姜怀有，其实也是在问自己，"想想，这一路，我们走得那么艰难，经历了百转千折，我们的心都没散。"

"要俺看，这就是一加一等于二这么简单。"

"你说你说。"

"就拿俺皇庄堡来说吧，俺们一些老百姓一开始听信了汉奸范坏种的蛊惑，处处排挤咱义勇军，后来，汉奸坏种的本相露出来了，他们露出了老虎的牙齿，咱老百姓受了屠杀揭竿而起。老百姓加入了咱义勇军，才变成了咱现在的抗联队伍，这就是根本原因。"

"是这么个理，可是，还是没有说清楚。"

"咋没说清楚？"姜怀有一把摘下狗皮帽子，"俺的大姐，义勇军是曲司令说的算，抗联是咱共产党说的算，咱脱胎换骨了！"

"怀有啊怀有，你说的在理上，就是这一条，咱确实是脱胎换骨了！"

篝火轰地燃起来了，火苗子映亮了夜空。

"怀有同志，你要记住了，什么时候都要听从党的领导，依靠老百姓，没有老百姓的帮助，我们就是长了三头六臂也难以胜利。你我亲身经历，皇庄堡就是惨痛的教训。多好的义勇军战士，从上到下，怀着打鬼子的雄心壮志，结果，被堵在了皇庄堡，那么多的战士牺牲了，那么多的百姓牺牲了，这里有太多的可以总结的教训。将来，等小鬼子被打出去了，但愿有人还会想起这支义勇军，但愿有人能将这支义勇军的经验教训总结出来，让牺牲的战士瞑目，让后来人能记住他们的英勇不屈。"

"楚红姐，义勇军为啥进了皇庄堡？"

"我也一直在思索这个问题。"楚红说，"刘参谋，不，我们的刘书记曾经说过一次，起义前，他接到一个重要的情报，老虎崖一带有抗日的队伍，情报说这支队伍能有上千人，是咱的友军。刘书记还说皇庄堡里边有咱的地下党，只要我们义勇军到了皇庄堡，抗日的队伍就可以支援我们，我们就可以在这一带建立根据地。"

"老虎崖那边有抗日队伍这个俺也知道。"姜怀有说，"可是，俺亲眼看到，他们没有那么多人啊。"

"这个我不是很清楚。"楚红悠悠地说，"也许是情报误事了。"

"俺皇庄堡是个死地，没有外援，谁也守不住，义勇军不该进来。"

"这个我说不清楚，有队伍疲惫的原因，有情报失误的原因，有指挥决策错误的原因，真相也许永远是个谜。"

战友们围过来，烤着火，听着楚红教导员说着过去的事。每个战士都清楚，最后的时刻就要到了，战斗就要打响了。这时，他们反倒非常轻松，甚至有些亢奋。几年来，身边倒下了太多太多的战友，死亡对他们来说已经是家常便饭。没有什么可怕的。他们只有一个信念——坚决和小鬼子打，一直把他们打回老家去。每个战士都相信，即便自己马上战死，很快，就会有一大批同志冲上来，抗日的战士只会越打越多。战士们看着楚红，等待着她吹响进攻的号角，那是光荣的时刻，也是神圣的时刻。战士们都有些等不及了。姜怀有擦了一把泪水，他一点儿都不怕死，他见过太多的死，从他娘死的那一刻开始，他就什么都不怕了。但是，他还是要忍不住掉眼泪。楚红大姐的话勾起了他的怀念，他想起了爹，想起了娘，想起了小惠，想起了皇庄堡里那么多被鬼子杀死的乡亲。他早就没有了悲伤，他只有仇恨，每一颗射向鬼子的子弹就是复仇的吼声。

楚红，多好的一个大姐，不，在姜怀有的心目中，她早就是娘了。她是他革命道路上的引路人，是他最亲最亲的亲人。

天亮了，月亮淡淡地挂在天空，像一张挂了霜的大饼。星星隐去，篝火熄灭。一声剧烈的炮响，战士们从雪地上爬了起来，各自迅速占据

103

阻击位置。大雪地里，四面八方全都是面目狰狞的鬼子。姜怀有抱紧了机枪，死死地盯着鬼子，"来吧，小鬼子，尝尝你爷爷的子弹吧。"楚红跑过来，拍着姜怀有的后背说："怀有，赶紧带队伍朝东面撤退，一口气冲下去！"

"啥？"姜怀有以为自己听错了，"小鬼子，来吧，陪爷爷玩会儿吧。"

"怀有同志，我命令你，立即撤退！"

"为啥？"姜怀有咆哮着，"要撤也是你带兄弟们撤！"

"怀有，你是男同志，体力好，只要你们撤出去，咱抗联独立营的大旗就能打下去。"楚红用驳壳枪顶了一下帽檐，"姐这几天身体不好，跑不动了。"

"俺背你！"

"胡闹，姜怀有，你想把队伍拖垮吗？"楚红的眼睛瞪得溜圆，"你和鬼子是一伙的吗？"

"俺不是！"姜怀有打出了一梭子，射倒了一个鬼子，他换了一个弹匣后，又打出一梭子。他想再多顶一阵，替楚红大姐分担压力，但他不得不走了，他是革命战士，他得服从命令。姜怀有扛起机枪，招呼同志们钻进了更深的林子里。楚红带着担任掩护的同志朝另一个方向跑，他们一边跑一边朝鬼子射击，吸引鬼子的注意力。果然，鬼子朝他们合围而去。姜怀有一边跑一边像个孩子一样抹眼泪，他向自己保证，一定要多杀几个鬼子给楚红大姐报仇……

后来的某一天，跳出包围圈的楚红带着队伍走在深谷中，他们不停地走，总也摆脱不了鬼子。他们终于找到了一处密营。疲惫不堪的战士们违反了纪律，趁楚红出去巡视的时候偷偷生火做饭，袅袅的炊烟被汉奸瞭望哨发现，他们迅速报警。鬼子"讨伐队"接到警讯，朝密营这边奔来。正走在半山腰上的楚红突然听到了马嘶声，听到了鬼子的对话声，她没有丝毫犹豫，拔出匣枪朝离她最近的鬼子打了一枪。这一枪拯救了这支抗联队伍，密营里的战友听到枪声后迅速转移。不幸，一颗子弹射中了她。楚红倒了下去，嘴里汩汩地冒着鲜血，鲜血染红了雪地。姜怀有目睹了楚红大姐被打倒的一幕，他和她近在咫尺。亲爱的大姐在看着他，大姐的嘴在嚅动，姜怀有明白，楚红姐是在用最后的力气和苍天倾诉，楚红姐是在用最后的力气和大地倾诉。她就要死了，看着却像刚刚诞生一样。

那天，仿佛一切都有预兆，天阴得像受气的女人。抗联独立营的十八名战士进入了二道河子，疲劳，还是疲劳。他们走了一路，打了一路，讨伐队像狗皮膏药一样紧紧缠着他们，让他们疲于奔命。战士们累得都不愿意说话。楚红站住了，看着战友们从身边走过，她一句鼓励的话都没说。即便不说，大家都感受到了她坚强的目光。队伍继续前进，战士们一刻都不敢停留，跳出"讨伐队"的包围圈以前，随时都要准备战斗。

姜怀有回来了！他还是那样的顽皮，他打了声呼哨，一把将楚红抱到了马上。他从马上跳下来，扯着缰绳往前走。他扭过头，忍着笑看楚红。楚红也朝他笑。姜怀有带回来一个令人振奋的消息，他在刘半沟的林中找到了一座密营。这个消息就像一股春风，霎时，吹走了战友们心头上的阴霾。徐大牙一把将姜怀有抱起来，转了好几个圈儿，又朝他的肩膀上重重地打了一拳。

"姜连长，你真是及时雨啊。"徐大牙激动地说。姜怀有咧着嘴，假装疼得受不了，徐大牙连忙扶着他，殷勤地给他揉搓肩膀，"这是咋说的，有劲儿没处使，俺徐大牙把咱姜连长当小鬼子揍了。"

"徐大牙啊徐大牙。"姜怀有笑了，"还好，没有动你的大牙来咬俺。"

姜怀有在革命的大家庭中时时感受着热情和温暖，他一点儿都不孤独，相反，离开同志们才叫孤独呢。他要永远和战友们在一起。楚红举着望远镜四下里瞭望，她将望远镜递给了徐大牙，让他也看一看周遭的地形。两个人又到大石头后面开了个小会，徐大牙伸头招呼姜怀有也过去。

"怀有，你是党员吗?"楚红问。

"俺也不知道算不算，两年前，李政委介绍俺入的党。"姜怀有说。

"有证明人吗?"

"就李政委和俺两个人。"姜怀有挠着后脑勺，"鬼子冲上来的时候，俺留下来掩护。李政委朝俺喊：'姜怀有，从现在开始，你就是中国共产党党员了。'"

"李政委?"楚红面有难色，"这样吧，我和徐指导员介绍你入党，从现在算起，你就是光荣的中国共产党党员，我们都是你的证人。"

"这回是真的吗?"

"抗联独立营姜怀有同志。"徐大牙突然严肃地说，"跟我一起宣誓!"

"党员徐立功向党宣誓!"

"党员楚红向党宣誓!"

"党员姜怀有向党宣誓!"

"我徐立功!"

"我楚红!"

"我姜怀有!"

"牺牲个人，严守秘密，阶级斗争，努力革命，服从组织，永不叛党。"三个人的誓言铿锵有力，回响在山谷中，回响在天地间。姜怀有一个字一个字跟着说，当说到"永不叛党"的时候，泪水奔涌而出，这一刻，他突然长大了，不再是那个顽皮的小伙子。他已经是革命队伍里的中流砥柱了。

"祝贺你，怀有同志。"楚红握住了姜怀有的手，"独立营成立以来，历经百余场大战，现在就剩下我们几个'老人'了。"楚红的眼圈儿红了，泪花儿在她的眼眶里闪烁。姜怀有伸手给楚红擦去了泪水。

"大姐同志，小鬼子杀了咱太多的人，这个仇俺记着!"

"这个仇独立营每个人都记着。"楚红说，"同志们。"她看着姜怀有，看着徐大牙，泪花在眼里闪烁，她压抑着激动的心情，郑重地交代了后事，一旦她不幸牺牲，就由徐大牙担任抗联独立营的教导员，一旦徐大牙牺牲，就由姜怀有接任。

"独立营万岁!"楚红低声说。

"俺可不行。"姜怀有乱摆着手，"俺可挑不起这么重的担子。"

"姜怀有同志!"楚红的声音很大，姜怀有吓了一跳，他从来没有看到楚红大姐这么严厉，正在休息的战士们以为发生了意外，他们纷纷围了上来，枪口对着姜怀有。楚红当众宣布了命令，战士们放下枪，朝姜怀有扮着鬼脸。姜怀有没敢放肆，紧绷着脸，严肃地引导着队伍朝刘半沟密营进发。刘半沟密营是李政委当初组织修建的，当时，只有不到十名同志知道具体的方位，其中就有姜怀有一个。密营建成后一直没有启用，不是不想启用，是独立营被鬼子的"讨伐队"挤出了这一带。有一次，李政委安排姜怀有把一箱盘尼西林送去藏好，临走时，李政委抓住了缰绳，朝着姜怀有说："怀有啊，这可是咱独立营的命根子。"他悲着脸，那样子看着像要哭了，"按理说，该由我亲自走一趟，可我实在脱不开身，只能让你去了。"

"李政委，俺保证完成任务。"

"小怀有，你小子可不能想歪的啊。"

"俺能想啥歪的？"

"你可不能拿战士们的救命药去换钱，一旦你做了对不起咱独立营的事，就算你逃到天涯海角，将士们都将去锁拿你，将你碎尸万段。"

"李政委，俺为啥要去换钱？"

"以前，咱队伍里就有这么干的鳖犊子。"

"姓姜的不是鳖犊子！"姜怀有打马而去。

虽然李政委给他指明了路线，姜怀有还是在二道河子一带转迷糊了。找到刘半沟密营的时候，一阵急雨，秋天说来就来了。密营在突兀的山崖上，只有一条采山的小道，外来的人很难找到这条道儿。姜怀有将战马藏在树林中，他背着药箱爬了上去，一路上，感觉这个地方很眼熟，好像在哪里见过。在哪儿见过呢？他猛然想起了老家，想起了玉皇顶。这儿和玉皇顶太像了。他又有些纳闷，李政委为啥要把密营建在绝壁之上呢？一旦被鬼子堵住了下山的通道，上面的人哪里还有活路？姜怀有一路爬山一路回忆，想着当初跟李政委来这里时的记号，转悠了好久，终于找到了密营。藏好药品后，姜怀有下山把马牵了上来。他打算在这里多住两天，趁秋高气爽，把粮食和木头杵子晒一晒。一旦启用密营，战士们最担心的就是粮食发霉、木杵子潮湿。粮食发霉，战士要挨饿，木头杵子潮湿就会起浓烟，很容易暴露目标。小鬼子"讨伐队"早就找到了对付抗联密营的办法，他们在各个高点处设置高架，派汉奸爬到高架上蹲守瞭望，白天看烟，夜里看火光。一旦发现情况，瞭望哨上的汉奸就会向鬼子报信，引导鬼子搜寻。

姜怀有在密营中住了三天，粮食晾干晾透了，木头椽子干透了，这才收起来藏好。临走时，重新布置了伪装，将密营隐蔽得天衣无缝，即便有人摸上来，冷丁也找不到。

两年来，抗联独立营东打西杀，起起伏伏，一直没有机会到二道河子密营休整。现如今，还知道这座密营底细的恐怕只剩下姜怀有一个。如果不是被鬼子撵得紧，姜怀有也想不起来这个地方。在山穷水尽的时候，战士们听说前面就有抗联的密营，无不为之一振，大家突然来了精神头，跟着姜怀有奋力向山里进发。担心敌人发现踪迹，抗联队伍排成一列纵队，由徐大牙负责断后，队伍一路走，徐大牙一路扫除凌乱的脚印。

"怀有，你在想什么？"楚红问。

"报告大姐，也没想啥。"

"没想什么？"楚红说，"看你的脸，冷得都能结层冰。"

"报告大姐，俺想老家了。"

"皇庄堡？"楚红轻声说，"让你这么一说，我也想老家了。"

"大姐的老家在哪里？"

"在关里。"

"家里都有啥人哪？"

"也没什么人了，有一个儿子，假如还活着，今年正好十岁。"

"还是个小孩子。"

"是呀。"楚红叹了口气，"哎，和你一样，也是没娘的孩子。"

姜怀有牵着马，低着头，他不敢再说下去，他担心楚红大姐难过。中午，队伍上了山，顺利地找到了密营。长时间没有住人，密营已经残破不堪。有几处被大雪压塌了架子。粮食也被老鼠掏了。姜怀有发疯地砸着脑袋，后悔没把粮食藏好。战士们总算找到了另一处藏粮的地方，还找到了药材。楚红担心战马嘶鸣会招来敌人，便不顾疲劳，牵着战马四处转悠，想找个稳妥的地方藏起来。姜怀有扯过缰绳，将战马牵到了一个塌了架的地窖子里，又在上面苫了一层柴草。这么一折腾，姜怀有体力吃不消，瘫坐在石头上不愿动弹。徐大牙宣布宿营纪律，要求天黑前，不许点火做饭，以防被鬼子发现。战士们都耷拉着脸子闹情绪，黑老仇咳嗽了一声，一口浓痰朝徐大牙的脚下喷过去。徐大牙连忙跳开，厉声问："黑老仇，你想咋的？"

"徐大牙，大伙儿走了一天一夜了，肚子早都饿得咕咕叫，你不让生火做饭，你徐大牙想让俺们喝西北风吗？"

"黑老仇，你少废话，不能生火，这是纪律。"

"徐大牙，早晚把你的大牙掰掉，看你还咋嘚瑟。"

楚红不愿意参与战士们的口角，斗斗嘴消消气也就罢了。她可不想因为自己的一句话造成误会，影响了团结。她相信徐大牙一定会处理好这个小小的矛盾。楚红朝姜怀有招了招手，指了指山顶，姜怀有不得不站起来，如果换作别人，姜怀有也一定会像黑老仇那样要横。他累坏了，一点儿都不想动。楚红已经走出去了，即便再累，即便有一百个不乐意，姜怀有也不敢跟大姐任性。姜怀有磕了磕烟灰，将烟袋锅收好，跟着出去。两个人在山上山下到处转，楚红一边观望地形一边安排着作战位置，都是临时起意的方案。哪里可以架设机枪，哪里可以放冷枪，哪里展开佯攻吸引敌人，哪里是突围的方向。两个人指指点点，讨论得挺热闹。

"教导员，说了归齐，咱的机枪都丢了，还要啥机枪阵地？"

"咳，你不说我都忘了，咱的重武器都丢光了。"楚红端量着远方，"下一步咱该往哪儿走呢？"

两个人都清楚，刘半沟只是个喘息之地，抗联将士无法在这里熬过严冬。这一带转圜的余地实在太小。

"俺想起了皇庄堡，和这里一样，经不起包围，一围就是个死地。"姜怀有说。

"当初为什么要在这里建密营呢？"楚红看着姜怀有说，"相信建密营的同志会考虑到这一环节的。"

"谁知道李政委是咋想的？"

"一定还有一条路。"楚红说，"怀有，你累不累？"

"教导员，俺都累死了。"姜怀有捶了捶腿，"回去歇一歇吧，明天一早俺就去找。"

"怀有，再咬咬牙，找到了出路，咱才能踏实歇着。"

两人朝悬崖边走去，楚红脚下打滑，一屁股坐在了地上，眼瞅着就朝悬崖边滑去。姜怀有手快，一把扯住了，将她拖了回来。楚红吓得不轻，搂着树干一动不动。姜怀有忽然看到密营方向冒出一缕白烟，便指给楚红看。楚红叹了口气，知道徐大牙顶不住黑老仇他们的挤对，犯了纪律。

"同志们也是饿急眼了。"楚红说，"千万别让鬼子发现。"

两人继续朝山腰处走去，在这里，终于发现了一条下山的羊肠小道。楚红让姜怀有在上面警戒，她朝下走了一段，这条路竟然有一部分藏在悬崖腹中。楚红在拐弯处停下了，不必再走了，再走就到了谷底。楚红休息了一会儿，原路返了回来。

"姜怀有同志。"

"到！"

"你能记住这个地方吗？"

"报告教导员，俺能记住。"

"一旦遇到紧急情况，你要负责带同志们从这里冲出去。"

"是，保证完成任务。"

楚红笑了，满意地点着头。姜怀有特别喜欢看她开怀地笑，她的笑容带有母亲般的慈爱。姜怀有突然痴迷了，真想叫她一声娘。楚红觉察到了姜怀有的痴迷，她收了笑，朝姜怀有瞪了一眼。姜怀有缓过神，讪讪地说："大姐，你笑起来像一个人。"

"像谁呀？"

"像俺大嫂子。"

"你大嫂子？"

"就是被小鬼子弄死在磨盘下面的那个女人。"

"想起来了，哎，听李秋收同志说，你大嫂死得很惨。"楚红低下了头，"怀有，我就是你的大嫂！"

"除了俺爹，就数大嫂子对俺好。"

两个人一边说一边往密营方向走，忽然，他们听见了一阵马嘶，一阵叽里哇啦的鬼子话。楚红的脸顿时变得蜡黄，她掏出驳壳枪，想都没想，朝着鬼子的马队抬手就是一枪。姜怀有也打了一枪。鬼子的马队撒欢样地扑了上来。姜怀有让楚红赶紧转移，楚红说她跑不动，让姜怀有到下一个伏击点接应。姜怀有转身就朝山上跑，刚跑了几步，就听到了脑后的一声呼唤："怀有啊！"

"哎！"姜怀有下意识地答应了一声，扭头看去，楚红趴在雪地上，嘴里冒着血水。楚红看着他，嘴巴嚅动着，姜怀有一句都没听清。

第六章

　　姜吉忠带着姜七郎穿过老魏家胡同，一直朝东面跑，上了槐树坡，身后响起了枪声。姜七郎举枪要还击，姜吉忠一把推开了枪口，姜吉忠说："老贤侄，你可别给俺惹祸。"

　　"大叔，我想吓唬吓唬他们。"姜七郎说，"放心吧，我不会打伤他们的。"

　　"枪子可不长眼。"

　　"放心吧，我的枪法还是怀江大哥教出来的，保证指哪打哪。"

　　"怀江教出来的?"姜吉忠松了口气，"那还差不多。"如果换一个场合，他肯定会详细问一问怀江是如何教的。姜吉忠带着姜七郎往山上猛走，走到半山腰，姜吉忠回头看去，皇庄堡就在脚下。街上的人更多了，看着是来了大队伍，这让姜吉忠又惊又喜。他盼着是奉军来了，最好还是怀江的混成旅来了，有子弟兵在，皇庄堡再也不怕妖魔鬼怪了。东南方的大墙上好像有个人朝这边望，姜吉忠眯缝着眼看了几眼，模模糊糊地也看不清。姜吉忠捅了下身边的姜七郎，轻声说："你年轻，眼神好，快看看墙上面是不是有个人。"

　　"大叔，是有个人在瞄咱们。"

　　"会是谁呢?"姜吉忠望了一会儿，那人露了下头又蹲下，显得鬼鬼祟祟的。姜吉忠恍然大悟，断定此人是泉水屯的佃户。他啐了一口，扯了姜七郎继续往山上走。

　　"大叔，是坏人吗?"

　　"不算坏，是种稻人。"

"种稻人是谁?"

"是泉水屯的安舜镐,三年前,他们朝鲜人成群结队下来给老范家种稻子,泉水屯现在早就成了朝鲜屯,俺们也分不清谁是谁,就管他们叫种稻人。"

"朝鲜人?"

"你别说,朝鲜人确实抱团儿,老爷儿们也没有街溜子,都老老实实下田种地,老娘儿们也肯出大力,插秧割稻,一点儿都不比大老爷儿们差。"

"他在大墙上看什么呢?"

"吃饱了闲的吧?"姜吉忠忽然站住了,"不对劲,他是在观察皇庄堡里的动静。"

"观察动静?"

"你不知道,泉水屯里有列宁党。"姜吉忠贴着姜七郎的耳边说,"闹得可凶了,全对着老范家闹,老范家这几年都不敢轻易抬租子,就怕下晚被列宁党的人找上门。"

"这一带有共产党?"姜七郎心里一动,"能吗?"

"俺也是听魏老道说的。"姜吉忠说,"魏老道这个人交友杂,三教九流都认识,整天正经经书不读,专看一些奇书杂书。他说他和列宁党的人有交情,这帮人最大的特征就是抱团儿,谁欺负他们,他们就男女老少一起去拼命。"

"真有共产党?"姜七郎若有所思,虽然他不排斥共产党,甚至和共产党员有过一些接触,但是,仅限于笼统地了解共产党的纲领,他对共产党的形象还是模糊不清。共产党突然出现在眼前,这让他很是惊奇,他开始估算着自己面临的环境有多险恶。眼前的形势超过了他的想象,又是小鬼子,又是义勇军,加上飞行队,如果再加上共产党,皇庄堡这一带就热闹了,一下子涌出了多股势力,就好比是一个巨大的旋涡。姜七郎的脑子乱成了一团,眼前总是出现惊涛骇浪,总是出现自己被淹没了的场景。

姜吉忠蹚着大豆地走,过了大豆地就进入了玉米地,穿过玉米地就进了林子。姜七郎发现了几棵被截断的树。仔细看，是被飞机扫射断的。姜七郎一阵疑惑，这里有什么目标能让小鬼子的飞机如此下本钱地扫射？再往上走，陡然见到一块巨石，就听见巨石后传来一阵马嘶。姜吉忠朝姜七郎摆了下手，两个人绕过巨石，姜七郎一眼就看见大白马侧着耳朵听。大白马见到姜七郎，前蹄跃起来，兴奋地嘶鸣。姜吉忠闪身钻进洞里，他的火气已经顶到了脑门，只要让他抓住姜怀有，准要扇他几个大耳光。姜怀有呢？姜吉忠又慌了神，拍着大腿念叨："塔哈，你在哪儿啊？"又起了几声枪响。

"枪声不是很稠，应该是有人打冷枪。"姜七郎担心自己成了目标，便说，"大叔，村里有打枪打得准的人吗？"

"狗屁吧，都是握铁锹的手，谁会打枪？"姜吉忠说，"哎，怎么没想到他呢？"

"谁？"

"俺儿呀。"

"怀江大哥？"

"你就知道怀江，怀江他亲老弟，怀有！"

"他会打枪？"

"打得那个准，说起来谁信？指哪儿打哪儿，天上的鸟儿飞过去，他说打眼睛，抬头一枪，鸟儿下来，你只管去查，要是打在别的地方就不是他了。"

"吹牛吧？"

"这还真不是吹牛。"

"他哪来的枪？"

"谁知道呢？怀江留下的吧？"

"大叔，不说这些，我真得走了。"

"等下晚吧。"姜吉忠说，"现在，皇庄堡各门口都有人把着，只要你一冒头就能让人撂倒！"

"这不是明火执仗吗？"姜七郎非常恼火，"就为了我手里的这把枪？"

"可不是吗？"姜吉忠说，"谁让你显摆了，现在是啥时候？长深的眼睛里只有枪。"

"他要枪干什么？"

"你真能说，有了枪，小鬼子敢进来吗？"

"就你们？"姜七郎嗤鼻一笑，"能挡住小鬼子？你们这么有本事，真该把你们请去保卫沈阳。"

姜吉忠想一想，噗的一声笑了。他朝姜七郎眨了几下眼睛。外面的枪声没了。姜七郎犹豫不决，如果在平时，这把枪留给皇庄堡也是无所谓的事，可是，现在是特殊情况，在回到老虎崖之前，这把枪起码还是个精神拐杖。交给皇庄堡？那不意味着把自己的安全也交出去了吗？枪声刚停下来，姜吉忠哈腰出去，薅了一抱草扔给大白马，又嘱咐姜七郎不要随意走动，他要下去摸一摸堡里的情况。

"混成旅要是来了，你就不用怕了。"

"混成旅？"姜七郎又嗤了一鼻子，"大叔，你可小心点儿吧，别让人打了冷枪。"

"俺可不怕，谁舍得给俺平头百姓一颗铜枣①吃？"

姜吉忠走了以后，姜七郎抱着脑袋躺在炕上，脑子里飞快地盘算着下一步的打算。此时，他已经下了决心，离开皇庄堡，离开这个旋涡。老虎崖现在怎样啦？阿弥陀佛，菩萨显灵吧，快给大伙儿一条生路吧。姜七郎曾经设想，一旦情况危急，他就驾教练机带队强突中长铁路，过渤海向葫芦岛方向飞。这个想法就像一束火苗子，几次突然冒出来，又几次灭了。葫芦岛那边情况如何他一点儿都不清楚，强行往那边飞，先不说距离过远，就说一旦小鬼子占领了辽西，他这岂不是要往虎口中送食吗？这个方案显然是冒险的，也有违上面的宗旨。他这次来的任务就是帮忙藏好飞机和飞行队学员，等待奉军大反攻。姜怀江还向他传达了冯公子特别口谕："极端情况下，可以炸掉飞机。"姜七郎明白冯公子的意思，无论如何不能让小鬼子把飞机抢了去。洞外面又是一阵点射，子弹嗖嗖地飞，姜七郎双手握着手枪，紧张地对着洞口。他怀疑有人在附

---

① 铜枣：指子弹。

近藏着，不知什么时候会突然冲进来，将一梭子子弹射进他的胸膛。他对枪械没有经验，单纯从枪声中判断不出射手的方向，这就让他想起了姜怀江。姜怀江可是一个经验丰富的神枪手，他会根据枪声判断对手在哪个方位，会判断出对手的枪械情况，甚至还能猜出对手是男人还是女人，是年龄大的还是毛头小伙子。

　　他们的真正交往就是从一次打靶开始的，在这之前，他早就认识了姜怀江，并且视他为眼中刺，如果有机会，他准能一拳把姜怀江打倒，让他爬不起来。姜怀江却浑浑噩噩，根本就想不到会有这么一个人在瞄着他。终于，他们走到了一起。那是姜七郎第一次摸手枪的时候，旁边站着姜怀江。姜七郎很不爽，如果姜怀江站在对面应该会好一些，如果姜怀江给他当靶子应该会更好一些。可惜，姜怀江是他的教官，他背着手站在旁边，死死地盯着姜七郎。姜七郎打了十发子弹，打了五十九环的低分，按照常理，第一次打枪能打到这个水平也说得过去。然而，五十九环在姜怀江这里过不去。

　　"你是故意的吗？"姜怀江问他，语调里塞满了讥讽。

　　"不是！"姜七郎的眼里冒着愤怒的火光。

　　"要喊报告教官！"姜怀江冷冷地说，"你手里拿的是枪吗？"

　　"报告教官！是枪！"

　　"俺看着像是一把粪叉。"

　　"报告教官，请你睁大了眼睛看，这是一把枪！"姜七郎狠狠地瞪着姜怀江。姜怀江有些意外，他朝姜七郎的肩膀上狠拍了一巴掌，又疾风暴雨般地踢他的左脚，踢完了左脚踢右脚。

　　"小子，听俺的口令！"他一边喊一边拍拍打打，"小子，膝盖微弯，收腹！"

　　"小子，脖子放松！虎口对着枪身。"

　　"小子，右肩、肘、手腕三个关节一气呵成必须锁住。"

　　"小子，别使蛮劲儿！双手握力分三七，右手轻一些！"

　　"小子，注意力要在扳机上！"

　　"小子，不要猛扣！"

姜七郎又羞又恼，持枪瞄准了半个小时，眼里全都是姜怀江。他的胳膊沉得像根杠子，姜怀江却一直在瞪着他，就等着他投降认尿的那一刻。半个小时以后，姜七郎再也熬不住，放下了手枪。姜怀江厉声质问为什么不继续瞄准。姜七郎甩着胳膊，虽然不回答，该说的都通过眼神说了。姜怀江一把拽住他的衣领子，拎小鸡似的拽到眼前。姜怀江说："小子，问你话呢！"

　　"谁是小子？"姜七郎使劲儿挣开了姜怀江的手，"给你一根鸡毛你还当了令箭。"姜七郎的不屑是有道理的，飞行队不属于奉军序列，因此，他根本就没把奉军军官放在眼里。其实，他也不知道自己到底算是哪个庙里的和尚。

　　射击训练对飞行员来说确实是一个可有可无的课目，这不是姜七郎说的，是德国教官亲口说的。姜七郎问德国教官，飞行员的任务是什么。德国教官说，合格的飞行员应该能自如地驾驭飞机完成飞行任务。姜七郎问："枪械射击的成绩是不是很重要？"

　　"射击对飞行员的优秀与否没有任何参考价值。"德国教官肯定地说。

　　这就是姜七郎想要的答案，他藐视姜怀江。在他眼里，这个家伙只是一个会打枪的莽夫。姜七郎的眼神暴露了一切，姜怀江全都看懂了，他摘下帽子扔到一边，他解开衣服扣子，将上衣脱下来扔在一边，突然，他伸手朝姜七郎的肩膀搋去。姜七郎闪了一下。姜怀江一个扫堂腿，姜七郎就被放在地上。当他俩被人拉开的时候，姜七郎的嘴角和鼻孔都在流血。飞行队的学员一窝蜂地围住了姜怀江，争着和他讨要说法。姜怀江在警卫的协助下退到宿舍里，学员们不依不饶，一部分在宿舍外围堵，一部分冲到冯公子的办公室，要求冯公子惩治姜怀江。冯公子找来了姜怀江和姜七郎，问："七郎，你打不过姜怀江那个傻大个？"

　　"报告，我没有防备，被他暗算了。"

　　"再打一次，有没有信心赢他？"

　　"我有信心赢他。"

　　"好样的！"

姜七郎看了一眼姜怀江，突然就想起了她。一个水灵灵的姑娘，一个像花一样娇艳的姑娘，姑娘就是被这个人霸占了。这个人像魔鬼一样吞噬着姜七郎的幸福人生。一股虎气扑入姜七郎的胸膛，他奔过去，想将这个人打入十八层地狱里。姜怀江闪身让开了，他虽然是个大个子，身法却像小个子一样灵活。姜怀江反手一拳打在姜七郎的后背上，姜七郎没站稳，扑在地上。姜怀江顺势就要骑在他身上，姜七郎就地十八滚，猛蹬一脚，姜怀江就像皮球一样飞了起来。冯公子拍了桌子，厉声呵斥着："你俩眼里还有我吗？"姜七郎明白，这回算是闯了大祸，如此莽撞也要吃不了兜着走的。冯公子稳了稳情绪，命姜七郎和姜怀江互相道歉，这事就算一笔勾销。

"老兄，恕小弟无礼。"刹那间，姜七郎没了恨意。

"老弟，愚兄也请你谅解！"姜怀江诚恳地说。

见两人态度诚恳，冯公子的情绪平和了，他拉着姜七郎和姜怀江的手，三个人的手放在了一起。冯公子说："你俩谁折了都是我心疼。"一句话，把两个汉子说动了，姜七郎的眼泪在眼圈里打转。姜怀江也是垂着头，握着姜七郎的手微微发抖。从办公室里出来后，姜七郎再一次向姜怀江诚恳道歉，姜怀江也忙不迭地向姜七郎道歉。两人不打不成交，彼此惺惺相惜，就在办公室门前拜了把兄弟。有一天，姜怀江和姜七郎喝了不少酒，姜怀江带着姜七郎回家。姜怀江介绍说："七郎，这是你的小嫂子。从此咱们就是一家人。"

姜七郎一阵晕眩。

枪声稀稀拉拉，打一阵子，又停一阵子。姜七郎听不出枪声里传递着什么信号。如果怀江大哥在这里，他一定会听出有价值的信息，譬如说枪声来自哪个方位，譬如说威胁程度如何，譬如说有多少人在打枪。姜七郎不行，虽然枪法练得还不错，却对其中的奥妙一窍不通。大白马突然嘶鸣，姜七郎小心地朝外看，却见姜怀有流星般飞奔而来。他一把拽住了缰绳，搂住了大白马的脖颈，脸蛋儿贴着大白马轻轻地蹭。姜七郎忍着笑将枪收了，这浑小子竟然把大白马当成了亲人。姜怀有从筐里拿出几只烤地瓜，剥了皮送到大白马的嘴边。大白马几口就吞下了地瓜。姜怀有一眼看见了姜七郎，不好意思地笑，他举起柳条筐说："哥，俺给你弄好吃的来了。"

"你给我弄好吃的？"姜七郎故意问，"说谎话会遭雷劈的。"

"嘻嘻，也是给大白马弄好吃的。"姜怀有不好意思地笑了，又赶紧说，"俺给你们俩弄好吃的。"

"你和怀江真是一奶同胞吗？"见姜怀有转着眼珠没听明白，姜七郎又换了个说法，"你和怀江大哥是一个娘胎里生下的兄弟吗？"

"俺和他不是一窝的，怀江大哥是俺大娘生的，俺娘是小婆。"

"小婆？"姜七郎心里头咯噔一声，他想起了自己的身世，感觉这个小伙子身上有他的影子。

"你娘疼你吗？"

"俺娘死了。"

"死啦？

"就死在这个洞里！"

"什么？"姜七郎猛地一激灵，"你又胡说！"

"俺没胡说，不信，你看，这里还有俺娘留下来的东西。"姜怀有钻进洞里，抠出了一个木匣子，抱给姜七郎看，"匣子里头有俺娘的信。"

"信？"

"你看！"姜怀有打开匣子，将一封信拿出来，让姜七郎看。

"你识字吗？"姜七郎问。

"认识几个字，也认不全。"

姜七郎看了一遍，内容却让他倒吸了一口冷气。满纸都是对儿子的留恋和不舍，寥寥几句也提到了她的身世。姜七郎摸着姜怀有的脑袋，这一刻，他觉得这个孩子是另一个和他一模一样的人。他搂着姜怀有的肩膀，轻声问："我叫你什么好呢？"

"塔哈，屁屁尖儿。"

"不好，你的大名叫什么？"

"姜怀有。"

"姜怀有？"姜七郎记住了这个名字，"姜怀有，哥想嘱咐你一句话。"

"你说吧，俺听着。"

"首先，你要做一个堂堂正正的男人，不能总垂着脑袋，更不能斜着眼睛看人，什么时候都不能让别人骑在咱的头顶上拉屎，你记住了吗？"

"谁敢在俺头上拉屎呀？"姜怀有笑了，"俺不往他头上拉屎就便宜他了，老姜家就没有这样的孬种。哦，对了，只有范福堂那个老鳖犊子敢在俺头顶上拉屎。"

"范福堂？"

"就是老范家的那个老色鬼，黄眼珠子，范希臣的狗爹。"

"他很厉害吗？"

"老鳖犊子，专跟俺老姜家作对！"

一颗子弹崩在石头上，啪的一声响。姜怀有反应奇快，一个后滚翻滚到了姜七郎的脚下。他刚爬上来，就听到大白马的嘶鸣，姜怀有转身就跑。姜七郎大喊："小心！"姜怀有捂着脑袋跑出洞，将大白马扯到巨石的后面，拍着大白马的脊梁，大白马卧了下来。姜怀有又跑了回来。

"老弟，快说说情况。"

"啥叫情况？"

"哪里打枪？"

"你算是问着了。"姜怀有兴奋得双眼冒光，"皇庄堡就俺和保长看了个一清二楚。"

"快说说。"

"西山顶上交上了火。"姜怀有比画着，"海了去的兵啊，冲啊，砰砰！"

"谁和谁打呀？"

"谁知道呢。"

姜七郎抓住了姜怀有的手，急着问皇庄堡里现在是什么样子。姜怀有说皇庄堡里住着海了去的队伍。姜七郎心里一阵忐忑，他想知道的情况太多了。他问姜怀有能不能带他出堡。姜怀有说："各个门口都有人把着。"姜七郎怔住了，这就是说自己已经出不去了，他已经闯入了巨大的旋涡之中，眼前就是惊涛骇浪。姜七郎焦躁地走来走去，一遍遍地叹气，一遍遍地跺脚，突然，他站住了，死死地盯着姜怀有，仿佛要在他身上发现什么宝贝似的。姜怀有让他看得浑身不得劲，扭扭捏捏，摸摸脑袋，又摸摸下巴。

"兄弟，你替我去一趟老虎崖吧。"

"啥？"姜怀有以为听错了，"你让俺去老虎崖？"

"也是，看着你傻了吧唧的样儿，肯定找不到道儿。"

"小看人，从杨家沟那边拐一下就能到老虎崖，也就俺能找到道儿。"姜怀有随口瞎说，"你瞧，那个冒出来的大杨树就是杨家沟。"

"你去过？"

"俺和俺爹去过。"姜怀有比画着说，"俺爹带着俺到了杨家沟，又从杨家沟拐上去，走了一天一夜，俺就趴在俺爹的后背上，俺说：'爹呀，你要是累了就把俺扔了吧。'俺爹哪里舍得扔下俺，俺是他亲亲的老儿子。俺爹就咬着牙一步步往前挪。"

"你爹这么辛苦带你去老虎崖干什么？"

"玩呗。"

"玩？"姜七郎愣愣地瞅着姜怀有，姜怀有大大方方地让他看，从表情上姜七郎无法判断他的话是真是假。姜七郎顺着姜怀有手指的方向看，老虎崖的大方位他倒是看到了。目测，从西门出去能近一些，从东门出去，确实得绕好长一段路。姜七郎小心地问："你真的能找到？"

"那看你有啥奖励了。"

"你想要什么？"

"俺要啥你都能给吗？"

"只要你完成了任务，我可以满足你的要求。"

"俺就要你的大白马！"姜怀有脱口而出。

姜七郎心里一动，这个要求不过分，只是，他担心姜怀有年纪小不稳当，办不了这件大事。他犹豫着，让一个毛头小子替自己走一趟老虎崖确实不妥当。

"还是请你爹去吧。"

"别呀，俺爹让保长抓走了。"

"抓走啦？"

"都派到西山顶上挖壕沟去了。"

姜七郎清楚，情况比他想象的还要严峻，现在只有这个毛头小子能帮他走一趟。他一把搂住姜怀有，亲热地喊着弟弟。姜怀有哪里受得了这样的温存，身子骨早就酥了。姜七郎请他去一趟老虎崖，到了那里也不需要办什么事，只是去看看情况就算是大功一件。担心姜怀有记不住，姜七郎就把双臂朝后伸，连声说："飞机！飞机！"姜怀有也将双手背在身后，跟着喊："飞机！飞机"姜七郎递给姜怀有一枚徽章，让他别在衣服里面，到了老虎崖，见到守军，只要把徽章亮出来，对方必然会帮助他。

"也不白让你跑一趟。"姜七郎笑着说，"拿着徽章你还可以跟他们要好吃的。"

"他们能给俺吗？"

"哪个敢不给你？"姜七郎说，"你就说你哥是飞行员！他们这帮学徒巴结你都巴结不过来。"

"真的？"姜七郎一个高儿蹦起来，"俺哥是飞行员！"

"是！"

"俺哥是谁？"姜怀有问。

"你敢装傻？"姜七郎摸了一把姜怀有的脸蛋，由衷地喜欢这个淘气的小子。姜七郎没敢给他太多的任务，只让他打听老虎崖飞行培训班的一些情况，让他快去快回。姜怀有一身猴气，如此紧要时刻，竟然也提出了一个条件，他说他要骑大白马去老虎崖。姜七郎拒绝了，不是不舍得，而是担心骑大白马太顶眼，路上容易坏事。姜怀有耍起了驴脾气，倒在炕上就是不起来。

"去老虎崖得翻好几座山，你骑马如何爬山？"

"不给骑就不去！"姜怀有嚷了几声，"俺有本事带着马翻山，实在不行俺就在山下找个地方安顿好。"

"好好，你骑吧。"姜七郎答应了，"不过，你一定要小心。"

"你就赆好吧。"姜怀有一骨碌爬起来，朝姜七郎笑，嘴角都快咧到耳朵根儿了。没等姜七郎再嘱咐几句，姜怀有跳上马背，纵马而去。

姜怀有别提有多兴奋，只要到了老虎崖，就算大功告成。这匹心爱的大白马就归他了，天底下竟然还有这样的好买卖，简直就像做梦一样。姜怀有越想越美，不由得像个猴子一样在马背上耍了起来。他翻身躺下，假装睡着了，又突然坐起来，双手撑着马背连翻几个筋斗。见东门口站着几个人，为了显摆，姜怀有故意将自己藏在马肚下面，大白马一扭一扭朝那边走。李铁匠的儿子觉得大白马有些蹊跷，便抻着脖子看，李铁匠的儿子轻声说："白瞎了马，咋自个跑出来啦？"

"快抓住，别跑了！"皮匠呼喝着，伸手去抓笼头。

姜怀有忍着笑，突然朝马肚上拍了一巴掌，大白马唏溜一声嘶鸣，没等他们回过神，闪电般地蹿出了城门。皮匠发现是姜怀有，就追出来骂："骚塔哈，小心剥了你的皮。"

"臭皮匠，有本事来追你爷爷呀！"

出了东门就是一道岗子，岗子不高，却有些陡，大白马脚下发滑，差一点儿劈了腿。姜怀有慌忙跳下马，牵着上了岗。下了岗以后，路越走越窄。姜怀有也不管东西南北，只管催促大白马往前走，遇到平坦的路，就催马加速跑一段。大白马跑起来的时候特别稳，两旁的庄稼哗哗地往后倒，姜怀有的褂子都被劲风掀了起来，仿佛有人在后面扯着。一路上，姜怀有大呼小叫，感觉特别过瘾。再走下去，小路更窄了，路边长满了半人高的荆棘，大白马不敢跑，一人一马好不容易蹭过这段小路，前路开阔了不少。路中央还有两条深深的车辙。姜怀有瞄了一眼，猛然发现高高的老虎崖已被甩到身后，他慌忙扯住缰绳，朝大白马的脖颈拍了一巴掌，骂道："你留着眼睛吃屎吗？"便掉转马头，又往回走了一段，看到了往老虎崖方向拐弯的路。姜怀有觉得应该走这条路，就不管三七二十一，顺着这条路拐了下去。如果猜得没错，从这条路一直走下去就是焦家窝棚，从焦家窝棚的北角往李家窝棚那条道儿并，就能并到去老虎崖的路。他曾经跟五叔走过一回。五叔说，顺着焦家窝棚走下去，就能一直走到老虎崖的北山根儿。姜怀有胆子大，瞎走瞎闯，居然没走错，尤其是当他看见不远处有一棵几个人都搂不过来的大榉树的时候，立马就认出了焦家窝棚。姜怀有兴奋得大吼大叫，一个劲儿地夸自己的本事大，朝自己的鼻尖猛竖大拇哥。

小路上长满了熟草蔓子，如果不仔细辨认，根本就找不到路。即便走在路上，还以为走在荒地上。小路两边依然有荆棘，还有一些带刺的枣树。走了没一会儿，姜怀有的裤子就被刮了几条口子，胳膊和腿也被拉出几条血道子。他恼得撅断了一棵枣树枝，却让枣刺扎了手。姜怀有又撅了一根荆条，顶着伸出来的荆棘，吆喝着大白马躲避荆棘和枣树。大白马走得小心翼翼，像个小脚女人一样谨慎。姜怀有一会儿歪向这边，一会儿歪向那边，有时索性还钻到马肚下面躲避。过了焦家窝棚，路又宽敞了。见大白马打了几次哆嗦，姜怀有便心疼地松了缰绳，任凭大白马随意调整步伐。对面沟里冒出几个人影，都是清一色的短打扮，背着褡裢，看着像收山货的老客。这几个人突然朝这边加快脚步，姜怀有有些心慌，却不敢拨马回转。回头路上全都是荆棘，大白马未必跑得过人。他只得扯紧缰绳，假装满不在乎的样子。走在前面的大个子打了声口哨，猛拍了下大白马的脖颈。姜怀有连忙提了提缰绳。刀疤脸从侧面迎上，一把抓住姜怀有的腿，刀疤脸啧啧称赞："好马好马！"姜怀有听到刀疤脸的夸赞，感觉有些善意，便忍不住笑了。大个子紧紧贴着大白马，脸绷得像块寒冰。姜怀有心知不妙，只能硬撑着不让对方看出自己心虚。他轻提缰绳，大白马随着他的节奏像教书先生那样一步三摇，这当然是假象，姜怀有打算到了宽敞的地方突然提速，他有把握趁机甩掉这几个人。

"小子，快站住！"玉米地里钻出一个矮个子，这人问，"小子，你是焦家窝棚的人吗？"

"俺是皇庄堡人。"

"你这是去那里？"

"俺去老虎崖。"

"小子，你走错道了，从这走得翻大山。"

"西边道在打仗，俺不敢从那边走。"

"你知道谁和谁打吗？"三个人同时问，矮个子又问，"他们人挺多吗?"

"密密麻麻的,像蚂蚁样。"姜怀有又开始了信口胡说。

"蚂蚁样是多少?"

"起码有一百个人吧?"姜怀有问,"大叔,你们这是去哪儿?"

"你问俺?"刀疤脸说,"俺正好要去皇庄堡。"另一个说要到"叉鞍"。两个人说了两个地名,姜怀有猜是遇到了歹人,他提溜着缰绳,想就势冲过去,猛然发现三个人正好围住了大白马。

"小子,你先下来,俺和你商量一个事。"刀疤脸说。

"啥事?"

"这匹马借俺们用一用。"

"不行!"姜怀有一把搂住了大白马的脖颈,"俺可不借。"

"不借你就得吃点儿苦头。"矮个子拽住了笼头,大白马甩了下脑袋没有甩开,大白马抬起前蹄,唏溜唏溜地嘶鸣。矮个子拔出匕首,作势要戳向大白马。姜怀有赶紧提溜着缰绳,引导大白马左右扭转。

"小子,俗话说,好汉不吃眼前亏。"大个子试图拽下姜怀有,拽了几下都被姜怀有躲开了,"你要是吃亏了,你家大人得难受死了。"

"欺负小孩儿不是英雄好汉!"姜怀有急嚷着,紧紧把着缰绳,准备看准机会让大白马狠狠地踹他们。刀疤脸朝姜怀有打了个响指,诚恳地说:"小子,俺咋跟你说呢?"

"说破大天也不行,俺家的马谁也不借。"

"小子,俺报号是'老北风',这回你知道了吧?"

"俺还是老南风呢,这回你知道了吧?"

"小子,你别乱说,小心把你的舌头割下来。"矮个子举着匕首比画着。

"你不抢俺的马俺就不乱说。"

"小子,你快快下马,要不俺就给你放放血。"

"就不!"姜怀有放声大哭。

"这小子装哭,干打雷不下雨。"大个子说。

"小子,你别怕。"刀疤脸说,"俺们'老北风'只打鬼子,从不祸害老百姓。"

"你打鬼子去庙里去打，你打鬼子去观里去打，俺又不是鬼，你干啥要找俺的麻烦？"

"小孩儿，你知道小日本吗？"

"不知道。"

"你知道小日本祸害咱中国人吗？"

"不知道就是不知道。"

"你咋啥都不知道？"矮个子用匕首挠了挠头皮，撇着嘴说，"真是个二傻子。"

"你才是二傻子呢。"

"小子，日本人长得小，就像小鬼一样，这个小鬼可比地底下的小鬼坏得多，咱们地底下的鬼有好鬼，日本鬼可没有一个是好的，全都坏透了。他们非要强占咱东北，强占咱的土地，他们来了，就把咱的家占领了，把咱的炕头给抢了，把咱家的女人给祸害了。从此啊，咱家男人就是小鬼子的牲口，咱家女人……你年岁还小，俺就不往下说了。小子，你不生气吗？"

"光生气顶个屁。"姜怀有说，"让俺大哥去打他们！"

"哈哈，你的口气不小啊。"刀疤脸瞪着姜怀有，"看你个小傻样，你大哥也精细不到哪里去，吹牛皮也不上税，净想美事儿。"

"俺才没吹牛！"姜怀有硬回了一句，"俺大哥手下有四个团的人马，混成旅，你懂吗？老厉害了。"

"哦？你还知道混成旅？"刀疤脸愣住了，"小子，你是皇庄堡老姜家的吧？"

"是又怎么样？"姜怀有挺起了胸膛，"俺行不更名坐不改姓，俺姓姜名怀有字……"

"你小子还有字号？"矮个子说，"说来听听，你的字号是啥？"

"俺姓姜名怀有字鹏举。"

"鹏举？"矮个子说，"你欺负俺没读过书吗？"

"俺还没有字号。"姜怀有嘻嘻笑着，"逗笑呢。"

"姓姜名怀有的小子，俺来问你，姜怀江是你啥人？"刀疤脸板着脸问。姜怀有刚要开口，突然看见了他腰里还别着家伙，心里咯噔一下，连忙收了笑容。

"快说！"高个子拍了下马脖颈，大白马唏溜溜地一声嘶鸣。

"哦，他是俺亲亲的大哥，俺是他亲亲的老弟，俺大哥，奉军混成旅参谋长是也。"

"大水冲了龙王庙，你仔细看看俺哥几个！俺们都是混成旅的老弟兄，你大哥是俺们的头儿，他带着俺们一起打鬼子呢。"矮个子说，"小子，你也跟俺打鬼子去吧。"

"真的假的？"

"打鬼子还有假的？"刀疤脸拍了拍大胯，"大伙儿都是把脑袋别在腰带里跟鬼子拼命。"

姜怀有仔细观察了这几个人的神色，疑心刀疤脸说的不是真话。自打见到刀疤脸腰里别着的家伙，他就不敢和他们顶牛了。他断定这帮家伙是胡子，"老北风"，这不明摆着是胡子的字号吗？姜怀有担心惹恼了这帮家伙，一枪打过来，死了白死。在这荒山野岭的地方，三个胡子打死一个姜怀有就像捏死一个蚂蚱那么容易，姜怀有不敢乱来，便假装相信了他们的话，朝他们嘻嘻笑，趁没防备，姜怀有突然指了一下远方，大喊一声："俺大哥来了！"三个人扭头就朝那边看去，姜怀有夹了下马肚，大白马一跃而起，将矮个子踢倒。姜怀有又提一下缰绳，大白马给了高个子一蹄，在一阵乱叫乱骂声中蹿了出去。大白马跑得快，却没料到刀疤脸跑得更快，姜怀有就听身后一声怪叫，扭头去看，只见刀疤脸脚不沾地，腾空扑来，眨眼间，就把姜怀有提溜下了马，大白马飞奔而去。

"好！"矮个子和高个子同时叫好。

"好个屁！"姜怀有心里头骂了一句，嘴里却跟着一起叫好，还讨好地问，"你身上长翅膀了吗？"

"去你的！"刀疤脸朝姜怀有的后脑勺扇了一巴掌。

"好一个八步赶蟾！"矮个子跑过来说，"大哥，今儿终于让俺开了眼。"

"可惜俺只看了个尾儿。"高个子说。

"那就不错了，俺还什么都没看见哪。"姜怀有插嘴说，"俺就听耳后有一阵怪风，呼呼地响，就像老雕盘过来一样，还没等俺反应过来，就被刀疤脸大叔薅下了马。"

"刀疤脸大叔？"刀疤脸愣住了。

"你脸上不是刀疤是啥？"

"少他娘的废话，你敢敬酒不吃吃罚酒吗？"矮个子踢了姜怀有一脚，又揉着被大白马踢疼的腿。高个子揉着腰，狠狠地瞪着姜怀有，目光像刀子般锋利。姜怀有有了不祥的预感，难道这个家伙动了杀机？矮个子不解气，又踢了一脚，姜怀有趁势倒在地上，说哭就哭，打着滚儿地哭。他打算把这几个老爷儿们哭得心烦意乱，也许，就能把他放了。这几个人显然没有上他的当，他们盯着姜怀有，看着他哭，就像看耍猴一样。姜怀有泄了气，哭声越来越没有力量。矮个子凑过来，突然说："这小子装哭。"姜怀有眼疾手快，伸手掏向矮个子的腰间，一把就揪出了匣枪，电光石火之间，当胸就是一枪。这一枪竟然没打响，他一愣神，匣枪就被矮个子夺了过去。高个子一把将姜怀有提溜起来，狠狠地蹾在地上，气哼哼地说："大哥，要不将这小子宰了得了。"

"大哥，让俺来动手。"矮个子薅住了姜怀有的领口，姜怀有这才看清，这家伙手里的匣枪竟然是个木头刻的。刀疤脸摆了下手，矮个子不情愿地拿开匕首。姜怀有没了骨头似的跪下来，朝着刀疤脸磕头求饶："老北风啊，刀疤脸大叔啊，饶了俺吧，只要你不杀俺，俺给你当干儿子也行。"担心这几个人还要杀他，姜怀有又跟上一句："老北风啊，刀疤脸大叔啊，你要是杀了俺，俺就给俺大哥托梦去，俺是他嫡亲的老弟，他要是知道你们杀了俺，绝不能饶了你们的。"

"你是说你家的参谋长？"

"是啊，俺大哥是混成旅的参谋长，从来都是说一不二。"

"算了，不闹了，你走吧。"

"你们把俺的马给惊跑了，这又撵俺走？有这样的胡子吗？"姜怀有见刀疤脸不杀他，顿时来了勇气，猜想是怀江大哥的官衔起了作用，他声调加高，不依不饶地说，"要么你们赔俺的马，要么就把俺杀了。"

"你想咋的？"矮个子朝姜怀有挥着匕首，"他妈的遇到臭无赖了，想放放血吗？"

"快赔俺的马！"

"小子，你就做梦吧！"大个子朝他的屁股踢了一脚，"快滚，耽误了老子的工夫，真的要攮死你。"

说话间，远处传来了一阵嘶鸣，眼看着大白马又跑了回来。姜怀有一个高儿蹦起来，朝大白马连连扬手。矮个子扯过缰绳，在手腕上挽了个花，将大白马的脑袋揽在怀里。他朝姜怀有说："小孩儿，这回你可跑不了了。"

"不跑，俺不跑了。"姜怀有摸着大白马的脖颈，眼珠子滴溜溜地转，他在绞尽脑汁想着逃脱的办法。大个子说："这小孩儿满肚子都是鬼点子，俺看着头疼，滚吧，快滚吧。"

"这是俺家的马，要滚也要一起滚。"

"放屁，这是军马，啥时候成了你家的马？"大个子问。

"你放屁，就是俺家的马，是俺爹养的马。"

"你看这烙印！"大个子揪住姜怀有的耳朵，一把扯到马后，指着马屁股上的烙印说，"也就是奉军被打垮了，要是放在往时，不打你50军棍算你走了鳖运。"

"奉军的马就是俺家的马，俺大哥是奉军的参谋长，是大当家的。"

"去你的吧。"矮个子笑骂了一句，牵着大白马要走，姜怀有伸手去夺缰绳。大个子猛拽他的衣服领子。姜怀有撒开了哭，乱抓乱挠。刀疤脸说："别闹了，让他跟着吧。"这么一说，姜怀有不哭了，他紧紧贴着大白马，走了一会儿，轻轻抓住缰绳。矮个子回头就是一拳，姜怀有连忙松手。大个子也时不时给他一撇子，警告他不准使诈。天擦黑的时候，姜怀有已经搞不清走到哪儿，也分不清东南西北。他担心这几个家伙趁黑甩掉自己，就紧紧抓住马尾巴，不敢乱说话。一路上，姜怀有竖着耳朵听，也听了个七七八八，他记住了每个人的名字。矮个子叫老徐，姜怀有也跟着叫老徐。老徐回头骂："没大没小，小崽子你也敢叫俺老徐？"他们还管老徐叫徐老道，姜怀有也跟着叫徐老道。还跑到侧面去看徐老道的两鬓，鬓毛似乎比魏老道的还要长一些，就信了他是老道。大个子叫顶天，姜怀有暗地比画了几下，顶多比常人高一些，咋就顶天啦？离天还远着呢。

天黑透了的时候，几个人钻进了树林里，刀疤脸停住脚步，徐老道和顶天围着他商量事。姜怀有抓住了缰绳，将大白马带离了几步。刀疤脸回头说："小子，你千万别胡乱打主意，小心枪子儿撵着你跑。"他掏出匣枪，朝姜怀有瞄着。姜怀有闪电般地躲到大白马的后面，杀猪般地喊："匣枪！匣枪！"

"小子，你还知道这是匣枪？"

"小瞧人，这谁不知道？"

姜怀有当然知道这是匣枪，皇庄堡的人都知道他痴迷骑马，岂不知，他还痴迷匣枪。他第一次见到匣枪的时候就喜欢得放不下手，那时，他还是个半大孩子。年三十的时候，怀江大哥回到皇庄堡。这个消息像长了翅膀一样在清河沿岸飞翔。老姜家早早得了信，是从镇里捎来的信，说中午镇长要给参谋长接风洗尘。到了晚间，姜怀江回家了，从西山顶上一露头，就赶紧跳下马，一步一步朝堡里走。人们都暗挑大拇哥，还是人老姜家的子弟懂规矩。人们簇拥着姜怀江回家，沿途就像唱大戏一样。姜怀有挤在人群中，左突右蹿，总是不能引起大哥的注意，他急得猴子似的抓耳挠腮。姜怀有终于贴着大哥身边了，看见了大哥腰带上挂着的手枪。手枪在套里，隐隐约约能看见枪柄。姜怀有讨好地看着大哥，想找机会玩一玩手枪。三叔吉连推搡着他，还狠狠地拍着他的脑瓜让滚远一些。姜怀有没理他，继续朝大哥讨好地笑。怀江大哥终于注意到了他，也朝他笑了笑，还摸了摸他的脑袋。姜怀有竟然以为怀江大哥是天底下最疼爱他的人，他的手就放在了枪套上，突然掀开了枪套，一把将手枪抽了出来。大哥猛地抓住了他的胳膊，一拉一扭，姜怀有的胳膊就被别在后背上。姜怀有疼得杀猪般地号叫，大哥一把将枪夺下，放了姜怀有。

"你别吓唬他，他还是个半大小子。"大嫂子拦着说，"正是淘气的年纪。"

"净惹祸的臭塔哈！"吉遥叔一脚将姜怀有踹出人群。

姜怀有甩了甩胳膊，胳膊也不那么疼了。他擦了把眼泪，朝着暗夜深处嘿嘿地笑。姜怀有早就明白了一个道理，哭是最没用的，哭只能让自己口干舌燥。从小到大，皇庄堡里从来就没人在意他是哭还是笑，哭死或者笑死都是他自己吃亏。第二天一大早，家里还是那么热闹，姜怀有靠不上大哥身边，便四处游荡，注意力就被护兵吸引了。护兵像根拴马桩一样戳在门口，大腿的一侧挂着一把两尺半长的家伙。姜怀有蹭过去，朝护兵讨好地笑。

"哥，你这儿挂的是啥玩意儿？"

"你说是啥玩意儿？"

"看着像只大烧鸡。"

"烧鸡？"护兵的眼睛瞪得溜圆，"你家的烧鸡能杀人？"护兵一把抽出了枪，乌黑的枪管对准了姜怀有的胸膛。

"你这是啥玩意儿？"姜怀有摸了摸枪管，"还凉冰冰的。"

"看准了，这是匣枪，俺手指头一钩，砰，你就翻白眼儿了。"

"匣枪？"姜怀有露出羡慕的神色，"给俺玩玩。"

"想得美！"护兵扬起枪，擎到头顶上，"小心，枪里头顶着火呢。"

"给俺玩玩！"

"不给！"

"大哥，大哥，快看你家护兵，他要杀俺！"

"别喊别喊！"护兵慌忙收了枪，搂着姜怀有的脑袋说，"你瞎喊啥呀？"

大哥闻声出来了，也不问青红皂白，抬手就打了护兵一个耳光。还要打姜怀有，让大嫂挡住了。姜怀有倒在地上打滚儿哭，大哥嫌他哭声瘆人，就呵斥他，让他赶紧闭嘴。姜怀有索性就放开了喉咙，哭声更加响亮。大哥扛不住，就让护兵带他出去打几枪，还嘱咐千万要小心。姜怀有这才破涕为笑，学着大人的样子朝大哥拱了拱手。大哥板着脸吼：

"快滚！"护兵让他找个没有人的地方过瘾，姜怀有想了想，只有玉皇顶上没有人，就扯着护兵的手往玉皇顶上跑。两人一口气跑到了玉皇顶，护兵被带进山洞里，这里是姜怀有的天下，他想好好招待招待这位护兵大哥，让他见识见识自己的地盘。护兵并不领情，甚至有些害怕这个阴森森的地方。他攥着枪到处比画，还朝洞里头瞎喊："谁？出来！再不出来老子开枪了！"姜怀有让他闭嘴，让他安静。姜怀有领着护兵进了洞里，让他坐在炕上，让他闭上眼睛。姜怀有翻出炒黄豆和炒花生，放在护兵的手里，让他睁开眼看。护兵对炒黄豆和炒花生并不感兴趣，他对黑乎乎的山洞有些担心，护兵东敲敲，西打打，好像早就知道洞里头藏着一个秘密似的。

姜怀有将护兵请到炕上坐下，将炒黄豆一粒一粒喂给护兵，将炒花生剥去壳儿一粒粒地喂给护兵。护兵这才将匣枪掏出来，变戏法一样拆了，又变戏法一样重新装上。一拆一装，姜怀有竟然记了个八九不离十。护兵再教他压子弹，他也是看了一遍就学会了。护兵用两种方式，一种是用弹夹下插，往枪里撑子弹。还有一种方法就是往弹匣里压子弹。护兵说："这样压子弹虽然费事，却能多压一颗。"护兵将匣枪交给姜怀有，像个小大人似的说，"关键时刻，多一颗子弹就能救自己的命。"

这是护兵对姜怀有的一次扎扎实实的枪械启蒙教育。后来，姜怀有驰骋在战场上，无论顺境还是逆境，都高度重视子弹。他有个癖好，总要在贴心的地方藏一颗子弹。这颗子弹万不得已是不会用的，一旦用了就意味着要么会救他的命，要么就会要他的命。护兵教会了姜怀有使用匣枪，还教他几种射击的姿势。当姜怀有当的一枪将一只鸟儿打下来的时候，护兵瞪了半天眼，护兵说："不算不算，你这是瞎猫撞上了死耗子。"护兵收了匣枪，无论姜怀有如何哀求都不让他再摸一下。

大年三十这天，姜怀有都玩疯了，天黑了才带护兵回到家里。大哥正在耍酒疯，他喊着让姜怀有搀他去茅房。大哥搂着姜怀有的肩膀，走得一摇三晃，还问这一天玩得咋样。

"这小子天生是一块打枪的料。"护兵抢着说。

"塔哈？他会打枪？"大哥瞪着护兵，"你他娘的吹牛皮也不想着上税。"

"他确实是块材料，比俺厉害！"护兵说。

大哥一把拽下护兵腰上的匣枪，转手递给姜怀有。大哥让他随便打，只要打中一个活物就算他赢。姜怀有很激动，大哥的蔑视就像针一样刺他的心。姜怀有扔下大哥，抓起匣枪就往外跑。姜吉忠紧喊着撵了出来，一把没抓住，就听当的一声枪响，墙头上的猫滚落下来。护兵跑过去，捡起了猫，朝着姜怀江喊："参谋长，死了！"姜吉忠气得猛一跺脚，朝着护兵骂去："大过年就数你嘴欠！好好说，是猫死了！"姜怀江目瞪口呆，站在门口一动不动。吉遥怕他憋不住尿，赶紧扶着去了茅房。爹扯着耳朵把姜怀有拽回家，朝他的屁股蛋上狠踢了几十脚。护兵将死猫拎回来，扔到地上。姜怀江回到屋里，突然朝护兵猛踢一脚，直了声地骂："你他娘的，大过年也不说句吉利话。"

"你咋赏俺？"姜怀有朝大哥伸出手，大嫂见势不妙，朝他的手心打了一巴掌，挡住了大哥。大哥皮笑肉不笑，死死地看着姜怀有。

"他还是个半大孩子。"大嫂紧拦着，"大过年的，可别闹得鸡争鹅斗。"

"塔哈！"姜怀江的脸色平和了，喷着酒气说："等你再长一长，去跟大哥当兵吧。"大哥从护兵身上摸出了一个弹匣，说，"塔哈，赏你一梭子子弹。"

正月初一一大早，姜怀有被爹推醒，随一家老小祭祀祖宗。全家去了老坟，一个坟头一个坟头祭拜，爹捅了下姜怀有，朝不远处的坟头努了努嘴。姜怀有趁人不注意，转到太爷的坟头，偷了几个馒头和一碗猪头肉，又趁人不注意，转到娘的坟头，将馒头和猪头肉送给娘。四姑娘突然冒出头，朝他喊了一嗓子："塔哈，你敢偷老太爷的贡品给你娘？"姜怀有吓得连忙乱摆手，见四姑娘还嚷，姜怀有突然趴在地上，朝四姑娘猛磕了两个头。四姑娘不嚷了，收敛了笑容，还朝坟头行了礼。四姑娘说："塔哈，别害怕，姐吓唬你玩儿呢。"

一行人回到家里，姜怀江把爷爷扶到堂屋中央坐好，他跪下来郑重地磕了三个响头。大嫂赶忙拽过姜怀有，摁着他的头也磕了三下，大嫂子摁得猛，姜怀有爬起来的时候脑袋还嗡嗡地响。桂英和红梅也给老太爷磕了头，四姑娘不磕头，四姑娘说她反对封建。不论怎么劝，就是固执地站着。四姑娘也不亏礼数，她给爷爷恭恭敬敬地行了礼。爷爷满脸的不高兴，爷爷不高兴，其他人都索然无趣。吃早饭的时候，除了姜怀有，其他人都蔫蔫的提不起精神头。姜怀有还要带护兵去玉皇顶打枪，被姜怀江拦住了。姜怀江说他要回营里和弟兄们一起过年。姜吉忠猛地就急眼了，这算啥事？他双手撑着门框不让儿子离开。姜怀江苦笑着，也不央求，只是看着爷爷。爷爷敲了敲烟袋锅，朝姜吉忠一摆手，厉声喝道："你就是个没脑子的蠢人。"

"谁家大过年的往外走？"姜吉忠恼火地说，"就你惯着他。"

"咱老姜家是开明的家庭，四姑娘说咱封建，咱就得改，四姑娘，封建是个啥东西？"爷爷问。

"封建就是讲老礼，脑子锈死了。"四姑娘说。

"吉忠，你听听你姑娘说的，咱的脑子不能锈死了。"

"别听她胡咧咧。"姜吉忠说。

"怀江是官家的人，自古言，忠孝不能两全，吉忠，你就让他去吧。"爷爷的话就是圣旨，就算是拍了板，姜吉忠不情愿地松开手，让出了通道。姜怀江出了门，姜怀有牵着马紧跟在后头，他想等出了胡同口就趁机跳上马，过过骑马的瘾。爷爷喊住了姜怀江，嘱咐他务必从范家大院门前走，到了范家大院门前，还得朝天上放几枪。爷爷塞给护兵两块钱，要他狠狠地放枪，打出参谋长的威风来。姜怀江脸上堆着苦笑，也没说行，也没说不行。他扯过缰绳，翻身上了马。姜怀有美滋滋地牵着马就往外走。姜怀江几次勒着缰绳，无奈，姜怀有始终拽着笼头不放，引导着来到了范家大院这条街。

姜怀江在街口一露头，就被范福堂看见了。范家大院地基扎得深，建房建得高，比周围房舍能高出半个身子，站在门口的台阶上，街头和街尾能看得清清楚楚。范福堂一眼看见了一匹高头大马，看了一会儿，认出牵马的是塔哈姜怀有。范福堂愣怔中，就听姜怀有喊："老范大爷，你看谁来啦？"范福堂突然明白了，马上的军官必然是姜怀江。他不愿意和他打照面，扭身就想进去，被姜怀江一迭声地喊住了。姜怀江跳下马，紧走几步，恭恭敬敬地向范福堂作揖问好。范福堂勉强站住了，朝姜怀江含笑点头。姜怀江问了范希君和范希臣哥俩的情况，范福堂客套地说："他哥俩都没你有出息。"姜怀有见大哥还在瞎扯，一点儿也没有动手的意思，就不停地朝护兵眨眼睛，示意赶紧开枪射击。护兵不敢轻举妄动，他一直看着姜怀江，等着他的命令。姜怀有就去摸他的口袋，威胁说再不动手就要拿回大洋。护兵急眼了，当真掏出匣枪，朝天猛射了一梭子。范福堂吓得一屁股坐在了地上，姜怀江也吓了一跳，他顾不得去搀扶范福堂，转身跑过来，朝着护兵就踢了几脚。范福堂双手拍着地面破口大骂，俗的雅的骂个不停，姜怀江也没脸再跟他搭话，便骑马去了。

姜怀有对匣枪是有感觉的，而且，这种感觉很神秘，对待匣枪比对自己身上的部件还熟悉。姜怀有对刀疤脸说："大叔，你的枪是把坏枪，不能使。"

"坏枪？"刀疤脸和徐老道、顶天三人面面相觑。

"你真懂枪？"

"别的不敢说，匣枪对俺来说，小菜一碟。"

"牛皮不是吹的，泰山不是垒的，火车不是推的，是骡子是马总得遛遛。"刀疤脸摸着姜怀有的脑袋说，"小子，待会儿，跟俺们一起行动吧。"

"干啥呀？"

"到时候你就知道了，从现在开始，你就当俺的马弁。"

"马弁就是护兵吧？"

"这个你也懂？"

"俺当然懂了。"姜怀有一想到大哥是混成旅的参谋长，心中就升腾出无限的骄傲和自豪来。几个人继续讨论着行动方案，姜怀有插不上嘴，就去抚摸大白马，趁机和大白马说说话。姜怀有的心里话就那么几句，翻来覆去地暗示大白马要警醒一些，有了机会就赶紧跑。那三个人似乎达成了一致意见，嘿的一声，都露出了笑容。徐老道掏出一瓶酒，自己先喝一大口，然后递给刀疤脸。刀疤脸喝一口，递给了顶天。三个人轮着喝了几圈儿，刀疤脸忽然朝姜怀有招手，姜怀有蹭过去，刀疤脸将酒瓶子递给他。姜怀有连忙摆手，还没等他说不能喝酒的话，顶天一把搂住了他的脖子，捏住他的鼻子，趁姜怀有乱喊乱叫，徐老道就朝他的嘴里灌了一大口酒。姜怀有呛得直蹦。顶天松了手，姜怀有跺脚大骂。他们笑得前仰后合，徐老道将空酒瓶子掖进衣服里，突然，顶在了姜怀有的胸口上。徐老道说："小子，快闭嘴，子弹可不长眼。"

"假家伙吧？"姜怀有问，"吓唬人。"

"你想试试？"徐老道又顶了一下，姜怀有慌忙举起了双手。徐老道哈哈大笑，从怀里掏出酒瓶子。姜怀有也笑了。姜怀有说："还真像一把匣枪。"

刀疤脸煞了煞腰带，顶天重新绑了裹腿，徐老道用拇指荡了荡匕首。姜怀有心里一紧，也赶紧跟着提溜了裤子，挽了袖子。几个人收拾利索，刀疤脸翻身上了马，命姜怀有牵马朝庄里走。

一阵夜风下来，姜怀有不禁打了几个寒战，路边的玉米地哗哗地响，仿佛里头也走着一支人马。这支人马死死盯着月光下的这几个人，随时都能扑上来将他们活吞了。姜怀有的心一直提溜到嗓子眼儿上，他紧紧贴着马头，死死盯着庄稼地。月光如水，四野一片银白，村头的一棵大树像孤独的守夜人。姜怀有故意咳嗽两声，想象中守夜人会敲一下梆子或者问他是谁。

"不要出声！"刀疤脸低声嚷。

姜怀有没敢顶嘴，内心正在翻江倒海地闹腾，想想自己也真倒霉，平白无故地和这帮胡子缠在一起。想跑又跑不了，即便跑得了，大地茫茫，他能跑到哪里去？姜怀有早已迷失了方向，别说老虎崖，就是皇庄堡在哪个方位也搞不清。不敢跑就得乖乖地跟他们走，不能惹恼他们，不能吃眼前亏。也是熟悉了，姜怀有不再惧怕这三个胡子，他们虽然看起来一个比一个凶，却和想象中的凶神恶煞不一样。他们既不像传说中的专割小孩子小雀儿的胡子，又不像割男人耳朵的胡子。姜怀有端量了

136

好久，没觉得他们有多坏。总之，这三个胡子对姜怀有还算有足够的耐心和容忍。姜怀有判断，他们是三个好心肠的胡子，不是三个坏心肠的胡子。姜怀有能感到他们身上的暖意，无论怎么凶，肚子里头却是善的。姜怀有曾几次想将刀疤脸从马上扯下来，然后趁慌乱的时候跑掉。这仅仅是一个闪念而已，每一次闪念起来，又被他迅速打消。进了屯子以后，姜怀有就有了一万个理由让自己跟着他们走下去，他的好奇心逐渐升腾，即便拿大棍子揍他，他也不想放弃这个看热闹的机会。

庄里的狗听到了脚步声，一只狗叫，全庄的狗连片地叫，姜怀有担心会突然被一批猛人包围。在他的眼中，黑影地里到处都藏着猛人。大树下藏着，房檐下藏着，胡同里也藏着。他的牙齿捉对厮打，发出一阵阵咯咯咯的响声。越往屯里走，越担心遇到意外。姜怀有不停地看着刀疤脸，想从他脸上看出点儿端倪，可惜，刀疤脸背着月光，只能看出个轮廓，看不见表情。

"小子，你稳当点儿。"刀疤脸轻轻踢了姜怀有一脚，"别怕。"

徐老道突然蹿了出去，姜怀有吓了一跳，还以为蹿过去一个鬼影子。眨眼间，徐老道拐进了街里。街里房屋密集，姜怀有一伸头，黑得如同掉进了井里。姜怀有紧紧地牵着缰绳，随着大白马在黑胡同里疾走。三拐两拐就到了一座院落前，月光将这一片照得如同白昼一样。徐老道和顶天紧贴着墙边走，看着就像两只耗子，姜怀有忍着没敢乐出声。静寂的夜里，只有大白马喷响鼻的声音，只有嘚嘚的马蹄声。姜怀有心里打鼓，腿肚子转筋，几次想停下来不走，大白马却在刀疤脸的驾驭下走得更加坚决。

"站住！"黑影地里传来一声低吼，随着传出拉枪栓的声音，"黑灯瞎火的，哪一个？"

"连你大舅都不认得了？"刀疤脸从马上跳下来，将缰绳扔给姜怀有，疾步朝大门走去。

"谁大舅？"对方从黑影中走出来，朝刀疤脸细看。

"不许动！"刀疤脸的枪口突然顶在了这人胸口上，"连你大舅都认不出来啦？"

"大舅，是大舅啊，你老饶命。"对方哀求着，"大舅，外甥实在是眼瞎，大舅饶命。"

"滚你妈的蛋，谁是你大舅！"刀疤脸下了他的枪，朝姜怀有扔去。姜怀有一把抱住枪，被这突然而来的行动吓得浑身发抖。对方扭头就往门里跑，还没等他出声报警，徐老道一攮子扎进他的后背。姜怀有的脑子顿时就像开了锅一般沸腾，魂儿冲出了脑壳，四散而去。刀疤脸冲了进去，顶天冲了进去。徐老道低声说："快进来，小心攮死你。"姜怀有慌忙将缰绳套在拴马桩上，跟着就跑进院里。这么一慌乱，忘了去拿枪。顶天扯了一把姜怀有，姜怀有就紧跟着朝前跑，顶天一脚踹开屋门，闪身冲了进去。他举起斧头喊："谁动就砍死谁。"炕上的人都吓醒了，纷纷蹦了起来，有个人跳下来去抓枪。顶天一斧头抢过去，那人又闪电般缩了回去。顶天吼着："不要命的就下来试试！"

"弟兄们，别怕他，大家一起冲，看他能砍死几个？"有人鼓动着，"听口令，一拥而上！"

"你来试试？"顶天举着斧头，炕上的人都被点了穴道似的，谁也不敢乱动。姜怀有一把抄起桌上的酒瓶子，尖叫着："想试试手榴弹吗？"头前的几个人赶紧往炕里头缩。顶天朝前一步，大喊一声："一排长，把架上的枪都扛上。"

"得令！"姜怀有起了两杆枪挂在脖子上，又端起一杆枪。由于忙乱，酒瓶子掉在地上，发出一声脆响，炕上的人全都抱着脑袋趴下了。

"假的假的，不是手榴弹！"一个家伙抓起匣枪，抬手就是一枪。顶天反应快，没容他开第二枪，一斧子扔了过去，对面传来声声惨叫。姜怀有听见匣枪落地的响声，伸手去抓，却抓住了一只手掌。姜怀有猛打一下，才意识到这只手掌被砍断了。姜怀有甩掉手掌，捡起匣枪，刚要起身，有人薅住他的头发死命地拖拽。姜怀有抢起匣枪，反手扣动扳机，砰的一声枪响，薅他头发的手松了。

"别，别开枪！"有人喊。

"都他妈的老实点儿！"姜怀有举枪点着炕上的人，此时，再也没人敢冒险反抗了。顶天命令全都下地，他让姜怀有出门警戒，姜怀有端着枪退出屋子。这时，刀疤脸和徐老道也从上房拖着一对男女出来。姜怀有说："瞧哇，抓了一串！"顶天命俘虏全都站在墙边，姜怀有见有个人磨磨蹭蹭的着实可疑，心里来气，便飞踢一脚。那人突然抱住姜怀有，夺过匣枪，转身就射。俘虏们轰地跳起来，像群炸了营的羊似的乱跑乱窜。徐老道喊："谁敢动？"姜怀有猛顶了一下这人的胳膊，顶天趁机一斧子砍在这人的脑袋上。姜怀有夺过匣枪，朝着俘虏乱比画，俘虏们慌忙挤靠到墙边，都怕被他指着。

"老子们是抗日的队伍，江湖上人称'老北风'。从今往后，谁挡'老北风'的道，谁替鬼子卖命，'老北风'就砍谁的脑袋。别以为你藏在鬼窝里老子们就拿你没办法，老子今天抓不到你，明天就去抓你家人，抓你老爹，抓你老妈，抓你老婆。有种的你就继续当汉奸！"刀疤脸一口一个"老子"，姜怀有听着挺过瘾，只是苦于插不上嘴，一旦插上嘴，他也想一口一个"老子"抖威风。姜怀有听得豪气顿生，他庆幸跟着三个好胡子干了这么大的惊心动魄的一票。他这边听得热血沸腾，却发现有的俘虏摆出一副死猪不怕开水烫的样子。姜怀有心里有气，朝一个歪着脑袋喷粗气的家伙踹了一脚。这家伙伸手抄住了他的脚踝，一翻手，姜怀有就被直挺挺地摔倒了。姜怀有下意识地朝那人点了下匣枪，那家伙突然跪在地上。

"你他娘的臭汉奸，眼瞎心黑。"姜怀有爬了起来，紧紧握着匣枪。姜怀有的心里头有了爱与憎，对刀疤脸的讲演句句认可，对这些汉奸极为鄙视。

"今天，咱'老北风'来借你们的家伙使使，如果你们拍着胸脯说自己不是中国人，老子就把枪还给你们，咱们就在这里一对一干一仗。如果你们说自己还是中国人，就别死了娘似的丧丧脸，都高高兴兴地把家伙什交给老子。"

"'老北风'好汉，俺给枪，给你们枪。"为首的男人哆哆嗦嗦地说，"请给俺们留条活路。"

"老子宣布，从现在开始，你们汉奸民防队就地解散，今后，谁再敢跟鬼子合作，俺就敲谁的狗头。"

"知道了！"男人说。

见为首的男人跪下，这些人呼啦啦地跟着跪下，小鸡啄米似的磕头。姜怀有端着枪朝汉奸们的脸上看，汉奸们都怕他走火，个个奋勇磕头，一个比一个磕得响。刀疤脸命徐老道搜寻一下，又让顶天去套车。大车套上了，顶天搬出了二十杆长枪，两箱手榴弹，两箱子弹。徐老道搬出了几大包衣服和几双大头鞋。姜怀有心热，挨个屋里去踅摸。上屋没啥值钱的货，他就转到了下屋，转了一圈儿两手依然空空。姜怀有不死心，还在四处瞎转悠。一头就钻进了厨房里，猛然翻出了一坛咸猪肉。姜怀有没命地喊："快来呀！这里有香喷喷的肥猪肉。"徐老道进来试了试，没有搬动。顶天进来，将坛子抱了出去。徐老道又和姜怀有两人将半锅高粱米饭连锅带饭抬上了车。顶天打了声呼哨，刀疤脸拍了下姜怀有的肩膀，大声说："小兄弟，别看你人小，却是个抗日的好材料。"说完，朝那对男女努了下嘴。姜怀有不明白是啥意思，刀疤脸又摆了个射击的手势。姜怀有明白了，原来刀疤脸想让他干掉这两个人。姜怀有手心里捏了一把冷汗，站在那里迟迟不动。刀疤脸有些不耐烦，举起大枪朝男人瞄准。男人狠狠地磕头，苦苦哀求着："大爷，饶了俺吧，你要啥俺都给你。"他一把拽过身后的女人，"大爷，你不嫌弃，把她也带走吧，俺诚心诚意送给你。"

"臭不要脸的。"姜怀有骂了一句。

"小子，快打他一枪！"刀疤脸气得都变了声。

姜怀有实在不忍下手，也不敢下手。那家伙滚了个滚儿，蹿起来，一把将姜怀有持枪的胳膊别了过来，匣枪对准了刀疤脸。这个动作快得简直不是常人能做出来的，姜怀有连声叫都没有来得及发出，就被制住。突然，男人惨叫一声，一头栽倒。徐老道走过来，从他的咽喉下了攮子。刀疤脸朝姜怀有摆了手，三人迅速退出院子。

"小子，看见了没有，你可怜他，不忍杀他，他可随时都想打死你。"刀疤脸一把将姜怀有抱上大车。姜怀有担心里头的人追出来，端着枪紧紧地盯着大门。刀疤脸拍着他的肩膀说："他们不敢出来！"

"臭汉奸太他娘的奸了。"

"小子，你记住，凡是当汉奸的都怕死。"

"也是。"姜怀有收了匣枪，趁刀疤脸没注意，将匣枪偷偷藏进怀里。他心里头美滋滋的，真替三个胡子朋友高兴，这一趟下来，白得了几匹好马，白得了这么多的大枪，简直就是福从天降。趁刀疤脸高兴，姜怀有说："大叔，你这回可得把马还给俺了。"

"放心，放心，到了地方一定还给你。"刀疤脸摸着姜怀有的脑袋，"小兄弟，今天这场战斗，没想到你立了头功。"

"团长，多亏小兄弟机灵，要不，俺就失手了。"顶天回头说，还朝姜怀有竖起了大拇哥，又把姜怀有拿酒瓶子当手榴弹的情节讲了一遍。顶天的口才好，讲得头头是道，连坐在车尾的徐老道都忍不住说："小兄弟，真的要好好谢谢你。"

"小兄弟，你就跟我们一起干吧。"顶天朝驾辕牲口抽了一鞭子，头也不回地说，"咱哥们儿挺投缘。"

"跟你们当胡子?"姜怀有的脑袋摇得像个拨浪鼓，"俺可是好人家的人。"

三个人都笑了，他们的笑声穿透了夜空。

"小兄弟，我们不是胡子。"刀疤脸说，"我们是铁杆的抗日队伍，是打鬼子的队伍。"

"你们不是'老北风'吗?"

"小兄弟，这是在特定时期下的特定办法，现在东北天下大乱，日本鬼子专盯着咱抗日的队伍开火，汉奸走狗也追着咱打，咱们得站稳脚跟不是? 得喘口气不是? 目前，只能借用'老北风'这个不显山不显水的匪号了。"刀疤脸说。

"你们不是胡子?"

"给你透个底吧，我们是共产党的红军。"徐老道说完，剧烈地咳起来，"小兄弟，南方闹朱毛红军，闹苏维埃，你知道吗?"

"猪毛的红军?"

"哈哈哈哈。"刀疤脸笑了，"再等等吧，机会成熟了，咱们就把红旗打出来，那时，咱这里的老百姓就知道了伟大的朱毛红军，知道了伟大的中国工农红军。"

"中国工农红军？"姜怀有想象着这是一支什么样的队伍。刀疤脸显然是开心的，他哼了一支歌子，顶天和徐老道也跟着唱。歌声像箭一样射出去，黑暗褪去，山河一片银白。姜怀有受到了这样激昂情绪的感染，他张着大嘴也跟着哼，跟着唱，他找不着调，哼得乱七八糟，荒腔走板。

"小兄弟，这支歌子好听吗？"刀疤脸问。

"好听。"

"这是南方根据地的《红军之歌》。"

月夜如水，夜风轻柔，哗啦啦的庄稼如流水般随风起伏。姜怀有眼皮发涩，他闭上眼睛之前，听到了刀疤脸亲切地问："小兄弟，你叫什么？"

"你问俺？俺叫姜怀有。"

姜怀有闭上了眼睛，梦里，他见到了娘，很久没有见到娘了，他都有些不习惯了。娘没有死，娘活得好好的。娘穿着一套鲜艳光滑的衣裙。娘的头发梳得光溜溜，脸也洗得光溜溜。娘说："塔哈呀，你终于长大了。"姜怀有伸手去抓娘的胳膊，娘闪开了，娘可能是嫌他的手埋汰。姜怀有问娘这些年都去哪里了，娘说去了很远很远的地方。姜怀有问很远很远的地方是啥地方。娘说那是个你找不到的地方，见姜怀有有些失望，娘赶紧说："娘回姥姥家了。"

"姥姥家在哪里？"

"姥姥家在北边的大草原上。"

姜怀有心里一动，感觉自己听明白了，又觉得懵懵懂懂。他没有追问下去，娘不说，问也没有意思。

"娘，你还要走吗？"

"走啊。"娘的笑容不见了。

娘飘了起来，越飘越高。姜怀有伸手去抓，娘的衣服是缎子做的，像鱼一样滑脱。娘就像云彩一样飘远了。

五岁或者六岁的时候，姜怀有有了完整的记忆能力，有一天，娘带他去玉皇顶采山。玉皇顶上静得连个鬼影子都没有。娘一路走一路咋舌，多好的香菇啊，多好的鸡腿菇啊，多好的猴头菇，怎么就没人来采摘呢？娘浑身是劲儿，她能一手抱着他一手干活。走到山顶上的时候，娘会站一会儿，朝天边望，天边空荡荡的，除了云彩啥都没有。娘会突然伸出双手，朝云彩喊，朝云彩唱歌。

"娘啊，谁在云彩里？"

"云彩？"娘继续喊，用他听不懂的语调喊，用他听不懂的语调唱。好一阵子，娘像被掏空了一样垂下脑袋，摇摇晃晃地坐下来。娘又慢慢倒下，躺在草地上一动不动。他喊娘，推娘。娘还是一动不动。他去扒娘的眼皮，娘还是不动。他哭了，头一次感觉娘要走了，头一次知道自己舍不得娘。娘睁开眼睛，呆呆地看他，像不认识一样。他一头扑到娘的怀里，娘还是一动不动。

娘带他到一个神秘的地方歇息，他不记得这是什么地方，后来，他长大了一些，见到了山洞。山洞唤醒了他的儿时记忆，是的，娘带他去了山洞。娘让他躺在炕上，娘说："可以在这里躺一会儿。"那时候他还太小，娘说的很多话他都听不明白。比如，娘说："塔哈呀，活着就是累，娘累了。"这句话他听不懂，他还跳下土炕，让娘躺一会儿，让娘在炕上歇息。娘摸着他的脑袋，娘叹着气，背过脸哭泣。娘一边哭一边低声唱着歌，他依然听不懂娘唱的是啥歌，却听得浑身发抖，仿佛伸手就能摸到苍天，又仿佛苍天离他越来越远。他藏在娘的身后，他嚷着，他不喜欢娘哭，也不喜欢娘唱歌。

"塔哈呀，不好听吗？"

"不好听！"

"娘想家了呀。"

他还是不懂娘的意思，想家就下山回去呗。他喜欢娘笑，喜欢娘笑着给他讲故事。娘肚子里有那么多那么多的故事，娘讲打狼的故事，讲得惊心动魄。娘说："塔哈啊，在大草原上，从来都是马有马道，狼有狼道，千百年来，狼专门从狼道下来，往往十几条狼一起来。塔哈啊，狼来了就叼羊，就叼人。一年四季，人们都活得战战兢兢。塔哈啊，只

143

有到了冬天，人们才有办法对付狼。冬天，大草原上呵口气都能冻成冰，冬天是打狼的好季节。塔哈啊，人们在狼道上栽了许许多多锋利的刀子，将羊血抹在刀子上，抹一层冻一层，很快就冻成一个个血棒。塔哈啊，月亮升起来的时候啊，狼又成群结队地来了，他们闻到了血腥，就抢着舔刀子上的血。"

"后来呢?"姜怀有急着问。

"塔哈啊，你猜?"

"刀子!"

"是啊，狼舔光了刀子上的血，舌头就碰到了刀子上，舌头就被割破了。狼的舌头就出了血，塔哈啊，别的狼闻到了血腥就把这条狼吃了，一条吃一条，狼吃光了狼。"

娘不但会讲狼的故事，还会讲马的故事。姜怀有爱听马的故事，娘说，他们家祖祖辈辈都是养马的，专门给朝廷养军马。

"塔哈啊，你姥爷的马能吃肉还能喝酒。"娘咯咯笑着，"你信不信呀?"

再后来，娘就被人气疯了，见人就骂，见人就打。还差一点儿杀掉了爹。娘被撵出了家。他们都说娘是个危险人物，说娘是个武彪子。姜怀有听乱嚼舌头的人瞎说，说娘和一个日本人不清不楚，导致姜家被日本人报复，导致两个堂叔被杀。吉遥叔就是这么质问娘的，当时，娘猛地蹦起来，一头撞向山墙。娘当即头破血流，人事不省。姜家将她赶出家门，连带着姜怀有一起赶了出去。娘的眼泪哭干了，娘就不哭了，娘就笑，笑得咯咯地响。娘不笑的时候就唱歌，低声地唱，似乎听她的歌的人都在脚底下。娘饿了就带姜怀有到姜家胡同里转悠，里头的人总会出来给送点儿吃的。吃饱了，娘就走，娘从来不去街里转悠，她专找山岭荒地走。

"天杀的日本鬼!"娘说。

娘第一次说这话的时候，爹就在黑影地里站着，娘嘟嘟囔囔，语速很快。爹一把扯住了姜怀有的胳膊，爹说："他是俺家的崽。"爹把姜怀有带回家，爹头一回做了主，朝着吉连、吉遥两兄弟瞪眼，瞪眼就是警告。当着两兄弟的面，爹把姜怀有搂在怀里。爹说："他是老姜家的崽儿。"爹让姜怀有在自己的身边蹲着，两个叔叔都不敢说话，他们的眼里充满了敌意。怀江大嫂子一把将他拉过去，心疼地看着他，又紧紧地搂着他。姜怀有焦急地朝外面张望。爹清楚他在望什么，爹伸手挡住了他的眼睛，他的眼前顿时漆黑一片。姜怀有记得，那是极惨的一天，一家子围着饭桌吃饭。娘的歌声飘了进来。姜怀有突然看见爹的眼泪掉在了饭碗里，一颗接着一颗，越滴越快，像掉下来无数颗珠子。爹将碗里的饭和着泪水全都扒拉进嘴里，然后，背过身子抽烟。怀江大嫂子盛了一碗饭，打发四姑娘送出去。四姑娘不去。怀江大嫂子又请吉遥叔去，吉遥叔也不去。怀江大嫂子为了难。爹偷偷将一个饼子塞到姜怀有的兜里，姜怀有明白了，他赶紧跑出去，将饼子塞给了娘。娘想摸他的脑袋，轻轻地呼唤着："塔哈啊！"他拨开了娘的手，他第一次发觉娘的手太埋汰。娘吃了饼子，又来摸他的脑袋，又在轻轻地呼唤着："塔哈啊！"姜怀有这回没有拨开娘的手，没有嫌弃娘的手埋汰，他老老实实地让娘摸。

"天杀的日本鬼！"娘说完就走了，姜怀有就觉得娘的身影突然掉进了井里一般。

娘有几天没来找吃的，姜怀有也想娘了。他到处找娘，想给娘送吃的。皇庄堡的每一家每一户都找了，一直没见到娘的身影。小惠她妈可怜他，就告诉他，娘可能在玉皇顶。小惠她妈还指了玉皇顶的方向给他看，还说，指不定还会有谁呢。姜怀有才几岁的年纪呀，他盯准了方向，一直跑到了玉皇顶。他在山里转啊转，找啊找，他呼喊着娘，喊得嗓子都快哑了。终于，他在林深处发现了山洞，在洞里见到了娘。娘瘦得脱了相，如果不是娘喊了他一声，他都能被娘的样子吓死。自从姜怀有在玉皇顶发现了娘，他就有了新的任务，他要养活娘，不能让娘饿死。他每天都要给娘送吃的。五叔是个心肠狠辣的家伙，只要他在家，就不许姜怀有往外拿吃的。姜怀有就去别的人家要，人家不给他就自己去拿，有人在场他拿，没有人在场他也拿。没过多久，娘就死了。临死时，娘让他回家偷一个木匣，娘把木匣的大概样子说给他听，让他小心点儿，别让人逮着。姜怀有在怀江大嫂子的屋里发现了一个匣子，拿给娘看。娘说不是这个，让他赶紧送回去。第二个匣子是在三奶的屋里头拿的，娘说也不是这个，让他赶紧送回去。姜怀有厌烦三奶，恨她总掐他的脸，就把木匣扔到深谷中。第三个是在爷爷的房间里偷来的。娘说："就是这个。"娘像遇到了亲人一样将木匣久久地贴在脸上。

娘让他再去偷纸和笔，姜怀有照办了。吉连叔喜爱读书，他的屋子里有一捆笔，姜怀有拿了一管粗的，还拿了一管细的。娘用细的那管笔给他写了封信。娘说："可惜匣里的手镯少了一个。"娘说她就要死了，可不想把这些物件留给姜家。说这话的时候，娘的脸突然涨得通红，她伸手抓他，娘声嘶力竭地喊："塔哈呀！塔哈呀！"娘声嘶力竭地喊："天杀的日本鬼！"喊完，娘就没了力气，娘就翻了白眼。姜怀有撒腿就跑，就听到娘说："塔哈呀，娘去了。"等到姜怀有再回来的时候，山洞里已经空了。娘没了踪影，娘的声音还在，娘说："塔哈呀，娘去了。"姜怀有四处找，从山上一直找到山下，从西街一直找到东街。他始终没有找到娘。第二天早晨，在老柳家羊汤面馆门口，姜怀有遇见了五叔。五叔正和伙计尹小脚唠嗑儿，五叔的身子扭成了麻花样，看样子，五叔喝了不少酒。他扭脸见到姜怀有，一把薅住了他，扯着姜怀有的耳朵将他带到西山顶。他一眼就见到了爹，见到了贺老三和贺老六那两个货。那时，他们还年轻，还舍得出力气，哥俩一个低头挖坑，一个在坑边吸烟卷。

"再深点儿，再深点儿！"爹说。

爹招手让姜怀有过去，爹摸着他的脑袋，让他看黑漆漆的棺材。

"老儿子呀，你可看准了，这可是一副上好的板材。"爹拍着棺材面，棺材面发出响亮的回音，爹又叩着棺材面，棺材面发出金属撞击般的脆响。爹说："塔哈，给你娘磕个头吧。"

"俺娘在哪儿？"

"在这里头！"爹叩着棺材面，侧耳细听，仿佛能听到里头的回应，"让她保佑你囫囫囵囵长大吧。"

"俺娘死了吗？"姜怀有仰着脸看爹，其实，他什么都知道，他就是

146

想问爹一声。如果当时有现在这么大，他都能揪着爹的衣服领子揉拨他，让他把娘还回来。爹懊恼地拍了下姜怀有的脑袋，又揉搓着他的耳朵，爹一声一声地叹气。贺老三从深坑里爬上来，人们就聚过来，大家一起喊着号子，将棺材坠入深坑。姜怀有突然意识到娘这回是真走了，意识到娘去了她的老家，去了无边的大草原上。娘找她自己的爹和娘去了。姜怀有心里空落落的，爹逼他哭。爹说："爹的老儿子呀，管怎么她是你娘，你得哭两声。"姜怀有倒在地上，打着滚儿哭，他一把抱住爹的大腿，他说："爹呀，你赔俺娘。"爹想甩掉他，就去踢他，他狠狠地咬了爹的腿。爹怔住了，被脏东西魇着了似的，一动不动地让他咬。吉遥叔扯他的耳朵，扇他的耳光，命他松口。

"行了，别把俺老儿子的牙扯掉了。"爹猛吼了一声，"掉了牙可咋吃饭？"

"那就眼睁睁地看他咬你？"吉遥叔问，"大哥，你可真是好脾气。"

"让他咬吧，这孩子也要疯。"爹说，"疯就疯吧，疯了就不知愁了。"

"你发啥羊癫风？"吉连叔蹲下来，摸着姜怀有的脑袋，"你娘死了就是去赎罪了，等你长大你就明白这个道理了，像她这样脏兮兮地活着真不如死了。"

"你娘才不如死了！"姜怀有朝着吉连叔怒骂，吉连叔气得猛抽了他几个大嘴巴。从这以后，姜怀有仿佛成了孤儿，虽然有爹护着，他还是挺委屈的。他喜欢玉皇顶的山洞，那里有娘的气味，躺在洞里，他经常能听到娘的声音。娘问他冷不冷，娘问他饿不饿。他常常陷入这样的幻觉里，仿佛娘就在眼前。

"天杀的日本鬼！"他学着娘的声调骂。

有一次，姜怀有在洞里睡了一天一夜。第二天，被爹摇醒了。爹抚摸着他的后背，爹破天荒没有骂他，爹将他背起来，爹说："洞里不干净，小孩子不要再来了。"爹的话他是不信的，不信也不反驳。他喜欢山洞，这是他和娘的地盘，不是爹的地盘。躺在土炕上，听娘说说话，娘说什么他听什么，他从来不打岔，娘问他话他也从来不回。

突然，娘的身后飞出一把匕首，明晃晃地向他扎来。姜怀有本能地大叫一声，猛地就睁开了眼睛。此时，天光大亮，阳光像匕首一样锋利。姜怀有眯缝着眼睛，瞬间，他看见了大山，看见了村庄，看见有人朝这边疯跑。

"小子，你醒啦?"刀疤脸紧盯着他问。

"俺睡了一大觉?"姜怀有疑惑地问，"这是哪里?"

"你先去休息吧。"刀疤脸跳下大车，和迎接他的人一一握手，人们听着顶天讲夺枪的惊险过程，都听得一惊一乍。刀疤脸朝车上一挥手，大伙儿争先恐后地卸车。姜怀有跳下大车，他也有一肚子精彩的夺枪故事，可惜，没有人注意他。姜怀有伸手牵住了大白马。刀疤脸一把抓住了他，向身边的人介绍说："就是这位小兄弟，他就是人小鬼大的姜怀有。"

"欢迎你。"中年人一把握住了姜怀有的手，使劲摇着。

"姜怀有，这是咱义勇军的李司令。"刀疤脸介绍说。

"真高啊。"姜怀有扭头去看顶天，大个子顶天和李司令比还差了半个头。

"姜怀有同志，欢迎你加入抗日的队伍。"李司令笑呵呵地说。

"俺要回家。"姜怀有哭丧着脸说，"俺还是个孩子，俺爹也不能让俺当胡子。"众人一阵大笑，李司令摸着他的头，说："要回家好办，你得先睡一觉，等休息好了，让你见一个人，见到他咱再说后话。"

"李司令，你得答应俺，俺的马也要带走。"

"快把心放在肚里去吧，咱们是老百姓的队伍，绝不会贪图你的财物。"

"老百姓的队伍?"姜怀有有些迷糊，他们到底是谁? 一会儿是义勇军，一会儿是"老北风"。他不敢乱打听，生怕惹恼了对方，他只能把这些疑惑藏在肚子里。管他呢，反正是杀鬼子汉奸的好胡子，是好胡子就不怕。忽然，李司令和刀疤脸扭头就跑，眨眼间，一群人跑进了大院里。姜怀有不知发生了什么情况，他翻身上了马，想趁人不备时逃掉，他抖着缰绳盘了一圈，也搞不准往哪儿跑合适。算了，走一步看一步吧。他骑着马进了院子。院子里站满了人，他一眼就看见了李司令，李司令就像一群鸡里站着的鹅。姜怀有觉得气氛有些不对头，仿佛进入了数九寒冬。尤其是李司令，脸色冷得就像结了一层冰。一会儿，李司令摘下帽子，眼泪就像断了线的珠子滚落下来。姜怀有脑袋伸过去，猛地吓了一跳。门板上躺着的竟然是徐老道。他一夹马肚，大白马挤了进去，这回，看得清清楚楚，徐老道的脸上没有一丝血色。他眼睛闭着，嘴巴闭着，看样子已经死透了。

"姜怀有！"刀疤脸一把抓住了他的胳膊，小声说，"快下来！"姜怀有慌忙跳下马，贴在刀疤脸的身边。这一刻，他慌得心都快从嗓子眼里跳了出来。刀疤脸搂着他的肩膀，搂得紧紧的。姜怀有能感到刀疤脸的心也是怦怦乱跳，估计也快跳到嗓子眼儿里了。

"徐长剑兄弟，你为了搞枪而牺牲，你为了抗日而牺牲……"李司令哽咽着，断断续续地说，"兄弟啊，我的好兄弟，我们的好同志，一路走好啊！"

众人都垂下了头，姜怀有皱着眉头，一个劲儿地眨巴眼睛，虽然他不喜欢徐老道，甚至还有些怕他，此时，也忍不住要为他掉几滴眼泪。刀疤脸搂着他走，他就走，刀疤脸停下，他就停下。

"徐老道咋就死了呢？"姜怀有依然不敢相信这个现实。

"徐长剑同志昨晚在战斗中受了重伤。"刀疤脸说。

"俺咋不知道？"

"不但你没发现，我也没有发现，大老顶也没有发现。"刀疤脸跺了下脚，"我还一直以为他睡着了。"

姜怀有的眼泪夺眶而出，这回是真实的眼泪，是突然爆发的眼泪。他感受到了切切实实的疼，他擦了把眼泪，真想再回去一趟，将那些臭汉奸全都突突了。他猛地就想起了匣枪，心里一动，伸手摸了摸怀里。匣枪不见了。他转身要去马车上找，被刀疤脸一把抓住了。

"姜怀有，和徐长剑同志告别吧。"

"徐老道啊！"姜怀有扯起嗓子哭开了。

他见过哭坟的场景，女人们哭起来时，凄惨至极，连天上的鸟儿都得绕道飞。姜怀有的心里五味杂陈，他不但哭徐老道是个倒霉蛋，更哭自己是个倒霉蛋。他哭天哭地，哭着他的不翼而飞的匣枪，那可是他拿命挣来的，咋就被偷去了呢？姜怀有怀疑是刀疤脸干的，他抹了一把泪水，偷偷看去，又觉得刀疤脸不像是毛贼。他扭头去找大个子顶天，他敢肯定是他偷的，他一边哭一边琢磨着如何才能把匣枪弄回来。

"没想到你小子居然这么有情有义！"刀疤脸拍了下他的脑袋，搂着他离开了人群。刀疤脸朝一个小姑娘招手，让她带姜怀有去歇息。姜怀有牵着大白马，懵懵懂懂地被带到一个院子里，小姑娘指着一间屋子，转身就跑了。姜怀有拴了马，又抱了捆干草扔给大白马。他推门进了屋子，屋里漆黑一片，他嫌里头烦闷，就又出来溜达。院子里连个人影都没有，他想骑马离开，又担心被人抓住。他站在院门口，伸头朝外张望，一眼就看见了大个子顶天。

"顶天，顶天，俺在这里呢！"

"知道了！"顶天朝他摆了摆手，"你先歇着，等会儿来看你。"

姜怀有回到了屋里，这样更好，等一会儿干脆和顶天打开天窗说亮话，好言好语求他把匣枪还回来。怎么说也是一起干了一票，就算是奖励也该把匣枪奖励给他。如果顶天要赖呢？他想到了比顶天还高的李司令，不怕，李司令管他叫"姜怀有同志"，找李司令评理去。他倒在炕上，翻来覆去地盘算"姜怀有同志"意味着什么。屋门突然被踢开了，顶天猫着腰钻进来，他命令姜怀有立即睡觉。姜怀有问："你们啥时放俺回家？"

"回家？"顶天说，"你急啥呢？"

"俺还要去老虎崖办事。"

"别去了，老虎崖那边乱哄哄的。"

"俺丢了样宝贝。"姜怀有盯着顶天的脸，观察着他的表情，顶天对他的话一点儿反应都没有，就像没听见一样，"大老顶，你听到了吗？俺丢了一样宝贝。"

"丢哪儿啦？"

"不知道哇。"

"慢慢找，会找到的，咱这里夜不闭户路不拾遗，不会丢的，就算丢了，也有人给你送还回来。"顶天拍了下他的肩膀，又猫着腰出去了。姜怀有气得直蹦，骂天骂地，骂顶天是个不要脸的臭胡子。姜怀有直挺挺地倒在炕上，没一会儿，就睡着了。等他醒来的时候，发觉屋子里烟雾缭绕，呛得他猛咳了几声。方桌前围坐了几个人，有李司令，有刀疤脸，还有一个人背着他。他们一边抽烟一边说话，姜怀有也顾不得那么多的规矩，气哼哼地说："你们管不管？俺丢了一件宝贝。"

"哦，小家伙醒了。"李司令说。

"俺丢了一件宝贝！"姜怀有嚷嚷着，"你们还俺的宝贝！"

"别急，你的宝贝准丢不了。"李司令笑着说，"姜怀有同志，你把心放进肚子里吧。"

"你们也不放俺走，也不给俺吃的，你们想整死俺吗？"

"你小子脾气挺大啊。"背向着他的人冷冷地说。

"俺脑袋别在裤腰带里跟你们干了一票，你们不念俺的好，还黑吃①了俺。"姜怀有委屈地掉下了眼泪，"俺算是看走了眼，你们不是好胡子。"

"臭塔哈！睁大你的眼睛看看俺是谁？"背向着他的人忽地站了起来，慢慢转过身来，刀疤脸将汽灯举过来，照在这个人的脸上。姜怀有怔住了，接着，就像一阵风一样从炕上跳下来，一头扎进了这人的怀里。

"怀江大哥！"姜怀有哭着喊，"你咋在这个鬼地方啊？"

---

① 黑吃：方言，指把属于别人的财物侵占了。

第七章

"王八羔子才是胡子!"曲司令拍着胸脯说,他的胸脯很结实,拍得砰砰直响。

"那么,贵军是奉军?"姜长深小心地问。

"王八羔子才是奉军!"曲司令的胡子根根竖起,像无数颗钢钉。

"贵军是民防军?"

"王八羔子才是民防军。"

"贵军到底是哪一部分的?"

"保长,你站稳了!"曲司令叉着腰,"我们是专打日本鬼子的抗日义勇军!"

"你们是马占山的兵马?"

曲司令说:"他是他,我们是我们。"

"佩服佩服。"姜长深的心就像十五个吊桶打水一样七上八下,这么一问,他算是听明白了,这是一支无爹无娘的队伍,是鬼子入侵沈阳后没来得及撤退的奉军兵马。黄镇长曾说过,自关东军打下沈阳,东北各地出现了大量打着各种旗号的散兵游勇。有的人多,有的人少。黄镇长提过"义勇军"这个称号,说凡是打着"义勇军"旗号的队伍比散兵游勇还坏。见到大胡子曲司令之前,姜长深还以为义勇军远在天边。

"义勇军咋就来了俺们堡子里啦?"姜长深嘟囔了一句。

"怎么,这里是你家炕头吗?"曲司令的大嗓门如洪钟大吕,震得姜长深的脑袋嗡嗡地响,"漫说不是你家炕头,就真是你家炕头也得给咱打鬼子用!"

"这个……"姜长深一咧嘴，曲司令的每一句话都像棍子一样狠狠砸下来，姜长深根本就招架不住。他不敢乱说一句话，担心哪句没对上辙，惹恼了这位脾气暴躁的曲司令，没准就能挨枪子儿。

"鬼子呢?"曲司令问。

"早就跑了!"

"怎么跑的?"

"就是跑了。"

"是你们打跑的吗?"

"俺哪有那个本事。"

"是别的队伍帮你们打跑的?"

"别的队伍?"姜长深转了转眼珠子，"没呀?"

"那鬼子怎么就跑了呢?"曲司令突然瞪圆了眼睛，"你们投敌当汉奸啦?"

"谁呀?"姜长深吓了一跳，"俺都愁死了，铁匠女婿一家被小鬼子活活烧死了，俺们和鬼子是有血仇的，俺怎么能投降当汉奸?"

"奇怪，不是你们把我们义勇军请来打鬼子的吗?"

"谁呀? 谁这么欠儿登?"姜长深狠狠跺了一下脚，"准是姜吉忠干的!"

姜长深急得掉下了眼泪，他狠狠地抹了一把泪水，急得浑身哆嗦。能不急吗? 皇庄堡躲来躲去，没想到来了这么大的一坨队伍。他闭上眼，眼前就是一片蝗虫，吃啊喝啊拉啊，皇庄堡终将寸草不剩。

"光吃喝还不算，哪个是省油的灯? 能不抢男霸女吗? 能不打家劫舍吗?"黄镇长言犹在耳。"你们接纳这些兵痞，到时候，把关东军勾过来，能有你们的好吗?"说话的时候，黄镇长的眉毛上像吊了一只泼猴子似的上下乱窜。

清河镇的黄镇长是亲日的，他的两个兄弟都在旅顺口给日本人当差，黄镇长说过，识时务的人迟早都要给日本人做事。他要求各村各屯都要与镇里保持高度一致，不许擅自与日本人作对，哪怕心里头存了作对的念头都不行。作为保长，姜长深得听镇长的，在他眼里，镇长就代表着政府，政府让干啥他就得干啥。

"镇里知道你们的队伍进俺堡里吗？"

"镇里？"大胡子曲司令一愣，"镇里算个啥，打鬼子还需要跟谁去商量吗？"

"这个……"姜长深倒吸了一口冷气，连日来，皇庄堡外面总是枪声大作，小燕飞机飞来飞去，怎么就没想到是战火烧来了？他的脑子里突然就闪出了飞行员姜七郎的面孔，心里恨恨地骂，不用问，都是这家伙勾引来的。即便不是他勾引的，他也是个丧门星。

大胡子曲司令率领人马进驻皇庄堡，这也是皇庄堡的一次历史性事件。一开始，姜怀深幻想着义勇军在堡里住不长，眨眼间拍拍屁股就撤出去了。在和曲司令交流了一阵后，他断定局面失控了。曲司令话里话外没有立即走的意思，听话音还有长住下去的打算。曲司令说，要把皇庄堡建成铁打的抗日根据地。一句话惊了姜长深，他跺着脚，连拍大腿。几辆骡车进了堡里，曲司令撇下姜长深，朝门洞口喊："都拉出去，山炮不要进来，全都摆在城外！"

姜长深抻脖子望了一眼，顿时魂飞魄散。骡车后面全都是黑黢黢的大炮，天哪，这是要皇庄堡的命吗？曲司令跟着骡车出了门洞，姜长深也跟着出了门洞。曲司令急吼吼地指挥士兵挖战壕，姜长深惊呆了，他分明看见了一条弯弯曲曲的战壕将皇庄堡和清河镇阻隔成两截。姜长深慌里慌张地朝曲司令弯腰拱手，哀求着：

"司令大人，俺代表皇庄堡一千口子老老少少求你了。"

"求我什么？"

"求你们别进堡里。"

"老伙计，鬼子已经打下整个东北了，哪里还分你的我的？"曲司令说，"你这个地方不是才遭小鬼子的祸害吗？不是你说的，小鬼子烧死了人吗？你不记得了吗？你不想报仇吗？"

"小日本是进来杀人了，可是……俺可不敢想报仇的事，俺就想平平安安的。"

"没有可是，老伙计，他们还会再来的。"曲司令将姜长深拽到一旁，给搬抬箱子的士兵让了路，"老伙计，现在是特殊时期，打仗就是打仗，不是你想的那样，不是你想让谁进来就让谁进来，明白吗？咱义勇军需要你们配合，老伙计，什么时候都要把脚跟站稳了，别站歪了，咱这是打国仗，都得有牺牲。你看看这些小伙子，哪个不是爹生娘养的？凭什么他们就得死？凭什么你们就不能牺牲一些呢？老伙计，你是中国人不是？"

"当然是。"

"那还讲啥条件？有在这里磨叽的时间你就搭把手，帮着把弹药送上去。对了，你这堡里什么地方抗炮轰？"

"司令啊，求你了，俺这皇庄堡就是纸糊的，哪儿也抗不了炮轰啊。"

"我看你像纸糊的。"曲司令阴沉着脸说，"挺大的个子，咋看着像没长骨头呢？"

"司令啊，高抬贵手啊！"姜长深跟在曲司令的屁股后头，曲司令走到哪儿，姜长深就跟到哪儿。只要曲司令的脸色稍微放晴，姜长深就赶紧哀求一把。他就像狗皮膏药一样粘上了曲司令。曲司令上墙，他也跟着上墙，站在墙上，姜长深顿觉心惊胆战。大墙下一箭之地全都是义勇军官兵，果园里也藏了不少兵。有些士兵吊在树上吃苹果，还有几个士兵竟然动手厮打，吵闹声叫骂声此起彼伏。曲司令的脸子拉得老长，猛喊了声："汤营长哪儿去啦？"护兵们一迭声地喊汤营长。汤营长跑了过来，朝曲司令立正敬礼。曲司令指着果园说："老汤，你眼睛长在脑瓜后头啦？"

"他奶奶的！"汤营长一拳砸在了墙上，"枪！"他朝一边伸出手，护兵将匣枪递给他，他吼着，"大枪！"护兵把一把大枪塞给他。汤营长举起枪，朝果园那边瞄准。姜长深的腿猛地突突了，如果不是紧紧地抓住墙垛，他都能一腚蹲儿坐在地上。随着一声清脆的枪响，果园里静了下来，士兵们迅速散开。只有一个士兵依然吊在树上保持着摘果的姿势，又是一声清脆的枪响，士兵手里的苹果被打烂了。他还是一动不动。

"你奶奶的，还敢不敢啦？"汤营长问。

"不敢了！"士兵带着哭腔喊，"营长饶命！"

"滚下来吧！"汤营长收了枪，那个士兵闻声摔了下来，他翻身爬起，朝大墙这边鸡啄米似的磕头。姜长深都看傻眼了，汤营长开第一枪的时候，他以为打中了谁，当士兵们四散而去的时候，姜长深一眼看见了树上的那个一动不动的士兵，姜长深以为这人被打死了。汤营长开第二枪的时候，他以为这个人能一头栽到树下。几个没想到，没想到汤营长的枪法如此神奇，没想到汤营长是在敲山震虎。

"奶奶的，留你一条小命打鬼子去！"汤营长将大枪扔向身后，护兵一把接过了。

"老汤，越是困难时期越要管束好队伍。"曲司令看了一眼姜长深，姜长深连忙转过去，假装没听见他们讲话。

"是，司令。"汤营长说。

两人又探讨了兵力部署的问题，姜长深无心去听，看这架势，义勇军不会轻易走的。这是姜长深最担心的一环，当他看见墙根下面挖出了几个大坑，坑里安放了大炮后，腿肚子就真的转了筋。天哪，这是要打大仗了，这是要灭了皇庄堡吗？姜长深虽然不懂军事，他也能看个八九不离十，你在这里打一炮，人家不还你一炮吗？炮弹长眼睛吗？一旦越过大墙，砸在堡里，那还有个好吗？姜长深急得直跺脚，眼泪哗哗地流。

"走吧，老伙计，上面风大。"曲司令朝姜长深摆了下脑袋，"瞧你，又掉猫尿了。"

"司令。"姜长深说，"俺没见过这阵势。"

"你怕什么？"曲司令说，"也没让你扛枪打仗。"

"司令，你给交个实底，义勇军这是要长驻皇庄堡了吗？"

"不好说。"曲司令说，"老伙计，义勇军进来只是想挡住鬼子，不让小鬼子祸害你们，等打退了小鬼子，义勇军会有安排。"

"非要在堡里打仗吗？"姜长深硬着头皮说，"司令你看，下面这么大的一片地，摆不开你们吗？"

"老伙计，还真让你说对了，附近百里就你皇庄堡是个制高点。"曲司令拍着墙垛说，"不但是制高点，还有这么结实的墙，有皇庄堡在，义勇军就等于壮大了10倍，这个账你不会算不明白吧？"

"司令啊，你的那本账算明白了，俺们上千口子老百姓可就没账算了！"

"老伙计，还是那句话，咱们都得做出牺牲，谁让小鬼子打上门来啦？"

"俺们本来过得好好的，晴天挨了一道霹雳。"姜长深抹着眼圈说，"祸从天降啊！"

"你再说一遍试试？"曲司令突然瞪圆了眼睛，"你要是想保住体面，就赶快把这句话给我吞回肚里去。"

姜长深真的就吞了一口唾沫，他确实不敢和曲司令顶牛，不说曲司令手下兵强马壮，就是曲司令本人的虎相也够他喝一壶的。曲司令命护兵通知各连连长开会，然后，头也不回地往墙下走。姜长深紧跟在后头，哼哼唧唧装可怜相，曲司令没再理他。姜长深腿脚关节不好，轻易不敢上下台阶，这回也是豁出去了，顺着台阶一步一步挪了下去。大墙下的阴凉地上围了一圈人，曲司令在中间，汤营长在他身边。他们都在低头看地图。姜长深凑过去望了一眼，上面全是弯弯曲曲的线条。姜长深侧耳细听，也听不明白他们说的话。姜长深还不死心，就走到一边，一屁股坐在石头上。有个女兵斜刺里走过去，向曲司令敬礼报告，说要去街里发动老百姓。曲司令答应了，还命女兵带枪进去。姜长深下巴都要惊掉了，他猛地站起来，朝女兵说："他大姐，你可不能去街里。"他朝女兵连连拱手作揖，"俺皇庄堡就没有来过这么多当兵的，你拿着家伙可别吓着了大伙儿。"

"老伙计，你非要敬酒不吃吃罚酒吗？"曲司令的脸色很不好看，"楚红，快去吧，小心这家伙暗中使坏。"

"求求你们了，只要你们肯离开皇庄堡，俺可以送上一笔鞋袜费。"

"放屁，咱义勇军是来打鬼子的，谁要你的鞋袜费？"曲司令提高了调门，"老伙计，你敢再胡咧咧，小心敲你的头。"

"大叔，你别怕。"楚红细声细语地说，"如今，东三省都沦陷了，你这个地方马上也会被鬼子吞掉。别难过，咱豁出去和鬼子打，国难当头，全东北都遭了大难，你能躲得掉吗？"

"楚红，去吧，别跟他费口舌。"曲司令说，"他们若是敢给咱抗日队伍下绊子，你只管向我汇报，不来点儿狠的，还真以为咱是软柿子。"女兵向曲司令敬礼，转身要走。曲司令喊住了她："楚红，你等一下。小心一些，不要轻易进家入户，这里咱不熟悉，看着这个保长也不像是好鸟，说不准还是汉奸呢，千万别吃了暗亏。"

"是，司令。"楚红又笑着说，"司令，这大叔不会是汉奸，慢慢跟他说，迟早会转过弯的。"

"马上就要打仗了，谁有这个耐心烦儿？"曲司令看了姜长深一眼，"小心点儿，你带来的大学生一定要背上枪，背不动枪的可以挎匣枪。"

"放心吧，老百姓都是通情达理的，讲通了抗日的道理，他们不会为难义勇军的。"

"去吧。"

"是。"

姜长深见魏三在槐树底下卖呆，就朝他招手。魏三紧走过来，没等他说话，姜长深就拽住了他的耳朵，嘱咐他赶紧去见范福堂，告诉他义勇军进来了，让他赶紧拿出一个万全之策。姜长深每当遇到大事，第一个想到的准是范福堂，其实，他最清楚范福堂是怎么想的，他就想让范福堂自己说出来。魏三不愿意去，说范家从上到下都是小人，他不想和小人打交道。姜长深狠狠踢了他两脚，见保长真急眼了，魏三这才捂着屁股往街里跑。魏三刚刚跑开，曲司令一把扯住姜长深的衣服领子，将他原地拽了一圈儿。曲司令瞪着眼睛吼："你跟那家伙嘀咕啥？"

"司令，俺啥都没嘀咕。"姜长深说，"俺让他回去跟俺家里的说一声。"

"你少装神弄鬼，我手下的女兵要是在你堡里出了岔子，嘿嘿，你自己掂量吧。"曲司令一边说一边捏着姜长深的肩膀头，姜长深疼得浑身冒汗，感觉骨头都要被捏碎了。直到传来一阵枪响，曲司令才松开手。大墙上有人喊：

"司令，敌人上来了。"

"注意警戒！"曲司令命令道，"老伙计，你贵姓啊？"

"小可免贵姓姜，姜长深。"

"姜保长，你现在赶紧回去，发动老百姓蒸馒头，越多越好，不能少于两千个，发动干活利索的女人拌咸菜，越快越好。老伙计，你放心，义勇军付本钱，一分钱不会差你的。快去安排吧，记着，再集合五十个壮丁、五十副担架上来，越快越好。"

"司令，你这就太为难俺了，这突然间，上哪儿去给你办这么大的事。"

"快去吧，保长，我知道你有办法。"

"司令，你这就太难为人了。"

"保长，你不想惹麻烦就赶紧去办，鬼子汉奸马上就上来了，我可没有工夫和你闲磨牙。"

"鬼子又来了？"姜长深唬了一跳，"这才走了几天，咋又来了？俺皇庄堡是金山银山吗？"

又是一阵枪声，大墙上面传来了一阵惨叫声，曲司令仰脸朝墙上喊："汤营长！汤营长！什么情况？"

"司令，四连被敌人死死咬住了，撤不下来。"汤营长在大墙上露了头，朝曲司令喊，"刚刚打炮，伤了几个弟兄。"

"他妈的！"曲司令抬腿就朝古柏那边跑，两个马弁也跟着紧跑。姜长深还没反应过来，被人猛推了一把，他也身不由己地跟着往马道上跑。姜长深打怵上墙，每上来一次，膝盖就得疼上好几天。这会子就上了两趟，可是要了他的老命。姜长深刚爬上大墙，一颗子弹嗖的一声从头顶飞过去。姜长深吓得一腚蹲儿坐在地上。两个马弁一边一个把他拽起来，架到曲司令身边。曲司令指着远处问："老姜，那一片林子有没有路可走？"

"有。"姜长深战战兢兢地往下看，一眼就看见清河那边有队人马在运动，尘土飞扬，仿佛天兵下凡一般。

"在哪儿？"

"在那儿！"

曲司令举着望远镜，看了一会儿，恨恨地说："如果老四能从那条小道儿爬上来，钻进这片林子，也许就能脱身。"汤营长嘴里嚼着草棍，含混不清地说："老四这是怎么搞的，磨磨叽叽，想干什么？"

"有什么想不通的？别忘了，刘团长对老四不薄。"曲司令望着远方，"老四抹不下面子，再加上鬼子逼得紧，就干脆来个骑墙，两边不得罪。"

"老四要是能在下面突然来个中心开花，咱再猛冲出去，这一仗就稳赢了。"汤营长说。

"没想到，仗打到这个份儿上，老四竟然成了关键一环。"曲司令说，"老汤，我们得有耐心，要相信老四能拿定主意，咱守着这么硬的城墙，一定会将小鬼子和汉奸打跑的。"

"对，这一仗只能赢不能输。"

"输？"曲司令笑了，"'输'这个字怎么写？保长，你知道吗？"

"俺，俺不知道。"

"哈哈，这么厚的大墙，咱就躲在这里射击，他小鬼子和汉奸再来一个团也不是咱的对手。"

一阵排炮，墙垛被崩坏了好几处，石子、碎砖头乱飞，砸下来，尖叫声此起彼伏。曲司令和汤营长耳语了一阵，汤营长命令只留下两个排负责警戒，其他士兵退下去躲避炮击。曲司令命汤营长也下去休息，汤营长笑了笑，朝曲司令说："司令，你是知道我的脾气，这个时候，我能放心下去吗？"他坐在墙根，嘴里叼着草棍，看着湛蓝的天空发呆。曲司令放下望远镜，走过去，坐在了他身边。

"老汤，照片。"曲司令说。

汤营长从兜里掏出一个本子，拿出一张照片递给曲司令，曲司令轻轻摸着照片上的人物，小心的，生怕碰疼了照片里的人。照片上是一对儿小孩儿，黑漆漆的大眼睛分外迷人。曲司令朝照片扮了个鬼脸，又努着嘴亲了亲。

"待人亲的孩子。"曲司令说，"想起他们，血就往脑门上蹿。"

"哎，血仇啊。"汤营长吐出了草棍，"不报此仇，咱老汤誓不为人。"

"老汤！"曲司令点了点头，"抗日死硬分子这块招牌我是扛定了！"

"抗日死硬分子这块招牌我也是扛定了！"老汤说。

"这是谁家的双棒儿，长得咋就这么俊呢？"姜长深搭讪了一句，曲司令把照片递给他，"老姜，这是我的干闺女和干儿子。"

"干闺女干儿子都这么俊，亲闺女亲儿子一定更俊了。"姜长深讨好地说。

"净胡咧咧！"曲司令一把夺回照片，还给了汤营长，还朝姜长深急睒了几下眼。姜长深连忙闭上嘴，不敢乱扯。汤营长茶呆呆地看着蓝天，一串泪珠顺着眼角淌了下来。

"俺这就回去商量商量。"姜长深心里一阵寒战，他不敢久留，连忙向曲司令告辞，"大家都让让步，可怜可怜俺们堡里这些小老百姓吧。"

"去吧，老姜，赶紧把馒头蒸好，把壮丁带来，把担架带来。"曲司令扶着汤营长的肩膀站了起来，"瞧吧，马上就有一场大战！"

姜长深不敢接茬儿，慌忙朝马道那边走去，下台阶的时候，膝盖疼得厉害，他偏着身子，一步一步挪了下去。墙根下坐着一群战士，有个战士朝他喊："大叔啊，给俺们杀头猪吧。"这一声喊，引起一阵哄笑。说话的战士站了起来，"笑啥呀？俺说错了吗？""大叔，俺们可是脑瓜别在裤袋上打鬼子，死前能吃口猪肉也就能闭上眼了。"

"辛苦了，弟兄们！"姜长深连连作揖，他不敢乱搭腔，就怕被人抓住了话把儿。见战士们眼巴巴地看着他，姜长深又有些心疼，都是半大小子，这就替国家打仗了，他们的爹妈知道吗？知道了会怎么想？哎，可怜的孩子们。姜长深叹了口气，高一脚低一脚地往街里走。一阵枪响，子弹贴着耳边嗖嗖地飞，姜长深慌忙躲到路边，紧紧抱住大柏树。枪声停了以后，他顾不得膝盖疼，叽里咕噜往街里跑。

午后，阳光正刺眼的时候，曲司令带着一队人马下来了。姜长深带着魏三、贺老六、秋收、满囤在老柳家羊汤面馆门前迎候，姜长深一直把曲司令让进饭馆里。酒馆翠花也被喊来招待贵客，翠花得了令箭，使出浑身本事讨好曲司令。一会儿给布碟，一会儿放碗筷。大家都坐下来以后，翠花张罗着给曲司令斟酒，又给姜长深斟酒。见曲司令斜眼看她，她也不客气，给自己也斟了酒。翠花暗踢了一下姜长深，提醒开局，姜长深站起来，端起酒杯说："鄙人代表皇庄堡百姓给曲司令接风洗尘。"他咧着嘴，露着可怜兮兮的笑容，"曲司令为国家打仗，实在让人佩服。不久前，皇庄堡深受倭寇袭扰，被倭寇烧死三口，痛哉痛哉！今有曲司令带勇士前来驱逐倭寇，实乃皇庄堡之大幸，皇庄堡百姓盼着曲司令旗开得胜，奏凯而去。"姜长深见曲司令面无表情，便继续硬着头皮说，"皇庄堡地贫人稀，百姓乃井底之蛙，自生自灭，两耳不闻窗外之事，已经满足于这种状况。战争就要死人，死人总是不好的，鄙人代表皇庄堡民众祝义勇军将士平安。"姜长深见曲司令依然没有表情，就停在那里，没有勇气继续说下去了。

"来，俺请司令干一杯。"翠花端起酒杯，老熟人似的说："请司令尽兴。"说完，一饮而尽，还朝曲司令亮了杯底。曲司令看都不看她一眼，抓起筷子，一顿风卷残云，眼看着盘子、碗见了底儿，他抹了把嘴就站了起来。

"老姜，羊汤确实好喝，给弟兄们都尝尝吧。"

"那是那是……"姜长深心里盘算着，让几百号人都喝羊汤？这得多大一笔钱？曲司令忽然拍了下脑门，"老姜，不要怕花钱，本钱由义勇军出，你就帮着张罗张罗吧。"姜长深稍稍松了口气，连忙出了屋，喊来伙计尹小脚，让他去后厨准备羊汤。尹小脚碰到了这等大买卖，早就等不及了，颠儿颠儿地就往后面走，被姜长深一把拽住了。

"你他娘的，还当了真！"姜长深压低声音说，"使劲儿往锅里兑水，好赖一人分一碗刷锅水喝就得了，别想着谁能给你钱。"

"那不坏了俺们的招牌？"

"去你娘的！"

姜长深安排妥当后，就带着曲司令去了村公所。进屋前，曲司令搓了把脸，还像模像样地拍打着衣服上的尘土。院子里早已站满了村民，见曲司令相貌威严，大家都不敢乱出声。

"老姜？都准备好了吗？"曲司令问。

"准备好了。"

"馒头呢？"

"在锅里蒸着呢。"

"民夫呢？"

"这些都是。"

人们听着大胡子司令和保长的对话，每个人的脸上都布满了愁容。他们这才意识到，大难再次临头了，如果说前几天小鬼子的突袭对皇庄堡来说是一次冷不防，那么，这次可是战火烧到家门口了。曲司令和姜长深刚进屋，魏老道就跟着走了进来。他朝曲司令打了个恭。

"贫道拜见司令。"

"嗬，连老道长都要上阵？"曲司令有些诧异，"难得你一个出家人有这样的爱国觉悟。"

"司令！"魏老道走前一步，"俺就想知道，你们非得在皇庄堡里干一仗吗？"

"你的意思不在皇庄堡打还能去旅顺口打？还能去东京打？"

"俺是说，皇庄堡外面有的是地方，不够你们施展拳脚的吗？"

"就是这个理，俺都跟司令说了几次了。"姜长深哭丧着脸说，"上哪儿打不好，偏偏来俺皇庄堡。"

"你这个牛鼻子老道上下嘴皮一碰，说得倒轻巧。"曲司令说，"你可知道我们为啥一路到你这边来的？"

"肯定是你们打不过倭寇，被倭寇撵来了。"

"也是也不全是。"曲司令说，"自打我们义勇军竖起抗日的大旗，汉奸民防军和鬼子就像狼一样涌来，一路撵着打，这是事实。我们一直缺乏高地，高地，你们懂吗？在平地上打，藏也藏不了身，跑也跑不过鬼子的飞机和炮弹，义勇军吃了不少亏，一路退过来，就发现了你们这个高地。又赶上鬼子来这里烧杀抢掠，我们决定在这里打个阻击战，一战打垮追兵，只有这样，这一带才不至于沦陷。"

"到高粱地、玉米地里打呀，那里可以埋伏雄兵百万！"魏老道说。

"如果不是看你是出家人，就冲你说的这些刁歪话，就该打你几十军棍！"

"司令，俺不是说刁歪的话，俺这也是为皇庄堡的黎民百姓向你请命。"

"去去去，赶紧念你的咒语去吧，撒豆成兵，帮我们把鬼子打跑，你就功德无量了。"曲司令不耐烦地说,"打仗这事你不懂,别跟着瞎掺和。"

"哎,俺指定要帮你。"魏老道心里头有些不忍,不用问,这帮溃兵一定是遭了大罪,连这个司令都是满身的疲惫之态,下面当兵的还用问吗?

魏老道断定义勇军是溃兵,皇庄堡的绝大多数人也都这么看,他们根本不懂得义勇军的性质。随着一些人在暗地里串联鼓动,一些人担心义勇军会将皇庄堡带到万劫不复之地。魏老道是其中一个,鬼子袭击皇庄堡,魏老道侥幸没被抓住,没有亲见铁匠女婿一家被活活烧死的惨状,因此,他对鬼子的凶残感受不深。范福堂在暗中掌控舆论,说日本人的好话,说义勇军的坏话。魏老道本来就是个没有主张的人,两边的话他都信。他只有一个愿望,护好皇庄堡,决不能让皇庄堡就此毁掉。他想来试一试,用自己的三寸不烂之舌说服曲司令退出皇庄堡。他甚至还准备了一招法术,一旦曲司令铁了心不走,他将施展法术驱逐义勇军。他的底线是不伤害义勇军,他的底线是皇庄堡不被任何人伤害。见到曲司令,经过第一回合的交锋,他看到了一股不祥之气,从曲司令的脸上看出了一股戾气。魏老道决定使出撒手锏,化解曲司令身上的戾气,让司令回归平和。魏老道相信通过施法,曲司令会带着溃兵撤出皇庄堡。

"老道长,你坐下来说。"姜长深也想试一试,虽然他从不正眼看一下魏老道,这回,却像抓住了救命稻草一样。他和魏老道是一个念头,说啥也不能在皇庄堡里打!见魏老道胸有成竹的样子,姜长深明白了,魏老道这是要施法。虽然他从不信魏老道有这样的本事,就算死马当活马医吧,事到临头,他还是把一丝希望寄托在魏老道的身上。姜长深拍了下魏老道的肩膀,示意他坐下,没想到这么一拍,正好冲撞了正在用功的魏老道。他嗯的一声泄了气,霎时,就像喝醉了一般东摇西晃。姜长深瞧着不对劲,赶紧推动椅子,猛塞到他的屁股下。魏老道瘫倒在椅子上。

"道长,你咋的了?"姜长深拍打着魏老道的腮帮,"你这是做功还是上了仙?"

"他娘的!"曲司令拔出手枪,朝桌子上拍去,"贼老道,想和义勇军整歪门邪道吗?"

"司令。"魏老道挣扎着,"司令,请三思……皇庄堡……"魏老道站起来,摇摇晃晃地往外走。姜长深担心曲司令疑心,就靠前一步遮住了曲司令的视线。曲司令玩弄着手枪,冷冷地看着姜长深。

"贺老六!"姜长深朝外面喊。

"在呢!"

"快带着人去西山顶。"

"俺不去!"贺老六顶了一句,"那西山顶上到处都响枪,你让谁去?"

"快去!"姜长深怒吼一声,朝贺老六眨眼睛,"让你去你就快去!"贺老六一挥手,众人稀稀拉拉地跟去了。姜长深回过头朝着曲司令说:"十个人里头有十一个心眼儿,这帮人不好管,司令你也看到了,俺这个保长就是个摆设。"

"既然义勇军到了贵宝地,咱们这就是有缘分,是善缘还是恶缘只有老天知晓。"曲司令举起了手枪,对准了窗外的大杨树,"你皇庄堡留我们也好,不留我们也罢,这都不重要。从现在开始,从你老姜以下都得听我的命令,现在是国家危难之际,小鬼子马上就要进来祸害你们了,我们义勇军豁出命打鬼子,我们这是保卫你们,这就是最大的道理,其他的都不是我考虑的……"话没说完,叭的一枪,树上的麻雀一哄而散。

这一枪把姜长深吓得魂不守舍,差一点儿也像魏老道那样瘫了。他明白,曲司令是下了决心要在皇庄堡打一仗的,多说无益,照这个状况,义勇军是不会轻易离开的,这可咋办呢?姜长深都快愁死了。大胡子曲司令要在堡里设司令部,他对村公所的位置不太满意。刚进堡的时候,他就把皇庄堡里摸了个七七八八,站在西山顶上,曲司令擎着望远镜已经把皇庄堡看了个底朝天。他相中了两处宅子。他先不说是哪两处,只是看着姜长深的脸,等他表态。姜长深犯了难,曲司令不说他也能猜到是哪两处宅子。皇庄堡要数气派也就是范家大院和姜家大院,这两家哪个是好惹的主儿？谁家肯接待这帮溃兵？让他去说？姜长深可不接这个差事，他摊着双手，不住地摇头叹气。

"别耽误时间了。"曲司令拔腿就走，"这就要开战了，你敢打扰我，就是扰乱军心，可得军法处置。"

"军法就军法，俺是没有辙了，干脆，你给俺一颗铜枣吃得了。"姜长深嘟囔了一句，曲司令扭头看过来，眼中冒出了一股冷气，姜长深忽然双手捂着肚子，龇牙咧嘴地说："坏了，肚子疼，俺要去茅房。"说着，一溜烟地钻进了茅房。曲司令在院门口等着，等了一会儿又一会儿，等得不耐烦了。猛一眼就见贺老六跑了进来。贺老六竖着脖子喊："保长！"曲司令朝护兵努了下嘴，护兵一拥而上，将贺老六摁住了。曲司令说："你家保长在茅房里拉稀，你就替他走一趟吧。"

"保长！"贺老六喊，"这是要干啥呀。"

"老六，带他们去你老姨父家，司令让你干啥你就干啥，千万别跟他拧着。"

"至于动粗吗？"贺老六挣脱了护兵，气哼哼地说，"俺带你们抓人就是了。"

"不是抓人，是去请人。"曲司令说。还没出门，曲司令见汤营长迎面进来，就改了主意，便对身边的护兵说，"你们去吧，就说抗日义勇军曲司令请老乡绅到村公所相见，嘴巴甜一点儿，热热乎乎地把他们都请来，我要和大家说几句话。"

"老六，还有老姜家，满囤家，一起都找来吧。"姜长深在茅房里喊。

"知道了！"贺老六答应了一声，让两个护兵跟在他后边，贺老六说，"到时候，你们就看俺的眼色，俺一咳嗽，你们就动家伙什儿。"

汤营长摘了帽子，抹着脸上脖子上的汗水，他让护兵就地休息，便朝曲司令努了努嘴，曲司令就带他进了村公所。汤营长贴着曲司令的耳边说："混进来几个奸细，在各排串通。"

"都说了什么？"

"说不能上姓曲的当，姓曲的是马占山的小舅子，是共党分子，大家不能和你捆在一起受死，就这些屁嗑儿。"

"姓曲的还有这么大的造化？"曲司令冷笑着说，"弟兄们是什么意思？"

"老弟兄都没说的，大家都是自愿跟司令打鬼子，这些挑拨离间的把戏骗不了人。"

"再下面的呢？"

"有两个排军心不稳，也不说别的，就吵吵着讨要军饷，吵吵一路行军打仗辛苦，伙食不好，凡是能找的理由都找了，虽然不说透了，话里话外大家都能听明白。"汤营长说，"这两个排是半道跟上来的，本来也不是咱贴心的人。"

"来串通的都是谁呀？"曲司令问，"有咱老弟兄吗？"

"抓了三个，打死了两个，都是老四连的。"汤营长说，"哎，都怪我平时太纵容了。"

"现在在哪里？"

"等会儿就送过来。"

"你打算怎么处置？"

"毙了！再给他们脸，就没人怕咱哥们儿了。"

"老汤，快放了，就冲着是四连老弟兄的金面，咱也不能枪毙他们，让他回去传个话，咱们不是和刘团长闹分家，咱们是拉出来抗日的，如果刘团长抗日，姓曲的马上就把队伍交给他。他姓刘的不抗日，甘愿当汉奸卖国贼，那咱就不客气了。告诉弟兄们，就像咱队伍里的小楚说的，对，就是那几个大学生，听听人家说的，咱们是光荣的抗日义勇军战士，咱们打的是国仗。老汤，明白什么叫打国仗吗？就是把自己的百八十斤献给国家，没有条件可讲，那是咱的国家，国家遭难了，还讲什么条件？如果老弟兄们还念着彼此的感情，战场上就枪口朝天。遇到不念感情一心一意当汉奸的，休怪姓曲的心狠手辣，那就只管真刀真枪地来打！眨一下眼，姓曲的就是屄蛋包。"

"司令，你说得对，枪口朝天的，大家都留着一条再见的道儿，死心塌地当汉奸的，咱老汤也是个磨人的小鬼！"

两人又说起了军事部署，都对老四连的现状感到忧心，现在牌面已经明了，老四连即便现在没有彻底归了民防军当汉奸，也是倒向了民防军，被民防军收编或者吃掉是迟早的事。一进一出，一背一抱，形势对义勇军不利。曲司令和汤营长抽着闷烟，他们都不再说话，都在盘算着这一仗的胜算。桌上的茶壶、水碗都成了攻防的道具，被他俩摆来摆去，茶壶水碗叮叮当当，仿佛也带着焦虑之气。士兵们聚在院子阴凉处，有的从怀里掏出大饼吃，有的去墙根地里拔小葱吃。他们都在小声交谈，谁也不敢大声说话，都担心招惹了曲司令。这时，姜吉忠和范希臣两人进了院，贺老六跟在后面，拨开两个人，朝屋里喊："大帅，人给你带来了！"几个人进了屋。曲司令打量了一眼这两个人，还没等他开口，贺老六指着曲司令对姜吉忠和范希臣说："快来参见大帅！"

"等等！"曲司令朝护兵喊了声，"有请保长一起来说话。"

护兵捏着鼻子钻进了茅房，二话不说，将姜长深架了出来。姜长深的裤子落在脚踝处，光着屁股，一路挣扎着进了屋。

"老姜，有请你给各位乡绅介绍介绍吧。"曲司令说。

"这位是曲司令，这位是汤营长。"姜长深提溜着裤子，苦着脸说，"他们是抗日的义勇军，专门和日本人作对的。"

"不是作对，我们义勇军是专门打日本鬼子的！"曲司令纠正说，"日本鬼子攻占沈阳，东北现在到处沦陷，老百姓死伤无数，中长铁路沿线被鬼子炸得几乎没有一间完整的房子。这些都是血的事实，想必各位乡绅也都知道。国难当前，我们弟兄挺身而出，发誓要为国家打仗，我们竖起了抗日义勇军的大旗，咱弟兄豁出命也要把鬼子打出去。今天见到两位乡绅，也是认认脸，以后，咱们打交道的时候多了去了。咱是大老粗，没有你们姜保长有学问，不会说文绉绉的话，咱先表个态，义勇军进入皇庄堡是为了打鬼子的，这一点请两位务必理解，国破了，家也就破了，东北大地已经不分你的我的，要么是日本鬼子的，要么就是抗日的战场。老百姓可能想不通，你们乡绅应该明白这个道理，恳请两位乡绅多多解释，多多相助。"

"抗日义勇军？"姜吉忠挖了一袋烟递给曲司令，"俺先表个态，只要你们打鬼子，俺老姜头拱地支持。"

"好样的，老哥，请受我一拜！"曲司令立正敬礼。

"慢着，俺还没说完。"姜吉忠给曲司令点了烟袋，"看你们的穿戴应该是奉军，只要是奉军就是俺们的子弟兵，说多了就外道了，俺也表个态，你们只管在前面打鬼子，俺老姜家在后面顶着，有俺吃的就有你们吃的，有俺喝的就有你们喝的。"

"好样的，老哥！"曲司令的声音有些异样，"我代表抗日义勇军向你致敬！"

"俺爹让俺捎句话。"范希臣赶紧抢着说，"老范家就听保长的，保长指向东俺不朝西。"

"都这时候了，保长算个屁。"姜长深嘟囔了一句，"俺的脑袋已经被戴上金箍了。"

"先和乡绅们交代一下目前的战况。"曲司令命令护兵将地图挂在墙上，他拿着一根棍子，朝着地图指指点点。姜吉忠看不懂地图，只听他说，"目前，我军西面有一个团的汉奸和一个中队的鬼子，前天，我军在葫芦套一带和敌人打了一场恶战。"

"你们是驻扎在葫芦套的奉军？"姜吉忠紧着问。

"老哥，再说一遍你听好了，我们是抗日义勇军。"曲司令提高了嗓门，"再也别说奉军奉军，我们是抗日的队伍，其他的队伍逃命的逃命，投降的投降。我们抗日，投降军和鬼子就抗我们，老哥，你听懂了吗？"

"你们不是奉军？"姜吉忠大失所望。

"贵宝地是这一带唯一的制高点，也是最好的阻击点，我们只能依托这座城堡和鬼子打一仗，而且，我们非常有信心将敌人打垮。"曲司令耐心地说，"这也是战争的需要。"

"俺们可毁了。"姜长深嘟囔着，"这子弹嗖嗖地飞，小燕飞机呜呜地转悠，太吓人了。"

"你们这里地形好，这是明摆着的事，我们不来，小鬼子也来。"汤营长耐着性子说。

"哎，都把俺皇庄堡当成唐僧肉了。"姜长深又嘟囔了一句，不禁悲从心来，掉下了眼泪。

"大敌当前，希望咱军民两家能同仇敌忾，将皇庄堡变成铜墙铁壁。"曲司令瞥了姜长深一眼。

"然后呢?"范希臣问，这句也是皇庄堡人压在心里头的大石头，"打完这一仗再怎么办?"

"没有然后，只有抗争到底。除非我们全都战死了，否则，我们不会后退半步。"汤营长顶了一句，他很鄙视这几个人，如果不是曲司令语气平和，他早就火了。汤营长故意掏出匣枪，将子弹退出，然后又一颗一颗地摁进去。每一次使劲儿，仿佛都能听到那几个人怦怦作响的心跳声。

"这个……"范希臣咧着嘴说，"你们考虑过皇庄堡的上千口子人的安危吗?"

"覆巢之下岂有完卵?"曲司令说，"你们不想投降鬼子，就得跟义勇军奋起反抗，什么时候把鬼子打出去了，大家就解脱了。"

"俺们不想陪你们一起死。"范希臣声音虽然小，却字字惊心，"俺们没招谁也没惹谁，凭啥就把俺们裹了进去?"

"你这话能代表所有人吗?"曲司令冷冷地问，"你可知道这话的严重性?"

"司令，司令，他还年轻，说话没有轻重，请司令不要生气。"姜长深见曲司令面色不善，连忙挡住了，"你看他，嘴上没毛，说话不算数。"

"司令。"姜吉忠拱手道，"贵军如果是奉军，到俺们皇庄堡来打鬼子，老姜家举双手欢迎。"

"如果不是奉军呢?"曲司令问。

"不是奉军，你们进来打鬼子，俺们也无话可说，该怎么做就怎么做。这块地盘是官家朝廷的，这块地盘上的人当然也是官家朝廷的，大敌当前，俺有这个觉悟。"

"说下去。"曲司令说。

"如果不是奉军，俺们也得好好想一想，也不是谁想来俺要豁出命去支持，支持有大有小。司令，要是土匪来了，你也要俺支持吗?你说是不是这个理?"

"你说得不对！"曲司令将烟袋锅扔到桌上，"老哥，你知道你是中国人吗？你这还算是中国人说的话吗？"

"俺不和你讲大道理，俺老姜家就支持奉军。"姜吉忠一下子犯了倔，"除了奉军，谁也不好使。"

"你信不信我一枪崩了你。"汤营长举起了手枪。

"你凭啥崩了俺？"

"就凭你敢和义勇军对着干，你就是汉奸！"

"俺不是汉奸，俺支持打鬼子，不过，俺只认奉军！"

"我说了多少遍了，奉军早已经没了，你听不懂吗？"曲司令说，"你这番话和通敌降敌有什么区别？"

"不和你联合就是降敌？"范希臣插嘴说，"没有这个道理，日本人侵占东北，国家给咱老百姓有交代吗？哪个站出来告诉老百姓该怎么做啦？蒋委员长在南边说过一句话了吗？谁听见蒋委员长告诉俺们皇庄堡该咋办了？既然没说，谁也别咋咋呼呼吓唬俺们，东北大乱，群龙无首，谁都可以来摆弄俺们小老百姓，俺们咋就那么倒霉？"

"我们义勇军就是来保护老百姓的。"曲司令忍着火气说，"你好好当你的老百姓，谁能来摆弄你？"

"你们不来，俺们活得好好的，你们这一来，俺们就得陪绑。"贺老六插了一嘴，"真他娘的倒霉。"

"混账话！"汤营长喊，"护兵，架机枪，把这些汉奸全都突突了！"

"别别别。"姜长深拦住了，"再咋说也不能伤了军民和气。"

姜吉忠挖了一袋烟，点着了抽。他听着范希臣的话不得劲，从心里头腻歪，老范家咋想的他清楚。这可不是老姜家的意思，他不敢乱说话了，再说就跑偏了。其实，姜吉忠心里头并没有像表现出来的那样激动，他对义勇军到皇庄堡是欢迎的，鬼子偷袭皇庄堡，他第一个念头就是搬救兵打鬼子。他跑了出去，一门心思找奉军解围。路上，他遇到了一股兵马，看着穿戴是奉军，就稀里糊涂地跟人家下了帖子，请人家火速到皇庄堡打鬼子。姜吉忠端详着曲司令，又端详着汤营长，看着像，又觉得不像。他有些发蒙，如果义勇军是奉军该多好啊。无论怎么说，曲司令对奉军的轻蔑态度让姜吉忠生气，他对曲司令有了一肚子意见。姜吉忠掂量着，等过了这一阵子，找机会向儿子怀江控告曲司令。让怀江好好教训教训这个没大没小的莽家伙，最好能给他几百军棍，打得他嗷嗷叫，看他还敢不敢嘚瑟。

因为曲司令瞧不起奉军，姜吉忠就对义勇军产生了抵触情绪。在他心中，只有奉军是正统的子弟兵，其他的都是散兵游勇。即便打着抗日的旗号，在他眼里也是乌合之众。怀江曾跟他讲过啥是政府军，政府军就是吃皇粮的，就像自家门口养的狗，是负责保家护院的。散兵游勇正好相反，他们是野狗，四处找吃的，就会乱咬人祸害人。姜吉忠固执地认为不打出奉军旗号就不是政府军。如果不是曲司令口口声声打日本鬼子这一条让姜吉忠满意，姜吉忠早就跟他们拧着干了。

不是政府军就没有守土的责任，往往是打得赢就打，打不赢就跑。一旦跑了，皇庄堡能长腿跟着跑吗？鬼子能不报复吗？姜吉忠心里头也是打鼓，他也明白，这么想是不对的。

"俺儿是奉军混成旅的参谋长。"姜吉忠缓和了一下气氛，"俺儿说，一支混成旅顶两个守备旅。"

"顶个毛。"曲司令轻蔑地说，"混成旅那帮货正在拉稀呢！"

话说到这个份儿上，姜吉忠已经无法和曲司令正常交流了，他抽着烟不再说话。姜长深拉着脸也不说话。曲司令的耐心一点点消磨掉，他忍着气说："我再和各位说一次，现在是国难当头，谁也指望不上，整个东北，就剩下义勇军真心和鬼子打，你们都是明事理的人，支持义勇军就是支持抗日，不支持义勇军就是卖国投敌，我把这话撂在这里，你们好好掂量掂量。"

"那就和小鬼子干一家伙。"姜吉忠狠狠地磕了下烟袋锅，对曲司令说，"咱可把丑话说到前头，你得保证打鬼子，不能半途而废，不能三心二意，不能把皇庄堡的老百姓推给鬼子。"

"义勇军只要有一个活着就不会把老百姓推给鬼子！"曲司令说。

"你老姜家说的不算！"范希臣嚷了一句，"俺们不同意！"

"这个，还真得好好商量，不能由一家说了算。"姜长深附和着范希臣。曲司令突然掏出手枪，打开了保险。

"奶奶的，咱好话说了一火车了，你们想怎么的?"

"护兵，架机枪!"汤营长喊了一嗓子，外面一声应和，一杆杆枪从窗户伸进来，对准了姜长深他们。

"打，打鬼子!"范希臣吓得双手乱摇，"俺同意!"

"打鬼子!"姜长深说，"就按姜吉忠说的办。"

"打鬼子!"姜吉忠坦然面对伸进来的黑洞洞的枪管，一点儿都没有害怕。曲司令收了枪，朝姜吉忠说："俺听出来了，这里头就数你老哥最真心。"

"这小子耍滑头，口是心非。"汤营长朝范希臣瞪了一眼，拎着枪朝他走了两步，范希臣吓得变了调门，高喊一声："不打鬼子是婊子养的!"汤营长站住了，脸色缓了下来。

曲司令下令号房子^①，范希臣没敢直接拒绝，他偷偷捅了捅姜长深，轻轻摇了摇头。姜长深又和曲司令讨价还价。曲司令让了一步，伤员一律住在屋里，士兵驻扎在野外。曲司令又命供需官先给村里送来一千块钱，算是第一笔伙食费，曲司令还交代，不够的日后再补。姜长深万般无奈，只能一一落实，他吩咐下去，让村民将馒头改成玉米面饼子。家里没有余粮的可以到大户家里借，他负责给盖公章，过后再统一核算。交代完毕后，曲司令还是要亲自去看房子。范希臣只得苦着脸带着他去看房子，姜吉忠也跟了过去。一路上，姜吉忠又提到儿子姜怀江，本以为曲司令会给几分面子，没想到，这回又被岔开了。

女兵打头进来的时候，皇庄堡突然就热闹开了。楚红带着女兵四处串门，和人亲亲热热地唠闲嗑，有欢迎的，也有冷冰冰不欢迎的。楚红一点儿都不在意，她诚心诚意和每一个人交谈，了解他们的难处，帮他们解决疑难问题。很快，人们就知道了，楚红在找一个人。

这个人是谁?

楚红不说名字，只是转弯抹角地问，人们通过她的只言片语，基本

---

① 号房子：给部队安排宿营的房子。

上对出了这个人的大概，楚红要找一个男人。男人应该是个下层人，也不是一般的下层人，起码在皇庄堡里还是有一些威望。

人们就猜这个人是楚红的相好的，能是谁呢？

楚红真有本事，别看她一说话脸就红，到了节骨眼儿上，反倒成了个自来熟，见人先笑，不笑不开口。这样的楚红没人不喜欢，没多久，那些不欢迎她的冷脸子也露出了笑意，也愿意和她说话。人们反过来套她："你找的男人是手艺人吗？""铁匠？""木匠？""皮匠？"看楚红的样子，都像也都不像。楚红也急，急了两个眼珠子就对上了，人们暗暗发笑。遇到那些不给面子往外推的，楚红和女兵们也有办法。她们故意找几个长得黑丑的男兵，派他们打头阵，让他们粗声大嗓吓唬人，然后，女兵们再站出来评理，这一招绝对管用，一打一拉，就把对方扯了过来。这是刘参谋想出的鬼主意，一开始，楚红担心会引起冲突，坚决拒绝使用这个办法。后来，随着一次次吃下闭门羹，楚红只好请男兵出马演了这么一出，效果立竿见影。

刘参谋是中共秘密党员，他在这支部队工作了两三年。日军入侵东北后，在上级党组织的领导下，刘参谋策划发动了这次起义。由于党组织遭到了敌人的破坏，刘参谋一度孤军奋战，战场上的情况瞬息万变，刘参谋急于得到党的指示和帮助。他派出了三名党员离队寻找组织，其中一名党员与地方党组织接上了关系，这名党员代表请党组织派有经验的军事干部到起义部队来。请党组织指示起义部队的行动计划。由于情况紧急，地方党组织临时决定把路过的准备去苏联参加学习的几名党员派到起义部队。

地方党组织还根据掌握的情况，建议起义部队朝东南方向运动，根据他们掌握的情报，在老虎崖一带山区有抗日游击队伍，这支队伍里有一批党员。几天后，刘参谋见到了党派来的楚红她们几个女学生。刘参谋问谁会打枪，楚红她们面面相觑；刘参谋问谁会看地图，楚红她们依然面面相觑。刘参谋一点儿都不掩饰自己的失望情绪，他狠狠地跺着脚，低声而又严厉地说："同志们，我需要能指挥打仗的党员。"楚红心中难受，想说自己会打枪，可是，光她一个会打枪又能怎么样呢？她早已看出刘参谋的孤独，她理解他的暴躁心情。刘参谋忍不住发着脾气，巨大的压力让这位率真的汉子失去了自控力。楚红平静地摆了下手，她说她虽然不是军事干部，却是有着五年党龄的忠诚的党员。刘参谋怔住了，他恢复了理智，满脸歉意地说他的党龄还不到四年。

义勇军转战到了皇庄堡一带，刘参谋给了楚红一个任务，要求楚红尽快接触群众，尽快找到当地的党员。

"皇庄堡里有党员？"

"有，根据组织上的通报，皇庄堡里有党员，群众基础非常好。"刘参谋信心十足地说，"同志，到了皇庄堡，咱们义勇军就算到家了，等打退了鬼子和汉奸的进攻，咱们就腾出手来建立牢固的抗日根据地！"

刘参谋对建立抗日根据地的设想十分热衷，他一次次和党员同志开会商量，分析情况。他对当地的情况很熟悉。这一带临近中长铁路，百姓常年受日本关东军的欺负和压榨，他相信起义部队在此振臂高呼，一定会引得万民拥护。刘参谋是山东人，十四岁跟随父母闯关东来到大连，十七岁就在西川印刷厂当拣字工人。工余时候，接触了进步思想，引导父母一起走上了革命道路。1927年7月，他在大连码头进行共产主义宣传的时候被日本警察抓捕。敌人对他进行了严刑拷打，他一个字也不招，凶狠的敌人给他上了电刑，他被电得死去活来。敌人一直拿不到证据，关了半年后就把他放了。党组织根据他的表现，吸收他为党的一员。由于他在大连地区的日本警署挂了号，大连市委为了他的安全，就将他转移出去。满洲省委将他派到奉军某团秘密开展工作。

皇庄堡，多么好的一个战略要地啊，刘参谋坚信，只要义勇军利用城堡的优势打垮民防军，就能站住脚。他的自信还来源于一份党内情报——皇庄堡一带有坚强的党组织，背后的老虎崖山区活跃着几支党领导的抗日武装。这就是刘参谋自信的资本。他要求党员同志："不要拘泥小节，一切都以胜利为标准。"

"你懂吗？"他又单独问楚红。

楚红早已将自己的全身心完全融入党的事业中去，她理解并支持刘参谋的决定。她加倍努力，积极为义勇军争取胜利创造条件。楚红真诚地和皇庄堡的群众打交道，秘密寻找党组织。她虽然是南边人，却很快学会了和北方人打交道的技巧。只要一开口，保准净说大实话，一点儿虚的都不带。这很对皇庄堡人的心思。人们喜欢听她演讲鼓动，听了一遍还想再听。从这家大门出来往那家走的时候，这家人往往会一直往下送，一直跟着她走。人们不但喜欢听她柔和的腔调，还喜欢听她浅显而又深刻的道理。譬如"为啥要豁出命去打鬼子"楚红就说得明明白白，她会反问一句："假如有个坏蛋跑到你家里又打又闹，你会怎么样？"有一次，小惠她妈嘀咕了一句："摊上这么个缺德玩意儿，就拿棍子揍他！"一句话，把大伙儿都逗笑了，连楚红都止不住地笑，她朝小惠她妈举着大拇哥说："姐姐，你说得真对！"

"可别夸她，她就是一个泼妇！"满囤笑着说。

楚红又重新打了个比方，她说："假如皇庄堡来了一条恶狼咋办？"人们的心头顿时就是一震，隐约记得皇庄堡曾闹过狼祸。姜长深的老婆挠了挠头皮，轻声说："你们忘记了俺可不能忘记。"她平时是个闷葫芦嘴的女人，轻易不说句话，这一出声，大家都围过来听她讲。

"俺家你大叔是咋来的皇庄堡？"

"咋来的？"人们忽然就想起来了，恍惚中，当年，姜长深就是灭狼的大英雄。

有一年冬天，西山顶上下来了一条比家狗还要大一些的苍狼。这条苍狼身上的毛色和泥土差不多，从山上跑下来的时候，人们很难注意到这个家伙。即便看到了，还以为是谁家的狗。这条苍狼藏在大墙下，趁人不备，从西门洞里溜了进来。它很狡猾，没有顺着山坡下来，而是在树林中徘徊，偷偷往有人的地方靠。后来，人们在树林中发现了很多狼粪，才恍然大悟，原来苍狼一直在林里偷窥街里的人。这一天，苍狼的机会来了，它盯上了北街口的老梁家，老梁家和谁都不挨着，整天家门大开做挂马掌的生意。老梁家的一个小孩儿在街边玩的时候，苍狼趁人不备，叼起孩子就钻了林子。等到老梁家的人发现孩子丢了，也没有想到是被狼叼走了。他们在堡里头喊，又挨家挨户地找。全都问到了都没有孩子的音信，老梁家这下可就慌了神。

有朝南找的，有朝北找的，有朝东找的，有朝西找的。找来找去，一点儿踪迹都没有。天蒙蒙亮的时候，一个汉子从西山顶上走了下来，他的身上背着一只苍狼。人们围了上去，询问是怎么回事。汉子说，他看到苍狼躲在石头后面吃小孩儿，就将狼捉住了。

"小孩儿呢?"人们问。

"让俺给埋了。"汉子说，"破相了，惨不忍睹。"

汉子把一个小帽子递过来，大家看清楚了，帽子被血染得通红。人们簇拥着汉子到了老梁家，老梁家立马认出了帽子。汉子摁住苍狼，请老梁下手报仇。老梁操起铁夹子就打，每打一下，苍狼就惨叫一声。打了几百下，将苍狼打成了肉泥。人们感谢汉子，请教尊姓大名，汉子说他叫姜长深，是闯关东来的，一直想找个落脚安身的地方。人们就说："正好，你就留在皇庄堡里吧。"再过两天，从东西南北几个门洞里同时涌进很多狼，这些狼成双结对，对皇庄堡展开了血腥的报复。它们一路撕咬，皇庄堡的小孩子、女人被咬死了好几个。猪、狗、羊被咬死了一大片。人们各自为战，防不胜防，有的狼竟然撞破窗棂，跳进屋里撕咬。躲不及的老人和孩子就遭了大殃，就在皇庄堡被祸害得不成样子的时候，姜长深又一次站了出来，他带头敲着铜盆，四处吆喝："皇庄堡里的汉子们跟俺一起打狼啊!"几个胆大的汉子应和着和他会合，他们抱成团一起去解救被困的村民，救下一家再救下一家。姜长深身边的男人越聚越多，打了整整三天，杀死了十七条狼。狼祸终于平息。姜长深被人们强留下来，人们说："姜长深，你不能走。"

"姜长深，你是皇庄堡的主心骨。"

姜长深的老婆叙述了这一段，虽然说得磕磕绊绊，却将皇庄堡的记忆又带到了若干年前，人们都神情凝固，回忆着当时的惨烈。楚红见状，赶紧加把火。她说："日本鬼子就是恶狼，这就要跳进来祸害咱们。"

"他们祸害娘儿们不?"酒馆西施翠花问。

"能不祸害吗?"楚红说，"他们是青面獠牙的野兽。"

"那可不能便宜了他们。"翠花说，"咱娘儿们身上得藏把剪子，他敢动手，咱豁出命也要打，抠他眼珠子，用剪子铰了他那玩意儿。"

人们没有笑，反倒觉得身上一阵发冷。他们不是没有见识过鬼子的凶残，鬼子摸进来，将皇庄堡的男人穿成串，鬼子不像是一条条凶猛的狼吗？鬼子将铁匠女婿一家活活烧死，不是狼是啥？想到这里，人们不禁打着哆嗦，眼里含着泪水。上了年纪的人不禁叹道："真愁人，苍狼说来又来了！"

"不能愁，咱们要像以前一样，像你们的大英雄姜长深那样，大家抱起团一起打狼。咱们没有退路，只要退了，小鬼子就会像狼一样一个一个收拾咱堡里的老百姓。"楚红说。

跟楚红最要好的要数小惠，小惠和小土豆就像尾巴一样，楚红走到哪里，他们就跟到哪里，有时到了饭口，他们也不回家吃饭。小惠带着女兵走街串户，省了女兵很多麻烦。女兵进院子前，他们先去把狗扯住了，还喊："来客了！"小惠还帮助女兵往墙上张贴标语。贴标语也惹气，遇到通情达理的好说，遇到不讲理的也容易出纠纷。范家第一个不配合，还骂骂咧咧，强逼着将抗日的标语揭下去。无论女兵们如何解释，范家就是不同意。小惠气得直掉眼泪。她被人啐一口不要紧，她最担心楚红姐受委屈。楚红姐的美丽容貌、楚红姐的柔和嗓音、楚红姐讲的那些浅显易懂的大道理都让她着迷。小惠觉得自己以前都属于白活了，以前的那个自己是个啥都不懂的大傻妞。楚红姐多好啊，不但会讲道理，还肯和她讲一些女人之间的悄悄话。小惠的心就野了，她再也不想围着锅台转了，她要换个活法，她想参加义勇军，想跟着楚红姐干革命。小惠跟着楚红，一步都不肯落下，她的每一天都过得那么的充实。

"小惠，堡里的情况你都了解吗？"楚红小心地问。

"啥叫情况？"小惠不解地问。

"就是每个人都干什么，是好人是坏人。"楚红想了想，贴着她的耳朵边问，"堡里有共产党员吗？"

"共产党员是干啥的？"

楚红笑了笑，帮助小惠整理了衣服，她的心里怦怦直跳，暗暗埋怨自己太急躁，好在，她相信小惠是个值得信赖的人。她紧紧地搂着小惠，叮嘱小惠千万不要和别人说起"共产党员"的话题。

"楚红姐，你问的是列宁党吧？"

"列宁党？"楚红一时搞不清这个词，由于紧张，她的双眼又聚在了一起。

小惠轻轻地拽了拽楚红，楚红猛然醒悟，她拍了拍小惠的肩膀，朝小惠笑。

天黑了，小惠她妈找了过来。小惠她妈骂骂咧咧，还捎带上了楚红。小惠担心她妈伤害了楚红，便和她辩驳。小惠她妈就急了，朝着小惠又是拧又是掐。小惠哭着叫着就是不回去。楚红强行把她娘儿俩隔开，小惠她妈迁怒于她，又狠狠掐了楚红几把，还要挠她。女兵们不干了，撸袖子就打，小惠她妈人单势孤，落荒而逃。小惠心疼她妈，就跺着脚哭。楚红搂着她，陪着她回家。楚红很有耐心，进了屋先给小惠她妈赔不是，向她鞠躬道歉。小惠她妈脸上磨不开，就勉强笑了笑，也说了些软话，允许小惠继续和楚红在一起。

楚红喜欢小惠，经常和她说说心里话，小惠很享受这种待遇。小土豆他们凑过来偷听的时候，小惠就像被毛毛虫蜇着了似的，尖了嗓子叫，撵他们走开。小惠最愿意和楚红姐说的就是姜怀有，一讲起姜怀有，小惠的脸就会莫名其妙地红。

"塔哈是什么意思？"楚红问，"是小名吧？"

"堡里人都叫他塔哈，听着不像是好话，可俺还是喜欢叫他塔哈。"小惠笑着说，"叫大号显得生分。"

小惠是个懵懂的少女，虽然比身边的孩子长得高，却有好多好多幼稚可笑的地方。譬如说日本鬼子到底是不是鬼的问题，小惠就和傻子童小宝争辩得难分难解，惹得大伙儿都哭笑不得，连傻子童小宝都说小惠是个大彪子。

"楚红姐，日本鬼子是大马猴不？"小惠说，"俺就怕大马猴，尤其是下晚，俺娘一瞪眼，说声大马猴来了，俺就赶紧把脑瓜捂在被窝里。"

"小惠，这日本鬼和你说的大马猴不是一码事，你说的鬼是假的，看不见也摸不着，世上根本也没有。"

"咋能是假的呢?"小惠疑惑地说,"俺娘说,大马猴就像三岁的孩子那么高,晚上就来了,天亮了就走了。"

"好吧,咱们不去讨论你娘说的大马猴,咱就说说眼下的日本小鬼子吧。"楚红耐心地说,"日本鬼是真鬼,几百年前他们就欺负咱们。以前,他们从海上瞄着咱们,一旦找到机会,就冲上岸来装神弄鬼吓唬人。咱老百姓明知他不是鬼,也是害怕他们的鬼样子,就称呼他们是小鬼子、倭鬼。日本鬼子祖祖辈辈骨子里就残忍无比,他们抓住男人就开膛,一把将心肝肺掏出来,要么生吃,要么就喂狗。他们祸害咱女人,要多惨有多惨。小惠,他们干的鬼事都不能跟你说得太细,要是都说了,都能把你活活气死。你说,他们算是人吗?"

"鬼!日本鬼!他们把铁匠一家活生生给点着了,那个惨。"小惠咬着牙说,"楚红姐,俺不怕了,以后俺要是遇见了日本鬼,逼急眼了,俺肯定要咬下他一块肉。"

"咱中国人都像你这样勇敢,小鬼子早就被打跑了,怎会受他们的欺负?"说这话的时候,小土豆和傻子童小宝扭打起来,童小宝骑在小土豆的身上,疯狂地抢夺小土豆压在身下的标语。标语被扯碎了,糨糊钵也被打翻了。小惠冲上去,一人踢了一脚,还要踢,被楚红拦住了。楚红扶起小土豆,给他拍了身上的灰土,又搂着他的肩膀,让他认标语上的字,还招呼童小宝过来一起听。"誓把日本鬼子打出东三省!"楚红念道。

"童小宝说咱义勇军打不过关东军!"小土豆说,"他是个傻瓜!对不对?"

"不是俺说的,是俺爹说的。"童小宝急得满脸通红,"你们有本事找俺爹去。"

"你爹是谁?"楚红问,"他怎么能说这样的话?"

这支女兵队伍就像一阵风一样吹皱了池水,皇庄堡紧闭着的大门被她们打开了一道缝。人们看到了外面的世界,看到了烽火漫天的世界。开始,只是小孩子跟着闹,很快,一些女人也参与进来,再后来,皇庄堡的男人们也对这支队伍刮目相看了。"共产党"——这个神秘的称呼在皇庄堡里暗暗传开，还有南方的苏维埃政府，还有朱毛红军。一个一个新鲜的让人眼前一亮的词儿，让皇庄堡的人应接不暇。随着宣传加深，皇庄堡的人对共产党的主张也了解了一些，有些人对其中的几条政策感到困惑，甚至大为反感。

"他们说共产党就是要杀老财主老东家！"贺老六贴着范福堂的耳边说，"老姨父，这是冲着你来的，你可咋办？"

"俺能咋办？"范福堂抡起拐棍抽向身边的枣树，"伸着脖子让他们砍呗，俺倒要看看，是他们的刀快，还是俺的脖子硬。"

"老姨父。"贺老六呵吧了半天，"你到底是啥意思？"

"兵来将挡水来土掩，你个榆木疙瘩脑袋懂个啥？"范福堂瞪了贺老六一眼。此时，范福堂的心里早已气炸了，义勇军进了皇庄堡的那一刻，他还以为来了土匪，当时，他还不怎么担心，打算看看情况再说。他早早地做了安排，派人往外送信，准备请有头脸的人帮忙维持通融。他也想得开，土匪只要不祸害人，该抢就让他们抢。他心里有数，等时机到了，他一定会让这帮丧门的土匪把抢走的财物加倍还回来。后来，听说不是土匪，是抗日的义勇军，他的脑袋嗡地就轰响了起来，内心自然而然就生出了一道逻辑链——他不由得想起1904年老俄对他们范家犯下的灭门大罪。这是范福堂的刻骨仇恨，日本人打跑了老俄，按照范福堂的逻辑，日本人就是他的恩人。日本就是他梦寐以求的理想国。打日本人的自然就是他的敌人。当听魏老道说这支义勇军里可能有共产党，范福堂的恨就无以复加了。共产党？他的脑子里又闪出老俄，老俄现在不就是共产党的天下吗？共产党居然到了自己的鼻子底下，是可忍孰不可忍。虽然范福堂不认识一个共产党人，没有和一个共产党人结私仇，但是，因为老俄等同于共产党，所以，共产党就是他的死敌。这条逻辑链很清晰，没有任何转圜的余地。此时的范福堂就像被逼到墙角的狼，他的黄眼珠子努着，心中除了恨就是恨，只是苦于皇庄堡被义勇军控制，他才不敢露出尖锐的牙齿。

几年后，楚红和姜怀有提到当初在皇庄堡展开的工作，她还是感慨万千，也深刻地检讨了自己的过失。皇庄堡里有那么多质朴的群众，如果给一定的时间，如果改进工作方法，譬如说，将反动的地主范福堂势力坚决打垮，她相信一定会是另外一个局面的。义勇军在皇庄堡建立稳固的根据地的设想并非就是奢望。楚红拨着手指头，深情地点着一些人的名字。

"这些人都应该是咱们的好同志！"

"同志！"姜怀有的眼眶湿润了，"楚红姐，他们若地下有知一定会听见的。"

楚红最大的痛苦是没把小惠带出来，本来，小惠是跟队伍一起走的。如果带她一起走，虽然不能保证她一定能活下来，起码不会死得那样惨烈。小惠的惨死也是姜怀有心里头的痛，他目睹了小惠惨死的整个过程，如果可以重来，他宁可舍了自己的命也要把小惠替下来。小惠活着的时候，他一点儿都不觉得有什么好，当这个人真的没了，姜怀有的心突然就空了。他再也听不到小惠骂一声"臭塔哈，死塔哈"，再也等不到小惠来捉弄他。一切都戛然而止。娘死了，姜怀有的心头上挨了一刀，小惠死了，姜怀有的心头又挨了一刀。小惠答应给他洗衣，答应给他做鞋，答应给他缝补衣服。小惠都没有做到，不是她爽约，而是日本鬼子杀死了她。目睹了这一惨案，姜怀有突然就长大了，突然就懂事了。

"楚红姐，俺总是觉得，小惠的魂灵附在俺的身上，俺不是一个人，俺是两个人。"

"这话是什么意思？"楚红瞪了姜怀有一眼。想批评他宣传封建思想，楚红没忍心，她重重地叹了口气，她的身上何尝没有背负着丈夫的魂灵？

"俺的耳边时不时就听小惠来一句：'塔哈呀，狠狠地打鬼子啊。'"

"对了，他们为什么叫你'塔哈'呢？"楚红转移了话题。马上就要大战了，她不想让姜怀有背负这样沉重的包袱，她想让他轻松一些，"我一直很奇怪，咱队伍里的秋收、魏三、满囤还有你五叔，为什么都这么叫你？"

"俺也说不好。"姜怀有叹了口气，幽幽地说，"小时候，俺就喜欢骑马，俺天生会骑马，也没有谁教，上去就会骑，你说怪不怪？俺就是能听懂马的话，马也能听懂俺说的话，让它怎么走就怎么走，让它停就停。人们叫俺'塔哈'，应该和这个有关系吧？俺长大了以后又隐隐约约猜这和俺死去的娘也有关系，俺娘好像是从草原上被卖过来的，塔哈应该是草原上的词儿。"

"是这样啊。"楚红站了起来，拍了下姜怀有的肩膀，"怀有，等打跑了小鬼子，我保证帮你娶上媳妇，好好过日子，把所有的不快乐都丢掉。"

"楚红姐，等打跑了小鬼子，你也要嫁人。"

"我？"楚红笑了，"姐都是老太婆了，还嫁人？"

"楚红姐，你要乐观嘛。"姜怀有模仿着楚红的声调，"楚红同志，乐观一些，要相信咱们抗联独立营一定能战胜天底下所有的困难。"

"你，像一个指挥官了。"楚红笑了，"我能想象出你小时候会有多调皮。"

从关里到关外，义勇军独立营是楚红作为中共党员的身份跟随的第一支队伍，独立营在皇庄堡大战中浴火重生，和党的领导有着密不可分的关系。如果不是党领导的抗日队伍的增援，独立营的结局不堪设想。独立营虽然经历了一场毁灭性的挫折，却也吐故纳新，从此走上了光明的征程。皇庄堡之战，那是怎样的慷慨悲壮又是怎样的惊天动地，没有经历过的人很难想象。每当队伍遇到险境，每当遇到极端困难的时候，楚红都会用皇庄堡之战来激发自己的斗志，激励自己勇敢地战斗下去。

那一天，皇庄堡沸腾了。

男人女人头一次见到这样的大阵仗，他们忘记了西山顶那边还在打仗，忘记了隆隆的炮声。人们如醉如痴地看着女兵们表演节目，节目中，穿插着讲演，尤其是楚红，她不但长得俊美，说话还柔声细语，男女老少都喜欢听她说话。只要她上了台面，一举手一投足，都会赢得一片掌声。楚红并不是板着脸给大家上大课，她更喜欢和大家聊天。台下的人都被她牢牢抓住了，大家都抻着脖子看她，嘿，多俊俏的女人啊，有的人还要争论她是大姑娘还是小媳妇。这个话题很快就引起了共鸣，争论声此起彼伏。小惠气得满脸通红，她站出来，朝着人们嚷嚷："都快闭嘴吧，好人家谁乱嚼老婆舌？"楚红早就听见了，眼见有些混乱，她便大大方方地给出了答案。她红着脸说："各位乡亲，实话跟你们说，我是从南边来的，和乡亲们一样，我是平头老百姓家的女儿，一家八口人，兄弟姊妹四个。现在就给你们透个底，我是嫁了人的媳妇。十九岁的时候我嫁给了一个在福州读书的穷学生，他是台湾人，你们知道台湾吗？"楚红抹了一下额前的刘海，继续说，"三十多年前，日本鬼子抢去了咱们的宝岛台湾，抢去了咱们的半岛旅顺口，现如今，小鬼子又抢去了咱东三省，咱们这就认了吗？小惠说得对，不能认，咱们脚下的土地是老祖宗留下来的，咱们脚下的土地埋着先人的骨殖，让鬼子抢了去，咱们就成了亡国奴了。什么是亡国奴？用一句话来形容吧，从此，咱中国人就是日本人的奴隶。你们不信吗？我的丈夫一家就是活生生的例子，三十多年前，台湾被日本抢去了，结果呢？他们把咱中国人当牛当马，日本鬼子对咱中国人想打就打，想骂就骂，你家里的物件全都是日本人的，他要什么东西你就得赶紧交出去。后来，油水都榨干了，还要榨骨头，要收税，按人头算，管你是病是灾，只要有一口气在就得拿税来。不给你就倒霉了，就等着蹲大狱吧。我丈夫家在阿里山，山里那么多那么多长了上千年的大树都被日本鬼子砍了，日本鬼子把木材运回日本，盖房子用，修铁路用。大树被砍光了，山里人没有了生存的地方，他们都被撵了出来。日本鬼子逼他们去种地，逼他们交很重很重的租子。交上了租还没完，还要交税，没完没了的税。杀猪税，娶媳妇税，盖房子税，凡是能想到的税他日本鬼子都要。谁敢反抗，哪怕露出一点儿反意，就把你抓来扔进水牢里。我公公就因为替乡亲们出头，被鬼子扔进水牢里。水牢是什么样子？就是在牢房里面挖一个水坑，人在里头只露出一个脑袋，吃喝拉撒都在水里。夏天，水臭得能熏死人，活人被扔进水牢，十条命也去了九条。"楚红掉下了眼泪，她突然说不下去了。台下静悄悄的，人们想象着日本鬼子的残忍，很多人都气得浑身哆嗦。小惠捂着脸，趴在她妈的身上哭。楚红擦干了眼泪，稳定了情绪继续说，"我丈夫家本来是有田地的，几十年过去了，他们的田地都被日本鬼子抢光了，你们说小鬼子该不该打？"

"抢人家的地就是犯法！"姜吉遥喊了一嗓子，"小鬼子就该打！"

"说得好！"楚红朝姜吉遥点了点头，"远的不说，就说南边的旅顺口，那里就有一座鬼子的监狱，里面关着许多抗日的英雄，也有被鬼子冤枉的老百姓。你们知道吗？小鬼子折磨人的手法太毒辣了。压老虎杠子，朝手指头上钉竹签，多少人被折磨死了，有的还剩下一口气，干脆就装进筐里抬出去活埋了。"说到这里，楚红想起了刘参谋。刘参谋就受过鬼子残酷的电刑，落下了病根，激动的时候，他说话结巴，浑身发抖。

台下面出现了抽泣声，心软的女人不停地抹眼泪，男人都咬着牙，恨不能去和鬼子拼命。曲司令站在下面听了一会儿，感觉身上有一股热血在蹿腾，楚红的话句句钻进他的心窝里，简直就像老家的柳莺一样清亮。感谢楚红，让他坚定了抗日的信念。如果说竖起义勇军大旗之举与家仇有关，那么，在和楚红接触后，他更懂得了义勇军的根本任务是报国仇，是清算日本鬼子犯下的罪行。感谢楚红，让他和义勇军战士明白了许多道理，了解了共产党的主张，虽然，有些主张他还理解不了，但是，他非常认可共产党对义勇军的团结改造。他一点儿都不怕自己的权威被削弱，义勇军不是他曲某人个人的队伍。在义勇军如此艰难的时候，共产党能挺身而出来和他并肩作战，就冲这一点，他就认了共产党这个朋友。曲司令永远都不能忘记楚红带着学生们投奔他的情景。那时，他是孤独的，简直就像一个困在笼子里的野兽。义勇军的大旗刚竖起才几天，吓破了多少弟兄的胆子？当时是什么情景他能忘吗？每时每刻都有逃跑的兄弟，多年的兄弟不理解他，不认同他，有人建议，何不像其他部队那样往下撤？为什么一定要打出义勇军的大旗？有的人甚至都认可占山为王也不认可抗日。那期间，曲司令简直可以用"四面楚歌"来形容了。

"表哥，我是你的表妹楚红。"

"楚红？"曲司令看见了一双亮晶晶的大眼睛，听到了柳莺一样清脆的声音，"表妹？"他确实记不起来有这么一门亲戚，但是，初次见面，他就对她有了强烈的好感，他一点儿都不想否认她是他的表妹。

"你们不怕死吗？"

"死也要把鬼子打出东北！"

"为什么呢？"如果她们是军人，他还能理解。可是她们偏偏都是洋学堂里的女学生，她们千里迢迢来参加义勇军，图的是什么呢？"日本人也毁了你们的家？"他不小心用了一个"也"。这是他内心的疼，是一块永远也无法愈合的伤口。楚红给了几个答案，他都不满意，这些都不是她们坚决加入义勇军的理由。

"你们就是胡闹！"他淡淡地说，"回去吧，你们的爹娘会着急的。"

"我们坚决抗日，坚决加入义勇军！"楚红很坚决，她瞪着他，似乎能看透他的内心世界。接下来的话，已经表明她确实看透了他的内心，楚红知道他和日本鬼子有不共戴天的家仇，也清楚他誓死抗日的决心。楚红说："与日寇血战到底，是我们中国人不贰的信念。"

他从楚红的眼神里忽然看到了一束火苗，他马上就想到了"共产党"。他没有过多考虑和共产党扯在一起会对自己有什么影响，相反，他却很兴奋，在这极为孤独极为困难的时候，他多么盼望有更多的人站出来挺义勇军一把，哪怕是振臂高呼几声，不图别的，只图鼓舞士气。他忍着激动的心情，试探着问："表妹，你们是那面派来的吧？"

"你怕了吗？"楚红反问了一句。

"我不怕！"他斩钉截铁地说，"天底下，凡是打鬼子的就是我的生死兄弟。"

"我们是一家人。"楚红微笑着说，眼睛里充满了期许，"咱们身后还有千千万万的兄弟姐妹。"

"板荡见真情。"曲司令朝楚红敬礼，"表妹，谢谢你，表妹！"

日军占领东北后，他与团长失去了联系，也与旅部失去了联系。团长刘秀坤一直在关里养病，全团只有他一个坐镇。日本关东军开了杀戒，杀了许多奉军弟兄，也杀了许多老百姓。各种传言飞来，军心不稳。有的士兵家里遭难，就私带了武器回去和鬼子拼命。有的不放心家里老小的安危，也私自开了小差。友邻部队都选择了跑，往哪儿跑呢？刘参谋整天看着地图，一张一张地看，地图上的地名都能倒背如流。刘参谋为全团画了一条撤退的路线，这是一条充满荆棘的路线，是一次生死大撤退。

刘参谋是怎么想的，他不清楚，他也曾疑惑，刘参谋为什么一定要引领部队往南撤呢？为什么不打一下附近的县城？打下县城，一定会震动东北，会唤起更多的友军抗日。刘参谋胆子太小了，总在他耳边吹风说去山里打游击打游击。他都听腻了，他们是正规军，曾是奉军的主力部队，打游击算什么呢？打游击是土匪的做派。他只想着轰轰烈烈地攻打县城，占领县城，向全社会发通电：东北没有全部沦陷，东北还有一块中国人自己的地盘。刘参谋找各种各样的理由说服他，还装出一副可怜的样子说："二哥，咱们现在就是聋子，就是瞎子，咱一点儿情报都没有，咱们没有能力去硬碰硬。"刘参谋说错了，怎么就是聋子怎么就是瞎子？日本鬼子动了手，日本鬼子就是目标就是靶子，对准了他们的心脏开火就是了。

事变前，他一直在等着一个合适的机会。这个机会来得突然又不突然。鬼子先动手了，那么，他也要大干一场了。为了这一刻，他等了太长的时间，很久以来，他学会了隐忍，学会了卧薪尝胆。每天，他都带着部队苦练本领。他要打造一支铁军，想着有一天和关东军交手。那时，刘秀坤还在队伍里，刘团长看在眼里，喜在心头，他没看错，这个曲兄弟是个大能人。刘团长清楚曲兄弟内心的苦楚，他临去关里看病的时候和他有过一次深谈。

"兄弟，队伍就交给你了。"刘团长握着他的手说，"交给别人我不放心。"

"大哥。"

"兄弟，大哥要给你头顶上戴一个金箍。"

"大哥，兄弟听你的吩咐。"

"千千万万要忍，千千万万不要和日本人搞摩擦，更不能动手交恶！"这是刘秀坤戴在他头顶上的金箍，也是刘秀坤的死命令，全团上下十分清楚。刘秀坤临走时，朝连以上的兄弟们挥舞着帽子，他几乎是用尽全身力气喊："兄弟们，等着大哥回来相聚。"

刘秀坤不放心他，总担心他和日本人发生冲突，"兄弟，小不忍则乱大谋"，这是挂在他嘴边的一句话。刘秀坤可不管谁坐天下，他只想着把部队牢牢抓在手里，只想着保存实力。有了队伍，他的腰杆子才硬，才能带着弟兄们继续过好日子。他从一个小兵干起，在部队里摸爬滚打了二十年，终于抓住了这支部队。在老奉军中，这个团虽然不显山不显水，明眼人却都看得很清楚，这个团不姓张姓刘。刘秀坤在等待，他在等待更大的机会，等待着拔地而起出人头地的机会，他放权曲兄弟大练兵，就是为了增强实力，就是为了有一天靠拳头说话的时候能打得出去。刘秀坤很自信，全团连以上的长官全都是他的磕头兄弟，无论他在还是不在，这个团都姓刘。他信任曲兄弟，也防着曲兄弟。他怕曲兄弟惹祸，他最清楚曲兄弟与关东军有着不共戴天之仇。

有一天，关东军突然把他老婆和孩子抓走，消息传到团里，还没等他做出反应，团长刘秀坤迅速赶来，刘秀坤压着他的肩膀，命他坐下。刘秀坤握着他的手和他谈心，劝他不要和关东军闹，该让步就让步，刘团长要求事态必须尽快平息。

"张副总司令嘴上无毛办事不牢，你不要跟他瞎胡闹。"刘秀坤说，"今天反俄明天反日，最终吃亏的是咱们兄弟不是他张汉卿。"

他心里清楚，就因为他反对关东军对牛家屯火车站两侧的蚕食，才遭到了关东军的报复，这是根由。他什么也不说，只是细细地擦拭匣枪。刘秀坤看出不对劲儿，命令他不要插手这件事。刘秀坤准备派人去和关东军交涉，保证会将弟媳和侄子平安带回来。他不听，他要亲自与关东军交涉。他说："大不了和鬼子拼个你死我活。"刘秀坤有些恼火，再劝，他就上了马。刘秀坤冷冷地看着他，刘秀坤说："二弟，我再劝你一次，关东军要啥条件，你只管答应，不必向我汇报，大哥全力支持你，只是不要冲动！"

他朝刘秀坤郑重敬礼，他很想说一声多谢大哥，却觉得这话有些生分，就一夹马肚，战马飞驰而去。他刚回到老家，老婆就被放了回来。老婆说关东军只要他答应一个条件——驻扎在牛家屯的奉军一个排往东撤出三十公里。

"你是怎么说的?"

"我说这个不算难题。"

"糊涂!"他头一次训斥了老婆,"这是国家大事,你有什么资格做主?"

"不就是一个巴掌大的地盘吗?"老婆头一次朝他顶嘴,"就十间房子的事,怎么就不能撤啦? 你老婆和你儿子不如十间房子值钱吗?"

"除非是杀了我!"他赌气地说,"他关东军休想让我撤退一步。"

老婆蒙着脸哭了一场,夫妻无话可说,他就觉得哪儿不对劲儿,却只是一闪念,没有细究。他和娘说了一会儿话,又和大弟说了一会儿话,他的脑子里总是突然打出一个闪念,甚至会莫名其妙地哆嗦一下。一天后,关东军送来了一个木匣,打开一看,里面是颗人头——他儿子的头颅。他大叫一声,当即就昏了过去,醒来时,第一个看到的是老婆的脸。老婆梳洗打扮过,两腮还涂了胭脂,低声说:"醒了就好。"老婆又怪怪地一笑,说了句:"儿子,他不要咱娘儿俩了!"说完,老婆就出了门。一会儿,院子里就传来杀猪样的喊声:"大嫂跳井了!"奇怪,面对儿子惨死,面对老婆跳井,面对如此巨大的打击,他竟然没掉眼泪,一滴都没有掉。他的脑袋嗡嗡地响,仔细听,是老婆最后的一句话——"儿子,他不要咱娘儿俩了!"他翻了翻白眼,想:"哪个王八蛋不要你们啦?"曲家举家哀伤之时,关东军派人上门,解释说这完全是一个误会。而且,对他们撤出牛家屯营区的举动表示大大的欢迎。他被说得一愣一愣的。误会? 人头都割下来了居然还敢说是个误会。撤出牛家屯营区? 他马上就想到了刘秀坤,是他,一定是他下的命令。他又气又急,跺着脚喊:"好糊涂的大哥呀!"关东军代表向死者脱帽敬礼,也不避讳,直接将这场"误会"推到他的一个本家叔叔身上。没容本家叔叔辩解,关东军代表就朝他的胸膛开了一枪。

"曲副团长节哀,希望今后能与关东军大大地合作。"关东军代表毕恭毕敬地说,"前事不忘后事之师,相信我们会避免不必要的麻烦!"

关东军代表以为这样就能吓住他,就能让他乖乖地配合蚕食行动。他心里一阵发笑,自始至终没有说一句话。他担心一旦说话,不争气的眼泪就会掉下来,他可不想让鬼子看见他的泪水。他一直在冷笑,身边的人都受不了他的冷笑，关东军代表不时地裹一下衣服领子，不时地退后一步。他冷笑着送走了鬼子，这一刻，在他的眼里，鬼子就是鬼子。丧事办完，他把家里人召集起来，向兄弟们做了交代，从此，日本人就是他的死对头。他让兄弟们远走高飞，避免受到连累。第二天，全家人收拾利索，上了开往关里的火车。他留下来继续处理后事，当天，他将站着的房子躺着的地全都分给了乡亲们。

"老曲家这就让小日本给整垮了！"乡亲们叹息着，也替他叫屈，"这就算败家了。"

他没有任何解释，家产分光后，他骑上了战马，绕着老家转了三圈，连祖坟都没有去看一眼，他怕会动摇必死的决心。离开二十多里地后，他跳下马，朝老家的方向磕了三个响头。

"列祖列宗，从此，我活着的唯一目的就是和小鬼子拼命！"

"二哥，你这算是毁家抗日！"弟兄们唏嘘不已。

他不解释，只是冷笑，冷笑就是他的回答。他把所有的后路全都堵上了，只有这样才能无牵无挂。刘秀坤来看他，上上下下打量他，想看出疑点或者破绽。他朝刘秀坤笑了笑，说："大哥，你放心吧。"刘秀坤半信半疑，经过若干次的试探，刘秀坤相信，这个人经历了重大挫折以后终于知道进退了。刘秀坤松快了，冷静的二弟才是他的左膀右臂，才是他的智勇双全的关云长。刘秀坤到处给二弟张罗女人，他盼着二弟尽快成家，尽快享受家庭的温暖，尽快摆脱困境。

"女人就是拴住老曲的笼头。"刘秀坤跟兄弟们说，"只有成了家，他才能重新开始。"

别说，刘秀坤还真找到了一个合适的女人。这个女人就是汤营长的小妹。大家都是好兄弟，彼此知根知底，这就算亲上加亲了。汤营长没的说，他和曲二哥的关系最要好，小妹如果能嫁给曲二哥，那是她的造化，也是全家的造化。汤营长举双手同意。他却不同意，只敷衍说自己还不想成家。

"二弟，难道你心里头还藏着复仇之心？"刘秀坤盯着他的眼睛，试图从他的眼睛里看到一丝火苗，"你不是瞒着我想做点儿什么吧？"

"大哥，我就是不想成家。"

"你必须说出理由！"

"我就是忘不了投井而死的老婆。"

"这不是理由，成了家以后，你就有新的老婆了。"

"我就是忘不了死去的孩子。"

"这也不是理由，成了家以后，再生养几个孩子，也是子孙满堂。"

"我……我那玩意儿不听话了。"

"这……这不是理由！"刘团长长叹了一口气，刘团长保证一定会找到名医给他诊治。这事就这么定了，虽然他还是不吐口，却也由不得他了。团长大哥拍了板的事谁敢抗拒？刘秀坤命汤营长立即回家将妹妹带来，他要看看汤家妹妹的长相，只要不是长得太丑，这事就定了。汤营长兴冲冲地回老家，两天后却蔫蔫地回来了。汤营长带来了一张妹妹的照片，还有一封写给曲副团长的信。照片亮出来，刘秀坤和众兄弟都惊为天人。多漂亮的大姑娘啊，配曲副团长那是绰绰有余。众人簇拥着刘秀坤来见他，将照片给他看，他也是连连点头，直说自己配不上汤家小妹。汤营长递给他一封小妹写的亲笔信，他也不背人，当众阅读。信上是一行行隽永的小楷字，每个字都像汤家小妹那张俊俏的脸。信中，汤家小妹只表达了一个意思——"她要嫁给一个有情有义的男人。"他突然就读懂了，似乎看见了汤家小妹纯真的笑脸和殷切的期望。他的脸一阵红，心一阵乱跳。众兄弟都是情场老手，谁看不出来他动了心？人们嚷嚷着喝他的喜酒，他虽然没有点头却也没有摇头。刘秀坤立即安排定亲宴，全团放假一天庆贺，这事就这么定了。

他像一只山猫，把自己藏得很深，他就等着和日本鬼子算总账的时机。他和汤营长碰了头，两个人心照不宣，瞅准时机，神不知鬼不觉带着三个心腹弟兄去了一趟牛家屯火车站，将值守的五个鬼子全都干掉，又连夜乘火车回到驻地。这次突袭只是一次预演，打鬼子的时候感觉很痛快，仿佛沉重的担子一下子就卸掉了。

在所有兄弟中，除了汤营长，他最认可刘参谋。刘参谋是啥人他心里头隐隐约约有点儿谱，这个他并不在乎，即便他真的是共产党又能怎么样？刘参谋脾气古怪，容不下不同的意见，激动的时候结结巴巴，手脚哆嗦，这一点他不喜欢。有一次，他黑着脸批评刘参谋心胸狭窄，刘参谋没说话，眼里闪着泪光。他也是一愣，男儿有泪不轻弹，他怎么会如此轻易掉泪呢？他多了个心眼儿，没事就找刘参谋聊天，他想知道这个男人心底的故事。刘参谋平静的时候，说话很有逻辑，也确实有能耐，上知天文下知地理，别的话他没怎么听进去，打鬼子保家乡的话却入了心。刘参谋很肯定地说："关东军迟早要在东北闹出大乱子。"这个判断别人可能不信，他却信。从此，他对刘参谋另眼相看，有事就找他商量，聆听他的建议。刘参谋也不遗余力地帮助他抓全团的战术训练，刘参谋出训练大纲，细到每个班，训练完全以实战为标准，甚至一点儿都不隐晦地指出战术目标就是关东军。对付关东军的办法，刘参谋能想到的都想到了。他俩就像一对沉稳的猎人，隐蔽在某一处，就等着苍狼露出头来，等着报这血海深仇。随着关东军的挑衅行动越来越多，他看到了张副总司令的强硬，也看到了张副总司令的无奈。自从斩了日本特务中村，引发了"中村事件"，他就嗅到了硝烟的味道。他加紧准备，把手底下的兵练得嗷嗷叫，他就等着张汉卿副总司令雷霆般的一声号令。他将率领敢死队杀向鬼子营地。等来等去，等来了沈阳被鬼子攻占的噩耗。

日军突袭沈阳后的第三天，众乡绅找上门来，拿来一份《泰东日报》给他看。他才知道沈阳发生了举世震惊的重大事变。他不由得心头一震——东北丢了！他把自己关在屋里，连续两天两夜琢磨着对策。弟兄们聚在屋外，不吃不喝陪着他，每个人都捏着一把汗。刘参谋求见，要和他谈谈，护兵和他通报，他本来不想见人，他没想好万全之策的时候不打算见任何人，他担心受到干扰。刘参谋？他的脑子里一闪，共产党？他改变了注意，命护兵将刘参谋请进密室。

"雪冬兄。"他亲热地喊着刘参谋的小名，"你还好吗？"

刘参谋一愣，想象的不是这样的，刘参谋做了充分的准备，打算直言不讳，争取曲团长走上抗日的道路。突袭事件发生后，刘参谋接到上级党组织的指示，命他做好各项准备工作，待时机成熟时就发动起义。

刘参谋热血沸腾，这也是党派他到部队工作的初衷，国难当头，正是亮出这把刀的时候。刘参谋和部队中的党员同志开了几次会，大家一致决定趁东北大乱之际发动起义。

"如果曲团长不起义呢?"

"如果曲团长不起义，就说明咱们看走了眼，说明他是个伪装得很深的汉奸。"

"干掉他!"

刘参谋带了一把压满子弹的手枪要求见一见曲团长。护兵带他往密室走的时候，突然转过身，命他把枪交出来。刘参谋一愣，脖子上的青筋暴露，他瞪圆了眼睛，厉声喝道:"为什么要下俺的枪?"护兵不敢和他对视，护兵说这是命令。刘参谋掏出手枪，递给了护兵。护兵带他进了密室。

"雪冬，陪我喝两杯吧。"曲团长请刘参谋坐下，朝护兵喊:"拿酒来!"

刘参谋忽然有些发抖，他努力克制着，走向曲团长对面的椅子。曲团长紧紧盯着他，从上到下，目光像两只高瓦数的灯泡一样。最后，刺眼的灯光照在刘参谋的胳膊肘上。刘参谋坐下后，曲团长的目光都没有离开刘参谋的胳膊肘。刘参谋哆嗦着。

"雪冬，你害怕了吗?"曲团长轻声说，从护兵那里接过酒瓶和酒杯，打开酒瓶，斟了酒，密室里飘着酒香，"雪冬兄，尝尝我藏了两年的宁远老窖。"

"好酒。"刘参谋的声音也有些哆嗦。

曲团长一摆手，让护兵出去。

"雪冬，据我的观察，你不是一个胆子小的人。"

"正常人吧。"刘参谋很烦躁，他突然被捆住了手脚似的。

"雪冬，咱们兄弟一场，请尊重一下二哥，二哥也是五尺高的汉子，二哥不想被人拿枪逼着喝酒。"曲团长的目光盯着刘参谋的胳膊肘。

刘参谋突然不抖了，他叹了口气，脱下上衣，露出了胳膊肘上绑着的一把手枪，刘参谋取下手枪，在手里掂了掂，递给了曲团长。

"二哥，对不起。"

"雪冬，咱们弟兄，哪有对得起对不起的，来喝酒。"

两人喝下一杯。

"雪冬，二哥有一事不明，一直不好张嘴询问。"

"二哥请说。"

"我观察过，你的手脚经常哆嗦，还有……"

"说话结巴。"刘参谋笑着说。

"是啊，雪冬，这是胎里带的疾病吗？"曲团长举起酒杯朝刘参谋亮了亮，刘参谋端起酒杯与他碰杯，两人又是一饮而尽。刘参谋没有回话，他沉了沉，迅速进入状态，分析说蒋介石的心思不在东北，他杀南方的红军都杀红了眼。于是，蒋介石鞭长莫及，只能向日本鬼子妥协，酿成今日大祸。

奉军不战而退让他伤透了心，刘参谋的话醍醐灌顶，让他猛醒。他下定了决心要追随马占山抗日。

关东军对这支小小的一个团的部队谈不上有多在乎，也谈不上有多不在乎，此时，关东军主力已经北上，聚集在松花江沿岸，大石桥一带极度空虚。关东军派出代表和他谈判，所谓的谈判不如说是劝降。小鬼子指示他立即率部归顺，还给这个团封了个汉奸卖国的名字——民防军独立团。他还是冷笑，一阵比一阵冷地笑。为了稳住关东军，他请代表回去传话，他是中国军人，他只服从中国上级的命令，来回几次都是这样。

关东军代表见他态度坚定，也不敢过分紧逼，他们悻悻地走了。几天后，有人送来了两个木匣。他的心突突直跳，只觉得头皮发麻，两眼发直。打开木匣，果然，里面是他父母的头颅。全团顿时炸开了，小鬼子欺人太甚，是可忍孰不可忍。汤营长提议再去杀几个鬼子报仇，让刘参谋制止了。刘参谋认为当前是最艰难的时刻，全团上下最忌讳的就是蛮干，一旦出了岔劈，就会坏了大事。刘参谋提出加紧准备起义，适当时机竖起抗日大旗。只要打出抗日的一枪，一定会得到各界爱国人士的支持，一定会带动更多的兄弟部队抗日。刘参谋进一步分析，张汉卿此时正在热河一带组织兵马，准备抵抗南下的日寇。在这种情况下，他们这个深入敌后的团如果振臂响应，一定会极大地影响整个战局。刘参谋拿出了一整套的作战方案，两个人彻夜不眠，加以研究，刘参谋还是过于乐观，很多方案还不成熟。虽然如此，他也是下了决心。他命令汤营长立即回老家带家眷搬走，他担心无孔不入的鬼子会惦记上汤家小妹，会再给他一个重大打击。汤营长脱不开身，便写了封信，让护兵带人去搬家。

护兵赶到汤营长老家的时候，老家的房子已经夷为平地，汤家老少下落不明。护兵连忙往回赶，刚回到驻地，噩耗也到了。日本鬼子在大石桥一带堵住了一伙难民，将几十个难民赶在胡同里，鬼子开始搜身抢东西，强奸年轻的妇女。不知是谁，拉响了手榴弹，顿时，胡同里血肉横飞。汤营长的老婆和两个双棒孩子以及汤家小妹全都死了……

深秋时节，刘秀坤团长终于有了消息，他派人给部队送来手谕：命令全团向大石桥以北方向靠拢。这个命令让曲副团长万分惊愕，也让他疑虑重重。他和刘参谋研讨过多条转战路线，恰恰就没有考虑过大石桥这个方向。大石桥是"满铁"的交通枢纽，是日军的战略要地，朝那个方向靠拢是什么意思？为了稳妥起见，他派出可靠的兄弟去寻找刘秀坤，请他核实手谕的真伪。派出去的兄弟还没走出去多远，又传来新的消息，刘秀坤这次是直接派人来宣布他已抵达徐屯，等待着接应部队。刘秀坤通电声明全团无条件地接受日本关东军的指挥，他接二连三地派心腹弟兄来下通知，让队伍立即赶往大石桥。如果队伍再迟迟不动，刘团长将亲自来请队伍。这位弟兄把"请"字拖了个长长的尾音，威胁之意不言而喻。这个时候，他对刘团长已经绝望了。他不能和刘秀坤一样当汉奸，他要带着队伍甩开刘秀坤，走上抗日之路。刘参谋坚决支持他的决定，随时随地根据情况变化筹划方案。刘参谋对汤营长不太放心，毕竟，汤营长是刘秀坤的心腹，也是最讲义气的人，刘参谋建议先摸摸汤营长的底。

自从汤小妹遇难，他就和汤营长成了难兄难弟。刘参谋的提醒让他心里一凛，他摔了杯子，痛斥刘参谋对汤营长居心叵测。刘参谋一点儿都不恼，他拿出了那句老话——知人知面不知心，刘参谋反问一句：

"谁能保证汤营长会跟你走？"他拍着胸脯说他可以拿命来保证汤营长一定会跟他抗日的。两个双棒孩子被鬼子打死、老婆被鬼子打死、小妹被鬼子打死，如此血海深仇，汤营长能忘了吗？刘参谋面沉似水，心肠硬得像块寒铁。约汤营长见面的时候，他还是不放心，暗暗将匣枪的机头打开。他将匣枪放在身后，握着枪的手一直哆嗦，他真担心汤营长会说："二哥，俺跟大哥走。"当真说出这句话，他能开枪射杀吗？他下得去手吗？

汤营长听了他的起义打算后，只说了一句话："二哥，我不管别人怎么想，我坚决跟你打鬼子！"他长舒了一口气，眼里蒙上了一层泪水。他将匣枪放下来，枪把上湿漉漉的全都是汗水。他说："老汤，你可吓死我了。"他后怕得要命，一旦汤营长不同意打鬼子怎么办？他不敢去想。汤营长也掏出了匣枪，枪把上也是湿漉漉的，机头也是张着的。

"二哥，你要是不去打鬼子，我肯定要灭了你。"

两兄弟的手再一次握在一起，为了打鬼子，为了给亲人报仇，他们立下血盟。两个人手挽着手，吹响了向鬼子复仇的号角。队伍叫什么名字呢？两个人想了半天，没有更好的词儿，只好留作以后再说。当得知他们要竖旗抗日的时候，全团上下起了巨大的波澜。一个连的弟兄跑了，骑兵连也跑了。跑了就跑了，他一点儿都没有伤心。剩下的都是有觉悟的兄弟，几百名战士向着苍天发出了"抗日到底！"的铮铮誓言。就像早已设计好了一样，这边发动了起义，那边，楚红闯入了兵营。

刘参谋向党组织汇报了起义的准备，请求派军事干部紧急支援，党组织派来了楚红和一帮女学生。刘参谋暗暗叫苦，他以为党组织能派来一些铮铮铁骨的汉子，挺起抗日队伍的脊梁。联络员告诉他，中共满洲省委遭到了敌人的破坏，现在群龙无首，这一带的党组织也几次遭到破坏，骨干党员有的被捕，有的失去联络，实在派不出得力的干部。组织上让他相信，楚红是一个合格的党员，是一个值得信赖的人。刘参谋和楚红碰了头，将曲副团长的个人资料交给她，让她熟悉他的个人情况。

"你怎么找到的我？"曲副团长疑惑地问，"我都不知道有你这个表妹。"

"表哥，我在北平就知道你。"楚红笑着，露出两个可爱的小酒窝，

"本来想趁假期来看你，一直拖了下来，鬼子进攻东北，我就来了，一刻都不能等了。"

"你的口音不是关外的。"

"我随父母在南方生活。"

"你找我想做什么？"

"我想跟你抗日！"

"你怎么知道我要抗日？"

"凡是有良知的中国人都在抗日，你要是不抗日，我也要说服你抗日！"

"好样的！"曲副团长点点头，就凭这句话，他就认下了这个表妹。无论是不是表妹，他都认。一个女学生能舍弃安逸的生活跑到东北抗日，跑到他这个孤家寡人的身边，那就是他的亲人。

几天后，得知刘秀坤要来带部队，曲副团长还真没太在意，正好，竖起抗日的大旗吧！刘秀坤那点儿人马能有多少实力？如果刘秀坤不知死活来犯，正好给抗日的队伍当一回包饺子的肉馅。既然抗日了，既然和刘秀坤这个汉奸划清了界限，他就得打出一个响亮的旗号，唤醒民众一起抗日。叫什么名号呢？他想到了表妹楚红，楚红满腹经纶，让她起名字最合适。

"就叫'抗日义勇军'！"楚红想都没想脱口而出，"让全国人民都知道我们是一支响当当的抗日队伍。"

"抗日义勇军？"这个名字很对他的心思，马占山的队伍不也叫义勇军吗？义勇军好，义勇军响亮。他喊来了汤营长，把"义勇军"的名号说给他听，汤营长也赞同这个名号。两天后，刘秀坤在大石桥成立"民防军独立团"，这也表明了刘秀坤公然投靠日本鬼子。

抗日义勇军竖起大旗以后，全团将士精神振奋，一时间，营里歌声嘹亮，战旗飘飘。

日军入侵东北后，奉军主力全都跑光了，大石桥方圆几百里没有比这支义勇军还强大的武装力量。在义勇军将士的眼里，他们俨然就是一只下山的斑斓猛虎。这也是他们敢于藐视刘秀坤的本钱，姓刘的不来正好，如果他敢来，手下的那点儿人马都不够塞牙缝的。曲司令和刘参谋设计了几套作战方案，并且将部队分头部署出去，一部分引诱敌人进入阵地，一部分准备打阻击。义勇军准备妥当，犹如张开了一个大网，就等着刘秀坤上钩。

这天拂晓，一个大队的民防军被一步步带入了伏击圈，义勇军战士连正眼都不瞧这帮软蛋，随着一声令下，战士们齐声高喊："汉奸！汉奸！"民防军大都闷声不语，有的乱嚷嚷几句，也没有多少底气。还没开战，双方士气立判高下。刘参谋观察了一阵，民防军的一个大队充其量也就是一个加强连，他向曲司令报告的时候还满脸挂着鄙视的笑容。

"一半是咱的兵，一半不知是从哪里划拉来的尿蛋包。"刘参谋说，"咱就在营里温酒等着胜利的喜讯吧。"

"不管是尿蛋包还是傻瓜蛋，一定要狠狠地打，这一仗要打得漂亮，也是给咱义勇军祭旗！"曲司令目光炯炯，似乎看到了胜利的旗帜在飘扬。

"是的，只要将刘秀坤的汉奸队打垮，大局就稳妥了。"刘参谋兴奋地说，"咱们也可以腾出手来建立抗日根据地。"

"嘿，张汉卿啊张汉卿，但愿你不是尿蛋包！"

"司令还惦记着他？"

进入伏击圈的民防军大队其实是刘秀坤派来的诱饵，刘秀坤太了解他的曲兄弟了，他不怕义勇军跟他硬碰硬，他有一招致命的撒手锏。刘秀坤就担心义勇军不跟他动真格的，担心义勇军钻进大山里猫起来。只要拖住义勇军的主力，将义勇军牢牢地拴在"满铁"线附近，损失一个大队的人马算什么？刘秀坤向曲兄弟示弱，一步步麻痹他，让他放松警惕。他准备突然亮出撒手锏，出其不意地，一举歼灭"大逆不道"的义勇军。

来吧，姓曲的，来打吧，打胜仗吧，来吧，让你尝尝甜头，最终，让你瞧瞧什么叫老谋深算。

义勇军和民防军在姑嫂岭接上了火，果不其然，民防军的这个草包大队不禁打，一百多人被堵在姑嫂岭下面打转转。曲司令忍不住手痒，亲自带了两个连扑上去，他要一鼓作气拿下这一坨敌人，给那些暗地里还在动摇的兄弟一个大大的警醒。民防军见势头猛，扭头就跑。义勇军一气追下二十里地，追到羊圈屯一带，就把事先准备好的口袋翻了个个儿，伏击变成了攻击。两个连的义勇军一头钻进了刘秀坤准备好的口袋里，进了羊圈屯以后，四面八方突然就传出了激烈的枪声，一路溃逃的敌军也掉头参与反攻。义勇军被压制在羊圈屯的几个院子里不能动弹。一连连长仇虎山主张冲出去，和草包大队展开生死决斗，无论是真草包还是假草包，只要揪住不放，就能造成敌中有我我中有敌的态势，让敌人投鼠忌器。刘参谋反对这个计划，认为一旦和敌人纠缠，就容易被死死包围。用两个连去换一个草包大队太不划算。刘参谋主张迅速朝来路撤退，杀出一条血路，重新占据姑嫂岭。曲司令倾向一连长的方案，他并不认为汉奸投降军有本事歼灭义勇军这两个骨干连，他甚至想一旦双方胶着，反倒可能形成中心开花的局面，如果外围的义勇军增援及时，吃掉围攻的敌军扭转战局也不是不可能。这才哪儿到哪儿？凭什么退却？除了羊圈地形凹，没有依托外，其他义勇军部队还没有受到威胁。如果再考虑到撤退会影响士气，会遭到伏击和追击的危险，那刘参谋的方案就太不明智了。曲司令决定不顾一切地冲出去，将对面的草包大队冲垮就是胜利。

草包大队确实实力有限，当义勇军突然冲出来的时候，他们没有任何反应，义勇军连续几次冲锋就把这股敌人冲垮，溃兵四散而去。因为没有听到周边有激烈的枪声，曲司令断定援军没到，中心开花的战术暂时失去了时机。他当机立断，趁着敌人溃散之际，带队迅速跳出包围圈，折回姑嫂岭。到了姑嫂岭，事先埋伏的义勇军却没了踪影。

曲司令派出传令兵，四处调动部队，他决定按照事先的部署，在姑嫂岭张网等待民防军再犯。傍晚，民防军又上来了一个大队，先头一个排进了埋伏圈，乱放了一阵枪以后，又原路退了出去。这个大队在埋伏圈外扎下营盘，摆出一副不急不躁的架势。曲司令眼看着敌人不进埋伏圈，心里十分焦急。他和一连连长仇虎山商量了一下，派出一排又一次扑向民防军，还没接上火，民防军扭头就跑。曲司令见敌人不上当，只得下令撤回。这时，赵营长带着两个连匆忙赶到阵地，曲司令的火气压制不住，朝着赵营长咆哮，还要以贻误战机之名责打赵营长。赵营长臊得满脸通红，见曲司令正在气头上，也不敢争辩，待曲司令骂过了，他才带着队伍进入指定位置警戒。

夜里，繁星闪烁，大地一片静寂。曲司令睡不着，就想带队伍回营，可是，到嘴的肉没吃又心有不甘。他吩咐侦察兵出动，寻找敌人的动向。午夜，闫家屯方向传来激烈的枪声，曲司令听着不妙，这么强大的火力不是一个连两个连能做到的。他突然为放在闫家屯的七连揪心，担心遭到了敌人的偷袭。曲司令命赵营长率部坚守姑嫂岭阵地，他亲自带着一连和三连去闫家屯援助七连。

一连和三连的官兵历经两次大战，尤其是追击敌军二十里后又在羊圈屯打了几次冲锋，战士们的体力早已耗尽，赶到闫家屯的时候，几乎全都累趴下了。偏偏这时，民防军冲了上来，先头的一连一排强打精神接火，想一口气将民防军打垮，没想到突然上来了一队日军，这队日军朝义勇军猛下杀手，一排被打了个措手不及，急忙撤回。日军人数不多，却个个精悍，他们发动三次急冲锋，义勇军的阵型就被打乱了。东一撮西一撮，攻守皆不利。民防军趁机归拢，配合日军合围。义勇军不得不以班、排为单位，相互掩护，有秩序撤退。日军见义勇军突围，便迅速分成若干个战斗组，反复穿插，他们打了就走，每一次冲击都像疯狗一样猛咬下一块血淋淋的肉。日军穿插的时候，民防军紧跟在后面摇旗呐喊。义勇军被分割成若干个战斗小组，多的有十几个人，少的只有两三个人。曲司令带着三连冲上去的时候，又遭到了民防军的伏击，三连瞬间就被打散了。曲司令身边剩下不到一个排的人马，眼看着义勇军乱了阵脚。

曲司令被护兵连拖带拽从闫家屯西侧跳出包围圈，朝姑嫂岭方向没命地跑，等跑到姑嫂岭，发现赵营长的队伍又没了踪影。曲司令气得浑身哆嗦，如果此时能见到赵营长，都能一枪撂倒他。鸡叫头遍的时候，曲司令在甜水井屯遇到了二连。二连也是一支疲惫之师，闫家屯方向大火冲天的时候，二连主动前往解围，还没有到达战场就遭到了埋伏。曲司令带着队伍朝闫家屯方向迂回，天光大亮，闫家屯的炮声和枪声停了。侦察兵来报，闫家屯住满了民防军。曲司令没有进屯，他带二连占据了刀把山的制高点，又派传令兵去调集各路人马。这时，赵营长派出的侦察兵找到了他们，说队伍也被打了伏击，现在已经退回到驻地坚守。曲司令的脸都黑了，他冷冷地听着汇报，一句话都没说。

"司令，赵营长请你指示下一步的作战计划。"传令兵说。

"你让他看着办吧。"曲司令撂下这句话，话一出口就后悔了。这样带情绪的话不该是指挥官说的。他挺直了腰杆，大声说："命令赵营长……坚守咱们的驻地。"

汤营长带着四连和五连上来了，见到了生力军，战士们又恢复了士气。曲司令准备抽冷子朝闫家屯冲一下，到了这个时候，他还是没有料到民防军里头藏着鬼子。虽然他有些纳闷对方怎么突然就有了这么强的作战能力，想一想，也就想通了，他刘秀坤也不是等闲之辈，练兵的手段不在他之下。

吃了早饭，三个连的义勇军分两路朝闫家屯方向运动，这时，天上飞来两架飞机，朝着义勇军一阵扫射。到了这一刻，曲司令才明白鬼子参战了。闫家屯的民防军闻声出动，朝义勇军猛烈攻击。二连的一个排因飞机轰炸造成了重大伤亡，这个排竟然不顾友军侧翼安全，私自朝驻地方向退却。这边一动，整个攻防链条出现断裂，曲司令大惊，只好带队跟着后撤。他命二连连长曲一诺迅速赶到那个排，命他一定要压住阵脚，不管用什么办法，千万不能再跑了。义勇军退到簸箕山，被汤营长的队伍接应住，总算压住了阵脚。汤营长请曲司令带队往驻地撤，他亲自组织两个连阻击追兵。曲司令刚走，民防军追过来，动用了山炮，簸箕山被炸得地动山摇。义勇军只能再次后退。每一次撤退，都有一部分战士被缠住撤不出来。这个时候，曲司令才发觉事态严重了。中午，一连官兵已经不再听他指挥了，从连长到士兵都像聋子一样。

下午，曲司令退守到观音庙里，身边只有几十个战士。这时，他真真切切地看见了鬼子，大约有三十人。互相配合着朝观音庙冲来，义勇军的第一道防线被鬼子切得零零碎碎，义勇军死打不退，军官组织力量解救被围的战士，一个接一个，争取抱团儿。曲司令命庙里的战士朝敌人射击，接应外面的战士撤到庙里。经过死拼，一个排左右的战士被接了进来。曲司令分配了作战区域，继续组织接应义勇军。庙里有了一百多人的时候，已显得十分拥挤，曲司令担心炮击会加大伤亡，便带着一个排冲了出去，顺手解救了几十人。他们一口气冲到了一处高地。鬼子带动着民防军紧紧追击，观音庙里的义勇军向敌人的侧翼猛烈射击，有了掎角的态势，双方出现了僵持。

大雨突降，雨来得正是时候，观音庙和高地上的义勇军利用这个难得的机会，加大火力射击。鬼子不适应雨战，四下乱跑躲雨避弹。义勇军也没有能力反攻，战场上趋于平衡。曲司令仰头倒在泥水里，像死了似的一动不动，他已经累得虚脱了。阵地上突然静寂，只有哗哗的雨水声，没有枪声。天昏沉沉，地也昏沉沉，天地之间仿佛颠倒了一个个儿。忽然，一阵机枪声响起，脆生生的，听着揪心。曲司令身边连续倒下两名战士，天醒了，地也醒了，天地间地动山摇。子弹像飞蝗一样，四处都是惨叫声和叫骂声。曲司令依然一动不动，他的耳朵像马耳一样捕捉着机枪的位置，终于，他猜出了方位，测出了距离。他伸手摸到了一把大枪，拉开枪栓，检查了枪膛中的子弹。他握着大枪，心里盘算了一遍，默数着："一、二、三！"猛地跳了起来，抬手一枪，对面的机枪就哑巴了。

义勇军战士纷纷露出头，朝着敌人猛烈开火。民防军无心恋战，纷纷退了回去。这边义勇军在咬牙坚持，那边，民防军也好不到哪里，每一次冲锋都会有人崴了脚伤了胳膊，大雨冲垮了民防军的士气。等到四连赶到的时候，义勇军越战越勇，民防军大势已去。曲司令命四连断后，他带着队伍朝观音庙冲，沿途驱散了几支小股敌军，将庙里的战士接了出来。曲司令带队往南撤退。

天晴了，敌军开始炮击四连阵地，四连为了吸引敌人的火力，故意往姑嫂岭方向运动。姑嫂岭并不是运动作战的好地方，四连被陆续赶来的民防军合围，一层层地朝山谷里面撵。鬼子冲上两边高地往下射击，鬼子就像狗鱼一样，搅得民防军乱窜乱跳。四连被压制得抬不起头，战士们藏在乱石中，始终无法做出有效的反击。刘秀坤也上来了，他派人喊话，让四连兄弟阵前倒戈。喊话的都是老熟人，他们"张三兄弟、李四哥"一通乱叫，让人心烦意乱。刘秀坤向四连保证，看在兄弟的情分上，只要四连靠拢民防军，即便暂时转不过弯，即便不立即归队，他都保证既往不咎。如果归顺民防军，每人官升一级。这样的喊话很有诱惑力，由于鬼子的压力一直不减，四连内部出现了分歧，一部分认为突围无望，不如回到老团长身边，这也是合情合理的。还有一部分认为，义勇军战士只有抗日死，没有投降生的，这部分官兵坚决不向刘秀坤靠拢。如此一折腾，四连的抵抗就弱了，敌人一点点缩小包围圈。就在四连军心动摇之际，七连出现在鬼子的后边，一阵猛烈的射击，鬼子被打得纷纷逃窜。四连趁机冲出了山谷。

第八章

　　楚红直言不讳地对曲司令说，她的丈夫是在一次战斗中牺牲的。曲司令一点儿都没有惊讶，他问是哪个部队的。楚红说在江西朱毛的红军部队。曲司令虽然心里有准备，却还是吓了一跳，他看着楚红的表情，想从中看到一丝破绽。曲司令什么都没看出来，他看到的是楚红的淡定和诚实。朱毛红军，这是一个炸弹一样的称谓。曲司令作为军人，对这个称谓一点儿都不陌生，只是，在这之前，他以为这个称谓离他很远很远，却没想到会和神秘的表妹扯在一起。

　　"你呢?"曲司令问，"你是红军的老婆，不会也是红军吧?"

　　"表哥，我不是红军。"楚红语调平静地说。

　　义勇军竖旗以后，各方面的压力陡增，队伍里出现了各种各样的声音，楚红能感觉到曲司令的纠结，她担心曲司令会被这种复杂的局面压垮。当抗日的热情被一些现实的挫折消耗殆尽的时候，曲司令会不会发生动摇? 尤其是那个汉奸刘团长，像个鬼影子一样地附在义勇军身上，他的影响几乎无处不在。这些都是共产党员楚红要面对的，这支队伍就是抗日的火种，决不允许出现偏差和动摇。让楚红焦虑的是曲司令对她总是客客气气，敬而远之，楚红感觉和曲司令之间有一道看不见的墙。一定是哪儿露出了破绽，引起曲司令的警觉。必须尽快赢得曲司令的信任，尽快掌握主动权。楚红想了无数个办法接近曲司令，又觉得每一个办法都不合适。刘参谋出了个主意，他让楚红多跟曲司令提表舅的死，让仇恨激发曲司令的抗日决心。楚红不忍碰触曲司令心中的伤，她一直没有开口问表舅是如何死的。

楚红和"表哥"开诚布公，坦言丈夫参加了工农红军，她自己则独自一人到北京读书，再以后和丈夫就失去了联系。楚红留了一手，既表达了自己身份复杂的一面，又有了回旋的余地。曲司令面无表情，心里却掀起了一阵狂澜，他十分清楚，表妹绝不简单，虽然不敢说她就是共产党派来的，起码不是等闲之辈。曲司令对她还是有疑心的，为什么早不来晚不来，偏偏要在竖旗抗日的时候来呢？如果她是共产党，来队伍里的目的是什么？曲司令打仗闲暇一直思考这个问题，这个疑问在他的脑子里转了好多圈儿，每一次都被突发的事情压了下去。

日军侵占东北，就仿佛是突然把一个盖子揭开了，露出了盖子下面的暗流，在曲司令看来，各色人等突然就暴露在光天化日之下。楚红是其中的一个。曲司令对楚红的到来是心存感激的，虽然表面上看不出来这种情绪，但是，心里头一直是热乎乎的。板荡识英雄，这是他挂在嘴边的一句话，越是艰难的时候，越能看出谁对自己好。当身边的朋友甚至兄弟纷纷离开的时候，楚红能主动来到他身边，这本身就是很让他感动的举动。她能有什么私心呢？共产党能有什么私心呢？想把义勇军拉走？曲司令暗暗地笑了，只要是打鬼子，他还真不在乎共产党把队伍拉走。张汉卿如果真心打鬼子，一旦发动大反攻，他肯定头拱地支持，到那时，他会第一个打出张家的大旗。对共产党也是这样。

"你也是共产党吧？"终于有一天，在行军路上，曲司令决定采取单刀直入的方式直接把藏在心里头的疑虑亮出来。亮出来后，他将紧紧地盯着楚红的脸，他相信楚红一定会露出真面目的。

"看起来，你确实是我的表妹。"这句话说出后，连曲司令都不相信是他亲口说的。怎么会说出这句不着天不着地的话呢？"你是共产党吧？"这句话怎么就没说出口呢？楚红也是一愣，她的脸红得像抹了一层胭脂。

"是的，表哥。"楚红背了很重的行李，气喘吁吁地说。

曲司令没有再问下去，他的气势已经没了，他下意识地没有提"共产党"，说明他还没有准备好，说明他不想看到楚红惊慌的样子。再找时间吧，起码现在不是时候。战事如此紧张，他还没有精力去琢磨这件事。也是怪了，战事越是紧张，越是被动的时候，他心里头竟会多次出现"共产党"这个称呼。他对共产党并不了解，只是听说过，地主老财怕共产党，有钱人恨共产党，除此之外，共产党更像一个传说。当下，他最操心的是如何把队伍带到一个稳妥的地方，如何站住脚跟，如何养精蓄锐和鬼子战斗，其他的都不该让他分心。他也曾有过绝望的想法，打死一个鬼子就够本了，打死两个鬼子是赚着了。柳暗花明的时候，他的内心又迸发百丈的雄心，只要义勇军的大旗挑一天，脚下的土地就不是日本鬼子的，身边的老百姓就不是亡国的奴隶。

曲司令对楚红是另眼相待的，在他的眼里，这个女人身上有一种特殊的情怀，她身上有一种他从没有见过的大气，说不清，也许是血缘关系的缘故吧，也许是其他的。总之，每当曲司令焦虑的时候，甚至乱发脾气的时候，独对楚红有耐心，楚红就像一剂温凉药剂，能让他的狂躁迅速降温。曲司令总想等一个合适的机会，战事不那么紧的时候，和楚红谈一谈，向楚红交个实底，他不反对共产党，请她放开手脚地干。

曲司令在赵营长的接应下，带着队伍退回驻地。赵营长也算将功补过，他据守大营，收容了许多溃散的战士。竖旗时，义勇军共有千八百人，经过几场大战，只剩下了一半人马。好在汤营长随后又带了一百多人归队，让曲司令欣慰不已。曲司令召集了汤营长、赵营长、刘参谋一起开了个会，商讨下一阶段的作战方案。赵营长提出不再出击，全军依托军营见机行事，敌人不来，义勇军守在营里不动，敌人来攻，就在营里抗击。他给出的理由很充分——战士们经过这几仗已经疲惫不堪，伤员数量不少，全军亟须休整。对于休整来说，还有比营里更适合的地方吗？营里有粮草储备，有药品储备，有弹药储备，这些都是其他地方不具备的条件。曲司令没有表态，他琢磨着赵营长的每句话，乍一听，头头是道，可是，经不起敲打。他怀疑赵营长动机不纯，怀疑他在等待刘秀坤的诱降或者组织合围。曲司令不能不对赵营长有戒心，姑嫂岭一战，赵营长的表现让他大失所望，他无法原谅赵营长，更无法不怀疑他一枪不放就走的举动。

"司令，赵营长的提议有道理。"一连连长仇虎山说，"俺的这条腿也他娘的折了，走是走不了了，得在营里养些天才行。"

"没想到民防军里藏有小鬼子。"刘参谋沉吟着，"虽然人数不多，却给咱们来个措手不及。这是没有料到的，这个，由我负责，我向司令检讨。"

"现在不是挑你对错的时候，你就说说下一步棋怎么走吧。"汤营长说，又说了一句，"这笔账以后再算。"

"如果没有小鬼子参战，咱在营里驻守那是万事大吉，这一带还没有能和咱义勇军掰手腕的对手。现在不一样了，汉奸找来了帮手，咱却是孤军奋战，如果在营里守着，我认为不是上策，甚至连中策都不是，是下策，下下策。"

"你少他娘的吓唬人。"仇虎山喊了一嗓子，"小鬼子就是打了咱一个冷不防，俺就在这里等着，他要是敢来，俺就坐在房顶上，撂不倒他小鬼子俺这辈子就大头朝下倒着走。"

"仇兄弟，你不能耍鲁莽。"刘参谋扶了下眼镜腿儿，"咱得往长远处去想，咱们得扎下根儿，咱得有根据地。"

"去他娘的根据地。"仇虎山不满地说，"根据个屁，哪儿也没有咱家军营好，要吃的有吃的要喝的有喝的，就差少了个娘儿们，俺看着，跟天堂差不多。"仇虎山这么一说，众人都笑了。

"胡闹！"曲司令忍着笑，"让刘参谋说下去。"

"我……我……"刘参谋突然结巴起来，看得出他很激动，他使劲地控制着情绪，无论如何也做不到，他朝曲司令举了举手，跟跟跄跄地走了。

屋里人都看着他的背影，心里头都蒙了一层阴影。刘参谋出了门以后，仇虎山突然啐了一口，有人小声说："这家伙准是共产党！"一句话引起了共鸣，屋里头嗡嗡地响。曲司令一言不发，他的脑子里飞速地转着。"共产党？""刘参谋""楚红"，可以肯定的是，他们不是敌人，他们是肝胆相照的朋友。为什么弟兄们对共产党如此冷漠？

这个疑惑一直伴随着曲司令，直到有一天，他在生与死的关头彻底醒悟。

出了会议室，刘参谋听到了屋里的讥讽，他非常痛苦，恨自己关键时刻没有控制住情绪，他狠狠地砸着脑袋，双手抖得像抽风一样。他紧抖着掏出了香烟，将烟塞进嘴里，他点不着火，抖得厉害，他一把扯下香烟，扔在脚下，泪水涌了出来。形势比他想象的要复杂一些，刘参谋多么想说通曲司令，引领着义勇军朝正确的方向走。不久前，地方党组织派来了一个同志与他联络，两人交换了一些看法，这位同志表示，中共满洲省委遭到了破坏，依然无法取得联系得到指示。希望义勇军能审时度势，自主把握行动方向。两人聊了一阵，这位同志忽然点了一句："刘书记，你们怎么不往南面走呢？"

"南面？"

"我们有位同志刚从老虎崖一带回来，据他介绍，南面的斗争形势更好一些，关东军主力全部北上，鬼子的兵力十分空虚，仅有的那点儿兵力全都龟缩在铁路沿线。"

"说下去！"刘参谋的眼前一亮，地方党组织曾经提到过这个情况。

"这位同志说南边有个皇庄堡，扼守着半岛的咽喉，这个堡有几百年的历史了，墙高墙厚，绝对是个易守难攻的好地方。"

"皇庄堡？"

"关键是，这位同志说堡里有坚强的地下党组织，群众基础非常好。"

"快说下去！"

"皇庄堡以北五十里，就是老虎崖山区，那里山大林深，便于游击战。"

"说……下……去！"刘参谋克制着自己的激动，朝这位同志点着头。

"山区里有几支抗日游击队！"

刘参谋的眼前亮了，去那里建立根据地，去那里发展抗日武装，去那里掀起抗日的高潮。刘参谋浑身发抖，他不再克制自己，他开怀大笑，他眼前是一轮火红的朝阳。

"刘书记，你……没事吧？"

"没事，没事。"刘参谋笑着说，"让小鬼子上了电刑，落下了病根。"

刘参谋征求了义勇军内党员的意见，他做出最终决定，下一步，想方设法引导曲司令将义勇军带到山区，和当地的党组织会合，建立抗日根据地。这个目标是那么的清晰和坚定，老虎崖山区有几支抗日游击队，这就是义勇军的抓手，还有，皇庄堡有着坚强的党组织，皇庄堡墙厚池深，一夫当关万夫莫开，多好的条件啊。

"做大事者不拘小节。"刘参谋准备亮出底牌。

在接下来的时候，刘参谋利用和曲司令单独在一起的时机，反复地向曲司令阐述自己的观点。他很平静，一点点地说，慢慢地说，他平静得就像一个局外人。他建议义勇军往南走，南边是山区，是长白山余脉。他描述着那边的状态，满口说着像诗人一样的句子："山连着山，沟连着沟。进，可以到'满铁'沿线打鬼子；退，可以钻进大山里休养生息，别说一个团，就是一个满员师钻进大山里，小鬼子也轻易找不着。"

"说下去。"曲司令的目光表达了内心的想法。刘参谋为之一振，从公文包里掏出事先画的一张草图，将草图挂在墙上。刘参谋指着图说："司令，小鬼子如果敢进山'围剿'，咱在山里沟里随便打他一个伏击就够他喝一壶的。只要在山里建立了根据地，咱就算是鱼游进了大海，老虎上了高山。"

"等等！"曲司令摆手阻止了刘参谋，他朝窗外大声喊："护兵，去请汤营长来，不，把连以上的弟兄都喊来。"

刘参谋突然僵硬了，他努力掩饰着自己的激动，他掏出香烟，点着了，狠狠地吸，一阵晕眩后，他平静了下来。他面对的不单是曲司令，而是所有义勇军官兵，他必须有极大的耐心去说服他们，引导他们朝正确的方向前进。

"那咱们不成猎户啦？"汤营长不屑地说，"进了大山里，小鬼子如果不来找咱，咱算什么？你是去打小鬼子还是不去打小鬼子？如果天天在山里猫着，咱这'义勇军'名号又怎么说？"

"这……"刘参谋不敢和汤营长高声辩驳，汤营长可不是仇虎山，汤营长在军中很有威望，俨然是一人之下众人之上。遗憾的是，汤营长总看不上他，对他的每句话都表示质疑，往往有些蛮横有些胡搅蛮缠。刘参谋不能和他对抗，毕竟，在这支队伍里他还没有汤营长那样的影响力。面对咄咄逼人的汤营长，刘参谋只能苦笑，等待曲司令解围。

"你的意思是避其锋芒?"曲司令双手抱肩,冷冷地看过来。

"我的意思……"赵营长迎着曲司令咄咄逼人的目光,刚说了半截话,立即意识到不是问他,便赶忙闭上嘴。

"我的意思是全军立即朝南边大山里走,暂时远离铁路线,铁路线是小鬼子的命脉之地,重兵把守,我们在这附近运动,一定会遭到小鬼子的打击,目前来看,我们还无法和鬼子硬碰硬。因此,我们要避开这个地方,到大山里建立根据地。进山后,根据队伍的恢复情况,可以派出一部分人马到铁路线和鬼子打游击,义勇军的名号照样响当当。"刘参谋说。

刘参谋一心一意想把义勇军打造成一支纯洁的革命队伍,他无比珍惜这支队伍,他在这支队伍里秘密工作了几年,就是想有朝一日把这支队伍改造成党的武装。他知道这条路很艰难,再难也要走下去,中共满洲省委赵书记派他来的时候,曾不停地嘱咐:"小刘,你一定要克服急躁的情绪,稳住神,像猎人一样潜伏,像猎人一样等待时机。"

"赵书记,等待什么时机呢?"

"等待党的召唤!"

刘参谋努力工作,小心翼翼地接触士兵兄弟,想方设法去影响他们,唤起觉醒。这条路太难了,随时有可能暴露身份,随时有可能招致杀身之祸。他从来都没怕过,牺牲这个词对他来说很亲切,很温和,为了自己的理想,为了民族的彻底解放,为了穷苦人翻身做主,牺牲一个自己算什么? 他就是这么想的,没有一点儿虚假和夸张。改造旧军队需要时间,需要耐心,每当遇到阻力的时候,他都是这么安慰自己的,他告诫自己不要激动,要定下心来。要让弟兄们看到希望。义勇军竖旗了,这是一个初步的胜利,也是一个巨大的胜利,刘参谋相信,经过他和同志们的不懈努力,一定会把义勇军锻炼成坚定的抗击日本侵略的铁军。

"我说老刘,刘老哥,刘大参谋,咱就在营里等着那帮汉奸不行吗? 你怕个啥呀?"仇虎山说,"咱明明竖起了抗日的大旗,咱就是要和他小鬼子硬碰硬。"

"就是,咱不能总想着缩脖子。"汤营长附和着,"打仗就是靠一个不怕死的劲儿，这口气可鼓不可泄，一泄就完犊子了。"

"'满铁'沿线好比是鬼子睡觉的床，他们不会让卧榻之下出现咱抗日义勇军的。"刘参谋加重了语气，"为什么咱们在姑嫂岭会遇到鬼子，就是因为鬼子以为咱来动他的铁路线，动了铁路，小鬼子就会和咱拼命。咱不是怕他，不是躲着他，咱是学着聪明，咱暂时远离铁路线，避开小鬼子的锋芒，只要咱进了山，小鬼子的优势就没了，相反，我们的优势就凸显了，我们钻林子，打冷枪，他小鬼子来多少就让他死多少。咱们就容易站稳脚跟，容易补充兵员，准备好了，抽冷子出山捅他一下。"

"老刘，你这是土匪的战术。"汤营长说，"正规军没有这么干的。"

"刘兄弟，你让咱义勇军钻进大山里，粮草呢？子弹呢？药品呢？"赵营长问，"荒山野岭，弟兄们吃草当兔子去？"

"兄弟们，这个……这个……确实……苦日子。"刘参谋突然又结巴起来。

"弟兄们能受得了那个苦吗？"汤营长说，"再说了，你刘大参谋费劲巴力就参谋出这个馊主意？"

"弟兄们凭什么要受那个苦？"仇虎山说，"打鬼子还打成了要饭花子啦？"

"都给我搂着点儿！"曲司令瞪了大家一眼，他走到刘参谋身边，拍了拍他的肩膀，从刘参谋口袋里掏出香烟，点燃了烟，塞到刘参谋的嘴里，刘参谋使劲儿抽，身子渐渐不抖了，"咱们弟兄是宣誓打鬼子的义勇军战士，不是以前的东北边防军，从咱竖旗的那天起，没有人再给咱粮草和军饷，一切都得自己想办法，什么要饭不要饭的，净说些没滋没味的话。我跟你们说，刘参谋不但是咱兄弟，还是咱义勇军的大脑，懂吗？是本司令的诸葛亮，我把丑话撂在这里头，对刘参谋不敬就是对本司令不敬，一旦误了军机，本司令拉下脸来，斩马谡的硬心肠还是有的。"

"司令！"汤营长想说什么，又把嘴边的话咽了回去。

"老汤，你得带头忍受这一段艰苦的时光，等着张少帅率部大反攻，弟兄们一定会得到补偿的，这个得跟大家说清楚。"

"请司令看看这条路线图。"刘参谋画了一张图，标注了几个位置的名称，又将这几个位置连成了一条线。曲司令看了一会儿，又递给汤营长看，汤营长看了一会儿递给赵营长。

"这是什么山？"赵营长问。

"这是长白山余脉，这一带的最高点是老虎崖。"刘参谋解释说，"从老虎崖往北，方圆几百公里都是深山，山里隐蔽一个团的义勇军绰绰有余。"

"大家再议议，这个方案合适不合适？"曲司令说，"关键是咱们在老虎崖这个地方能不能站住脚。"

"老虎崖西面就是铁路线，一旦小鬼子顶上来，咱就再往山里退，仙人洞，莲花山，越往里越难走，小鬼子的汽车大炮就成摆设了。"刘参谋说。他不停地抽着烟，还有几个重要的理由暂时无法说出来。譬如说皇庄堡有共产党的地下组织，有坚强的群众基础；譬如说，老虎崖一带有多支抗日游击队。如果将这些重要的条件说出来，他相信大家会欣然支持他的。

众人都陷入了沉思，他们都在分析利弊，如果没有经历这几场大战，没有人会对这个路线感兴趣。刚竖旗的时候是什么样的精气神，现在呢？受了一点儿挫折，就想着退路了。每个人心里头都怪怪的。有不服气的，有胆怯的，大家对刘秀坤的民防军有了新的认识，光论汉奸民防军，他们绝对不是义勇军的对手，里面掺杂了小鬼子，这就不一样了，实力的天平就往那一边坠了。继续在营里守着，敌人一定会像狗皮膏药一样粘过来，那时，谁敢保证就一定能将对手击溃？一旦被包围了，再想突围，就被动了。离开军营到山里去这也不是上下嘴唇一碰就能定的事，毕竟不是野外训练。

曲司令审视着地图，用手量了又量，估摸着到老虎崖的距离。老虎崖以东以北都是山区，沟深林密，确实是个藏身的好地方。山区适合小部队打游击，不适合大部队作战。这一点对义勇军很重要，然而，山里的缺点也是显而易见的，凡是偏远山区就一定缺人缺粮，没有有效补给，义勇军会不会自然减员最终自取灭亡呢？曲司令看了一眼汤营长，想听听老伙计的想法。汤营长明白他的意思，便故意语气轻松地说：

212

"司令你就决定吧，你指哪儿咱老汤就打哪儿，皱一下眉头咱就是尿蛋包。"汤营长这么一说，大家都笑了，连曲司令也忍不住莞尔一笑。曲司令说："这几仗没打好，让大家揪心了，这是本司令的错，不是刘参谋的错。我要明确一条，各位还是要乐观一些，咱们义勇军不是尿蛋包，在奉军里咱就是铁军，这一点大家心里要有数，不要被几场败仗吓掉了魂儿。老曲就在这里说句大话，方圆千里，能把咱一口吃掉的人还在他娘的大腿上夹着哪。这一点，希望各位要树立信心。留在军营里的坏处显而易见，刘参谋刚才说了，咱的毛病是离铁路线太近了，小鬼子能不怕吗？他怕咱断了他的铁路，耽误了他往鬼子老家运物资。咱能不是眼中钉肉中刺吗？如果大股小鬼子一拥而上，凭咱的能耐还真吃不消，别说咱吃不消，少帅不是也吃不消吗？要我说啊，南昌城里的蒋委员长也要吃不消。因此，咱还得躲一躲，不是怕他，咱这是争取主动，不能让小鬼子牵了鼻子。去山里，虽然苦哈哈一些，但是，我想了再想，刘参谋这一招确实是上策，三十六计走为上计，咱当兵的人都懂。从此，咱进可攻退可守。大家都说说，不要憋着，有屁就放出来，不过，不同意见不能针对刘参谋，可以针对我，你现在不放，等着以后想放了，就熏人了。"

"那咱就去老虎崖占山为王！"汤营长说，"就凭咱们的实力，胡子绺子小毛贼都得来朝拜，咱挑那些能打仗的，没有过多劣迹的胡子收编他一家伙，壮大了咱们义勇军，机会合适了，咱就出去打鬼子，风声紧了，咱就猫在山里不出来。"

"听着像上了梁山一样。"赵营长笑着说，"又像是花果山里猴子称了大王。"

"就这么定了吧。"曲司令说。

就这样，经过了几场恶战，落了下风的义勇军决定避其锋芒，到小鬼子鞭长莫及的山区建立根据地。义勇军的目标就是老虎崖。统一了思想以后，又出现了新的分歧，是打一仗再走还是马上就走？大家都看曲司令的脸，等待他拿主意。刘参谋心里头着急，他想说义勇军当下士气低落，要走就赶紧走，此时犹豫是为大忌。急归急，刘参谋却不敢乱说话，曲司令是个要脸的人，一旦说不到点子上，他会跟你拧着来。你越是着急，他越能在这里多待上两天。刘参谋只好把焦虑藏在心里头，表现得从容不迫的样子。

曲司令检视了一连连长仇虎山的腿伤，还好，子弹从腿肚子上贯穿出去，留下一个化了脓的枪眼。曲司令考虑到受伤弟兄的感受，决定在军营里停留一段时间，一是让战士们恢复体力，另外，他想整编队伍。

几天来，曲司令花在部队整编的心思格外多，原则上各长官的官衔不变，连长还是连长，排长还是排长。团的建制虽然还在，兵员却严重不足。曲司令将队伍整编为三个加强连一个直属队，重新任命了连长。三个连长都是在战场上经受住考验的弟兄。直属队比加强连高出一个格儿，属于营级架构。后勤、通信、医护都归直属队。经过斟酌，曲司令决定将直属队交给赵营长统领。

"苗子，楚红她们这帮女学生也都交给你负责了。"曲司令单独向赵营长交代，"苗子，我把丑话说在前头，无论什么时候，你都得把她们看护好了，累一些苦一些我不挑你的礼，就是不能让她们伤着了，知道吗？她们都是千金小姐，都是有文化的大学生，都是金贵的人，不能毁在咱们手里，等战事消停了，赶紧打发她们走。苗子，你明白吗？"

"司令放心，我要像爱护眼珠子一样爱护她们。"

"苗子，你就让她们跟随医疗队行动吧。"

"司令放心，绝不会有闪失的。"

两天后，曲司令得到了源源不断的情报，刘秀坤的汉奸部队集结完毕，正在朝这边运动。又有消息，离义勇军最近的一座火车站出现了多门山炮和堆积如山的弹药箱，虽然不能断定这些山炮和弹药是为攻击义勇军准备的，曲司令却不能不防备。刘参谋也跟楚红做了交代，让她利用一切机会影响曲司令，促使他下决心迅速离开险地。

"我每时每刻都在提心吊胆。"刘参谋说，"楚红，你知道吗？机不可失，时不再来。"

楚红很为难，刘参谋是上级领导，她绝对服从他的指挥。可是，作为"表妹"，让她去影响他合适吗？楚红不怕碰钉子，就担心引起曲司令的疑心，闹了个适得其反。这天下午，楚红还是硬着头皮去了司令部，她打算相机行事，司令部里头进进出出，她根本就没有说话的机会。曲司令发现了她，朝她招手，楚红赶紧走了过去。

"小楚，你跟我说句实话。"曲司令盯着楚红的脸说，楚红心里咯噔一声，她定了定神，决定坦然面对。曲司令问："你怕不怕小鬼子?"

"不怕!"楚红说。

"你瞧，刘参谋，你都赶不上一个女学生。"曲司令朝刘参谋说，"你在我耳边叽叽喳喳嚷，让我赶紧撤退，我就纳闷了，你一个大老爷们儿，就那么怕小鬼子吗?"

"司令。"刘参谋满脸通红，"我是说，夜长梦多，民防军不知道在憋什么大招，别中了他们的诡计。"

"你可拉倒吧。"曲司令转脸看着楚红，"小楚，实话告诉你，和你一样，我也不怕小鬼子，谁怕谁就先走!"

"司令!"楚红一时语塞。

事后，刘参谋狠狠地批评了楚红，说她没有完成任务的勇气。刘参谋因为激动，浑身发抖，他一度说不出话来。楚红很难受，觉得左右为难，她也恼火自己在曲司令面前总是畏手畏脚放不开，她真想问一下自己，你在等什么呢?

曲司令终于下令拔营转移了，这时，民防军的先头部队已经接近了军营。曲司令下令能带走的辎重全都带上，携带辎重的任务交给了直属队。直属队套了十挂大车，将武器弹药坛坛罐罐尽量装车，跟随一连出发。二连三连在营区内做好迎敌准备。曲司令决定打一仗再走，也是想让民防军有所忌惮。二连和三连利用坚固的营房做依托，部署了高点、低点等立体交叉火力网。还将带不走的山炮放在营门口，曲司令命令炮兵狠狠地打，把炮弹全都打光。按照部署，二连全部上了房顶。三连在营房外的壕沟里埋伏。曲司令命令伙房杀猪，炖猪肉粉条给弟兄们吃，他还风趣地说："告诉弟兄们，可劲造，吃不完猪肉咱不撤!"晌午，侦察兵来报，老四连上来了，距离军营只有五公里。曲司令心里一阵热乎，竖旗后的几场大战，老四连出了大力，可谓立下了汗马功劳。只是，这个连后来好像被裹挟了，变得犹犹豫豫，明明可以跟上来和主力会合，却又拖拖拉拉。派去联络的人一个也没有回来，这就更加让人疑心。曲司令想亲自去接老四连，是想好还是想坏，总得说清楚，总得有个交代。在曲司令眼里，老四连走到天边也是嫡系。汤营长拦下了他，汤营长是老四连的老长官，和老四连的感情一点儿都不输给曲司令。汤营长断定老四连变心了。汤营长一方面考虑曲司令的安全，同时也考虑别的连队的感受。曲司令是义勇军的一家之主，不该露出偏爱之情。老四连是嫡亲兄弟，一连不是吗？二连三连呢？汤营长的话曲司令不能不在意，况且，人家说得句句在理。曲司令命伙房准备一头猪，派弟兄送给老四连。下午两点，弟兄们推着车回来了，那头猪怎么去的怎么回的。

"司令，老四连给脸不要脸。"送礼的弟兄气哼哼地说，"一点儿情分都不讲。"

"老四连能让你们几个囫囵个儿回来就是给大脸了。"曲司令淡淡地说，心里却很不是滋味。

老四连终于露头了，走在前面的是一个排长，曲司令看着眼熟，一时想不起这人的名字。老四连的后面尾随着大股民防军。二连和三连不知是该打还是该列队欢迎，正犹豫着，老四连的先头部队突然直挺挺地冲了上来，三连见势不妙，扭头就往营里跑。刘参谋果断地挥了下手，令身边士兵立即开火。枪响之后，老四连迅速趴在地上，身后的民防军却凶猛还击。随着二连加入战斗，老四连的士兵纷纷爬起来，扭头就往后退。民防军被老四连这么一冲，影响了军心，反身就跑。曲司令令旗一挥，营里的山炮开火，轰死了一大片。一个小时以后，民防军从东面马圈屯方向扑上来，三连依托房顶工事，猛扔了一阵手榴弹，炸死了十几个人，将民防军打了回去。这一仗，义勇军大获全胜。民防军夹着尾巴退了回去。傍晚，小鬼子出动两架飞机，在军营上空盘旋轰炸。义勇军没有防空经验，被炸了个人仰马翻，曲司令下令立即撤出去。民防军和鬼子早有准备，他们紧紧缠住义勇军，咬着义勇军不放。义勇军交替掩护，边打边撤，总是甩不掉敌人。坏就坏在敌人有飞机，只要义勇军主力部队暴露，鬼子的飞机就来轰炸扫射。战士们被飞机打怕了，往往飞机一来，就乱跑乱窜，正中了飞行员的下怀。刘参谋曾判断只要脱离"满铁"沿线，鬼子就不会倾力追赶，这个判断被证实是错误的。敌人的追兵越来越多，无论是打是走，敌人都会及时围堵。义勇军往往奋力突破一个口子，后援的敌人很快就会重新围上。义勇军处处被动，当刘参谋带着侦察兵寻找突破点的时候，他遇到了姜吉忠，也通过姜吉忠了解到皇庄堡就在附近，刘参谋心里头热辣辣的，这下可好了，总算可以喘口气了。回到营中，刘参谋立即向曲司令报告，他因激动而浑身发抖。

"老刘，稳当点儿，慢慢说。"曲司令安抚着他。

"皇庄堡……皇庄堡！"

"皇庄堡？"曲司令低头在地图上找，刘参谋抖着手指，点到了一个地方，曲司令猛一抬头，"皇庄堡？"他的眼前一亮，就像焦渴的人发现了一眼井一样。

"依托……皇庄堡……咱可以喘口气。"刘参谋掏出烟，好不容易点燃了，狠狠地吸了一口。

"冷静！冷静！"曲司令仔细地看着地图，突然反问刘参谋，"皇庄堡是险地，这不错，可是，这里也是绝地啊。雪冬，你想过没有？咱们进去后就有可能被敌人围上，围上了怎么办？你想过没有？"

"司令。"刘参谋稳住了神，"当前形势已经不允许咱们再兜圈子了。"

"说下去！"

"皇庄堡虽然是险地，但是，那得建立在敌人十倍于我军之上，兵法云十则围之。"刘参谋一口一口地抽着烟，语气坚定而又冷静地说，"当下，咱们没有根据地，每天都在行军，辎重、伤员损耗太大，光是飞机轰炸咱就受不了，不能再转圈了，皇庄堡就在附近，咱们千辛万苦奔着皇庄堡来了，好不容易到了跟前，不能再犹豫了。司令，咱得找个地方喘口气。"

"雪冬啊雪冬，你什么时候变成惊弓之鸟啦？"曲司令想不明白，竖旗前，刘参谋慷慨陈词，胸有成竹，遇到挫折，他又变得谨小慎微。嘿，这个刘参谋。

刘参谋忍受着曲司令的猜疑，他不能解释，现在还不到挑明真相的时候，还不能说出进皇庄堡最大的理由。等一等，等打完了这一仗，和皇庄堡内的地下党组织取得联系后再说；等一等，再等一等，稳妥点儿，再稳妥点儿。水到渠成的时候，曲司令就会明白他的苦心的。

光从军事的角度看，皇庄堡是个打阻击战的好地方，义勇军可以以逸待劳，趁机喘口气。这是明摆着的优势。越是看到好处的时候曲司令越是要反过来考虑，这一带的民风怎么样？给养怎么样？能支持多久？这些不能不让他深思。他命护兵把汤营长喊来，关键时刻，他想听听汤营长的意见。汤营长见到曲司令，又警惕地瞄了刘参谋一眼。刘参谋将进入皇庄堡打一场阻击战的设想和盘托出。刘参谋点燃了一根烟，做好了舌战汤营长的思想准备。汤营长想了想，又看了一会儿地图，他竟然破天荒没有和刘参谋顶牛。他伸手反复在地图上量尺寸，搞清了皇庄堡离老虎崖山区差不多有三十公里的距离。汤营长掰着手指算了算，到了关节上，部队急行军，不用半天就能抵达山区。

"司令，这回我同意老刘的建议！"汤营长说，"这也是咱们事先就定下来的大计，既然定了，就不要轻易改变，咱兜兜转转走到这里了……"

"我的意思是想马上进山里去。"曲司令伸手点着老虎崖，"不想在皇庄堡里停留。"

"司令，咱还是先在皇庄堡里打一仗再说。"汤营长卷着烟，朝曲司令点了点头。虽然这么说，其实，他也是言不由衷。汤营长很清楚一旦进入皇庄堡，很可能要被堵在里头，要有打一场艰苦大战的准备。然而，不进去又能如何呢？队伍实在太疲惫了，在野地里行军打仗，天上飞机轰，地上鬼子汉奸追撵，每个人都疲惫不堪。进皇庄堡里喘口气虽然冒险，但是这个险也值得冒，哪怕只给十天时间休整，等部队恢复了元气，再与鬼子和民防军决一死战，或者冲进山区。

曲司令虽然顾虑重重，却也不能不加以深思。连续多日激战行军，战士们的神经绷得太紧，一旦得不到化解很容易绷断。也该到了松弛一下的时候了，这么一想，进入皇庄堡的得与失就倒了个个儿。刘参谋的一句话让他下了最后的决心，刘参谋说路上遇到了皇庄堡的百姓，堡里的百姓正受着鬼子的蹂躏，急请奉军前去打鬼子，救百姓于水火之中。一句话，曲司令动了情，他猛一跺脚，令全体官兵立即朝皇庄堡进发。

曲司令向弟兄们说明，进皇庄堡只为打一次阻击，争取一战将民防军击溃。打垮敌人后将迅速撤出皇庄堡。交代完毕后，他对身边的汤营长和刘参谋说了句泄气的话："进了堡里，咱可就没了退路。"

"司令，汉奸和鬼子也是精疲力竭，咱疲惫，他们更疲惫。"刘参谋说，"咱守着这么高的城墙，还不以一当十吗？"

"司令，刘参谋这回总算没有瞎参谋，就这又高又厚的城墙，小鬼子就是上来一个大队也是白给。"

曲司令笑了，起义以来，他第一次这么开心地笑。让弟兄们喘口气，好好打一仗，再钻进大山沟里，这是眼下不二的选择。他的眼前出现了义勇军战胜了敌人，迅速钻入大山里的情景，义勇军进了山就是海上的蛟龙山上的猛虎。他能不高兴吗？

义勇军在皇庄堡西门设置了两道防线，一道是在大墙下面两百步的地方，从山顶到谷口，挖掘出一条战壕，曲司令将一连放在这道防线上；第二条防线就是大墙。两条线高低错落，火力分配充分，只要敌人从谷底一露头，两条线上的义勇军就能交叉开火。遗憾的是，直属队只带出两门小山炮。曲司令下令由汤营长掌握山炮的发射，保证好钢要用在刀刃上。

下午，西山顶上来了三架飞机，对着前沿阵地一阵狂轰滥炸。义勇军战士躲在战壕中，损失不算大。飞机掉头飞走后，汤营长命民工立即出城救伤兵，魏三和一帮人却像聋子一样，对这道命令没有任何反应。汤营长火了，命士兵在城门口架设机枪，枪口对准了民工。魏三见义勇军要动真格，嗷的一声叫，带着众人麻雀似的飞了出去。一会儿，鬼子的飞机又来了，在西山顶上低空盘旋，低得连飞行员的小黑胡子都能看得清清楚楚。魏三和民工藏在门洞里不敢乱动。他们伸脑袋朝天上看，就像看盘旋的老鹰。

村公所的院子腾了出来，贴墙边地上铺了厚厚的秸秆，伤员躺在秸秆上休养。村公所里设置了临时处置病床，医官带着女兵在里头救治。

每抬出来一个伤员，都要赶紧再抬进去一个。手术台四周静悄悄，彼此都不说话，只有医官在忙碌。医官也不说话，能打手势就打手势，动作干净利落。呻吟声此起彼伏，有的能忍住疼，却忍不住思念父母亲人。往往一人哭，立马就会勾出许多人的眼泪。处置过的伤员被直接安排到百姓家中，牺牲的就抬到院子后面的背阴处，每具尸体都蒙上一块布。由于人手不够，几个力气大的妇女也被姜长深调来支援。穆大夫也被请了过来，即便不去请，他也要来的。炮火连天的时候，穆大夫就在家里转来转去，急着要去看看，哪怕插不上手，哪怕让他帮着抬人也行。穆大夫对自己的医术没有信心，转来转去，犹豫不决，担心去了给人家添乱。当楚红登门请他的时候，穆大夫惊喜交集，忍不住掉下了眼泪。老先生二话不说，夹着包袱就跟来了。

穆大夫虽然不精通治疗红伤，可针灸术却达到了炉火纯青的地步。他观察了一阵，终于找到了用武之地，见伤员因没有止疼药物而呻吟，他便试着用银针止疼。他根据每个伤员的伤情，一边摸索一边大胆用针，止疼效果明显。伤员们感激穆大夫，喊他老爹。疼得受不了的时候只需嚷一声："老爹，疼啊！"穆大夫便会及时出现，即便没有及时出现，暖心的话也到了。一般来说，伤不重的，只要下了针，起码能抗半个时辰。半个时辰内，伤员昏昏睡去。伤势太重的，单靠扎针不起作用。眼见重伤员疼得死去活来，穆大夫急得直跺脚，他想了很多办法，都不解决问题。穆大夫猛然想起了鸦片，他一拍脑门，大喊一声："有了！"穆大夫跑出村公所，站在院门前四下踅摸。门口只有童小宝一个人，正蹲在台阶下面抠蚂蚁窝。穆大夫扯着耳朵将他拎起来，吩咐他赶紧去药铺里取烟葫芦。童小宝一溜烟儿地跑了，没一会儿，将一包烟葫芦取回来。穆大夫让妇女在院里支起一口锅，烧了一锅烟葫芦水分给重伤员喝。也可能是精神作用，伤员们渐渐安静了。这一幕恰巧被曲司令看见了，他舀了一勺烟葫芦水尝了尝，见伤员情绪稳定，便向穆大夫连连拱手致谢。

"老先生义薄云天，曲某佩服佩服！"

"司令言重了，只要是打小日本的队伍，老夫豁出命相助。"

"老先生，你真是深明大义。"曲司令说，"老百姓都有你这样的觉悟，小日本何愁打不跑？"

"哎，小日本咋来的咱中国？"穆大夫一边给伤员扎针一边问，他这一声问，人们都看着他，等着他回答。连院子里的伤员都竖起耳朵听，生怕落下一个字儿。穆大夫说："不就是甲午年间的一场大战吗？这是咱的国仇，是咱中国人世世代代的耻辱，再过一百年也不能忘了这个血海深仇。老夫年轻时念了几年书，懂得家国的道理，年轻的时候，俺投笔从戎，是北洋水师的一名水手。甲午年东沟大海战，咱吃了小鬼子偷袭的大亏，经过苦战，总算是打了个平手。再往后，小鬼子把咱的北洋水师堵在旅顺口里；再往后，小鬼子把咱水师堵在刘公岛里，活生生地把咱大清的脊梁骨给打折了。那是多大的羞辱啊，从旅顺口往刘公岛撤的时候，俺们的舰艇一头撞上了暗礁，后面追来的小鬼子也不开火，像看耍猴一样，小鬼子全都拥上甲板朝俺们发笑，那副鬼样子，俺死都不能忘。俺们管带，那可是喝过洋墨水的绅士，他实在受不了这样的侮辱，他对俺说：'小穆啊，咱中国人的脸都让小鬼子给打没了。'说完，管带拔剑自刎。小兄弟们，老夫也是这个年岁了，这辈子也没有了雄心壮志，只是报仇这件事，俺就是七老八十了也不能忘记。才过几天啊，小鬼子又来了，打下了沈阳城不说，又闯进了俺们皇庄堡。杀了俺们铁匠女婿一家，你们知道是怎么杀的吗？往人身上浇火油啊，然后就往人身上扔火把，眼看着一家四口子被活活烧死了，小鬼子，作孽的小鬼子，个个都得下地狱的小鬼子。俺们能忘了这个仇吗？这个仇，俺这辈子不能忘，俺子子孙孙也不能忘。都说小鬼子小鬼子，这个蕞尔小国的坏种们，就会欺负咱中国人。他们就觉得咱好欺负，咱中国男人没长卵子吗？打不过他们吗？不，咱要吸取北洋水师的教训，咱要抱团儿，别狼上狗不上的，那样，就中了小鬼子的下怀了，他们就将咱们各个击破了。咱一要抱团儿，再就是要狠，比小鬼子还要狠，凡是个中国人就不能手软，就该和小鬼子拼命，你捅我一刀，我砍你两刀！没有别的法子，你要比他还狠，比他还凶。你软他就强，他就像狼一样咬你，往死里咬你，咱中国人没有后路了，就只能和小日本拼命，你杀我一个，我杀你一双，拼了！死了咱光荣，伤了咱也光荣，咱是光荣负伤。人人都敬重你，没有人敢笑话你是瘸子，没有人敢笑话你是瞎子，你是为国负伤的英雄，你是大英雄，你先人脸上有光，你的后人也以你为荣；假如你战死了，你更是光荣得不得了，墓前竖碑，上面写着：抗倭志士张三之墓、抗倭志士李四之墓。无论多少代，只要有人认出这几个字，就会敬重你，中元节给他爹他娘烧纸的时候，顺道也得给你烧两张，这就是纪念，这就是千古流芳。"

"说得真好！"曲司令整了整军容，郑重地向穆大夫敬礼，"有皇庄堡老百姓的支持，我们义勇军必将与倭寇血战到底！"

"祝义勇军壮士鞭敲得胜鼓，齐唱凯歌还！"穆大夫拱手还礼。

一边的楚红一直观察着穆大夫，穆大夫的每句话都扎进了她的心坎里。多么好的一位老人啊。楚红不禁心里一动，穆大夫？他能不能是皇庄堡的共产党员？楚红急盼着找到地下党，争取地下党的支持，完成建立抗日根据地的光荣使命。她还不敢造次，不能因为自己的不谨慎暴露了地下党的身份。刘参谋嘱咐过她，一方面要大胆，另一方面还要心细。楚红得自己把握这个度，虽然急盼着皇庄堡的党组织及时站出来相助，可是，义勇军初来乍到，又不了解这里的情况，不能轻举妄动。楚红想找个时机摸摸穆大夫的底。

曲司令受到"烟葫芦汤"镇痛效果的启发，吩咐军需官立即拿出烟土供重伤员服用。楚红担心会有副作用，更担心有人趁机吸食鸦片，便提出由女兵酌情负责发放烟土。曲司令明白她的心思，立即点头同意，还故意对伤员们说："兄弟们，咱可说好了，只为了解疼，可不许抽大烟！"说完，曲司令出了村公所。他心里明白，目前队伍上缺医少药，也只能这么做了，至于能不能上瘾那是后话，不是当下他要考虑的事。到了这个时候，曲司令确实有些顾不上了，满脑子只有一个念头——如何打好这一仗？

午饭的时候，曲司令和赵苗子推心置腹地谈了一阵。赵苗子也认为只有打败刘秀坤的民防军才能顺利撤到山区，一旦打输了，即便撤到山区也是后患无穷。说这些话的时候，赵苗子明显忧心忡忡。

"二哥，咱们现在确实是老虎跳山涧——悬起来了。"

说实话，赵苗子从没有想到会遇到当下这种局面。抗日竖旗，他心里一直没有底，他原打算看看形势的发展再说，他不是不想抗日，他总觉得应该有一个更稳妥的机会。赵苗子的垂头丧气，赵苗子的懈怠，曲司令都看在眼里。看着他的背影，曲司令心里头的疙瘩越拧越大，他并没有因为这次推心置腹的谈话而释怀，相反，对这个把兄弟越加起疑心。赵苗子啊赵苗子，你到底是怎么想的？虽然都是把兄弟，赵苗子却和大哥刘秀坤更加交心。也难怪，刘秀坤是赵苗子的救命恩人。

赵苗子以前是个油嘴滑舌的布贩子，常年走村串屯做小生意，有一年，他忽然就瞄上了一户人家的小姐。赵苗子使出浑身解数和这家小姐接近，一来二往，两人暗生情愫，他们找各种机会偷摸约会。不久，小姐怀了身孕，眼见着纸里包不住火，赵苗子就和小姐商量双双私奔。这天夜里，赵苗子秘密接出小姐，带着小姐一路跑到城里。天亮了的时候，他俩还是被人捉住了。赵苗子挨了一顿毒打，打至奄奄一息的时候才将他绑缚报官。赶巧，这桩官司被刘秀坤遇上了。刘秀坤当时还是奉军的一个连长，和县长是朋友。那天，他正在县衙门里和县长聊天，见一群人吵吵嚷嚷进来，将一个五花大绑的人摁倒在庭前。县长问明了情况，吩咐他们去找警察报案。真巧，汉子被人拎起来时的目光突然打动了刘秀坤，他断定这是一个视死如归的真汉子。那些年，刘秀坤一直以及时雨宋江自诩，到处充当滥好人，也得了一些好名声。刹那间，他想将好汉赵苗子收为己用。刘秀坤和县长商量，如何能将赵苗子救下。县长说，按照正常程序，除非女方家里撤案才有转圜的余地。刘秀坤回到队伍上，想了几个方案，甚至想到去牢里抢出赵苗子。当然了，他想出的计策都是漏洞百出，刘秀坤想破了脑袋也没想出好招。他喊来足智多谋的曲兄弟，相信曲兄弟一定会出个好主意。那时，曲兄弟还是个排长。他听明白了事情的来龙去脉后，只是笑笑，没有多说一句话。刘秀坤就从他的笑容里看到了内容。刘秀坤也是笑笑。

曲兄弟换了身老百姓的装束，骑了一匹快马，只身来到了小姐的家。此时，这家已经乱了套，家里家外哭声一片。当家的丢不起那个人，正和人贩子商量着要把姑娘送往北边大草原上卖掉。曲排长说明了来意，希望能带小姐走。他许下二十块大洋的酬金。当家的却说："卖到草原上，给一块大洋都干，卖给本地，给一百块钱也不干。"

"这是你说的！"

"说破大天就是这个意思！"

见对方铁了心，曲排长回到营地，只跟刘秀坤对了个眼色。刘秀坤就懂了，他一句话都没有问，只是点了点头。当晚，曲兄弟带了四个弟兄，他们全都换了百姓的服饰出营。趁着夜黑，几个人来到了小姐家，一哄而上，强行将小姐抢了出来。曲排长在小姐家的门上贴了张警告帖子，帖子上画了个好大的骷髅头。对方知道遇到了硬茬子，只得咽下了这口恶气，含恨去衙门撤了诉。从这以后，赵苗子就停了贩布生涯，一心一意跟着刘秀坤吃粮当兵。由于他脑袋灵活，还会写字算账，很快就成了刘秀坤的心腹。

最初结盟的七兄弟已死了三个，还剩下四个。老大刘秀坤虽然当了汉奸，几个兄弟依然和他割舍不断。赵苗子算是最明显的一个，自打竖旗抗日，赵苗子整天就是蔫头耷脑，消极的话一车又一车，积极的话丁点儿都没有。谁能保证他和义勇军是一条心？曲司令忘不了竖旗前赵苗子的恶劣态度，他不说支持也不说反对，就是坚持等刘团长回来主事。言外之意哪个听不懂？按照他的说法，刘秀坤一天不回来，竖旗的事就得撂在一边。起义也因此一拖再拖。曲司令尊重赵苗子的意见，耐心地等待他的觉醒，当形势所逼，义勇军终于竖起抗日大旗的时候，刘秀坤露头了。他派人来送信，要求义勇军加入民防军。刘秀坤的出现引起了义勇军内部的骚乱，曲司令让赵苗子自己做选择，要么跟着一起起义，要么就去找刘秀坤。曲司令看在兄弟的情分上，给赵苗子让开了一条大路，只要不带枪，只要不带兄弟们，赵苗子可以毫无顾忌地离开义勇军营地。赵苗子只是叹气，脑袋扎进了裤裆里，无论曲司令如何逼迫，他都不肯骂刘秀坤一声汉奸卖国贼。赵苗子决定不走，决定跟着队伍起义，这很让曲司令疑惑，他想到了很多不好的一面，也想到了很多好的一面。不好的一面始终占据上风。曲司令为此苦恼，有时恼赵苗子拖后腿，有时又狠狠地责备自己，认为自己心胸不够宽广。

几次大战，赵苗子表现得并不让人信服，许多弟兄在曲司令耳边打小报告，指责赵苗子有反心。曲司令压制着愤怒，他得忍着，暂时还不想和赵苗子决裂。他的底线放在那里，只要赵苗子一天不去投靠刘秀坤，他们就是兄弟。

阳光正刺眼的时候，谷底里涌出了上百名民防军士兵，刚一露头，一连的马克沁机枪就开始了死亡点名。一阵突突，民防军死伤一片，没死的也都趴在地上装死。后面的一小队日军却不死心，他们躲在尸体后面，顶着尸体匍匐前进。这一招确实够毒辣，鬼子们顶着肉盾爬行，义勇军很难击中他们。十几个鬼子像蛇一样爬行。鬼子的战术素养非常高，一旦到了射击盲区就迅速跳起来，像鬼魅一样奔跑穿插。一个鬼子突破，后面准有两个鬼子做掩护。前面的鬼子找到掩体立即掩护后面的鬼子奔袭。如此穿插，没几分钟就靠到了战壕前沿，双方最近的距离不足十米。

一连三排甘排长紧紧盯着鬼子，不停地擦着手心里的汗。一旦让鬼子冲上来，带动着民防军打冲锋，三排的阵地必将被突破。三排一旦被突破，第一道战线基本上就完了。此时，甘排长身边只有不到二十个兄弟。虽然都是囫囵个，却都疲惫不堪。贸然拼刺刀？体力上要吃大亏，没有胜算。甘排长琢磨出了一个以攻代守的战术，他喊着班长老焦的名字，命他准备爆破。老焦答应着，将一颗一颗手榴弹掖在腰间。甘排长拧着眉头，将匣枪压满子弹插在腰间，他随手抄起一支大枪，头也不回地说："老焦，跟紧了俺，别他娘的跑丢了。"

"排长，俺就把你当新媳妇看着。"老焦说，"俺还能跟不上你？"

"老许，你的机枪也跟上。"甘排长朝远处喊，"王大嘴，你带全排兄弟掩护，动手时不要管我们，你就往死里突突。"

"得嘞排长。"王大嘴抱着机枪，"小鬼子，俺可不是吃素的，见到俺你们就是见到了活阎王。"

"冲！"甘排长刚一露头，立即招来一排子弹。他利用弹坑，开始了Z字形加速跑，鬼子始终看不准他在哪里，只能盲射。老焦心领神会，跟紧了甘排长，老许稍慢一些，刚跳进弹坑里就被压制得抬不起头。王大嘴抱着机枪开火了，他不顾危险，站起来，一只脚蹬在壕边，狠狠地射击。甘排长匍匐前行，距日军侧翼不到十米，甘排长依然没有发动攻击，还是一寸一寸地朝前爬。鬼子分出三个人朝这边射击。甘排长被压制得抬不起头，他朝老许喊："老许，机枪准备！"甘排长又喊："老焦，你怕死吗？"

"甘排长，谁不怕死？你敢说你不怕死吗？"老焦厉声喝道，"可是，打鬼子是光荣的事，死了上老宗谱，世世代代都知道俺是他娘的抗日烈士！"

"好兄弟，此时要是有口酒喝就好了。"甘排长突然跃起来，撒腿就朝北跑，老焦也跳了起来，边追边喊："甘排长，等打完了仗俺请你喝酒。"

子弹泼水似的追着甘排长，老焦扔出了两颗手榴弹，突然，自己被击中了。老焦感觉大腿一阵麻，他使劲儿摁了摁，大腿只是冒血，也没有特别疼的感觉。他又扔出一颗手榴弹。一颗子弹打中了他的脑门。他倒下的刹那间看见甘排长旋风一样冲向了鬼子，他笑了，嘟囔了一句："甘排长，俺请你喝酒……"

甘排长一梭子打了出去，鬼子们一阵慌乱，他们忘记了战术要求，竟然一起朝他扑来。机枪手老许的枪响了，一个鬼子就像被割断的高粱秆一样倒下。有个鬼子举枪朝甘排长刺来，甘排长闪身躲开。机枪手老许喊："甘排长，你快趴下。"

鬼子的刺刀捅了过来，甘排长突然闪身，挺枪朝鬼子扎去。鬼子拨了一下，没有扎中。甘排长抡起枪托砸去，也不知打在什么部位上，鬼子惨叫一声仰头摔倒。另一个鬼子一枪扎中甘排长的后腰，甘排长想抽身，刺刀紧紧别住了他的骨头。倒在地上的那个鬼子突然爬了起来，挺枪刺中了甘排长的胸膛。甘排长瞪着眼睛吼："你他娘的老许，快开枪啊！"

"甘排长！"机枪手老许扣动了扳机，甘排长和两个鬼子同时倒下了。

阵地上一片沉寂。

惨烈的一幕，汤营长看得清清楚楚，泪水蒙住了他的眼睛。他抓着一把碎砖头，紧紧地捏着，手指缝儿流出了血，他一点儿都不觉得疼。甘排长被刺中倒下的时候，汤营长朝大墙下的炮兵下了死命令："开炮，奶奶的，轰死他娘的小鬼子！"

　　"总指挥，打几发？"炮兵排长老孙小心地问。

　　"还有几发？"

　　"还有五发！"

　　"娘的，不过了，全轰出去，轰死小鬼子！"汤营长的眼睛都红了。

　　第一炮打在清河岸边，一辆汽车被掀翻了；第二炮打在谷口民防军的队伍里，民防军的士兵不顾督战队的弹压，纷纷朝谷底跑；第三炮落在了清河里，炸起了几人高的水柱。气得汤营长破口大骂："老孙，你个败家的玩意儿！"他拍着墙垛喊，"长着眼睛拉屎尿尿吗？"

　　"预备，放！"孙排长吼着。

　　最后两发炮弹相继飞了出去，炸飞了民防军的两顶帐篷。清河岸边顿时乱作一团。曲一诺站起来喊："弟兄们，杀鬼子呀！"说话间，射出一梭子子弹。一连的几十名战士奋勇争先朝敌人追去，一直把敌人赶进谷底。汤营长令号兵吹号、旗兵打旗，命一连赶紧回来。一连停住追击，交替掩护回到战壕里。曲连长派出三个战士去把甘排长和老焦的尸体搬回来，机枪手老许不顾胳膊有伤，坚决跟着去了。战士们背起甘排长和老焦，扭头往回赶。老许朝曲连长喊："连长，再过来几个兄弟，鬼子的机枪，鬼子的机枪！"突然，炮声滚雷样地炸响，老许被掀了起来，重重地摔在弹坑里。

　　"老许！"曲连长猛喊着。

　　敌人的炮击停了，曲连长一挥手，两个战士跑了过去，他们喊："老许，老许！"却见机枪手老许瞪着两眼一动不动，战士拉起他，查看他的伤情，老许忽然抠着耳朵，大声说："听不见！听不见！"见老许浑身上下囫囵着，战友们松了口气，连忙将鬼子的机枪和子弹收集起来。有个战士剥鬼子穿的大头鞋。老许眼馋，也蹲下来剥大头鞋。一个鬼子慢慢坐起来，从后面一把抱住了老许，鬼子张口咬住了老许的耳朵。老许使不出力，急得乱抓乱挠。鬼子抓起石头就砸。老许的脑袋上挨了一下，他猛地一扯，咔的一声，耳根撕裂。鬼子叼了半片耳朵，呆呆地看着老许。老许抓起一杆大枪朝鬼子捅去。

一连损失很大，四名战士被鬼子的飞机炸死，七名战士被鬼子杀死。重伤五人，轻伤若干。整整一个加强连，坚守了大半天，就剩下了四十几个囫囵的。汤营长下了大墙，来到一连的阵地，汤营长的心情十分沉重。他挨个看着战士们的脸，拍拍战士们的肩膀，让汤营长欣慰的是，每个战士的目光都是坚毅的。

"弟兄们，参加义勇军打鬼子，你们后悔不后悔？"

"不后悔！"战士们的喊声响彻山谷。

"好样的，我们都不后悔，死也不后悔！"汤营长站在石头上，放开了喉咙喊，"咱们是为国家打仗，咱是打国仗！咱们死得其所！日本鬼子杀向全东北，妄图把咱东北抢走，国家和咱自己家一个样，国家的炕头上坐着咱的爹和娘。鬼子冲进咱家来了，朝咱爹咱娘来了，你让谁上去抵挡？让你爹上？让你娘上？让你姐上？弟兄们，咱们是军人，咱们是家里头的长子，节骨眼儿上哪有长子不上去拼命的道理？你们的甘排长，他冲上去了，老焦兄弟冲上去了，大个子老许，是老许吧？他也冲了上去，连耳朵都被咬掉了。甘排长牺牲了，老焦牺牲了，包括大个子老许，他们是咱义勇军的光荣榜样，是咱老哥们儿的骄傲，他们和精忠报国的岳爷爷一样受人尊重。"

一连的士兵静静地听着，每个人都是眼含热泪，甘排长和老焦的壮烈牺牲让他们悲愤不已，他们不但没有被鬼子吓到，反而增添了斗志。为国家打仗，为爹娘打仗，这个信念充满每一个人的胸膛。汤营长命令曲连长带队退到第二道防线。曲连长坚决不同意，他说弟兄们还能顶一阵子。汤营长痛惜地说："一诺。"他忽然贴着曲连长的耳边说："老曲家就剩下你哥俩了，不能都打光了呀，得留种啊。"

"营长？"曲一诺看着汤营长，泪水在眼圈里打转。

"好好歇歇，你哥说过的，好钢要用在刀刃上。"

曲一诺带着弟兄们从豁口上了大墙的时候，魏三也带着人把一桶汤抬了上来，魏三招呼着给战士们每人发两个大饼一碗羊汤。战士们排着队领取了食物，依着大墙吃饼喝汤。曲一诺端着碗朝魏三要胡椒面，还要一点儿醋。魏三正忙着盛汤，见曲一诺催得急，便没好气地说："你急啥？抢着要去投胎吗？"

"你说什么？"曲一诺一瞪眼，"你他娘的嘴真臭！"

"你急啥？没看俺正忙着？"魏三没好气地又顶了一句。

曲一诺哪里受得了这样的窝囊气，猛地将一碗汤泼向魏三。魏三惨叫一声，扔了马勺，跳起来就骂。曲一诺一股火冲了上来，他掏出匣枪顶在了魏三的胸口上，魏三呆了呆，慌忙往后退，退到墙角边，扭头就跑。曲一诺跑到墙边，伸脑袋朝下面看，见魏三连滚带爬地下了墙，他抬手就朝魏三的脚后跟搂了一梭子。魏三惨叫声不绝。墙下面的姜长深扯着嗓子问怎么了，魏三摸了摸脑袋还在，摸了摸身子，摸了摸脚后跟都囫囵着。魏三便哭了。

"小子，不想找死就把嘴巴擦干净些！"曲一诺收了枪，恨恨地说。

"小哥，就赖俺嘴欠，你大人大量担待点儿吧！"魏三抹着眼泪，一边说一边朝曲一诺拱手求饶。曲一诺一摆手，魏三受了大赦似的，头也不回地往街里跑。姜长深喊他，让他留下来，魏三说："你爱找谁找谁去，俺不伺候了。"姜长深摇了摇头，指挥着吉遥、贺老六、秋收、满囤他们继续堵大门洞。姜长深这个举动让义勇军战士很惊讶，好好的大门洞堵上了，这是要对付谁呢？

"不能再等了。"姜长深肚子里嘟囔了一万遍。一旦鬼子冲了进来，皇庄堡就将万劫不复。姜长深怕得要死，一方面他也认可打鬼子的义勇军，另一方面，又怕义勇军把鬼子招进来祸害老百姓。他怕得要命，他不知如何是好，终于，他想出了一个不是办法的办法。他决定不顾一切将城门堵上，堵得死死的。谁也别想进来。他也知道这是个蠢办法，小鬼子如果真想进来可以爬墙进来，怎么办？只好这样了，蠢办法也比没有办法好。一早，姜长深就带着二十几个村民将草包装满土，一袋袋垛在门洞里，垛实了，将大门紧紧地堵住。姜长深的心里头七上八下，按照这个堵法，别说是日本鬼子，就是真的小鬼来，也打不开这道门。

曲司令和汤营长得了信，他们都到西门口看了，虽然疑惑不解，却没有阻止，两个人互相看了一眼，曲司令心里头猛敲了几下鼓，这是什么意思？他忍住了没有质问，也不需要问，明摆着皇庄堡想堵的是鬼子。当姜长深堵完了西门还想带着人去堵其他几个门的时候，这回，曲司令不让呛了。他派出护兵赶去阻止。姜长深不听劝阻，吵吵巴火执意要堵，护兵心急，朝他吼道："大叔，你把门都堵死了，俺义勇军还怎么撤？"

"撤？"姜长深眼前一亮，"小兄弟，你们啥时候撤？"

"说撤就撤，你以为谁稀罕在这里待着？"护兵说，"俺是来打鬼子的，还得看你的脸子。"

"小兄弟，多担待吧，俺们也是没办法，苦啊，苦啊，俺皇庄堡真他娘的倒霉。"姜长深咧着嘴嚷，"小兄弟，啥时候撤呀？给俺一个数。"

"不用你催，等打完了这一仗就撤。"

"你说了算吗？"

姜长深虽然没有得到满意的答复，心里头也松快了不少，他终于探出了底儿，确定了义勇军不会长期在皇庄堡不走，于是就网开一面，不再急着堵大门。姜长深朝护兵苦笑了几声，心里头却暗暗得意，没想到堵大门这一招还挺好使，本来不是对付义勇军的，却意外地惊动了他们，这也挺好，义勇军不走，咱就给他来个堵大门。姜长深答应暂时不堵大门，带着人离开了门洞。曲司令担心姜长深继续做傻事，就派出一些轻伤员去各门洞站岗放哨，严禁随意进出。至此，皇庄堡被义勇军完全控制。

三连派出两个排接管了第一道防线。

汤营长心里清楚，只要敌人轮番攻击，这条防线迟早会失守。现如今，阻击战已经成了消耗战，民防军和鬼子采取了缠斗的架势，这让义勇军打起来很难受。一鼓作气击溃敌人的设想成了泡影。直到这时，汤营长才有些后悔，如果自己反对义勇军进皇庄堡，也许此时队伍已经进了老虎崖山区。虽然途中会有伤亡，虽然会很遭罪，但未必是一步死棋。汤营长做了最坏的打算，一旦第一道防线顶不住，就命战士全部退守到大墙上。他必须做好退到堡里战斗的准备，汤营长吩咐战壕里只放两挺马克沁机枪，其他重武器全都抬到大墙上。

"营长，打到什么时候是个头啊？"小胖子嘀咕了一句。汤营长心里一阵阵焦虑，他实在是无法回答。小胖子又嘀咕了一句："咱义勇军打又打不垮他们，走又走不了，换谁谁不急？"

"你小子急着回家娶媳妇吗？"汤营长弹了下小胖子的脑门，"等咱把这一坨汉奸和小鬼子干掉就走。"

"报告营长，俺可不急着娶媳妇。"

"真这么想？"

"这兵荒马乱的，娶了媳妇也是祸害人。"

汤营长心里一酸，泪水蒙上了眼睛，他想起了死去的老婆孩子，不禁一阵悲来。他举着望远镜朝清河那边瞭望，民防军的营里冒出了一缕缕炊烟，他知道今天的战斗基本上就算结束了。汤营长又朝小胖子说："不把小鬼子打出去，咱子子孙孙都没有好日子过。"

"俺明白。"小胖子说，"俺得豁出去打鬼子，就算是俺死了，小鬼子也得不了便宜，等打跑了他们，俺侄子侄女就能享太平。"

"就是这个理。"汤营长举着望远镜继续瞭望，他竟然看见了在不远处的四连，汤营长心里一动，如果老四连能在敌营那边来个里应外合，战场上的形势很可能就会出现重大变化。

"老四啊老四。"汤营长轻轻念叨着，"兄弟们，快回来吧。"

皇庄堡，一个小小的堡垒，能有多坚固？就这么一直守下去？如果敌人重炮轰击或者多派飞机来轰炸，皇庄堡即便是铜墙铁壁也得化为瓦砾。想到这儿，汤营长心里发堵，这么多年的戎马生涯，总是打仗，他从没有像现在这样心里没底。以往打仗，有团长坐镇指挥，他只负责局部，甚至只负责冲锋，负责砍杀敌人。如今，突然就另起炉灶了，一切全都靠自己去想办法。这时，他才感到肩上压了千斤重担。没有外援，没有友军，甚至连老百姓都不和你一条心，这仗还怎么打？一路上，到处都是泥潭，到处都是坎坷。汤营长有些惶恐，也有些沮丧，打日本鬼子那是没说的，别说他和日本人有血海深仇，就是一个普普通通的中国人，也应该有豁出命去打鬼子的觉悟。可是，打鬼子也得分怎么打。通过几天的作战，他知道照现在这么打是错误的，就像被捆住了手脚一般。曲司令啊曲司令，汤营长心里感慨不已。

从皇庄堡里退出去？

还有几十里的平原地带，仓皇突围，一路没有依托，义勇军就等于被宰的羔羊。难道就剩下一条路啦？汤营长不敢去想，他担心自己会因此崩溃。他的眼前总是晃动着一段幻影，义勇军战士穿上老百姓的衣服，趁着黑夜向四面八方乱跑。每当出现这个场景，汤营长都会激灵灵地打个冷战。幻影退去，他暗暗下了决心，哪怕就是战死，也绝不出作鸟兽散的下下策。

第九章

　　曲司令心中激情澎湃，别说老百姓，就是他一介武夫，听了楚红的演讲也是浑身有劲儿。国难当头，个人生死已经不重要了，都想着个人的得失，谁去和日本鬼子拼命？曲司令豁然开朗，抗战以来蒙在头顶上的阴霾突然散开。是啊，义勇军已经竖起抗日的大旗，还有什么要顾虑的呢？狠狠地打吧，忘我地打吧，即便战死了，如果能因此促使一盘散沙的奉军觉醒，也是功德无量的大好事。只要奉军能一心一意抗日，不信小鬼子还能嚣张下去。

　　"下面请抗日义勇军曲司令和大家讲两句！"

　　"我？"曲司令一愣，看到大家都在看他。他稳了稳情绪，整了整风纪，朝台上走去。魏老道带头朝他拱手，还招呼身边的人跟他一起作揖参拜。魏老道说："乡亲们哪，这要是在前朝，这位曲司令起码得是从二品的大官。平时里，这么大的官，咱皇庄堡的人想见一面都难。"

　　"魏老道，你就别瞎扯淡了。"尹小脚扛着筐站在人群外头，"曲司令，等会儿去喝碗羊汤啊。"

　　"各位父老，鄙人率义勇军来到贵宝地，承蒙各位支持和爱护，鄙人向各位父老鞠躬了。各位父老，我们是抗日的队伍，不是吃闲饭的队伍，更不是打家劫舍的土匪。这一点，鄙人要说清楚，虽然我们没有了国民政府的供给，可是，我们依然是国民政府的军队。眼下，东北大难临头，腿脚好的那帮家伙全都跑了，把腿脚不好的老百姓，把咱们的大好家园撂下不管了，让日本鬼子随意践踏，包括你们堡里，前不久，不是被鬼子祸害了吗？不是有人被活活烧死了吗？惨不惨？你们心里头最清楚。鬼子每到一处，就把我们的亲人当成了猪，当成了羊，想打就打，想杀就杀。各位父老，鄙人领导的抗日义勇军任务就是打鬼子，和他们逃跑的军队不一样，我们就是豁出命去打鬼子，保护咱老百姓。各位父老，我们现在属于孤军奋战，特别需要你们的支持，打鬼子是我们的职责，支持我们打鬼子是你们的职责。只有我们两家拧成一股绳，才能站稳脚跟，才能和鬼子周旋。我们自打竖起抗日的大旗，到目前为止，牺牲了三百多弟兄，一个个都是结结实实的棒小伙子，昨天还活蹦乱跳，今天，就倒在了日本鬼子的枪口下。我们不哭，如果眼泪能够解决问题，我第一个哭，我能哭一盆眼泪。我不哭，我要求义勇军的弟兄都不准哭，难受了，就去瞄准，见到敌人就往死里打。论报仇，子弹比眼泪管用。各位父老，鄙人在这里向大家保证，我们誓死不当出卖祖宗的投降军，我们和小鬼子不共戴天！各位父老可以做证，如违誓言，天打雷劈！"曲司令顿了顿，看起来他很激动，他的嗓音抬高了一大截儿，"总之，各位父老，义勇军打扰了贵宝地，国难当头，国难当头……打吧！豁出命狠狠地打！这就是我今天要说的话。军人精忠报国，百姓也要精忠报国！大家不要怕，小日本没什么了不起的，只要大家拧成一股绳，一人咬他一口，小鬼子也不够塞咱中国人牙缝的。我就说这些！"曲司令挥了挥手，挤出人群，头也不回地走了。

"司令，这边走。"姜长深挤过来，朝一边引着，"司令，今儿老姜啥都不干，就陪你选行辕设司令部。"

"呵，老姜你今天怎么通气啦？"曲司令一愣，"昨天你还把义勇军的话当耳旁风。"

"司令，咱老姜不是坏人，你别误解了，除了不希望贵军在皇庄堡打仗，其他的老姜都举双手支持。"姜长深看着曲司令的脸，继续引领着，"咱先去范家大院看看，不过，丑话说在前头，老范家性子内向，未必对司令你的心思。"

"义勇军是来打鬼子的，不是上门当养老女婿的，什么心思不心思的。"

"是，是，司令，这老范家是皇庄堡的坐地户，牛烘烘的，在堡里有几百年了。"

234

"皇庄堡有多少年？"

"俺听说有五百多年的历史，是明朝时建的，在早年，还有个真武庙，墙上有画，老人们说，画上的真武大帝就是明朝的马上皇帝朱棣。"

"朱棣？那可早，明朝初。"

"是吗？俺都是大老粗，哪里知道这些。"两人说着话，就到了范家大院门前，姜长深推开院门，请曲司令进去，"当初这里也就是个烽火台，几个当兵的守着，防倭寇的，后来，建了这么大的一个堡。"

"啊，这家人还是有学问的人家。"曲司令扫了假山和长廊一眼，再往里走，条件没的说，有厅有堂，住进来几十个战士也不觉得拥挤。走到廊下他站住了，看着白粉墙上的题诗，心里暗暗点头。姜长深见曲司令注意到河本贤二的落款，便连忙站在落款前挡着。曲司令嘴角一撇，冷笑了几声，他也看到了"河本贤二"这个鬼名字，心里头很不痛快。范福堂站在台阶上朝曲司令抱拳拱手，众人簇拥着曲司令进了堂屋。曲司令对范福堂的第一印象很不好，也感觉到这个人对义勇军有敌意。曲司令感觉坐在阴森森的屋里就像坐在深谷里，总感觉范福堂像一只蹲在山崖顶上随时要下来叼人的黑老鹰。

范福堂翻来覆去地说作为普通的老百姓，他有生之年不想参与任何争斗。他故意把中日之战说成争斗。他还啰里啰唆地说起自己的家事，说当年一家被俄国人杀了个血流成河。曲司令心里有气，就想吓唬吓唬他，便装作很满意的样子说："老姜，范家大院不错，咱就在这里设立司令部吧。"

"司令，请司令三思。"范希臣连连鞠躬，还朝姜长深眨眼睛，"家父身体不好，受不了吵闹。"

"那没事，我命令不准吵闹，谁敢违抗就枪毙谁。"

"司令，"姜长深忽然捏住了鼻子，"差点儿忘记了，他们家有瘟疫，你可得小心。"

"瘟疫？"曲司令吃惊地问，"什么疫？"

"老爷子每天都能咯出半碗血。"姜长深皱着眉头说，"一般人不敢靠近，一旦传上了，也要咯血。"曲司令哪里相信这样的鬼话，他刚要发作，姜长深拱手道："司令，咱再去东街的老姜家看看，那家人热闹，也喜欢你们当兵的，也许，你们就对撇子了呢。"

"还看吗？"曲司令瞪了一眼范希臣，故意拖着长音说，"我就相中了范家。"

"司令，寒舍实在不便。"范希臣挤着笑说，"还是各位身体最重要。"

姜长深见曲司令的面色不好看，就朝范希臣眨眼睛，示意不要说话。他引着曲司令往外走，刚转出影壁墙，忽然迎面遇到一个人。这个人猛吓了一跳，扭头就朝门外走。曲司令一愣，指着他的背影喊："站住！你给我站住！"眨眼间，那人就没了踪影。曲司令朝护兵喊："快追上他。"两个护兵像阵风一样冲了出去，就听当的一声枪响，曲司令一跺脚，骂着："王八羔子，谁让你们开枪的？"他连忙跑了出去，就见两个护兵押着那个人回来了。

"没伤着人吧？"曲司令问。

"报告司令，俺就是吓唬吓唬他。"护兵说。

"司令别误会！"范希臣连连抱拳，"他是俺家伙计！"

"伙计？"曲司令看着范希臣，打心眼里不相信他的话，"这家伙鬼头蛤蟆眼儿的，我看着不像是好人。"曲司令摆了摆手，命护兵把人放了。那人整了整衣襟，双手插在口袋里，一副桀骜不驯的神情。曲司令下了台阶，上下打量了几眼，命他把手举起来。对方很不情愿地举起了手。护兵一边一个扭住了他的胳膊，上上下下摸了一遍，从后腰摸出了一把撸子。这人索性不再挣扎，斜眼看着范希臣，居然一点儿都不害怕。

"司令，他确实是俺家的伙计，就叫没牙子，司令你可以打听嘛。"

"你家的伙计怎么会有鬼子的枪？"

"这谁知道呢，没牙子，你快和司令说清楚了。"范希臣说，"省得连累了俺家。"

"枪是黄镇长让俺捎回来的。"没牙子说，"镇长说皇庄堡里需要枪。"

"镇长啥时让你捎回来的？"姜长深眼睛一亮，猛问了一句，"他让你捎给谁？"

236

"俺前天在镇里正走着呢，黄镇长看见了，就打发人喊俺，黄镇长说：'没牙子，你小子把这东西带回去，交给范老东家。'"

"你说准了，黄镇长确实让你交给范老东家吗？"姜长深急着问，"不是交给俺的？"

"不会有错，是交给范老东家。"没牙子说。

"你是怎么进来的？"曲司令问。

"俺过了清河就发现回不来了，到处都是兵，俺怕挨了冷枪，就绕了好大一圈儿回来了。"

"你没说老实话。"曲司令说，"皇庄堡各个城门都有我们的人把着，你腚上插了鸡毛飞进来的？"

"俺是爬墙进来的。"

"把他捆起来！"

"别呀，司令，他可是正儿八经的老百姓。"范希臣央求着，"老实巴交的一杠子砸不出一个屁。"

曲司令又重新打量着这个人，总感觉这人满脸都是戾气，眼神飘忽不定，和他对视，眼里全都是狠毒，怎么看都不像是老实巴交的老百姓。

"你的牙是怎么没的？"

"俺在山里伐木，激掉的。"

"司令，是这样的。"姜长深担心没牙子说不明白，便连忙做了解释。

没牙子常年在山里伐木，这口牙就是在山里被冰雪激没的。冬季对伐木工来说就是遭罪挨折磨，干粮带到伐木场地时早已冻成冰坨。到了饭口，伐木工就把冻成坨的干粮往火堆里一扔，一会儿，冻实了的干粮就融化了，伐木工就掏出来吃。伐木工一般急嘴，吃口烫嘴的干粮再就一把雪。就这样一冷一热地刺激，没出几年，满口的牙就松动了。山里人都知道，三十岁以上的伐木工，有一口好牙的不多见。经过姜长深这么一说，曲司令好奇地问没牙子："没有牙你怎么吃饭？"

"用手撕着吃，刀子割了吃，实在不行就生吞。"

曲司令见他肌肉壮实，长相凶悍，越发拿不准了，就让护兵和他摔一跤。两人摔了三把，没牙子都胜，曲司令就有了收他之心。

"你会打枪吗？"

"走江湖的哪有不会打枪的。"

"会打枪？"曲司令问，"跟我打鬼子怎么样？"

"好铁不打钉，好男……"没牙子刚要说下去，范希臣猛一咳嗽，偷偷拐了一下，没牙子就把嘴边的话咽了回去。

赵苗子带着手枪连连长孟老虎急匆匆地朝这边走来，曲司令见他们脸色慌张，就连使了几个眼色。赵苗子放慢了脚步，整了整军风军纪，没有急着说话。孟老虎大大咧咧地嚷："司令，不好了，司令！"

"等一等！"曲司令阻止了孟老虎说下去。三个人走到大槐树下，背着众人说话。曲司令回头朝护兵喊："别让没牙子乱跑，我还有话要问他。"

"俺能往哪儿跑？"没牙子双臂环抱，瞪着护兵。范希臣见没人注意，就捅了一下他的后背，轻声问："你咋又来了？"没牙子说："你家老大回来了。"

"老大？"范希臣猛地一惊，"他在哪儿？"

"在镇里。"

"他在镇里干啥？"范希臣忽然住了嘴，连忙朝姜长深拱了拱手，转身就往家里跑。他要把这个消息第一时间告诉爹，自从日军侵占东北，老范家就心里没底，不知道事态能发展到什么地步，他们最不希望中日开战，一边是自己的祖国，一边是打心眼儿里尊敬的日本。他们盼着中日和平，盼着安居乐业。眼看着局势一天天紧张，他们也明白，很快就到了选边站的时候了。按理说，他们应责无旁贷地站在祖国这一边，可是，祖国又是谁呢？谁又是祖国呢？张汉卿？算了吧，他的奉军已经被打残了，迟早会被日本关东军打到关里去。老百姓可咋办？人可以走，站着的房子躺着的地咋走？范福堂看不见底牌，就显得比任何人都急。他甚至有了大难临头的念头，范家被老俄残忍杀害的一幕又浮上心头。范希君啊范希君，你倒是说句话啊，哪怕捎回一张小纸片也好。他太想知道日本人的底牌了，是真打还是警告，是长期占领还是短期行为。他需要了解内情，他要尽快做出决定，把住家族航行的大舵。

由于没有任何消息，范福堂只能一个人瞎琢磨，琢磨了一段时间，断定关东军不会大动干戈，只不过是吓唬吓唬张汉卿而已。他认为日本人是玩老鹰抓小鸡的游戏，什么时候把小张教训得差不多了，也就班师回营了。这样最好。小张从此收敛一些傲气，中日双方皆大欢喜。范福堂的乐观随着关东军在东北各地展开全面进攻而上下起伏，他不说担心奉军的死活，他担心关东军陷入苦战的泥淖中不能自拔。随着好消息坏消息满天飞，范福堂已经变得神经兮兮，看谁都像是坏人，都像来端他老窝的坏种。

范希臣没有他老爹那么多的顾虑，听到大哥回来了的消息，腰杆子突然就硬挺了，脑子里蹦出来的第一个念头就是扬眉吐气。老姜家的参谋长下台了，老范家的范希君该上台了。这是天大的喜讯，他加快脚步，风一样地朝家里跑，他都能想象到把这个消息告诉爹以后爹会多么的快乐。

范希臣和没牙子对话声虽然不大，姜长深却听得真真切切。对他来说，如五雷轰顶一般，范希君回来啦？还和黄镇长在一起？这个消息是一件超出想象的大事，别忘了，范希君的老师可是河本贤二。联想到没牙子带回来一支手枪，更让他疑虑重重。他担心自己被黄镇长撇在外围，担心自己被架空了。每当遇到大事，每当人们把责任压在他身上的时候，姜长深总要叫苦连天；当真的把他撇出去，他又失落又难受，眼泪扑簌簌地往下掉。

姜长深打发童小宝去喊贺老六和秋收来，童小宝向远处一指，说："那不是吗？"果然，贺老六和秋收就在羊汤面馆门前石阶上跷着腿坐着，听见童小宝死了老子似的召唤，两人连忙一溜烟儿地跑了过来。姜长深前头走，贺老六和秋收在后头紧跟着。姜长深脸色不好看，他俩也不敢乱搭腔。姜长深沿着街里四下走，乱骂着树上看热闹的小孩儿，还拿土坷垃朝树上扔。贺老六端着枪朝树上瞄，小孩子吓得急滑下来四下飞跑。姜长深还骂了几个在泉边洗衣服的女人，骂得挺难听，女人不敢顶嘴，扛了筐赶紧往家走。姜长深走了一路骂了一路，命各家闭门关户，不要出来乱走。贺老三和一个战士抬着担架从山上往下来，远远地就朝姜长深喊，听着像是在号哭。姜长深立在路边，慌得浑身打战，两个腿肚子竟然又拧了筋。贺老六迎了上去，帮他哥扶正担架。贺老三的脸被硝烟熏得像黑脸的张飞，他不敢停脚，急匆匆地说："保长，山下全都是大火呀，保长，大刀片子像雪花一样飞呀，保长，人头像吹起来的猪尿脬一样乱滚哪。"贺老六拖着哭腔下去了，"保长，吓死人了！"

姜长深的心突突乱跳，感觉腰杆子也软塌了，整个人就要往地上倒。他把着秋收的肩膀，好一会儿才缓了过来。姜长深提溜着衣襟，深一脚浅一脚地走，远远地就看见铁匠铺门口围了几个人。他的火气腾地就蹿到了头顶，秋收和贺老六看他脸色不好，就要前去驱散人们。姜长深紧摆了下手阻止了，几个人支棱着耳朵听。大鼻涕蹲着石碾子，朝铺里头比画着，说得口沫横飞，"四个。"他伸出了手指头，"四个义勇军。"

姜长深猛地就出了一身冷汗，天哪，这又咋的啦？

皇庄堡夜里发生了一桩大案。如果不是偶尔听到大鼻涕这么一说，他还蒙在鼓里呢。夜里，四个伤员猛敲小惠家的后窗户。小惠娘儿俩受到了惊扰，小惠她妈骂了他们，有人亲耳听见她骂"坏种"。伤兵们油腔滑调，说了许多不着调的话，有一个还哼唱着不正经的小调。小惠她妈听着实在不像话，便从前门摸了出来，拖了根胳膊粗的大门闩，转到后窗，黑影地里猛地一家伙就把一个伤员打倒了。剩下的三个伤员一阵呐喊，抹肩拢背把小惠她妈给摁住了。小惠她妈哪儿受得了这个气，便骂："坏种们，连你老娘都敢摸？"大鼻涕学得挺像，口气和小惠她妈一模一样。姜长深刚要出声喝止，一眼就看见了人群后头站住的曲司令，姜长深退后一步，冷眼瞧着曲司令。大鼻涕比画着说："你们猜怎么的了，小惠她妈的半拉膀子都被扒了出来，啧啧，义勇军也是很久没尝过女人的滋味了，他们能憋得住吗？个个提溜着裤子，就等着拿下这个大老娘儿们。你猜怎么的啦？"

"快说，小惠她妈咋的啦？"铁匠的徒弟李二愣跺着脚催，"大鼻涕，你快说！"

"别急呀，看把你急的，不知道的还以为你是小惠她干爹呢。"大鼻涕笑嘻嘻地说，"就在这帮义勇军霸王硬上弓的时候，从黑影地里杀出两个兵来，这两个兵举着盒子炮，大吼一声，住手！你猜怎么的啦？"

"快说吧，祖宗，你可真急死个人。"李二愣扔下铁锤，气呼呼地说。

"看把你急的，李二愣你不是看上寡妇了吧？"大鼻涕加快了语速，"好了，俺说，这一声吼露了相，你猜怎么的啦？原来，是两个细皮嫩肉的女兵，个顶个的柳叶眉杏儿眼，你猜怎么的啦？"

"想说就说，不猜！"李二愣抄起铁锤往棚里走。

"那几个伤兵放过小惠她妈，转身朝女兵扑来，还色眯眯地去摸女兵，说些下流话，女兵挣着，伤兵还能松手？两边这么一乱，女兵的衣服扣子都崩掉了。"

"你看见啦？"

"你瞧，俺还捡了几个扣子。"

"后来呢？"

"女兵吹了哨子，还朝天放了一家伙，伤兵们这才跑了。"

姜长深一直盯着曲司令，看他的脸一阵红一阵白，感觉差不多了，就咳嗽了一声。大鼻涕猛然看见姜长深，又一眼看见了曲司令，慌忙朝曲司令点头哈腰赔着笑脸。

"大鼻涕，不许你糟蹋义勇军的名声。"姜长深板着脸说，"不许说没影子的话。"

"俺可不敢瞎编，是真事。"

"你亲眼看见了？"姜长深问。

"小惠她妈跟俺娘说的。"

"管好你的嘴，不许瞎传。"姜长深看了一眼曲司令，"真的假不了，假的真不了，咱们要相信义勇军的治军之道，一切都得看义勇军怎么处理。你们几个别傻站着卖呆，有这工夫赶紧去看看小惠她妈，劝劝她，别让她寻了短见，一旦寻了短见又是义勇军的罪过。"

人们散去了，怀江媳妇扯着小小子的手就走，魏三媳妇和几个女人跟在后头，她们都朝小惠家方向去，到了一个路口，几个女人张望了几眼突然都拐走了。姜长深暗骂了几句，转脸看着曲司令，眼里都快冒出了火，这是他第一次敢这么盯着对方。

"司令，请贵军给俺们一个说法吧！"

曲司令脸色铁青，虽然他不相信义勇军会干出这样的丑事，但是，人家说得有鼻子有眼，他也不能否定，尤其是听到"女兵"，他的心也是一阵突突，女兵？不会是楚红吧？他的火气一点儿也不亚于姜长深。曲司令命令护兵："你跑步去找楚大姐，让她立即来见我。"又跟姜长深说："老姜，我需要核实情况，无论是非曲直，我都会给你一个交代。"

姜长深阴沉着脸，带着曲司令进了姜家大院。姜家早就听说义勇军要来号房子，等了两三天没有动静，又听说义勇军就驻扎在西山顶上不下来了。一家子高兴不是不高兴也不是。说起来，义勇军还是姜吉忠给"请"回来的，按理说，皇庄堡里老姜家最该支持他们。可恰恰相反，姜吉忠对他们一点儿好感都没有，尤其那个凶神一样的大胡子曲司令。姜吉忠对义勇军有成见，很大的成见，他不理解，明明穿的是奉军的军服，凭啥不承认自己是奉军呢？他们是咋想的？好好的奉军不当，非要挑头当绺子，这算是啥事？姜吉忠一点儿也看不出当义勇军有啥好的，远的不说，就说谁给你开军饷？谁给你送军粮？没有这两样待遇，你算老几？姜吉忠就认死理儿，如果义勇军有上面的委任状，他肯定举双手欢迎，不但欢迎还要好酒好菜伺候着。没有委任状，又不想认下奉军这块金字招牌，这不是流寇是啥？按照姜吉忠的想法，干脆就在大门贴上一张帖子——流寇莫进！再把大门上闩顶上杠。大不了双方撕破脸，看他姓曲的敢把奉军混成旅参谋长的老爹咋样。

姜家的爷爷不赞成硬顶硬，爷爷说他这是莽夫所为。虽然爷爷不了解义勇军的性质，眼光却比姜吉忠要高出很多。他认为既然敢竖起"抗日义勇军"的大旗，虽然不是兄弟，起码应该是朋友。只要是朋友，就不能做让亲者痛仇者快的事。爷爷吩咐全家谁都不准乱动，走在街上见了义勇军也不许说丧气话。

"你就是不想让他们来驻军，也不能往外推！"爷爷说，"你得动脑子，你得会使软钉子。"

"咋个软钉子？"姜吉忠不解地问。

"咱给他来个拖刀术。"爷爷指派怀江媳妇带头把家里整乱，锅碗瓢盆乱放乱堆，鸡鸭鹅狗都可以进屋。越乱越脏越好，最好整得下不去脚才好。

"爷爷，俺可不听你的。"怀江媳妇说，"俺们一天到晚收拾，累得都直不起腰，这就说整乱就整乱啦？俺是吃饱了撑的冒傻气吗？"

"你不懂，山人自有妙计！"

"啥妙计，老封建计！"四姑娘气得一蹦多高，好在被怀江大嫂压住了。

"姑奶奶，你可别连累了俺。"怀江大嫂急得直打磨儿，"听话吧，别闹了。"

"爷爷是老封建，你是半老不老的封建！"四姑娘骂完了，看了一眼大嫂，突然，她乐了，一把搂住了大嫂的肩膀，"嫂子，俺还真不舍得骂你哪。"

四姑娘去和爹吵，爹一个劲儿地抽烟，也不搭理她。吵急了，爹说他不反对抗日，他反对反奉军的队伍。义勇军眼里没有奉军，他就不舒服，就不想给好脸子。四姑娘眼看着说不通爹，就又去找爷爷讲理，爷爷装出一副老糊涂的样子，跟四姑娘绕圈儿。气得四姑娘又是跺脚又是拍手，爷爷却笑得前仰后合。

大胡子曲司令迈步要进姜家大院的时候，四姑娘正从里头往外走，她拎着一口柳条箱子，看样子要出远门。看她拎得吃力，曲司令连忙给她让了道儿。姜长深问："四丫头，你这是去哪里？"

"大叔，俺要找俺大哥去。"

"你上哪儿去找你大哥？"

"去沈阳找。"

"兵荒马乱的你一个小丫头片子瞎乱走不害怕吗？"

"不怕。"四姑娘恨恨地说，"大叔，这个家不能待了，家里全都是老封建，憋也要憋死了。"

"你等等，这是咋的啦？"姜长深拦住了四姑娘，"啥老封建小封建的，净整文明词儿。"

四姑娘望了一眼曲司令，咬着嘴唇不说话。姜长深知道四姑娘是个火暴脾气，是个藏不住事的主儿，不必强问，一会儿，她准会憋不住要说话的。果然，四姑娘一跺脚，嚷着说："国难当头，他们还在讨论帮奉军不帮义勇军的疯话，太气人了，气死人了！"

"啥呀？"姜长深急忙眨着眼睛，"四姑娘，你胡咧咧啥呀？"

"保长，你别揣着明白装糊涂，俺家里一堆老封建，他们是怎么想的你不知道吗？"

曲司令双手叉起，手指头扣在皮腰带里，饶有兴趣地看着四姑娘。他很想听听这家人对义勇军恨到什么地步，也对这个满脸正气的姑娘暗暗挑起了大拇哥。

"你这丫头就是有主意，想一出是一出。"姜长深对曲司令说，"别理她，读书读愚了。"

"读书人？"曲司令嘀咕了一句。

"不行，俺非走不可！"四丫头拎起柳条箱子，"再不走就得活活憋死，老封建！老顽固！"

姜长深看着四姑娘的背影，苦笑着摇了摇头。

"这丫头，到处都在打仗，看她怎么走出皇庄堡。"

姜家的迎客方式取得了意想不到的效果，虽然曲司令在堂屋里踩了满脚的鸡屎，虽然屋里鸡飞狗跳，曲司令还是决定就在姜家安营扎寨。姜吉忠显然没想到会是这么结果，他阴沉着脸不说话，不说话就是不同意，气氛十分尴尬。姜长深去里屋给爷爷请了安，爷爷很大度，痛快地来到堂屋。见到曲司令，爷爷张口就问："义勇军是不是胡子？"

"义勇军不是胡子。"

"是奉军？"

"不是奉军！"

"义勇军到底是啥呢？"

"义勇军是和日本鬼子血拼到底的队伍。"

"俺懂了。"爷爷的眼睛亮了，"义勇军就是扶清灭洋的义和团！"

曲司令糊涂了，也不知老人家这么定义是否准确，闹义和团的时候

244

他还小，庚子国难后，朝廷到处追杀义和团的狠劲儿他是知道的，觉得义勇军和义和团有相近的地方，也有不相近的地方。姜长深却恍然大悟，老爷子的定义非常贴近，一句话就点到了关键点上。义勇军——义和团，确实相像。曲司令想起四姑娘骂这家人是老糊涂老封建，想一想，还真有那么点儿意思。他暗暗佩服四姑娘骂得恰如其分。见姜家人都不表态，曲司令也不再客气，朝护兵们一挥手，护兵的脚底下安了弹簧一样，立马开始收拾堂屋。姜吉忠伸手去拦，被爷爷挡住了，爷爷说："就住在这里吧。"没等曲司令说声感谢，爷爷又说了一句让人哭笑不得的话："看义勇军怪可怜见的。"曲司令不禁莞尔。姜吉忠叹着气说："其实，只要他们肯说自己是奉军，孙子才拿他们当外人。"

姜长深和他们想得不一样，他并不是和义勇军赌气，相反，他很冷静。他的心里很不得劲儿，一直嘀咕着，走着瞧吧，义勇军进堡里来就是一场灾难。护兵们把堂桌拖到地中央，将桌上的烛台、香炉、瓶子统统拿到一边。铺上了桌布，摆上了电话机。刘参谋带着几个战士进来，比量了尺寸，战士就朝墙上钉木塞子。众目睽睽之下，将大大小小的地图挂了上去。刘参谋旁若无人地擎着笔，在地图上面勾勾画画。曲司令将帽子摘下，撂到桌子上，高喊一声："闲杂人等请回避。开会！"

就在姜家人目瞪口呆的时候，四姑娘拎着柳条箱回来了。她把箱子往地上一蹾，嚷嚷着："这就对了嘛，凡是拥护抗日的就是开明的人，就不是老封建。抗日的奉军是咱的人，抗日的义勇军也是咱的人，咱老姜家得支持自己的队伍。"见没有人搭理她，四姑娘就走到曲司令的跟前，大声问："你就是义勇军的曲司令？"

"是我。"

"司令，听说你是铁杆抗日的，是吗？"

"是。"

"好，俺也是铁杆抗日的，俺在女校读书的时候就是出了名的抗日派，你看俺的胳膊，就是让田中樱子那个王八婆给打的。"四姑娘撸起了胳膊，胳膊上有一块茶杯口大的伤疤，"这个死王八婆，凡是说日本一句不好的，她就往死里整人。日本占了咱东北，这已经不是俺和死王八婆的矛盾了，这是小日本向咱开炮了！是可忍孰不可忍，俺一脚踢开书桌，去他妈的小日本，姑奶奶不伺候你了，俺提着行李就出来了。俺到处去找抗日的同仁志士，从南找到北，今天，终于让俺给找到了，真是'踏破铁鞋无觅处，得来全不费工夫'。司令，抗日打鬼子你得算上俺一个。"

"好样的。"曲司令心里暗暗点头，他和这个性子爽快的四姑娘一见如故，觉得很对撇子，又因为这位莽撞的四姑娘，对姜家有了新的认识。他对四姑娘微微一笑，轻声说："欢迎加入抗日的队伍。"

"不行！不行！"姜吉忠急拦着，"司令，你可拉倒吧，她还是个姑娘家，能抗啥日？"

"司令，给俺发支枪吧。"四姑娘说。

"你会打枪吗？"曲司令问。

"还行吧。"

"真会打枪？"

"俺兄弟臭塔哈会打枪，指哪儿打哪儿，打得可准了。"四姑娘说，"俺跟他学过，俺还会把匣枪给拆了，还会擦枪油。"

"臭塔哈？"曲司令好奇地问，"哪来的匣枪？"

"谁知在哪儿弄的，也可能是俺大哥给的。"

这时，各连连长陆续从外面进来，护兵架上了电话，从屋里往外扯电话线，四姑娘问："你们想往哪儿扯？"护兵指了指西山顶方向说："往前线扯！"汤营长进来后，屋子里基本上就坐满了。四姑娘还缠着要发抢，赵苗子逗她："姑娘，枪有的是，但是……"

"但是啥？"

"但是，你得把大家伺候舒服了。"

"咋样伺候你才舒服？"

"你得给俺沏茶倒水，给俺做饭洗衣。"

"美得你，给你一个大耳刮子吧！"四姑娘朝赵苗子怒目圆睁，还伸出了胳膊，赵苗子慌忙闪了一下，屋里人都笑了，连曲司令都忍不住笑了。曲司令对四姑娘说："既然你是读书人，你就给本司令当书记员吧。"

"书记员是干啥的？"

"给我抄抄写写，我下命令，你就给写出来。"

"这算啥，小菜一碟！"四姑娘胡乱地行了个军礼，惹得众人一阵大笑。四姑娘不好意思地低下了头，赶紧拎着柳条箱，拉着爷爷进了里屋。姜长深朝姜吉忠使了几个眼色，两人溜了出去。

"你说咋办吧？"姜长深满脸忧郁地说，"这就算住下了。"

"还能咋办？住都住下了，还能拿扫帚往外扫？"姜吉忠平静地说。

"昨晚，一群兵痞子去折腾了小惠她妈，你知道吗？"

"刚听怀江媳妇说了一嘴。"

"你咋看？"

"真他娘的闹心。"姜吉忠叹了口气，"义勇军不是奉军，他们属于无爹无娘的主，没有了上面的管束，打鬼子也是他，祸害咱老百姓也是他，啥事干不出来？"

"咱皇庄堡日子过得好好的，这下可毁了，让他们一下子给拖进了苦海之中。"

"要是怀江能带兵马回来该多好啊。"姜吉忠说，"怎么说也是咱子弟兵。"

"哎，俺的傻哥哥呀，别做梦了，恰逢乱世，谁来都是灾祸。"姜长深悠悠地说，"俺这两天总睡不着觉，好不容易睡着了，净做噩梦，就像俺刚来皇庄堡一样，净是狼啊，遍地都是，皇庄堡的百姓被祸害得不成样子。"

"亏你陈年烂谷子的事都能想起，还别说，当时还多亏了你带着大家打狼。"

"哎，哥呀，俺现在没有了年轻时的锐气，俺现在咋就胆小怕事呢？"

"俺也是怕，俺的心记挂着怀江，不知混成旅现在咋的了，连个信都没有。"说话间，姜吉忠的眼皮又开始跳，牵扯着脸颊也跟着跳。

"哥，你的脸皮总跳，没事吧？"

"没事，哪天见到俺儿怀江，这病就好了。"

两个人抄着手说了一会儿，肚里的话都说空了，也没有什么可说了。姜长深打了几个哈欠，告辞走了。姜吉忠靠着猪圈墙发了会儿呆，想着儿子怀江，想着混成旅，想着义勇军，"义和团"和义勇军到底是啥关系？义和团扶清灭洋当然是好的，可是，朝廷追杀义和团时又不是这么说的，朝廷说义和团祸国殃民。泉水屯一带就有许多从山东逃难来的义和团，躲躲藏藏，直到大清朝垮台了，这些人才敢露出底细。抗日，姜吉忠举双手赞同，假如义勇军打着奉军的旗号该多好啊。师出有名，名正言顺。姜吉忠正在胡思乱想的时候，黑毛猪朝他哼哼了几声，还跳起来拱他的手。姜吉忠吓了一跳，猛拍了一巴掌，焦躁地骂："傻玩意儿，这么多的食也堵不住你的嘴！"刚说完，猛然想到了姜七郎。天哪，咋就把他给忘了呢？好久没给他送饭吃，这会儿不知饿死没有。他又急又恼，狠狠地骂着姜怀有，小兔崽子也没了踪影，也不知是不是饿死了。刚想到这一节，姜吉忠的心里头咯噔一声跳，天哪，小塔哈别惹出啥祸事来。他下意识地朝天上望，仿佛云层上站着塔哈的娘，姜吉忠嘟囔了一句，放心吧，俺比谁都疼小塔哈。姜吉忠后背发紧，赶紧去了厢房，在怀江媳妇的窗前咳嗽了一声。屋里头的笑声突然就停了，声音凝在窗棂上。

　　"爹，有事吗？"怀江媳妇问。

　　"嗯，看见你兄弟了吗？"

　　"俺兄弟有些时候没回来了。"怀江媳妇说，"他不是和飞行员在一起吗？"

　　"坏了，俺的眼皮跳得厉害，这小子要惹祸。"姜吉忠猛搓了几下眼皮，心事重重地说，"老大媳妇，你快拿些干粮出来。"

　　"好嘞！"怀江媳妇答应着，一会儿就出来了。她一手扯着小小子，一手拎着柳条筐，打了声招呼后就把柳条筐递给了爹。姜吉忠摸了摸小小子的脑袋，拎着筐转身就走。

　　"爹。"怀江媳妇急喊了一声。

　　"咋的？"

　　"爹呀，俺怎么觉得脑后有股阴风呢？"

"瞎说！老大媳妇，快回屋吧，别瞎说。"姜吉忠转身就往外走，此时，他也感到了脑后有股阴风，后背呼啦啦地冒冷汗。护兵从屋里出来，朝怀江媳妇打了招呼："大婶子，劳你驾去给司令烧壶水吧。"怀江媳妇答应了，就去下屋灶上烧水。小小子独自来到台阶上，双眼直勾勾地盯着护兵。护兵朝他招了招手，小小子靠了过去，护兵摸着他的头，问多大了。小小子没搭腔，依然直勾勾地盯着护兵。护兵拨了下他的脑袋，笑着说："原来是个小傻子。"话没说完，匣枪被小小子闪电般地拔了出来。小小子双手擎着匣枪，直愣愣地对着护兵。护兵慌得乱摆着手，哀求着说："小兄弟，可别走火了，妈呀，你别朝俺比画呀。"小小子扭过身，朝着墙头上的大公鸡当的一枪，大公鸡像块石头一样坠了下来。

屋里呼啦一声响，曲司令喝问："怎么回事？"

"走火了！"护兵一把抢过匣枪，朝小小子的脑门狠拍了一巴掌。小小子还是直勾勾地瞪着护兵。护兵小声骂："你他娘的要害死俺！"

怀江媳妇没看见小小子抢护兵的枪，也没看见小小子射下大公鸡。她可真真切切地看见了护兵拍了小小子一巴掌。这一巴掌犹如打在她的心头上，怀江媳妇嗷的一声叫，像只老母鸡一样扑过来，她张嘴就骂。骂了也不解气，直接冲进屋里，朝着曲司令就嚷："义勇军打人了！你管不管哪！"

曲司令脸色煞白，如同蒙上了一层冰霜，猛听见护兵在门外号哭，他心中激恼，就命人出去把护兵捆起来。曲司令对怀江媳妇说：

"大嫂，你怎么解气怎么来，就是别把他打死，留着他还要打小鬼子。"

"司令，你发话啦？"怀江媳妇抄起烧火棍子，转身出去，怒火和委屈全都集中到棍子上，仿佛那个可怜的护兵是她的冤家对头。她抡起棍子狠命地抽。护兵疼得乱蹦乱跳，连连求饶。屋里头的军官都闷头抽烟，谁也不说话，气氛压抑得快要炸了。四姑娘听见了动静，急忙跑了出来，她一把夺下烧火棍，直了嗓子嚷："大嫂，你疯了吗？"

"你问他，他凭啥打俺儿！"

"都是闹着玩的，打两下子，能打坏吗？"四姑娘瞪着大嫂，"人家是义勇军，是打鬼子的恩人，你凭啥打人家，你咋这么不讲理？"

"四姑娘，大嫂可没得罪你，自家孩子受了气，你不出头就算了，还朝俺来，你胳膊肘想往哪头拐？"大嫂又抬高了嗓门喊，"他就是一个臭马弁，他敢打参谋长的儿子，还不反了吗？"

"快拉倒吧。"四姑娘将烧火棍扔在了地上，扭头往屋里走，这一刻，她觉得大嫂很丢人，很不懂事，便随口嘟囔了一句，"耍泼妇，怪不得俺大哥不稀罕你。"

这句话触到了大嫂子的心尖，大嫂子忽地坐在地上，拍着大腿号哭。门口站了一堆看热闹的人，连树上都站着人。爷爷气得白胡子乱抖，看看这个又看看那个，连连叹气。三奶逼四姑娘去赔不是，四姑娘不但不去还朝着屋里说："司令，你瞧瞧俺家这位吧，还参谋长的老婆呢，就这副德行。"

"劝劝吧，这样闹下去，也不像是义勇军司令部啊。"曲司令轻声说。四姑娘面色一凛，转身拉起了大嫂，拍打大嫂身上的土。四姑娘诚恳地说："大嫂，俺错了，看在俺大哥的面上，你就谅解俺吧。"

大嫂抹着眼泪，搂着小小子回了房。

第十章

这是一片平坦之地，河水曲曲弯弯像冬眠的长虫，由于经历了伏旱，小河里的水很浅，河底的鹅卵石都露了出来。过了小石桥，姜怀有就到了南岸。南岸是一片西瓜地，再远处是一片望不到边的林子。姜怀有看四下没人，便蹲下来，摸摸这个，又摸摸那个，一把就摸到了一个脑瓜大的西瓜。他扯掉藤蔓，抱起来就走。突然，传来一阵狗吠，刹那间，一条黄狗朝他奔来。姜怀有慌忙将西瓜扔到地里，朝着黄狗猛踹了一脚，黄狗闪了过去。姜怀有伸手去逗它，黄狗不知是计，朝他的手上扑来。姜怀有瞅准了，猛踢一脚，这一脚正好踢在黄狗的下巴上，黄狗疼得满地打滚儿。姜怀有转身去摸西瓜，一个老者横着铁锹挡住了去路。姜怀有心里发慌，却故意生气地说："你家的破狗太欺生。"

"你是谁家的小子？"老者打量着姜怀有，"看面相不善。"

"你别问俺是谁家的，俺是来找人的。"

"你找谁？"

"找一个姓姜的人。"

"姓姜？大号叫啥？"

"大号嘛，大号叫姜怀有。"

"姜怀有？"老者低头琢磨了一下，抬起头说，"没听说有这一号。"

"怎么能没有？你不知道大名鼎鼎的姜怀有姜爷？"

"俺是北边郑屯的人，还真不熟悉你说的这位姜爷。"

"也难怪，姜爷也不会认识你一个外来户。"听老者不是本地人，姜怀有就壮起了胆子，越扯越远，说他娘舅也是郑屯的。老者问了几句，听出这小子纯是在胡说八道，就不搭理他了。老者在瓜地里扫了几眼，就发现了被摘下的瓜。老者的脸色冷了下来，朝着姜怀有说："小小的年纪说话不着调，难不成，也学那帮子开飞机的货？"

"开飞机的？"姜怀有眼前突然亮了，"你见过飞行员？"

"你问的可是开飞机的那帮鳖犊子？"

"咋的啦？"

"这帮鳖犊子们吃瓜不给钱，玩女人也不给钱。"

"臭鳖犊子！"姜怀有连忙朝老者作揖，"老大爷，俺就是来找开飞机的那帮鳖犊子。"

"你找他们干啥？"

"他们跟俺大姐睡觉，说好了睡一次给一块大洋，谁知这帮鳖犊子提了裤子就不认账，俺大姐让俺来要账。"

"你大姐？"老者半信半疑。

"俺大姐，长得俊，人都喊一声酒馆西施翠花。"

"这就对了，这帮鳖犊子不但玩女人，还喜欢喝大酒。"老者朝树林深处指了指，"小家伙，你小心点儿，能要到更好，要不着也别强着来，别稀里糊涂挨了枪子。"说完，老者抱起西瓜，喊了黄狗，一人一狗头也不回地走了。

姜怀有心里一阵扑腾，没想到这么容易就摸到了飞行员的老窝。他一口气跑进林子里，林子很深，有的地方见不到阳光。姜怀有越往里走，心里越是打鼓，就慢下了脚步。老虎崖之行，一个意外接着一个意外。姜怀有不知下一步会发生什么。渐渐的，就想打退堂鼓，只是愁编啥瞎话能把姜七郎应付过去。正瞎琢磨着的时候，被一条壕沟拦住了去路。姜怀有转身想往回走，猛然见壕沟对面挂了一张网，上面沾着几只鸟儿。这几只鸟儿立马改变了姜怀有回转的念头，他心头一热，就要越过壕沟去摘鸟儿，又嫌沟里的水太臭，姜怀有就顺着壕沟往下走，想找个没水的地方越过去。走了一段，壕沟见底了，姜怀有下了沟，脚下一软，差点儿陷入泥淖里。他奋力拔出脚，想反身往回走，眼前陡然出现了一片开阔地。姜怀有小心地迈过沟底，紧走几步，猛地见到开阔地上蹲着一只大鸟。姜怀有的脑子里打了个闪念——海东青！他吓得扭头就跑，跑了几步又站住了，想起爹说过，在早年有个先人，也是在老虎崖上遇到了海东青。先人没有经验，只管掉头猛跑，结果，让海东青钩住了脑袋，吊起来在空里转悠，惨叫声响彻山谷。转了好长时间，海东青松了爪子，先人像海东青拉出来的屎一样坠落下去。爹说这话的目的并不是要带他缅怀先人，而是告诫姜怀有一旦遇见海东青，一定不能瞎跑，要想办法藏在大石头下面。要是附近没有大石头，就藏在大树下面。

姜怀有慌忙抱住一棵大槐树，回头看，海东青还是一动不动。

两个穿皮裤皮衣的人站在海东青的脚下，他们突然掀开海东青的皮，海东青露出了闪亮刺眼的肚皮。姜怀有这才恍然大悟，哪里是啥海东青，原来是一架小燕飞机。穿皮衣皮裤的不是飞行员是谁？姜怀有松了手，偷偷往飞机那边靠，他想看清飞行员在做什么。飞行员爬上爬下，又将帆布盖好，在帆布上面铺上树枝，再看，像一个柴垛。其中一位突然看见了姜怀有，猛地拔出手枪。姜怀有"妈呀"一声叫，扭头就跑，一颗子弹从头顶上飞了过去。姜怀有就觉得身后有一只硕大无比的海东青追来，他疯狂地跑，子弹长了眼睛一样追着他。姜怀有跳进壕沟，蹚着臭水，再爬上去，连滚带爬地跑了。

姜怀有在河边洗了手脚，闻着身上没有臭味了，便一口气跑进了老虎屯。老虎屯到处是烟熏火燎，到处都是瓦砾，只有小学堂还在。姜怀有曾在这里读过两年书，如果不是讨厌学堂里的拘束，也许还能再念几年。学堂的旁边是一座尖顶教堂，以前，姜怀有经常爬到学堂的屋顶，从那里再跳到教堂的屋顶上。据老师们说，好多孩子都因为失足摔断了腿脚。姜怀有曾目睹童小宝从屋顶上摔下来，每每想起来都会吓出一身冷汗。童小宝当时已经快成人了，竟然也像小孩子一样往教堂屋顶上跳。他没有跳过去，像只破风筝一样栽了下去，倒霉的童小宝脑袋先着了地，姜怀有以为他摔死了。童小宝挣扎着爬了起来，挣扎着坐了起来，他先是揉脑袋，还仰着脸朝屋顶上笑，童小宝满脸是血，像个血葫芦。这家伙从此就成了傻子。姜怀有跳过无数次，甚至都可以闭着眼睛跳，跳过去后，就从圆窗户钻进去。他敢在房桁上跑来跑去，房桁上的野鸽子都怕他，每当他钻进来，野鸽子就会逃难似的飞出去。教堂上面有一间阁楼，上面堆着许多画。画上面蒙了一层厚厚的灰，一碰就起一团烟尘。姜怀有不嫌脏，伸袖子抹一抹，画上面就露出了插着翅膀的小孩儿，还有露了半拉奶子的女人。姜怀有喜欢看女人，也害怕看女人。他担心突然被人抓住，一旦被抓住了，他都不知该如何交代。

老虎屯的街上坑坑洼洼，就像麻子的脸。有的坑洼里积了水，水也是臭的，感觉不久前这里下过一场臭雨。进老虎屯之前，一直晴空万里，进了屯子，却突然掉进了井底似的。太阳虽然还是那个太阳，却显得无精打采。越往里走越是阴暗。

大槐树上绑了一个人，这个人的头是垂着的，看不清他的脸。这个人的周边堆着柴火。附近站了一队士兵，军官骑在一匹枣红色的大马上，奇怪的腔调就是从这人嘴里发出来的。姜怀有估摸了一下，这匹枣红马比他的大白马还要高一些，看着更壮实。枣红马扭过头来，发现了姜怀有，还朝他甩了甩尾巴。姜怀有像个傻子一样靠了过去，他想摸一摸枣红马。

马上的军官没有朝身后看，如果回头，一定会被姜怀有贪婪的目光吓着的。姜怀有的脚步轻得像一片树叶，他就要像树叶一样粘在枣红马的屁股上了。他只想摸一下枣红马，摸完了就走。他靠近了，这一次，听得真真切切，军官说着叽里咕噜的话。日本鬼子！姜怀有顿时吓傻了，再一看，打头的枪上挑着膏药旗。姜怀有扭头就跑，虽然跑得急，却没敢发出一点儿声音。他像树叶一样飘到大柳树后头。军官还在叽里咕噜地训话，士兵们都盯着绑在树上的人。被绑着的人穿了一身皮衣皮裤，姜怀有心里咯噔一下，妈呀，他是飞行员？

鬼子拔出倭刀，指向那人。几个鬼子就将火把投向柴火堆上，柴火堆蹿起了火苗，火苗燎着了飞行员。飞行员抬起脑袋，发出骇人的惨叫声。姜怀有被发现了，飞行员向姜怀有喊："哎！哎！"大火腾空而起，惨叫声像刀子一样四下乱砍。一只手揪住了姜怀有的脖领子，姜怀有顿觉七窍生烟，魂飞魄散。他"呀"的一声叫，眼前一黑，一只手捂住了他的嘴。姜怀有的眼前亮了，他看见了灰蒙蒙的天，看见了一张灰蒙蒙的脸，看见了穿着皮衣皮裤的飞行员。姜怀有问："你是谁?"

"自己人。"飞行员贴着他的耳朵说，"小伙子，别怕。"

"你也是飞行员?"

"你认识飞行员?"

"你的腿呢?"

"炸断了。"飞行员急着问，"你见过飞行员?"

"俺见过姜七郎。"

"姜七郎是谁?"

"姜七郎是飞行员!"

"是吗?"

"是吗? 快把'吗'字儿去掉了。"姜怀有小声说，"你疼迷糊了吧? 姜七郎，大名鼎鼎，实实在在的飞行员。"

"好吧，就算是吧。小伙子，我求你一件事。"飞行员拿出牛皮包，塞到姜怀有的怀里，"你一定要将这个包送出去。"

"送给谁?"

"送给少帅。"

"少帅是谁?"

"少帅是张汉卿，你出去一打听就知道了。"

"少帅在哪里?"

"在热河吧? 我也不清楚。"飞行员说，"这个包里有天大的机密，关乎咱国运的大秘密，你一定要完好无缺地送到少帅手里。"

"那俺可不敢保证。"姜怀有将皮包塞还给飞行员。

"也真难为你了，你一个小家伙，怎能办得了这么大的事?"

"到底是多大的事?"姜怀有来了兴致，"这个包值多少钱?"

"小伙子，日本鬼子占领了咱东北你知道吧?"飞行员双手紧紧地摁着伤口，"东北，你知道吗?"他皱着眉头，浑身颤抖，看得出他在努力忍着疼。

"知道，俺以前读过两年学堂。"

"不错。"飞行员吃力地说，"小伙子，包里有绝密的图纸，少帅有了这些图纸，就能造出厉害的武器，就能把小日本轰出去。"

"包里有兔子？"姜怀有捏了捏，软和和的，估计兔子早就憋死了。他很诧异，搞不明白兔子和打日本鬼子之间的关系。

"贤弟，愚兄拜托你了，找到少帅，把包亲手交给他，千万不要交给别人，除非……"

"交给俺大哥可以吗？"

"不可以！"

"交给俺爹总可以了吧？"

"不可以！"

"那交给谁呀？"

"除非交给蒋委员长。"飞行员的脑门上滚下汗珠，"小伙子，拜托你了。"

"他也是你们一伙的吗？"姜怀有指了指被大火吞噬的人。

"这个人不是飞行员，但是，是他搞到了这份绝密的图纸。"

"啥样的兔子这么重要？"

"他是我们的无名英雄！"飞行员朝那边敬礼，惨叫声戛然而止，想必那个人被烧死了。飞行员忽然问："怪了，你怎么还能活着？"

"俺……"姜怀有吓了一跳，"俺也不知道，俺娘死了，俺爷爷活着，俺爹也活着，俺们家里人都活着。"

"你家里的人都活着？"

"都活着。"

"明明全被鬼子屠了，怎么能活啦？小伙子，你福大命大造化大，拿着包赶紧跑，跑得越远越好，别让鬼子捉住了。"

姜怀有甚至连日本鬼子从哪里来都不清楚，却目睹了日本鬼子的残暴罪行。日本鬼子屠杀老虎屯的人他没看见，日本鬼子将无名英雄活活烧死，这一幕让他看了个清清楚楚。他才实打实地知道什么是日本鬼子，实打实地目睹了战争的残酷。他却不像开始那么怕了，仇恨占据了他的心，他的牙咬得咯吱咯吱地响，如果此时手里有枪，他准会给小鬼子一梭子。然后夺了枣红马，带着飞行员远走高飞。这些坏种，就应该让他们尝尝大铜枣的滋味。飞行员把牛皮包塞给了姜怀有，还朝他郑重地敬礼。姜怀有站起来，想再看一眼无名英雄，却见到了不可思议的一幕。鬼子的脑袋上都套上了一个长长的鼻子，看着像一排大猪头，更像一群恶鬼。姜怀有指着这些鬼，惊得都说不出话。

"小伙子，快跑，鬼子要放毒了。"

"放毒？"

"快跑，闭上嘴，快跑。"

"你呢？"

"别管我，快跑！"

姜怀有抱着牛皮包，猫腰钻进了玉米地，跑了几步，不忍心撇下飞行员，他又钻了回来。飞行员握着手枪朝鬼子瞄准，见姜怀有回来了，他狠狠地说："滚，快滚！"姜怀有的眼泪突然蒙住了眼睛，他抱着牛皮包转身就跑。四下里响起了枪声，姜怀有没命地跑了下去，一口气跑到了梁家窝棚。姜怀有找到心爱的大白马，顾不得口渴腹饥，打马便往皇庄堡赶。

姜怀有一路跑一路掉眼泪，他为飞行员哭，为被鬼子烧死的无名英雄哭。他恨得咬牙切齿，恨不能生吞了小鬼子。他不停地擦着眼泪，眼泪哗哗地流，怎么擦也擦不干。没等靠近皇庄堡，就听见那边炮声隆隆，姜怀有浑身一紧，赶紧勒住了大白马。皇庄堡的北门紧闭，墙上也没有个人影，姜怀有打了几声呼哨，树上的老鸹哇哇叫着，回应了他的呼哨。姜怀有跑到东门，见城门口吊着一个人，也不知是死是活。姜怀有吓得浑身汗毛乍起，出啥事啦？人呢？人去哪里啦？他似乎闻到了血腥味儿，虽然不知堡里发生了什么事，却能感到里面一定是乱了套。姜怀有仰着脸朝墙上看，盼着墙上面能露出一张脸，告诉他发生了什么。

"小子，你快快地走！"墙根下有个人朝他摆手，姜怀有一眼就认出了是种稻子的朝鲜人安舜镐，他脱口而出："种稻人？"

"小子，鬼子放枪，你，快快地跑。"

"俺家就在堡里头，俺爹在堡里头，俺爷在堡里头，你让俺往哪儿跑？"

"小子，打仗！快快地走！"

"俺不怕！"姜怀有抬高了嗓门，他目睹了日本鬼子的残暴，说不怕是假的，可是，怕又能怎样？日本鬼子杀进来了，怕能躲开灾难吗？姜怀有扯着缰绳在大墙下转，忽然心里一凛，种稻人偷偷摸摸地在干啥呢？越想越起疑心，就又折了回去，眼见种稻人安舜镐赶着牛车走了。姜怀有看着他的背影，感觉此人有诈。

随着鬼子的炮弹零星打进堡里，皇庄堡人再也不敢乱走乱串了。惊恐的情绪在皇庄堡里蔓延，人们对近在咫尺的战争有了新的认识。由于范福堂一家的蛊惑，有一些人对义勇军有了抵触的情绪，都在谣传他们是散兵游勇。小惠她妈被几个兵痞骚扰后，皇庄堡里的大多数人对义勇军敬而远之，甚至认为义勇军就是欺世盗名的一帮兵痞。曲司令不瞎不聋，这些负面的情绪和舆论他能看不到听不见吗？曲司令更恨那几个不要脸的家伙，痛骂他们是一块臭肉，坏了一锅好汤。他下令务必要找到那几个坏蛋，他要亲自审讯，他只想问清楚，在义勇军如此艰难的时候，他们竟敢犯下如此罪行，他们到底是打的什么主意。曲司令把调查任务交给了直属队主官赵苗子，他却忘记了赵苗子本就是管不住自己裤裆的主儿，让他去查耍流氓的案子，结果可想而知。赵苗子便想方设法地遮掩着这个案子。他宁愿相信这是皇庄堡人故意捏造出来的闹剧，目的就是把义勇军挤出去。赵苗子找到了肇事者，三个家伙供认曾私下里脱岗到酒馆买酒喝，除此之外，什么也没做。他们发誓没有和一个女人厮打。赵苗子就将他们放了。

曲司令听了汇报后有些不放心，下意识地对赵苗子不放心。他打发人把那三个肇事者找来，仔细地审了一回。审过后也认为他们不是耍流氓的坏种，尤其李大个子，以前还给他当过护兵。曲司令了解这个家伙，打仗勇敢，对上司忠诚，平时见了女人都不敢正眼瞧，说他耍流氓强奸妇女，谁信哪？曲司令骂了他们一顿，将他们撵回去。曲司令和赵苗子说了一会儿话，也就相信了赵苗子的判断，他也认为皇庄堡有人想整事，想把义勇军挤出去。赵苗子走了，义勇军骚扰妇女一案就算揭过去了。

两天后，风云突转，楚红前来报告，三个坏蛋被她找到了。曲司令吓了一跳，直愣愣地看着楚红。楚红的脸红一阵白一阵，看得出她的内心很不平静。曲司令淡淡地说："我已经训过他们了，小楚，这件事就到此为止吧。"

"哪能如此轻巧？"楚红猛地抬高了嗓门，"这几个败类，简直是往义勇军的脸上抹黑，不狠狠地惩罚他们不足以平民愤。"

"我已经责罚过了。"

"高高举起，轻轻放下，你这样护犊子，皇庄堡的老百姓会怎么想？义勇军还能得到他们的支持和信任吗？"

"为了讨好他们就把咱弟兄给卖啦？"

"怎么是讨好呢？"

"在我看来就是讨好。"

"审一审吧，咱们还是拿证据说话。查个水落石出，对大家都有好处。"

"赵营长已经审过了，就是三个酒鬼去买酒，你怎么不信呢？"

"还是认真查一下好。"

"好吧，你去查，真查出来罪状，本司令绝不偏袒。"

楚红得了令，也不知用了什么办法，将口供拿到了手。她担心夜长梦多，就自作主张，带人将李大个子等人捉了起来。李大个子蔫头耷脑，跟着女兵朝司令部去。身后跟着看热闹的男女老少纷纷朝楚红拍手叫好，朝李大个子一顿乱啐，还朝他们扔土疙瘩。

曲司令猛然听到如潮般的吵嚷声，还以为听岔了音。当他看到绳捆索绑的几个人，突然就怔住了。曲司令问："李大个子，你们果真欺负女人了吗？"李大个子羞愧地低下了头，曲司令心里头咯噔一声响，脑子里出现了赵苗子的面孔，他为什么要作假呢？难道是为了义勇军的名誉着想？他无比烦躁地一摆手，护兵将三人带了出去。

曲司令朝楚红笑了笑，笑得非常勉强。楚红突然明白了曲司令的想法，为了阻止他把这样的想法说出来，楚红马上强硬地说："这几个人实在可恶，咱们在皇庄堡本来就没站稳脚跟，他们竟然打了这么一横炮，干出这样伤天害理的事，证据确凿，也不容他们狡辩抵赖。这帮流氓，义勇军再怎么努力搞好军民关系，架不住他们来捣乱破坏。"

"他们伤了咱哪一位女兵？"曲司令小心地问，他看着楚红的脸，担心伤害了楚红。曲司令心里头转了好几个圈，一旦伤的是楚红，那他就不会客气。

"小乔的胳膊被他们扭伤了。"楚红恨恨地说，"可惜当时我不在场，如果在场，一枪崩了他们。"

"哦，你不在场！"曲司令松了口气，又问，"还伤了其他人了吗？"见楚红摇了摇头，曲司令大喊一声："传令！将这三个家伙每人责打十记军棍。"

"就十军棍？"楚红嚷了一嗓子："他们是兵痞！"

"那就每人打二十军棍！"

"他们是兵痞！"

"那就每人打三十棍！"曲司令皱着眉头，摊开双手说，"楚红，不能再打了，再打就打残废了，我还指着他们打鬼子呢，你看李大个子，这几年跟着我出生入死，杀小鬼子一点儿都不含糊。"

楚红看着曲司令，泪水在眼眶打转。她心里是怎么想的曲司令当然明白，他真想替楚红擦去泪水，想轻轻拍拍她的后背安慰一下。理智告诉曲司令，不能儿女情长，不能顺着楚红的意思去做。不能，他想的是打仗，他要为战事负责，为义勇军的胜败负责，而不是为楚红负责。他在堂屋来回地转，他又担心楚红想不开，担心楚红对他失望。曲司令站住了，看着楚红，他的目光软弱不堪。他从来没有求过别人，这回他确实想求楚红不要纠缠这件事，抬抬手就放过去了。楚红紧紧地盯着曲司令，目光中充满了期待，也充满了幽怨。曲司令心里一动，轻声问："你们共产党那边都这么无情吗？"

"你？"楚红突然窒息了。终于来了，终于说出口了。她的目光有些惊慌，有些气馁，还有些倔强，她稳住了情绪，严肃地说："你这是什么话？"

"妹夫既然是朱毛红军，你敢说你不是共产党？除非你把我当成了傻子。"

"好吧，我就是共产党员，你想怎么的？"楚红不那么紧张了，迎着曲司令的目光，"我也不瞒着你，日军侵占沈阳后，党派我来参加东北的抗日斗争。"

"小楚。"曲司令嘘了一口气，"很感谢你坦陈你的身份，说明你还信任我，放心，放心。"

"我没有什么不放心的。"

"你们共产党的心真大，朱毛红军在蒋委员长的'围剿'下自身都难保了，你们还有心思管千里外咱东北的死活？"

"共产党心怀全中国的安危，担负着各民族的责任，哪里需要我们，我们就会出现在哪里。我们共产党与国民党有着本质的区别，国民党只会窝里斗，见了洋人就打哆嗦，见到穷苦人就会下死手。"

"心大，心大，说句不是刺激你的话，妹夫都没了，你还想把自己的一条性命也扔了吗？"

"性命？"楚红笑了笑，"我们党有位同志，他叫夏明翰，二十八岁的时候被国民党反动派残忍地杀害了，他临死时写了一首断头诗，这首诗就是我的人生座右铭，也是我们所有共产党员的人生座右铭。曲司令，你有兴趣听吗？"

"愿闻其详。"

"砍头不要紧，只要主义真。杀了夏明翰，还有后来人。"楚红念着，泪水蒙上了她的双眼。

"佩服，佩服。"曲司令点点头，"小楚，这首诗就像耳边敲响的一口大铜钟，声声入耳。佩服，佩服。小楚，这些天，我一直在观察你，有时，我觉得自己很孤单，像个孤魂野鬼一样，义勇军实际上就是孤军奋战，谁来给我们给养？谁来给我们安置伤员？没有，统统没有，我们就凭着一腔爱国的热情，竖起了抗日的大旗，我们得不到政府的支持，就连皇庄堡的老百姓都不支持我们，你说我们孤独不孤独？有时，我又觉得不是这样的，起码，你们来了，你们和我站在一起，你们是谁我早就想到了，真的，我就是觉得你们够朋友。现如今，能豁出命前来抗日的只有共产党。我的心里除了感动就是感动，除了佩服就是佩服。有你们在身边，义勇军怎么会孤单呢？我永远都不会忘记，最困难的时候身边有共产党在帮助我，虽然，共产党的力量很弱，只是你们几个大学生，对了，还有老刘，你们都是无私地帮助我，没有一点儿私心杂念。因为有你们，无论多大的挫折，我都扛了过来，我们现在比江西的朱毛还难吗？没有，我们还有什么理由不干好呢？每回这么想，我就浑身有劲儿。楚红，有时候，我还怕你不是共产党哪。"

"谢谢你的觉醒！"楚红的眼里盈出了泪花，"对不起，曲司令，为了能进入你的队伍，我欺骗了你，其实，我不是你的表妹，我是一名愿意和义勇军并肩作战的共产党员。"

"不，你是我的表妹，是我的好表妹，如果你愿意，我们可以是比表兄妹还亲的亲人。"曲司令的目光中散发着某种期许。楚红懂了，她的脸又一次红得像熟透的苹果。曲司令说，"楚红，我没有求过人，更没有求过女人。等打完了这一仗，我要好好地求求你。"

楚红点了点头。亮了底牌以后，她反而轻松了，是啊，曲司令经受住了考验，他是顶天立地的大英雄，是共产党的挚友和战友。和他并肩战斗，是她楚红的光荣。楚红相信，总有一天，曲司令会和自己一样，成为一名光荣的共产党员。

"这几个流氓怎么办呢？"楚红又一次提到了这个棘手的话题，"皇庄堡老百姓都眼睁睁地看着你呢。"

"哎。"曲司令长叹了一口气，"就当作没发生这码事吧，我就是毙了他们，皇庄堡的老百姓也未必领情，这里的人都封建，他们不欢迎咱义勇军。"

"这是两码事。"楚红说，"这就要求我们更应该整肃军纪，取信于民。"

"楚红，你就别管了，等打完了这一仗，等我们站稳了脚跟，我就把队伍交给你和老刘，你们共产党愿意怎么整肃就怎么整肃，这回，你得听我的，我需要囫囵个的弟兄打鬼子！"

"他们不是兄弟，是兵痞！"楚红突然急了，"你得赏罚分明！"

"放肆!"曲司令猛地捶了一下桌子,"义勇军还是老子说的算!"

"你!"楚红没想到曲司令会如此不讲理,她气得浑身发抖,一时不知说什么好。刘参谋走了进来,向曲司令汇报了前线的情况,他扫了楚红一眼,递来一个严厉的眼神。楚红心里头猛地一紧,从刘参谋的目光中,她感觉到了自己的莽撞和任性。她突然明白了,这是非常时期,一切要慎重再慎重,义勇军遇到了这么大的困难,不能让曲司令心烦意乱,不能刺激他才是。楚红抬起手臂,朝曲司令敬礼,转身出去了。

下午,义勇军宣布将枪毙一名士兵,曲司令命女兵们把这个消息告诉小惠她妈,以求小惠她妈的谅解。小惠她妈躺在炕上,根本就不理会女兵们的赔礼道歉。她不住口地咒骂义勇军,满嘴的脏话,女兵们实在听不下去,劝她嘴巴放干净一些。小惠她妈突然爬起来,抓起笤帚就乱抽乱打。女兵们又急又气,离开了她家。下午,东门口吊下了一具尸体,义勇军号召村民去现场观看。只有几个闲人去看了,谁也不知这具尸体是从哪里整来的,也看不清死者的脸。怀江媳妇胆子大,趴在墙垛上,将脑袋探出去看了一会儿,只能确认这个家伙死透了。下了墙,她领着小小子去了小惠家。见到了小惠她妈,怀江媳妇说义勇军确实动了真格,坏种就吊在城门外,这也算是报了仇。小惠她妈有些不知所措,吓得脸色蜡黄,她摊着双手说:"果真杀啦?"见怀江媳妇点头,小惠她妈掉下了眼泪,"说杀就杀?"怀江媳妇说:"你以为闹着玩儿的吗?军中无戏言,俺家怀江也杀过兵痞,只要祸害妇女,俺家怀江第一个不饶他,肯定是要枪毙的。"

"其实,也没有祸害啥。"小惠她妈叹着气说,"也就是让这帮浑小子乱摸了几把,也没掉块肉!咋就说杀就杀?"

"那还不是你闹的?"

"老范家让俺……"小惠她妈一把捂住了嘴,没有说下去。

"原来是老范家鼓噪的?"怀江媳妇瞪大了眼睛,"你可别让人卖了还帮人家数钱啊。"

"不是,不是老范家,是这帮坏种该死,怪就怪他们自己,阿弥陀佛!"

"现在是乱世，咱们乱世的人不如盛世的猫狗，哎，奉军被小鬼子打散了，这一散，咱老百姓就没有了主心骨。"怀江媳妇突然想起了丈夫，便撩起衣襟抹起了眼泪。怀江媳妇越想越难受，抽抽噎噎地说："俺那口子也没有个信儿，谁知在哪里遭罪？俺每天看着曲司令皱着眉头，胡子越长越长，那个样真让人可怜，谁知俺家怀江是不是也是这个尿样子……"

"大嫂，怀江大哥也能拉起义勇军打鬼子吗？"小惠进屋来，忍不住插了句嘴。

"谁知道呢？真让人着急上火！"怀江媳妇说，"这是男人的事，咱可操不着这个心。"

"大嫂，你是谁？你是参谋长太太，你就是女人堆里的花木兰。"小惠抿着嘴笑着说。

"你可拉倒吧，还花木兰呢，花大姐吧。"怀江媳妇这么一说，屋子里爆发一阵笑声。

"还有心情笑？"范希臣走了进来，将一包点心放在柜子上，他看了怀江媳妇一眼，吞吞吐吐地说，"俺爹听说婶子受了委屈，气得打了一宿的嗝儿，到现在都没睡下，这帮土匪，祸国殃民的兵痞，真是气死个人。"

"你这扯哪儿去啦？"怀江媳妇白了他一眼，"义勇军咋就成了土匪？"

"这话可不好听。"小惠也怼了范希臣一句，"义勇军替国家打仗，他们要是土匪，天下就没有好人了。"

"大妹子，你脑袋里是不是缺根弦儿？俺可是向着你妈说话，你听不懂吗？"范希臣瞥了怀江媳妇一眼，"告诉你大妹子，别学堡里那些吃里爬外的狗东西，小心狗东西引狼入室。"

"还指不定是谁引狼入室呢。"怀江媳妇冷笑了一声说。

"谁嗑瓜子不能磕出个坏仁儿？"小惠顶了一句，"义勇军几百口子战士，有一两个坏种也说得过去。"

"你这个倒霉丫头！"范希臣脸上挂不住，气哼哼地说，"好的不学，学会了跟人犟嘴。"

"缺德带冒烟儿的尿玩意儿。"小惠她妈狠狠掐了小惠一把，小惠疼得一声叫，气哼哼地躲开了。范希臣抬腿就往外走，小惠她妈连声说："回去给大先生带个好，难为大先生还惦记着俺。"

"婶子，俺爹给你捎来一句话，俺爹说，别怕，咱不能便宜了这帮乱匪。"范希臣头也不回地说。

"不是都枪毙一个了吗？还想咋的？"小惠她妈喊着，"兄弟，你给俺交个实底，大先生是啥意思？"

"俺爹说啊，谁给咱罪受，咱就和谁作对。"

"懂了！"小惠她妈说，"俺就听大先生的。"

怀江媳妇听着话头不是味儿，也不想掺和进去，就赶紧起身告辞。小惠她妈拉住了她的手，眼泪含在眼圈说："她嫂子，咱都是女人，尤其是你们，都是年轻的身子。"

"是啊。"怀江媳妇的心怦怦直跳，隐隐约约明白小惠她妈要说什么。她不愿意去面对这样的惨景，不愿意听这样丧气的话，就抢着说："你好好养着，等俺再来看你。"

"她嫂子，可看好了，自己的路得自己走啊。"小惠她妈意味深长地说。

"嗯嗯，你先看好你脚底下吧。"怀江媳妇嘟囔了一句，急着往外走。

"就一个意思，咱要齐心合力把王八蛋撵出皇庄堡。"小惠她妈说。

"婶子，他们可是来打鬼子的。"怀江媳妇站住了，"你这样想合适吗？"

"咋就不合适啦？打鬼子谁也没拦着你，可你不能在俺家里头打呀。就好比咱皇庄堡是一户人家，你打鬼子可以，你到外面打去，你在野地里打去，你到山上打去。"

"胡说八道，放屁冒泡！"小惠噘着嘴说，"楚红姐说了，有些人就是遇到灾难就耍心眼，狼上狗不上，都怕自己吃亏，就等着吃现成的。说谁？就说你呢，没有一点儿牺牲精神。全中国的人都像你这么想，谁还会舍命打小鬼子去？"

"放你妈的拐弯屁!"小惠她妈气得脖颈筋紧绷,她跳起来就打,一边打一边骂,"不知死活的小崽子,你去抗日,让小日本抓住了,千人骑万人跨,连个窑姐都不如。"

"你说啥呢?"小惠朝她妈吼,"这是你当妈说出口的话吗?"

"婶子,可别闹了,这日本鬼子咱还得抗,这是大关节,至于怎么抗,从大里说咱得听上面的,让张汉卿张少帅操心去,他让咱咋办咱就咋办;从小里说,咱得听男人的,男人让咱朝东咱不朝西,男人让咱打狗咱不撵鸡。婶子,轮不着咱来操这份闲心。你先消消气,小惠,给你妈冲碗桃酥,润润嗓子,别和她罩嘴了。"

"男人,说得轻巧,你家里坐着个参谋长当然有指靠了。俺寡妇失业的,你让俺听哪个野汉子的?"

"拉倒拉倒,就算俺啥也没说。"怀江媳妇站起来就走,"俺这老棉裤腰嘴可架不住婶子你的一阵嗷嗷。"

"嗷嗷咋的啦?俺心里就是有火气!"

"嫂子,嫂子。"小惠一把拽住了怀江媳妇,"不怪你生气,义勇军把脑袋别在裤带上打鬼子,咱们就得支持。人家在前面打,俺妈在后头撵人家,这不是背后捅刀是啥?"

"小崽子,看俺不撕烂了你的嘴!"小惠她妈伸手去抓,让怀江媳妇拦住了。

"小惠,少说两句吧,别把你妈气坏了。"怀江媳妇朝她眨眼睛,"婶子,你躺一会儿,消消气。"

"她大嫂,你别生气。"小惠她妈忽然扯起衣襟擦眼泪,"俺心里有火气啊,她嫂子,咱都不是外人。你家参谋长是当兵的,你心里最有数,他们在外面打仗哪个是白打的?哪个不是开饷的?要不你能穿得这么鲜亮?吃得这么白胖?小惠长了个高粱花子脑袋还逞能,跟着瞎咋呼,打鬼子打鬼子,打个鸡毛鬼子,谁给你开饷了?人家把你卖了,你还帮着数钱的货。"

"你净说丧气话!"小惠气得摔门走了。

小惠的心早就飞走了,这几天,她一直跟着楚红姐,听她讲抗日的道理，越听心里越亮堂。她觉得自己真有福，年纪轻轻地就懂得了做人的道理。这个道理很简单，打鬼子不但是要把鬼子打出东北，最终目的是打出一个人人平等人人自由的新社会。新社会里不要压迫，不要欺负，人人都能过上吃得饱穿得暖的好日子。现如今，最迫切的任务就是和日本鬼子斗，男人有男人的斗法，女人有女人的斗法。都抱着头退缩，都想着自己活命，都想着自己家的一亩三分地？谁去打鬼子？都往家里退缩，日本鬼子能自己回老家吗？小惠醒悟了，年轻人身上萌发了勃勃的生机，她不管别人是怎么想的，她保证第一个不退缩，她要和鬼子硬斗到底。

"小惠，傻不啦唧的，想男人了吧？"贺老六笑嘻嘻地问。

"呸！"小惠的脸突然发烧，心跳加速，脑子里出现了塔哈的身影，她又羞又臊，跺着脚骂，"老醉鬼，狗嘴里吐不出象牙！"

"小惠，村上到处找人哪，你快去做个帮手吧。"

"帮啥？"

"去河套那边帮着义勇军洗纱布。"

"那行！"小惠爽快地答应了，抬脚就朝着河套边跑。她的脑子里还是闪着姜怀有的影子，怎么甩也甩不掉，小惠连啐了几口，"呸，呸，呸，臭塔哈！"

第十一章

　　姜怀有藏了个心眼儿，他不放心种稻人，总觉得安舜镐这个家伙有些来头。果然，安舜镐又回来了，赶着牛车，东张西望，一会儿牵着牛车钻进林子里。姜怀有更加小心，他几次想爬上大墙进皇庄堡，几次都没下决心，他愁大白马没有地方存放。自己爬进堡里容易，一旦安舜镐趁机把马牵走咋办？姜怀有在墙下转悠着，盼着里头的人露个头帮他把大门打开。怪了，他都能听到墙里头有声音，可就是没人上来。老虎崖那边还在冒烟，姜怀有闭着眼睛都能想得到，烟火下面是怎样的黑暗。姜怀有想起那个没了腿的飞行员，不知现在怎样啦？想起那个被鬼子活活烧死的无名英雄，不禁浑身一阵发抖。小鬼子咋就这么狠毒呢？

　　姜怀有牵着马，钻进了林子里，见四下无人，就把牛皮包掏出来。见到牛皮包，姜怀有的心就像爬满了蚂蚁一样痒得难受。他翻来覆去看着皮包，仿佛长出了第三只手，一把将皮包打开。他想看看里头究竟藏着什么宝贝。真的是"兔子"吗？是不是煮熟的兔子？煮熟的兔子香不香？姜怀有狂吞着口水，似乎闻到了兔子肉的香味。他禁不住诱惑，忘记了自己的承诺，下意识地去撬牛皮包。牛皮包上有暗锁，撬了半天也打不开。姜怀有恼得一把将皮包撇了出去，过一阵，又捡了回来。

　　"他妈的，让俺上哪儿去找少帅？"姜怀有摔打着牛皮包，不禁发了愁，这么精致的皮包，总不能带在身上吧？他虽然年纪小，心眼儿却多，这么好的皮包带在身上，那不是赊等着让人抢吗？交给少帅？交给蒋委员长？去他娘的，这不是难为人吗？姜怀有做了十几年的大梦，梦过关老爷，梦过孙猴子，梦过杨家将，就是没有梦到少帅，没有梦到蒋委员长。少帅和蒋委员长算他娘的老几？一阵老鸹叫，引起了姜怀有的注意，老鸹叫得凄厉，听着脑后冒凉风。姜怀有捡起一块土坷垃扔向老鸹，哪里有这个准头。他走到榉树下，盯着树头上水缸般大的老鸹窝，想出了一个恶作剧，他想将该死的老鸹窝给捅了。转念一想，突然就有了主意。他将牛皮包背在身上，朝手心里猛吐了口唾沫，抱着树干三下两下爬了上去，老鸹忽地飞了，窝里还有几只张着嘴等吃的小鸦雀。姜怀有朝小鸦雀吐了吐舌头，再爬高一层，将牛皮包别在老鸹窝上边的树杈上，绑得死死的。官道上响起了一阵枪声，大白马腾地跃了起来。姜怀有拨开树枝朝远处看去，一队士兵朝皇庄堡走来，仔细看，打头的挑着膏药旗。姜怀有突然想到这是一队日本鬼子，心里发慌。这时，他看见不远处的种稻人安舜镐拽着牛车没命地朝林子里头走。姜怀有慌忙溜了下来，翻身上了马，他想了想，还是想不明白种稻人安舜镐为何赶着牛车钻到林子里。

"家里死了老子娘？"

他带着缰绳，一步步朝林子里摸，到处都是灌木丛，别说牛车，就是大白马都不容易钻进去。越往里走，姜怀有越是怀疑种稻人安舜镐有猫腻儿。说猫腻儿猫腻儿就出来了，在一个石窝里，姜怀有看到了一堆货物，他以为自己又做了白日梦，他使劲儿掐自己的腿，疼得直蹦，真的，没做梦，眼前看的都是真的。

在这些货物前面，种稻人安舜镐用红色的鲜花摆了一个斧头和镰刀的造型，这也是姜怀有事后才懂的，这个图案是中国共产党党旗上的图案。他左看右看，锅盖大的这个鲜花造型像一把弓箭。

"这个老家伙！"姜怀有一脚踢了鲜花造型，拨开货物上面的树枝伪装，天哪，简直遇到宝贝了，有整袋整袋的大米，有玉米面，有牛皮乌拉，有布匹，有盐，比货郎担子里的货物还全。

东面响起了枪声，姜怀有醒悟过来，担心被胡子堵在里头。此时，他已经猜到了种稻人安舜镐就是胡子，确定此处就是胡子窝。他赶紧换了一双乌拉，将自己脚下的破乌拉扔到树上，然后，将货物重新苫盖好，跨上马朝着大墙走去。

"塔哈,快跑!鬼子上来了!"有人喊,听声音是满囤。

"满囤大哥,救俺哪!"姜怀有没命地抽着大白马,催促着大白马快走。林子里枝丫茂密,山路坑坑洼洼,大白马不是被树枝刮了就是被坑洼崴了蹄,一人一马挣扎着朝山上走。转到南墙根下,枪声停了。大白马有作战经验,枪声停它也停了下来。姜怀有把着树干,站在马背上朝山下面望。那队鬼子并没有进皇庄堡,而是朝泉水屯方向去了。

"塔哈!臭塔哈!"满囤喊。

"俺在这里!"姜怀有答应着。

满囤在大墙上朝这边乱摆着手,让姜怀有赶紧往东门跑,满囤说他这就去给姜怀有开门。姜怀有夹了夹马肚,又下了山,担心被打冷枪,他提紧了缰绳,大白马一头钻进庄稼地里。绕过大墙转到东门,此时,阳光正足,门洞里正是顶眼亮,姜怀有没注意,差一点儿撞到了尸体上。满囤猛推了下尸体,姜怀有才闪了进去。

"满囤,这是谁呀?"

"说是义勇军。"满囤左右看看,小声说,"鬼才知道是谁,到战场上拖一具死尸来充数还不容易?"

"为啥要把义勇军吊在这里呀?"

"你不知道?"满囤叉着腰说,"你老丈母娘让义勇军给干了。"

"谁?"

"小惠她妈。"

"你胡扯!"

"不信你自己去问。"满囤笑着说。

"去你妈的。"

"有几个义勇军惹了民愤,曲司令不得不装装样子,说是枪毙了这家伙。"满囤又板起脸说,"听说这两天还要枪毙两个。"

"这是啥事?"姜怀有没想到两天不在堡里,就发生了这么大的事,"这扯不扯。"

"快走吧,待会儿让把门的看见了,你就进不去了。"

"谁把门?"

"义勇军呗，四个门都把住了，谁也进不来。"

"扯，谁能挡住俺？"姜怀有带了下缰绳，进了街里。街上没有人，只有几条狗来来回回地跑，沿街的铺子都收了幌子，家家大门紧闭，仿佛堡里的人都跑光了。姜怀有不知该往哪里走，正犹豫呢，小惠朝他扬手，尖了声地喊他的名字。姜怀有扯了扯缰绳，大白马迈着小碎步一扭一扭地朝河边走去。

"塔哈，你帮着把晒干的绷带带回去吧。"小惠说。

"啥？"姜怀有拨转马头，"谁有工夫伺候你？"

"塔哈，坏种！"小惠气得满脸通红，"有本事你一辈子不求俺。"

"小惠，俺大婶还好吗？"

"好啊！"小惠黑着脸说，"塔哈，你都听到啥瞎话啦？"

姜怀有仔细地看着小惠的神色，小惠看起来坦坦荡荡，不像是有心事的样子，一定是满囤胡说八道。姜怀有心里踏实了，一夹马肚，大白马飞奔而去。看见老姜家墙外的大柳树了，姜怀有突然扯住缰绳，别被爹发现了，私自跑了两天，让爹抓住了一定会揍死他的。姜怀有拨转马头直接朝玉皇顶跑去。有人喊他，他假装没听见。拐过小惠家，见墙根下坐着一股义勇军士兵，猛地，这股士兵站了起来，他们紧盯着大白马，仿佛大白马一头钻进了每个人的眼睛里。姜怀有心里发慌，便策马在街上乱转，也不敢急走，担心惹毛了士兵。他三拐两拐就进了范家大院这条街，猛听见有人喊："塔哈，快下来！"姜怀有也没认出是谁在喊，他慌忙拨转马头，打马而去。胡同里传来一阵急喊声。姜怀有跑出来，顺着小街跑到了大豆地里，一头钻进了林子。在他的心中，只有玉皇顶安全，别的地方都是险地。姜怀有顺着羊肠小道往山上走，走到陡峭处，大白马脚下打滑，姜怀有跳下来，从后面推着马走。一人一马越山走沟，终于来到了巨石下面。他跳下马，将马拴在树上，大白马甩着脑袋，汗珠子像下雨一般甩在姜怀有的身上。姜怀有薅了几把草，擦着大白马身上的汗，大白马仰脖嘶鸣，姜怀有扯了扯缰绳。突然，他被人一把抱住，嘴巴也被捂得死死的。

"是我。别害怕！"姜七郎松了手，退了两步，姜怀有一眼看见他手里拎着匣枪，天哪，匣枪啥时被他起了去？姜怀有猛扑过去，伸手去夺匣枪。姜七郎将枪挽了一个花，擎在头顶上。

"快给俺，这是俺的枪。"姜怀有喊。

"你喊它它答应吗？"

"奶奶的，你喊它它能答应吗？"姜怀有真恼了，"早知道你是这样的人，俺就不冒死给你打听信儿了。"

"逗你玩呢。"姜七郎将匣枪扔给姜怀有，姜怀有一把将匣枪搂在怀里，搂得紧紧的。

"说说吧？"姜七郎坐在对面。

"这枪是俺的。"

"谁稀罕你的破枪，快说说老虎崖吧。"

"奶奶的，飞机还在。"

"你看见啦？"

"看见了。"姜怀有说，"像海东青。"

"海东青？"

"奶奶的，上面蒙着布。"

"对对，是蒙着帆布，那是我们的教练机。"

"奶奶的，冲出两个穿得和你一模一样的人，二话不说，举枪就打，差一点儿就把俺钉在那里。"

"你没把我给你的徽标拿出来？"

"奶奶的，早就吓忘了！"

"你真是个傻玩意儿。"

"还有一个没有了腿的大叔，穿着也和你一模一样，他说他是飞行员。"

"没了腿？他在哪儿？"

"奶奶的，他可能被攮死了。"

"谁攮死的？"

"猪鼻子。"

"猪鼻子？"

272

"戴着猪鼻子的小鬼子!"姜怀有上下比画着,又说起绑在大树上被烧死的人,"没腿大叔说他是无名英雄。"

"是无名英雄。"姜七郎垂下脑袋,"塔哈,小鬼子真他妈的狠毒。"

"小鬼子。"姜怀有掰断一根树枝,在地上画了人头,写上了一个"日"字,他扯下裤带,朝画上撒了泼尿,一边撒尿一边骂:"小鬼子,害人精,淹死你个小鬼子!"撒完尿,刚要说牛皮包的事,突然想起飞行员只许他交给少帅或者蒋委员长,姜怀有赶紧把这段秘密咽回肚里。

"小子,哥这回真得求你了。"姜七郎严肃地说。

"俺累了,等俺歇过来再说吧。"姜怀有钻进洞里,仰脸倒在土炕上。

"好吧,等你缓过来再说。"姜七郎拔出手枪,退出子弹,仔细地擦拭子弹。姜怀有本来要睡了,忽然就来了精神头,他坐起来看姜七郎的手枪。姜七郎低着头仔仔细细地擦拭子弹,并不看他一眼。姜怀有心里头发痒,忍不住央求着:"哥,让俺玩一会儿呗,俺还没有摸过这样小的家伙。"

"拿去吧。"姜七郎将手枪递给了姜怀有,教他如何拆卸如何压子弹。姜怀有天生的玩枪奇才,这把枪在他手里摆弄了没几下就熟悉了,拆枪上弹玩得有模有样。姜七郎摸着他的头说:"兄弟,你得陪哥去找一找了。"

"找啥?"姜怀有一把将手枪扔给了姜七郎,"俺哪儿都不去。"

"你得去,兄弟,你熟悉这一带,你得帮我。"

"奶奶的,俺还想着要命呢。"

"哥给你大白马。"

"你都答应给俺了,还能再给一遍?"

"哦,是是,这把手枪也给你,怎么样?"

"俺不稀罕。"姜怀有撇了撇嘴,目光转向一旁。姜七郎顺着他的目光看去,洞里头黑乎乎的什么也看不清。姜怀有心里一惊,担心姜七郎识破了机关,掘了他的密室。他急忙挡住姜七郎的视线,连说:"别看了,别看了,里头啥都没有!"

"不，这里头有蹊跷。"姜七郎擎着手枪朝里头钻，走了几步又不得不退了回来。他继续央求着："兄弟，只要你带我去找，一旦找到了机库，哥还请你坐飞机，你不想上天上转一转吗？"

"上天？"姜怀有的眼睛猛地亮了，"想啊，咋不想，俺做梦都想抢着金箍棒大闹天宫。"

外面又响起了一阵爆豆般的枪声，姜七郎握紧了手枪，紧张地看着洞口。

"兄弟，你去街里打探一下，看看咱怎么才能出去。"姜七郎说，"四面都有义勇军把守，光明正大走不出去，只能想鸡鸣狗盗的办法。"

"好嘞。"姜怀有答应了一声，一溜烟地跑了出去。

姜怀有下了玉皇顶，刚跑到街口就遇见了童小宝。童小宝正在撵鸡赶鸭，姜怀有停了下来，问谁打赢了。童小宝说义勇军打赢了。

"义勇军真是猛，打死一个就割下来一只耳朵。"童小宝说。

"割谁的？割你的耳朵吗？"

"割俺的耳朵可不行，这会儿，西门口能装两麻袋小鬼子的耳朵。"

"小鬼子的耳朵像猪八戒吗？"

"不知道！"

"你就是猪八戒！"姜怀有朝童小宝扮了个鬼脸，撒腿就朝西山顶跑，他担心去晚了鬼子的耳朵都被割光了。他比谁都想杀小鬼子，比谁都想割下小鬼子的耳朵，穿成串，挂在脖子上。那时，人人都会朝他竖大拇哥，都要说他是大英雄，要多展扬有多展扬。如果趁小惠不注意，把一串大耳朵挂在她的脖颈上，准能吓她个半死。想到这里，姜怀有突然不怀好意地笑了，很快就笑得前仰后合，恨不能插上一对儿翅膀飞到鬼子面前。一枪撂倒一个，再割下耳朵，痛快呀痛快！他跑得飞快，早就把姜七郎交给他的任务扔到爪哇国里去了。过了甜水井亭子，姜怀有碰到一股往下来的义勇军士兵，士兵拦住他，打听村公所在哪里。姜怀有胡乱一指，也不管他们看明白了没有，一溜烟地继续往前跑。一队扛着弹药箱子的民夫挡住了去路，姜怀有嫌他们走得慢，便猫着腰，从人缝儿里往前钻。正挤着的时候让人一把揪住了脖领子，还朝他的后脑勺扇了一巴掌。

"塔哈，还不回家躲着，小心让枪子给崩了。"大鼻涕说，"塔哈，哥是为你好，听话，快跑吧，了不得了，小鬼子的炮车开上来了。"

"炮车轰你个大鼻涕！"姜怀有继续朝西门口跑。一声巨响，地动山摇。姜怀有的耳朵嗡的一声响如同灌进去一捧沙子。他稳住了神，趁人不注意，手爬脚蹬上了墙。义勇军士兵都抻着脖子朝下面望，姜怀有也抻着脖子朝下面望，只见一坨鬼子藏在一只铁乌龟的后面慢腾腾地朝这边行进。姜怀有第一次见到铁乌龟，还以为自己花了眼。正愣神的时候，铁乌龟突然站住了，轰的一声响。姜怀有眼前一花，脑袋被摁了下去。

"要是还有炮弹，老子一炮就能把乌龟壳给轰翻！"汤营长气得猛砸墙垛，"谁有办法对付这个乌龟壳？"

"俺有办法！"姜怀有忽然起了猴气，故意粗声大嗓地喊，"等俺去割小鬼子的耳朵！"说完，也不顾惊愕的目光，顺着豁口溜了下去。

"小心！"汤营长喊了一声，"谁家的野小子？"

"俺是姜吉忠的老儿子。"

姜怀有没有往铁乌龟的方向跑，相反，他却朝山上的果树林里跑。姜怀有对这一带太熟了，闭着眼都能摸到他想要去的地方。他早就看出哪里对付铁乌龟更合适，他盯紧了躲在铁乌龟后面的一坨敌人。汤营长最先看出了门道，这小家伙别看年纪轻轻，却极像上天派下来的一员猛将，他竟然懂得迂回战术。汤营长抓过一杆大枪，紧盯着战场动态，防止敌人打姜怀有的冷枪。姜怀有蹿到铁乌龟的侧上方，贴着大石头藏好。汤营长忽然有了灵感，他命战士们加大火力，他猜肯定会出现令人意料不到的效果。

铁乌龟后头是十几个戴着铁帽子的鬼子，他们缩着脖子往前走，像一个个乌龟崽子。乌龟崽子根本就没想到头顶上会藏着一个姜怀有。铁乌龟停住了，再次发出一声震天的轰击声，城墙上瞬间就冒出了一股黑烟儿。姜怀有抽出匣枪，打开了机头，朝小鬼子瞄准。这是第一次射击小鬼子，忽然心里没了底，瞄了脑袋又瞄身子，犹豫来犹豫去就是不敢放枪。乌龟壳靠近了战壕，战壕里的士兵朝两边躲闪，谁都没有办法阻挡铁乌龟的碾压，躲闪的战士又遭到乌龟崽子的猛烈射击。姜怀有不能等了，再等，战壕里的战士全都得死光。他突然钩动了扳机，一个小鬼子毫无知觉地被撂倒了。姜怀有来不及细看，赶忙缩回脑袋，一会儿，才慢慢地抬起头，从石头缝儿处观察下面的情况。铁乌龟继续朝前爬，乌龟崽子继续射击。突然，战壕里冒出一个义勇军战士，他夹着一个包袱，就像梅花鹿一样朝铁乌龟奔来。乌龟崽子猛烈开枪，战士倒地，连打了几个滚儿，朝铁乌龟匍匐前行。

姜怀有担心战士会被打成筛子，便将匣枪换到左手上，使劲儿甩着僵硬的右手，他擦干了手心里的汗，重新端起匣枪，猛地，两个小鬼子爬到了眼皮底下。姜怀有"妈呀"一声惊叫，抬手就是一枪。姜怀有也不知道打没打中，慌忙躲到另一块大石头后面。等了一会儿，没有动静，他偷偷地朝下面望，见两个鬼子撅着屁股朝义勇军射击。姜怀有抬手一枪，小鬼子脑袋一歪，另一个鬼子发现了他，转身朝他射击。铁乌龟后面的乌龟崽子也发现了他，分出几个鬼子朝山上冲。

汤营长一枪干掉了一个鬼子，他命令重机枪狠狠压制往山上冲的鬼子。趁这边一阵混乱，匍匐前行的战士突然站起来，抱着包袱扑向铁乌龟，还朝姜怀有这边喊："小兄弟，好枪法！"随着一声巨响，义勇军战士没了踪影，铁乌龟被炸瘫了。没被炸死的小鬼子全都朝山上冲锋，他们把怒火撒向了姜怀有。姜怀有想跑，两腿却使不上劲儿，眼看着鬼子越冲越近，姜怀有就是挪不动腿脚。鬼子挺着刺刀朝姜怀有捅了过来，姜怀有哭喊着："娘啊，娘啊。"挥手就是一枪，鬼子连人带枪扑了下来，刺刀扎在石头上，鬼子也倒下了。汤营长紧喊："小子，快跑哇！"又一个鬼子冲了上来，刚举起枪，就被突突了。姜怀有不怕了，腿脚也会动了，他拆掉刺刀，伸手就去割鬼子的耳朵。汤营长急着喊："小子！快回来！"

"等会儿，俺先割掉鬼子的耳朵！"

"快跑！快跑哇！"

姜怀有抓起大枪，恋恋不舍地跑了。义勇军战士受了鼓舞，都在狠狠地射击，掩护姜怀有往回跑。姜怀有像只耗子一样从豁口处爬上墙，立马就被战士们围了起来。大家摸着他的头，拍着他的肩膀，都夸他是条小好汉。姜怀有紧紧地搂着大枪，生怕让人抢去了。汤营长说："小子，你怎么会打枪？"

"俺大哥的护兵教的。"

"你大哥还有护兵？"汤营长笑了，"真能吹牛！"

"俺可不是吹牛，俺大哥是混成旅的参谋长。"忽然，姜怀有停住了，怀江大哥亲口告诉他现在已经不是参谋长了，想到这里，姜怀有的气势顿时下矬了三分。

"我信你了，你大哥真厉害，比俺还大了好几级。"汤营长拍着姜怀有的肩膀，伸手去抓大枪，"鬼子的大盖枪就是好。"

"这是俺的。"姜怀有抱紧了大枪。

"这家伙，咋看咋像当兵的料。"手枪连连长孟老虎笑眯眯地说，"这愣头青的架势像我！"

"我不要你的战利品，你自己留着吧。"汤营长朝身边的战士说，"多给他一些子弹。"

枪声越来越紧，汤营长提枪去了。孟老虎捧了一捧子弹回来，上下打量着姜怀有，想从他身上找到能放下这么多子弹的口袋。姜怀有有办法，他赶紧扎紧裹腿，又解开腰带，敞开了让孟老虎把子弹倒进他的裤筒里。孟老虎忍着笑，真的就把子弹倒了进去。姜怀有重新系好腰带，夹着裤裆，龇牙咧嘴地走了几步。

"小子，别把小鸡子磨破了。"不远处的汤营长笑着说，"长大了还得娶媳妇用。"

"滚你娘的！"姜怀有回怼了一声，"看好你自己的鳖玩意儿吧。"

汤营长还没来得及反驳，就发出一声惨叫，眼看着就蹲下了。护兵连忙扶起他，朝孟老虎喊："孟连长，营长受伤了。"

"这可不赖俺！"姜怀有见汤营长浑身是血，再也不敢乱说。他扶着垛口看下去，一排子弹射来，顿时就撂倒几个战士。孟老虎吩咐护兵抬着汤营长下去。姜怀有担心义勇军会把气撒在他的身上，便拎着大盖枪也跟着下了墙。马墙那边放了一筐饼子，还有两桶水。姜怀有抓了两个饼子，一溜烟儿跑到了玉皇顶。

"俺干掉了三个鬼子！"姜怀有朝姜七郎举了举大盖枪，"可惜，没有趁手的家把什儿，没把鬼子的耳朵割下来。"

"割耳朵干什么？"姜七郎问，"我来问你，你找到出去的办法了吗？"

"奶奶的，俺光顾着去割鬼子的耳朵，把正事给忘了。"姜怀有转身就往外走，让姜七郎一巴掌打在了后脑瓜上。

"指望你，黄花菜都凉了。"姜七郎恨恨地骂，"你爹来过了，他说四下里都被义勇军把着，只能趁夜里翻墙出去。"

"那好那好！"姜怀有掏出饼子分给姜七郎，姜七郎说吃过了，又问攻城的是关东军还是民防军。姜怀有说有鬼子也有奉军。

"奉军已经完犊子了。"姜七郎说，"凡是跟鬼子在一起的就是汉奸。"

"奉军里面有抗日的好汉义勇军！"姜怀有大声辩驳，"你怎么说？"

皇庄堡的人从来没有听过这么猛烈的枪炮声，刚开打的几天，人们还没太在意，还以为双方打一仗就能散了。没想到这仗越打越凶，一点儿都没有停止的意思。范福堂在堡里转了不知多少回。

"义勇军一旦顶不住撤了，咱堡里百姓咋办？"他把这一条挂在嘴上，走到哪里说到哪里。经他这么一鼓噪，老百姓就傻了眼，人们请范福堂拿主意。范福堂朝东街方向摊着双手，假装无奈地说："请神容易送神难。"范福堂这么一暗示，有些人就对姜吉忠一家有了情绪，私下里怪他不该把义勇军勾进堡里。姜吉忠走在街上，和他打招呼的人明显少了，朝他翻白眼儿的人明显多了。等到西街有两户人家的房子被流弹炸塌，皇庄堡的舆论就彻底转向了。人们这才明白，即便在家里趴着，也逃不脱祸从天降的厄运。两处房子被炸，万幸没有伤着人。炮声一停，姜长深立即召集魏三、秋收、贺老三、铁匠、满囤等青壮年人挨家挨户去喊人，让村里人都到村公所前场地上避难。姜长深还让人一齐动手，在场地上搭了几个遮阴的棚子，他要求避难的人不许随意跑动，不许乱嚷乱叫。范福堂去看了几眼，撇着嘴，嘟嘟囔囔地走了。他对姜长深的不满已经写在脸上了。姜长深表面上和他一个槽子里嚼食，实际上，这家伙油滑得很，范福堂在他耳边提了几次，一定要下狠心把义勇军撵出去，这个姜长深总是推三阻四，在这件事上做得一点儿力度都没有。黄镇长派人送来信，命姜长深不要和"流寇"搅和在一起，要配合政府消灭"流寇"。看罢来信，姜长深惊得眼珠子都快掉了下来，范福堂看在眼里，心里头直打鼓，看样子姜长深对黄镇长是抵触的。范福堂又急又恼，一时又拿他没有办法，在堡里，姜长深还是有威望的。范福堂只能敲边鼓，真的闹起来，老百姓未必会跟他范福堂走。

姜长深命魏三维持秩序，授权不听话的可以任意处置。魏三得了令，让童小宝背着大枪跟在他屁股后头，他自己拎了根柳条，黑着脸，瞪着场院上的每一个人。人们躲着他，生怕招惹了他，让他冷丁抽一下子。小半天的工夫，场院上坐满了人，密密麻麻像看唱大戏一般。楚红从拐角那边刚一冒头，突然见到这么多的人，不禁吓了一跳。她不清楚到底发生了什么，小惠从人群中挤出来，朝着楚红摇手喊："楚红姐！"

"小惠，这是怎么的啦？"

"鬼子打炮！"

"怎么都挤在这里？"

"保长担心鬼子打炮炸房子，就让俺们全都到场院里来。"

"胡闹！胡闹！"楚红急得直跺脚，"小惠，你在这里帮着招呼着，千万别让人们乱跑乱喊。"楚红抬腿就朝司令部急走，她也不敢跑，生怕惊着了场院上的百姓。她只能低头疾走，走得像风一样快。进了司令部，楚红等情绪平和了，才喊了声报告。曲司令没有反应，盯着墙上的地图。

"报告司令，我有紧急的事要向你汇报。"

"说。"曲司令依然看着地图。

"老百姓都在村公所场院上坐着，我担心会炸了营。"

"怎么就炸了营？"

"鬼子一旦打来一炮，很容易出现重大伤亡，老百姓会怨恨我们的。"

"你的意思？"

"我建议将百姓疏散。"

"批准了。"

"批准啦？"楚红问，"谁去执行？"

"你去，带上女学生一起去。"

"就我们？"楚红面有疑虑，"司令，我们人手单薄了些。"

"现在就差让我扛枪上阵了，实在没人了，一个人也分不出，只能靠你们了！"曲司令说，"女学生每人配一把大镜面，再带四十发子弹。"

"大镜面？"楚红看着曲司令的背影，"可是，我们有的还不会打枪。"

"不会打还不会学吗？"曲司令转过身，看了一眼楚红。楚红心里一动，曲司令面色憔悴，胡子又长出了一截儿，"小楚，给你交个底吧。"曲司令踱了几步，"刚得到情报，鬼子的一个中队绕过皇庄堡，正在东面游弋。"曲司令忽然笑了，他的笑容很苦涩，要多不自然就有多不自然。"你要知道，一旦形成合围之势，义勇军凶多吉少。"

曲司令不是一个没经历过大事的人，如今，他因无能为力而感到极度的痛苦。原来的判断已经出现了严重的偏差，原来的设想统统被打乱了，义勇军陷入了前所未有的困境。原来判断鬼子的主力已经深入东北腹地，光靠汉奸民防军那点儿兵马，即便一部分鬼子参战也不足惧。现在看来，这完全是主观臆想。鬼子消灭这支抗日武装的决心已经超出了所有人的预料。曲司令有了一种不祥的预感，也许，皇庄堡就是他的归宿地。经过几天的战斗，他不得不承认，坚守皇庄堡是一着致命的臭棋。

义勇军弟兄们都是热血男儿，都是保家卫国的汉子。他一点儿都不可怜他们，也不心疼他们的牺牲。军人战死在疆场那是军人的光荣，况且是抗击外辱，死了才是最荣幸的一件事。他一点儿都不害怕战死，自从老婆孩子死了，他就明白自己活着的意义，打鬼子已经是深入骨髓的信仰。为了打鬼子，他做到了毁家抗日，他不给自己留任何后路，鬼子在东北一天，他就一天没有后路。当他发现义勇军被鬼子紧紧缠在皇庄堡的时候，曾想到带着队伍立即撤出去，以防被合围。刘参谋主张打垮眼前的追兵，如果就这么不明不白地撤，会被敌人围歼在野外。刘参谋说：

"司令，现在是两军相逢勇者胜的时候，只有坚决打垮追兵，咱才能走活这步棋。"

"置之死地而后生？"曲司令为之一振，他认可刘参谋的主张，道理大家都懂，义勇军目前负担很重，一旦要撤，伤员怎么办？皇庄堡的百姓怎么办？这些都是他要考虑的。打垮追兵！这确实是目前唯一正确的选择。曲司令对自己的安危并不在意，如果还有什么让他牵挂，他只担心楚红的安危，担心那几个女学生的安危。说老实话，他已经后悔了，当初不该收留她们，应该撵她们走，撵她们离开队伍，甚至撵她们离开东北。他觉得抗日是男人的事，不是女人的事，女人太让人牵挂了。曲司令也曾考虑送她们出去，他想和刘参谋商议商议，趁夜深的时候偷偷打开大门，将楚红和皇庄堡的百姓全都放出去。这个想法在脑子里转了几圈，总觉得不成熟，就放下了。

军需官送来十把大镜面，都是清一色的新枪，漆面发着蓝光，都能照见人的影子。曲司令挑出一把，将子弹一颗一颗压上，掂了掂，递给了楚红。楚红愣愣地看着曲司令，曲司令的每一个动作都让她心疼，她握着匣枪，咽喉突然阻塞住了，一肚子的话却怎么也说不出来。泪水蒙住了她的眼睛，她真想扑到这个男人的怀里哭一场，她真想搂着这个男人，让他痛快地哭一场。她能不知道接下来要发生什么吗？也许，这就是生离死别。楚红将匣枪插在腰带上，狠狠地抹了一把泪水，朝曲司令郑重敬礼。她真想握住他的手，紧紧地握着，给他一点儿力量，给他一点儿温暖。这是一个让她敬重的男人，如果老天有眼，一定会保佑他们渡过难关的。

曲司令愣愣地看着楚红，眼前也有些模糊，有些恍惚，仿佛楚红伸开了双臂，朝他敞开了胸怀。他擦了把眼睛，有些羞涩地说："小楚，多保重吧。"

楚红转身出去了。

"司令，你犯魔怔了吗？"四姑娘凑过来，仔仔细细地看曲司令的脸，惊呼一声，"呀，你个大男人咋还哭啦？"

281

"谁哭啦?"

"你是被楚红姐气哭了吧?"

"胡闹!"曲司令板着脸,继续看地图。四姑娘歪着脑袋看他,绕到他的面前,"司令,俺给你看看面相吧。"她盯着曲司令的脸,笑嘻嘻地说,"你心里装着一件大事,是不是?"

"军务在身,不要乱说疯话。"

"司令,你信不信,俺能看透你的内心。"四姑娘说,"所以啊,你得答应俺一件事,要不,俺就将你心里藏着的事秃噜出去,让弟兄们都笑你。"

"胡闹,胡闹。"曲司令板着脸也不对,不板着脸也不对,他不知该如何对付这个淘气的姑娘,"你想干什么?"

"俺想拿枪上阵,和楚红姐一样。"

"为什么要上阵?"

"俺要杀日本鬼子。"

"你一个小丫头和日本鬼子能有什么仇?"

"日本鬼子占领咱东三省,就是俺的仇人。日本鬼子枪挑了司令的儿子,就是俺的仇人,日本鬼子逼死了司令的夫人,就是俺的仇人!"

"你?"曲司令惊呼一声,"你是怎么知道的?"

"司令,俺铁了心参加义勇军,多一个人就多一份力量。"四姑娘终于说出了憋在心里头的话,由于激动,她流下了眼泪,"司令,你是俺手心里的孙猴子,你这辈子也跑不了!"

"孙猴子?"

"老天注定了,你这辈子就在俺手心里攥着。"四姑娘的眼泪扑簌簌地流。

曲一诺闯了进来,有意无意地看了四姑娘一眼,四姑娘慌忙低下头,躲进里屋去了。曲一诺报告说部队已经挡住了两拨进攻,炸毁了一辆坦克。

"大哥,下一步怎么个打法?"曲一诺轻声地问,"你得快点儿拿主意啊。"

"下一步？"

"下一步！"

"下一步，我命令，全体弟兄加强工事，和鬼子血战到底！"

"大哥，这是你的心里话吗？"

"当然。"曲司令拍了拍他的肩膀，"三弟，你还有别的想法吗？"

"大哥，我想咱爹咱娘了。"

"我也想了。"曲司令转过身继续看地图，"三弟，你说，咱还有家吗？"

"有啊。"

"咱家在哪儿？"

"大哥，你怎么忘了，不是让你一把火给烧了吗？烧了也是咱的家。"

"三弟，你怨大哥吗？"

"大哥，你是抗日的大英雄，弟弟也不是拉稀的孬种。"

　　四姑娘在里屋听得真真切切，她对曲司令的感情又加深了一层。第一次见到曲司令的时候，她的眼前就突然一亮，准确地说是心头突然一亮。她敢肯定自己一定见过这个威武的军人，不是这辈子，是上辈子见过。四姑娘醒悟过来，天天嚷着出去抗日，眼看着打鬼子的英雄都到家门口了，还不赶紧跟上？眼前就有一位顶天立地的男子汉，眼前就有一位坚决抗日的男子汉，不跟着他跟谁去？这一刻，四姑娘就定了心，义勇军的大旗打到哪儿，她就跟到哪儿。从此，和这个英雄男人不分开，永远永远都不分开。随着对曲司令的了解，萌动的少女情怀越发地掩饰不住。伴随着隆隆的炮声，皇庄堡正在发生着一场惊天动地的大战，生死存亡关头，四姑娘反倒很平静，她一点儿都不害怕。她眼里只有曲司令，曲司令就是她的大旗。如果说怕，她就怕失去这杆大旗。若说怕，她就怕他战死，她宁愿替他去挡子弹。除此之外，她心里头还隐隐约约害怕，怕曲司令不喜欢她。曲司令给楚红配发匣枪，她在门缝中看得清清楚楚。她忽然怕了，说不清怕什么，反正就是怕了。她见到了楚红姐的眼泪，也见到了曲司令的眼泪。她知道她得赶快行动，她要和楚红姐一样上战场，她要和楚红姐一样拿起枪和鬼子拼，她要替曲司令挡子弹。

曲一诺走了以后，曲司令命护兵去找姜长深，命令保长，所有下来的伤员不分轻重，一律进屋休养。他确实有些生气，皇庄堡部分老百姓对伤员的态度很不友好，有的重伤员因没人照应，伤势加重，虽然曲司令憋了一肚子气，却一直忍着。他向护兵特别交代：重伤员身边要随时都有稳妥的女人伺候，不光如此，每个伤员每天须有两个鸡蛋吃。护兵早就被一股子无名火气压得难受，见曲司令如此强硬，护兵答应一声就往外跑。曲司令喊住了他，想了想，对护兵说："见到保长，你要客气一些，尊一声大叔。别呜儿嗷儿瞎吵吵，毕竟，咱们是客人。"

"是。"护兵疑惑地看着曲司令，不明白他的态度为什么又软了下来。

"等等，如果保长要赖账，你也别客气，该瞪眼就瞪眼，该吓唬就吓唬。"

"司令，俺到底是客气一些呢还是瞪眼扒皮？"

"滚犊子！"曲司令猛一瞪眼，"这么点儿破事还用我教吗？"

四姑娘忍着笑从里屋出来，见曲司令气哼哼的样子，她再也忍不住，扶着腰笑得前仰后合。曲司令也松弛了下来，护兵要走，让四姑娘拦住了。

"司令，哈哈，还是俺去吧。哈哈。"四姑娘极力控制着笑，"别让他一会儿瞪眼扒皮，一会儿点头哈腰，俺长深大叔禁不住一冷一热啊，哈哈。"

"去吧。"曲司令也笑了，"我怎么就没想到派你去呢？"

战斗在持续，炮弹像蝗虫一样从头顶上飞过，许多人家的房子被炸塌了。四姑娘虽然不像别的女人那样惊慌，却也走得绊绊磕磕。场院里乌泱乌泱的到处都是人，四姑娘长这么大，也没有见过这么多的人。楚红带着女兵劝了这个劝不了那个，没人听她们的指挥。有哭声，有喊叫声，还有小孩子的吵闹声。魏三、秋收和铁匠徒弟几个人串来串去，骂了这个，打了那个，人群被他们搞得一惊一乍。有两个女兵心急，一人架一个往外拽人，双方起了好大的争执。

"四姑娘，快来说句公道话！"楚红朝四姑娘招手求援，"赶紧劝大伙儿都回家去，这儿太危险了。"

"大伙儿都别听她胡咧咧。"没牙子站了起来，"谁敢家去？房塌了砸死人义勇军赔吗？"

"就你胡说！"小惠帮着女兵拉拽，"婶子们，都回去吧，这里才危险呢。"

四姑娘冷冷地看着失控的场面，她一直没有停下脚，楚红喊她帮忙，她就像没有听见似的，她低着头从楚红身边走过。她自己都觉得自己很反常，真的，她不想帮楚红这个忙，不为什么，就是不想帮她。她对楚红有了淡淡的敌意，不是你死我活那种，就是想看她的笑话。楚红扯了她一把，她依然没有理会，不但没有理会，还仰起了脸，目中无人一般地进了村公所。她想象得到楚红姐该有多么惊愕，就让她惊愕吧，最好能想明白为啥这样对待她。四姑娘心里头一阵哆嗦，她真想转回来，抱住楚红姐，倒在她的怀里，哪怕跪在她的脚下，她想求楚红姐放手，把曲司令还给她。今生今世，她是曲司令的女人，她不允许有别的女人靠近她的男人。四姑娘忍着没有回头，泪水滚落下来，她心软了，楚红姐，真对不起。四姑娘擦了把泪水，刚要进院门，一个人从后面冲了上来，把她撞了个趔趄。四姑娘尖叫一声，见范希臣风一样地往院里跑。

"四姑娘，得罪了。"范希臣头也不回地说。

四姑娘紧跟着进了院子，墙边横七竖八地躺着义勇军伤员。四姑娘头一次见到这么多血葫芦一样的人，她不敢多看，赶紧进了屋里。里面更是挤满了人，东墙那边是医疗点，挂着白布帘子。穆大夫正在给伤员下干针，谁惨叫声大，他就给哪个扎针止疼。四姑娘看了一眼，腿都软了，也顾不得跟穆大夫打声招呼，连忙转到西墙边。这边全都是人，围着姜长深争相汇报情况。屋子里嗡嗡地响，就像是飞来了一群绿豆蝇。姜长深闭着眼听，他竟然能从乱糟糟的汇报声中抓住重要的线索，比如说谁家被炸了，他会突然睁开眼，大声吆喝着几个人名，让他们赶紧去看看。有的尽说些扯皮的话，他也不激恼，闭着眼睛，也不知听进去没听进去。

"大叔!"四姑娘招呼了一声。姜长深看了她一眼,又闭上了眼睛。范希臣提溜着长衫,挤开四姑娘,一把拉住姜长深的手,范希臣说:"叔,借一步说话。"

"你大点儿声说。"姜长深冒出一句,范希臣慌忙朝身边的人看去,"叔,是俺哪,借一步说话。"

"你指定是心里有鬼!"四姑娘不满地说,"好话不背人。"

范希臣将双手卷起来,对着姜长深的耳朵虚喊着:"叔,俺爹让俺来要你一句话。"

"啥话?"

"你看义勇军还能坚持多久?"

"那谁知道?"

"一旦义勇军败了,俺是说一旦关东军打进来,咱们小老百姓可咋办?"

"拿筷子拌呗。"姜长深嗤笑了一声,"还能咋办?"

"保长,你可不能撒手哇。"范希臣朝人们扬了扬手,几个人都跟着附和。

"谁也别逼俺,再逼,俺就拿根绳子上吊去。"姜长深苦着脸说,"俺对皇庄堡算是问心无愧了,剩下的就交给老天了,爱咋咋的。"

"关东军要是屠城呢?"

"屠城?"姜长深突然打了个冷战,"他关东军凭啥屠城?"

"就凭你和义勇军裹在一起。"范希臣的话不大不小,让四姑娘听了个真切,她的脑袋嗡的一声响,大喊一声:"你老范家要当汉奸吗?"

"快闭嘴吧。"范希臣瞪了四姑娘一眼,"快嘴多舌的鸦雀,哪儿轮到你来说话?"说完,范希臣背过身子,掏出一封信塞到姜长深的手里。姜长深捏着信,轻声问:"希君的信?"

"嗯。"范希臣点了点头。

姜长深走到墙角,打开信看。信中,范希君开门见山写他现在正和黄镇长在一起,一起为皇庄堡的百姓祈祷。他以范家长子的身份,准备斡旋皇庄堡这场有史以来最大的危机。"范家在皇庄堡生生不息了几百年，不能眼睁睁看着皇庄堡被战火毁掉。"范希君信中还提到："关东军已经出动了一个重装联队，后果可想而知？"读到这里，姜长深打了个寒战，关东军要来狠的了，看来不是吓唬人。皇庄堡生死攸关的时候确实到了，不用范希君说，只要不是瞎子，谁看不明白？日本鬼子的飞机也出动了，大炮也出动了，照这样打下去，一天就算打死十个，义勇军有多少人马够消耗的？姜长深狠狠地跺了下脚，"要了命了！"他低头继续读信：范希君已与他的"恩师"——关东军司令部作战参谋河本贤二紧急磋商，双方达成协议，只要皇庄堡把义勇军挤出去，范希君便和黄镇长力保皇庄堡完整无缺。

信后，附上一件协议抄稿。

姜长深倒吸了一口冷气，他没有表态，形势已经到了无法掌控的地步。他掌控不了，义勇军也掌控不了。日本人就能掌控得了吗？义勇军打日本人，这是壮举，凡是有良知的中国人都应该支持，这一点，姜长深没话可说。理解归理解，姜长深还是有些怨气。

"叔，你得拿主意了。"范希臣轻声说。

"俺赤手空拳，有啥本事撵他们走？"姜长深突然吼了一嗓子，"拿绳子来，干脆把俺吊死算了！"

"好你个狗汉奸，人家义勇军前方拼命打仗，你老范家在后面捣鬼撵人家，你们还是中国人吗？"四姑娘点着范希臣的鼻子骂，"简直就是猪狗不如！"

"你少站着说话不腰疼，你老姜家别以为有义勇军撑腰就敢嘚瑟！"范希臣冷笑着说，"咱们骑驴看唱本走着瞧。告诉你，路还远着呢，一旦起了反转，准有人要扒了你一家人的皮，挫了你一家人的骨头。"

"你就做梦吧，义勇军不会败的，你就等着吧。"四姑娘气哼哼地说，"大叔，义勇军曲司令让俺来下令，轻重伤员全都得进屋住下，重伤员身边必须有妥当稳重的女人伺候，每个伤员每天要有两个鸡蛋吃。俺传完命令了，你自己掂量吧，别听一些坏人再瞎鼓噪。"四姑娘狠狠瞪了范希臣一眼，"狗汉奸！"骂完转身就走了。

"不知死活的傻狍子！"范希臣小声回怼了一句，他从小就怕四姑娘，从来不敢和她正面顶牛，这回如果不是四姑娘骂他是狗汉奸，哪怕骂他别的，他都不会还嘴的。狗汉奸这个骂名让他浑身一激灵，范希臣隐约觉得左右为难。他稳了稳情绪，转脸对姜长深说："叔，谁也别说好听的，谁也别说大话，咱还是要活着不是？谁没事愿意找死去？"

"希臣，你想说啥你就痛快地说。"姜长深故意让他当众把话挑明了。

"叔，咱可以来文的，也可以来武的。"范希臣索性放开了嗓门，"办法有的是，就看你做不做。"

"文的咋说？"

"咱花些钱把他们送出去！"

"武的呢？"

"打开东门，放民防军进来将他们赶出去。"

"不行！"姜长深眉头紧锁，"咱可以央求义勇军走，也可以礼送义勇军走，只要俺姜长深当一天保长，就绝不会放关东军进来，这是底数，那样做，咱算啥啦？真想当狗汉奸吗？"

"不是放关东军，是放咱民防军进来。"

"放屁，谁不知道民防军和关东军穿一条裤子？你放这个进来另一个会站着看眼儿？"

"叔，那咱就先来文的，文的不成再说下一步，俺先表个态，老范家愿意出钱。"

"只能来文的。"姜长深拍了板，"而且，咱把丑话还得说清楚，一旦人家义勇军愿意退出去，你民防军关东军绝不能趁机进来，咱皇庄堡让小鬼子祸害了一回，再来祸害，小心俺姜长深翻脸。"

"叔，你和谁翻脸？"

"和……"姜长深一时语塞，是啊，和谁翻脸呢？关东军？黄镇长？范福堂？他狠狠地跺了下脚，"俺和祸害皇庄堡老百姓的苍狼翻脸，别以为俺老了，惹急了，再打一次狼也不在话下。"姜长深的胸膛一起一伏，显然他受到了刺激，他担心自己一个不慎就会陷入万劫不复的地步。姜长深来回地走，反复地盘算，他虽然没有家国情怀，但骨子里也不想当汉奸。姜长深走了几个来回，拿定了主意，大声说："皇庄堡决不能让关东军进来，民防军也不行，义勇军出去后，紧闭四门，一个当兵的都不许进来，凡是带枪进来的，就是吃人的苍狼。"

"好的，叔，俺们都听你的，你说朝东俺就朝东，你说赶鸭子俺绝不撵鸡。"范希臣的脸上露出不耐烦的神色，"叔，你赶紧去撵义勇军走，俺这就把你的意思转告给俺家老大，一切由老大定夺。"

"你还能出去？"

"叔，你别管了，俺和外头从来就没断过联系。"范希臣说着，转身就往外走，一下就和直往前挤的小惠她妈撞在了一起。小惠她妈一巴掌打过来，范希臣闪了一下，连忙说："婶子，是俺！"

"不能活了，这是要逼死人啊！"小惠她妈阴沉着脸，冲向了姜长深，猛地坐在了他面前，扯起嗓子就号："保长啊！"

姜长深知道她要说什么，想恼又不能恼。又一想，干脆让她要去，让她造一场舆论也好。姜长深实在是没有法子了，他不愿意冒头撵义勇军，担心弄不好担了汉奸的臭名声。

"保长啊，你就可怜可怜皇庄堡的父老乡亲吧。"

"你起来说话！"

"你不把义勇军撵出去，俺就死在这里。"

屋里的人越来越多，都挤过来听，看姜长深如何处置小惠她妈。小惠从人群中挤进来，一把拖起她妈，小惠哭着吼："你丢不丢人？"

"嫌俺丢人？"小惠她妈扯着嗓子喊，"俺让义勇军祸害得够惨的了，你当闺女的不心疼，还跟着旁人说俺。下一步就轮到你了，还有她，还有她！"她一边哭喊一边乱点着。围观的人心里头不是滋味，都唉声叹气。楚红挤不进来，她在门口踮着脚急喊："婶子，义勇军不是土匪，伤害妇女的坏人已经被枪毙了。"

"你就扯吧！"小惠她妈回了一句，"糊弄鬼呢？谁不知道，你们拖了一个鬼子尸首来顶缸。"

"鬼子尸首？东门外吊着的是日本兵？"范希臣故作惊诧地问，"这帮缺德的玩意儿，咋尽干出格的事呢？婶子，你是咋知道的？"

"谁也不瞎，被吊着的那家伙嘴唇上有一撮小黑胡子，你说不是鬼子是谁？"

"是日本兵，日本兵都留一撮卫生胡，没错！"范希臣说完，挤出人群躲了。

"小惠她妈，地上凉，你起来吧。"姜长深说。小惠她妈也是哭累了，朝小惠伸手，小惠一跺脚，没理她。酒馆西施翠花伸手将她拽了起来，帮她扒撸掉身上的土。姜长深背着手，左走两步，右走两步，两边都是人，他就像被困在笼子里的雀儿。

"保长，你需要扎一针了。"穆大夫冷冷地看着他，"不！得扎十针！"

"咋的？"

"俺看你方寸已乱。"穆大夫提高了嗓门，"关键时刻，你可不能倒行逆施啊！"

姜长深听穆大夫话里有话，也很刺耳，不由得心里一动，穆大夫既然敢说如此带刺的话头，后头肯定还有更尖锐的。姜长深心虚，没敢搭话，他挤出人群，头也不回地出了村公所，见贺老六背着大枪比比画画，就招手喊他。贺老六一拐一拐地跑过来，擦了把脸上的汗，又猛扇着褂襟，他的衣服都让汗水溻透了。姜长深吩咐贺老六马上去传话，让已经接收伤员的家庭都要派一个稳妥的女人回家，伺候伤员吃喝拉撒不得怠慢。还告诉贺老六，每个伤员每天得给两个煮鸡蛋吃，少一个都不行。贺老六狠狠地啐了一口："呸！俺还没捞着鸡蛋吃。"

"快去，就当是你爹那样伺候，快去啊！"姜长深跺脚催促着，贺老六骂骂咧咧地去了。姜长深没有过多停留，抬腿就去了西山顶，他想看看大战到底到了什么地步，他也好做最后的摊牌准备，只要不背上汉奸的骂名，其他的影响都顾不上了。

西山顶上的枪声炒豆子一样激烈，被替换下来的士兵个个垂头丧气，他们衣衫褴褛，蓬头垢面，和叫花子没啥两样。半山腰有个泉水眼，那里聚集了一帮士兵。姜长深不愿意和这帮人打照面，就加快了脚步想迅速走过去。猛地就听见有女人的嚷嚷声。姜长深停了脚，一眼就看见魏三媳妇和大鼻涕他娘两个和一帮士兵搅在一起撕扯。大鼻涕他娘双手上下翻飞，上挠下掏，小个子士兵不是她的对手，被逼得逃无可逃。猛地，士兵想去抓她的手，一把没抓住，被挠了个满脸花。魏三媳妇假装拉架，也是暗暗下死手。小个子士兵怒火中烧，突然就拉上了枪栓，枪口对着大鼻涕他娘。大鼻涕他娘没想到小个子士兵敢拿枪指着她，她虽然是个女人家，却也明白枪的厉害。只要小个子士兵的手指头一钩，她就得一命呜呼。大鼻涕他娘呆在那里下不了台的时候，一眼看见了姜长深。这个女人突然就来了精神头，她一把扯了褂子，扯了里头的小衣，露出半片胸怀，拧着身子就朝小个子士兵扑过去。小个子士兵端着枪往后退，一边退一边喊："你别逼我，你别逼我。"一跤跌倒，枪也响了，子弹擦着大鼻涕他娘的耳边飞了出去。大鼻涕他娘魂飞魄散，一屁股坐在地上。魏三媳妇杀猪般地嚷："杀人了，杀人了！"她一把就抱住了大鼻涕他娘。大鼻涕他娘摸了下耳朵，竟然满手是血，她也发了疯样地声声尖叫。

"妈呀，义勇军杀人了！"

"住手！快住手！"姜长深大喊着，"谁都别动，都别动，天大的纠纷咱找曲司令说去。"闯了祸的小个子士兵爬起来，撒腿就跑，姜长深急喊着："兄弟，你得站住！"

眨眼间，小个子士兵就没了踪影。姜长深检查了大鼻涕他娘的伤口，只是耳朵被子弹豁开了。看样子没有危险。姜长深暗松了一口气，便朝着魏三媳妇骂，骂她招惹是非，骂她破坏了与义勇军的关系。魏三媳妇心里委屈，捂着脸就哭。挎着匣枪的军官上前一步说："算了吧，算了吧。"长官朝士兵们眒着眼睛，士兵们垂头丧气地往街里走。军官说，"老哥，多多包涵吧。"姜长深突然意识到自己的腰杆子变硬了，他小声问："你们两个敢跟俺去找司令说理吗？"

"俺可不敢去！"魏三媳妇哭着说。

"找司令说理？"大鼻涕他娘气哼哼地说，"找他有啥好处？还能把俺耳朵赔上？"

"好处看不出来。"姜长深小声说，"可是，俺能让义勇军没脸在堡里待着！"

"真能让他们滚蛋？"大鼻涕他娘说，"只要能让他们滚蛋，俺豁出去再给他一只耳朵。"

"让他们滚蛋!"魏三媳妇收拾了衣服,扛起筐就走。姜长深见那帮士兵在大树底下交头接耳,心里头咯噔咯噔乱跳,意识到现在还很不安全。他担心这些人恼羞成怒要横伤人,便故意板着脸,厉声骂道:"臭老娘儿们,整天就知道惹是生非,还不滚回家做饭去?"两个女人哭哭啼啼往街里走,姜长深跟在后头,一边走一边骂。走到大榉树下的时候,这伙当兵的果然追了上来,带头的军官说:"老哥,不能就这么走了。"

"咋的啦?"

"俺弟兄无缘无故地让两个泼妇给挠了满脸花,官司打到天边俺们也有理,这可是证据啊。"他扯过小个子士兵,指着他的脸说,"老哥,你就给个说法吧。"

"弟兄们,这个好说,咱这就去村公所,大家好好说,该赔就赔,该打就打,谁也跑不了,是不是?"

"那好,你先拿出个数,俺兄弟回营里报告后就去找你,你要是不想把事情惹大,就把弟兄们的嘴给堵上。"

"一定一定。"姜长深又朝两个女人吼,"还不赶紧回家拿钱去?"两个女人心领神会,低着头,加快了脚步。万幸,这两个女人都是大脚板,走起路来一点儿都不比姜长深慢。他们走到老柳家羊汤面馆门前时,就听见后面一阵乱嚷嚷:"站住,你们站住。"那群士兵气势汹汹地追了上来,姜长深牙一咬,心一横,朝着两个女人就喊:"快,快把衣服扯了。"女人们愣住着,不知是何用意。姜长深跺了下脚,吼着:"都啥时候了,还要脸干啥?"

大鼻涕他娘反应快,一把扯了衣襟,打散了头发,拍着手喊:"不得了了,义勇军要祸害人了。"魏三媳妇也扯了衣襟,打散了头发,也跟着哭:"快来人哪,义勇军祸害女人了。"

"这是咋的啦?"伙计尹小脚从面馆里跑出来,一把就抓住了姜长深的胳膊,"老大,这是咋的啦?"

"出大事了!"姜长深连声喊,"出天大的大事了!"喊声惊动了四周，呼啦啦就拥上来十几个村民。姜长深大喝一声："谁都不准动手，咱这就找司令去，让司令评理。"

两个娘儿们来了劲儿，趁人不注意，把衣服扯得更猛一些，在众人簇拥下朝司令部走去。那伙士兵嘀咕了一会儿，就朝姜长深喊："算了算了，跟你们闹着玩儿呢，这事就算过去了，不计较了，算了算了!"

"不能就这么算了!"范希臣带着一帮人跑了过来，"义勇军祸害女人，这事没完!"

"你算老几?"有个士兵伸手要抓范希臣，手刚搭在范希臣的肩膀上，让没牙子一个大背挎给抟翻了，没牙子骑在士兵的身上伸手就打。

"别动手! 动手就输了!"姜长深将没牙子拖了起来。

军官眼见事情闹大，便朝士兵们一努嘴，士兵们一哄而散。姜长深带着人进了姜家，见到了曲司令。两个女人的上身几乎全都脱光了，进了门，像两条蹿上岸的鱼一样直挺挺地躺在地上。

第十二章

　　楚红发现一个伤员很面熟，对方也看到了她。伤员受了惊，立即扭过脸去。楚红一愣，他为何要躲闪呢？这个瞬间让她大为疑惑。等楚红得了空，准备找到这个伤员的时候，伤员像钻进了泥地里一样，再也找不到影子了。楚红向医官打听这个人是谁，医官说出了"李大个子"这个名字。

　　"李大个子？"楚红惊得差一点儿就跳了起来。

　　她稳了稳情绪，去了司令部，她不是去为难曲司令的。怎么会为难他呢？可是，她必须和他谈一谈，心平气和地问他为何要放走李大个子，为何要欺骗皇庄堡的百姓。她不想听他的解释，什么现在正缺人手，什么让李大个子将功赎罪，这些她统统不听。她就想问曲司令，为什么要骗老百姓。一路上，楚红劝自己冷静，劝自己首先不要冲动。谈就要有谈的样子，要好好谈，要开诚布公，要像亲人那样温和地说话。千万不能急，不能惹得曲司令下不了台，他太难了，这个时候，不能再给他添堵。他就是一个铁打的人也撑不住的。在姜吉忠家门前，楚红遇到了刘参谋。刘参谋的脸色很不好看，急匆匆地出来，两人碰了头。刘参谋左右看了一眼，小声问："有事吗？"楚红点点头，向刘参谋汇报说李大个子还活着。刘参谋狠狠地跺了下脚。

　　"这个老曲，江湖气太重，江山易改本性难移。"

　　"我们要帮助他！"楚红说，心里头突然替曲司令叫屈，虽然江湖气重了一些，可是，和毁家抗日的义举相比，这又算得了什么呢？楚红有信心等过了这段危难的日子，帮助曲司令提高觉悟和认识。她轻声说：

"再给他一些时间吧。"

"可是，老曲太固执了，这样下去，迟早要坏大事的。"刘参谋点了一支烟，"小楚，他现在还认可你，你务必利用好这个条件，用你女性的温柔去感化他。"

"可是，我……我做不到。"

"这是任务。"刘参谋严肃地说，"小楚，和地下党接上头没有？"

"一直没有找到他们。"

"同志，你是怎么搞的？"刘参谋的手突然抖了起来，他哆嗦着掏出烟卷，哆嗦着叼了一根烟，楚红给他点着了，刘参谋吸了一口，低声说，"小楚，我们现在很困难，义勇军处境很困难，我们急需党的支持和领导！"

"我知道。"

"不，你不知道，好好想想，自从进了堡里，你都做了什么？"刘参谋深吸了一口烟，"我们要对历史负责，要为这支伟大的队伍负责，同志，加把劲吧，组织上交给你的任务，你没有权利推三阻四。"

"可……"

"不要辩解了，快去工作吧。"刘参谋跺了下脚，低着头走了。

楚红想了想，千头万绪都在等着。地下党，你到底在哪里呀？她的脑子里一点点捋，穆大夫很正直，听他的言语，看他的表现，具备党员标准。楚红和穆大夫谈了两次，两次都没摸出穆大夫的底细。还有谁像是地下党呢？楚红在姜家门前转了几个圈，想进去见一见曲司令，又想到曲司令此时的难处，她又犹豫了。见了面，她一定会忍不住提起李大个子的事，只要提到这一节，曲司令能不难堪吗？算了，等找合适的机会再说吧。楚红转身走了。

嗡的一声，姜长深的耳朵就聋了，接着，就被掀翻在地。他挣扎着爬起来，身边胳膊粗的树干被炸断了，一阵一阵的硝烟在半空中弥漫。姜长深拍着耳朵，抠着耳朵，耳朵突然就豁亮了，炮弹呼啸，又是一阵轰隆隆的爆炸声，姜长深的耳朵又聋了。他漫无目的地走，感觉天和地在翻转，感觉自己头重脚轻，感觉死神正在朝他狞笑。西街上到处都是砖头瓦块，随处都是炸塌的房子。猪狗鸡鸭满街乱跑。姜长深咧着嘴哭，完了，全他娘的完了！姜长深的眼泪止也止不住，完了，就像做了一场噩梦，就像被鬼压了身，明明醒了，却总也动弹不得。姜长深听不到自己的哭声，却知道自己早已哭得稀里哗啦。他怕了，怕得要命，他仰着脸喊："老天爷呀，可怜可怜俺们皇庄堡吧。"

一个骑兵拦住了去路，士兵朝他嚷嚷着，他一句也听不见。他拍着耳朵，抠着耳朵，指着耳朵给士兵看，比画着说自己聋了。士兵跳下马，一把抱起他，想把他抱到马上。姜长深挣扎着，躲闪着，狂叫着，突然，耳朵又豁亮了。他听到了自己的喊声："别闹，别闹！"

"曲司令到处找你呢。"

"放下俺！"姜长深推开了士兵，示意自己不要骑马，"你前脚到，俺保证后脚就到。"说话间，姜长深迈开双腿朝东街走，他的心里头一阵阵发急，曲司令急三火四的要干什么呢？有些事不敢去想，越想越害怕。这时，炮弹又轰过来，贴着头皮咣咣咣地往街里砸。皇庄堡火光四起。姜长深伸开双臂，朝西山顶方向喊："别打了，饶了俺们皇庄堡吧！"他踉跄着走，场院上早已炸了营，哭号声响彻云霄。姜长深双腿发软，顾不得去见曲司令，叽里咕噜跑到场院，就见人们东一头西一头，乱得像没头的苍蝇。楚红和女兵们伸手阻挡着炸了营的人们，喊着让大家赶紧趴下。女兵的喊声显然不起作用，人们并不听她们的呼喝。姜长深迎上去问："这是咋的啦？"

"炸死人了！"楚红喊着，"大叔，你快喊两嗓子吧，不能乱了。"

"谁呀？"姜长深浑身哆嗦，"炸死谁啦？"

楚红搀着他进了村公所，墙边担架上躺着伤员，一个个愁眉苦脸。树下躺着一个人，半拉身子都焦煳了。穆大夫见到姜长深，面色忧伤地摇了摇头。姜长深战战兢兢地摸，也不敢摸下去，这人的胳膊没了，大腿也没了，像个血葫芦一样。身边还有几个血人，都朝他哭叫。有喊叔的，有喊保长的，喊得声嘶力竭。姜吉遥家的小孩子没了一条臂膀，躺在他奶的怀里，脸色像白纸一样。穆大夫在小孩子的身上扎了几十针，每根针都如同扎在姜长深的身上。姜长深疼得直打哆嗦。穆大夫嚼着胡子，嚼得咔咔作响，他突然扔下针盒，疯子一样在院子里转圈儿，一把抄起一杆大盖枪，背起来就往外走。

"老穆，你这是干啥去呀？"姜长深猛喊。

"杀鬼子去！"

"老穆，你还嫌不乱吗？"姜长深喊，"老穆，快回来，你没疯吧？"

"疯了，鬼子把俺逼疯了！"穆大夫的声音飘过来，人早已出了院子。

姜长深扶着树干站起身，走出村公所，看着没头苍蝇一样乱跑的人们。随着一阵又一阵的爆炸声，人们就像一群地狱里放出来的小鬼，满面狰狞。姜长深不愿意看到这一幕，这是多么不祥的一幅画面啊，难道这就到了末日了吗？他走上土台，朝乱成一团的人喊："乡亲们，都安静了吧，求求大家伙了。"

"停下！都停下！"秋收乱喊着，见不起效果，便朝天搂了一枪。贺老六和魏三他们全都跟着一起喊，秋收又搂了两枪，乱哄哄的场面才算安静下来。姜长深朝众人团团作揖，哽咽着说："不能再死人了，不能再死人了。"

他一句也说不下去，下了台，踉踉跄跄地朝东街走去。人们跟在后面，都不敢说话，每个人的眼里都含着泪水。老姜家的院里站满了义勇军士兵，他们的军服上都是口子，横一道竖一道，像一群要饭花子。站在前面的军官搂着一面军旗，已经烂成一条条的。姜家爷爷站在窗台前，脸望着天，一动不动。姜长深打了声招呼，没等回话，就站在了大胡子曲司令的面前。曲司令满脸憔悴，脸上都是钢针样的硬胡楂儿，根本看不到肉皮。

"老姜，你的脸怎么啦？"曲司令诧异地问，"乍一看，像个屈死鬼。"

"俺们的魂都被大炮弹炸飞了，俺们现在也确实是人不人鬼不鬼。"姜长深叹了口气，刚要说出皇庄堡百姓的难处。曲司令眼睛一瞪，不由分说，竟然朝姜长深发号施令。他要求皇庄堡马上出五十个精壮劳力去战场上抬伤员。又命令军需官立即拿出一千块钱来。姜长深不知这是何意，转脸去看魏三。魏三也是摸不着头脑。一会儿，两个战士抬着一口箱子进来，军需官打开箱子，里面全是现大洋。军需官数出一千块，曲司令朝姜长深努了努嘴，军需官捧起钱，递给姜长深。

"老姜，这些钱肯定不够，义勇军吃你们喝你们的，没少叨扰乡亲们，这也是给乡亲们一点儿本钱吧，等我们有了给养，一定会将欠款补给乡亲们的。"曲司令说。

"不是钱的事。"姜长深苦着脸说，"真不是钱的事。"

"好了好了，老姜。"曲司令的脸上蒙了一层霜，"本司令命令：即刻起，皇庄堡家家都要蒸馒头，要多做白面馒头，至少要做五千个馒头，每个馒头都不得小于并在一起的两个拳头。"

"啥？啥？"姜长深呆住了。

"请多担待，非常时期，本司令也不是慈悲心肠的菩萨，顾不得了，这是命令，义勇军将士在前方流血，在豁出命和小鬼子打和汉奸民防军打，乡亲们就算是可怜可怜这帮孩子吧。"

"谁可怜俺们？"贺老六喊了一嗓子。

"这就是他们神仙打仗，让俺们跟着遭殃。"范希臣跟着来了一句，"就是欺负咱们老实。"

"老姜，你看看你的村人，阴阳怪气的，和汉奸有什么区别？"曲司令冷冷地说，"你几个想当汉奸吗？"

"俺们说的都是实话，打鬼子俺不含糊，你要是在外面野地里打，俺给你们送吃的送喝的。"姜长深哽咽了，"在俺皇庄堡打，这站着的房子躺着的地，全都毁了呀。"

"老顽固，老封建！"四姑娘突然挡在曲司令身前，指着姜长深说，"你们知道吗？曲司令为了抗日，把家里的房子全都烧了，把家里的地全都撂了，你们咋就不学呢？中国就是有你们这帮老顽固老封建才让小鬼子欺负。"

"好了，老姜，快去吧，记住，馒头一定要大，要像爷们儿的拳头那样大，不是娘儿们的拳头。"

姜长深很委屈，也很愤懑，本来打算舍命敦请义勇军撤离，结果义勇军一点儿都没有撤出去的意思。姜长深抱着现大洋，颤巍巍地说：

"司令，皇庄堡已经死人了，求求你，不能再打了！"曲司令没理他，喊着名字，每喊一个名字，外面就应答一声。曲司令大声宣布作战命令，旁若无人一般。四姑娘扯了扯姜长深的衣襟，朝曲司令努了努嘴，小声说："大叔，你想往枪口上撞吗？"

"四姑娘，可要了俺的命了。"姜长深一抖怀里的现大洋，"咱要钱干啥去？咱得要命啊。"

"大叔，现在是和鬼子血战的关键时刻，是个中国人都得冲上去，别说要你一个馒头，就是要咱端着枪去前线，咱也不能缩头哇！"

"滚犊子去！"姜长深实在是不愿意听四姑娘的话，在他听来，四姑娘的每句话都那么难听，"你不就是念了几年破书吗，充啥大尾巴狼。"

"大叔，你可别这么说，俺一个女的这就要上去了，你一个大老爷们儿还在这里说风凉话。"四姑娘说，"你看，俺都有枪了。"

"四儿，四姑娘，你可省省心吧，你家已经死了一个，还想再死一个吗？"姜长深跺了下脚，"这可咋办哪！"

"谁？"四姑娘猛地瞪圆了眼，"俺家谁死了？俺五叔？俺三叔？不会是塔哈死了吧？"

姜长深叹了口气，他实在是没心情搭理四姑娘。老姜家已经铁了心和义勇军站在一起。站就站吧，他实在没有办法了，爱咋咋的。皇庄堡这就分成两派了，没办法，有啥办法呢？一个向着日本，一个恨日本。他能有什么办法？天要塌了，靠他一个人能撑得住吗？爱咋咋的吧。

曲司令看着姜长深说道："这是本司令的命令，立即去执行吧，一个时辰馒头就该蒸熟了，我再让你半个时辰，一个半时辰以后，我就在这里数馒头，老姜，你掂量着吧，咱哥俩可不能为口吃的翻脸，快去忙吧。"

"司令，你别吓唬俺大叔，他胆子小，俺保证，他一定能完成任务。"四姑娘挡在姜长深的面前。曲司令没说话，整了整武装带，抬脚就朝外走。四姑娘跟了上去，曲司令头也不回地问："你跟着我干什么？"

"俺跟你上前线。"

"四姑娘。"曲司令的声音很怪，他盯着四姑娘的脸，忽然说，"你快去找你大嫂，把头发剃了吧。"

"为啥？"

"别问了，也是为你好。"

"司令，为啥要剃头？"四姑娘忽然觉得身上发冷，从曲司令的眼睛里冒出股股冷气，比三九天的卷地风还要冷上十倍。四姑娘的上下牙磕在一起，发出咯咯咯的响声，就像一对儿疯婆子在厮打，"司令，义勇军一定会赢的。"

"我们没有援军，一个都没有。"曲司令轻轻地说，"一个都没有。"

曲司令刚出院门，又是一阵爆豆般的密集枪声，爆炸声再次响起，猪圈里的猪疯狂地跳圈，撞得猪头上直冒血沫子。姜长深猛拍大腿，咧着嘴说："这不是祸害人吗？曲司令，俺皇庄堡的人没惹着你们啊。"

"老姜，你再说一遍！"曲司令退了回来，眼睛里冒出了火苗子。

"司令！"四姑娘挡住了曲司令，"俺大叔啥都没说。"

"啥都没说就好，知道汉奸的下场吗？"曲司令抬腿往外走，"对了，四姑娘，本司令交给你一个紧急任务。"

"太好了！"四姑娘立即挺起胸脯，"你总算给俺分派任务了。"

"我命你立即制作一面军旗！"

"军旗？"

"军旗，义勇军的军旗！"曲司令指着碎布条样的军旗说，"你没看这面旗都不能用了吗？记住，军旗上还给我绣上'抗日义勇军'五个大字。"

"是！"四姑娘被这个光荣的任务激动得滚出了泪水，"俺保证给你绣得好好的！"

曲司令出去了，人们看着他，就像看一个巨兽，谁也不敢和他对视，大家纷纷让开路，纷纷躲避着他如炬的目光。曲司令挺胸昂首，眼睛只望向远方，想到自己就要埋在这片陌生的土地上，曲司令的心里头空落落的，有了些许的眷恋，对生的眷恋，甚至是对死的眷恋。他在往枪声密集的西山顶走的时候，竟然还有心情朝两边眺望，朝四下里眺望。他在心里头说："老伙计，好好看看吧，你将死在这个地方，也将在这个地方托生。"老柳家羊汤面馆门前一搂粗的大槐树被炮弹削倒，树干像个死人一样横在街上。曲司令朝护兵摆了下脑袋，几个护兵喊着号子，把树干顺直了，疏通了道路。曲司令拐到了村公所场院，看了一眼避难的百姓，有人眼尖，呼啦啦地喊着朝他跑来。曲司令突然怕了，拨转马头疾走，人们紧紧追来，曲司令的心情越发沉重，往西山顶上去的时候，战马受了惊。他朝战马狠狠地抽了几鞭子，护兵扯着缰绳往前拽，战马磨磨蹭蹭好不容易上去了。有一排战士倚着大墙躺着，见他来了，军官大声喊："全体起立！司令到！"战士们慢腾腾地站起来，每个人都是满脸的疲惫。

"坐下休息！"曲司令摆着手说，"你们都吃了吗？"

"报告司令，吃了，下面送来了羊肉汤。"军官说，"当官的和弟兄们一起喝的，一人一块羊肉。"

"好，当官的不能护食，有了好吃的一定要想着手下弟兄。"曲司令说，"你比画一下，多大一块羊肉？"

"那什么，这么大！"军官捏着指甲给曲司令看，"是这么大。"

"哎，都挺难的。"曲司令嘟囔了一句，"皇庄堡里的老百姓也不容易，粮食都让咱给吃了，不容易，不容易。"

"是，司令。"

曲司令将缰绳扔给护兵，朝马墙那边走去。有人伸头朝他打招呼，他也认不准是哪一个，朝两边挥了挥手。曲司令上了墙，趴在墙垛上往下看。清河岸边全都是敌人，分不清是鬼子还是民防军。河两岸扎满了军帐。曲司令心里沉重，看样子，鬼子是盯上义勇军了。他转脸看着士兵，士兵们都很沉默。曲司令心里一紧，难道兄弟们厌战啦？这可是不好的征兆。赵苗子跑了过来，没说话，先摘下帽子摔打上面的土。曲司令也不说话，看着他的举动。赵苗子忽然感觉到有些冷场，他戴上帽子，郑重地敬礼。

"司令！"

"情况如何？"曲司令问。

"二十分钟前打退了一拨攻击。"赵苗子说，"敌人主要是炮火轰击，咱也搞不懂进攻的意愿怎么突然就不那么强烈了。"

"这是什么原因呢?"

"说不好，我咋感觉老四上来了。"

"老四上来啦?"曲司令举着望远镜又朝远处望，"苗子，你说老四到底是身在曹营心在汉呢，还是就死心塌地地跟着汉奸走?"

"司令，老四是老汤带出来的，这个只有老汤兄弟有发言权。"赵苗子四下看了看，贴着曲司令的耳朵说，"司令，下一步你有啥打算?"

"弟兄们的情绪怎么样?"

"那没什么可说的，打鬼子嘛，这是国家大事，弟兄们还是有觉悟的。"

曲司令贴着赵苗子的耳边说:"你我兄弟一场，该说的话也要跟你说一声。"他顿了顿，"我是不打算活着出去了，从大里说，咱是为国家打仗，从小里说，也是为被鬼子祸害的亲人打仗。"

"司令，赵苗子誓死跟随。"

"你们未必要跟我一起就义。"

手枪连连长孟老虎从战壕里站了出来，朝墙上喊:"司令来了吗?"

"来了!"赵苗子说。

孟老虎从豁口处爬了上来，他全身都被熏得黢黑，见了曲司令就嚷:"司令，孟老虎有紧急情况向你汇报!"

"下面伤亡怎样?"

"上午到现在，俺们连阵亡十二个人，伤十七人，有五人轻伤，还可以坚持。"孟老虎说，"司令，俺有紧急情况!"

"说。"

"对面来了个兄弟。"

"什么兄弟?"

"老四连派来的。"

"在哪里?"

"在下面。"

"来干什么?"

"要见你。"

"你们熟悉?"

"一个排副,还算熟。"

"不见!"

"是!"孟老虎敬礼,转身要走,曲司令喊住了他,给他正了正帽子,然后朝他回了礼。孟老虎从豁口处溜了下去。

曲司令交代的任务,四姑娘认了真,她在家翻箱倒柜到处找红布,家里都让她翻了个底朝天。怀江大嫂忍不住说:"你真是个棒槌,不当不正的,谁家会有红布?"四姑娘嘟着嘴说:"俺不管,俺就要红布,耽误了做大旗,俺就一头拱进井里不活了。"

"净说疯话。"大嫂子点了下四姑娘的额头,笑着说,"你的小心思俺能不知道吗?"

"你知道啥?"

"曲司令啊,曲司令,俺要跟你打鬼子!一辈子一万辈子。"大嫂子模仿四姑娘的腔调,"俺就知道你这个心思。"

"嫂子,你瞎说!"四姑娘羞得直跺脚,又去呵嫂子的痒。小小子突然闯进屋里,见她扑打娘,便抄起鞋楦猛打四姑娘。四姑娘被打得嗷嗷叫疼。大嫂子一把搂住了小小子,乐得掉下了眼泪,她哽咽着说:"儿啊,娘总算没白疼你啊。"

"浑小子,像臭塔哈一样野!"四姑娘拿起鞋楦,朝小小子身上猛打了几下。大嫂子伸手去挡,手指头被打了个结实。大嫂子疼得直吸溜,却是满脸挂着笑。大嫂揉着手指,朝爷爷那屋努了努嘴,小声说:"傻丫头,老人的柜子里有的是白布。"

"爷爷要白布干啥?"

"傻丫头,就为了到那一天不抓瞎呀。"

"到了哪一天?"四姑娘瞪圆了眼睛,"抓啥瞎?"

"你真傻吗?人老了不办事吗?办事不用白布吗?"

"咳,白布又不能做大旗。"

"你不会染吗?"大嫂子一句话点透了四姑娘,她拉着嫂子的手,朝她的手指上吹了又吹，揉了又揉。大嫂子抽回了手指，点了下四姑娘的额头。四姑娘笑嘻嘻地抹了下额前的刘海，一阵风样地钻进了爷爷的房间。爷爷的屋里烟雾缭绕，像着了大火一般。爷爷正在和姜长深抽烟说话，两个人盘腿坐在炕上，像庙里的一对泥胎。四姑娘说："爷爷，义勇军要做一面大旗。"

"嗯。"爷爷应了一声。

"大叔，到了这个份儿上，俺看，还是请他们走吧。"姜长深说，"这一阵猛炮轰打，咱皇庄堡要塌了。"

"为啥要他们走？"四姑娘瞪圆了眼睛，"他们是义勇军，是和鬼子拼命的英雄，你咋能撵他们走呢？"

"四儿，你可别闹了。"姜长深白了四姑娘一眼，"你不知道北街的徐老二刚被炸死了吗？你不知道徐老二上有老下有小吗？徐老二就这么不明不白地被炸死了，这是啥死法？横死，你知道吗？横死！四儿，乡里乡亲的你不心疼吗？谁不知道打日本鬼子的大道理？你上下嘴皮子一翻翻，好话都让你说了，你再说说，你让徐老二一家老少咋过？"

"俺不管！"四姑娘急得跺了几下脚，"徐老二被炸死，是鬼子炸的，咱们更应该找鬼子报仇，你有气不能朝义勇军身上撒。"

"四姑娘！你少胡搅蛮缠！"

"谁胡搅蛮缠了？"

"如果义勇军不来，鬼子能朝咱堡里打炮吗？徐老二能死吗？"

"你才胡搅蛮缠！"四姑娘疯了一样，"义勇军没来，小鬼子就来了，你忘了吗？把你们男人像牲口一样捆起来，铁丝捆着，你忘了吗？铁匠女婿一家怎么死的，你忘了吗？被鬼子活活烧死的，你忘了吗？义勇军来不来，鬼子都要杀进来，你想偏安一隅躲灾避难，你做梦吧。"

"四姑娘！鬼子进来杀人那也是掉下来的鬼子飞行员惹的祸。"

"鬼子咋知道飞机掉在这儿啦？"

"有内鬼！"爷爷努了努嘴。

"谁？"姜长深问。

"呵呵，那还用问吗？"爷爷说。

"俺不管，俺不管，就是不能丧良心。"四姑娘说。

"你是不管，也没用你个丫头片子来管！"姜长深一反常态，不再拐弯抹角，不再遮遮掩掩，"俺得管，谁叫俺是保长，俺自从来到皇庄堡那天，就和皇庄堡的父老乡亲生死与共。大伙儿推举俺当保长的那一天，俺就发了毒誓，俺在皇庄堡在，俺要护着皇庄堡百姓的安全。你没脑子吗？一旦皇庄堡被鬼子攻破，咱们所有人都不得好死！"

"你胡说！你吓唬谁？"四姑娘说，"你的说法越来越像汉奸了。"

"四姑娘，有理不在声高，你也别揣着明白装糊涂，别给俺装傻，那大胡子司令是咋跟你嘀咕的？你以为俺不知道？"

"你知道啥？"

"他为啥让你剃头，当着你爷爷的面，你说说，装什么傻？"

"让四姑娘剃头？"爷爷问。

"让俺剃头？"四姑娘怔住了，突然，她明白了曲司令让她"剃头"的深意。四姑娘捂着脸，傻子样地笑了。原来曲司令心里装着她的安危呢；原来，曲司令心里有她呢。曲司令啊曲司令。四姑娘笑着跑了出去。四姑娘转而又哭了，哭得如同死了娘，她才知道，她确实到了一个大关节上了；她才知道，义勇军确实到了大关节上了。生与死就在眼前摆着，生与死就像压跷跷板一样，生与死就像荡秋千一样。一阵风来了，生就来了；一阵风去了，生就去了。她哭义勇军的处境，哭皇庄堡的无情，她绝不同意撺义勇军走，死也不同意。那样做算是人吗？四姑娘生平第一次遇到这么大的纠结，一方面是以老范家为代表的心狠手辣一伙，一方面是义薄云天的义勇军将士。四姑娘哭得伤心，哭得断肠。大嫂子搂着她，抚摸着她的头发，抚摸着她的脖颈。大嫂子像娘一样安慰着她。四姑娘睁开眼睛，伤心的泪水怎么止也止不住。

"小亭子，哄哄姑姑，让她别烦恼了。"

"小亭子？"四姑娘擦了把眼泪，她还是第一次听到这个名字，"不是叫小小子吗？"

"小亭子，好听吧？你能想到吗？塔哈给起的。"大嫂子笑眯眯地说，"塔哈一肚子屈屈，竟然还起了这么个好听的名儿，他说：'大嫂哇，让小小子变成一个亭子给你遮风避雨吧。'"

"你听他瞎说。"四姑娘不屑地说。

小亭子递给四姑娘一个红彤彤的苹果，四姑娘接过来，咬了一口，看着红苹果想起了红旗。无论如何，也要完成曲司令交给的任务，只有出色地完成任务才能心安，下一步，她也有了目标，她要离开这个封建的地方，离开无情无义的皇庄堡，她要跟义勇军打鬼子去。这是毫不动摇的信念，哪怕是被打死了，也比苟且活着好上一万倍。四姑娘将苹果递给小亭子，扯着大嫂的胳膊摇。

"说吧，求俺啥事？"

"嫂子，求你帮俺做大旗！"四姑娘的脸绷得紧紧的，"一面大大的旗帜。"

"懂了。"大嫂子拍了拍四姑娘的手，贴着四姑娘的耳边说，"嫂子懂，嫂子啥都懂。"

四姑娘羞涩地垂下了头，她不敢确定嫂子真懂假懂，担心她不懂，又担心她懂了。四姑娘板着脸说："俺稀里糊涂地读了几年书，这回算是突然醒了，咱们不能再昏沉下去，不能当亡国奴，不能浑浑噩噩，嫂子，咱们都要醒过来。"

"俺一直也没睡呀？"

"不是说睡觉，是醒着，是明白事理，现在，天大的事就是打鬼子去！"

"打鬼子是男人的事，是你大哥的事，俺一个女人家，当家的叫干啥俺就干啥。"

"小鬼子打俺大哥，你能答应吗？"

"那俺可不让呛，俺肯定得去跟小鬼子对命！"

"不能活了呀！不能活了呀！"吉遥两口子相互搀着进了院里，"天塌了呀！"

"这是咋的啦？"大嫂子心里一紧，连忙迎了上去。吉遥叔跟跄着往屋里去。吉遥婶子站不住，晃了几晃，倒在了大嫂子的怀里。她双手紧紧抓着大嫂子的胳膊，像老鹰抓住了猎物一样不撒手。

"俺儿！俺的苦命的儿啊！"吉遥婶子浑身哆嗦着，"死了，说死就死了！"

"婶子，血债要用血偿。小鬼子，俺是个女的也要跟你们拼到底了！"

"滚犊子去！"吉遥婶狠狠地骂，"都是你们把义勇军勾来的，要不，鬼子跟俺儿有何冤仇？凭啥就把俺儿炸死啦？老姜家进来一个小小子就死一个小小子，这是想干啥，老祖宗啊，没有你们这么偏心眼的啊！"

"你个糊涂蛋！"四姑娘瞪了吉遥婶一眼，真想跟她干一架，要是往常，四姑娘可不惯着她的臭毛病。大嫂子朝她一个劲儿地摇头。四姑娘冷静了，吉遥婶子本来就不是一个明白人，和她较什么真儿？大嫂子把吉遥婶送回屋，安抚了一阵退了出来。想起接踵而来的不幸，想到丈夫姜怀江杳无音信，大嫂子心里发紧，坐在台阶上抹眼泪。小亭子靠在她的身边，伸手给她抹眼泪，大嫂子心里一热，一把抱住了小亭子，哭着问："儿呀，你到底是福星还是灾星啊。"她的眼睛瞪得溜圆，茶呆呆地看着小亭子，"咋你一进皇庄堡，皇庄堡就没得好呢？"

"你别吓唬孩子。"四姑娘一把将小亭子扯到身边，"日本鬼子侵略咱东北，倒霉的还在后头，该来的迟早都得来，和小亭子有啥关系？"

姜吉忠进了院，将一背草掀在地上，朝猪圈里撒一把，又朝羊圈里撒一把。他看了一眼这几个人，一句话也没有说。姜吉忠坐在石头上，愣怔了一会儿，掏出烟袋锅抽。四姑娘领着小亭子走了过去，她想和爹说说话，却看见一颗泪珠在爹的眼角滚来滚去。

"你咋的啦？"四姑娘问。

"你们见到怀有了吗？"爹的眼皮突突跳着，连带着脸颊都跟着跳，"看见了没有啊？"

"谁知他死哪儿去了。"四姑娘没好气地说，爹的泪水忽然滚滚而下，四姑娘连忙安慰，"爹，小塔哈鬼头蛤蟆眼的，不会出事的。"

姜长深出了屋，昂着头往外走。姜吉忠连忙站起来，跟着送他出去。两人站在门口，谁也不说句话，彼此对看了一眼，这一眼，似乎心里头都有了底。姜长深的目光中透着幽怨，姜吉忠的目光露出了倔强。

两人无话可谈，姜长深跺了下脚，出了胡同就直奔南街范家大院，担心被人困在里头，姜长深就绕过场院去了范家。这一绕道就和急着找他的范希臣错开了。范希臣先去酒馆找，西施翠花猛一见到他，眉眼都是笑。

"稀客啊稀客。"翠花请范希臣进屋坐下，又是抹头发又是抛媚眼。范希臣心里发急，几次想站起来，都被翠花摁在凳子上。范希臣被翠花缠得脸发烧，心里慌乱，忽然想到了爹的那双狠辣辣的黄眼珠子，范希臣犹如被浇了一桶冷水，全身就凉透了。他突地站了起来，指着翠花的鼻子骂她"骚狐狸"。

"老二，俺也没得罪你啊。"翠花气得掉下了眼泪，"俺好心好意请你坐，还犯法了吗？"

"你就告诉俺保长在哪里就是帮俺了。"范希臣急着说，"翠花大姐，现在是火烧眉毛的时候，你懂吗？"

"俺这里也不是客栈，你找人咋找到俺屋里啦？你急赤白脸地问谁呀？"

"翠花大姐，快告诉俺吧，火都要上房了！"范希臣朝她胡乱拱了拱手，翠花指了指西山顶方向，一句话也没说。范希臣有些歉意，客气了一句："大姐，等忙过了这一阵俺再来给你赔不是。"

范福堂在家里急得团团转的时候，终于盼来了姜长深，他一把抓住了姜长深的胳膊，急着说："长深，快拿主意吧，晚一步，皇庄堡就要被灭了。"他贴着姜长深的耳朵说，"那边放出话了，马上就要发起总攻，再也不管皇庄堡百姓的死活了。"

"俺是没办法了，该说的都说了，那个曲大胡子，他听不进去人话呀。"姜长深跺着脚说。

"那就对不起了，咱来武的吧。"

"不行，决不能让鬼子进来，撵义勇军走已经是负义了，再放鬼子进来，两下夹击义勇军，那就不是负义的事了，那是汉奸，是秦桧，世世代代千人唾万人骂。"

"你瞧。"范福堂掀开炕席，从里头拿出一个纸包，"长深，你打开瞧瞧。"

"这啥玩意儿？"姜长深打开了纸包，里面是一堆西药片。他捏了捏，不明白这是要做什么。

"这些药片子能毒死十匹马。"

"啥？"姜长深猛地怔住了，他马上就明白了范福堂的毒计。他将药片子放在炕上，死死地盯着范福堂。他明白，自己也到了大关节上。

"不能这么做呀。"他摇了摇头，"义勇军是岳飞，咱可不当秦桧，咱不同意他们进堡，一码归一码，咱可不做伤天害理的事。"

"给长深点一泡。"范福堂朝小老婆使了个眼色，"让他清醒清醒。"

"不了，不了。"姜长深忍不住连打了几个哈欠，他却挣扎着往外走，不能留下来，吸上一泡，就意味着没了良心，走，赶紧走。范福堂的小老婆一把抓住了姜长深的胳膊，笑眯眯地说："咱不是一个屯里的老亲吗？"她软绵绵的身子倚着姜长深，软绵绵地往炕上扯着，"来，俺伺候着好好给你烧一泡，准保你满意。"

姜长深身不由己地倒在了炕上，鼻涕眼泪流了下来，完了，完蛋了。他迷迷糊糊地摸到了烟枪，眼巴巴地看着范福堂的小老婆。小老婆纤细的手，捏着针，三拨两挑，就将一块烟膏烧成了泡，挑到烟枪上，姜长深美美地吸上一口，顿觉飘飘然，鸟儿一样飞起来一般。

"你看这个。"范福堂掏出一封信，递给姜长深。

"希君来的？"

"中午送来的。"

"你们真有办法。"姜长深将信揣进怀里，"义勇军守得铁桶一样密，你们也能进进出出。"

"这算啥，老姜家的小塔哈不也是进进出出吗？"

"塔哈？"

"老姜家可不简单，玉皇顶上还藏着一个飞行员呢。"

"俺知道这事，现在没有空去找他的别扭。"姜长深没有说下去，抽大烟的兴奋劲儿过去了，阴霾又蒙上了心头。他感觉头顶上垂下了一根上吊绳，慢慢地靠向他，突然就会锁住他的脖子。

"错过了机会，你就酿大祸了，你就是皇庄堡的罪人。"

"你让俺咋办?"姜长深望了一眼范福堂,"俺不想干伤天害理的事。"

"你先看看希君的书信。"

姜长深打开了信,范希君再次抬出河本贤二。信里指出,河本贤二现在就在清河镇里坐镇指挥消灭这股反日武装。河本贤二保证,只要义勇军退出皇庄堡,日军保证不动皇庄堡的一草一木。这封信比上一封信的内容要多出不少,显得更实际一些。姜长深背着手徘徊,他还是有顾虑,信里头说得头头是道,可是,谁来做担保呢?一旦日本人背信弃义又怎么办?

"你快别磨叽了。"范福堂急着说,"你担心日本人说话不算数?"

"就是这一节。"

"你现在有本钱跟人家上桌谈条件吗?"范福堂说,"如果不是俺家希君念着父老乡亲的死活,如果不是老朋友河本贤二仁义,人家关东军凭啥跟你谈,你爱咋咋地,大炮一轰,一天轰死两个,迟早也把你皇庄堡轰平了,你和谁谈条件去?"

范福堂的话醍醐灌顶,一把就将姜长深浇醒了,确实就是这个理,皇庄堡确无资格和人家谈判。这时,传来一阵狗叫声,魏三在院子里喊了一嗓子,没等回应,魏三就闯了进来。姜长深慌忙将信揣入怀中,范福堂也吓了一跳,他恼得举着拐棍就朝魏三的脑袋上打。魏三一把擎住了,魏三说:"大爷,你别恼,是曲司令派俺来找保长。"魏三的身后跟了两个护兵,他们朝姜长深敬礼,然后一边一个,架着姜长深就往外走。

"放手!放手哇!鳖犊子,你们这是想干啥?"姜长深这么一嚷嚷,范家的人都跑出来了。没牙子眼中露出凶光,像一条野狗似的紧盯着护兵。范希臣从门外跑了进来,一把拦住了护兵,范希臣说:"你们这是干啥?"

"曲司令请保长去一趟。"护兵的脸色不怎么好看,嚷嚷着:"要民夫民夫没有影子,要伙食伙食也没跟上!曲司令发了大火,这就要你这个保长好看的。"

"这就去,俺这就去见曲司令,豁出去俺这一百来斤不要了。"姜长深甩开护兵，跟着就去司令部。他真真切切地理解了"耗子钻进了风匣"这句话的意思，算了，就让曲司令一枪崩了吧，省得两面受气。姜长深走了一段路，恢复了理智，他赶忙命魏三挨家挨户通知去蒸馒头，又让赶紧找贺老六来见。魏三担心他想不开，一直挽着他不放手。姜长深猛给了他一撇子，魏三这才跑了。还没到姜家门口，贺老六气喘吁吁地追了上来，后面跟着徐大牙和豁嘴。姜长深探头朝院里看，见院里站了几个义勇军士兵，便故意大声吩咐贺老六去找人抬伤员，见里头的义勇军没有反应，便又大声重复了一遍。贺老六转身要去，被姜长深一把拽住了，姜长深虚点着他的脑门，压低了声音吼："你个傻货，不会慢慢走吗？一拐一拐的，就数你轻腔二两半①。"见贺老六傻愣着，姜长深朝他的脊梁狠拍了一巴掌，"去吧，遇到危险的地方不要露头，要躲在石头后面，枪子不长眼，知道吗？要是有个三长两短，谁给你爹娘养老去？"姜长深的话没说完，徐大牙听懂了，他扯着嗓门吼："谁愿意去谁去，俺可不伺候了。"

"俺也不去了。"豁嘴说，"俺爹俺娘就生俺这么一个儿。"

他们几个这么一说，护兵被激恼了，他拔出匣枪，打开机头。几个人都知道枪子不长眼，只要护兵的手指头轻轻一勾，大家都得完蛋。豁嘴反应快，急忙蹲下身，双手紧紧抱住了脑袋。贺老六瞪着枪口，最终也没敢吱声。姜长深上前一步，朝护兵连连拱手，苦笑着说："小兄弟，你这是为哪般？他们嘴欠该打，小兄弟，快把家把什收起来，俺听说搞不好这家伙就能走火。"

"给脸不要脸。"护兵嘟囔了一句，收了匣枪。

姜长深朝几个人睐眼睛，几个人悻悻地去了。护兵看着他们的背影，朝姜长深说："你们堡子的人就是刁歪，就是欠收拾，曲司令也是好脾气，换作俺是司令，早就下令架上机枪把这些刺儿头突突了，省得去当汉奸。"护兵扔下姜长深就进去了。姜长深猛跺了下脚，朝护兵的背影啐了一口。

---

① 轻腔二两半：方言，指嘚瑟，不稳重。

这时，他感到身上乏透了，天大的事也不去管了，姜长深退后几步，蹑手蹑脚地离开了姜家胡同，双腿就像被绳子拽着一样朝翠花的酒馆走。翠花抬头见到了他，心里忽然有了怨气，就假装没看见，依旧在门口收拾干菜。虽然有怨气，翠花却不是完全针对着姜长深。她还想让姜长深给她出出恶气，好好骂一骂范家的二小子。翠花故意撅着屁股，算计着姜长深该到身后了，猜姜长深是会拍一下她的屁股还是摸一下她的屁股。翠花感觉吊得差不多了，就扭着腰肢进了屋。回头一瞥，姜长深却没有跟进来。失望的情绪涌向翠花心头，她拧了下身子，又出屋朝四下里看，就见姜长深晃晃悠悠地拐进了西街。此时，两匹马从西山顶上飞一样地下来，一路朝东街跑去。马蹄声急，溅起了一团尘土，尘土落在干菜上。翠花又气又急，朝马上的士兵连啐了几口。

　　姜长深有心事就喜欢和范福堂商量，刚才让魏三搅和了一把，有些话还没有说透。没说透总觉得心里发堵，皇庄堡就他俩对撇子，姜长深虽然也姓姜，却和范家更亲热一些。老范家从来都拿他当客人，从来都是知冷知热。老姜家却不是这样。姜长深想和范福堂打开天窗说亮话，他不管范福堂的底线，他的底线就是不能祸害义勇军。一路走，他的脑子里全都是白花花的西洋药片，不行，无论如何都不能让老范家下这毒手，不能，决不能，哪怕就此和范家翻了脸，也要阻止他们。他不想当遗臭万年的秦桧，不想当汉奸。那么，还有没有第三条路可走呢？答案是肯定的，一定有第三条路可走，一定会找到既不得罪义勇军又能把他们送出去的好办法。解决问题的钥匙在范福堂手里，关键是，他得说服范福堂，不能做伤天害理的事。姜长深又一次走进了范家大院，范家的狗朝他摇着尾巴，跑过来蹭着他的腿，护送着往里走。绕过假山，姜长深见范希仁背着身子在丝瓜架下嘟嘟囔囔，仔细听，一句也没听懂。

　　"三儿，你是在念咒语吗？"

　　"叔。"范希仁猛一愣神，慌忙将手里的书往身后藏。姜长深板着脸，冷冷地看着他，小家伙扛不住，把书递了过来。姜长深瞄了一眼，原来，范希仁在背日语书。

　　"你念这破玩意儿干啥？"

"叔，俺要去日本留学。"

"为啥去小日本留学?"

"俺想学人家先进的文化。"

"可得往好的地方学，别学小日本霸道恶毒。"姜长深摸了一下范希仁的脑袋，将书塞还给他，"你继续念吧。"

阳光斜了，屋里黑黢黢的，姜长深也没看清炕上躺着的是谁，却闻到了让他欲神欲仙的味儿。刚才那一泡没吸足，这一下，烟瘾又来了。他不由得浑身哆嗦，哈欠连天。姜长深也不顾得打声招呼，急忙爬上炕，双脚上下一搓，两只鞋子就被搓掉了。范希臣递来一杆烟枪，姜长深擦了擦烟嘴，对着灯烧烟泡，烧出一个油汪汪的烟泡，美美地吸上一口。一睁眼，猛地就看清了躺在对面的人。这人正朝他眯缝着眼睛笑。

"希君?"姜长深愣住了，"老贤侄，你咋回来啦?"

"俺不回来行吗?"范希君说，"关东军这两天就要发起总攻，俺老师亲自坐镇指挥，还运来了两车皮的炮弹，皇庄堡就是铜墙铁壁，这回也要被轰平了。"

"希君，你快伸把手吧，皇庄堡上千口子乡亲，就这么被轰死了，太冤了。"

"让他老姜家去管吧，神是他们请的，也该让他们去送。"范希臣恨恨地说。

"你说是老姜家把义勇军引进来的?"姜长深朝范希臣说，"这话得两说，姜吉忠以为遇到的是奉军，穿的戴的都一个样，他咋知道是义勇军?"

"保长，咱就掰开手指头说一说，是不是飞行员带着他们家的小崽子进了堡子? 紧接着，后头就来了义勇军?"范希臣说。

"贤侄，这也不能说义勇军就是飞行员带来的。"

"你就偏向吧。"范希臣怼了一句，"一笔写不出两个'姜'字，你们合起伙来摆布皇庄堡，你以为俺们都傻?"

"老二，你瞎说啥?"范希君猛拍了一下大腿，"大叔虽然也姓姜，可不是他们那一枝人。这些年，大叔一碗水端得平平的，咋能说偏向?"

姜长深没说话，一口一口地抽烟，这些没味的话从他耳朵边早就飘了过去，他才不在意哪。他只是琢磨着范希君突然回来意味着什么，其实，他心里已经有了数。明摆着，范希君是代表日本鬼子回来下帖子的，还能有啥好帖子？无非是最后通牒！姜长深不想当秦桧，不想做汉奸，从感情上说他还是向着义勇军。义勇军打鬼子，这是大丈夫所为。他只是认为皇庄堡的百姓太冤了，不该稀里糊涂地卷进战争。他固执地认为，最要紧的是先解除皇庄堡的危机，让皇庄堡恢复以往的样子，让百姓重新安居乐业。

"大叔，现在是千钧一发，皇庄堡的安危就在你老的一念之间。"

"俺有啥办法？"

"大叔，你一定有办法。"

"俺的办法呀！"姜长深拖了个长音，"干脆跳井算了。"

"大叔，可不能说笑。"范希君盯着他的眼睛说，"俺这次舍命进来，就是要送给你一颗定心丸吃。"

"好贤侄，只要不让日本人进来，俺就听你的。"

第十三章

司令部里静悄悄的，只有四姑娘在低头写字，姜长深也没打招呼，闪身进了爷爷的屋里。爷爷坐在炕头上抽烟，见姜长深进来，就扯着手往炕里让。姜长深急匆匆地说："大叔，快让三哥他们过来，俺和你们商量商量。"

"你就跟俺说吧，他们都去埋孩子了。"爷爷把烟笸箩推过来，"你大哥这会儿去找塔哈去了，这小子没了影子，阿弥陀佛，不是吃枪子了吧？"

"塔哈鬼心眼儿多，准没事的。"姜长深没心思说闲话，就贴着爷爷的耳朵，将范希君传来的话一五一十地复述了一遍，"大叔，你看见了吧？死人了，今后还要继续死人！"

"是啊是啊，死人了。"爷爷流下了眼泪，"才多大的孩崽子，说炸死就炸死了。"

"大叔，你得拿主意了。"姜长深急着说，"这么下去，咱皇庄堡可扛不住了。"

"你先说吧。"

"大叔，俺也不和你绕弯子，事到如今，义勇军必输无疑。"

"未必，义勇军在外头不敢说，咱这里可是皇庄堡，铜墙铁壁。"

"俺的大叔哎，现在是啥年代了？那小鬼子的山炮轰下来，管你是啥，只要炮弹管够，迟早会轰平的。"

"你的意思？"

"赶紧礼送他们出去。"

"礼送？"

"是，礼送。"

"义勇军可都是咱中国人的队伍，是打鬼子的。再说，说破大天也是俺家吉忠给请来的，哪有往外撵的道理？"

"大叔，咱管不了那么多，咱可怜他们，谁可怜咱？一旦小鬼子攻下了皇庄堡，男女老少可就全完犊子了。"姜长深急得直搓手，"咱不能光考虑别人，咱也得疼疼咱自己吧？这么多年来，俺自打进皇庄堡，就和大家伙心连着心，俺活着就是要保护皇庄堡的周全，不保周全要俺干啥？"

"长深，你侄子还是奉军的参谋长，他要是知道咱把落难的义勇军撵走了，还不骂死咱们？"

"大叔，俺怀江侄子是明白人，走哪儿咱都有理可讲，第一，义勇军不是咱请来的，吉忠大哥请的是奉军，不是他们义勇军，他可以把这事推个一干二净。他们脸上也没刻着'义勇军'三个字儿，吉忠当然可以把他们看成是奉军，这不赖咱。第二，义勇军不是上峰派过来的，说白了，他们是散兵游勇，不是正儿八经的奉军。就冲这两条，他曲司令都有杀头之罪。"

"说破大天，他们也是打鬼子的好汉。"

"就因为是好汉，咱不动粗的，咱礼送他们出去，出去后，他们钻进大山里，那可就保险了。日本人抓不到他们，这可是皆大欢喜的好事。"

"义勇军走了，日本鬼子进来了咋办？"

"日本人不进来。"

"你咋知道？"

"已经来人接洽了。"

"老范家的人牵的线？"

"是。"

"又是他们家在搞鬼！"

"你可别冲动，老范家也是为了皇庄堡，如果不为了父老乡亲，他们一家完全可以躲出去，省得和咱们一起陪绑。"

姜家爷爷紧闭着嘴，再也不说话了。姜长深心里发急，却也不敢催促，老姜家人脾气古怪，惹急了还真不好办。姜长深抓过烟笸箩，卷着烟抽，他都能听到胸腔里怦怦作响的心跳声。突然，外面传来一声爆炸响。震得房子直晃荡，姜长深放下烟袋锅，站起来就要走。

"长深啊，换个法子吧，记住了，咱不能撺帮咱打鬼子的队伍啊。"

"既然你老这么说，俺可不管了！"姜长深扔掉纸烟，下了炕，"一个老范家，一个老姜家，你们闹腾得还不够吗？平日里就明争暗斗，这大难临头了还是斗。斗吧，你们去斗吧，俺不管了。斗吧，皇庄堡啊皇庄堡，就这么完了。"

姜长深离开了姜家，嘴上说不管，那是气话。他又去了村公所，命人赶紧敲锣，将各户请来开会。其实也不用敲锣，焦急的人们见他进了村公所，早就跟着进来了。范家的范希仁、姜家的姜吉连分坐在桌子两边，其他人或蹲着或站着，都看着姜长深。姜长深也不说废话，上来就是一句："不能再死人了。"所有人都在看他，都露出了焦虑的神色。姜长深也不管义勇军的医官听得见听不见，开口就说需要集资五百块现大洋送给义勇军，恳求义勇军撤出皇庄堡。大家都看着范家和姜家。姜吉连黑着脸说："干这缺德事你们别指望俺老姜家出一毫毛钱。"姜长深也黑了脸，瞄着范希仁，他不但生姜家的气，也生范家的气，这么大的事，偏偏派了个小崽子来，这不是明显在敷衍吗？

"大叔，俺来时，俺爹告诉俺，让俺一切都听大叔的，俺爹说，只要是为了皇庄堡好他都支持。俺爹说，村里如果集资花钱，无论要多少，老范家都愿意拿出一半。"

"好样的。"姜长深长出了一口气，有了老范家托底，一切都从容了。姜长深朝姜吉连招了下手，两个人凑在一起耳语。姜吉连的脑袋像拨浪鼓一样摇。姜长深冷眼看着他，鼻子里哼着，恨不能扇他一巴掌。其他人家有的出有的不出，饿饿了好一阵。

"不掏钱的就出人吧，即刻起，出人上墙值守。"姜长深黑着脸说。

"老姜家不是出不起钱，撺义勇军走，咱心里头这'义'字关过不去。"姜吉连解释说。

"你家小崽子都被炸死了,还想咋的?"贺老六说,"关键时刻,你老姜家就没有俺老姨父有担当。"

"那也是小鬼子炸的,不是义勇军炸的。"姜吉连顶了一句,"俺只把这笔账算在小鬼子身上。"

"皇庄堡到了关键时刻,无论是谁,也不能往后退,大家要齐心协力渡过这个难关。咱皇庄堡建了五百年,从没有被攻破过,你们也知道,这回不同以往,这回一旦被攻破了,大家都得完犊子。"姜长深说。

太阳升到一竿子多高的时候,东街又挨了一炮,甜水井的房盖被掀翻了,提水的赵老二被埋在了里面。等人们把他从废墟中拽出来了的时候,赵老二已经咽了气。这一炮,把许多人打醒了,人们发现,五百年来深入人心的铜墙铁壁之堡居然是纸糊的。皇庄堡再也没有小鬼子炮弹找不到的地方了。人们都聚在村公所门口,抻着脖子朝里看,都在等着姜长深发布新的号令。所有人都相信,只有姜长深才能带领人们走出困境。只有看到姜长深,只有听到他的声音,人们的心里才算有底。楚红担心炮弹在人群中炸开,就和姜长深交涉,希望姜长深能劝散乡亲们。姜长深任凭楚红磨破了嘴,也不表态。逼急了,就来一句:"炸死就炸死吧,也算是为义勇军摇旗呐喊了。"楚红知道他心里有气,就去找曲司令,想把利害关系跟曲司令讲一讲。曲司令不在司令部里,参谋说带人上了西山顶。楚红又匆匆朝西山顶上走,她的心里火烧火燎,感觉泰山压顶一般。她替曲司令捏了一把汗,如果换作她,遇到这样的艰难时刻,恐怕早就崩溃了。该如何应付眼前的局面?她曾和刘参谋提到下一步的打算,刘参谋情绪激动,他摊着双手,大声地问:"皇庄堡的地下党在哪里?"像是问楚红,又像是在问自己。他多么希望党组织站出来,给义勇军以坚决的支持,只要军民同心,这场仗有很大的胜算。可是,党组织迟迟不露头,这让刘参谋焦急万分。义勇军开进皇庄堡是他的主意,当时有两个原因,一个是关东军的主力都在北面,这边空虚,另一个就是皇庄堡有坚强的党的地下组织,附近老虎崖山区有几支抗日队伍,有了这个原因,义勇军顺理成章地来了。然而,这个原因却没有显现，义勇军已经到了孤军奋战的地步。随着战况的发展，部队里很多人开始发牢骚，都说进皇庄堡这一着是臭棋，许多人背后议论他，骂他是瞎参谋。刘参谋心里发急，对身边的党员发急，要求每个人都去承担责任。他又担心曲司令会埋怨他，便有些缩手缩脚，该说的话也不说，该参谋的时候也不参谋。刘参谋给楚红交了底，无论到了什么地步，党员一定要勇敢地承担重担，全力保住这支抗日的队伍不散。楚红曾小心地问："突围不行吗？"

"你说什么？"刘参谋严厉地瞪着她，"四面都是狼，现在突围就如同羊群出了圈。"刘参谋叹了口气，"很多都是我们没料到的，一没想到鬼子竟然出动了重兵，第二没想到皇庄堡是个绝地，第三没想到皇庄堡的群众这么没有觉悟。"

"还是我们的工作没有做好。"

"党组织在哪里？"刘参谋长叹一声，"党啊，你听到了吗？"

"我们应该怎么办？"

"我也不知道该怎么办。"刘参谋突然垂头丧气，"一旦兵败，小楚，你和党员就站出来收拢队伍，带着这支队伍隐蔽起来。我去找省委做检讨，请同志们放心，一切责任由我来负。"

楚红的心里压了块磨盘一样，她盼的不是这句话，她多么希望刘参谋说，放心吧，一切都会好起来的。虽然她加入义勇军的时间不长，经历了这么多的战斗，她早已把自己当成一名老兵。现如今，就不能突围吗？难道一点儿机会都没有了吗？楚红心里纠结，她敬重刘参谋，他是一个坚强的共产党员，在鬼子的牢狱里经受住了考验，这是一个坚强的人。他一定有办法的，一定会的，义勇军不会垮掉的，义勇军一定会夺取胜利！

党啊，你听到了吗？快来救救义勇军吧。

西山顶下来了一批伤员，伤了腿脚的都是自己拄着棍子往下走。楚红连忙让路，她注视着每一张脸，让她欣慰的是，伤员们的脸上都刻着英勇和不屈。魏三朝她喊："大姐，上面打得紧，你可小心一些。"

"不怕！"楚红说。

墙外边没有了枪声，楚红越发焦虑，不会出事吧？看到墙根下战士们的表情，她紧绷着的心稍微松弛了一些。她三步并两步上了墙。一眼就看见曲司令在和身边人讲话。她俯身朝下面望去，谷口和谷底静悄悄的，战场上飞来了几只鸟儿，像飘过去的一阵风，这阵"风"让楚红沉静了下来。她走到了曲司令的身后。

"司令。"汤营长在楚红的身后喊了一嗓子，楚红转过脸，突然吓了一跳，汤营长的胳膊吊在胸前，脸色蜡黄，像得了一场重病似的。

"汤营长，你的胳膊？"楚红问。

"哎！"汤营长咬着牙说，"老天不赏饭，废掉了。司令。"

"小楚，你的情绪不对劲儿。"曲司令看见了楚红，他盯着楚红的脸，楚红摇了摇头，示意曲司令先和汤营长说话。曲司令说，"老汤，你别膈膈喽喽①的，都是从枪林弹雨里爬出来的，谁还没有个伤？胳膊坏了，也不耽误你吃饭，也不耽误你娶媳妇，咋一下子就蔫了？"

"司令，老天不赏俺饭吃啊。"

"老汤，好好养伤，天塌下来有兄弟们顶着。"

"你说，小鬼子要么一枪打死我，要么，打我的左胳膊，他却偏偏打残了我的右胳膊。"眼泪从汤营长的脸上滚了下来，"司令，我怎么也想不到会成个废物。"

"老汤，不用你开枪打仗，你只要在这里坐着，义勇军就有主心骨。"

"哎，废物一个。"汤营长摇了摇头，扶着墙朝前走去，"废物，废物啊。"

曲司令转过脸和赵苗子继续交谈，楚红也不好插话，只能静静地听着。两人都提到老四连，赵苗子认为老四连的人还没有完全变心，打冲锋的时候，老四连的士兵故意乱放枪，有的还朝天放枪，他在大墙上看得清清楚楚。

"老四连还算有点儿良心。"曲司令说。

"毕竟是我们知根知底的弟兄。"

---

① 膈膈喽喽：方言，指令人尴尬的，格格不入的。

"知根知底的弟兄也不可靠。"曲司令说,"对面跟咱拼命的民防军哪个不是咱的弟兄?"

"他们和老四连不一样,他们起根就是跟着刘团长走的。"赵苗子发现自己的话有些出格,后悔说出了"刘团长"这个犯忌的称谓,他偷偷地看了一眼曲司令。曲司令正望着下面,根本就没在意他的话。赵苗子舒了口气,朝楚红努努嘴。楚红说:"司令,老百姓聚堆儿,我担心一旦炮弹炸来,能死一片。"

"你赶紧想办法呀。"

"我们几个女兵弹压不住,他们根本不听。"

"找老姜去。"

"保长很消极,我真担心出大事。"见曲司令不说话,楚红知道他犯了难,便小心地说,"司令,趁现在不打仗了,你下去休息休息吧。"

曲司令没有表态,举着望远镜朝下面看。楚红朝他敬礼,转身走了。她真后悔上来这一趟。暗暗责怪自己太冲动,多少大事都在等着司令去处理,他的压力该有多大?楚红责怪自己不动脑子去主动处理问题,"什么事都靠司令,要你干什么?"她一遍一遍责备着自己。一路下坡,越走越快,几乎是一溜小跑。有人见她走得匆忙,心里就开始打鼓,以为她得到了不好的消息。有人喊她,想打听一下前线的情况,楚红心里发急,也不停脚,只是胡乱地摆摆手。她的眼睛有点儿毛病,看人的时候两只黑眼珠子朝里拧着,如果不笑,感觉就像是在生气。楚红露出的这种情绪像细菌一样在皇庄堡传播,连小惠都慌了,小惠想安慰楚红姐,刚一开口就被楚红姐盯了一眼。小惠的腿当即就软了,她琢磨着哪儿得罪了楚红姐,琢磨来琢磨去,不是她的过错,一定是义勇军的仗打得不顺利。

从酒馆门口路过的时候,小惠听翠花讲鬼子如何祸害女人。翠花讲得口沫横飞,小惠听得心烦意乱,她想呵斥翠花,却也不敢和她对抗。小惠能感觉到皇庄堡的人变了,变得心狠嘴刁,他们的目标是挤走义勇军。楚红姐朝她招手,小惠心里一阵激动,她答应一声,刚要跑过去,被她妈一把拽住了辫子。大鼻涕他妈也拥上来抱住了小惠。楚红愣愣地看着这边，难过地掉下了眼泪。

"皇庄堡的党员同志啊，你到底在哪里？"她仰着脸看天，一遍遍地问。

西山顶下来了一队士兵，大胡子曲司令跟在队伍后头，两只大马靴带起了一条黄龙似的尘土。

"司令，你的马呢？"皮匠抬着伤员跟了上来。

"炸死了！"曲司令说。

"俺的那个娘呀！"皮匠的眼珠子转了转，朝后边的大鼻涕说，"坏了坏了。"

"咋的啦？"大鼻涕拢了拢肩膀上的绳子，"臭皮匠，你别一惊一乍地吓唬人。"

"赶紧做打算吧。"皮匠小声说，"日本人说进来就进来了。"

"你咋知道？"

"你没看曲司令的马都炸死了吗？"

"炸死咋的？"

"你傻吗？"皮匠说，"兄弟，你真的啥都不知道吗？"

"俺知道啥呀？"

"皇庄堡都行动了。"

"干啥行动？"

"你是真傻还是假傻？"皮匠回头看四下无人，小声说，"没牙子他们都准备好了。"

"没牙子？"大鼻涕问，"咋准备？"

"来硬的。"皮匠朝四下里看了看，"干掉义勇军，迎接日本人进来，到时候，老范家论功行赏，一颗人头就是十块现大洋。"

"那怎么行？"大鼻涕说，"你敢乱说这样的昏话，不是找死吗？"

"傻子。"皮匠说，"你就是不动脑子。"

"二哥，你说，俺听你的。"

"你跟俺走，不要言语。"

"好嘞，俺跟你走。"

皮匠拐向街边的小路，两个人抬着担架朝山沟里走，他们越走越快，眨眼间进了树林。见周围没人，皮匠放下担架，朝大鼻涕说："咱把这伙计灭了口，先埋起来。等鬼子进来了，再把他从地底下起出来，交给鬼子也好交给老范家也好，妥妥的十块现大洋，拿着花不美吗？"

"你这不是当汉奸吗？"

"谁当汉奸啦？"皮匠狠狠地说，"是他们义勇军自投罗网，再说了，都伤成这个样子，活着就是受罪，咱不让他受罪，给他解脱了，咱不是胜造七级浮屠吗？"皮匠哼了几声，大鼻涕突然跺了下脚，朝林子里走。皮匠紧跟着，他们也不说话，抬着伤员往林深处走。伤员感觉到了蹊跷，挣扎着，猛地翻滚下来。皮匠一把扯住伤员的胳膊，大鼻涕扯住了伤员的腿，大鼻涕突然认出了这个人，连声惊呼："这不是祸害小惠她妈的那个大个子吗？"两人将伤员翻过来，仔细辨认，确实是李大个子。李大个子哭了，有气无力地说："兄弟们，俺没有祸害你们堡里的女人，都是没牙子老哥教俺这么做的。"

"你说啥？"大鼻涕都听傻了，"没牙子教你去祸害俺们皇庄堡的女人？"

"俺说的是真的，他给俺钱，给俺酒喝，就让俺去糟蹋义勇军的名声。"

"你不是被枪毙了吗？"

"俺知道错了，俺想拿这条命换小鬼子的命，司令可怜俺，就放了俺一条生路。"李大个子喘了口气，继续说，"俺打鬼子是真心的。"

大鼻涕和皮匠互相望了一眼，皮匠说，他肯定是胡说八道。说完，猛扯起李大个子的胳膊拽进坑凹里。李大个子哭了，一个劲儿地哀求着。皮匠举起一块大石头就要砸，大鼻涕于心不忍，推了他一把，大鼻涕说："二哥，算了吧。"

"你心软，不杀他，咱们都得死。"说完，皮匠将大石头狠狠地砸了下去。李大个子的一腔血溅了他满身都是。大鼻涕一屁股坐在了地上，他看见了天空中浮现出一片阴云。

此时，曲司令进了屋，一边摘武装带一边高声喊："快搬饭来，老子饿死了。"

"来了！"四姑娘从屋里闪出来，将一个热乎乎的烤地瓜伸到他的鼻尖下。曲司令嗅了嗅，露出了欣慰的神色。四姑娘将烤地瓜剥了皮，递给曲司令。

"司令，东街甜水井挨了一炮。"

"嗯。"

"赵老二被压死了。"

"嗯。"

"小鬼子增兵了吗？"

"嗯。"

四姑娘不问了，瞎子都能感觉得出来，曲司令的心被这些不幸的消息装得满满的，再往里装，迟早会爆炸的。四姑娘替曲司令难过，也替接下来的局势焦虑。她想说个笑话或者唱支歌给曲司令听，只要曲司令高兴，只要能缓解一下他的压力，让她做什么都行。她怕曲司令会承受不了巨大的压力而突然爆炸，爆炸也是分人的，只有神人才能爆炸，凡人没有那个本事。曲司令是神人。四姑娘正在瞎琢磨的时候，刘参谋进来向曲司令报告：西山顶又吃紧了。义勇军刚刚打退了一次进攻，伤亡了三十名兄弟。曲司令三口两口将地瓜塞进嘴里，抓起武装带就往外走。迎面碰上了姜长深，姜长深看他面色不善，就忍住了没敢乱说。

"老姜，你他妈的都送了些什么民夫？一个个病病恹恹，来打短工混日子吗？"曲司令没有停下，边走边说，"赶紧多找些人去抬伤员。"

"司令，皇庄堡尽了最大努力了。"姜长深见他不停留，就跟在后头，"你总不能逼俺也上去吧？"

曲司令没理他，姜长深就紧跟着，曲司令走得急，他也走得急。到了街心，曲司令站住了，他没有朝西去而是直接拐向村公所。姜长深不得不佩服这个大胡子，短短几天工夫，他就摸清了皇庄堡的交通。走起来就像坐地户一样熟。村公所院里院外挤满了伤兵，医官忙得脚打后脑勺，屋子里就听他在大声吵吵，仔细听是在骂人，护士都不敢靠近。曲司令见他情绪暴躁，就站在一边看着他处置伤员。伤兵疼得惨叫不已。

姜长深吓得闭上了眼睛。

"妈的，你长眼了吗？"医官突然骂了一句。姜长深睁眼看去，血像箭一样喷出，眼看着伤员的脸色像纸一样蜡黄。医官朝曲司令说："妈的！又走了一个。"

"都赖我！"身边的帮手捂着脸哭了。姜长深认出是楚红，心里一阵茫然。曲司令拍了拍楚红的肩膀，没有说话，楚红忍不住靠在他的肩膀上哭。

"不赖你还能赖我？"医官说，"妈的。"

"都赖我！"楚红不禁浑身发抖。

"你的嘴真欠！"曲司令朝医官说，"人家小楚也不是医生，她听你指挥，做对了是你的功劳，做错了也是你的问题，你吼她干什么？"

"我真笨，真该死。"楚红摇着头说。

曲司令又转了几个地方，和伤员打了招呼，安慰了几句就出了村公所。走到大槐树下，曲司令突然站住了，转身朝姜长深深施一礼。姜长深吓了一跳，连忙回礼。曲司令柔声说："老姜大哥，烦请你派人多找些辣椒，越多越好，让弟兄们手术前嚼几个，冲一冲疼劲儿。"

"好说好说，马上就办！"姜长深朝一旁卖呆的童小宝招手，吩咐他赶紧去找朝天椒送来。童小宝噘着嘴不去，嘟囔着："这会子上哪儿去找辣椒？"

"你他娘的也敢跟俺爹刺了！"姜长深抬腿踹了童小宝一脚，"快去羊汤馆找！找不来，看俺不打断你的腿！"

"保长，你就欺负俺不精细，现在哪个敢来伺候义勇军？"

"为啥不敢？"姜长深和曲司令几乎同时问。

"让没牙子知道了，他能把俺肚子里的屎打出来。"

"滚！"姜长深担心他胡说八道，就又踹了他一脚，童小宝这才撒腿跑了。曲司令瞥了一眼姜长深，也不说话，迈步就走。姜长深头皮发麻，突然就抓住了曲司令的胳膊，由于紧张，他的胸口起伏不定。姜长深深吸一口气，说："司令，可怜可怜皇庄堡的百姓吧，俺们全都快疯了。"

"你没疯吧？"

"就差一口气了，撒谎就是你儿子。"姜长深鼓足勇气说，"不能再打了！"这话说出口以后，姜长深就不怕了。他竹筒倒豆子，将自己的想法说出来了。他贴在曲司令的耳边说："村里愿出五百块大洋。"见曲司令没有反应，他又说："再出五百担高粱米。"见曲司令还是没有说话，姜长深掉下了眼泪，突然跪在了曲司令的面前。

"可怜可怜俺们小老百姓吧。"

"再加上那匹马吧。"曲司令突然指了指远处的一匹马。姜长深爬起来，揉了揉眼睛，看见骑在马上的是姜怀有，他连忙点头，拍着胸脯说："没问题，就加上这匹大白马，司令，你可说话算话。"

"你奶奶的！"曲司令突然变了脸，"俺义勇军拼死拼活去打鬼子，你们却在背后朝我们下刀子！"

"司令，你可冤枉死俺们了。俺大侄子还是混成旅的参谋长呢，说亲，咱是一家人，你们是俺们的子弟兵。咋会不把你们当自己人？等过了这一劫，司令你随时来皇庄堡做客，你看皇庄堡的人咋对你。"姜长深又朝姜怀有招手，"塔哈，快来，快来！"

"来喽！"姜怀有骑着大白马闪电般地奔来，他还想绕个弯儿，显摆一下自己的骑术，没料到，姜长深一把抓住了缰绳。

"塔哈，这几天你上哪儿去啦？让你爹这顿好找。"

"嘻嘻，俺不告诉你。"姜怀有忍着笑。

姜长深一把将他扯了下来，将缰绳递给了曲司令。曲司令拍着大白马的脖颈，梳理着鬃毛，嘴里啧啧称奇。姜怀有突然抢过缰绳，抬腿就要上马。曲司令手快，一把揪住了他的领子将他拽了下来。姜怀有气得嗷嗷直叫，还咬了曲司令的手。曲司令掏出手枪，比量了一下，翻手朝姜怀有的脑袋上砸了一下。姜怀有的脑袋当即就冒出了血。他捂着伤口破口大骂，骂曲司令长得像大马猴。

"我哪儿像大马猴啦？"曲司令瞪着眼问。

"你满脸毛不像大马猴像啥？"

姜怀有骂得正欢实的时候，没料到惹恼了一个人，这个人忍着怒火，悄悄来到他身后，抡起胳膊，一个大嘴巴子刮着风带着雨糊了过来。姜怀有顿时被打了个四脚朝天。

"你才是大马猴子！"四姑娘骑在姜怀有的身上，招呼了一阵暴风骤雨般的拳头，"打死你个臭塔哈！"

姜长深一把拖起姜怀有，朝曲司令使了个眼色，转身将姜怀有搂进了村公所里。姜长深说："塔哈，皇庄堡已经到了生死存亡的时候了，别说一匹马，就是要俺的脑袋，俺都不会眨巴眼。"

"滚！滚！滚！谁也别想抢俺的马！"

"别闹，怀有你别闹。听俺说，咱们已经死了两个半人了，不能再死了！让义勇军走吧，小鬼子攻下来，咱们都得死。"

"滚你妈的！"

"你咋骂上俺啦？"姜长深有些恼，换作以往，早就大耳刮子糊上了，他忍着气说，"塔哈，别闹了！"

"滚！"姜怀有挣扎着要走，姜长深紧紧拥着他，捂着他的嘴，不让他骂出声。姜怀有奋力挣扎，越是挣扎，姜长深抱得越紧。

"他脑袋上怎么啦？"楚红走过来问。

"枪伤，不，是砸伤的。"姜长深说。

"老鳖犊子！"姜怀有跳着脚地骂，"不得好死的老鳖犊子！"

楚红端来了护理盘子，给姜怀有擦拭了伤口，姜怀有疼得嗷嗷直叫。姜长深趁机脱身走了。楚红朝伤口轻轻地吹，吹了几下，姜怀有安静了。

"姐，你会吹仙气吗？"姜怀有问。

"吹仙气？"

"姐，你一吹，俺就不疼了。"姜怀有咧着嘴，"姐，你是神仙下凡吧？"

"嘴巴抹了蜜的臭塔哈！"小惠走过来，撇着嘴说，"楚红姐，你小心，塔哈满肚子都是鬼，没有一句人话。"

楚红笑了笑，给姜怀有包扎了伤口，转身进了屋里。小惠过来给姜怀有整理了衣服，还拍了拍他身上的土。小惠说："塔哈，快把褂子脱下来吧，俺两下三下就能搓出来。你也太埋汰了。"

"别动!"姜怀有吼了一声。

"俺就动。"小惠扯了下他的衣服,猛见他腰里插了一把枪,便惊叫一声,"啊!"

"快闭嘴!"姜怀有解开裤带,将枪落入裤筒里,脱下衣服扔给小惠。

"你娘不给你洗洗脖子吗?"楚红从屋里转了过来,笑着说,"看你,后脖颈脏得像铁打的。"

姜怀有扑哧一声笑了,谁也不知他在笑什么,其实,他根本就没听楚红说了什么,只是笑她的声音软不溜丢的像泥鳅。楚红扯着姜怀有来到水缸边,舀了水给他洗脖子。姜怀有的身子扭得像根麻花,楚红故意下手重一些,姜怀有便杀猪样地喊疼。

"你娘不管你吗?"楚红又问。

"瞎问啥呀?"姜怀有嚷。

"他妈早就没了。"小惠替姜怀有回答。

"难怪。"

小惠三下两下洗了衣服,晾在院子里。有几个伤员朝她笑。小惠忽然明白了他们为啥笑,羞得跑进了屋里。姜怀有光着膀子乱串,拍拍这个,摸摸那个。有个伤员说他真有福气,还拖了长音说他"艳福不浅",他笑着说:"看你小子傻了吧唧的,白瞎了那么俊的媳妇了。"

"谁媳妇?"

"小惠不是你媳妇吗?"

"扯,谁稀罕娶她当媳妇?"姜怀有扭过头,看见小惠抱着门框,直愣愣地看着他。他有些窘迫,干笑了几声,想解释说自己是瞎说的,又解释不出口。小惠朝他招了招手,姜怀有走过去,嘻嘻笑着。

"笑啥?"

"没笑啥。"

"说正经的,问你一句话。"

"嗯。"

"你知道咱堡里谁是共产党吗?"

328

"啥?"姜怀有猛喊了一声,"共产党?"

"别出声!"小惠一把将姜怀有的嘴巴捂住了,"你小点儿声,别让人听见了。"

"为啥要找共产党?"

"算了,说了你也不懂。"小惠轻声说,"楚红姐都快急死了。"

"俺知道共产党在哪里。"姜怀有猛捂住了嘴,将这句话挡在了肚子里,他想起了老虎崖,想起了刀疤脸,还有顶天。

"塔哈。"

"嗯。"

"你就那样不待见俺?"

"也不是。"

"塔哈,你有啥呀,看你要长相没长相,要啥没啥的。你个臭塔哈!"小惠忽然狠狠地拧了他一把,姜怀有疼得嗷嗷叫,飞也似的跑下台阶,朝着小惠摇指大骂:"不要脸的小惠!"

"想男人想疯了的小惠!"

"臭塔哈!"小惠又羞又恼,冲出来追,"看俺不撕烂你的臭嘴!"

两个人在院子里绕着圈儿跑,伤员们都被两个年轻人逗笑了。

"不得好死的小惠!"姜怀有跳着脚地骂。

"臭塔哈,你敢咒俺?亏俺对你那么好。"小惠气得掉下了眼泪。

姜怀有有些歉意,他一时还下不了台阶,便指着胳膊上的瘀痕说:"看你手欠的,你要不打俺不掐俺,俺能骂你吗?"

"滚!"小惠一扭身进了屋里。

姜怀有吐了下舌头,讪讪地从村公所里出去。他东张西望,盼着大白马突然跑回来。他忽然看见了姜长深,连忙喊了一嗓子,姜长深没理他,在墙角那边一晃就没了。姜怀有气得乱骂乱啐,一眼看见怀江大嫂拉着小亭子往这边走,姜怀有这才住了嘴。怀江大嫂问:"他老叔,你这是咋的了?裤子呢?"

"裤子洗了。"姜怀有说,"大嫂,你别管,俺要杀人!"

"谁又惹你啦?"

"谁惹俺啦？"姜怀有忽然笑了，他连忙捂住嘴，"俺不告诉你。"

"狗肚子里藏不了二两油，等会儿，你就是求着告诉嫂子，嫂子也不稀得听。"

姜怀有捂着嘴忍着，忍不住也得忍，他答应过怀江大哥决不能吐露行踪。这是天机，不能泄露，泄露了就天塌地陷了。虽然大嫂子对他好，也不能向她泄露，他得对怀江大哥负责，他得对大嫂子负责，得对小小子负责。"嘻嘻，大嫂子，你能猜到吗？俺见到怀江大哥了！""嘻嘻，小小子，你能猜到吗？俺见到你亲娘了。""嘻嘻，这是机密，怀江大哥不让俺说，俺就是不说。"姜怀有憋着，一个字都不秃噜出来。

"他老叔，你别闹妖了，咱爹都快急疯了。"

"俺知道。"

"全家都以为你被小鬼子打死了。"

"俺知道。"姜怀有不笑了，转脸又四下看着，恍惚中，大白马跑了回来，还朝他亲热地嘶鸣。姜怀有张开双臂，拍着巴掌，打着响舌。

"他老叔，你在耍啥彪？"大嫂子问。

姜怀有猛地醒来，脸上有些磨不开，便故意引开注意力，问小小子叫啥名。大嫂子吃惊地问："你傻了吗？"姜怀有摸着脑袋，半天没反应过来，大嫂子说："你怎么忘了，你给起的名字，小亭子，你还说让他给俺当遮雨的亭子。你咋都忘啦？"

"是吗？"姜怀有心不在焉地说："改了吧。"

"改啥？"

"俺看着他长得像小蛇，就叫小蛇吧。"

小亭子突然抓起一把沙子扬在姜怀有的脸上，姜怀有"啊呀"一声叫，慌忙胡噜①眼睛。小亭子趁他手忙脚乱，朝他的肚子上猛打一拳。怀江大嫂担心小亭子吃大亏，拉着他就跑。姜怀有搓着眼皮，好一会儿才敢睁开眼睛，再想找小亭子报仇，小亭子早已没了踪影。范希仁骑着

---

① 胡噜：方言，指拂拭。

自行车朝他冲来，姜怀有连忙闪开，范希仁急刹车，自行车稳稳地停在姜怀有的身前，车轱辘压在他的乌拉上。范希仁单手握把，得意地问："塔哈，喜欢吗？这是自行车，比你的马跑得快。"

"啥破玩意儿！"姜怀有啐了几口，"轧着俺的乌拉了！"

"啥破乌拉，这么不抗轧！"

"范希仁，把你的狗眼睁开了，这是新乌拉，新的，轧坏了你得赔。"

"破乌拉！和你丈母娘一样，臭破鞋！"范希仁一阵冷笑，朝东门去了。

"去你娘的，黄眼珠子范老三！汉奸卖国贼！"姜怀有急着喊，"赔俺的乌拉！"

"怀有，你怎么了？"楚红从门里出来，"你坐在地上干啥？"

"俺的乌拉让黄眼珠子给轧坏了，臭汉奸！"

"快回家去吧，这里危险，快走吧。"楚红伸手将他拽了起来，"等过年时让你爹做双新鞋。"

"那倒不用。"姜怀有紧了紧脚下的乌拉，"就这鞋，俺有的是。"

"呵呵，有的是？吹牛不上税啊，怀有。"

"不是吹牛，树林里藏了几百双呢。"

"快回家吧。"楚红说着就走开了。

西山顶上又是一阵炮声，还有激烈的枪声，几个人抬着担架飞跑进村公所。姜怀有猛然听到一阵马嘶，他竖着耳朵听，断定大白马就在西山顶上。姜怀有想拔腿就往西山上跑，他又转身跑进院子里，摸了一把，裤子还是湿漉漉的。他一把扯下来，披在身上。小惠跑出屋，拽住了他，小惠说："湿裤子上身，你不要命啦？"

"俺有急事！"

"你等等。"小惠进了屋，拿出了一件衣服出来，将他的湿衣服换下来。姜怀有解下腰带，小惠的脸腾地红了。她怒目圆睁，抬手就是一巴掌。姜怀有闪了一下，伸手从裤裆里掏出匣枪，叼在嘴里，又系紧了裤带，把匣枪插入裤带。小惠的脸更红了，小声说，"鬼头蛤蟆眼儿的臭塔哈！"又给他系了扣子，这才放他走了。姜怀有撒腿就朝西山顶上跑，有人朝他喊："塔哈，快回家去，枪子儿不长眼。"

姜怀有全当了耳旁风，他一口气跑到西山顶。大墙下面躺了一溜义
勇军战士，有个战士朝姜怀有喊话，让他去催送吃的来。姜怀有像听到
了耳旁风一样，理都不理。他的眼睛突然长在了大白马的身上，大白马
见到他，唏溜一声嘶鸣，跃起了前蹄。姜怀有的心悬了起来，遇到了死
去的娘一般，他一把抓住缰绳，还没等跃上马，脑袋上就挨了一鞭子。
曲司令趴在大墙上，朝下面的护兵喊："使劲儿打，这小子犯了邪，横
竖就盯着这匹马。"

"这是俺的马！"

"你的马？"曲司令从上面跑下来，翻身上了马，"你真能胡说八道！"

"就是俺的马！"

"分明是奉军的马。"

忽然，一颗炮弹轰来，护兵倒在地上。大白马摔倒在地。曲司令的
一条腿压在马腹下动弹不得。几名义勇军战士跑过来，帮着姜怀有将大
白马拽了起来。曲司令被扶起来，试着走了几步，腿脚没伤着。曲司令
附身去看护兵，护兵的半边脸被炸烂了，眼瞅着咽了气。曲司令搂着护
兵，将护兵的半张脸贴在自己的脸上。姜怀有心里一紧，担心大胡子会
扎疼了护兵。他几次想上马，想趁机跑掉，几次都忍住了。姜怀有忽然
觉得曲司令看起来并不那么凶，有点儿像"老北风"队伍里的刀疤脸，
他们都是看起来凶其实内心里很软和，难道，大胡子也是共产党？姜怀
有脑子里打了闪念。

"司令，刘团长来了！"汤营长在墙头上朝下面喊，曲司令放下护
兵，问："哪个刘团长？"

"咱大哥，刘秀坤。"

"在哪里？"

"刚一停炮就出来了，这会儿举着白旗上来了。"

"举着白旗？"曲司令沉吟了一下，忽然对姜怀有说，"小子，你就
给我当马夫吧，给我精神点儿。"

"好嘞！"姜怀有痛快地答应了，这是他第二次当马夫，第一次是给

刀疤脸大哥当马夫，稀里糊涂地干了一票，这次给大胡子当马夫，不知能发生啥新奇事。他有当马夫的经验，只要能跟大白马在一起，让他干什么都行。

"老汤，你让姓刘的到司令部来见。"说着，曲司令重新上了马，双腿一夹，大白马朝街里跑去。姜怀有紧跟着跑，生怕被甩脱了。刚进院子，爹见到他，爹愣怔着，突然掉下了眼泪。姜怀有来不及向爹打声招呼，赶忙扯过缰绳稳住了大白马。曲司令下马，头也不回地进了屋。姜吉忠上下打量着姜怀有，忽然，他脱下鞋子，朝着姜怀有的屁股就是一顿猛抽。姜怀有围着大白马乱跑，见爹还是不依不饶，便吼了一嗓子："爹，俺现在是司令的护兵，你不能瞎乱打！"曲司令从屋里出来，朝姜怀有招了招手。姜怀有跑了过去，曲司令递给他一块抹布，抬脚蹬在石墩上。

"快擦！"曲司令指着马靴说，"擦干净了。"

姜怀有给怀江大哥擦过马靴，知道怎么擦才能把马靴擦亮。他低着头，仔细地擦，直到把大马靴擦得水光溜滑才住了手，身前身后的人都看傻了，连曲司令都连连点头。曲司令笑着说："不错，苍蝇落上去都能劈了叉。"他这么一说，身边的人都笑了。刘参谋站在曲司令身边，几个护兵，都穿戴整齐，站在他们的身后。姜怀有走到牲口棚，解开缰绳牵马往外走，曲司令吼了一嗓子："小子，你要到哪里？"

"俺带它遛遛！"

"就在牲口棚里拴着，等会儿我还要骑。"

"得令啊！"姜怀有亮了一嗓子，将大白马重又拉进牲口棚里拴好。见槽子里空着，他赶忙去抱了一捆秸秆来，姜吉忠拖来铡刀，爷俩儿铡了一捆秸秆，倒进槽子里。姜怀有又提了一桶水饮了大白马。都忙完了，姜怀有抱着脑袋坐在石头上，爹坐在他身边，摸着他的脑袋，爹问："儿呀，你的脑袋咋伤的？"姜怀有瞪了曲司令一眼，忍着没说出真相。姜吉忠又摸着他的脸，柔声说："小鳖犊子，你可把爹急死了。"

一群军官进了院子，曲司令正了正武装带，朝门口抱拳说："大哥来啦？"走在前面的矮胖子军官皮笑肉不笑地说："二弟，你大哥来晚了!"矮胖子军官将手里的白旗随手撤下,白旗不偏不差,正蒙在姜怀有的脸上。

姜怀有猛扯下白旗:"你眼瞎吗?"

矮胖子军官吃了一惊,扫了姜怀有一眼,眼神犀利。姜怀有的心咯噔一声响,似乎被抽了一鞭子。爹赶忙搂住了他。军官皮笑肉不笑地说:"二弟,快跟大哥回去吧。"

"回哪儿去?"曲司令问。

"回咱营里去。"

"小鬼子投降啦?"

"没呀。"

"没投降咱怎么回营?小鬼子能让吗?"

"能啊,不光能让咱回营,还敲锣打鼓欢迎咱呢。"

"为什么?"

"咱现在和关东军是友军了。"

"和谁是友军?"

"咱和关东军是友军了。"

"是你们。"曲司令说,"不是咱们。"

"二弟,你可别咬文嚼字了,咱可是一个头磕在地上的兄弟,彼此分得开吗?"矮胖子军官说,"三营和旅部的特务连,对,还有老四连,现在都回到我身边了。咱们民防军现在红红火火,跟关东军结盟,这一片的地盘,现在都妥妥地是咱哥们儿的了,以后,咱的好日子长着呢。"

"汉奸!"

"二弟,这话不好听,国难当头,我们也是为了稳定这一片的大局,保护百姓免遭涂炭,咱这是积德。和关东军合作,有什么不好的?总比死人好吧?"

"汉奸。"

"二弟,你啥时学的这样和大哥说话?"

"刘秀坤,你当汉奸之时,就不是兄弟们的大哥了。"

"曲一德,我忍让你好久了,你以为我怕你吗?我是可怜你,可怜我的兄弟们,你不要逞一时口舌之快,再不投降,你将被挫骨扬灰!"

"刘秀坤,你不要嚣张,别忘了,你是打着白旗来的,不是我请你来的。"

"姓曲的,我是来招呼兄弟们回家的,苦海无边回头是岸。"刘秀坤转回身看了看,冷笑着,"你以一己之私,裹挟全团将士,在没有我的命令的情况下,将官兵私自带出造反,一路上,将士们惨遭屠戮,你不心疼吗?"

"狗汉奸!还敢妖言惑众,来人哪。"曲司令的眼睛瞪得比铃铛还大,他的拳头捏得紧紧的,像一头威风凛凛的老虎。姜怀有情不自禁地站了起来。意外的是,满院子军官都垂着眼皮,面无表情。曲司令抬高了嗓门,大吼一声:"你们都聋了吗?来人哪!"

"嘿嘿,我倒要看看,到底谁是当家的?从公的来说,我是你们的团长;从私的来说,我是你们的大哥。哪个不是我的兄弟?哪个没受到我的庇护?没有我,你们哪个能当连长?哪个能当营长?你们被关东军包围了,知道吗?强大的关东军,以一顶百,识时务吧,你们不是人家的对手。这些天,如果不是我可怜各位兄弟,苦求河本贤二大佐高抬贵手,关东军光是派飞机来炸,也能把你们炸成肉酱。姓曲的,你还在这里大言不惭,你公报私仇,裹挟兄弟们造反,你把队伍带进了死胡同,你把全体将士带进了绝路带进了死路。兄弟们好端端的性命就白白地丢在这么个兔子不拉屎的鬼地方,你对得起兄弟们吗?你对得起盼着他们回家的父母吗?你对得起我这个大哥吗?你想一条黑道走多久啊?"

"来人哪!"曲司令气得浑身发抖,"快把这个狗汉奸捆起来!"

"来人哪,快把叛徒曲一德捆起来!"刘秀坤挥舞着双手,"姓曲的,我是一一七团的团长,只有我的命令才算数!"

"狗汉奸,你叛变投敌的那一天就不是本团团长了。"

"你是在说疯话吗?除非是旅长下令撤了我,嘿嘿,旅长现在还不知道在哪里刮旋风呢,你敢说是旅长下令了吗?"

"旅长没有下命令。"曲司令说,"鬼子打进来后,旅长确实也跑得无影无踪。"

"那就对了，——七团还是我刘秀坤当家。"

"你胡扯！"曲司令朝着不断挤进院子里的军官们说，"我们现在已经不是奉军了，更不是你的汉奸民防军，你问问弟兄们，我们现在的称号是什么！"

"你们还有称号？"

"我们是义勇军！"院子里的军官们齐声喊。

"听见了吗？刘秀坤，我们是义勇军，不是奉军，更不是汉奸民防军，你是谁的狗屁团长？"

"番号呢？番号呢？"刘秀坤有些惊慌，朝着军官们追问，"你们这是小孩子过家家玩吗？谁下的命令？谁给的委任状？义勇军？草寇而已，蚍蜉撼大树，不自量力！谁承认你们？谁给你们开饷？你们没有家吗？你们没有父母兄弟吗？你们没有老婆孩子吗？义勇军？你们吃什么？你们的补给在哪里？国民政府承认你们吗？蒋委员长承认你们吗？张汉卿承认你们吗？哈哈哈哈。你们现在多说还有一个营的兵马，还义勇军呢，你们算哪根葱？"

"刘秀坤，你听好了！"曲司令厉声说，"你提醒了我，你说得对，我们现在满打满算确实只有一个营的兵马，今天就当着你这个狗汉奸的面再次竖旗，我们的旗号是'抗日义勇军独立营'，听好了，独立营，独立于你这个狗汉奸，独立于所有的狗汉奸，这就是我们的番号，谁也夺不走，谁也抹不去的番号！"曲司令从皮包里掏出了一卷红布，随手一抖，红布铺开了，他伸手喊："拿笔来！"四姑娘答应了一声，转身回屋。两个护兵一人扯了一边，将大旗扯平。四姑娘出来，将毛笔递给曲司令，曲司令在旗帜上添上了"独立营"三个大字。刘参谋找了根杆子，和护兵们一起将红旗绑上，将旗杆竖了起来，顿时，红旗飘飘。曲司令朝大旗一指，声若洪钟："姓刘的，瞪大你的眼睛好好看。"

众人朝大旗看去，旗上的大字是：抗日义勇军独立营。

"刘秀坤，你看清楚了吗？"曲司令问。

"独立营？"刘秀坤的脸像被一只无形的手扇了一个耳光，狰狞而又扭曲。

"独立营!"

"谁答应啦?"刘秀坤掏出手绢,擦了把额头上的汗水。

"全体弟兄们发下海誓,只要日本鬼子不滚蛋,我们就血战到底。"曲司令说。

"胡说,胡说,我不承认,我不承认。弟兄们都听我的,我是你们的大哥,我给弟兄们好吃的好喝的,我给弟兄们买田买地,弟兄们,快把曲一德捆起来,快,快,我重赏你们,杀了他我赏他五垧地。"刘秀坤挨个看,身边都是自己一手提拔的结拜兄弟,奇怪,怎么都垂下了眼皮,怎么都不听命令了?刘秀坤脑门上的冷汗下雨似的往下淌,这不应该啊,来的时候,他想了许多,他认为义勇军已经山穷水尽了,只要他到场,只要他振臂一呼,弟兄们都会跟他回去的,怎么会是这个样子呢?他明白了,弟兄们这是两不向,这就好,这就好。他转过身,狠狠地盯着曲一德,他要用旧日的威严压垮他,让他崩溃。他相信,凭着多年积累的威权,一定会让姓曲的服软。时间在他这边,胜利的砝码在他这一边,河本贤二大佐很快就要发起总攻了,只要关东军放开了打,小小的皇庄堡将变成一片齑粉。他狠狠地盯着曲一德,他看到了姓曲的憔悴,看出了姓曲的已经是强弩之末,只要继续施压,他坚持不了多久的。姓曲的,去死吧。他狞笑着,胜利就在眼前,胜利就在姓曲的身后。

"不许动!"

刘秀坤的笑容突然僵住了,一个硬邦邦的东西顶在了他的腰间,不用看,是一把匣枪。刘秀坤心有不甘,他不敢相信哪个弟兄会跟他翻脸,不会的,怎么会呢?他是弟兄们的大哥,全团上下,哪个没受过他的恩惠?怎么会有这样大逆不道的人呢?刘秀坤的眼泪含在眼圈儿里,他的心突然就空了,原来,世上居然会有这样忘恩负义的人。刘秀坤慢慢转回头,他要看一看这个小人长了一副什么样的嘴脸。他慢慢转了回来,一眼看见了一个长相秀气的女兵。

"不许动!"楚红说。

"姓曲的,这是你的娘儿们?"刘秀坤转过脸问。

"狗汉奸！"楚红紧张得浑身哆嗦，她手里拿的不是匣枪，是一根木棍。如果是把枪，楚红肯定会毙了他。刘秀坤笑了，笑得猥琐，笑得张狂，他一步一步朝楚红顶上去，楚红又羞又怕，一步一步往后退。刘秀坤步步紧逼，他的脸都快贴在楚红的脸上了。姜怀有脑子一热，闪电般地骑在了刘秀坤的身上。他双手搂住了刘秀坤的脖子，就像骑在一头大牲口的上面，刘秀坤显然没有防备这一招。他乱抓乱扯，气得哇哇大叫。楚红伸手将他腰间的手枪拔了出来："不许动，再动就开枪了！"

　　"你敢！"刘秀坤急于要甩掉姜怀有，他赌楚红不敢乱开枪，"弟兄们，你们就忍心看大哥被人欺负吗？"刘秀坤吼着，猛地抓住了姜怀有的双臂，一翻手将姜怀有拽了下来，他紧紧地抓着姜怀有的双手，将他抢了起来。姜怀有紧紧抓着刘秀坤的胳膊。楚红被扫倒了，枪也甩了出去。刘秀坤将姜怀有狠狠地扔了出去，他想摔死这个臭小子。姜怀有摔在猪圈边，一只手仍然紧紧抓着刘秀坤的胳膊。刘秀坤抬腿一脚，踢在姜怀有的脸上。姜怀有惨叫一声，捂住了脸。刘秀坤伸手抓住了手枪，对着楚红就要开火。曲司令抬手一枪，射中了刘秀坤的后心。

第十四章

　　敌人一轮接着一轮地反复进攻，不给义勇军一点儿喘息的机会。第一道防线完全失守，战壕里的战士撤到墙上。敌人一次一次接近大墙。最猛的一次，墙上爬了一层敌人。岌岌可危的时候，岗顶上突然出现了一个机枪点，子弹像泼水般横扫过来，正在爬墙的敌人被打得措手不及，瞬间死了十几个，没死的纷纷跳了下去，一溜烟儿地朝谷底跑了。这挺机枪拯救了义勇军，让义勇军透了口气。孟老虎大声喊："山上的是谁？"没有人知道答案。孟老虎朝机枪手打着手势，喊了声："兄弟，你真是神兵天降！"

　　多么及时的增援啊，这位机枪手是谁呢？义勇军里谁会如此聪明？这处机枪点选得简直太妙了，绝对是神来之笔。趁敌人退却，孟老虎命两个战士各扛一箱子弹从豁口那边下去，快速赶往岗顶支援机枪手。有了这个射击点，孟老虎信心陡增。

　　两个战士扛着弹药箱往豁口跑的时候，姜怀有也跟在后面跑，跑到豁口又停下了，他转身返了回来，朝着战士们嘻嘻笑。他摸摸这个，又摸摸那个，对每一个人都充满了好奇。

　　"小伙子，你不害怕吗？"孟老虎问姜怀有，"看你的小个子吧，摞起来还没三块豆腐高。"

　　"你才是个矮矬子！"姜怀有挺直了胸膛，"一开始还真挺害怕，后来，就不怕了。"

　　"说说，为什么不怕啦？"

　　"俺大哥说，打仗就像是割韭菜，你怕也得被人割，你不怕也得被人割，所以，就别怕。"

"兄弟们听听，这小子真不简单哪。"孟老虎一把抱起了姜怀有，"小伙子，你再说一遍，对着弟兄们说，大声点儿说。"

"大家都不要怕！"姜怀有大声喊，"打他娘的小鬼子！"

"打他娘的小鬼子！"战士们模仿着姜怀有的口吻骂着，每个人都看着他，都觉得这话从他的嘴里说出来又好笑又鼓劲儿。姜怀有有些发窘，正儿八经的话他也不会说。墙下面的大白马忽然发出一阵嘶鸣，姜怀有赶忙跳下来，扭头朝墙下面望，大白马急躁地刨着地，挣脱着缰绳。姜怀有对孟老虎说："俺得走了。"

"等等！"孟老虎喊住了他，掏出一把匣枪，又摸出一梭子子弹递给姜怀有。孟老虎说，"小子，知道你枪法好，这把匣枪是西班牙造的，比你的山西造好上万倍，拿去打鬼子吧。"

"你真舍得给俺？"姜怀有一把抢过来，掂了掂，猛插在腰上，他担心对方反悔，转身就跑。

"别急着走！"孟老虎一把抓住了姜怀有，"小子，你得给我交个底儿，岗顶上的那个人到底是谁？"

"俺不知道。"姜怀有忍着笑。

"你他娘的明明知道，你小子都忍不住笑了，快说！要不，你把枪还给我。"

"俺不还。"

"不还枪就得说。"

"俺不说。"姜怀有一把没搂住，扑哧一笑，"俺哥不让说。"

"说吧，老哥还不知能不能活到明天，你总得让老哥知道是哪位好汉在帮我们义勇军吧？"

"那俺就说了。"姜怀有眼珠子转了转，突然朝下面一指，"瞧，鬼子上来了。"

孟老虎一惊，撇下他扭头往城下望，姜怀有咯咯笑着，像阵风一样跑了下去。孟老虎刚要发怒，却也笑了。姜怀有跨上白马，朝墙上面喊："连长，那个人不让俺暴露他的身份！"说完，大白马插了翅膀一样飞跑下去。

孟老虎朝岗顶上看去，有个穿皮衣的朋友朝这边招手，两个战士也在朝这边招手。孟老虎模模糊糊感觉对方穿的是友军制服，只是想不起来是哪一支部队，他举起手，郑重地向这位孤胆英雄敬礼。敌人的又一波攻击开始了，这回，敌人注意到了岗上的机枪阵地，朝那个点开始了猛烈的炮击。万炮齐发，岗上顿时一片硝烟，孟老虎心里一阵发紧，照这个打法，岗上的机枪点肯定要吃大亏。他喊来二班长，吩咐做好准备，等炮击结束后立即冲上去支援。炮击后，敌人发起了冲锋，孟老虎倚着墙垛，算计着敌人进攻的速度和距离，心里暗叫着，再近点儿，再近点儿，猛地，孟老虎吐出了嘴里的烟叶子，转过身朝下面射击。

"杀呀！"义勇军的喊声震天动地。

岗上的机枪又响了，嗒嗒嗒嗒的枪声就像刮风一样，打得敌人乱了阵形。墙下面休整的战士也主动上来参加战斗。敌人的进攻队形分成两个掎角，一个掎角被压制住了，还有一个冲到了墙根。孟老虎挨了两枪，鲜血染红了衣服。他一点儿都没有觉得疼。他一枪一枪地射击，眼里只有子弹和敌人。几十个敌人上了墙，踩着石头缝往墙顶上爬，岗上的机枪再次起了作用，清脆的枪声像一阵激昂的号声。墙上的敌人纷纷坠下。义勇军战士不顾危险，伸出半拉身子朝下面射击。战斗持续到中午，手枪连的战士已经损失大半。敌人在午饭前再一次发动冲锋，在猛烈炮火的轰击下，差不多有一个排的敌人冲到了墙根下。岗顶上的机枪哑了，上面飘着鬼子的膏药旗，孟老虎心里一紧，他强忍着悲愤，抄起一把大枪，朝战士们高喊："弟兄们，精忠报国的时刻到了。"义勇军战士全都端起上了刺刀的步枪，准备迎战爬上来的敌人。阵地上突然没了声音，仿佛时间定格了，仿佛世界进入了凝滞的状态。

赵苗子下了马，三步两步就跑进了司令部，迎面与刘参谋撞了个满怀。刘参谋闪身要走，赵苗子横着挡住了去路。刘参谋扶了下眼镜，不解地看着赵苗子。

"共党！"赵苗子压低了声音说。

"你说什么？"刘参谋暗吃一惊。

"别装，等打完了这一仗再和你算账。"

"你这是什么话？"刘参谋整了整风纪，"你想算什么账？"

"算你蛊惑曲司令，把义勇军带到这块险地的账。"赵苗子侧了侧身，让开了路。刘参谋没反驳，急匆匆地离开了。

曲司令坐在堂桌前，双手撑着脑袋，似乎在假寐。看样子，他的脑袋比铁还要沉，随时都能砸在桌子上似的。赵苗子没有打扰他，走到水缸边，舀了一瓢水喝，突然，他看见了尸体。赵苗子猛走几步，看清了尸体的面容，他双腿一软，跪了下去。

"大哥！你不该死呀！"赵苗子一拳打在地上。

"他是汉奸！"曲司令无力地说。

"他是咱们的大哥。"赵苗子仰脸朝曲司令吼，滂沱的泪水落在刘秀坤的身上。大哥对他的好，像演大戏一样在眼前浮现，他的心都要碎了。刘秀坤的一只眼睛睁着，透着恐惧，透着遗憾，透着委屈。赵苗子伸手把眼皮合上了，他仿佛看到了另一个自己，这个自己死了。

"天哪，在日本人的眼皮子底下，咱们兄弟残杀！天哪！天哪！"

"二哥错了吗？"曲司令抬起了头颅，"他刘秀坤给日本人当狗，带着汉奸队伍攻打咱中国人的队伍，他还算是人吗？你说，杀他杀错了吗？他蛊惑兄弟们，要带走抗日的队伍，咱义勇军今天要是让他领走了，咱老哥们儿还有什么脸面去见那些牺牲的弟兄们？"

"大哥，你一路好走啊，下辈子你还是我赵苗子的大哥！"赵苗子给刘秀坤狠狠地磕头，磕得脑门上淌出了血。赵苗子发了一会儿呆，突然站了起来，拍拍膝盖上的土，朝曲司令郑重地敬礼："司令，你说得都对！"

"你想明白啦？"

"想明白了。"

"理解二哥的苦心啦？"

"你是赵苗子的司令，不是赵苗子的二哥，我没有了大哥，也没有了二哥。"

"你还是恨我？"曲司令冷冷地看着他。

"我是义勇军的战士，竖大旗那天我就发誓要跟着司令打鬼子。"赵苗子倔强地说，"赵苗子不会违背誓言的。"

"好吧，我相信你会想通的。"直到这时，曲司令下定了最后的决心。他站起来，正了正帽子，大喊一声："赵苗子!"

"有!"

曲司令突然不说话了，他看着赵苗子，犹豫着这道命令该不该下达。赵苗子笔直地站在面前，就像一根旗杆一样。他的目光坚毅，仿佛眼前就是刀山火海。只要一声令下，他会毫不犹豫地跳下去。曲司令目光里的冰雪融化了，他又看见了自己的好兄弟赵苗子。他朝左右摆了摆手，屋里的人全都出去了，曲司令贴着赵苗子的耳朵边传达了命令。赵苗子的脸一阵白一阵红。

"赵营长，你有没有信心?"

"有信心!"赵苗子大声说。

"拜托了，兄……赵营长!"

"司令，你就放心吧!"赵苗子看了一眼尸体，转身走了出去。

"苗子，你就不肯原谅我吗?"曲司令望着赵苗子的身影，一颗泪水滴落下来。

军需官进来报告，他们在皇庄堡买到十六口现成的棺材，还征用了七口堂箱和九个柜子，木匠们正在抓紧时间将堂箱和柜子改成棺材。

"就这么点儿?"曲司令皱着眉头问，"还差不少呢。"

"司令，非常时期，只能将就了。"军需官沉痛地说，"牺牲的张连长和王副连长合用一口棺材，其他的按照官阶从高往低分配。"

"让兄弟们受委屈了!"曲司令叹了口气，"越快越好，赶紧让阵亡的弟兄入土。"曲司令朝刘秀坤的尸体指了指，"把他也抬走吧，等等，单独给他一口棺材。"

"是!"

军需官出去以后，曲司令转身去看地图，猛地，刘秀坤仿佛贴在地图上，他裹紧了衣服，衣服被血水染红了。曲司令的心揪在了一起，一颗泪珠在眼角转悠，一颗，两颗，眼泪顺着脸颊淌了下来。

四姑娘朝这边探头探脑，轻声说："开饭了。"

"又开饭啦?"曲司令慌忙背过身去，偷偷擦去眼泪。

"天都要黑了。"四姑娘递给曲司令一条毛巾，曲司令擦了擦手，坐在椅子上。四姑娘朝门后头的怀江大嫂招了招手，怀江大嫂连忙走进来，将饭菜摆在桌上。曲司令忽然问："丫头，有酒吗?"

"酒?"四姑娘愣怔了一下，连忙说，"有酒! 有酒!"

四姑娘一阵风似的往里屋跑，被门槛绊了一跤，她都想不起来疼，爬起来继续跑。进了爷爷的屋里，四姑娘二话不说，像个红胡子一样翻箱倒柜。爷爷笑眯眯地看着她，也不问她要干什么，四姑娘乱翻了一阵，没有找到酒，忽然发现爷爷在笑，她被爷爷的表情弄得很不好意思，便红了脸问："爷，你笑啥?"

"俺笑了吗?"

"爷，你就是笑了嘛!"四姑娘羞涩地说。

"丫头，好酒哪儿能藏在柜子里?"爷爷从怀里掏出一个小瓷瓶，"丫头啊，你不懂，好酒得贴着心怀里藏。"

"爷爷!"四姑娘一把抓了过去。

"丫头，这瓶好酒是你大哥过年时托人捎回来的，快拿去给他喝吧。"爷爷笑着，伸手抹着眼角上的泪珠。

"爷爷。"四姑娘顾不得害臊，捧着酒瓶，转身就走。爷爷能把最好的酒拿出来，说明爷爷对曲司令的抗日行为是赞赏的，是敬佩的。她真替曲司令高兴，也替爷爷高兴，爷爷是个觉醒了的"新青年"，不是老封建，更不是老顽固，爷爷真好。爷爷为啥要掉眼泪呢? 爷爷不该落泪，爷爷应该高兴才是，爷爷放心，不要被那些谣言骗了，义勇军好着呢，义勇军杀死了那么多的狗汉奸，杀死了那么多的小鬼子，义勇军马上就要胜利了，瞧，曲司令都要酒喝了，爷爷，这是胜利的美酒!

四姑娘眼瞅着曲司令一天天地憔悴下去，眼瞅着曲司令的胡子像庄稼一样茂密，她替曲司令难受，恨自己不能替曲司令分忧，恨自己不能上前线打仗。曲司令突然要酒喝，这让四姑娘又惊又喜，她暗暗发誓，只要他高兴，顿顿都供他酒。这个誓言在心里转了一圈，突然臊得脸颊发烫。

"傻丫头，你算老几呀？"想到这一层，四姑娘放慢了脚步，是啊，自己算是啥人呢？四姑娘猛地一跺脚，"死丫头，都啥时候了，还敢胡思乱想。"

刘参谋带着几个人进屋，向曲司令报告前线的情况。两个人在地图前商量着下一步的行动方案。四姑娘听不懂他们的话，急得来回转，她一遍遍地瞪着刘参谋，怪刘参谋没有眼力见儿。太阳偏西，屋里头暗得看不见字儿，四姑娘故意不给掌灯，直到曲司令将铅笔扔到桌子上，她才拧亮了马灯。刘参谋擎着马灯，独自看一会儿地图，也要往外走。曲司令喊住了他。

"老刘，一起吃饭吧。"

"这一阵子忙都忘了饥。"刘参谋挠了挠头皮，刚要坐下，一眼看见四姑娘的脸。刘参谋屁股上长了火疖子一般蹦起来，笑眯眯地说："我出去一趟，司令你自己吃。"

四姑娘忍不住笑了，刘参谋出了门以后，她把美酒从身后拿出来，在曲司令的眼前摇了摇。曲司令接过酒，打开瓶盖，贪婪地闻了一会儿。他摇晃着脑袋说："好酒！货真价实的好酒！"他闭着眼睛，显得很享受的样子，"以前，每次回老家，我都要和老妈喝几盅，就是这个高粱烧，娘儿俩坐在炕上，一盅酒下肚，全身都舒坦。哎，老妈说没就没了。"

"喝吧。"四姑娘眼泪含在眼圈里，她能看不出来吗？眼前这个男人想娘了，男人没有娘真可怜，就像塔哈一样，没人疼，没人怜，和路边的野草有啥区别？四姑娘给曲司令倒了一盅酒，站在他的身后，双手搭在他的肩膀上。曲司令脖子一紧，突然像个木头桩子一样。四姑娘轻轻地捏着他的肩膀，泪水顺着脸颊往下淌。曲司令依然一动不动。四姑娘揉着他的脖颈，摸着他的钢针一样坚硬的胡子，轻声说："喝吧，喝吧。"曲司令端起酒盅，放在鼻尖闻了闻，将一盅酒倒在了地上。曲司令放下酒盅，反手握住了四姑娘的手。曲司令拍了拍她的手，将她的手拿了下去。他仰着脸看房顶，四姑娘知道他在落泪，四姑娘真想伏在他的怀里陪他一起哭。这个男人实在是可怜，泰山压在他的肩膀上，他的脊梁依然像钢铁一样坚硬。以前，四姑娘的心里只有怀江大哥一个英雄，如

345

今，在她的心里，曲司令可比怀江大哥还要雄伟高大。四姑娘芳心暗许，她向老天发誓，向堂宗发誓，她姜凤枝今生今世跟定了这个男人。

四姑娘眼尖，一眼看到姜长深在院门口探了下头。她慌忙退了一步，见曲司令依然一动不动，就故意喊："门口是谁？"

怀江大嫂从里屋出来，贴着门缝朝外看了一眼，低声说："那不是保长吗？"说着就开门迎了出去。

姜长深背着鼓鼓囊囊的褡裢，也不进屋，他像个受气包一样就在门口蹲着。怀江大嫂请他进屋说话，姜长深将脑袋埋在双腿之间，一动不动。怀江大嫂推了下他的肩膀，姜长深拖着哭腔让她带个话，请曲司令借一步谈事。怀江大嫂没敢多言，回屋告诉了曲司令，还偷偷指了指外面，比画了下擦眼泪的动作。曲司令偏着头朝外望，对四姑娘说："义勇军要发财了。"曲司令突然哈哈大笑。

四姑娘还沉浸在自怜自艾的情绪中，没有注意到曲司令话里话外的意思，也没觉出曲司令的笑声有多么的冷。曲司令出了门。怀江大嫂连忙朝四姑娘招手，四姑娘蹑手蹑脚地凑过去，也支棱着耳朵听。

"曲司令，咱们打开天窗说亮话吧。"姜长深说，"俺带了五百块钱的路费，恭请义勇军撤出皇庄堡。"

"五百块钱？"曲司令哼了一声，"老姜，你不觉得有点儿拿不出手吗？"

"实话跟司令说，你们撤出去，俺还得花钱打点小鬼子。"姜长深哽咽了一声，忽然哭了，"俺也知道丢人，只是，皇庄堡的老百姓太苦了，眼瞅着就死了三个人，都是活蹦乱跳的人，这一下午，房子炸塌了多少间你知道吗？"

"老姜，你让义勇军往哪儿走？"

"随便往哪儿走都行。"姜长深仰着脸说，"往东走一百里就是海，下海去也行。"

"放屁，我们这些旱鸭子等着让海王八吃吗？"

"你们朝北走，绕个圈，一百里就是老虎崖，你们钻老林子也行。"

"这还像句人话。"曲司令说，"老姜，如果义勇军是你皇庄堡的子弟，你们也撵我们走吗？"

"撺!"姜长深豁出去了，不能再说含糊话了，一旦心软，也许不到明天，皇庄堡就血流成河了，"就是俺爹俺娘俺老婆，闯了这么大的祸，俺也撺!"

"闯祸?"

"闯祸!"姜长深仗着胆子看着曲司令，"俺们皇庄堡无缘无故死了人，难道不是闯祸吗?"

"好，义勇军答应你了。"曲司令痛快地说，"老姜，我们说走就走。"

"真走?"姜长深突然站了起来，"俺没听错吧?"

"你没有听错，义勇军马上就撤出皇庄堡。"

"为啥这么痛快?"

"我们实在看不得皇庄堡百姓跟着遭罪。"

"谢天谢地，不，不，谢谢义勇军仁义，谢谢曲司令，俺这就给你磕头了!"姜长深跪了下去。曲司令一把将他抄起来，姜长深说："曲司令，俺们愿意给义勇军钱，这些钱俺全都给义勇军，只要过了这个坎儿，皇庄堡肯定和义勇军一条心，咱两家就像亲戚一样，司令，你就等着瞧吧。"

"老姜，这些钱你们留着，皇庄堡的百姓也跟着遭了殃，你们得善后。老姜，你只管负责给义勇军再烀一千个大饼子就行了，我们突围时路上吃。"

"司令，义勇军真乃仁义之师也。"姜长深没想到这么大这么棘手的事竟如此轻巧地解决了，他不解地问，"司令，俺斗胆地问一声，前几天，你雷打不动，咋的现在又突然想走啦?"

"你心里想问是不是义勇军要败啦?"

"这个……这个……"

"告诉你吧，义勇军必须走了，哪怕出了皇庄堡就被小鬼子围上，不为别的，就为了有朝一日能和皇庄堡的百姓再见。"

"你们……"姜长深哭了，这回，他是羞愧地哭了，他觉得自己不配做中国人，觉得自己猪狗不如。

"老姜，去吧，咱可说好了，一千个大饼子啥时候送来，义勇军就啥时候撤离。"

"司令……真对不住义勇军了。"

"不说了，咱们都是中国人，以后，咱们得像亲戚一样处。"

送走了姜长深，曲司令站在门口发呆，姜家老老少少都在屋里看着，谁也不说话。屋里静得掉根针都能听见。四姑娘趴在怀江大嫂的怀里抽泣，桂英、红梅也在一边抽泣。姜家爷爷憋得难受，不停地抹着胸口，老泪纵横。

按照事先的部署，曲司令命令赵苗子带着一百人到西山顶替换已经精疲力竭的手枪连战士，负责断后掩护。其余所有战士分头到姜家胡同里集合，太阳落下去的时候，姜家胡同里挤满了义勇军官兵。姜长深带着满囤、秋收、魏三等一干壮丁，抬着几筐饼子和一包包咸菜、咸鸭蛋赶来。曲司令请姜长深将食物分发下去，军需官也趁机数出了独立营的基本人数，除去赵苗子的一百人，剩下还能战斗的仅有三百七十多人。曲司令宣布重新整编队伍，他本人继续担任义勇军司令一职，任命刘参谋为参谋长。任命完毕，曲司令发现汤营长居然不在场。他命护兵去找，护兵打着火把将每个人的脸都照了一遍，依然没有找到汤营长。有人说汤营长一直在西山顶上没下来。曲司令心里头发堵，暗怪老汤关键时刻拖泥带水。虽然汤营长不在场，他还是命令汤营长率领先遣队立即出发，到三十公里外的徐家山等待接应后续部队。这支队伍以汤副司令为主，手枪连孟老虎连长为辅。队伍集合完毕，孟老虎请曲司令训话。曲司令从排头走到排尾，他握住了孟老虎的手。曲司令的手突然发抖，嘴角也在抖，兄弟俩都明白，这就到了生离死别的时候了。

"老虎，你带着大家只管往前走，无论遇到什么情况一定不要灰心，千万别散，散了就再也聚不起来了。"

"司令，放心吧，我懂。"

"老虎，咱打鬼子，不丢人，无论前路如何，你都要有那股子顶天立地的气魄！"

"司令，我留下吧。"

"不，你走得顺当，我就好过，你在徐家山站稳了脚跟，我们就能

348

指望上你。"曲司令又嘱咐道，"老虎啊，你汤三哥胳膊折了，这好比捅了他的心窝子。今后，你多担待着点儿，事事多听着他的话，别违拗他，更别怼他。兄弟团结一心打鬼子。"

"司令！"孟老虎含泪向曲司令敬礼，大声说，"独立营全体向司令宣誓！誓与小鬼子血战到底，宁可站着死，绝不跪着生！弟兄们，血战到底！"

"血战到底！血战到底！"官兵们低吼着，向曲司令敬礼。

"本司令命令：打开东门，抗日义勇军独立营先遣队立即出发！"

"等等！"姜吉忠从黑影地里站了出来，他身上背了好大的一个包袱，"曲司令，虽然俺对你们有意见，但是，俺也不瞎，义勇军是打鬼子保家卫国的好汉子，是精忠报国的岳家军。俺儿是奉军混成旅的参谋长，如果他在这里，也会像你们一样拼死打鬼子的！国难当头，俺不能给俺儿丢脸。曲司令，俺没有能力留你们不走，俺只能送你们一程，这一带大路小路都在俺的脑袋里藏着，你们想到哪里俺就带你们到哪里，俺保证把你们安全送出去！"

"爹！"四姑娘一把拽住了爹的胳膊，跺着脚哭，"爹！俺的深明大义的爹呀！"

"放心吧，丫头，打小日本鬼子，咱老姜家没有一个是孬种！"姜吉忠煞了煞腰上的板带，又拢了拢身上的大包袱，头也不回地走在队伍的前面。

曲司令像尊雕像一样，目视着先遣队战士鱼贯而去。姜长深早就躲在暗地里等着，他不敢露头，就怕控制不住自己的情绪，就怕会带头挽留独立营。当曲司令发出先遣队出发的指令后，他的脚跟就像安了弹簧一样，从黑影地里蹦出来，带着贺老六、魏三、秋收、满囤等一大帮子壮丁，抢先一步跑到东门口，恭请先遣队出城。姜长深羞愧地低下头，双手抱拳，举过头顶，他拖着哭腔喊道："义勇军的弟兄们，皇庄堡对不住你们了！"百姓纷纷双手抱拳，举过头顶，一起跟着喊。先遣队出了城门以后，姜长深脸色一沉，朝众人一声令下："封城！"人们一声不语，井然有序地装草包，一层层将东门堵死。

皇庄堡一跟头就跌进了黑暗之中。

送走了先遣队，曲司令带着护兵去了村公所，刚进院里，就被伤员们盯上了，腿脚好一些的簇拥上来，躺在担架上的更是急切地呼喊着："曲司令！""别扔下我！"曲司令一一和他们握手，拍着每一位弟兄的肩膀，替他们擦去脸上的泪水。他的喉头被什么东西堵住了，一句话都说不出来。曲司令进了屋，一眼就看见了楚红，她正和女兵们护理一位重伤员。曲司令看了一会儿，朝楚红努了努嘴，两人走到一边。

"收拾收拾，天一亮就走。"

"伤员怎么办？"

"重伤员就地留下，每人给二十块大洋安置费，能走的都尽量跟着走。"

"留下的安全吗？"

"我相信皇庄堡的老乡能尽力保护伤员们。"

"你相信？"

"相信！"曲司令说，"我重新认识了一个人。"

"谁？"

"四姑娘她爹。"

"哦，姜大叔。"楚红心里一动，难道姜大叔是地下党？

"他们一家人都有血性，有他们在，皇庄堡就值得信赖。"

"穆大夫也是可以托付重任的好人，可惜一直没找到他。"

曲司令又转了一圈，他和重伤员挨个交谈，嘱咐养好伤后自由选择。能回家的回家，不能回家的就在附近留下来。

"弟兄们，只要我还活着，只要义勇军大旗不倒，咱们还有重逢的时候！"曲司令动情地说。军需官带着两个士兵进屋，他们开始分发安置费，一些伤员宁可不要钱，也要一把枪或者一枚手榴弹。曲司令跺着脚说："弟兄们，你们要手榴弹干什么？你们要好好活着，让我们走得安心一些。"

"独立营万岁！"伤员振臂高呼。

"独立营万岁！"众人跟着高呼。

天刚蒙蒙亮，曲司令穿戴整齐，去了西山顶。赵苗子听说他来了，一溜小跑从墙上下来，吃惊地问："司令，你还没走?"

"我来和弟兄们打个招呼。"曲司令说。赵苗子听得出曲司令的嗓音在颤抖，眼前一热，泪水蒙上了眼睛。曲司令看了看下面的战场，清河上飘着一层白雾，河两岸的大地上到处都是成熟的苞米和高粱。如果不是岸边扎着几座兵营，谁能想到这里是抗日的战场? 曲司令和留守的官兵们热情地打着招呼，喊着他们的名字，他的眼睛四下瞄着，终于，他看见了汤营长。汤营长躲得远远的，倚靠在一个角落里。曲司令走了过去，狠狠地瞪着他。

"老汤，你想干什么?"

"司令，我想跟你说个事。"

"先遣队昨晚已经走了，你为什么不走?"

"司令，你听我说。"汤营长站了起来，曲司令闻到了他身上的酒气，怒火腾地就燃了起来。汤营长将残废的胳膊托起来，自嘲般地笑了笑，"司令，我是个废物了。"

"屁话，独立营上上下下，哪个敢轻视你?"

"二哥，我信你的话!"汤营长扶着墙垛朝着远方望去，曲司令顺着他的目光看过去，那边有一片孤零零的兵营，和主营对比，就像漂移的浮萍一样。汤营长说："司令，你看，老四要开饭了。"

"别跟我提老四!"曲司令的眼里冒出了火，"这帮王八蛋!"

"司令，这几天，兄弟我也想明白了。"汤营长抽出一根烟叼在嘴上，轻声说，"咱们没有援军，一个都没有，哪怕老四能帮咱们一把，里应外合，咱们也不至于总是站不住脚。"

"不说了。"曲司令说，"你随我撤吧，咱们该走了。"

"司令，你听我说完。"汤营长说，"我已经是个废人了，你就当我被鬼子打死了吧。"

"你这是什么屁话?"

"司令，我想一个人走。"

"一个人走? 你想离开义勇军?"曲司令扫了一眼他的胳膊，"离开队伍你能活下去吗?"

"试试吧。"

"兄弟，你到底是怎么想的？"

"二哥，求你给我一条生路。"

"兄弟，你真的这么想吗？"

"嗯！"汤营长的泪水滚滚而下，"跟队伍走，我是大伙儿的累赘。"

这时，墙下有人喊，喊声挺急，曲司令俯身往下看，见刘参谋站在下面。刘参谋仰脸向他汇报，说树林里发现了义勇军的尸体。曲司令一愣，让他再说一遍，刘参谋说发现有人谋杀了义勇军战士。曲司令的脑袋嗡的一声响，一把抓住墙垛才没有倒下。刘参谋一摆手，两个战士抬来一具尸体。曲司令的牙齿咬得咯咯响。

"司令，报仇吧！"一边的刘排长带头喊，"兄弟们咽不下这口恶气！"

"报仇，报仇，找谁报仇？"曲司令一拳砸在墙上，"刘参谋，快去埋了。"

"司令，一把火把这个无情无义的鬼地方烧了吧！"刘排长说，"太让人心寒了！"

"你想烧哪个？"曲司令大喝一声，"咱们的敌人只有小鬼子和汉奸，杀咱们弟兄的一定是小鬼子和汉奸，绝不是皇庄堡里的老百姓！"

曲司令比谁都清楚，皇庄堡里有恨义勇军的人。这都是些什么人呢？他们能代表皇庄堡的老百姓吗？义勇军战士豁出性命打鬼子，得不到支持和理解就算了，怎么还能打冷枪呢？曲司令的心一阵阵悸动，针扎般地难受，他捂着胸口，轻声说："老汤，咱们走吧！"

"司令！汤营长早就走了！"护兵说，"这是他留给你的照片。"

"走啦？"曲司令愣愣地看着护兵，护兵将照片递给他，他摩挲着照片，多俊的一对儿孩子啊，他的耳畔传来了孩子们咯咯的笑声，传来了老汤咯咯的笑声，笑声此起彼伏。护兵猛指着墙下面说："司令，你看！"

笑声戛然而止，曲司令扶着墙垛朝下面看，汤营长越过了战壕，正在朝谷口快速走去。曲司令心中一紧，老汤往敌营方向走，他想干什么？即便想离开义勇军，也不能朝敌营去啊。他双手拢在嘴边，奋力地朝汤营长喊："老汤，你回来！回来吧，二哥等着你！"

汤营长转过身，站得笔直，朝这边郑重地敬礼。汤营长喊："司令，老汤活着是义勇军的人，死了是义勇军的鬼！"他转过身，继续朝谷口走。曲司令目瞪口呆，他举着望远镜看，一个不祥的念头在他的脑子里聚集，突然打了个闪儿：不好，老汤要去老四连的营地。一想到这一环，他猛拍了一下墙头，妈的，怎么就没有想到老四连是老汤一手带出来的队伍呢？

"司令，你看，汤营长打白旗了！"护兵喊，曲司令看得清清楚楚，汤营长举起了白布条，一步步朝四连营地走去。曲司令恨恨地骂："这个怕死鬼！"

"司令！"战士们喊，有的都气哭了，"司令，干死这个狗汉奸吧！"

愤怒的战士开始朝汤营长射击，汤营长躲都不躲，他似乎知道没有人能打得准。曲司令从战士手里抓过大枪，拉开了大栓，瞄向汤营长。他有十足的把握，只要手指头一钩，这个叛徒就得应声倒下。他的手抖了一下，他的心抖了一下，一滴泪珠滚落下来，一串泪珠滚落下来。

"司令！开枪啊，打死这个叛徒！"战士们喊。

一个熟悉的人影挡住了枪口，这个人朝他怒斥，虽然一句也听不清，他却能猜出他在骂什么。他长叹了一口气，轻声念叨着："大哥啊！"

"司令，开枪啊！"战士们急得直跳，"别让这个坏蛋跑了！"

曲司令放下大枪，举起望远镜，他看见姓汤的走进了老四连的营地，看见了一群士兵围上了他，看见姓汤的举着一只胳膊在说话，看见了士兵都垂着脑袋，看见了一队士兵冲了上来，看见了姓汤的举着胳膊，看见了场地上只有他一个，看见了一排枪口对着他……什么都看不见了，一座山轰然倒下。

"老汤！"曲司令撕心裂肺地喊了一声，"好兄弟！"

随之，枪声像秋风吹散的芦花一样飘来。

曲司令命令整编二连连长曲一诺立即出发，姜长深带着秋收、魏三、贺老六等人引导队伍朝南门方向而去。曲司令朝姜家爷爷敬礼，拜托皇庄堡的父老照顾好伤员。姜家爷爷站在人群中朝他竖起大拇哥，爷爷说："好汉，义勇军个个都是英雄好汉！"

曲司令骑马走出了胡同，猛地，四姑娘挡住了去路。四姑娘笑着说："你想不打鸣不下蛋悄悄地走？"

"我们必须悄悄地走。"曲司令说，"谁撤退还要敲锣打鼓？给鬼子报信吗？"

"俺非跟你走不可！"四姑娘笑着，泪水滚滚而下。

"胡闹！"曲司令扯了下缰绳，"这都什么时候了，你一个小丫头还往前凑热闹，还嫌不闹腾吗？"

"俺没闹腾，俺就是跟你打鬼子去！"

"胡闹胡闹，闪开了。"

"俺不闪。"

"你敢违抗本司令的命令？"曲司令瞪圆了眼睛，"小心我抽你！"曲司令挥起了马鞭，忽然，又柔声地说，"四姑娘，你听话，听我说，你年纪轻轻的，又读过洋学堂，好日子在等着你啊，别闹了。"

"曲司令！曲大哥，你让俺给你刮刮胡子吧。"四姑娘忽然说了这么一句不着边的话，她直愣愣地看着曲司令，"你的胡子太长了，俺看着心里堵得慌。"

"胡闹，哪有时间让你胡闹。"曲司令一提缰绳，大白马腾起前蹄，四姑娘猛地躲开了。

"曲大哥！"四姑娘凄厉地喊，"曲大哥，曲司令，俺会永远永远记住你的。"

曲司令出了胡同，刚要打马而去，姜怀有不知从哪里蹿了出来，一把薅住了缰绳。大白马又一次腾起，差一点儿将曲司令摔下马去。曲司令猛地一鞭子抽了下去。姜怀有嗷的一声叫，大声嚷嚷："俺跟你去打鬼子！"

"不行！"

"为啥不行？"

"子弹不长眼，义勇军不带你。"

"俺可不是闹着玩儿，俺是怕大白马被鬼子打死了。"姜怀有双手牢牢地抓着缰绳，"有俺在，大白马就保险了。"

"小怀有！"爷爷喊了一声，"你可想好了，不是去玩，是去和鬼子拼命！"

"爷爷！"姜怀有回头朝爷爷敬礼，"俺爹给独立营当向导，俺也给独立营当向导，俺能找到道儿，大山里头有俺很多很多道儿上的朋友。"

"你胡扯些啥？"爷爷捋着胡子，朝怀江媳妇说，"塔哈一屁两个谎儿，谁知道哪句是真的，哪句是假的。"

"小怀有，你可小心点儿啊。"怀江大嫂朝姜怀有喊，"别嘚瑟，别往人多的地方钻，枪子儿不长眼，你得答应嫂子，可要好好活着。"

"大嫂，等把小鬼子撵走，司令就放俺回来了。"姜怀有朝大嫂摆着手，忽然想起了一件重要的事，他想告诉大嫂他见到怀江大哥了，想给大嫂一颗定心丸吃。刚要说，又连忙闭上了嘴，大哥不让他乱说一个字，大哥说这是打死都不能说的秘密！

"塔哈！"四姑娘朝他竖起了大拇哥，"你真行，姐从此对你刮目相看！"

曲司令一提缰绳，大白马走了，姜怀有差一点儿被晃了一个跟头。他疯跑着追上了大白马，一把抓住了笼头，牵着大白马朝前走。到了南门，曲司令勒住了大白马，等着战士们出城。战士们个个垂头丧气，弓腰前行。曲司令猛地朝空中抽了一鞭子，他大声喊着："弟兄们，把头都抬起来，不要像个受气包，咱是为国家打仗，咱不是孬种。你们所有人都对得起'义勇军'这三个字，上对得起国家，下对得起列祖列宗。咱们是光荣的，不是见不得人的胡子土匪。"大白马通了人性，突然抬起前蹄，唏溜溜地一阵嘶鸣。嘶鸣声震撼着每一个义勇军战士的心，连姜怀有都觉得浑身的血直往头顶上冲。曲司令挥动着胳膊，使尽全力地喊："义勇军万岁！"

"义勇军万岁！"战士们齐声高喊。

"独立营万岁！"

"独立营万岁！"

姜怀有稚嫩的喊声显得分外滑稽。

皇庄堡的人稀稀拉拉地站在门洞口，目送义勇军出城。忽然，街边传来一阵吵闹声。姜怀有闭着眼睛都能听出是小惠的声音，他紧走几步，一眼就看见小惠和她妈又哭又闹。

"你个丫头片子，也不怕大家伙儿笑话。"小惠她妈紧紧搂着小惠的脖子，"自从义勇军进来，就把俺家这傻子的魂儿给摘去了!"

"松手，你快松手!"小惠极力挣脱。

"臭丫头，一松手你就跑了!"小惠她妈紧紧搂着女儿，魏三媳妇也帮着拽小惠的胳膊。

"小惠!"姜怀有喊了一声。

"小惠!"楚红喊了一声。

"楚红姐! 塔哈!"小惠哭了，拼命挣扎着，"俺要跟你们走。"

"小惠，留下吧，你太小了。"姜怀有说。

"滚你的，俺比你还大了一岁! 楚红姐，俺要跟义勇军一起打鬼子!"

"小惠，别让你妈伤心了。"楚红说。

"俺不管!"

"小惠，留在这里也是打鬼子!"楚红走到小惠面前，"小惠，帮忙照顾好伤员，这也是参加义勇军了。"小惠哭了，挣脱了，扑在楚红身边。姜怀有围着她转了几圈儿，笑嘻嘻地说："小惠，你就死了那份心吧，义勇军不会要你的，你不会打枪，带你去屁用不顶!"

"滚犊子!"小惠朝姜怀有发了火，"没良心的塔哈! 义勇军也不带你。"

"可义勇军偏偏带俺了，俺是独立营的马夫。"姜怀有一蹦一跳地跑了，抓住大白马的笼头，朝小惠炫耀，"俺是司令的马夫加护兵，干瞪眼，气死你!"

姜长深双手擎到头顶，朝曲司令抱拳拱手。曲司令下了马，朝他还礼。两个人脸对着脸，再也没有说句话。见队伍都出去了，曲司令昂着头进了门洞。突然，有人一把抓住了他的胳膊，紧紧地贴着往前走。

"四姑娘?"曲司令吃惊地问，"你来干什么?"

"俺死也要跟你打鬼子!"四姑娘挽住了他的胳膊。

"胡闹!"曲司令要掰开她,想甩掉她,四姑娘突然就抱紧了他,抱得紧紧的。曲司令慌忙朝四下看,他想找个帮手将四姑娘挣开。护兵们都假装没看见,都快步走了出去。曲司令急着说:"傻丫头,快放手!"

皇庄堡的大门吱扭扭地关上了。

四姑娘紧紧搂着曲司令的胳膊,黏得死死的,就像他身上的一块肉。曲司令的心软了,不再推她,让她贴着走。回头看,皇庄堡的大墙上站了几个人,像几棵枯树一样。四姑娘哭了,这就走了,这是生她养她的地方,这里有娘,有爹,这里是她的生命之根。这就走了,何时能回来还是个未知数。如果不是日本鬼子侵略,她怎么能走得如此凄凉?想象中,她也是离开家乡,像一粒种子一样去新的地方落地生根;想象中,那是一个美好的时刻,她饱满得像颗葵花子,在一阵喜庆欢快的音乐中出了皇庄堡;想象中,她流出的是幸福的眼泪。

曲司令上了马,四姑娘跑到前头找楚红去了。过了一道岗,路边荆棘丛生,队伍里有了骚动,除了咳嗽声,就是短促的叫声。姜怀有回过头,朝曲司令咯咯地笑。

"你笑什么?"

"司令,俺也是义勇军了。"

"嗯,你是义勇军了。"

"俺也是大英雄了。"

"你是大英雄?"

"姜七郎说,能豁出命去打鬼子的都是大英雄。"

"嗯,这话也对。"

"姜七郎说,他也要豁出命去打鬼子,他不想当缩脖子乌龟王八蛋。"

"好!"

"姜七郎说,他一个人一挺机枪,顶义勇军一个排。"

"吹牛!"

"司令,你不信?他一个人打死了那么多的鬼子和汉奸。"

"姜七郎是谁?"

"他是飞行员,他不让俺暴露他的身份。"

"哦，皇庄堡里居然还藏了这么一个人物，哪来的机枪？"

"司令，你看太阳。"姜怀有忍着笑，他捂着嘴，生怕自己说漏了，他故意转移话题，"司令，太阳真像一个人的脸。"

曲司令抬头看去，阳光耀眼，仔细看，太阳真的很像一张女人的脸。他想起了楚红，是的，很像楚红的红苹果一样的脸。曲司令心潮起伏，抻脖子朝队伍看去，他想看看楚红在哪里，他真想和楚红说说话，他有许多许多的话要和她说。他心里有数，只要站住脚，他就和楚红一起把独立营建设成一支打鬼子的精兵队伍，将来，扩成独立团、独立师、独立军。想到这儿，他心里头亮堂了，雾霾散去了，前面是一段开阔路，是一条崭新的大路。他夹了夹马肚，大白马碎步小跑起来。姜怀有跟着跑，一边跑一边喊："闪开了，大白马不长眼，别碰伤了自己。"

队伍停了下来，有人向曲司令报告，前面是一望无际的稻田。曲司令喊刘参谋过来。护兵喊了半天，刘参谋还是没有回应。楚红突然一愣，好好的一个大活人怎么没了踪影？她的心头涌出一片阴云，总觉得要有什么不好的事情发生。两个女兵赶过来，紧紧靠着她，女兵玉香碰了碰楚红的胳膊，朝她使了个眼色，三个人退到一棵树下。楚红轻声问："你们知道情况，是吗？"

"他只说要去向省委紧急汇报情况。"女兵玉香说。

"什么时候说的？"

"昨天。"

楚红猛跺了一下脚，玉香吓了一跳，受了惊的兔子似的朝后退了一步。楚红瞪了玉香一眼，忍住了没有发火。这是怎么回事呢？刘参谋不是一个鲁莽的人，怎能在独立营生死攸关的时刻离队呢？楚红冷静下来，她认为不会这么简单。她又仔细地回忆了刘参谋这两天的言行，没有任何迹象表明刘参谋有其他打算。楚红相信刘参谋是一个值得信赖的共产党员，是一个值得信赖的好领导，要稳住神，一切都会水落石出的。队伍里传出一阵嘈杂声，楚红连忙朝人群中挤过去，却见一群人围着曲司令，一个战士向曲司令汇报。楚红支棱着耳朵听，听也听不清楚，就见曲司令跺着脚，还用马鞭子狠狠地抽打一棵树。楚红心里头沉甸甸的，不用问，曲司令发脾气就说明了一切。

王参谋跑步过来，从背着的长筒里掏出地图。姜怀有帮忙扯着一头，护兵扯着另一头。曲司令仔细地看着地图，猛地说："泉水屯?"他抬头看着王参谋，王参谋在地图上比画了几下，脸色沉重地点了点头。曲司令跺了下脚，"真他娘的怕什么来什么，咱们小心小心还是走偏了!"他举着望远镜向东北方向看，命令派人到屯里侦察一下，如果没有敌情，队伍就悄悄地穿过泉水屯然后再折向北走。目标还是徐家屯。王参谋下去部署了。楚红真想过去安慰一下曲司令，哪怕什么都不说，只是握一下他的手，让他感觉到一丝温暖就足矣。

"小子，带上你的马回去吧!"曲司令拍了下姜怀有的肩膀，"本司令谢谢你了。"

"司令，俺哪儿也不去，俺要和你一起打鬼子!"

"计划变了，我们走岔了路，前面是水田，用不上战马了。"曲司令说，"回去吧，记住义勇军! 记住你大胡子曲司令!"

"司令!"姜怀有扑到曲司令的怀里，紧紧地搂着他，"司令，俺不回去。"

第十五章

　　猛然，一阵炮声响起，赵苗子一骨碌爬了起来，他趴在墙垛上往远处看，一辆坦克从谷口露了头，坦克后边跟了几十个敌人。赵苗子暗暗叫苦，这鬼子和汉奸也不按套路出牌，这天才刚刚亮，他们又开始进攻了。根据曲司令的命令，再坚持两个小时就可以撤出阵地。千算万算，没有算到鬼子汉奸宁可不吃早饭也要进攻，他们根本不给义勇军撤退的时间。这场苦战躲是躲不过去的。赵苗子命令爆破班实施爆破，力争挡住坦克的逼近。爆破班的三个弟兄从豁口处跑了下去，他们没有直扑谷口，那样会暴露目标。三个人上了西山顶，从上面朝谷口运动。战士小胖跑到谷口附近的拐弯处，三下两下就挖出了一个坑，埋了地雷。敌人的坦克轰隆隆地朝前开，拐过小山包，就要和小胖朝面的时候，小胖跳起来就跑，跑了没几步，引线被树枝挂住了。小胖扯了几次都没有扯开，他猫着腰往回跑，试图去摘引线。敌人发现了他，朝他开火，小胖顾不得引线，慌忙往回跑。坦克轰隆隆地追撵，像猫戏老鼠一般，坦克后面的敌人专打小胖的脚下。打得尘土飞扬。小胖吓得一边跑一边哭，他几次想往山上跑，每次想拐上去就被一阵密集的子弹挡住了。他只能顺着路往前跑，坦克轰隆隆地追撵，随时能追上他，随时能把他碾压成肉饼。墙上的义勇军目瞪口呆，赵苗子拍着墙垛喊："快跑！小胖，快跑！"

　　坦克追着小胖，慢悠悠地追，鬼子想杀鸡儆猴，想摧毁义勇军的精神。小胖甩开双手，一边跑一边大哭。

　　坦克后面的敌人狂叫着，子弹在小胖的身边乱窜。

小胖索性不跑了，他站在路中央，勾住了手榴弹的引线，转身朝坦克咒骂。瞬间，发动机轰鸣，坦克猛冲过来。小胖当即被撞倒，坦克从他身上轧了过去，随着轰的一声巨响，坦克底盘处爆炸，冲向路边。随着一阵接着一阵的爆炸声，坦克后面的敌人被炸得血肉横飞。从山上冲下一个爆破手，飞鹿一样跃上了坦克，将一捆手榴弹塞进了坦克里。一声轰响，坦克像个死乌龟一样再也不动。赵苗子抬手一枪，大声喊着："为爆破班的弟兄报仇哇！"

义勇军的子弹泼向敌人。

从夜里到清晨，从清晨到中午，敌人一直没有停止攻击。赵苗子几次想撤都撤不出去。随着太阳偏西，赵苗子考虑到以攻为退，打算出击一把，然后迅速脱离战场。他派出两个班的战士从豁口下去，每个战士身上都尽可能地多背手榴弹。他交代的任务就是将敌人的后方打乱，越乱越好。两个班的战士迅速上山下沟，朝敌营迂回。此时，敌人正在吃晚饭，根本没有想到义勇军会来偷袭，等到手榴弹像雨点儿一样落在头上的时候，敌营里一片鬼哭狼嚎。大墙上的战士纷纷欢呼雀跃。这一阵爆炸太解恨了，刘排长跑了过来，朝赵苗子小声说："营长，机会难得！"

"什么意思？"

"撤吧，趁这乱的时候撤出去！"

"是要撤，等战士们回来就撤。"

"营长，别等了，机不可失，时不再来！"

赵苗子心里一动，刘排长说得不是没有道理。这次偷袭的效果很好，敌人乱了阵脚，估计没有两个小时的时间安稳不下来。两个小时，他们完全可以顺利地撤出去。可是，前方浴血奋战的兄弟怎么办？忍心丢下他们吗？赵苗子瞪了刘排长一眼，激恼地挥了挥手。

"营长，司令让你断后，你还不明白吗？"

"明白什么？"

"司令对你有疑心了，你还给他卖命？"

"你……"

"瞎子都能看见，司令这是把咱们当炮灰了。"

"咱们不断后，别人也得断后，总得有断后的。"

"你真这么想？"

赵苗子望着清河边上乱哄哄的敌营，心里也是乱哄哄的。日本鬼子占了沈阳，又杀向全东北。他和全体官兵是一样的愤恨，卫国保家的念头充满他的心头，曲司令竖起抗日大旗的时候，他是犹豫的，不是说不想抗日，而是想等刘团长回来主持大局。刘秀坤不但是他的救命恩人，对他还有知遇之恩，如果没有刘团长的提携，他怎么能当上营长？相反，他和曲司令一直不那么亲近，两个人也没有太多的心里话，但是，这不影响他们的兄弟感情。赵苗子坚决要求等刘团长，一等两等，迟迟没有消息。曲司令派汤营长而不是派他去找刘团长，他是很有想法的。他早就提过要只身去找刘团长。曲司令都以各种理由拒绝，曲司令对他似乎不那么放心。汤营长呢？汤营长带回来的恰恰才是让人疑心的消息。汤营长一会儿说刘团长命令曲司令当家做主，一会儿又说没找到刘团长，只找到了二姨太。二姨太代转了刘团长的口谕。赵苗子对这个极不严肃的口谕提出强烈的质疑，曲司令当众呵斥了他，问他是不是想当汉奸。

他被噎得哑口无言。

刘团长被打死了，赵苗子心疼得直打哆嗦，没有人知道他有多么绝望，死了娘老子都不会这么难过。当年一个头磕在地上的情谊说没就没了？即便刘团长有错，即便他当了汉奸，就没有别的办法处理吗？完全可以把他撵出去，甚至都可以打他一顿，羞辱他一顿，为什么要杀他呢？不就是为了在弟兄们面前立威吗？不就是为了祭旗吗？他对曲司令的跋扈非常愤怒，他曾想过杀了曲司令给大哥报仇，他最终压制下了这样的冲动。他不能做这样的事，这是成全鬼子的蠢事，鬼子没有办法杀曲司令却让他给杀了，不是汉奸是什么？他选择了暂时原谅曲司令，他想将来的某一天，找个和鬼子不相干的机会和曲司令来个了断。会有那么一天的，他赵苗子不信鬼子不被打败，不信鬼子没有退出中国的那一天，只要到了那一天，就是他和曲司令做一了断的时候，不是他杀了曲司令就是曲司令杀了他。

曲司令命他带队担任掩护，命令一出口，赵苗子的心里就像明镜一样，他突然想到，自己也许等不到和曲司令算老账的那一天。他只是一瞬间的恼火，一瞬间的沮丧，很快，他就想开了，甚至还有些轻松。他欣然接受命令，不停地对自己说："小子，这就是命，看起来还不赖，弄好了就是为国捐躯的好汉！"他笑眯眯地看着曲司令，心里一个劲儿地说："谢谢你的成全。"

"营长，下命令吧！"刘排长贴着他的耳边说，"我都准备好了。"

"准备好啦？"赵苗子一愣，猛然发现身边站着一排兄弟，刘排长喊了口令，士兵整齐排列，所有的目光都在看他。

"营长，咱这几十个脑瓜子都不是铁打的，都是爹生娘养的，给大家一个活路吧。"

"妈的！"赵苗子脑子里打了个闪，"你想丢下前方的弟兄逃跑吗？"

"营长。"刘排长讪讪地说，突然，他掏出匣枪，"营长，为了咱们弟兄们的死活，请恕我六亲不认了。"

"你敢！"赵苗子迎上一步，"我不信弟兄们肯跟你逃跑！"

"营长，我数三个数！请你立即下令撤退！"刘排长双手握住匣枪，"一！二！"一声凄厉的惨叫声，刘排长像根儿面条一样倒在地上。两个士兵同时出手，摁住了刘排长，夺下了匣枪。刘排长不停地咒骂着，士兵捏住了他的面颊，使劲儿一捏，他的下颌就被摘下了，再也骂不出声来。士兵把匣枪交给赵苗子。赵苗子举枪对准了刘排长的脑门，他咬紧了牙齿，手指钩住了扳机。赵苗子的脑子里忽然浮现刘团长的影子，他的怒火瞬间消散。赵苗子收了枪，摆了摆手，士兵放开了刘排长。赵苗子把枪还给了他，心平气和地说："咱是义勇军，咱得懂得是非道理，咱只和鬼子拼命，其他的恩怨都拿不到台面上。"赵苗子看着众人，继续说："你们说，咱们把前方的弟兄扔下对吗？"

"不对！"

赵苗子一摆手，战士们全都进入阵地，准备接应下面的弟兄。有人喊："来了！来了！"就见义勇军战士顺着沟底往回跑，敌人在后面紧紧追击，眼瞅着射倒了几位。追兵中的几个鬼子非常强悍，带着民防军士兵猛追，义勇军一个一个中弹倒地。等跑到了谷口，只剩下三名战士。敌人越追越近，三名战士跳进坑洼地里。趁这机会，墙上的义勇军猛烈开火，敌人纷纷卧倒。赵苗子急得直跺脚，此时，要是有门山炮该多好啊，一炮就能轰死他十几个。有人喊了一声，瞧啊！只见刘排长抱着炸药包，像只兔子一样奔了下去。到了沟边，刘排长如鹰一样飞入敌人堆里。随着一声巨响，阵地上血肉横飞。赵苗子举着望远镜，久久地看着，整个过程都看得清清楚楚，他甚至看到了刘排长眼里的泪光。赵苗子摘下军帽，哽咽着说："兄弟，好样的！"

敌人扑倒了一位义勇军战士，将他五花大绑。两个敌人躲在他的身后，将他当作肉盾。战士被推得踉踉跄跄，一步步靠近了大墙。

"快开枪！"被俘的战士央求着，"弟兄们啊！开枪吧！朝俺身上打呀，俺身后是两个小鬼子，够本了，开枪啊。兄弟们啊，突突吧，俺一个换小鬼子两个，够本了。开枪啊！快呀，兄弟们，开枪啊，求求你们了，俺不要当汉奸！"

"营长！"战士们都看着赵苗子。赵苗子端起大枪，瞄了半天，放下了大枪。

"开枪啊！营长！开枪啊，俺知道你枪法好，突突吧。"被俘的战士哭着喊。他猛然扑向一处火堆。身后的鬼子惊呼一声转身就跑。随之一声地动山摇的巨响，战士引爆了身上的炸药，与鬼子同归于尽了。

下午三点半，大墙正面被炮火轰开了一个缺口。鬼子督促着民防军发起猛攻。赵苗子命战士们一齐朝缺口处扔手榴弹，再派两挺机枪守在那里。敌人喊声冲天，在义勇军兵力薄弱的地方靠上了墙，手扒脚蹬往上爬。义勇军顾此失彼，眼看着破城在即。岗上突然响起了激烈的枪声，一挺机枪朝墙上墙下的敌人扫射。敌人纷纷退缩，鬼子的应变能力显然要好很多，在短暂的慌乱后，鬼子纷纷就地卧倒隐蔽。炮声轰鸣，岗上硝烟弥漫，一会儿，机枪就哑了。赵苗子心里一惊，就见一个人像只大鸟一样从岗上飞了下来。子弹在他身边嗖嗖地响，他一口气从豁口处跑了上来。

"兄弟，只要我活着，就记你一个首功。"赵苗子朝这个人喊。

"嘿，咱们都得活着。"这人穿了一身皮衣皮裤，脑袋上还戴着风镜。

"你是谁?"

"姜七郎。"

"干什么的?"

"我是飞行员。"

"你怎么会在这里?"

"说来话长，我让你们义勇军给堵在皇庄堡里了。"

"什么意思?"

"你们一进来就把各个大门给封了，我就被封在里面。看你们打得挺猛，兄弟佩服你们，国难当头，兄弟也不能当缩脖子乌龟，就帮你们打鬼子来了。谁知，你们的主力一早偷偷跑了，我还像个傻子一样帮你们断后，现在可好，我也撤不出去了。"

"兄弟，咱哥俩有缘，死就死吧，咱是打鬼子的英雄，咱哥们儿一起唱着歌儿去阴间也不赖。"赵苗子说。

"拉倒吧，我可不想稀里糊涂地死。"姜七郎说，"兄弟，我有一个办法可以试试。"他贴着赵苗子的耳朵，说出了自己的计划。赵苗子一阵惊愕，又频频点头，他猛地朝姜七郎打了一拳。

"老弟，你真是我们的大救星!"他朝李二牛一指，"让他跟你去。"

"兄弟，我带你上天，你怕不怕?"姜七郎问李二牛。

"怕个鬼!"李二牛说，"赵营长知道俺李二牛的胆子有多大。"

"说说看，你的胆子能有多大?"姜七郎问。

"告诉你吧，俺李二牛的胆子晒干了能有倭瓜大!"

"好样的，我就需要一个胆子大的。"姜七郎说，"李二牛，扛一箱手榴弹跟我走。"

两个人下了墙，直奔街里。走到老柳家羊汤面馆门前时，姜七郎看见对面胡同里站了一群人，这些人冷冷地看着他们，其中有个人戴着鬼子军帽，嘴唇上露着一撮黑胡。姜七郎一愣神，连忙掏出手枪。那个家伙突然没了踪影。姜七郎没敢停脚，急忙忙朝场院跑，李二牛气喘吁吁地跟在后头。跑到草垛子前，姜七郎招呼李二牛一起掏飞机。飞机露了出来。李二牛猛地退后几步，呆在那里，看不出他是兴奋还是恐惧。姜七郎爬上飞机，钻入驾驶舱，命李二牛迅速上来。李二牛咬着牙爬了上去，挤在姜七郎身后。

"兄弟，坐稳当了!"

"稳当了!"李二牛抖得上下牙咔咔地响。

姜七郎发动了飞机，螺旋桨飞快地转动，飞机开始滑行。姜七郎突然问："手榴弹呢?"李二牛说："哥，俺害怕呀!"他站起来，一头就栽了下去。姜七郎气得直骂，"你他娘的，胆子小得像颗耗子屎，快把手榴弹给我送上来。"李二牛哪管这些，他撒腿就跑。姜七郎气得直喊："手榴弹，你帮我把手榴弹送上来! 你他娘的!"

"来了! 来了!"穆大夫不知从哪里钻了出来，他俯身抱起弹箱，奋力爬上了飞机。

第十六章

班长老杨一脚踏空，实实惠惠地摔了个仰八叉，身边的弟兄跳到水田里去拽他，老杨笑呵呵地说："俺的眼睛长在腚上了。"他刚站直了，猛然又蹲在地上。弟兄们再去拽，老杨咬着牙说："别动，腰闪了。"

班里的弟兄轮流背着他走，走了一段，老杨大小便失禁。他拍着弟兄的肩膀，逼着把他放下来。弟兄们把他放在一棵老槐树下，老杨躺平了，挥手劝弟兄们继续行军。曲司令闻讯赶过来，查看了老杨的伤势，安慰他说："兄弟，慢慢养，十天半个月就好了。"他吩咐曲一诺给老杨留下二十块钱，再留些干粮。

"司令，把枪给俺留下吧，俺不要钱，俺要打鬼子！"

"兄弟，好好养伤，咱们后会有期。"曲司令拿起老杨的大枪，掂了掂，放在老杨的身边，"记住，咱义勇军是打不垮的！"

战士们从老杨的身边走过去，有的给他两发子弹，有的给他一个馒头。

"兄弟们啊，多打几个鬼子呀！"老杨笑呵呵地说，泪水蒙住了双眼。

微风吹过，稻穗像浪花似的层层翻滚，队伍如同一条船在浪里滑行。越来越接近泉水屯，曲司令有些不托底，担心会出现意外，他下令就地休息，再派曲一诺带两个侦察兵到屯子里侦察。侦察兵去了好一阵子没有回来，曲司令举着望远镜，心里焦急万分。泉水屯静得不正常，人呢？人都去哪里啦？

四姑娘塞给曲司令一个烤地瓜，她真有本事，烤地瓜居然还是温的。楚红喊着四姑娘，四姑娘答应着，曲司令朝她举了举地瓜，连说：

"去吧，我这就吃！"四姑娘转身去了。曲司令望着她的背影，轻轻地叹了口气，假如没有战争该多好啊！如果没有战争，他是一个很幸福的男人；没有战争，他的老婆应该好好地活着，应该还在家里操持家务；没有战争，家里有田有屋，兄慈弟恭。这一切都因为日本鬼子的侵略而陡然反转。如果没有战争，四姑娘应该在洋学堂里念书，她会遇到爱慕她的男人，她们会各自成立幸福的小家庭。罪大恶极的日本鬼子，打碎了中国人平静的生活，让中国人陷入了泥淖之中。曲司令举起望远镜，眺望着老虎崖一带，心里头一阵阵扑腾。老虎崖，老虎崖，但愿独立营的将士们能安然无恙地进山，在那里扎下根，在那里站稳脚，养精蓄锐以后再出来打鬼子。

一阵吵吵声，有人押了两个人过来，看样子像朝鲜族群众。两个人一边走一边嚷嚷，他们用半生不熟的汉语说："打日本的……朝鲜的……革命的……布尔什维克……"

恰巧，楚红听到了，她突然怔住了，浑身一激灵，她几步冲过去，一把拽住了朝鲜族群众，没等她说话，两个士兵说："这两个家伙鬼鬼祟祟，一直跟着咱队伍走，看着像奸细。"

"奸细的不是……朝鲜的……打日本的……"

"布尔什维克？"楚红的心突突跳着。

"布尔什维克！"朝鲜族老乡说。

"布尔什维克！"楚红的泪水哗哗地流了下来，可找到同志们了，可找到地下党了。押解的战士看楚红和这两个人说得挺热闹，就把这两个人交给了楚红，楚红迫不及待地握住了对方的手。

这两个人是泉水屯一带中共地下党组织的同志，自从义勇军进入皇庄堡，地下党组织便主动想方设法与之接触，怎奈，皇庄堡被封得如铁桶一般，地下党派人进去过几次，却始终无法接上头。他们为义勇军准备了粮食和布匹等给养存放在树林中，他们做了那么多的镰刀斧头的标志，希望能被义勇军内的党员看到……双方虽然接上头，可是，这两位同志的汉语口语水平实在糟糕，双方比比画画，关键的话一句都没说明白。两位同志无奈与楚红告别，他们相约回去后立即带汉语流利的党员再来接触。在玉香等几位党员的掩护下，他们迅速脱离了义勇军队伍。

一阵争吵声像老鸹一般乱糟，曲司令皱起了眉头，心里头不禁一阵激恼。护兵打探回来，报告说沈连副抢老李头的馒头吃，惹起了众怒。曲司令的眉头拧成了一个疙瘩，恨不能冲过去踢沈连副几脚。他稳住了心神，现在还不是时候，等立稳了脚跟，他一定要整肃军纪，就参照江西红军的军风军纪，学着红军的样子把独立营打造成一支铁军。曲司令坐在树下，倚着树干，假装什么也没听见。

"娘儿们不要管爷们儿的事。"沈连副的声音飘过来，"老子就抢了，怎么的啦？"

"不要脸！"四姑娘骂。

"沈连副，我这个馒头给你吃，你别闹了。"楚红说。

"叫我沈连长！"沈连副抬高了嗓门，"你们娘儿们真不懂规矩！"

"三连长还在这里呢。"有战士说，"你的脸真大，敢抢官当。"

"你们看三连长还算是人吗？谁敢保证他能挺到明天？"

曲司令猛地睁开眼睛，吩咐护兵去把沈连副捆了。几个护兵早就气不打一处来，小伙子们一声呐喊，像几只巨鹰一样扑了过去。瞬间，就将沈连副捆了个结结实实，几个人将他拖到曲司令的跟前。

"司令，你凭什么捆我？"

"就凭你嘴臭。"曲司令站了起来，狠狠地踢了他几脚。

"司令，我心里着大火呀！"沈连副说，"这些年，你说打谁咱就去打谁，你说打姓郭的咱跟着你去打姓郭的，你说打姓张的咱跟着你去打姓张的，你说打鬼子咱就跟你去打鬼子。咱把脑袋别在裤腰带里跟你，你还要捆我？"

"你就不会好好说话吗？"曲司令心软了，毕竟沈连副是自己贴心贴意的把兄弟，仗打到这个份儿上，心里有火是可以理解的。曲司令下令给他松了绑，恨恨地说："留你一条命打鬼子吧！"

沈连副爬了起来，一头钻进了人堆里。曲司令让护兵拿两个馒头送给沈连副。护兵不乐意，噘着嘴迟迟不动。突然，远处传来一声枪响，战士们全都站了起来，朝响枪的地方看。只见两个人从泉水屯方向飞奔而来，眼尖的认出是派出去的侦察兵。跟在后面的侦察兵转身射击，掩护前面的战友。泉水屯里冒出五匹马，紧紧追赶着侦察兵。曲司令举着望远镜看，骑在马上的竟然是鬼子。跑在前面的侦察兵几次摔入水田，摔倒了又爬起来，鬼子骑兵将刀插入刀鞘，举起枪朝侦察兵瞄准。就在此时，鬼子的身后蹿出一匹大白马，马上的人举枪就射，鬼子一头栽到马下。其他几个鬼子掉头去追大白马，大白马闪电般地跑远了。

"塔哈？俺老弟塔哈！俺老弟姜怀有！"四姑娘眼尖，跳起来喊，她转过来朝曲司令喊，"司令，快救救俺老弟！"

"全体做好战斗准备！"曲司令下令。侦察兵被带了过来，报告说泉水屯有鬼子骑兵。

"我们被堵住了。"曲司令喃喃地说，"有孟老虎的信吗？"

"没有孟连长的消息，侦察过了，这一带前前后后都没有发生过战斗。"

"说明他们安全了。"曲司令突然下令，"后队变前队，立即向皇庄堡转移。"

"刚走出大半天，这为什么又要回去？"沈连副问。

"鬼子骑兵上来了，这一带全都是平地，在这个地方作战，咱就等着被骑兵剁成肉馅。"曲司令耐心解释，"只有皇庄堡能挡住骑兵。"

队伍迅速往回走，泉水屯里的鬼子骑兵朝这边搜寻。看样子鬼子还没有发现这支义勇军队伍，他们没有朝义勇军发起进攻。在耀眼的阳光下，每个鬼子都握着一把亮闪闪的战刀。曲司令临时编成三个排，每个排轮动撤退。他亲自掌握仅有的一挺机枪，目前，对付骑兵最有效的武器就是机枪。曲司令吩咐护兵把楚红找来，他有许多话要说，本来想等进了老虎崖山区以后再说。此时，他忽然有了紧迫感，他怕没有机会再说了。楚红跑步来到跟前，向他举手敬礼。曲司令的喉头一紧，仿佛嘴巴被什么东西堵上了，千言万语，竟然一个字也说不出来。他朝楚红腰间的配枪指了指，楚红把枪解下来递给他。曲司令把枪里的子弹退下，一颗一颗地擦拭，又一颗一颗地压上。他把枪重又交给楚红。楚红的脸突然红了，她听见了曲司令的心语，楚红的眼里蒙上了一层泪水。

"多加小心。"曲司令猛地冒出了这句话。

"你也要多加小心。"楚红说。

"带好女兵，一个也不能少。打得紧了，你们可以自行走脱。"

"不!"

"听话!"曲司令说，"鬼子残忍，你们安全了，我才能安心打仗。"

"好吧!"楚红掉下了眼泪，"你放心，我会把姊妹们安全带出去。"

"等把鬼子打出去，如果我还活着……"

"司令，你们在说啥呢?"四姑娘跳过来，吃惊地看着楚红，"姐，你咋哭啦?"

"四姑娘，你要听楚红的话，跟着她走。"

"那是一定的，楚红姐姐走到哪里俺就跟到哪里，俺是她的影子，一辈子黏着她。"

"你们都要活下去!"曲司令觉得自己真怪，婆婆妈妈的像个娘儿们。随着一声枪响，爆豆般的枪声随之而来。曲司令跑向机枪手身边，迅速找好掩体，架设了机枪。他对机枪手说："别慌，等鬼子靠近了再打!"

鬼子的骑兵刮风一样冲过来，曲司令喊了声打，机枪开火了，前面的两匹马一头栽倒，鬼子没有停歇，继续冲来。曲司令迅速跳进稻田，在稻田里朝鬼子射击，鬼子不敢下稻田，就停在田埂上射击。机枪手趁机几个点射，又将一匹马撂倒，鬼子只好掉头退出了射程。

皇庄堡大门紧闭，队伍被堵在了门口，曲司令派护兵爬城上去，把他的口信传给姜长深，请姜长深开门放他们进去。护兵去了很久也没回来，城内一点儿动静都没有。背后，鬼子的骑兵开始轮番冲击，义勇军伤亡越来越大，被马刀劈中的惨叫声此起彼伏。曲司令肚子里的火气越来越大，有了强行攻占皇庄堡的念头，这个念头还是被压了下去。

姜长深露头了，他朝下面喊："曲司令，曲司令。皇庄堡全体百姓已经达成共识，本庄保持中立，既不允许日军进来，也不允许义勇军进来，请曲司令念百姓苍生，万万谅解。"

"无耻!"四姑娘跑到城下，"你代表不了皇庄堡的百姓。"

姜长深垂下了头，转身退了回去。

义勇军在城下继续与鬼子骑兵苦战，曲司令稳住了阵脚，将敌人压制了回去。利用战斗间隙，队伍挖掘战壕，做好迎击敌人的准备。此时，曲司令反倒冷静了，既然到了这个地步，也没有什么好怕的，在这里牵制鬼子，给孟老虎他们创造穿插的空隙也是一桩很划算的买卖。

"司令，你看！"护兵喊。

远处飞奔而来一匹大白马，曲司令举着望远镜看去，骑马的是姜怀有。曲司令跳到石头上，朝姜怀有使劲儿招手："小伙子，快过来！"

"塔哈，快过来！"四姑娘跟着喊。

大白马闪电般地奔过来，没等停稳，姜怀有从马上跳下来。战士们佩服他的骑术，主动帮他拽着缰绳，簇拥着他朝曲司令走来。

"塔哈，你怎么来啦?"四姑娘亲热地搂着姜怀有的脖子。

"俺来救你们。"

"吹牛，你一个小孩儿怎么救人?"四姑娘撇着嘴。

"俺一个小孩儿?"姜怀有撇了撇嘴，"等会儿你就看到了，俺的道上的朋友都来了，人多得都能把你的下巴惊掉，大家快跟俺上玉皇顶去。"

"上玉皇顶干啥?"四姑娘问。

"藏进山洞里！"

"藏进山洞?"曲司令差一点儿就笑了，"小子，现在是打仗，你自己去玩儿吧。"

"司令，你咋不信俺呢?"姜怀有急着说，"山洞里有那么多的枪，还有子弹！"

"说谎都不打草稿，你就过嘴瘾吧。"四姑娘说。

"俺没说谎，俺也是来拿东西的。"姜怀有说，"到时候你就知道了。"

"啥东西?"四姑娘问，"你想偷家里的钱?"

"谁想偷家里的钱啦?"姜怀有瞪着眼睛说，"俺是去拿给少帅的皮包。对了，还有种稻人藏的粮食。"

"给少帅的皮包?"曲司令实在忍不住，张口笑了，"你还知道少帅? 少帅姓什么? 叫什么?"

"少帅姓邵。"姜怀有知道自己说秃噜了嘴，就讪讪着闭上了嘴。墙上一阵尖叫，露出了日军的膏药旗。一队日军正朝下面瞄准，对面骑兵摆开了阵势，两边形成了夹击的态势。曲司令悲愤地喊："皇庄堡不讲信义！"他又朝姜怀有说："小伙子，本司令请求你，快把女兵带走，带到你的什么洞里去藏起来。"

"司令！"楚红和四姑娘齐喊了一声。

"你们快走。"曲司令瞪圆了眼睛，"你们安全了，我才能安心打仗。"

一个人影摔了下来，人们拥过去，原来是个女人，还是一个光着上身的女人。楚红和四姑娘同时惊叫一声："小惠！"小惠的嘴里咬着一片肉，看着是人的耳朵。她的身子一颤一颤，血水从鼻子，从嘴里涌出。姜怀有心里一紧，蹲在小惠的身边。他被眼前的惨相吓坏了，他一把抓住了小惠的手，急喊着："小惠！小惠！"

"小塔哈！"小惠看着姜怀有，伸手摸着姜怀有的脸，"臭塔哈，俺要死了，这就找你娘去。"

"小惠！小惠你别死！"

"杀鬼子！……"这是小惠留下的最后一句话。

墙上推出一个人，眼尖的认出是刘参谋，指给曲司令看。曲司令举着望远镜，凝视着刘参谋，刘参谋浑身哆嗦，他朝墙下面说："曲司令，俺真想抽根烟啊。"曲司令放下望远镜，下意识地问身边的护兵，"烟，谁有烟！"刘参谋说："司令，我鼓动你起义抗日，你后悔了吗？"曲司令说："我只恨认识你晚了。"刘参谋突然笑了，说："曲司令，我也是这么想的。"

"投降吧，只要投降关东军，你们有的是时间唠嗑儿。"没牙子说。

"滚开！"刘参谋大喊一声，"狗……汉……奸！"

"共党死硬分子，这时候还他娘要横。"

"共……产……党……万岁！"

"独……立……营……万岁！"

没牙子冷笑着，突然抢起鬼头大刀，瞬间，刘参谋的脑袋掉了下来。曲司令抬手一枪，没牙子"哎哟"一声叫，一头栽了下来。义勇军朝墙上射击，墙上的人眨眼间跑得无影无踪。鬼子的骑兵开始进攻，枪声大作，喊杀声四起。四姑娘打了姜怀有一拳，姜怀有突然醒了，他止住了哭，脱下褂子盖在小惠的身上，然后一把抓住楚红的手，又抓住四姑娘的手，猫腰钻到墙根，撒腿就跑。女兵们紧紧跟在后头，姜怀有带着她们贴着墙根朝玉皇顶方向跑。还有几个士兵也跟着跑，沈连副大喊一声："孬种！"一枪一个撂倒了两个逃兵。

"可惜了。"曲司令摇了摇头，"大家不要打自己人。"

皇庄堡外面有一座小山包，这座小山包起了意想不到的作用，义勇军暂时挡住了鬼子骑兵的冲锋。护兵数了数，此时，独立营只剩下五十人。一个梯队的冲锋被打退以后，又一个梯队冲了上来。曲司令端着机枪朝鬼子扫射。鬼子的战术很清晰，他们就是要打消耗战。他们想从精神上打垮义勇军，他们要用马刀砍死最后一个义勇军战士。曲司令换弹匣的时候，鬼子蜂拥而上，一部分义勇军退到城门口，很多伤员砸着门，悲愤地喊："老乡们，开门哪！"

"我们是抗日义勇军！"

"让我们进去！"

城门紧闭，隐约间，里面传出如同地狱般的号叫声。鬼子骑兵占领了山包，曲司令退了下来。鬼子列队站在山包上，他们享受着城墙下一群待宰的羔羊。只要一次小小的冲锋，义勇军就会全军覆没。鬼子看着义勇军挤在一起，砸门，哭喊。鬼子嘲笑着，竟然拿出雪白的毛巾擦拭着马刀。

玉皇顶那边突然响起了激烈的枪声，山包上的鬼子顿时被打倒几个。受了惊吓的鬼子慌忙盘带战马，躲避着猛烈的射击。一刹那间，曲司令的机枪也响了，沈连副连投了几颗手榴弹，鬼子从山包上撤了下去。曲司令带着十几个战士重新占领了山包。大家朝玉皇顶上望去，茂密的树林里，似乎藏着千军万马。曲司令举着望远镜，隐隐约约看见树林中有一群人，隐隐约约看见一群人朝山上跑。

"司令，他们是皇庄堡的老百姓。"有人喊，"司令，后面有追兵！"

"司令！冲进去吧。"沈连副提着枪气哼哼地说，"皇庄堡这帮鳖犊子真不是东西。"

"不！"曲司令摆手制止，"我们已经无力回天了，何必拉着老百姓垫背呢？"

独立营已经打残了，能站起来的不超过十名战士。曲司令摸了摸这个人的脑袋，拍了拍那个人的脑袋，他笑眯眯地说："弟兄们，你们怕死吗？"大家面面相觑，没有人回答他的话。曲司令整理了武装带，将最后一个弹匣压上，他说，"下辈子，咱们还是兄弟！"

敌人组织了进攻队形，这回出现了步兵。骑兵躲在民防军的身后，慢慢压过来。战士们趴在战壕里，他们在等待，等待着最后时刻的到来。突然，城门上面又摔下一个人，这个人没摔死，躺在地上鬼哭狼嚎。他不停地号叫着："姓姜的，俺饶不了你们！"这人朝附近的伤员招手，示意把他拉起来。伤员将他扶起来，来回走了几步，他的腿脚居然好好的。他朝扶他的伤员抱拳拱手，大大咧咧地说："兄弟，俺师傅是关东军的河本贤二大佐，俺大哥是关东军的参谋，你等着，俺让关东军放你一条生路。"

"你是怎么摔下的？"伤员问。

"他妈的，皇庄堡里打乱套了，老姜家这些鳖犊子带头造反了！"这人恨恨地说，"还有鳖犊子的种稻人，他娘的，他们可都是俺家的佃户，兄弟，共产党造反了！"

一阵枪响，这人捂着脑袋趴了下去。敌人再次发起进攻，每个战士的脸上都是宁静的，都在等着最后一击。曲司令躺在战壕里，从帽子里拿出照片看。

"哎，如果没有战争该多好啊。"他轻声呼唤着，"可爱的宝贝……"

"鬼子上来了！"沈连副大喊一声。曲司令将照片放进衣兜里，他猛地站了起来，擎着机关枪，死死地盯着敌人。沈连副举枪朝敌人瞄准，突然，脑子一歪，摔倒了。曲司令心疼地喊："沈大勇！"他扣动了扳机，子弹泼水样地射向敌人。玉皇顶上的机枪又响了。这回的枪声更猛，虽然如此，也无法阻挡敌人的冲锋。战士们一个个倒下了，有的连声哼叫都没有发出。机枪哑巴了，曲司令伸手去拿弹匣却抓了个空，他再伸手，摸到了一杆步枪。他一把将枪提起来，将枪栓拉开，抵上一粒子弹。他朝最近的敌人射击，敌人一个仰头摔在地上。两个鬼子朝他扑来，他伸手摸到一枚手榴弹，拉了环投了出去，一声轰鸣，两个鬼子全都报了销。

天上传来一阵轰鸣声，曲司令望了一眼，一架飞机俯冲而来。飞机在做低空盘旋，敌人的队伍中爆发了一阵巨响。飞机拉高，又做了一个大回旋，敌人的队伍中又是一阵爆炸声，一阵又一阵的爆炸声在敌人阵地中炸响，敌人抱头鼠窜。

"飞机！飞机！"曲司令摘下帽子，朝飞机招呼。

几架飞机冲来，后面的追前面的，也分不清敌我，双方缠斗，一架飞机冒烟了，摇摇摆摆地朝远处飞去，随之一声轰鸣，一团火球腾空而起……

战斗结束了吗？

曲司令睁开了眼睛，他看见了一张脸，一张俊俏的脸。为什么要哭呢？

"司令，司令！"

是楚红，是她，她哭了。

"司令，司令！"

是四姑娘，单纯可爱的四姑娘，她也哭了。

"司令，司令！'老北风'兄弟们全都来帮咱们了！那么多那么多的人马！"

是塔哈，好样的，姜怀有。这小子也会哭？曲司令伸手想给他擦把泪水，他的手却怎么也伸不过去。姜怀有握住了他的手，曲司令奋力地说："军旗。"

"啥？"

"独立营万岁！"他看到了一面火红的军旗，有了这面旗帜，弟兄们的血就没有白流，他们的番号是：

抗日义勇军独立营。

附 记

　　三匹马从清河的小石桥上飞奔而来，骑在大青马上的是一个壮实的中年男人，后面枣红马上的是一个漂亮的女人，再后面是一个小伙子。三匹马迎着风雪迅猛奔来，眼瞅着就上了官道，眼瞅着就到了西山顶。

　　"到了，到了！"中年人扯住了缰绳。

　　"参谋长，这就是你常说的西山顶？"小伙子问。中年人没有说话，他迟钝地下了马，朝着皇庄堡眺望。皇庄堡上上下下都被埋在大雪里。中年人脸颊抖动，泪水夺眶而出。他急走几步，突然跪了下来，朝着皇庄堡连连磕头，哽咽着说："各位父老，怀江回来了。"小伙子赶忙将他搀扶起来，姜怀江擦了把泪水，朝皇庄堡高喊："俺回家了！"

　　西风猎猎，白雪纷飞。姜怀江的喊声被风裹得紧紧的，打着旋儿，在皇庄堡上空飘荡。他掏出匣枪递给小伙子，又将一袋子弹掏出来，交给了小伙子。

　　"参谋长，您这是？"

　　"进了皇庄堡，俺就是一个地地道道的老农民，再也不是啥参谋长了。"

　　"参谋长？"

　　"怀江！"

　　"你们走吧，走得越远越好，远走高飞吧。"姜怀江看了一眼枣红马上的女人，低声说，"对不住了，俺家里有贤妻，有老人，有兄弟，以后，俺要隐名埋姓，过安稳的日子。"

　　"你的心真狠。"女人咬着嘴唇说，"我跟你出生入死，你就不能带我一起回吗？你就不能让我见一见儿子？"

"那是俺的儿子。"

"也是我的儿子！"女人哭着嚷，"怀江啊，带我回家吧。"她的哭声迎风而起，在风雪中激荡，"该死的，我也想过安稳的日子呀。"

姜怀江停住了脚，站了一会儿，他的心揪在一起，他何尝不想带她回家，可是，家族里没有她的位置，宗谱上也不能出现她的名字，带她回家算个啥呀？当塔哈把爷爷的话一字不落地传给他的时候，他就傻了，他不敢想会有这一天，这一天走着走着就到了，这一天躲是躲不过去了。姜怀江累了，从头到脚，从心里头累了。他伤痕累累，他九死一生。他亲眼见到那么多的贪生怕死之辈，拱手将大好河山让给鬼子。他也亲眼看见许多英雄好汉在白山黑水之间舍命打鬼子。姜怀江跟着好汉们打鬼子，他终于跑不动了，身体里的鬼子子弹让他痛不欲生，每一次奔跑都让他死去活来。他想躺下来好好地睡上一觉，哪怕一睡不醒。他回来了，他只想躺下。

爷爷已经把话说得死死的，绝不能带女人回家。她没有名分，如果跟着回家，只有乱上加乱，哪来的安稳日子？女人的哭声像绳子一样捆着姜怀江的手脚，捆着他的心肝肺，他每迈出一步都气喘吁吁。他没有力气回头，他咬着牙继续往堡里走，他心疼得浑身打哆嗦。皇庄堡大门紧闭，姜怀江费了好大的力气也没有推开，他一刻都不想停，他只想快一些离开哭声，快一些解开捆绑他的绳索。他只想好好过日子，从此没有战争，从此没有惊吓。姜怀江绕了一段路。从豁口处爬上了墙，被一个东西绊了一跤，一摸，摸出了一杆枪。他黑了脸，一把将枪扔下大墙。大墙上已经被雪埋没了，他小心地走，从马墙那边摸着下了墙。回头看，门洞里全都是沙袋，大门被堵得严严实实。姜怀江继续朝街里走，家家都是大门紧闭，走到街心，还是没有遇到一个人。一群狗跟在后面，狗可能认识他，一直跟着他跑，哑巴似的，也不叫也不咬。姜怀江的心始终是悬着，走到老柳家羊汤面馆门前，面馆的窗户忽然开了。姜怀江吓了一跳，仔细看，是被风吹开的。屋里头的桌椅东倒西歪，如同遭到了一场浩劫。姜怀江的心咯噔一声响，脑门上冒出了一层冷汗，人呢？堡里的人呢？他终于看到了人，看到了白发苍苍的铁匠，铁匠朝他招手，铁匠身后的女人抹着眼泪。

"咱堡里的人呢？"

"报告参谋长，好样的人们都跟着独立营去打鬼子报血仇了！"白发苍苍的铁匠说，"咱皇庄堡剩下的老少爷们儿都在躲着汉奸小鬼子呢！"

"怎么？"姜怀江一愣。

"参谋长啊，老鳖犊子范福堂勾结小鬼子血洗了咱堡，杀了咱十七口子。"

"范福堂？"姜怀江一阵晕眩，"他人呢？"

"参谋长，老鳖犊子和他汉奸儿子被义勇军打死了！"

"被义勇军打死了？"

"是啊，是你老弟塔哈带着人给他爷俩儿办了。"

"塔哈？塔哈参加了义勇军？"

"不单是你老弟塔哈，咱堡里的青壮二十多口子全都参加了义勇军，打鬼子没有二话！"

姜怀江狠狠地跺了一下脚，他哆哆嗦嗦走进了姜家胡同，推开了自家院门，院子里静悄悄的。他哆哆嗦嗦地往里走，嘴里念叨着：

"爷爷，怀江回来了！"

"三爷，怀江回来了！"

"爹，怀江回来了！"

"三叔，五叔，怀江回来了！"

姜怀江伸手推开家门，里面一片狼藉，突然，他看见了堂屋里摆着的棺材，一口、两口、三口……姜怀江站也站不住，突然瘫软在地上。他张嘴就哭，哭也哭不出声。他猛然爬起来，顾不得伤痛，跟跄着朝西山顶走，北风呼啸，他迎着风雪挣扎着走。他真想一步走到西山顶上，他想喊住女人和护兵，大声地跟他们说："俺姜怀江还要打鬼子去！"

想象中，他重新跨上战马，带着女人和护兵义无反顾地朝鬼子冲去。

　　西山顶上，小伙子将女人扶上马，两人转了一圈又一圈，风更猛了，像狼嚎一般。女人擦了把泪水，将火狐狸围脖拢了拢，大声说："走吧。"

　　"咱往哪儿走？太太？"小伙子恭恭敬敬地问。

　　"你决定吧，记住了，从现在开始，你就是我当家的。"

　　"是，太太。"小伙子翻身上了马。

2022年3月19日第一稿
2022年11月17日完稿